PERIGOSO DEMAIS

TRILOGIA ROCK STAR

LIVRO 1
INTENSO DEMAIS

LIVRO 2
COMPLICADO DEMAIS

LIVRO 3
PERIGOSO DEMAIS

S. C. STEPHENS

TRILOGIA ROCK STAR LIVRO 3

PERIGOSO DEMAIS

Tradução
Kenya Costa

valentina

Rio de Janeiro, 2015
1ª Edição

Copyright © 2011 by S. C. Stephens
Publicado mediante contrato com Gallery Books, um selo do grupo Simon & Schuster, Inc.

TÍTULO ORIGINAL
Reckless

CAPA
Marcela Nogueira

FOTO DE CAPA
Daly and Newton/Getty Images

DIAGRAMAÇÃO
editoriârte

Impresso no Brasil
Printed in Brazil
2015

CIP-BRASIL. CATALOGAÇÃO NA PUBLICAÇÃO
SINDICATO NACIONAL DOS EDITORES DE LIVROS, RJ

S855p

Stephens, S.C.
    Perigoso demais / S. C. Stephens; tradução Kenya Costa. – 1. ed. – Rio de Janeiro: Valentina, 2015.
    464p. ; 23 cm. – (Rock Star; 3)

    Tradução de: Reckless
    Sequência de: Complicado demais

    ISBN 978-85-65859-49-3

    1. Ficção americana. I. Costa, Kenya. II. Título. III. Série.

14-17487

CDD: 813
CDU: 821.111 (73)-3

Todos os livros da Editora Valentina estão em conformidade com
o novo Acordo Ortográfico da Língua Portuguesa.

Todos os direitos desta edição reservados à

EDITORA VALENTINA
Rua Santa Clara 50/1107 – Copacabana
Rio de Janeiro – 22041-012
Tel/Fax: (21) 3208-8777
www.editoravalentina.com.br

Aos meus amigos, por sempre me darem a maior força; a minha família, por sempre me apoiar; e aos meus fãs, por sempre acreditarem em mim.

Adoro todos vocês!

Capítulo 1
PARAÍSO TEMPORÁRIO

Acordei sentindo a mão dele subindo pela minha coxa. Sorrindo, espreguicei os membros rígidos e toquei os dedos que percorriam minha pele. Sua mão quente e macia segurou a minha, apertando-a com força. Um frio aro de metal afundou na minha pele quando ele me envolveu no seu abraço firme e eu sorri ainda mais, passando o dedo pela aliança quase idêntica no dedo anular da minha mão esquerda.

Eu tinha me casado na noite anterior... no sentido espiritual do termo, pelo menos. Por ora, uma promessa sincera de devoção eterna era o bastante para nós. Uma cerimônia formal e um pedaço de papel não fazem um casamento. O que sustentava o meu era o sentimento que fazia meu peito explodir – a sensação poderosa de que eu fora dividida em duas ao nascer e, por milagre, conseguira reencontrar minha outra metade... que, por um milagre ainda maior, sentia o mesmo que eu.

Lábios macios roçaram meu ombro, e eu me aconcheguei ainda mais ao corpo que buscava o conforto do meu. Os lençóis enrolados ao nosso redor eram os mais caros em que eu já dormira, mas esse luxo não era nada em comparação com o homem ao meu lado. Com as pernas quentes enroscadas entre as minhas, o peito largo colado às minhas costas e os braços me envolvendo e embalando, ele era muito mais confortável do que a cama cara em que nos deitávamos.

Levando aos lábios os dedos que se entrelaçavam aos meus, beijei sua aliança. Ele riu baixinho, e então seus lábios sensuais foram subindo pelo meu pescoço. Quente e satisfeita, minha pele na mesma hora se arrepiou, curtos choques elétricos percorrendo meu corpo.

Quando ele chegou ao meu ouvido, sussurrou:

— 'dia, Sra. Kyle.

Na mesma hora meu coração começou a palpitar. Eu me virei entre seus braços para poder vê-lo. Seus olhos da cor do céu poente se fixaram nos meus, e um leve sorriso curvou sua boca quando ele observou minhas feições. Seu rosto era perfeito – o ângulo do queixo, a curva do nariz, a textura dos lábios. No momento, eu não podia me lembrar de nada que fosse tão lindo quanto o homem que acabara de me dar seu sobrenome.

– Bom dia, Sr. Kyle.

Deixei escapar um risinho incrédulo, e ele sorriu ainda mais. A felicidade em seus olhos era quase palpável. Era tão bom saber que eu o fazia se sentir assim. Ele já sofrera muito na vida, e agora merecia um pouco de paz. Eu ainda estava achando tudo isso meio irreal, da profundidade do seu amor ao fato de que era eu quem o inspirava. Às vezes, não me sentia digna dele, mas agradecia por tê-lo todos os dias.

– Mal posso acreditar que fizemos isso, Kellan.

Ele arqueou uma sobrancelha, seu sorriso logo ficando travesso:

– Fizemos o quê? Sexo selvagem? Isso não devia te surpreender. – Seu rosto adquiriu um ar de adoração. – Cada vez com você é incrível.

Mordendo o lábio, procurei controlar a vergonha que ele me fazia sentir.

– Não foi a isso que me referi... – acariciei seu rosto com o polegar – ... e sim ao nosso casamento.

Kellan se apoiou sobre o cotovelo, olhando para mim. Seu olhar desceu até nossas mãos entrelaçadas, fixando-se na aliança que rodeava seu dedo. Sua expressão de contentamento passou para uma de êxtase. Eu nunca o vira mais feliz.

– Até que a morte nos separe – sussurrou.

Passando meus dedos pelo seu peito, as montanhas e vales do seu corpo extremamente definido começando a me excitar, murmurei:

– Você sabe que meus pais não vão te aceitar como meu marido até você me levar ao altar.

Lembrando a mensagem vaga que deixara para eles na secretária eletrônica da casa de Kellan, já que eles ainda estavam na cidade por causa da minha formatura, franzi o cenho. Eles iam ficar furiosos quando acordassem e soubessem que eu tinha me mandado da festa para me casar sem convidá-los. Para ser honesta, eu estava meio surpresa com o fato de meu celular ainda não ter tocado... ou de a porta do nosso quarto no hotel ainda não ter sido arrombada.

Kellan riu, virando nossos corpos para poder ficar por cima. Sorrindo tranquila para ele, passei os dedos pelas suas costas. Ele ficou arrepiado.

– E eu vou fazer isso... – Deu um beijo no meu pescoço, e outro mais embaixo. Meu coração disparou. – Vou dar a eles a cerimônia que querem... – Olhando para mim, deixou que seus lábios vagassem até o alto de um dos seios. Fiz um esforço para não me contorcer. – Vou te dar o casamento dos seus sonhos, Kiera.

Seus lábios se fecharam ao redor do mamilo, e mais uma vez eu me senti inundar pela paixão da noite anterior. Por mais prazerosa que nossa primeira transa como marido e mulher tivesse sido, eu queria mais, queria Kellan de novo. Não achava que jamais pararia de desejá-lo em todos os sentidos da palavra.

Quando meus dedos já subiam para se emaranhar entre seus cabelos, minha respiração totalmente alterada, seus lábios abandonaram a zona erógena que tinham encontrado. Olhei para ele no mesmo instante em que ele me olhou. Com um sorriso de canto de boca, beijou o espaço entre meus seios, e então minha barriga. Só a ideia de ele continuar se dirigindo para o sul do meu corpo na mesma hora me fez desejá-lo intensamente. Ele sorriu com ar presunçoso, como se tivesse plena consciência do fato.

— Vou te dar tudo, Kiera, mas, até poder fazer isso direitinho... — Sua língua mergulhou no meu umbigo antes de começar a descer pela minha barriga. Gemi, fechando os olhos, na mesma hora alteando os quadris e puxando sua cabeça para baixo. Ele deixou escapar um riso rouco, enquanto seus lábios percorriam minha coxa. Seu hálito quente na minha pele, ele finalmente concluiu a frase: — ... vamos curtir as vantagens.

Então, sua língua deslizou sobre a parte mais íntima do meu corpo, e eu perdi totalmente o controle.

Só fomos nos vestir para sair do luxuoso quarto horas depois. Uma rápida inspeção no meu celular mostrou que Kellan o desligara de madrugada, o que explicava por que não havíamos tido qualquer interrupção. Sorrindo para ele, que pegava sua jaqueta em cima do banquinho da penteadeira — um banquinho que tínhamos batizado —, liguei o celular. O alerta das mensagens de voz vibrou, e tive certeza de que devia haver várias. Considerando o fato de que em breve estaríamos com meus pais, não me dei ao trabalho de ouvi-las. Até porque eu tinha certeza do que diriam. "Onde é que você estava com a cabeça? Não pode se casar com ele, Kiera! Volte logo para podermos te levar para casa!", etcétera e tal. Eles iam demorar algum tempo para aceitar nossa união.

E iam demorar ainda mais tempo para aceitar o fato de que em breve eu iria cair na estrada com meu marido. Até eu ainda estava chocada. Fazer uma turnê pelo país com Kellan era algo que estivera fora de cogitação enquanto eu ainda cursava a faculdade, mas agora eu me formara e estava livre. Podia fazer o que quisesse. E eu queria estar com Kellan, onde quer que fosse.

Meu pai era meio careta, daquele tipo que acha que você deve entrar na faculdade, se formar e arranjar logo um emprego. Kellan nem fizera faculdade. Tinha fugido de casa pouco depois de concluir o ensino médio e mergulhado na cena musical de Los Angeles com Evan, Matt e Griffin. Desde então, os quatro vinham tocando juntos. As escolhas de vida de Kellan deixavam meu pai perplexo. E as minhas iriam deixá-lo furioso.

Mas a vida era minha, e eu faria dela o que bem entendesse. E estar com Kellan era... maravilhoso. Não havia nenhum lugar no mundo onde eu preferisse estar. Mas eu não estava abrindo mão dos meus sonhos para seguir meu marido. Não, eu iria lutar para concretizar os meus também, só que, por acaso, o trabalho dos meus sonhos se encaixava perfeitamente com a vida de rock star de Kellan.

Eu queria ser escritora, o que me dava certa liberdade, já que poderia escrever em qualquer lugar, desde que tivesse um mínimo de privacidade. O que poderia ser complicado num ônibus de turnê cheio de caras agitados, mas eu tinha certeza de que seria capaz de descolar algumas horinhas todos os dias para jogar alguma coisa importante no papel. Eu estava no meio do meu primeiro livro, que, num certo sentido, era autobiográfico, já que se baseava em fatos reais. Era uma descrição detalhada e íntima de tudo que acontecera entre mim, Denny e Kellan. O amor, o desejo, a traição – estava tudo lá.

Escrevê-lo estava sendo torturante, mas também terapêutico. Analisando a situação de uma perspectiva crítica, era fácil perceber meus inúmeros erros. Em alguns momentos eu tinha sido chata, grudenta, mesquinha, indecisa... irritante, mesmo. Ver todos os meus defeitos expostos era uma experiência humilhante. O livro era tão pessoal, que eu ainda nem tinha certeza se permitiria que outras pessoas o lessem. Principalmente Kellan. Mas ele tinha pedido, e eu concordara. Não queria voltar atrás, portanto teria que convencê-lo, com cada página dolorosa, que eu não era mais aquela mulher fraca, ridícula. Agora sabia o que queria, e era ele.

Dando uma olhada no quarto para ver se tinha esquecido alguma coisa, meus olhos passaram pela cama bagunçada. O luxuoso cobertor vermelho estava um caos, e os lençóis de cetim bege também estavam todos embolados. Kellan e eu tínhamos aproveitado bem aquele espaço enorme, rolando por cima de cada centímetro enquanto nos explorávamos. Nossos gemidos e gritos de prazer ainda ecoavam na minha cabeça e, pela milionésima vez, fiquei feliz por ele ter concordado com minha ideia de passar nossa lua de mel em um hotel. Não podia nos imaginar fazendo as coisas que tínhamos feito de madrugada em casa, com meus pais no quarto ao lado.

Chegando por trás de mim, Kellan passou os braços pela minha cintura. Respirei fundo, apreciando o cheiro fresco e revigorante que era só dele. Beijando minha orelha, ele murmurou:

– É melhor a gente ir andando. Prometi ao Gavin que tomaria café da manhã com ele, e nós já estamos superatrasados... Vai ser mais como um brunch.

Dando uma espiada nele às minhas costas, não pude deixar de sorrir. Gavin Carter era o pai biológico de Kellan. Ele se recusara a se encontrar com o pai durante meses; estava morto de medo de conhecê-lo. Mas, na véspera, isso finalmente acontecera, e agora Kellan iria tentar ter um relacionamento com ele.

Dando meia-volta entre seus braços, cruzei os meus pelo seu pescoço. Passando os dedos pelos seus cabelos, dei um beijo leve nele.

– Tenho certeza de que ele vai compreender que a sua noite de núpcias se esticou um pouco.

Kellan suspirou, me apertando com força. Seu corpo colado ao meu era duro e rijo. Meus dedos estavam loucos para sentir as curvas do seu físico definido, mas isso sempre fazia com que ele começasse a explorar o meu, o que geralmente levava a uma longa e demorada sessão de sexo... e nós tínhamos mesmo que ir embora. Recorrendo a todo o meu autocontrole, mantive os dedos emaranhados com firmeza entre seus cabelos.

Kellan deu um beijo na minha testa.

— Ainda não consigo acreditar que você é minha mulher.

Esfregando o rosto no seu peito, eu me sentia como se meu coração fosse explodir e despencar no chão. Meu Deus, como eu o amava. O desejo por ele começou a crescer enquanto nos abraçávamos, e mais uma vez tive que reprimir o impulso de expressar meu amor fisicamente. Me afastei dele, ficando séria.

— Tem razão, é melhor irmos andando.

Kellan sorriu ao ver minha expressão.

— Você quer transar de novo, não quer?

Ficando vermelha, empurrei seu peito para trás.

— Acho que nós... já quebramos recordes demais de madrugada... e agora de manhã. – Sentindo o rosto arder, desviei os olhos.

Kellan segurou meu queixo, me fazendo olhar para ele.

— Você quer transar comigo? – perguntou, sem um laivo de provocação na voz.

A pergunta foi tão direta que achei difícil manter os olhos fixos nos seus, e tive o instinto de abaixar o rosto. Mas não fiz isso, e sim me obriguei a encarar aquelas profundezas azul-escuras, sussurrando:

— Quero.

Kellan abriu um sorriso orgulhoso.

— Foi tão difícil assim reconhecer? – perguntou, com um brilho nos olhos.

Eu já ia fechar os meus, mas não me permiti fazer isso. Ele não queria que eu me sentisse envergonhada na sua presença. E não estava tentando me provocar, e sim me ajudar a amadurecer. Olhando para ele, tornei a assentir.

— Para ser franca, sim, foi meio constrangedor.

Apertando os lábios, Kellan se afastou de mim.

— Eu quero que você me peça para transar com você... agora.

Fiquei boquiaberta.

— Kellan... – Morta de vergonha, cobri o peito com os braços. Como ainda estava usando o tubinho justo e colante que minha irmã, Anna, me emprestara para a cerimônia de formatura, tive muito que cobrir. – Eu já te pedi para transar em outras ocasiões... Por que você está me envergonhando conscientemente?

Suspirando, ele se abaixou para me olhar nos olhos.

– Você me pediu no calor do momento, quando nós já íamos mesmo transar. Eu quero que você se sinta totalmente à vontade para me pedir a qualquer hora, em qualquer lugar.

Arqueei uma sobrancelha para ele.

– Em qualquer lugar?

Kellan me deu um sorriso travesso.

– Em *qualquer* lugar.

Sabendo que ele não ia desistir, soltei um suspiro aborrecido. Abaixando os braços, contei até dez. Ora, isso não era tão difícil assim. Eu deveria ser capaz de pedir a ele para transar comigo; certamente já usara o corpo em várias ocasiões para fazer isso. Mas falar assim, à queima-roupa, era diferente; eu me sentia muito mais vulnerável.

Levantando o queixo, perguntei, em tom confiante:

– Kellan, quer transar comigo? – Bem, a intenção foi dizer isso num tom confiante, mas minha voz saiu aguda e estridente... tudo, menos sexy.

No entanto, pela expressão de Kellan, qualquer um pensaria que eu acabara de brindá-lo com uma dança erótica. Seu olhar intenso percorreu meu corpo, me incendiando. Ele se demorou nos meus lábios, nos seios, nos quadris e, embora não estivesse me tocando, meu corpo reagiu como se estivesse. Quando esse olhar de puro sexo finalmente voltou ao meu, ele deu um passo à frente. Seu quadril roçou o meu, e eu soltei uma exclamação. Com o hálito quente na minha pele, ele sussurrou no meu ouvido:

– Essa foi a coisa mais sensual que já ouvi você dizer.

Meus olhos se fecharam. Eu me sentia como se estivesse vibrando, esperando que ele me tocasse. Cada ponto sensível do meu corpo vibrava de expectativa. Ele só precisaria encostar os lábios nos meus, passar o polegar por um seio ou apertar meu traseiro, e eu explodiria... sem a menor sombra de dúvida.

Seus lábios chuparam o lóbulo de minha orelha, e eu deixei escapar um gemido baixinho.

– Mas nós temos que ir embora. – Com essas palavras, ele segurou minha mão e me puxou. Assustada com o movimento súbito, meus olhos se abriram bruscamente. Ele estava rindo enquanto se aproximava da porta... e não da cama.

Olhei séria para ele, que ainda ria.

– Desculpe, Kiera, mas você vai ter que ficar insatisfeita por um tempinho. – Inclinando a cabeça, seu sorriso aumentou. – Digamos que é o seu... carma... por todas as vezes em que me deixou excitado, e depois tirou o corpo fora.

Comecei a me sentir culpada, mas procurei não pensar nisso. Nosso passado não era mais relevante.

– Você está sendo mesquinho – murmurei.

Ele deu um beijo no meu rosto.

– Hummm, talvez eu seja. – Avançando para mim, segurou meu traseiro e puxou meus quadris para os dele. Uma onda de desejo percorreu meu corpo na mesma hora, e gemi um pouco antes de poder me controlar. Passando o nariz pelo meu rosto, ele disse, com voz rouca: – Porque estou doido para passar o dia inteiro te provocando desse jeito.

Furiosa por me sentir tão excitada, eu o empurrei.

– Você é um cretino.

Ele riu, abrindo a porta. Pegando a bolsa, olhei mais uma vez para a cama desarrumada que gritava *Rolou uma transa apaixonada aqui!*.

– Espera aí, Kellan. A gente não devia arrumar a cama antes de ir embora?

Kellan franziu o cenho, seu olhar indo do meu rosto para os lençóis embolados. Balançando a cabeça para mim, murmurou:

– Você é muito fofa. – Seu sorriso carinhoso ficou irônico quando ele voltou a olhar para a cama. – Não, nós vamos deixar o quarto como está. Quero que o mundo saiba o que aconteceu aqui... na noite em que consumamos o nosso casamento – disse, seus olhos voltando aos meus.

Suspirei, comovida com suas palavras. Então, ele acrescentou:

– Além disso... é uma cena sexy.

Revirando os olhos, saí com ele do quarto.

A recepcionista passou o tempo todo encarando Kellan enquanto fazíamos o check-out. Vi quando ela deu uma espiada na aliança dele no momento em que lhe entregou o cartão de crédito, mas, pelo brilho de interesse nos seus olhos, acho que não estava se importando muito com o fato de Kellan ser casado.

Kellan era um homem lindo, e homens lindos chamam a atenção quando chegam aos lugares. Àquela altura eu já estava acostumada com essa reação, e já não me incomodava mais. Quer dizer, não me incomodava tanto quanto antes.

A recepcionista ficou séria ao entregar o recibo a Kellan. Pela decepção no seu olhar quando ele agradeceu sem sequer olhar para ela, pareceu que estava esperando que ele fosse convidá-la para um encontro em um dos quartos. Tive que me controlar para não sorrir quando os olhos dela finalmente passaram para mim. Talvez estivesse esperando ter uma transa rápida com o cara sexy que estava prestes a sair da recepção, mas Kellan não era mais homem de transas rápidas.

Eu me aconcheguei ao corpo dele, agradecendo a ela com toda a educação pela estada agradável. Dei uma risadinha ao dizer isso, ainda meio empolgada pela noite de núpcias. Kellan deu um beijo na minha testa, já se dirigindo para a saída.

– Quando a gente chegar, vou ligar para o Gavin e convidá-lo para ir tomar um brunch lá em casa. Seria bom se nossas famílias se conhecessem de uma vez, não é? – perguntou.

O sorriso feliz de Kellan me encheu de alegria. Ele se referira ao pai como sendo sua "família"... um contraste incrível com o tempo em que não queria ter nada a ver com ele.

– Claro, é uma ótima ideia. – Estremeci. – Mas meus pais vão me matar. – Exibi a aliança para ele. – E te matar em seguida.

Kellan apenas deu de ombros ao ouvir meu comentário, me acompanhando até o carro no estacionamento. Abrindo a porta para mim com todo o cavalheirismo, ele me deu um rápido beijo no rosto enquanto eu entrava no Chevelle. Então, caminhou até o lado do motorista com um grande sorriso. Parecia extremamente feliz por finalmente me ter como sua esposa, por saber que eu era dele e não iria a parte alguma. Eu sempre tinha esperado que o homem com quem me casasse fosse me amar acima da razão, mas Kellan... me amava acima de tudo. A profundidade do seu amor às vezes me espantava, mas meu amor por ele era igualmente poderoso. Ele era tudo para mim.

Quando entrou no Chevelle, eu me aproximei do seu lado no banco para ficar o mais perto dele possível. Ele sorriu, passando o braço pelo meu ombro.

– Está com saudades? – perguntou, com voz baixa e sensual.

Assentindo, ergui o rosto para lhe dar um beijo. Kellan retribuiu meu carinho com avidez, sua mão segurando meu rosto. Rocei sua língua de leve com a minha e ele gemeu, e então se afastou.

– Ei, sou eu que vou passar o dia te provocando, e não o contrário.

Fez o beicinho mais fofo do mundo, e não pude conter o riso.

– Desculpe, aprendi com o mestre.

Kellan soltou um suspiro dramático e tirou o braço do meu ombro para dar a partida no carro.

– Acho que é bem feito para mim. – O motor possante despertou com um ronco, e o ar satisfeito de Kellan voltou.

Minha expressão era uma xerox da sua quando deitei a cabeça no seu ombro. Embora a recepcionista do hotel tivesse devorado meu marido com os olhos sem o menor pudor, embora meu pai fosse tentar me botar de castigo quando eu o visse, e embora o pai recém-descoberto de Kellan fosse aparecer para visitá-lo agora à tarde, aquele era um dia perfeito; nada estragaria minha felicidade.

O Chevelle virou na rua cheia de Kellan, e experimentei a sensação de voltar para casa. Tinha curtido nossa noite fora, mas estava feliz por voltarmos. Quando Kellan entrou na casinha branca de dois andares, um carro já estava estacionado na entrada. Ele deu uma olhada no Jetta esporte vermelho e fez uma expressão intrigada. Curiosa para saber quem chegara, olhei também; o carro não era de ninguém que eu conhecesse.

Desligando o motor do Chevelle, Kellan murmurou *Hummm*, e abriu a porta. Abri a minha também, imaginando se Gavin e os filhos teriam chegado. Como ele viera de outro estado, talvez tivesse alugado o carro. Só que eu achava difícil de acreditar que tivesse aparecido sem pedir permissão a Kellan primeiro. Além disso, teria precisado de instruções para chegar à sua casa. E eu duvidava muito que o para-choque de um carro alugado exibisse um adesivo com os dizeres *Se vai entrar na minha traseira, pelo menos puxa o meu cabelo*.

Compreendendo que a motorista era mulher e, provavelmente, uma das mil ex-sei--lá-o-quês de Kellan, segui-o até a porta, relutante. Meu Deus, se alguma mulher tivesse resolvido aparecer usando apenas um sobretudo, com meus pais hospedados lá... eu ia ter um troço.

A porta da rua estava destrancada, e Kellan entrou. Segurando minha mão, ele me conduziu até o vestíbulo. A casa de Kellan não era das maiores. Passando pela porta, a pessoa podia virar à direita e subir a escada que levava aos quartos, virar à esquerda em direção à cozinha, ou seguir em frente para a sala. Naquele momento, meus pais estavam sentados no sofá encaroçado da sala, meu pai exibindo uma expressão fechadíssima. Minha mãe tentava se controlar, mas dava para ver que também não estava nada satisfeita.

Eu não sabia se a decepção dos dois era com a minha fuga inesperada ou se estavam irritados com a pessoa que se acomodara na confortável poltrona de Kellan, uma poltrona com enorme valor sentimental para mim, pois me fora dada por ele quando tínhamos rompido. Significava muito para mim que Kellan tivesse se importado o bastante a ponto de pensar em mim num momento em que eu estava longe de merecer sua bondade. Quando vi uma garota que não conhecia sentada no braço da poltrona, balançando os saltos altos, senti um aperto violento no estômago.

Ao ouvir nossa chegada, ela inclinou a cabeça para trás, a fim de ver a porta. Quando Kellan deu uma boa olhada nela, murmurou *Merda* e olhou para mim com uma expressão preocupada. O aperto no meu estômago virou gelo quando me perguntei quem ela seria.

Apertando minha mão, Kellan entrou na sala para que pudéssemos cumprimentar a recém-chegada. Quando ela nos viu, levantou a cabeça para Kellan, franzindo os olhos. Tinha cabelos pretos e olhos da mesma cor, que realçava ainda mais cobrindo as pálpebras com sombra cinza-escura. Seus lábios estavam pintados de vermelho-cheguei e apertados num beicinho irritado, mas sexy. Ela era linda, mas isso eu já esperava. A maioria das conquistas de Kellan era assim.

Com a expressão cheia de desprezo, a voz baixa e rouca, ela disparou:

— E aí, gostoso? — Achando graça do que dissera, sorriu, acrescentando: — Será que na horizontal continua sendo? — Quando ela voltou a olhar para ele com desprezo, minha expressão ficou sombria; não estava gostando nada dessa pessoa.

Ignorando seu comentário, Kellan cumprimentou meus pais primeiro — *Martin, Caroline* —, e então se dirigiu à grosseirona que estava empoleirada na minha poltrona favorita: *Joey*.

Minhas sobrancelhas quase chegaram ao couro cabeludo enquanto eu olhava para a garota que fuzilava Kellan com os olhos. Joey? Quer dizer, a ex-roommate chamada Joey? A garota que tinha morado lá até algumas semanas antes de Denny e eu chegarmos... mais de dois anos atrás? Nunca achei que ela voltaria. O que estava fazendo ali?

Com o rosto contraído, Kellan ecoou meus pensamentos:
— O que está fazendo aqui?

Ela ficou de pé. Cruzando os braços sobre o busto farto, empinou o queixo. Com os olhos em fogo, rosnou:
— Onde é que estão as minhas coisas, Kellan?

A boca de Kellan se abriu um pouco, a expressão deixando transparecer uma ponta de raiva. Apertando mais minha mão, respondeu:
— Você tomou um chá de sumiço durante dois anos. Eu joguei tudo fora.

Mordi o lábio para me impedir de estremecer. Na verdade, fora *eu* quem jogara as coisas dela fora. Joey tinha ido embora às pressas, depois que Kellan dormira com ela e, logo em seguida, dormira com outra pessoa. Nem sempre ele fora o amante doce e fiel que era agora. Kellan afirmara que Joey não dava a mínima para ele, que era apenas possessiva. Ele a ofendera dividindo sua cama com outra mulher... muito embora ela também estivesse dividindo sua cama com outros homens.

Denny e eu tínhamos usado os móveis dela ao chegarmos a Seattle. Depois do nosso rompimento, eu ficara com a sensação de que eles tinham sido contaminados, como se o astral do meu namoro de algum modo tivesse se infiltrado na madeira escura. Talvez eu não devesse ter feito o que fizera, já que não tinha o direito de descartar algo que não me pertencia, mas queria aqueles móveis fora da casa para que Kellan e eu pudéssemos começar do zero. Mas já devia saber que minha decisão iria acabar se voltando contra mim.

Com um ar de indignação teatral, Joey deu um empurrão no ombro de Kellan.
— Você o quê...? Mas não eram suas para fazer isso, seu babaca!

Furioso, Kellan deu um passo à frente.
— Você caiu fora. O problema não é meu se resolveu deixar tudo para trás! — Com um olhar de desprezo, observou o rosto dela. — Minha casa não é o seu depósito particular.

Ela deu um riso debochado, fazendo um gesto de desdém.
— Tá legal, Kellan. Me poupe do seu mau gênio. Se não está mais com os meus móveis, então pode me pagar por eles. — Deu um sorrisinho. — Mil e quinhentos paus deve cobrir tudo.

Soltei uma exclamação abafada, e Joey virou a cabeça para me fuzilar com os olhos.
— E quem é você? — Arqueou uma sobrancelha. — A comidinha da vez?

Meu pai se levantou, o rosto vermelho feito um pimentão.

— Não sei quem você é, mocinha, mas não se atreva a falar assim com a minha filha!

Fiquei com medo de que ele tivesse um infarto, tão furioso parecia estar, mas sua raiva não era nada comparada com a de Kellan. Soltando minha mão, ele avançou até Joey, olhando-a de alto a baixo:

— Tome muito cuidado, Josephine. Você está falando com a minha mulher.

Joey pareceu intimidada por um momento, e deu um passo para trás. De repente, a ficha caiu. Seus olhos pretos se arregalaram, e ela ficou me encarando, boquiaberta. Então, começou a rir.

— Ah, meu Deus, você está falando sério? Você, o maior galinha que já conheci, se casou mesmo, no duro? Que piada.

Kellan cruzou os braços e meu pai suspirou, voltando a sentar no sofá. Não ficara *nada* satisfeito com essa história de casamento. Tive a impressão de que minha mãe deu uma fungadinha, mas estava prestando atenção demais em Joey para olhar. Sentia meu sangue começar a ferver, louca para que essa putinha sem desconfiômetro desse o fora.

Kellan se sentia do mesmo jeito. Indicando a porta, disse a ela:

— Tudo bem. Eu te dou os mil e quinhentos pelos móveis. Agora, cai fora daqui.

— Ah, não mesmo... — disse ela, balançando a cabeça. — As coisas mudaram, Kellan.

Ele inclinou a cabeça, sem compreender. Eu também não compreendera. Com as mãos fechadas em punhos, caminhei feito uma fera até ela.

— Você ouviu o que ele disse! Seu dinheiro vai ser pago! — Fiz um gesto, despachando-a: — Agora, volte para o buraco de onde saiu.

Joey cravou um olhar fulminante em mim, e o manteve enquanto falava com Kellan:

— Estou com uma coisa sua que quero devolver... — olhou para ele — ... já que não me serve para nada. — Kellan franziu o cenho, e Joey riu ao ver sua expressão confusa. — E, se quiser de volta, querido, vai ter que me pagar dobrado.

— Você é doida de pedra, garota! — disparei.

Joey me ignorou, seus olhos indo para Kellan. Então se inclinou para pegar a bolsa que deixara na poltrona, sua minissaia expondo quase totalmente as coxas. Abrindo a bolsa, tirou um cartão de memória, do tipo que cabe em câmeras digitais, filmadoras e alguns celulares. Os olhos de Kellan se arregalaram ao vê-lo e pularam para os dela. Antes que eu pudesse perguntar o que estava acontecendo, ele se apressou a responder:

— Tudo bem, eu te dou três mil.

Com um sorriso vitorioso para mim, Joey entregou a Kellan o cartão SD. Eu quebrava a cabeça tentando imaginar o que haveria ali para Kellan se mostrar disposto a pagar tanto dinheiro. O aperto no meu estômago se transformou em náusea. Kellan pegou o cartão, e apontou para a porta.

— Eu te pago amanhã.

Joey deu um tapinha no rosto dele:

— Acho bom... porque vou transformar sua vida num verdadeiro inferno se não fizer isso. — Olhou para mim com um sorrisinho cruel.

Kellan fechou os olhos.

— Sai da minha casa, Joey. — Voltando a abri-los, acrescentou: — E nunca mais volte aqui.

Dando tchauzinho com os dedos para meus pais, ela foi rebolando até a porta da rua. Ninguém se moveu ou disse uma palavra enquanto saía. Quando ouvimos o som de seu carro sendo ligado, Kellan finalmente pareceu relaxar. Virando-se para meus pais, enfiou o cartão discretamente no bolso.

— Me desculpem por essa cena. Espero que ela não tenha dado muito trabalho a vocês antes de chegarmos.

Sua postura ficando rígida, meu pai olhou para Kellan. Eu seria capaz de jurar que seus cabelos grisalhos ficavam mais brancos a cada segundo.

— Estou mais preocupado com o que vocês dois fizeram ontem do que com sua amiguinha mal-ajambrada. — Com o rosto corado, olhou para meu marido e para mim. — Que história é essa de vocês fugirem para se casar? — Fixou os bondosos olhos castanhos nos meus. — Você perdeu a cabeça, Kiera?

Mamãe fungou de novo, e papai deu um tapinha na sua mão. Queria me sentar para conversar com eles sobre a noite anterior, mas ainda estava em estado de choque. Que diabos Kellan guardara no bolso? E por que achara que valia três mil dólares?

Enquanto papai batia no assento vago, para que eu sentasse, Kellan olhou de novo para mim. Seu rosto exibia um misto de humor, resignação... e medo. Não soube se ele estava fazendo isso de propósito, mas ele posicionara os quadris de um jeito que não dava mais para ver o bolso onde guardara o cartão. Mas eu sabia que o troço ainda estava lá.

Kellan fez um gesto para que eu sentasse ao lado de meu pai, e então apontou para a porta.

— Volto logo. Quero dar uma olhada no meu carro, para ver se Joey fez alguma coisa com ele. — Com um sorriso forçado, acrescentou: — Se ela tiver arranhado o meu bebê, você vai ter que me segurar, porque sou capaz de matá-la. — Aos risos, dirigiu-se para a porta.

Minhas palavras fizeram com que interrompesse seus passos bruscamente:

— O que tem naquele cartão SD?

O sorriso bem-humorado de Kellan se desfez na mesma hora. Engolindo em seco, ele balançou a cabeça.

— Não é nada. Não se preocupe com isso, Kiera.

Ignorando meus pais por um momento, caminhei até ele. Tentei alcançar seu bolso traseiro, mas ele se afastou depressa. Tentando a custo controlar a raiva que fazia meu estômago dar voltas, repeti:

— O que tem naquele cartão?

Vendo que eu não ia desistir, Kellan se inclinou para mim, sussurrando:

— Podemos falar sobre isso mais tarde... em particular?

Quis assentir e sentar para explicar o casamento "simbólico" aos meus pais preocupados, mas não conseguia tirar o sorrisinho de Joey da cabeça. Consciente de que estava parecendo um disco quebrado, mas sem conseguir me conter, tornei a perguntar:

— O que tem no cartão?

Agora irritado, Kellan franziu os olhos e disparou:

— O que você acha que é, Kiera? Nós filmamos uma transa! – Pareceu se arrepender no momento em que se deu conta do que me contara à queima-roupa. Às vezes Kellan perdia a censura quando se aborrecia, e a chantagem de Joey o deixara uma pilha de nervos. Mas acho que foram minhas perguntas que o fizeram perder a cabeça.

Meu queixo caiu e senti como se ele tivesse me jogado um balde de água gelada. Eu sabia o que ele ia dizer. Eu sabia. Mas ouvi-lo confessar doía. Senti meu corpo quebrar, dividido. Meus olhos cheios de água.

— Você fez um vídeo pornô com ela?

Pigarreando, minha mãe se remexeu no sofá. Foi quando de repente lembrei que Kellan e eu não estávamos sozinhos. Não, a idiota aqui não fora capaz de esperar até ficarmos a sós para começar essa conversa. Como queria ter sido capaz de controlar minha curiosidade! Daria tudo para não saber que meu marido carregava no bolso um vídeo em que aparecia transando com outra mulher. E daria tudo para que meus pais também não soubessem disso.

Percebendo minha dor, Kellan se aproximou com os braços estendidos.

— Kiera, eu posso explicar.

Levantei as mãos para ele, as lágrimas escorrendo pelo rosto. Não queria saber de explicações naquele momento. Só queria ficar sozinha. Dando as costas a ele e meus pais, subi a escada correndo. Ouvi Kellan me pedindo para esperar e minha mãe chamando meu nome, mas ignorei-os. Batendo a porta do quarto, descalcei os sapatos, despenquei na cama e deixei que as lágrimas escorressem.

Nada poderia estragar minha felicidade, não é? Acho que comemorei cedo demais!

Capítulo 2
ME APAIXONANDO POR VOCÊ

Depois que as lágrimas se derramaram, eu me senti melhor em relação ao que acontecera. Sabia que tinha feito uma tempestade em copo d'água; Kellan não fizera o vídeo recentemente. O choque havia me transtornado, só isso. E o nojo. Não podia suportar a ideia de outra mulher tocando nele, mesmo tendo sido anos antes. Só a lembrança de ouvi-lo satisfazendo outras mulheres enquanto eu estava do outro lado do corredor já era bastante ruim. A ideia de assistir a isso me dava vontade de vomitar. Até cheguei a pôr a mão na boca, por via das dúvidas.

Quando os soluços cessaram, ouvi murmúrios no andar de baixo. Provavelmente, meu pai passando um sermão em Kellan. Sabendo que precisava superar isso, tentei pensar em outra coisa que não nos saltos amarelos de Joey rodeando o corpo de Kellan. Mas foi muito difícil tirar essa imagem da cabeça.

Precisando me concentrar em alguma coisa concreta, tirei a aliança do dedo e observei os diamantes que cravejavam as laterais. Enquanto estudava cada um deles, relembrei todas as coisas românticas e comoventes que ele dissera para mim, e mais ninguém.

Prefiro abraçar uma linda mulher a acordar todo dolorido amanhã. Preciso ficar perto de você. Cada mulher é você para mim. Você é tudo que vejo... é tudo que quero. Nós poderíamos dar muito certo juntos. Você me arrasa. Fica. Fica comigo. Resolve as coisas comigo. Mas não me deixa... por favor. Tenho certeza de que quero você para sempre na minha vida. Estamos casados... você é minha mulher. Eu te amo.

Quando, algum tempo depois, ouvi uma batidinha leve à porta, minhas emoções e meu estômago já tinham se acalmado. Na verdade, estava até me sentindo meio boba em relação a essa história. Kellan entreabriu a porta, mas não entrou no quarto.

– Kiera... posso entrar?

Virando-me na cama de frente para a porta, sequei os olhos e puxei o vestido curto.

— Pode — respondi com a voz rouca.

A porta não se abriu na mesma hora, e franzi o cenho, olhando para ela. Depois de outra pausa, Kellan perguntou:

— Você não vai... atirar nada em mim, vai?

Deixei escapar um riso e, ao ouvi-lo, Kellan abriu a porta. Sorri ao ver sua expressão preocupada, balançando a cabeça.

— Não, pode entrar, em confiança.

Kellan fechou a porta sem fazer barulho, e então caminhou até a cama. Observou a aliança que eu ainda girava entre os dedos. Seus passos diminuíram e seus olhos se vidraram. Sem conseguir tirá-los da aliança, ele sussurrou:

— Você vai me deixar?

Enquanto eu observava seu rosto perturbado, refleti sobre a impressão que meu gesto devia ter causado. Eu ficara transtornada, me afastara dele de um jeito dramático, e então ele me encontrara manuseando a aliança de casada como se não quisesse mais usá-la. Na mesma hora, voltei a colocá-la no dedo. Seus olhos, ainda pesados de lágrimas não derramadas, se ergueram até os meus. Meu coração se encheu de dor quando abri os braços para ele.

— Não, é claro que não vou te deixar.

Como ele ainda parecia inseguro, sentei sobre os joelhos e o puxei pela camisa, passando os braços pelo seu pescoço. Na mesma hora ele relaxou e passou os seus pela minha cintura. Aspirando seu aroma, sussurrei no seu ouvido:

— Eu estava me lembrando de todas as razões por que te amo tanto. Estava apreciando tudo que você faz, tudo que você é. Estava me apaixonando por você de novo.

Kellan se afastou, com uma expressão surpresa.

— Você descobre, menos de vinte e quatro horas depois do nosso casamento, que eu tenho um vídeo pornô com outra mulher... e *isso* faz com que você se apaixone por mim de novo? — Pôs a mão na minha testa, como se tivesse certeza de que eu estava com febre.

Caí na risada, puxando-o para a cama comigo.

— Não, quer dizer, eu não fiquei lá muito satisfeita com o vídeo, mas... — encostando a cabeça no seu ombro, observei seus olhos azul-escuros — ... há tantas coisas em você que me fazem feliz, que eu não vou permitir que um único fato estrague isso... e o que temos.

Kellan sorriu, dando um beijo na minha testa.

— Eu já te disse hoje o quanto te amo?

Eu me aconcheguei na curva do braço dele, enroscando as pernas entre as suas e pousando o rosto em cima do ponto onde meu nome estava gravado, no peito dele.

– Provavelmente sim, mas nunca vou me cansar de ouvir.

Enrolando as mãos na barra da sua camisa, curti o conforto do seu aconchego por um momento. Sua voz grossa soou no meu ouvido quando ele rompeu o silêncio:

– Me perdoe, Kiera. Eu jamais quis que você ficasse sabendo disso.

Dei uma olhada no seu quadril, imaginando se ainda estaria com o cartão no bolso, e então observei seu rosto, que deixava transparecer seu arrependimento.

– Não quero que você me esconda as coisas por achar que a verdade vai me fazer infeliz. Nós já criamos problemas demais por causa disso.

Kellan assentiu, seus olhos pensativos.

– Tem razão. De todo modo, acho que, mais cedo ou mais tarde, eu acabaria te contando... mas nunca na manhã seguinte à nossa noite de núpcias. Para ser honesto, já tinha até me esquecido do vídeo com a Joey. – Franziu os lábios, extremamente infeliz com o infortúnio de Joey ter reaparecido e relembrado a ele.

Observando seu rosto forte e bem barbeado, perguntei:

– Como você pôde se esquecer de ter filmado uma transa com uma roommate? Seria de se esperar que uma coisa dessas fosse inesquecível.

Senti Kellan ficar tenso debaixo do meu corpo, e prestei atenção nos seus olhos. Antes de poder formular a pergunta que me enchia de pavor, ele suspirou, balançando a cabeça.

– Me perdoe, Kiera. Ela pediu... e eu não me importei. Não tinha o hábito de dizer não para a maioria das mulheres na época, e ela... – Mordeu os lábios com força, fechando os olhos. Quando os reabriu, sussurrou: – Eu não estava pensando no futuro, no que estava deixando para trás... me perdoe.

Começando a ter um péssimo pressentimento, eu me sentei.

– Esse não foi o único vídeo que você fez, foi?

Kellan estremeceu, e na mesma hora tive uma resposta.

– Me perdoe, Kiera – tornou a sussurrar.

Cruzando os braços, balancei a cabeça, incrédula.

– Ah, meu Deus... eu me casei com um ator pornô.

Kellan se esforçou por manter a expressão neutra, mas não conseguiu por muito tempo. Dei um tapa no seu ombro quando ele começou a rir. Segurando minhas mãos, ele sentou, passou os braços pela minha cintura e me puxou para o peito, esfregando minhas costas para me tranquilizar. Minha breve raiva se dissipou enquanto ele me abraçava. Então, fui assaltada por um sentimento de melancolia.

– Eles não vão ficar escondidos para sempre, Kellan. Não quando as músicas da sua banda estourarem nas rádios. Não quando o seu nome ficar conhecido. Quando as pessoas souberem que podem ganhar dinheiro à sua custa... – olhei para seu rosto – ... esses vídeos vão começar a aparecer por toda parte.

Com um sorriso triste, ele concordou.

— Eu sei... e peço desculpas de todo coração.

Examinando sua expressão, fiquei morta de pena dele.

— Não é o *meu* corpo que vai ser vendido, Kellan. Você não precisa se desculpar por uma coisa que fez anos atrás. Eu só... me sinto mal por saber que sua vida íntima vai ser tão... devassada.

Kellan deu de ombros.

— Não me importo com isso. — Segurou meu rosto. — Só não quero que você seja magoada.

Aninhando o rosto em sua mão, soltei um longo suspiro.

— Bem, pelo menos vou estar preparada. — Sorri para ele. — De todo modo, *jamais* vou assistir a esses vídeos. — Kellan riu, e eu balancei a cabeça, fechando os olhos. Doía um pouco saber que mais cedo ou mais tarde o mundo inteiro veria meu marido como veio ao mundo, mas, no fundo, não importava. Ele não era mais aquele homem. Ele era *meu* homem.

Abrindo os olhos, observei sua expressão preocupada. Querendo acalmar seu medo de que eu o rejeitasse, murmurei, brincalhona:

— Você é um tremendo galinha.

Balançando a cabeça para mim, ele voltou a me puxar para a cama. Depois de um momento, lembrei que ambos tínhamos coisas a fazer, pessoas à nossa espera. Quando começava a me mover, para lembrar a Kellan que precisava ligar para Gavin, bateram à porta do quarto. A voz preocupada de minha mãe perguntou:

— Kiera, querida, está tudo bem?

Kellan se remexeu embaixo de mim, me afastando para o lado, a fim de se levantar. Desejando poder puxá-lo de volta para os meus braços, sentei, ajustando o vestido apertado.

— Está... pode entrar.

Quando ela fez isso, deu uma olhada em Kellan com uma expressão dividida. Pude perceber que não ficara satisfeita com o que ouvira na sala. Minha mãe gostava muito de Kellan, mas era tão superprotetora quanto meu pai, e Kellan a deixava nervosa. Beleza, fama, juventude e monogamia não costumavam andar juntas. Embora ela se esforçasse ao máximo para confiar no meu amor, estava convicta de que ele acabaria me abandonando.

Mas ela não conhecia Kellan tão bem quanto eu. E eu tinha certeza de que ele não faria isso. Já tinha levado esse tipo de vida, e agora queria algo mais. Agora, queria uma vida inteira... ao meu lado.

Abri um sorriso radiante quando ela se aproximou. Kellan olhou para uma e para outra, e então deu um beijo no meu rosto.

— Vou ligar para o Gavin... e dar uma olhada no meu carro. Volto em um minuto.

— Assenti, beijando sua mão antes de ele sair.

Mamãe ficou olhando enquanto ele se afastava, e então sentou na cama ao meu lado. Não me perguntou nada, mas a pergunta que fizera antes ainda estava clara nos seus olhos verdes. Pondo a mão no seu joelho, repeti a resposta que já dera:

— Estou ótima, mãe, sinceramente.

Ela pareceu perplexa com essa resposta.

— Como você pode estar ótima sabendo que ele e aquela menina...?

Não concluiu a pergunta, e eu dei de ombros.

— Aquilo foi há séculos, muito antes de ele me conhecer. Aquele vídeo não tem nada a ver comigo, e agora que o choque passou... estou ótima.

Mamãe exibia uma expressão confusa, e eu ri um pouco, encostando a cabeça no seu ombro.

— Ele não é mais aquele homem, e... — Fiz uma pausa, a consciência dos meus próprios erros subitamente me atingindo. — Não posso jogar o passado de Kellan na cara dele.

Ao ouvir meu tom, mamãe se afastou para me forçar a olhá-la.

— E *o seu* passado? — Estudou meu rosto. — Quer me contar o que realmente aconteceu entre você e Denny, querida?

Pisquei os olhos, atônita. Tanto ela quanto meu pai tinham acreditado quando eu lhes dissera que Denny me deixara para poder aceitar um emprego na Austrália. No entanto, minha mãe era observadora, estava preocupada e se sentia curiosa, o que sem dúvida deve ter feito com que juntasse várias peças soltas, como olhares culpados e comentários abafados, para formar o quebra-cabeça do meu triângulo amoroso, que era muito maior do que a peça minúscula que eu lhe dera. Eu tinha certeza de que ela suspeitava da verdade. Sentindo meus olhos se encherem de lágrimas, comecei a balançar a cabeça. Não, não queria lhe contar que eu era um ser humano horrível, que ela criara *esse* tipo de mulher, que eu tinha ainda mais defeitos do que o homem que filmara uma transa com a ex-roommate. Preferia que ela continuasse pensando em mim como sua doce e inocente filhinha. Mas, por outro lado... eu seria uma mentirosa se a deixasse continuar pensando assim.

Abaixando a cabeça, sussurrei:

— Eu tive um caso com Kellan. Denny descobriu e... me deixou. — Lágrimas de culpa me escorreram pelo rosto. Olhando para ela, disse, com voz embargada: — Me perdoe, mãe.

Seus olhos ficaram úmidos ao ver minha dor. Esperei por suas palavras ríspidas de condenação, mas não vieram. Em vez disso, ela apenas me deu um abraço apertado. O que só fez com que eu chorasse mais ainda. Encostando o rosto no seu ombro, abri as comportas que represavam meu remorso. Solucei nos seus braços, enquanto ela tentava me acalmar, sussurrando palavras carinhosas no meu ouvido e esfregando minhas costas.

Quando as lágrimas cessaram, levantei a cabeça.

— Está furiosa comigo? — Minha garganta se fechou com as palavras.

Ela secou minhas lágrimas com o polegar. Com um sorriso tranquilo, balançou a cabeça.

— Não, é claro que não estou furiosa com você.

— Você não vai gritar comigo? Dizer que sou horrível?

Eu já ia abaixar a cabeça, mas ela segurou meu queixo. Manteve os olhos fixos nos meus por longos segundos antes de responder:

— Não há nada que eu poderia lhe dizer que a punisse mais do que você mesma já se puniu. — Balançou a cabeça, suas longas mechas castanhas se agitando nos ombros. — Agora, se você não demonstrasse um pingo de arrependimento, seu pai e eu te daríamos uma coça daquelas. — Sorriu mais ainda, segurando meu rosto. — Mas, obviamente, foi uma coisa que te deixou arrasada, e não posso imaginá-la se infligindo esse tipo de sofrimento novamente.

Neguei com a cabeça, veemente. Não, não queria jamais passar por aquela tortura outra vez. Ela sorriu para mim, abaixando a mão.

— Na verdade, estou muito mais chateada por você ter se casado escondido de mim. — Cruzando os braços, franziu os lábios, arqueando uma sobrancelha. — Quer explicar isso?

Suspirei, sabendo que não me safaria dessa tão fácil.

Demorou um pouco, mas finalmente consegui convencê-la de que só tinha mesmo ficado noiva na noite anterior. Kellan e eu consideramos nosso momento no bar como um casamento, mas eu sabia que as pessoas não o veriam desse jeito e, de todo modo, fora uma cerimônia sem qualquer valor legal. A mensagem que eu deixara na secretária eletrônica para meus pais fora muito curta, sem qualquer explicação. Basicamente, eu só dissera que Kellan e eu tínhamos nos casado e não voltaríamos para casa até a manhã seguinte. Era um verdadeiro milagre que meu pai não tivesse posto a SWAT atrás de mim.

Quando mamãe compreendeu o que tínhamos feito, riu de alívio.

— Ah, antes assim, eu estava com medo de que você tivesse tomado um avião de madrugada para Las Vegas e se casado com algum sósia de Elvis Presley! — Balançou a cabeça, segurando minha mão para examinar o anel de compromisso que se elevara ao status de aliança de casamento. — Essa não é a maneira certa de se começar uma vida a dois... se é que você tem mesmo certeza de que quer passar o resto da vida com ele.

Assenti enfaticamente. Isso era algo de que eu tinha a mais absoluta convicção.

Uma profunda determinação se estampou no rosto de minha mãe, e ela sorriu.

— Nesse caso, acho que é melhor começarmos a planejar o casamento, não? — Seus olhos se iluminando ainda mais, ela apertou as mãos. — Podemos marcar a cerimônia para dezembro, depois que Anna tiver o bebê... ou então na primavera, quando as árvores estiverem em flor, que tal?

Minha cabeça dava voltas enquanto ela ia enumerando as coisas que precisaríamos fazer até a data do casamento. Na certa se incumbiria de escolher meu vestido, os trajes das damas de honra, os ternos de meu pai e de Kellan, as flores, a música, a igreja, o bufê, o bolo de casamento, e até faria a lista de convidados...

Quando a lista já ameaçava se tornar infindável, cobri as mãos dela com as minhas para interromper seu falatório.

— Mãe, eu não preciso de nada luxuoso. — Sorri com ar apaixonado. — Kellan e eu já estamos casados, e agora só precisamos oficializar a união.

Minha mãe me olhou com uma expressão perplexa, e então perguntou:

— Você vai querer que seja aqui em Seattle ou em Athens? Porque nossa família inteira está lá, e obrigá-los a tomar um avião para cá não seria nada simpático.

Suspirei. Ela não ia mesmo largar o osso. Eu ia ter que me produzir toda e desfilar por um corredor enfeitado de rosas, quisesse ou não. Só de pensar nisso meu estômago deu mil nós de ansiedade.

Tentando mudar de assunto, murmurei:

— É melhor eu ir falar com papai, para acalmá-lo. — Provavelmente ele ainda estava meio baqueado com o episódio do vídeo, e também com a história do casamento. Pobre papai. Aquele não era mesmo o seu dia.

Decidi vestir alguma coisa mais confortável antes de enfrentar a fera. O tubinho emprestado por Anna ficava se enrolando na altura das coxas, e eu não queria ter que ficar puxando-o para baixo toda vez que meu pai me chamasse a atenção. Além disso, o decote quadrado cavadíssimo não permitia que eu usasse um sutiã, o que até viera a calhar na noite de núpcias, mas não cairia nada bem num *tête-à-tête* com meu velho.

Minha mãe ficou olhando enquanto eu vestia um jeans qualquer e uma camiseta; ainda estava animadíssima, planejando os detalhes do casamento, falando pelos cotovelos sobre o arranjo de flores ideal. Já vestida, fui para a sala. A descrição que ela fazia da cerimônia de casamento não acabava mais, suas palavras me bombardeando a cada passo que dava. Enquanto descia a escada, me imaginei avançando pela nave da igreja em direção ao meu marido. Quando cheguei ao último degrau, Kellan estava parado perto das janelas, fazendo que sim com a cabeça para meu pai com uma expressão compenetrada. Imaginei Kellan de terno, e eu com um vestido de cetim. Na minha cabeça, ele estava lindo, como sempre, e eu também, pela primeira vez. A ideia de uma igreja cheia de gente me deixou meio nauseada, por isso tive que imaginar que ele e eu estávamos sozinhos. Comecei a sentir um sobe e desce no estômago, a marcha nupcial tocando na minha cabeça.

Kellan olhou para mim e abriu um sorriso. Eu tinha certeza de que ele não estava tendo a mesma visão que eu, mas a expressão no seu lindo rosto era tão cheia de amor e encanto quanto a minha. Corando de expectativa ao pensar em como nossa cerimônia de casamento poderia ser maravilhosa, caminhei até ele e passei os braços pela sua cintura. Sorrindo para mim, ele me abraçou e deu um beijo na minha testa. Estávamos olhando um para o outro com ar bobo quando meu pai pigarreou.

Despertei bruscamente da visão romântica e olhei para ele. Com as sobrancelhas franzidas numa expressão confusa, ele perguntou:

– Está tudo... bem?

Sorri, assentindo, e ele suspirou, obviamente não entendendo como eu podia ter passado de um extremo ao outro num espaço de vinte minutos. Dei um risinho ao soltar Kellan para ir abraçar meu pai. Essas alterações de humor eram corriqueiras no meu convívio com Kellan. Ele podia me pôr nas alturas, ou me estilhaçar no chão. Embora às vezes eu até curtisse essa montanha-russa, encontrar um ponto de equilíbrio entre os extremos era algo que eu queria muito. Nós precisaríamos dessa serenidade, se pretendíamos ter uma relação a longo prazo. E o casamento era uma relação a longuíssimo prazo. Pelo menos, para mim.

Quando meu pai e eu terminamos de nos abraçar, ele olhou para Kellan, às minhas costas. Pude perceber claramente como seus sentimentos estavam divididos. Meu pai queria que eu fosse feliz, mas não aprovava o fato de eu estar com um roqueiro. E um roqueiro que carregava o vídeo de uma transa no bolso, ainda por cima. Inclinando-se para mim, ele disse:

– Kellan me contou sobre o... casamento de vocês dois... no bar. – Franziu o cenho, dando uma olhada em Kellan. – Tem certeza de que é o que você quer, Kiera?

Com um sorriso radiante, dei um beijo no seu rosto.

– Absoluta, pai.

Mas a resposta não fez com que sua expressão se animasse. Na verdade, ele pareceu envelhecer diante dos meus olhos. Vendo a sisudez nos vincos de sua testa, segurei seus braços.

– Kellan te contou que o pai dele vai vir tomar um brunch com a gente? – Olhando para Kellan, perguntei: – Você conseguiu falar com o Gavin?

– Acabei de falar. – Kellan exibiu o celular. – Ele vai estar aqui em meia hora. – Seus olhos azul-escuros brilhavam de alegria. Sentimentos positivos por um parente eram uma novidade para ele, que relutara muito em se permitir senti-los. Acho que em parte ainda hesitava, como se estivesse se preparando para a inevitável implosão emocional que se aproximava. Mas, por ora, estava sendo otimista.

Ainda sorrindo de orelha a orelha, Kellan apontou para a porta:

– E o meu carro está OK. – Sorri ao ver sua expressão de alívio. Provavelmente ele sairia no encalço de Joey se ela tivesse causado algum dano ao seu bebê.

Enquanto esperávamos que a família de Kellan chegasse, minha mãe me perguntou sobre esquemas de cores para o casamento, o olhar fulminante de meu pai se tornando ainda mais fulminante a cada pergunta. Kellan ficou segurando minha mão com um sorriso bem-humorado enquanto ouvia minha mãe. Tinha certeza de que ele concordaria com qualquer cerimônia extravagante que ela propusesse. Não se importava de ser o centro das atenções de uma multidão, e nem que eu fosse centro também. Estava sempre me incentivando a ser mais confiante e extrovertida. Embora isso me deixasse envergonhada, eu adorava que Kellan me amasse o bastante para me encorajar sutilmente a amadurecer.

Gavin tocou a campainha bem na hora. Soltando um longo suspiro, Kellan se levantou e secou as palmas das mãos no jeans. Não vi o volume no seu bolso quando sua mão passou por ele, e achei que talvez tivesse jogado o vídeo fora. Pelo menos, foi o que esperei. Não queria vê-lo com outra mulher, mas sabia, se topasse com o vídeo, que ficaria morta de curiosidade. E era possível que essa curiosidade me enlouquecesse a ponto de me fazer assistir. E há coisas que você não pode fingir que não viu. Kellan fazendo a ex-amante gemer não era uma cena que eu queria gravada no meu cérebro. Só imaginá-la já era bastante ruim.

Kellan estava visivelmente nervoso ao se dirigir para a porta. Achei isso superfofo; ele raramente ficava nervoso. Mas esse encontro com o pai era muito importante para ele. Eu não sabia exatamente como estava se sentindo, mas, se fosse eu, seria uma mistura de entusiasmo, apreensão e terror. Muita coisa pode dar errado quando a gente expõe a alma para outra pessoa, ainda mais quando se trata de um parente. Kellan estava sendo extremamente corajoso, e eu não podia me sentir mais orgulhosa dele.

Como se estivesse reunindo forças mentalmente, Kellan soltou um suspiro curto antes de chegar à porta. Abrindo um de seus sorrisos espontâneos, abriu a pesada porta de madeira. Levantei do sofá ao avistar seu pai. Gavin era tão parecido com o filho que o parentesco dos dois era inegável. O mesmo porte, a mesma altura, o mesmo tom castanho-claro dos cabelos, os mesmos olhos de um azul-escuro profundo, o mesmo contorno do queixo forte e anguloso. Olhar para os dois lado a lado era como ter um vislumbre do futuro de Kellan. E, por tudo que eu podia ver... Kellan ia envelhecer muitíssimo bem: Gavin era podre de atraente.

Ao meu lado, ouvi minha mãe murmurar *Ai... Minha nossa!*.

Eu e ela nos entreolhamos com ar cúmplice, enquanto Kellan e o pai trocavam um aperto de mão. Com uma expressão eufórica, Kellan indicou o interior da casa.

– Que bom que vocês vieram. Vamos entrar.

Gavin assentiu, acompanhando-o. Atrás dele estavam seus dois filhos, os meios-irmãos de Kellan. Acenei para a irmã, Hailey. Sorrindo, ela retribuiu meu aceno. Hailey era mais ou menos da minha idade, talvez um ou dois anos mais nova. Também herdara os olhos azul-escuros do pai, mas, agora, à luz do dia, dava para ver que seu cabelo castanho era um pouquinho mais claro que o dos homens da família. Logo atrás dela estava o irmão caçula de Kellan, Riley. Bonitinho como ele só, parecia ter uns dez anos de idade, apenas dois anos mais novo do que Kellan era quando tivera sua primeira experiência sexual. Eu esperava sinceramente que Riley ainda não tivesse se iniciado; ele era jovem demais. Com seus olhos da cor de um céu de primavera, Riley olhava para Kellan com uma expressão de deslumbramento. Obviamente, já idolatrava o irmão rock star.

Kellan fez uma festinha nos cabelos do caçula quando ele entrou. Quando o trio já estava no vestíbulo, Kellan indicou a pequena sala.

— Por favor, vamos sentar.

Eu me afastei do sofá para que o pai de Kellan pudesse sentar. Meus pais fizeram o mesmo, para cumprimentar Gavin. Meu pai lhe deu um firme e caloroso aperto de mão. Minha mãe tremeu nas bases, mas tentou disfarçar com um pigarro. Papai franziu o cenho ao ver a mulher trocar um aperto de mão com a versão mais velha de Kellan. Muito esperto, sentou no lugar dela, ficando ao lado de Gavin no sofá.

Riley sentou no chão, esticando as pernas enquanto dava uma olhada na casa de Kellan. Não muito tempo antes, eu pedira ajuda a Jenny, minha melhor amiga, para pintar as paredes da sala. Eram de um branco sujo, sem graça, desde que eu fora morar lá. Ela me ajudou a pintá-las de um tom quente de bege, menos uma, que pintamos de vermelho-escuro. Nos cantos dessa última, Jenny usara sua habilidade artística para desenhar várias notas musicais. Também pintara a letra de uma música de Kellan. Em grandes letras de fôrma acima da porta de vidro de correr, estavam os dizeres *A cada dia vou levar você comigo, não importa quão longe esteja.* Kellan achou que era meio pretensioso exibir uma letra escrita por ele na parede da sua própria sala, mas achei que tinha ficado lindo, e não deixei que a apagasse. Afinal, agora a casa também era minha.

Hailey veio me dar um abraço. Pela alegria no seu rosto, era óbvio que já me adorava só pelos elogios que Kellan fizera. Agora eu achava quase cômico que um dia já tivesse chegado a suspeitar que Kellan estivesse me traindo com ela. Mas ele tratara a descoberta do pai biológico com o maior sigilo e a escondera de todos, até mesmo de mim. Acho que a maioria das mulheres no meu lugar teria pensado o mesmo que eu pensei.

Achei que o rosto de Kellan poderia até se rasgar, tão largo era o seu sorriso. Quando seus olhos se fixaram em Gavin, que conversava com meus pais, ele bateu as mãos com força.

— Bom, vou começar a preparar o brunch, já que está quase na hora do almoço. — Rindo um pouco, levantou as mãos para o pai: — Me desculpe por ter te ligado mais tarde do que o combinado.

Os olhos azul-escuros de Gavin observaram o filho, e então se voltaram para mim. Sentindo meu rosto queimar sob seu olhar, foi fácil imaginar como esse homem seduzira uma mulher casada. Claro, era uma situação terrível, tão terrível quanto a situação em que eu me encontrara dois anos antes, mas era fácil ver *por que* tinha acontecido. O rosto de Gavin era daquele tipo a que poucas mulheres conseguem resistir. Na mesma hora me senti aliviada pelo fato de papai estar agindo como uma barreira entre Gavin e mamãe. Não que Gavin fosse dar em cima dela na casa de Kellan, e não que ela fosse cair, mas, enfim...

Um sorriso afetuoso curvou os lábios de Gavin, que balançou a cabeça para mim.

Meu rosto ficou ainda mais vermelho quando Hailey me deu um apertãozinho no ombro, exclamando:

— Você agora é parte da família, Kiera, goste ou não!

Meu pai suspirou.

Vindo até mim, Kellan me afastou da irmã e me deu um beijo leve. Seus olhos me bebiam como se ele jamais me tivesse visto. O jeito como olhava para mim fez com que meus joelhos ficassem bambos, meu coração disparasse e minha respiração acelerasse. Ele era incrível.

— Goste ou não — murmurou, antes de me beijar novamente.

Toda derretida e romântica, respondi, com um suspiro:

— Eu gosto.

Meu pai suspirou outra vez.

Passando o braço pelos meus ombros, Kellan olhou para nossas famílias.

— Vamos estar na cozinha. Vocês precisam de alguma coisa?

Sorrindo ao olhar para Gavin, minha mãe murmurou:

— Não, não precisamos de nada. — Meu pai deu uma olhada nela e se inclinou um pouquinho para a frente, tentando bloquear a visão do pai de Kellan.

Sem notar, Gavin balançou a cabeça.

— Não, obrigado, filho.

Kellan estava rindo baixinho quando contornamos a parede e entramos na cozinha.

— Ele me chamou de "filho".

Sorri para ele, eufórica pelo vínculo que se aprofundava entre ele e o pai. Kellan parou diante da geladeira, seu sorriso se desfazendo. Seus lábios carnudos se curvaram numa expressão preocupada.

— Que é que eu preparo para eles? — Olhou para mim, seu rosto em pânico. — Eu não sou o melhor cozinheiro do mundo.

Abriu a geladeira, procurando alguma coisa no seu interior. Tentando me lembrar de alguma refeição decente que tivesse preparado, sugeri, impulsiva:

— Eu posso fazer uns ovos mexidos, que tal?

O sorriso radiante de Kellan reapareceu ao encontrar uma caixa de ovos na geladeira.

— Tá, tudo bem... pode ser. — Passando a caixa para mim, fechou os olhos por um segundo. — Por favor, me diga que tem bacon em casa. — Eu já ia responder que comprara um pacote poucos dias antes, quando ele abriu a porta do freezer e o encontrou. Com uma expressão de grande alívio, suspirou. — Graças a Deus.

Achando graça do seu nervosismo, coloquei os ovos na bancada e segurei seu rosto entre as mãos.

— Calma. Eles estão aqui por você, não pela comida.

Kellan soltou um longo suspiro para se acalmar.

— É, eu sei. É que... não quero estragar tudo. — Balançando a cabeça, olhou para o chão. — Porque eu sempre estrago tudo, Kiera.

Sentindo um aperto no estômago ao ver sua expressão sofrida, passei os braços pelo seu pescoço e puxei seu corpo para o meu.

— Não, não estraga. — Com uma expressão séria, observei seus olhos. — Você não estragou a nossa relação.

Seus lábios se curvaram, irônicos, como se ele tivesse certeza de que isso não era verdade. Mas era, sim. Nosso lado sombrio não podia ser atribuído exclusivamente a ele. Não, nossos problemas tinham sido criados por nós dois.

Apontando para o armário embaixo da pia, ele disse, em voz baixa:

— Ah, não? Eu acabei de jogar fora um vídeo pornô, Kiera.

A sensação que experimentei ao ouvir isso foi estranha. Por um lado fiquei eufórica por não estar mais no seu bolso, por outro fiquei horrorizada por saber exatamente onde estava. Mas me obriguei a sorrir do jeito mais natural possível, e me afastei de Kellan. Pegando uma frigideira para os ovos, respondi:

— Exatamente. Você jogou fora. — Tirando um garfo da gaveta, dei uma espetadinha brincalhona no seu peito. — Agora, se tivesse guardado numa gaveta para assistir mais tarde, aí sim, você seria um babaca.

Kellan riu baixinho, batendo no meu traseiro com o pacote gelado de bacon. Quando me afastei dele, com a bunda gelada, sua irmã entrou na cozinha.

— Quem é babaca?

Esfregando o traseiro, apontei automaticamente para Kellan. Ele ficou sério, e então deu de ombros.

— Eu... pelo visto.

Hailey abriu um largo sorriso para o irmão, puxando uma cadeira. Sentando com os braços sobre o encosto, ficou assistindo enquanto tentávamos preparar um brunch decente. Kellan degelou o bacon no micro-ondas, enquanto eu preparava uma jarra de café. O borbulhar do café fervendo se misturou com os estalos e chiados da gordura quando as fatias de bacon foram jogadas na frigideira. Comecei a fritar os ovos, quebrando vários em outra frigideira, e então esperei alguns minutos até que a clara começasse a endurecer. Quando achei que estavam prontos, tentei soltá-los. Kellan deu uma olhada na frigideira quando me viu quebrar a gema de mais um ovo.

— Hum, acho que eles têm que ficar mais tempo... — murmurou.

Dando uma olhada na sua frigideira de bacon chiando, notei que uma desagradável fumaça preta começava a encher a cozinha. Apontando para sua frigideira, respondi:

— E eu acho que você está deixando o bacon queimar.

Na mesma hora ele voltou a prestar atenção à frigideira, e Hailey caiu na risada.

— Santo Deus, como vocês dois sobreviveram esse tempo todo?

Levantando, veio até onde Kellan e eu assassinávamos o brunch.

— Podem deixar que eu termino. Vão descansar em outro lugar.

Kellan deu um sorriso para ela, como se se desculpasse.

— Obrigado... irmã.

Ela sorriu para ele, depois de soltar um ovo frito da frigideira com a maior facilidade.

— Não há de que, irmão mais velho.

Não pude deixar de notar as semelhanças entre seus sorrisos quando os dois se entreolharam. Fiquei feliz por ver que o sorriso de Kellan parecia ser genético. Quem sabe ele não podia passar aquele sorriso incrível para os nossos filhos? Quer dizer, quando tivéssemos filhos. Dali a muitos anos.

Kellan passou os braços pelos meus ombros, com um suspiro satisfeito. Olhando para mim, balançou a cabeça.

— Há anos que eu cozinho para mim mesmo. Não sei por que eu não estou conseguindo hoje.

Com um largo sorriso, dei um tapinha no seu estômago.

— Bem-vindo ao maravilhoso efeito colateral de uma crise de nervos, Kellan Kyle.

Ele franziu o cenho ao ouvir minha opinião.

— Eu não estou nervoso.

Hailey parou de cozinhar por um segundo e se virou para ele:

— Você só pode estar brincando. Quase dá para sentir o cheiro do medo saindo de você. — Deu uma risadinha.

Kellan franziu ainda mais o cenho.

— Como estou feliz por ter irmãos...

Adorando o papo brincalhão entre irmão e irmã, passei os braços com mais força ao redor do seu pescoço. Hailey estava certa sobre o seu nervosismo, e errada sobre o seu cheiro. Ele estava com o mesmo aroma fantástico que sempre tinha. Aquele aroma maravilhoso que era só seu e enchia os meus sentidos enquanto eu me aconchegava a ele. Seu cheiro era melhor do que o do café e o do bacon.

Riley entrou na cozinha alguns minutos depois, com uma expressão entusiasmada.

— Kellan, me mostra a sua guitarra?

Kellan sorriu para ele.
— Claro. — Deu um tapinha no ombro de Riley, e um beijo na minha testa. — Já volto.

Fiquei olhando seu traseiro quando saiu da cozinha, me sentindo totalmente feliz. Em seguida Hailey disse algo que balançou um pouco essa felicidade. Dando uma olhada no irmão, perguntou:

— Kellan fez mesmo... um vídeo? — Ergueu as sobrancelhas, maliciosa.

Irritada por ela ter ouvido nossa conversa, estremeci. Vendo minha reação, os olhos de Hailey na mesma hora se arregalaram e ela voltou a se concentrar na refeição que preparava.

— Desculpe, não devia ter perguntado. Tenho certeza de que você prefere não falar sobre o... assunto. — Pareceu um pouco constrangida.

Sem compreender a que ela se referia, Riley pareceu confuso:

— Ele fez um monte de vídeos, Hail. — Olhou para mim, seus olhos o retrato da mais pura inocência. — Tem vídeo dos D-Bags que não acaba mais na Internet.

Corei, mordendo o lábio.

— É, exatamente... um monte de vídeos na Internet. — Suspirei, sabendo o quanto essa afirmação era verdadeira.

Hailey fez uma careta, pedindo desculpas por mímica labial.

Assenti. Não fazia sentido me preocupar com todos os vídeos de Kellan que poderiam vir à tona algum dia. Não importava. Eu podia enfrentá-los. O preço valia a pena. Provavelmente seria capaz de enfrentar coisas até piores para ficar com Kellan. Não que quisesse isso, mas, se acontecesse, aceitaria qualquer limão que a vida jogasse em mim, se era esse o preço de ser sua mulher.

Kellan voltou à cozinha alguns minutos depois, segurando a guitarra pelo braço. Estava num intervalo da gravação do álbum da banda em Los Angeles e, como sempre, trouxera o instrumento favorito para casa. Era quase como um cobertor de segurança para ele, um objeto do qual parecia não ser capaz de se afastar por muito tempo.

Sorri para Kellan, que convidou Riley a sentar, e então lhe entregou a amada guitarra. Achei que o menino seria capaz de desmaiar, tal foi sua empolgação ao segurá-la. Os olhos de Kellan brilhavam ao observar a euforia do irmão, como se lembrasse de si próprio. Deixei os dois se entrosarem e tentei ajudar Hailey com o brunch. Peguei um melão pingo de mel fresquinho na geladeira e comecei a cortá-lo em finas fatias, um riff desafinado encheu o ar.

Kellan ajudou Riley a melhorar sua técnica e, enquanto eu ouvia suas instruções, relembrei a primeira vez que Kellan tentara me ensinar a tocar guitarra. A lembrança de suas mãos sobre as minhas e sua respiração no meu ouvido me fez sorrir. Na época, eu me sentira extremamente culpada por gostar tanto daqueles momentos. Na verdade, ainda me sentia culpada. Eu tentara fingir que nossa paquera não passava de carícias inocentes, mas de inocente ela nunca tivera nada. Eu o desejava, e ele a mim. Eu o amava, e ele a mim. Nada do que havíamos feito estava certo. Mas a lembrança ainda me fazia sorrir.

Longe dos acordes de Riley e dos chiados do bacon na gordura, ouvi Gavin e meus pais conversando. Para minha surpresa, meu pai soltou uma gargalhada homérica. Gavin devia ser tão simpático quanto o filho – mais uma característica que estava nos genes de Kellan. *Que Deus ajude as mulheres do mundo se Kellan e eu tivermos um filho algum dia,* pensei.

Quando a comida estava quase pronta, Gavin apareceu diante da porta em arco que separava a sala de jantar da sala de estar, e sorriu de felicidade ao ver os três filhos. Quando seus olhos encontraram os meus, abri um sorriso radiante para ele, feliz por ver Kellan lhe dar mais uma chance, como ele pedira. Eu sabia muito bem o que é a bênção de ter mais uma chance, já que Kellan também me dera uma. Balancei a cabeça para Gavin, que sentou numa cadeira ao lado de Riley.

– Ouviu isso, pai? Finalmente consegui acertar aquela parte!

O sorriso orgulhoso de Gavin se voltou para o filho caçula.

– Maravilha! Você já está no caminho para o estrelato. – Seus olhos passaram para Kellan. – Como o seu irmão mais velho.

Riley voltou a tocar, mas Gavin manteve os olhos fixos em Kellan. Abaixando a voz, ouvi-o perguntar:

– Posso dar uma palavra com você?

Na mesma hora a expressão de Kellan se tornou defensiva, mas ele assentiu, indicando o corredor. Dando um beijo no meu rosto ao passar por mim, contornou a parede em companhia do pai. Voltei a olhar para Hailey, mas ela apenas deu de ombros; também ignorava o que Gavin queria.

Terminando de fatiar o melão, coloquei depressa os pedaços em uma tigela, e então limpei o sumo das mãos com uma tolha. Curiosa, saí da cozinha, à procura dos dois.

Kellan e o pai estavam parados pouco depois da aresta da parede, perto da entrada da área de serviço e do banheiro. Ao lado de Kellan, ouvi Gavin dizer:

– Não quero discutir isso na frente de Hailey e Riley, mas... – Parou de falar ao me ver. Kellan ergueu os olhos e me deu um breve sorriso, por isso vi que podia me aproximar. Gavin pareceu não saber se devia falar na minha presença, mas Kellan meneou a cabeça para que ele continuasse. – Hum, enfim, Martin e Caroline me falaram daquela visita que você recebeu horas atrás. Disseram que a moça... chantageou você...

Kellan suspirou, e meu rosto começou a arder. Gavin olhou para o filho, e então para mim.

– Está tudo bem?

Kellan retesou o queixo e apertou tanto os punhos que os nós dos dedos empalideceram.

— Claro, está tudo bem. Isso... não é nada. Vou cuidar do assunto amanhã mesmo, antes de voltar para Los Angeles.

Senti uma tristeza enorme ao lembrar que Kellan iria embora tão cedo. Mas ainda não podia ir ao seu encontro. Meus pais iriam passar mais alguns dias na cidade, e eu tinha um emprego do qual precisava me demitir primeiro. Pete fora ótimo comigo, por isso eu queria agir da maneira certa dessa vez e lhe dar o aviso prévio com duas semanas de antecedência. Também prometera à minha volúvel irmã que a acompanharia na sua próxima consulta com a obstetra. Por isso, infelizmente, Kellan teria que voltar para Los Angeles sem mim. Mas, antes, ele teria que se encontrar com aquela... mulher. *Cachorra.*

Capítulo 3
HONESTIDADE

Gavin e os filhos passaram horas na nossa casa, jogando conosco durante quase toda a tarde ensolarada. Hailey nos deu uma surra no Banco Imobiliário, meu pai desbancou todo mundo no Scrabble, e Kellan e eu arrasamos no Pictionary, o que me surpreendeu um pouco, já que eu não tinha o menor talento para o desenho. Mas a intuição de Kellan era fora de série; ele adivinhava tudo.

Quando a noite chegou, Kellan já parecia se sentir totalmente à vontade no meio da recém-encontrada família, e ninguém mais pensava no incidente de horas antes com Joey. Foi quando minha irmã, que estava grávida, apareceu, com o pai do bebê a tiracolo.

Sem o menor aviso, a porta da sala se escancarou cento e oitenta graus, batendo na parede. Cheguei a saltar da cadeira, meu coração aos pulos. Todos os presentes olharam para o vestíbulo. Tive certeza de que estávamos sendo atacados, e que uma legião de policiais devia estar prestes a irromper pela sala adentro, revólveres em punho.

Levantando-se, Kellan ficou na minha frente, para me proteger. Foi quando o baixista louro da banda, que era um perfeito idiota, entrou com seus passos gingados. Relaxando ao ver quem chegara, Kellan fuzilou o companheiro de banda com os olhos.

– Griffin, será que você já ouviu falar numa coisa chamada "tocar a campainha"?

Fungando, Griffin afastou para trás das orelhas os cabelos que lhe vinham até o queixo.

– Nós somos parentes, cara, eu não preciso tocar.

Suspirei, sem saber se Kellan podia questionar esse argumento ou não; afinal, Griffin engravidara minha irmã, ou seja, ele agora fazia mesmo parte da família. Que Deus me ajudasse.

Kellan abriu a boca para tentar discutir, mas Anna entrou depois de Griffin e lhe deu um pescotapa.

— Neandertal — murmurou.

Meus pais se levantaram do sofá para receber Anna. A expressão de papai ficou sombria ao examinar o pai do seu neto. Pelo jeito como olhou para Griffin, tive certeza de que, de repente, Kellan se tornara perfeito em comparação, o "genro de ouro", para ninguém botar defeito.

Quando me recuperei do choque causado pela entrada surpresa de Griffin, fui receber Anna com meus pais. Ela era uma das mulheres mais lindas que eu conhecia. Seu rosto deixava os homens de joelhos; seu corpo fazia com que a seguissem como cachorros no cio. Mesmo grávida, sua figura curvilínea ainda atraía os olhares masculinos. Seus cabelos eram incrivelmente sedosos, com um brilho que ondulava a cada passo, e uns olhos tão verdes que era quase impossível deixar de encará-los. Sua beleza era estonteante, e crescer à sombra dessa perfeição nem sempre fora fácil. Mas eu estava começando a me sentir mais confortável na minha própria pele e, pela primeira vez, não senti um arrepiozinho de inveja diante da sua beleza absurda. Pelo contrário, tudo que senti ao lhe dar um abraço apertado foi alegria por vê-la. Mesmo que ela tivesse trazido o Neandertal a tiracolo.

— Oi, mana. — Quando me afastei, meus olhos percorreram o vestido de grávida que ela usava. Eu não sabia como minha irmã conseguia encontrar uns modelitos tão provocantes, mas quase tudo que ela tinha fora desenhado para exibir o amplo busto. Griffin devia estar no sétimo céu. Putz, eu detestava ter esse tipo de pensamento.

Anna estava num estágio superfofo da gravidez, prestes a entrar no quarto mês. Já não estava mais vomitando tanto, e seu nível de energia começava a voltar. Não que desse para perceber isso pelo jeito pesado como ela andava. Anna exagerava ao máximo seu estado sempre que tinha uma oportunidade. Mas eu sabia que ela era mais ativa do que deixava transparecer. Tinha certeza de que sua noite com Griffin fora extremamente... atlética.

Anna olhou para Gavin e os filhos, que esperavam, educados. Ela franziu o cenho de um jeito que só realçou sua beleza.

— Ah, desculpe. Não sabia que vocês estavam com visitas.

— Não tem problema — disse Kellan. — Entra aí.

Papai acompanhou Anna até a sala, segurando-a pelo braço como se ela fosse cair se não fosse amparada. Kellan lhe deu um breve abraço, e então a apresentou à família.

— Oi, Anna, não tive chance de apresentar você ontem à noite. Esse é Gavin, meu... pai biológico. — Coçando a cabeça, deu de ombros.

Senti o maior orgulho por ver Kellan admitindo uma coisa profundamente pessoal com tanta facilidade. Ele estava realmente começando a se sentir à vontade com a ideia de ter um pai.

Os olhos de Anna se arregalaram um pouco diante da confissão de Kellan. Não conhecia seu passado sórdido. Enquanto Anna trocava um aperto de mão com Gavin,

Kellan lhe apresentou os dois meios-irmãos. Os olhos dela se arregalavam mais com cada acréscimo à família. Gavin abriu espaço para Anna no sofá, e papai a ajudou a sentar.

Com um braço sobre o ombro de Hailey, Kellan explicou a Anna:

— Gavin, Riley e Hails vieram da Pennsylvania para me visitar. — Virou-se para Gavin. — Você tem mais parentes por lá?

Gavin abriu um sorriso tão parecido com o de Kellan que chegava a assustar.

— Meu irmão e a família dele vivem lá, e meus pais também.

— Você vai adorar a vovó, Kellan. — Hailey deu uma cotovelada na costela de Kellan. — Ela é tão cheia de vida.

Com uma expressão encantada, Kellan olhou para mim.

— Eu tenho avós, Kiera. — Voltou a olhar para Hailey. — Nunca tive avós vivos, ou um tio vivo. — Riu baixinho, encantado com a informação. Minha felicidade era enorme por ver que a família de Kellan não parava de crescer.

Griffin, que assistia à conversa sem entender uma palavra, olhou para os presentes na sala.

— Espera aí, cara. Eu achei que o seu pai tinha morrido. Quem *são* essas pessoas, afinal?

Todo mundo o ignorou.

O olhar de Anna se manteve em Gavin tanto tempo quanto o de mamãe. Alheio ou indiferente, Griffin nem notou. No entanto, ainda quebrava a cabeça, tentando decifrar quem era Gavin. Com um sorriso simpático, Anna perguntou:

— E aí, Gavin, sua esposa também veio?

Gavin olhou para os filhos sentados no chão, terminando de jogar uma partida.

— Não, não sou... casado. — Voltou a olhar para Anna, com um sorriso triste. — Enviuvei... quando Riley tinha dois anos. — Hailey deu uma olhada no pai, com uma expressão igualmente pesarosa.

— Ah, sinto muito — disse Anna, seu sorriso se desfazendo.

Fez-se um momento de silêncio enquanto todos refletiam sobre a declaração de Gavin. Mas Griffin logo tratou de rompê-lo, indo até Kellan e cochichando:

— Cara, na boa, quem são essas pessoas?

Rindo baixinho, Kellan deu um soco no ombro de Griffin.

— Vem, vou te dar uma cerveja e desenhar um diagrama para você. — Os risos aliviaram a tensão na sala enquanto Kellan acompanhava o baixista até a cozinha, a fim de lhe contar a verdade sobre as suas origens. Griffin seria o primeiro membro da banda a oficialmente saber que o falecido pai de Kellan não era seu pai verdadeiro. Só esperava que o imbecil conseguisse assimilar a informação.

Quando todos finalmente foram embora, já era quase de manhã. Anna foi para casa com Griffin, a fim de aproveitar ao máximo o limitado tempo dele. Gavin e os filhos voltaram para o hotel; iriam pegar um avião pela manhã. Exaustos, meus pais se dirigiram ao quarto de hóspedes para passar mais uma noite no meu velho e encaroçado futon. Papai suspirou quando Kellan e eu lhe demos boa-noite da porta do nosso quarto.

Com pena de desperdiçar o pouco tempo que tínhamos dormindo, Kellan e eu continuamos acordados pelo resto da noite. Ainda vestidos, ficamos aconchegados na cama, conversando, até a luz acinzentada do amanhecer entrar pela janela. Kellan afagava meus cabelos enquanto eu deitava a cabeça no seu peito, ouvindo as batidas do seu coração e sua voz calmante. O conforto que sentia em seus braços era palpável. Seu abraço me envolvia em um calor que manteria do lado de fora a mais mortal tempestade de gelo.

Lamentando que ele tivesse que me deixar em algumas horas, eu segurava sua camisa, abraçando-o com força. Ele parou de falar e deu um beijo nos meus cabelos. Depois de um momento de silêncio, sussurrou:

– Kiera?

Dei uma olhada no seu rosto. Seus olhos estavam escuros na luz fraca, mas brilhavam de felicidade. Com um sorriso, perguntou:

– Quer casar comigo?

Meu coração disparou quando me apoiei sobre os cotovelos.

– Como é?

– Quer casar comigo?

Dei uma olhada na aliança que rodeava meu anular esquerdo, e então na aliança dele.

– Mas nós já não casamos?

Senti o peito de Kellan começar a tremer sob os meus braços, seu humor borbulhando em uma profunda gargalhada.

– Já, mas acabei de me dar conta de que não cheguei a te fazer um pedido. – Suspirando, afastou com o dedo uma mecha de meus cabelos para trás da orelha. Quando terminou, acariciou meu rosto. – E você merece um pedido tradicional.

Depois de dizer isso, seu rosto adquiriu uma expressão pensativa. Antes que eu pudesse responder à pergunta, ele afastou meu corpo com delicadeza. Tentei puxá-lo de volta, dizer que sim avidamente, mas ele se levantou. Contornando a cama até o meu lado, ficou me olhando durante longos segundos. Quando eu já estava prestes a lhe perguntar o que estava fazendo, ele soltou um profundo suspiro, e se abaixou lentamente, ajoelhando-se sobre uma das pernas.

Não sei por que razão, mas apenas vê-lo se ajoelhar fez com que um suspiro me subisse pela garganta. Minha visão ficou embaçada, e passei os dedos nos olhos para secar as lágrimas. Eu não queria perder nada.

Com os olhos úmidos em meio à luminosidade fraca, Kellan perguntou:

— Kiera Michelle Allen, a senhorita me concederia a grande honra de ser minha esposa? Quer casar comigo?

Eu já estava assentindo antes de ele terminar de falar. Segurei seu rosto.

— Quero, é claro que quero. — E o beijei várias vezes, puxando-o de volta para os meus braços.

Ele estendeu o corpo sobre o meu e nos beijamos, rimos e até choramos um pouco até a pálida luz da manhã se transformar em brilhantes raios de sol inundando nosso quarto. Ouvi meu pai sair do quarto de hóspedes, que um dia eu dividira com Denny. Kellan e eu paramos de nos beijar e ficamos olhando para a porta fechada.

Papai demorou muito mais tempo do que o normal, mas, por fim, desceu as escadas em passos arrastados a fim de preparar seu café. Com um sorriso de êxtase, Kellan olhou novamente para mim. Entrelaçando nossos dedos, sussurrou:

— Por que estou com essa sensação de que deveria me esconder no armário?

Esfregou os quadris nos meus e se abaixou para beijar meu pescoço. Fechei os olhos e virei a cabeça, extremamente feliz. As atenções de Kellan começaram a despertar meu corpo. Passei as pernas em volta dele, imaginando até que ponto conseguiríamos manter a discrição. Sexo em silêncio com ele era difícil, mas não impossível. Quando seus lábios começaram a se afastar do meu pescoço, murmurei:

— Hummm... porque você é um canalha que só está me usando para satisfazer os seus instintos sexuais.

Kellan parou de me beijar, levantando o rosto.

— É isso mesmo que o seu pai pensa de mim?

Pega de surpresa pela súbita mudança de rumo, pisquei, gaguejando:

— Hum, não sei... não... acho que não.

Kellan se deitou ao meu lado, e eu me virei de lado para olhá-lo.

— É, sim. Ele pensa que a única coisa que quero de você é sexo, e que tenho uma versão diferente de você em cada cidade que visito.

Franzi os lábios, tentando pensar em algum errinho na análise de Kellan. Infelizmente, tinha certeza absoluta de que essa era mesmo a restrição fundamental que papai lhe fazia: ele não confiava no meu marido por causa do seu estilo de vida. Dando de ombros, observei:

— Tenho certeza de que ele não pensa que é em *cada* cidade.

Kellan franziu o cenho, e então voltou a se levantar da cama. Sentando, soltei um resmungo exasperado.

— O que você resolveu fazer agora?

Kellan foi até a cômoda e começou a se despir. Parei de protestar no instante em que a cueca samba-canção de seda caiu no chão. Kellan ficou me vendo observá-lo com um sorrisinho. Vestindo uma cueca limpa e uma calça jeans, procurou uma camisa nas gavetas, enquanto eu o encarava sem a menor cerimônia. Por mais atraente que seu corpo fosse ao natural, havia algo do mais extremo erotismo em sua figura de pé, com a calça aberta. Ainda mais com as intrigantes linhas que definiam seu abdômen perfeitamente esculpido se distendendo e flexionando enquanto ele se movia. Queria tanto sentir aquele corpo em cima de mim novamente.

Achando graça da minha intensa inspeção, Kellan encontrou uma camiseta de que gostava e a vestiu. Sorri ao ver aquele corpo maravilhoso sendo coberto pela malha vermelho-escura. Mesmo vestido, ele era lindo. Puxando o zíper da calça, Kellan balançou a cabeça, aproximando-se.

– Você sabe que se eu ficasse te secando do mesmo jeito que você me seca, ouviria gritos.

Dei um beijo leve nele quando se abaixou em minha direção.

– Eu nunca gritaria com você... mas sei disso, sim. – Seu rosto misturava humor e irritação quando ele se afastou. Aos risos, comentei: – A vida é cheia de injustiças. – Franzi o cenho. – Como você ter que me deixar agora. Aonde vai?

Kellan sorriu, passando os dedos pelos cabelos, ajeitando as camadas mais longas até ficarem naquela bagunça irresistível de quem acabou de acordar.

– Vou mostrar ao seu pai que há mais em mim do que ele pensa. Dormir com a filha dele não é o meu único interesse. – Piscou um olho, e então se virou para sair. Já com a mão na maçaneta, olhou novamente para mim. – Embora seja o que eu realmente gostaria de estar fazendo neste momento. – Seus olhos percorreram meu corpo, despertando meu desejo. Kellan suspirou, enquanto eu me contorcia sob o seu olhar. Fixando os olhos nos meus, acrescentou: – Está vendo os sacrifícios que faço por você?

Deu um risinho e saiu do quarto antes que eu pudesse fazer qualquer comentário.

Pensei em ir ao encontro dos dois, mas decidi não fazer isso. Meu pai precisava ficar a sós com Kellan para poder se entrosar com ele. Além disso, eu não queria distrair Kellan com meu *sex appeal*. É, é isso aí. Sorrindo da minha vaidade ridícula, levantei da cama. Kellan era a metade sexy do casal, o que era uma vantagem para mim. Eu era... a metade de sorte.

Esbarrei em mamãe no corredor quando me dirigia ao banheiro. A casa de Kellan era pequena. O segundo andar consistia apenas em dois quartos modestos e um banheiro entre eles. Esbarrar nas pessoas no corredor era quase inevitável. Fora assim que eu conhecera Kellan oficialmente.

Mamãe sorriu, prestando atenção à conversa civilizada que seu marido estava tendo com o meu. Dei um breve abraço nela, também prestando atenção. Papai perguntava a Kellan se era mesmo possível ter lucro com esse "negócio de banda". Enquanto Kellan tentava explicar que provavelmente daria para ganhar "direitinho", minha mãe voltou sua atenção para mim.

— Nós devíamos dar uma olhada em algumas lojas de noivas enquanto estou em Seattle. Achar um vestido para você antes de voltar para casa.

A ideia me fez estremecer.

— Mãe, eu não preciso de uma superprodução. Quero uma coisa bem simples.

— Simples ou não, você vai precisar de um vestido — disse ela, gesticulando.

Contive um suspiro derrotado. Esse argumento era irrespondível.

— Tá, tudo bem.

Antes que ela pudesse fazer qualquer comentário, entrei no banheiro e fui logo trancando a porta. Sabia que noventa por cento do meu casamento já estariam planejados antes de minha mãe ir embora. Quem teria imaginado que ela era tão obcecada por casamentos? Nunca tínhamos conversado sobre o assunto. Jamais fora mencionado enquanto eu estava com Denny.

Talvez ela tivesse percebido meu vínculo com Kellan e soubesse, como eu, que eu encontrara *o homem da minha vida*. Minha alma gêmea. A metade da laranja. Minha razão de existir. Nada nesta vida jamais me daria tanta alegria e paz quanto Kellan. Não sabia o que faria sem ele.

Quando saí do banheiro depois de tomar um banho longo demais, Kellan já tinha voltado ao quarto, mas agora estava vestindo uma calça de moletom e terminando de amarrar os tênis de corrida. Devo ter feito uma expressão cômica, porque ele ficou me encarando ao notar minha presença. Claro que podia ser pelo fato de eu só estar usando uma fina toalha branca que mal cobria meu corpo. Eu estava mesmo precisando lavar as roupas.

Com um sorriso brincalhão, ele terminou de amarrar os tênis.

— Que foi? — perguntei, fechando a porta.

Kellan balançou a cabeça, seu sorriso aumentando.

— Nada. — Eu já ia perguntar de novo do que estava achando tanta graça, mas ele terminou de amarrar os tênis e se levantou. — Vou dar uma corridinha rápida.

— Tudo bem. — Imaginando se meu pai fora duro demais com ele na minha ausência, perguntei: — Está tudo bem?

Seus olhos azul-escuros percorreram meu corpo seminu. Na mesma hora tive consciência de não estar usando lingerie. Quando seus olhos voltaram aos meus, havia um claro toque de sensualidade neles.

— Claro. Só preciso fazer um pouco de exercício para manter a forma. — Sua expressão dando lugar a um sorriso natural, enfiou a mão sob a camiseta, dando um tapa nos abdominais rijos. *Mão de sorte*. Vindo até mim, retirou a mão e deu um beliscão no meu traseiro. — Não quero ficar flácido logo agora que me casei.

Caí na risada, empurrando sua mão, que já começava a subir pela toalha. Passando os braços pelo seu pescoço, eu me permiti contemplar sua perfeição física, com ar sonhador.

– Prefiro te ver flácido a longe de mim.

Kellan me apertou com força contra o corpo; seu ar também pareceu sonhador ao me olhar.

– Preciso... – Hesitou por um segundo, e então concluiu: – ... de um pouco de ar fresco. – Me deu um beijo rápido, parecendo totalmente à vontade, mas tive certeza de que mudara o que ia dizer. Ou talvez eu estivesse sendo paranoica. Nem sempre a nossa relação primara pela honestidade. Mas nós tínhamos jurado que não iríamos mais esconder nada um do outro, e eu confiava nele.

Assentindo, eu o soltei. Seu sorriso em nenhum momento oscilou, mas achei que o brilho em seus olhos diminuiu um pouco quando me deu as costas. Puxei uma gaveta da cômoda, observando Kellan, que já ia abrir a porta. Mas parou antes de fazer isso. Encostando a cabeça no batente, murmurou:

– Droga, não posso fazer isso.

Deixando minhas roupas de lado, eu me virei para ele.

– Kellan? – Será que eu acabara de acertar na mosca? Será que ele tinha mentido para mim?

Respirando fundo, Kellan me olhou em silêncio por longos momentos. A tensão no quarto parecia triplicar a cada segundo. O ar frio envolvia minha pele úmida, me enregelando, e cada gota d'água que pingava do meu cabelo era como uma lança de gelo perfurando meu corpo. Comecei a tremer, meus nervos intensificando a sensação.

Percebendo meu medo, Kellan deu um passo na minha direção.

– Você disse total e irrestrita honestidade, não disse?

Assenti, ainda sem me sentir capaz de falar. Kellan desviou os olhos. Era óbvio que sua cabeça dava voltas em torno de algum problema. Eu só não sabia qual era. Engolindo o nó na garganta, consegui perguntar:

– O que é?

Ele voltou a me olhar.

– Desculpe. Eu menti para você. Não vou sair de casa porque quero me exercitar, ou porque preciso de ar fresco. Tenho que fazer uma coisa... e tenho que estar sozinho.

O gelo que recobria minha pele na mesma hora irrompeu em chamas; cheguei a ter a impressão de ouvir minha carne chiando.

– Você... mentiu para mim? Em relação a quê? O que exatamente você tem que fazer sozinho?

Kellan estremeceu, levantando as mãos.

– Está vendo? Era essa a reação que eu queria evitar, e foi por isso que menti. Mas, como nós estamos tentando ser honestos, mudei de ideia e decidi te dizer a verdade. Por isso, não fique zangada.

Fumegando de raiva a ponto de ter a sensação de que meu cabelo ia secar nos próximos cinco segundos, rebati, ríspida:

— Mas você não me disse a verdade. Você não me disse nada. Está sendo vago e misterioso... e eu não gosto disso.

Kellan fechou os olhos.

— Teria sido tão mais fácil se eu apenas tivesse ido em frente... — Comecei a bater com o pé no chão, e Kellan reabriu os olhos devagar. — Joey me ligou enquanto você estava no banho. Vou me encontrar com ela, e quero que você fique aqui com os seus pais.

Meu queixo despencou.

— Não! Não quero que você vá se encontrar com ela sem mim. Vou com você!

— Não quero que você chegue nem perto dela. Quero que fique aqui. — Seu tom era firme, autoritário. O que me deixou uma fera.

— Você não manda em mim. Se eu quiser ir... — Suspirando, Kellan me deu as costas. Segurei-o pelo braço, fazendo com que se virasse para mim. — Eu ainda não acabei de falar com você!

Com os lábios apertados numa linha fina, Kellan respondeu:

— Eu sei que não mando em você, Kiera. Entendi isso muito bem quando Denny voltou para a sua vida e você não disse uma palavra. Mas você também não manda em mim e, se eu quiser fazer isso sozinho, vou fazer!

E com essa, deu meia-volta e saiu. E eu deixei.

Sentindo as lágrimas brotarem nos olhos, sentei na cama. A total honestidade não está com essa bola toda, como dizem.

Fiquei fumegando durante muito tempo depois que ele saiu. Meu pai tentou me animar dizendo que talvez Kellan não fosse a pessoa certa para mim, mas calou a boca quando meu olhar já frio se tornou glacial. Minha mãe ficou suspeitamente quieta, folheando uma revista de noivas; eu não fazia a menor ideia de onde a encontrara, mas, pelo encanto em seu rosto ao virar as páginas e o silêncio diante de meu óbvio desagrado, ficou claro que esperava que Kellan e eu fizéssemos as pazes em breve. E era o que eu queria. Não gostava de ficar zangada com ele. Não gostava quando trocávamos palavras ríspidas.

Mesmo assim, sabia que os desentendimentos são inevitáveis. É encontrar uma saída em meio a eles que faz uma relação dar certo, ou a destrói completamente. Kellan e eu já tínhamos brigado muitas vezes, mas a maior parte dessas brigas havia sido por motivos sérios. Não havíamos tido briguinhas por coisas insignificantes. Não mesmo. Era uma novidade para nós, e eu não fazia a menor ideia de como lidar com isso.

A única coisa em que não conseguia parar de pensar enquanto ele estava na rua era o que poderia dizer para Joey, ou fazer com ela. Quer dizer, não que eu achasse que ele faria qualquer coisa com ela. Ele me amava, e nos considerava casados. Não destruiria isso por causa de uma vadiazinha com quem transara anos antes.

Então, será que eu estava com medo do que ele diria? Bem, não, porque já fazia uma boa ideia do que diria. Ele a encheria de desaforos, diria que ela fora um enorme erro e atiraria um maço de notas na sua cara, esperando que ela ficasse quieta. Sorri ao imaginá-lo tão furioso. Ele ficava extremamente atraente quando estava zangado.

O sorrisinho que se esboçou nos meus lábios dissipou meu nervosismo. Não, eu não estava preocupada com *Kellan* nisso tudo. Era o fator surpresa que me preocupava. Era Joey. Não sabia o que ela faria ou diria, e isso me deixava ansiosa. E essa fora a exata razão por que Kellan não quisera que eu o acompanhasse. Ele a conhecia muito bem, convivera com ela. Sabia que a garota tinha um gênio ruim. Estava tentando me proteger indo sozinho, e eu soltara os cachorros em cima dele por causa disso.

Minha raiva passou quando refleti sobre a situação do ângulo de Kellan. Ele devia estar constrangido. Não pelo vídeo, mas pela maneira como fora exposto – diante de mim e de meus pais. Ele queria acalmar Joey, para poder seguir em frente. Devia saber que minha presença só prolongaria o processo, ou talvez até mesmo impossibilitasse qualquer chance de acordo entre os dois. É claro que Joey diria ou faria algo que me ofenderia, e eu acabaria partindo para cima dela. Provavelmente Kellan agira bem ao insistir para que eu ficasse em casa. Se eu fosse ele, acho que teria feito o mesmo.

Quando Kellan finalmente voltou, uma hora e meia depois, minha raiva já tinha passado. Meus pais e eu olhamos para ele quando entrou na sala. Ele respirou fundo, fechando a porta. Lançando olhares nervosos para mim, nem mesmo se virou totalmente na minha direção. Seu cabelo pingava, e seus braços reluziam de suor. Imaginei que acabara decidindo ir dar uma corrida pesada. Talvez tivesse sentido necessidade disso, depois de enfrentar a vagabunda.

Consciente de que lhe devia um pedido de desculpas, coloquei na mesa o caderno onde estava escrevendo e, cautelosa, me aproximei. Ele desviou os olhos e murmurou que precisava tomar banho antes de ir para o aeroporto. Senti uma pontada de dor ao lembrar que ele iria embora, mas, no momento, seu jeito arredio estava me preocupando mais. Quando cheguei ao vestíbulo, ele se virou e subiu a escada correndo.

– Kellan...?

Ele contornou a parede, limitando-se a dizer:

– Já volto... só preciso me lavar.

Tentei não interpretar essas palavras como sendo mais do que uma constatação objetiva; ele estava suado e queria ficar limpo antes de viajar. Dando uma olhada rápida em meus pais, subi a escada atrás dele. Estava se examinando no espelho do banheiro quando cheguei.

– Kellan...? – tornei a perguntar.

Quando ele olhou para mim, soltei uma exclamação. No espelho, pude ver uma feia linha vermelha na sua pele, estendendo-se da face até o queixo. Fora por isso que ele não quisera olhar para mim na sala – aquela cachorra o agredira!

– Ela bateu em você? – Meu coração disparou, e corri até ele.

Kellan observou o ferimento no espelho, e então suspirou ao perceber que eu também podia ver o reflexo.

– Eu estou bem, Kiera.

Segurando seu rosto, virei-o com cuidado, para poder examinar o corte mais de perto.

– Ela tirou sangue. Aquela cachorra tirou sangue!

– Está tudo bem. – Ele esboçou um sorriso. – Não é a primeira vez que uma mulher me arranha.

Ignorei sua provocante referência ao nosso tórrido encontro no quiosque de *espresso*, meus olhos úmidos. Seu sorriso se desfez quando ele examinou meu rosto com a mesma atenção com que eu examinava o dele.

– As coisas não foram muito bem. Talvez você devesse mesmo ter vindo comigo.

Segurei seu rosto ferido.

– Talvez tenha sido melhor eu não ir. Provavelmente teria sido presa por agressão.

Um tênue sorriso curvou os lábios de Kellan, mas logo se desfez.

– Me desculpe por ter sido grosseiro com você. Não queria que você se envolvesse com as baixarias dela.

Acariciei sua pele molhada com o polegar.

– Eu não estou envolvida com ela, e só queria estar lá para te dar uma força.

Kellan abaixou os olhos, seu rosto um misto de gratidão e preocupação.

– Eu sei. É que... eu a conheço, e sabia como se comportaria. – Levantou os olhos. – Ainda mais agora que ela sabe o que você significa para mim. Eu queria te proteger.

Dei um beijo no seu queixo; sua pele estava ligeiramente salgada.

– Eu não sou fraca. Sei me defender.

Com um sorriso tranquilo, Kellan sentou na bancada da pia.

– Eu sei que você não é fraca. Acho que o fraco sou eu. Precisava ter certeza de que você estaria segura, protegida. Não queria que tivesse que ouvir... – Calou-se, deixando a frase inacabada. – Esse problema é todo meu, Kiera... e peço desculpas.

Eu podia facilmente imaginar o que Joey teria me dito – cada intimidade que teria descrito, cada mau comportamento de Kellan que testemunhara. Teria tentado semear a discórdia entre nós, só porque não conseguira transformar Kellan em um dos seus brinquedinhos, como fizera com os outros namorados. O que confirmou para mim o quanto o ciúme pode ser uma coisa perigosa.

Endireitando os ombros, passei os braços pelo pescoço de Kellan.

— Você sabe que não precisa mais pedir desculpas. Eu já te perdoei faz tempo.

Com um largo sorriso, Kellan passou os braços pela minha cintura. O arranhão no seu rosto já não parecia tão feio agora que seus olhos brilhavam de felicidade.

— Ah, é?

Aproximando-me ainda mais, dei de ombros.

— É claro. Nem sempre nós vamos concordar, nem sempre vamos nos entender. — Tendo o cuidado de evitar seu corte, segurei suas faces quentes entre as mãos. — E também... estou muito orgulhosa por você ter me dito a verdade quando preferia ter mentido. Isso significa mais para mim do que... enfim, significa tudo. — Minha garganta se fechou, e tive que engolir em seco para aliviar a pressão.

Os olhos de Kellan se fixaram nos meus, e ele assentiu, seu rosto ainda entre minhas mãos. Senti os olhos úmidos ao pensar nas muitas mentiras que haviam marcado nossa relação. A honestidade, embora às vezes fosse dolorosa, era o maior presente que podíamos dar um ao outro.

Antes que a emoção do momento tomasse conta de mim, levantei o astral e perguntei a ele:

— Quer me contar o que aconteceu?

Em resposta, Kellan deu um longo suspiro, o que me fez lembrar que nenhum de nós dormira na noite anterior. Na mesma hora, contive um bocejo.

— Ela queria se encontrar comigo aqui em casa, mas eu disse que a encontraria na esquina. Queria chegar antes dela para que não aparecesse por aqui, por isso não tive tempo de ir ao banco. Não tinha a quantia integral em dinheiro, e ela deu um piti quando fiz um cheque para cobrir o que faltava. Até me ofereci para levá-la de carro até o banco, mas ela me deu um tapa, e eu a mandei à merda. Depois, fui dar uma corrida para descarregar a tensão. — *Cachorra*. Ele revirou os olhos, e eu franzi os meus. — Ela é meio doida. Não sei como posso ter vivido com ela.

O que eu me perguntava era como ele fora capaz de dormir com ela. Mas ele já estava irritado, de modo que não falei nada. Dando um beijo na minha testa, ele murmurou:

— Só quero tomar um banho e me vestir para ir viajar.

Dei um passo atrás para que Kellan pudesse se afastar da pia. Não suportava pensar que ele iria embora sem mim. Queria que pudesse ficar. Ou que eu pudesse ir com ele. Mas querer não é poder, e teríamos que ser pacientes. Kellan abriu a torneira, e fechei a porta do banheiro. Sentei no lugar que ele desocupara na bancada da pia e fiquei vendo-o ajustar a temperatura do chuveiro. Torci para que a caixa-d'água já tivesse voltado a encher, depois do banho de imperatriz que eu tomara horas atrás.

Quando a água estava perfeita, Kellan tirou os sapatos, as meias e a camiseta úmida, que grudou um pouco na pele no momento em que a despiu. Quando ficou visível, meus olhos se fixaram na tatuagem sobre o coração. Graças a Deus Joey não tinha visto meu nome gravado na pele do ex-amante; Kellan poderia ter levado mais do que um arranhão. Mas ele raramente mostrava a tatuagem aos outros. Era só nossa, uma coisa íntima. Eu ia sentir muita falta de ver as letras caligráficas quando ele viajasse. Era só uma das mil coisas de que sentiria falta.

Os dedos de Kellan se detiveram na calça de moletom. Deixando de lado meus pensamentos melancólicos, dei uma olhada no seu rosto.

— Será que estou cometendo um erro? — sussurrou ele, acima do som do chuveiro.

Sem nenhuma referência, não soube a que se referira. Notando meu ar de incompreensão, Kellan esclareceu:

— Fazer um álbum, sair em turnê... será que estou cometendo um erro? — Enquanto o banheiro se enchia de vapor, desci da bancada. Kellan segurou minha mão quando me aproximei. — Só quero levar uma vida sossegada com você — prosseguiu. — E o compromisso que assumi... não é exatamente com uma vida desse tipo.

Imaginando como confortá-lo — quando eu vivia me perguntando a mesma coisa —, passei o polegar sobre o corte que cicatrizava.

— Kellan, sua vida nunca vai ser sossegada, não importa o que você faça. — Ele riu da minha referência, compreendendo. Pousei a mão no seu peito e o olhei nos olhos. — Seu lugar é no palco. É isso que você nasceu para fazer.

Embora fosse conflitar com a paz e a serenidade que ambos queríamos, eu sabia, sem a menor sombra de dúvida, que o que dissera era verdade. Kellan estava fazendo o que devia. Estava cumprindo o seu destino. Mas isso não significava que precisaria abrir mão de uma tranquila vida a dois comigo, e sim que ambos teríamos que ser flexíveis. Dando um beijo leve nele, murmurei:

— Vamos ter que encontrar momentos de sossego em meio ao caos, e nós somos muito bons nisso.

Kellan retribuiu meu beijo.

— É... somos mesmo.

Meneando a cabeça em direção ao chuveiro, arqueou uma sobrancelha. Eu sabia o que estava perguntando: *Quer entrar comigo?* Uma grande parte de mim queria dizer sim, mas tínhamos coisas importantes para fazer; além disso, meus pais, sempre vigilantes, estavam na sala, e estávamos tentando impressioná-los com nossa compostura. E eu tinha certeza de que não sobrara muita água quente na caixa-d'água.

Balançando a cabeça, dei um último beijo nele, e então recolhi suas roupas sujas. Ele franziu o cenho para mim, mas então tirou as que ainda faltavam e as depositou na pilha que eu carregava nos braços.

— Obrigado pelas sábias palavras — disse, dando um beijo no meu rosto.

Fiquei vermelha ao vê-lo entrar no chuveiro. Ele puxou a cortina e começou a cantarolar uma música. Fiquei parada com a mão na maçaneta, ouvindo; poderia passar o dia inteiro fazendo isso. De repente, ele aspirou pela boca, soltando um palavrão. Dei uma olhada na sua sombra por trás da cortina clara.

— Você está bem?

Ele enfiou a cabeça para fora; seus cabelos bagunçados, totalmente escorridos para trás, pareciam mais escuros, quase do mesmo tom que os de Denny.

— Estou... é que a porcaria do arranhão ardeu.

Quase voltei a me irritar ao lembrar a dor que aquela ordinária lhe causara, mas a expressão petulante dele foi tão fofa que acabei rindo. Ele não achou graça e voltou a entrar no chuveiro.

— Posso deixar um rolo de gaze em cima da pia, se quiser – ofereci, com um toque de humor na voz.

Kellan soltou um suspiro sonoro.

— Não precisa, obrigado.

— Bebezão – murmurei, abrindo a porta.

Minha mãe já vinha subindo a escada quando saí no corredor. Seu rosto se animou ao me ver. Seu dedo longo apontou para uma seção da revista sofisticada que tinha em mãos.

— Acabei de encontrar o buquê mais lindo do mundo! Você precisa dar uma olhada!

Com os braços cheios de roupas suadas de Kellan, abri um sorriso.

— Claro, mãe... sem problemas. Me deixa só colocar estas roupas na máquina primeiro.

Ela assentiu, entusiasmada, indo me esperar no quarto.

Quando será que ela e meu pai iriam embora?

Capítulo 4
ADEUS POR ORA

Eu estava no quarto de hóspedes com minha mãe quando Kellan saiu do chuveiro. Explicando os prós e os contras de um buquê branco, ela estava tão absorta na conversa, que nem notou quando Kellan entrou no nosso quarto, que ficava quase em frente ao de hóspedes, usando apenas uma toalha minúscula na cintura. Por outro lado, nem mesmo a visão de Kellan a teria feito mudar de assunto.

Por um momento, imaginei se devia pedir a ele para entrar e dar sua opinião sobre o arranjo floral. Mas não fiz isso. Em primeiro lugar, porque ele precisava se vestir para ir viajar. Em segundo, porque não achava que minha mãe fosse se importar com a sua opinião. Até agora, não lhe fizera quaisquer perguntas a respeito. Por algum motivo, todos os problemas do casamento estavam sendo jogados exclusivamente em cima de mim, como se só eu tivesse o direito de opinar.

Embora não fosse esse o caso. Eu não tinha o direito de opinar. Já dissera várias vezes à minha mãe que queria uma cerimônia curta, simples, íntima... já que ela fazia tanta questão que eu tivesse uma. Meu casamento improvisado no Pete's fora perfeito, e eu não tinha nada contra a ideia de apenas dar um pulo no cartório para assinar os papéis que legalizariam a nossa união. Depois, poderíamos dar uma recepçãozinha discreta para a família e meia dúzia de amigos. Mas minha mãe não queria saber de discrição: tinha cismado com uma festança gigantesca.

Depois de se vestir, Kellan entrou no quarto de hóspedes. Estava lendo alguma coisa no celular, com um sorriso de orelha a orelha. Minha mãe, que dizia que as flores do campo "não faziam fino num casamento", calou-se e olhou para Kellan. O arranhão já estava com uma aparência melhor, agora que a pele fora limpa e hidratada. No entanto, o risco vermelho era inconfundível, e minha mãe olhou para mim ao percebê-lo.

Ignorando sua indagação silenciosa, perguntei a Kellan:
— Que foi?
Ainda com um largo sorriso, ele guardou o celular no bolso.
— Era uma mensagem do Gavin. O avião dele está prestes a decolar. Ele queria me agradecer por ter finalmente me encontrado com ele, e disse que posso visitá-lo a hora que quiser. — Soltou um risinho, olhando para o chão. — Ele disse que... me ama.

Deu uma olhada em mim, com um ar intrigado, como se não pudesse compreender por que alguém no mundo o amaria, principalmente o pai. Ser amado — ou, pelo menos, aceitar ser amado — ainda era uma experiência nova para Kellan. Ele chegara a conhecer o amor — os companheiros de banda certamente o amavam, e Denny também —, mas sua autoimagem fora distorcida por tanto tempo, que ele não reconhecera esse sentimento, mesmo estando bem diante dele. Foi preciso que eu entrasse na sua vida e a virasse de cabeça para baixo para que ele pudesse enxergá-lo e senti-lo. Mas uma vida inteira se sentindo indesejado era uma coisa difícil de mudar e, vez por outra, ele ainda tinha problemas nesse sentido.

Levantando, passei os braços pela sua cintura.
— É claro que ele te ama. Você é filho dele.
O sorriso desapareceu do seu rosto, e ele sussurrou:
— Isso não quer dizer nada.

Com uma pontada de tristeza, afastei um fio de cabelo úmido da sua testa e me inclinei para ele, murmurando no seu ouvido:
— Eu sempre vou te amar, Kellan. Seu coração está seguro comigo.
Ele me abraçou, soltando um longo e trêmulo suspiro.
— Promete? — sussurrou.
Apertei-o com um pouco mais de força.
— Prometo. — Encostei a testa na dele. — Não amar você é impossível. Confia em mim, eu já tentei. — Kellan sorriu, e então me deu um beijo leve. Nosso momento de ternura foi interrompido por um pigarro. Kellan e eu olhamos para meu pai, que estava parado à porta, nos observando.
— Aconteceu alguma coisa? — perguntou, tentando manter a voz natural. Mesmo assim, notei um sutil tom de desagrado.

Kellan me soltou, negando com a cabeça. Respondendo a papai, fixou os olhos azul--escuros em mim, bem-humorado e tranquilo:
— Não, está tudo bem... estou me aprontando para viajar.
Papai se animou, dando um tapa nas costas dele.
— Bem, nesse caso, posso ajudá-lo de algum modo?
Kellan riu baixinho da pergunta, dando um beijo na minha testa.
— Não, não precisa, obrigado.

Deu um tapa no ombro de papai ao passar por ele, voltando para o nosso quarto. Levantei as mãos para papai, num gesto de incredulidade. Parecendo perplexo, ele deu uma olhada em mamãe.

– Que foi? Não posso mais me oferecer para ajudar o meu futuro genro?

Mais cedo do que eu teria preferido, estávamos os quatro no Chevelle de Kellan, a caminho do Pete's, onde a banda ia se reunir para a sua festa de despedida. Kellan se recusou a permitir que eu o levasse até o aeroporto, argumentando que a vista do avião se afastando com ele dentro seria dramática demais para mim.

Suspirando ao desligar o motor do seu amado Chevelle, chegou até mesmo a fazer um carinho no volante antes de me olhar. Franzindo os olhos, estendeu as chaves, a relutância estampada no rosto. Abriu a boca para falar, mas eu me adiantei:

– Já sei: "Trate bem o meu bebê, use a melhor gasolina, dirija devagar." Estou sabendo. – Tirei as chaves dos seus dedos, e Kellan ficou sério. Abrindo a porta do carro, falou:

– Vamos ter que alugar uma vaga de garagem quando você for se encontrar comigo. Não quero deixá-lo sozinho na entrada lá de casa tanto tempo assim.

Estremeci ao ouvir seu comentário e olhei para o meu pai. Não tinha contado a ele que iria sair de Seattle. Os olhos dele se arregalaram.

– Se encontrar com ele? Se encontrar com ele onde? – perguntou.

– Eu explico depois, pai – respondi, abrindo a porta depressa.

– Espera aí, Kiera...

Fechei a porta, encerrando a discussão. Do outro lado do carro, vi Kellan dando de ombros, como que se desculpando pelo comentário, enquanto meu pai saía do banco de trás.

– Por quanto tempo, Kiera?

Suspirei, nem um pouco a fim de discutir o assunto com meus pais naquele momento. Felizmente, uma excelente distração chegou. A Vanagon de Griffin estacionou ao lado do Chevelle, e Anna desceu, se apoiando na porta como se fosse explodir caso se movesse depressa demais. A porta traseira se abriu, e Matt saiu. Acenou para nós, e então ajudou a namorada, Rachel, a descer.

Eu ainda achava difícil de acreditar que Matt e Griffin fossem parentes. Matt se parecia mais comigo, um tipo quieto, reservado. Já Griffin... fazendo jus ao nome da banda, era um verdadeiro *d-bag*. Às vezes desejava que minha irmã fosse namorada de Matt em vez de Griffin. OK, o tempo todo. Mas Matt estava feliz com Rachel.

Matt me cumprimentou com um aceno, e então deu um tapa no ombro de Kellan. Griffin contornou a van até a traseira do carro, onde nosso grupo se reunia. Ele chegou por trás de Anna, e a puxou pelos quadris com um movimento indecente inconfundível.

O rosto de papai adquiriu um tom apavorante de vermelho, e na mesma hora ele esqueceu totalmente a conversa que tentava ter comigo.

Enquanto se aproximava de Griffin para tentar impedi-lo de dar um amasso na filha mais velha, o carro de Evan chegou. Ele desligou o motor, e as duas portas se abriram ao mesmo tempo. De mãos dadas, Evan e Jenny se dirigiram ao nosso grupo.

Os dois eram os melhores amigos que Kellan e eu tínhamos. Kellan adorava todos os membros da banda, até mesmo Griffin, ao seu jeito, mas Evan era aquele com quem ele se abria mais. O roqueiro de cabelos curtos, com suas tatuagens e piercings nas orelhas, era um dos caras mais doces que eu conhecia. Nós tínhamos nos dado bem desde o começo. Jenny era minha melhor amiga e confidente. Era lourinha, com uma beleza delicada, e superanimada, o tipo de mulher que os caras notam. Também tinha o maior coração do mundo; sua doçura rivalizava com a do namorado. De todos os casais que eu conhecia, Evan e Jenny eram os únicos com que não precisava me preocupar. Eles iam dar certo juntos; eram perfeitos demais para isso não acontecer.

Eu contava tudo a Jenny, até coisas que talvez não devesse. Mas ela sempre me aceitava, com todos os meus defeitos e qualidades, e tinha ficado ao meu lado durante os altos e baixos da vida desde que eu me mudara para Seattle. Eu ia sentir muitas saudades dela quando estivesse na estrada com Kellan.

Quando ela se aproximou, lembrei que ainda não lhe dera a boa notícia. Sorri de orelha a orelha quando ela e Evan se aproximaram de nós. Os lábios dela se franziram ao notar minha expressão eufórica. Geralmente eu não ficava tão animada assim quando Kellan viajava, e sim mal-humorada, abatida, na maior deprê... uma mala sem alça. Quer dizer, eu até estava mesmo um pouco triste por ele me deixar em breve, mas a notícia que tinha para dar era boa demais para continuar de baixo astral. Eu não cabia em mim de contentamento.

Não disse nada para Jenny, apenas levantei a mão esquerda. Ela viu a aliança e entendeu na mesma hora. Soltando um gritinho que assustou meus pais, afastou-se de Evan para vir me dar um abraço. Ficamos dando pulinhos, abraçadas, enquanto os caras nos olhavam como se tivéssemos enlouquecido. Curiosa, Rachel virou a cabeça para dar uma espiada. Era mais tímida do que eu, mas soltou uma exclamação e também veio me abraçar, finalmente entendendo a razão de todo aquele auê. Anna se juntou ao círculo, e todas examinaram minha aliança de casada que reluzia ao sol, seu brilho combinando com minha euforia.

Rachel suspirou, segurando minha mão.

— Vocês ficaram noivos! — Seus olhos se fixaram em Matt, que estava alguns passos atrás de mim, logo voltando à aliança.

— Não... nós nos casamos.

Jenny levantou bruscamente a cabeça.

— Como é que é?! Vocês se casaram? Sem mim? — Fez uma expressão igualzinha à de minha mãe, e tive certeza de que agora meu casamento contaria com duas organizadoras.

— Calma — disse Anna, bufando. — Eles só trocaram alianças no bar. Não se casaram de papel passado.

Meus pais estavam um pouco atrás de Anna, e pude ver claramente um sorriso se formar nos lábios de meu pai. Kellan, que estava perto deles, fechou a cara ao ouvir a avaliação de Anna do nosso estado civil. Eu também.

— Nós nos casamos nos nossos corações, que é onde importa. A parte oficial vem depois.

Griffin se afastou de Matt, que de repente tinha ficado branco feito papel, a fim de participar da conversa. Como Anna, ele bufou.

— Ah, por favor… vocês não estão casados. — Cruzou os braços, olhando zangado para Kellan. — Sem despedida de solteiro, sem casamento. Essa é a lei.

Imitei a postura de Griffin.

— Isso *não* é uma lei, Griffin.

— Mas então deveria ser. Sem peitos e bundas, sem trapinhos amarrados. — Exibiu um irritante sorriso de superioridade, e tive vontade de dar um tapa nele. Mas resisti.

Anna me ajudou, tascando-lhe um pescotapa. Ele franziu os olhos para ela.

— Qual é…?! É um sacrifício justo. Se você vai passar o resto da vida com uma mulher, então devia pelo menos sair do jogo por cima. Bem, quero dizer, por cima de uma. Ou duas. Ou três.

— É mesmo? — tornou Anna, arqueando uma sobrancelha perfeita. — Você gostaria que algum babaca fizesse isso com a nossa filha? — Acariciou a barriga, e os olhos de Griffin pousaram onde seu bebê crescia tranquilamente.

— Nem pensar! Eu corto fora os colhões do puto se ele tentar sacanear a minha filha! — sentenciou, com uma expressão feroz.

— Hummm. — Sorrindo, Anna deu um beijo no rosto dele e deixou o papo morrer. Mas deu para perceber que Griffin ainda estava ruminando o que ela dissera. Era óbvio que não gostara nada da bandalha que propusera a Kellan ao imaginá-la estrelada pelo futuro genro. Compartilhei um sorriso secreto com minha irmã. Talvez ainda houvesse esperança para Griffin.

Nosso grupo entrou no bar para curtir uma rodada por conta da casa, antes de o táxi dos D-Bags chegar para levá-los ao aeroporto. O pessoal do turno da noite ainda não tinha chegado, mas alguns rostos familiares estavam por ali: Gracinha, Fofinha, Emily e Troy, com sua eterna paixão por Kellan. Ele se animou bastante quando entramos juntos.

Quando nos dirigimos à mesa de sempre da banda, parei bruscamente. Um homem que conhecia muito bem já estava sentado lá, esperando pelos amigos. Denny Harris, o ex-amor da minha vida. Kellan notou quem chamara minha atenção e olhou também. Denny se levantou, as mãos enfiadas com naturalidade nos bolsos da calça jeans.

Denny mudara um pouco desde que voltara para Seattle. Parecia mais velho, mais maduro. Havia outra confiança no jeito como se comportava, seus olhos castanho-escuros esbanjando segurança. Parecia saber quem era e o que queria... e não era mais eu. Estava perdidamente apaixonado pela namorada, Abby. No começo, tinha doído muito ver que ele já estava noutra... mas eu também já estava noutra, e agora me sentia muito feliz por ele.

Denny abriu um sorriso para nós quando Kellan sorriu, perplexo. Fomos falar com ele, e Kellan na mesma hora lhe deu um abraço.

— Veio me desejar boa viagem?

Denny deu de ombros.

— Vocês vão ficar famosos. Essa pode ser a minha última chance de te ver.

Kellan desviou os olhos, um sorrisinho nos lábios.

— Será? — Voltou a olhar para Denny. — Mas fico feliz por você estar aqui.

Quando os dois amigos se separaram, dei um abraço em Denny. Como sabia que Kellan ainda não gostava muito de me ver tomando liberdades demais com Denny, apesar de ter dito várias vezes que não se importava com nossa amizade, meu abraço foi o mais curto que a educação permitia.

Tendo me cumprimentado, Denny se dirigiu aos outros membros da banda. Como estavam todos espremidos em volta da mesa, sentei na diagonal de Kellan. Quando Denny terminou de dar parabéns a todos, sentou na cadeira vaga ao meu lado, à cabeceira da mesa. Por uma ironia do destino, ele, Kellan e eu estávamos sentados exatamente nas mesmas cadeiras que tínhamos ocupado quando Denny e eu tomáramos uma cerveja com a banda pela primeira vez.

Denny olhou para mim enquanto Kellan pedia uma rodada de bebidas para o grupo. Vi uma expressão triste surgir no rosto do meu ex-namorado. Talvez também estivesse refletindo sobre como as coisas tinham mudado drasticamente para nós. Arqueei uma sobrancelha para ele numa pergunta silenciosa, e seu estado de espírito contemplativo se dissipou. Com um riso baixo, balançou a cabeça e se virou para Emily, que já se aproximava da mesa com nossas bebidas.

Kellan estava me observando quando os copos foram postos na frente de todos. Não senti a pontada de culpa que costumava sentir quando estávamos todos juntos. Em vez disso, segurei sua mão e beijei seus dedos, deixando-o saber que eu era dele, do fundo da minha alma.

Kellan me deu um sorriso descontraído e tranquilo. Ele entendera. Minha mãe observava a dinâmica entre nós três com uma ruga na testa. Acho que ainda não conseguia entender como podíamos ser amigos, ainda mais agora, que sabia exatamente o que acontecera entre mim e Kellan.

Quando todos já tínhamos recebido nossas bebidas – menos, é claro, minha irmã, que estava do outro lado da mesa, olhando para seu copo de suco de maçã como se fosse tóxico –, nós os levantamos num brinde.

Matt abriu a boca para falar, mas o primo desbocado tomou a palavra:

– À fama, à fortuna e às mil gatas safadas! – Esvaziou o copo, e os outros só olharam para ele; papai ficou para morrer, mas isso não era nenhuma novidade quando Griffin estava presente.

Griffin chapou o copo vazio na mesa e Matt continuou o seu brinde como se nada tivesse acontecido:

– Aos bons amigos e à boa música. Que sempre tenhamos as duas coisas.

– É isso aí! – Tocamos os copos, Denny e eu nos debruçando sobre a mesa para alcançar Anna e Rachel, e em seguida entornando as bebidas fortes. Queimou, mas os bons votos de Matt fizeram com que a ardência valesse a pena.

Ficamos conversando, compartilhando lembranças e curtindo a companhia uns dos outros, até que Troy, com ar emburrado, se aproximou da mesa. Com os olhos em Kellan, avisou ao grupo que o táxi tinha chegado. Fiquei um pouco triste, mas segurei a onda. Despedidas faziam parte do estilo de vida de Kellan, e eu precisava me habituar a elas.

Matt deu uma olhada no relógio na parede e sorriu; como era quem desempenhava as funções de empresário do grupo, tinha feito todos os preparativos para a viagem. Conseguir fazer com que aqueles garotos alvoroçados cumprissem com os compromissos à risca era algo que o realizava. Kellan puxou minha cadeira e, junto com o grupo, nos dirigimos ao estacionamento. O táxi que Matt chamara para a banda estava lá.

Os D-Bags começaram a se despedir. Kellan me deu um beijo rápido antes de se despedir das pessoas que não sabia quando veria novamente. Abraçou minha mãe, trocou um aperto de mão com meu pai e fez uma festinha na barriga de Anna. Deu um abraço amigável em Rachel, levantou Jenny no colo, fazendo-a rir, e deu um tapinha no ombro de Troy, que ficou eufórico depois disso. Enquanto Kellan estava ocupado, eu me despedi de Evan e Matt. Evan me deu um abraço de urso desses de esmagar os pulmões. Matt, um abraço tímido, discreto. Mantive a distância de Griffin, acenando para ele do outro lado do grupo. Então, Kellan voltou novamente para o meu lado.

Entrelaçando nossos dedos, olhou para Denny, estendendo a mão.

– Cuida da minha mulher para mim? – Denny fez uma expressão perplexa, seus olhos pulando de Kellan para mim. Kellan sorriu, acrescentando: – Mas não bem demais, OK?

Denny soltou um resmungo bem-humorado.

– Nem eu quero isso... – Apertou a mão de Kellan com firmeza. – Mas pode deixar que eu fico de olho nela. Vai ser *sussa*. – Caí na risada ao ouvir a expressão de Denny, e ele me deu seu sorriso bobo favorito. Porém, quando soltou a mão de Kellan, seu rosto ficou sério. – Espero que tudo dê certo para você, companheiro.

Kellan abriu um sorriso, olhando para mim.

– Eu também. – Pelo seu olhar, não pude perceber se se referia a ficar famoso ou a não ficar famoso. Tive a sensação de que, desde que estivéssemos juntos, qualquer uma das hipóteses estaria bem para ele. Passando os braços pela sua cintura, encostei a cabeça no seu ombro.

Kellan me apertou uma última vez, sussurrando: *A gente se vê em breve*. Assenti, e então o vi correr até o carro para guardar sua única bagagem – o estojo preto que abrigava sua amada guitarra. Pendurando-a no ombro, ele caminhou em passos gingados até o táxi. O motorista colocou o estojo no porta-malas, enquanto Kellan sentava no banco traseiro. Tive que morder o lábio para impedir que a tristeza tomasse conta de mim. Eu iria me encontrar com ele em breve... podia esperar.

Quando todos os membros da banda já tinham entrado, o táxi se afastou. Kellan pôs a mão para fora da janela e acenou para mim, sua aliança brilhando ao sol da tarde. Sorrindo feito uma idiota, acenei de volta, até o táxi dobrar a esquina e desaparecer.

Denny olhou para mim quando abaixei a mão.

– E aí, como tem sido a vida de casada, Kiera? – Seu sotaque dava um som encantador ao meu nome. Apesar de nossa relação ter mudado muito, sua maneira de falar ainda era fascinante aos meus ouvidos.

Estudei seus olhos escuros, procurando algum sinal de dor neles. Não parecia haver nenhum, sua postura bastante natural ao meu lado. Refletindo sobre tudo que acontecera no curtíssimo espaço de tempo desde meu casamento improvisado, dei de ombros.

– Boa... – Lembrando a visita inesperada de Joey, minha voz hesitou.

Denny percebeu minha incerteza.

– Você não parece estar muito segura disso.

Uma parte de mim não queria mesmo conversar sobre meus problemas conjugais com Denny. Depois de tudo que acontecera durante nosso namoro, parecia errado confessar minhas dificuldades. Por acaso eu não as merecia? Mas Denny era um ser humano excepcional e, quando perdoava alguém, deixava a dor e o ressentimento de lado e seguia em frente. Quer dizer, pelo menos tentava. Eu já o vira ter que se esforçar para suportar minha presença. Já sentira a dor da traição na sua voz. Mas ele não fugira. Ainda estava na minha vida. Ainda era meu amigo. E eu lhe devia uma resposta honesta.

– Rolou um lance lá em casa – murmurei, olhando para meus pais, que conversavam com Anna, Jenny e Rachel.

– Alguma coisa a ver com o queixo de Kellan? – perguntou ele, e meus olhos voltaram para os seus. – Foi você quem fez aquilo?

– Não – respondi, sorrindo. – A ex-roommate dele decidiu dar as caras e...

Denny, que tinha uma memória de elefante, lembrou quem era.
— Joey? A garota que deu o fora depois de ter um caso com ele?
Senti uma pontada violenta no estômago, mas tratei de ignorá-la.
— A própria. Ela voltou para pegar os móveis, mas eu já tinha me desfeito neles há um tempo, e aí Kellan teve que pagar a ela.
— Bem, parece razoável, considerando que eram *mesmo* dela. — Fez uma pausa, e acrescentou: — Estou achando que a história não acabou por aí. O que mais aconteceu?
Eu não estava nem um pouco a fim de contar a Denny, mas precisava falar com alguém e, além de Jenny, Denny era meu melhor amigo.
— Ela devolveu... o vídeo pornô deles... e obrigou Kellan a pagar por ele.
Denny ficou em silêncio por um bom tempo. Sabia que sua cabeça estava a mil por hora, e ele não tinha certeza do que responder. Esperei, uma brisa quente soprando os cabelos ao redor do meu rosto. Também não fazia a menor ideia do que desejava que ele dissesse. Talvez o melhor fosse não dizer nada. Olhando para os meus pés, chutei uma pedrinha no chão, enquanto esperava por uma resposta.
— Se ela devolveu o vídeo antes de ele pagar... então é porque tem mais de uma cópia. Você vai ter notícias dela novamente — disse ele.
Meus olhos pularam para os seus. Não tinha pensado nisso. Sabia que havia outros vídeos pornôs em algum lugar, mas não tinha imaginado que Joey enganara Kellan. Ela o procurara com o vídeo antes de saber que eu existia. Tinha agido como se fosse a única cópia que possuía, e como se desprezasse Kellan tanto que não a quisesse mais. Claro, talvez fosse uma encenação, seu jeito de demonstrar que não precisava de Kellan, que ele estava aquém dela. Ela parecia ser do tipo que se apega aos troféus de suas conquistas, e que troféu maior poderia haver do que um vídeo? Denny tinha razão; ela devia possuir várias cópias. Jamais tivera a intenção dar a Kellan o único vídeo.
Como se se desculpasse por sua franqueza, ele acrescentou:
— Não conheço a garota para poder afirmar com certeza, mas, se Kellan ficar famoso, não vou me surpreender se ela tentar faturar em cima disso. O vídeo pode estourar por toda parte a qualquer hora, Kiera. Sinto muito.
Suspirando para não pensar nos futuros problemas, respondi:
— Tudo bem. Não importa, sinceramente. — Denny arqueou uma sobrancelha para mim, e caí na risada. O alívio diminuiu um pouco a apreensão. — Ela não é a única que tem um vídeo desses, de modo que não vai conseguir grande coisa. Mercado saturado, sabe como é. — Quase fiz uma careta ao pensar nos múltiplos vídeos pornôs no mercado, mas Denny estava com uma expressão impagável, e eu caí na risada novamente.
Balançando a cabeça, ele disse:
— Você mudou *mesmo*.

Sorri e dei de ombros, tentando aceitar o fato com a máxima serenidade possível. A vida de Kellan não era mais privada, e havia partes dela que seriam desconfortáveis para nós dois. Mas eu conhecia seu coração, e ele o meu, e juntos atravessaríamos as fases difíceis.

Enquanto eu tentava ignorar as coisas ruins e me concentrar nas boas, Denny revirou os olhos.

— Não posso acreditar que ele se filmou. — Fechando os olhos, acrescentou: — Aliás, posso, sim. — De repente, seu rosto ficou vermelho, e seus olhos escuros se abriram bruscamente. Havia uma clara pergunta neles, uma pergunta que ele não queria fazer. Mas estava se roendo de curiosidade.

Sabendo no que estava pensando, dei um tapa no seu ombro.

— Não! Eu não deixei... nós não... Não! — gaguejei, sem conseguir dizer com todas as letras que não me filmara — e nem filmaria! — transando com Kellan.

Denny riu baixinho, afastando-se de mim.

— Desculpe, a ideia me passou pela cabeça antes que eu pudesse me conter.

Anna se aproximou de nós, enquanto Denny ria ainda mais.

— Qual é o babado?

Deu um olhar inexpressivo para Denny que não chegava a ser hostil, mas também estava longe de ser simpático. Ainda não se esquecera da surra violenta que Denny dera em Kellan, e que, por acidente, me atingira. Denny endireitou os ombros, parando de rir.

— Nada. Só estamos pondo as notícias em dia.

Anna franziu os olhos, como se achasse que Denny iria tentar me roubar de Kellan, ou algo assim. Eu já perdera a conta de quantas vezes já lhe dissera que não havia nada entre nós além de amizade, mas imaginei que ela jamais iria acreditar em mim.

— Já vou indo, Kiera. Preciso dar uma descansada. — Fixou os olhos apenas em mim. — As meninas e eu estamos doloridas.

Torci os lábios, sabendo que ela *não* estava se referindo ao bebê que carregava na barriga.

— Tá, tudo bem.

Quando ela se dirigiu em passos pesados para a van de Griffin, nossos pais terminaram de conversar com Jenny e se dirigiram para mim. Pela expressão de papai, tive certeza de que queria falar sobre meu projeto de ir me encontrar com Kellan.

Suspirei, e Denny olhou para mim.

— Está louca para que eles voltem para Ohio?

Abri um sorriso.

— Estou. — Enquanto esperava por meus pais, pensei em contar a Denny que ia viajar. Imaginei que seria mais fácil do que contar sobre o vídeo de Kellan, mas, por algum motivo, me pareceu mais difícil.

Minha mãe se distraiu com uma moeda que encontrou no chão. Ela tinha a mania de catar todas que encontrava, até *pennies*, guardando as que tivessem sido cunhadas antes da década de 1970. Tinha dúzias de caixas cheias de moedas antigas em casa.

Enquanto papai resmungava que ela devia ignorar a moeda, eu me apressei a contar para Denny o que preferia ter calado:

— Vou me encontrar com Kellan em Los Angeles em breve, e então vou com ele na turnê. Vou embora de Seattle.

Denny ficou boquiaberto, e empalideceu. Era como se eu tivesse lhe dado um soco no estômago. Senti uma dor dilacerante. Nunca deixara Denny antes. Sempre fora ele a me deixar. Sentindo um fundo de tristeza, reconsiderei a crença de que deixar era mais fácil do que ser deixado. Isso não parecia nada fácil, e eu ainda nem tinha viajado.

Denny desviou os olhos, se recompondo. Quando estava um pouco melhor, prestou atenção nos meus pais. Um sorriso irônico suavizou sua expressão, mas não seus olhos.

— Estou me lembrando de quando contamos ao seu pai que você ia embora de Ohio. — Olhou novamente para mim. — Boa sorte. Você vai precisar.

Assenti, esfregando o ombro de Denny. Foi como se vivêssemos um momento de luto. Por tudo que tivéramos. Por tudo que havíamos perdido. Estávamos em uma boa situação agora, em termos afetivos, mas isso não significava que tivéssemos esquecido ou que nunca sentíssemos falta do que fôramos um dia.

Denny esboçou um sorriso compreensivo que me doeu um pouco. Por mais que fosse sentir saudades de Jenny e de Anna, achei que sentiria mais saudades dele. Sem saber se devia ou não confessar isso, abri o sorriso mais convincente que pude.

— Mas eu vou estar toda hora aqui, para visitar Anna e ver se está tudo bem.

Denny assentiu, e meus pais finalmente chegaram até nós.

— É uma boa ideia. Eu até me ofereceria para ficar de olho em Anna para você, mas, hum... você sabe o que ela pensa de mim.

Como meus pais já podiam nos ouvir, apenas assenti brevemente. Não queria conversar sobre a razão por que Anna tinha problemas com Denny na frente de meus pais. Eles não sabiam o que Denny fizera, a que extremos eu o levara, e eu preferia que jamais ficassem sabendo. Papai insistiria que eu cortasse Denny da minha vida para sempre, e eu não queria fazer isso. Ele era uma parte de mim.

Papai parecia exausto, louco para tirar umas férias. Cruzando os braços, ele se empertigou, tentando parecer mais alto e imponente.

— Kiera, acho que devíamos nos sentar e ter uma conversa sobre esse seu plano de ir se encontrar com Kellan. — Por sua expressão, era óbvio que achava a ideia ridícula. — Você vai mesmo para Los Angeles? Porque não estou gostando nada da ideia de você ir para uma cidade daquele tamanho. — Fez uma pausa, e então acrescentou: — E de ficar cercada por um bando de roqueiros.

Sorri para ele e já ia responder, mas Jenny ouviu o que ele dissera e veio ficar ao meu lado.

— Você vai mesmo para lá? Para ficar com eles enquanto gravam o álbum?

Eu também não tivera tempo de contar a Jenny. Tanta coisa acontecera comigo em tão pouco tempo... que eu ainda estava meio zonza. Segurando o braço de Jenny, respondi a ela e a meu pai:

— Kellan quer muito que eu vá, e agora que me formei, tempo livre é o que não me falta.

Papai fechou a cara.

— Você não devia jogar seu tempo fora antes de se candidatar a um emprego, Kiera. Vai ficar péssimo no seu currículo.

Estremeci, passando o braço pelos ombros de Jenny; de repente, sentia necessidade do seu apoio.

— Hum, na verdade, pai... eu não vou me candidatar a um emprego. Quando Kellan terminar de gravar o álbum, ele vai sair em turnê de novo para promovê-lo... e eu vou com ele.

Minha voz saiu num tom abafado. Por um segundo, o único som que se ouviu foi o dos carros passando pela rua. Então, Jenny e meu pai falaram ao mesmo tempo. Para minha surpresa, os dois disseram exatamente a mesma coisa, mas em tons totalmente diferentes:

— Não!

A exclamação de Jenny foi de surpresa; a de meu pai, uma proibição. Olhei para os dois, dando um gritinho excitado para ela e um sorriso compreensivo para ele.

— Eu sei que é uma coisa meio inesperada, mas é o que quero fazer.

Jenny me deu um abraço, sussurrando no meu ouvido:

— Estou morta de inveja! — Afastou-se, os olhos claros ficando úmidos. — Vou sentir saudades... mas você vai se divertir muito.

Sorri para ela, sua energia alimentando a minha. A voz de meu pai foi como um balde de água fria em cima de mim:

— Não, Kiera. Isso é inaceitável.

Olhei novamente para ele, minha alegria morrendo. Seu cenho franzido se aprofundou.

— Não paguei quatro anos de faculdade para você jogar tudo fora e seguir uma *banda qualquer* pelo país afora. — Pronunciou as palavras *banda qualquer* com ar de desprezo, e fiquei morta de irritação.

Tive vontade de jogar na cara dele que a minha bolsa de estudos tinha coberto praticamente todas as despesas da faculdade, que a contribuição dele fora muito modesta em comparação, mas não era essa a questão que estava sendo discutida.

— Não é uma banda *qualquer*, pai. É a banda *do meu marido*...

Ele revirou os olhos.

— Você não está casada de fato, Kiera.

Ignorei seu comentário, apenas acrescentando:

— ... e ele precisa de mim ao lado dele.

Papai bufou, como se não acreditasse nisso, e sim que Kellan fosse preferir estar sozinho na estrada. Mas meu pai não vira como a última turnê de Kellan fora difícil para ele. É verdade, em grande parte a confusão se devera à sua questão com o pai, mas acho que minha ausência também desempenhara um papel importante, porque ele queria estar comigo e não podia. Pelo menos, foi como eu me sentira em relação a ele.

Antes que meu pai pudesse objetar, continuei:

— Além disso, não vou desperdiçar a minha formação. Vou ser escritora, e posso fazer isso na estrada com Kellan.

Papai me deu um olhar perplexo.

— Escritora? Você não pode ganhar a vida como escritora!

Ignorando-o, minha mãe disse:

— Tenho certeza de que você vai se sair bem, querida. Seu pai está com medo de que você tenha que batalhar muito... mas só no começo, é claro.

Franzi o cenho para ele. Não era exatamente essa a sua objeção. A menos que eu fosse, digamos, uma jornalista escrevendo para algum jornal de grande circulação, meu pai achava que escrever era uma atividade tão frívola quanto fazer música. Um emprego de verdade consistia em uma jornada de trabalho fixa, num local fixo, com um salário fixo. Ele gostava das coisas de que podia depender. Eu também, mas sabia que a vida de Kellan estava prestes a explodir. Talvez meu pai ainda não acreditasse nisso, mas, em breve, acreditaria. Kellan era talentoso demais para que o mundo não percebesse.

Trocando a expressão fechada por um sorriso conciliador, garanti a ele:

— Kellan e eu vamos nos sair bem. Não precisa se preocupar.

Sua expressão passou de irritada a aflita.

— Eu sempre vou me preocupar com você, Kiera.

Minha raiva finalmente passou. Suspirando, soltei Jenny e me aproximei dele. Abraçando-o, afirmei:

— Vou ficar bem, e também te amo.

Ele fungou, passando os braços por mim. Nesse momento, imaginei que acabaria por voltar atrás. Talvez nunca chegasse a apoiar minha decisão, mas também não me condenaria por ela, assim como também não condenava Anna por suas escolhas erradas. Meus pais nos amavam, com todos os nossos defeitos e qualidades. E, embora eles considerassem isso um defeito, eu considerava uma qualidade.

Quando nosso abraço terminou, disse a papai, radiante:

— Vamos para casa, que eu te conto tudo.

Ele assentiu, suspirando.

Capítulo 5
UMA FESTA DE DESPEDIDA PERFEITA

Uma semana depois, Anna e eu fomos levar nossos pais ao aeroporto. Quando chegamos à área de embarque, não pude deixar de ficar olhando com tristeza para os aviões que esperavam na pista. Desejei estar prestes a embarcar num deles para ir ao encontro de Kellan. Já estava com saudades dele. E ele também estava com saudades de mim. Eu recebera um cartão-postal seu na véspera, uma foto das letras gigantes de Hollywood. No verso ele escrevera: *Vem logo pra cá, pra eu não ter mais que passar o tempo todo sonhando acordado com você.*

Mamãe deu um abraço carinhoso em Anna, enquanto papai explicava que eu devia lhe dar notícias todos os dias.

— Estou falando sério, Kiera. E se não receber notícias suas dentro de dois dias... vou voltar aqui para te buscar. — Sua expressão era severa, mas seus olhos deixavam transparecer sua sincera preocupação comigo. Ele não gostava mesmo da ideia de eu ir embora de Seattle.

Passando os braços pelo seu pescoço, dei um beijo na sua testa.

— Vou ficar bem, pai. Kellan vai estar o tempo todo comigo. — Ele estava com a cara amarrada quando o soltei. Minhas palavras de conforto não o confortaram muito. Ele ainda não tinha se aberto totalmente para Kellan, nem Kellan era exatamente o guarda-costas ideal aos seus olhos.

Anna o distraiu da sua infelicidade envolvendo-o num abraço bem-humorado.

— Tchau, paizinho.

O cenho franzido de papai deu lugar a um amplo sorriso, e ele deu um tapinha nas costas dela. Foi a vez de me despedir de mamãe. Depois de dar um beijo na minha testa e dizer que me amava, ela perguntou:

— E aí, já decidiu se vai querer se casar no inverno ou na primavera? Porque nós temos que começar a meter a cara no trabalho logo.

Contive um suspiro, desfazendo nosso abraço. Já tinha ouvido aquela pergunta umas cem vezes.

— Eu te dou uma resposta mais adiante, mãe.

Ela levantou as sobrancelhas.

— Não espere demais. Preciso mandar correr os proclamas.

Dessa vez, eu suspirei.

Quando nossos pais já estavam no avião, Anna soltou um longo suspiro e perguntou:

— É só porque estou grávida, ou eles são sempre cansativos assim?

Caí na risada, dando de ombros. Não saberia responder em relação à gravidez, mas só podia imaginar que sua condição apenas piorasse o problema. Bem-intencionados ou não, nossos pais às vezes eram muito chatos.

Por mais ansiosa que me sentisse para ver Kellan, não estava muito a fim de deixar Seattle. Eu tinha criado raízes ali. Um lugar é apenas um lugar, como eu já dissera a Kellan antes, mas os lugares vêm com pessoas, e havia algumas de que ia sentir muita falta. Quando Jenny e eu fechamos o bar na minha penúltima noite de trabalho, a sensação que tive foi irreal. O dia seguinte seria o último que eu trabalharia no Pete's. No estacionamento, Jenny me deu um abraço apertado, os olhos úmidos.

— Vou sentir tantas saudades, Kiera.

Eu a abracei com a mesma intensidade, contendo as lágrimas.

— Para, desse jeito você vai me fazer chorar — pedi, com voz já chorosa. Ela me soltou, e fiz uma festinha no seu ombro. — E eu não vou a parte alguma hoje. Ainda tenho que trabalhar amanhã, lembra?

Jenny fungou, secando as lágrimas sob os olhos.

— Eu sei. É que... eu detesto despedidas.

Engoli o nó na garganta, vendo Jenny soltar um longo suspiro.

— Isso ainda não é uma despedida. E eu vou voltar.

Ela se animou, gesticulando.

— Ah, eu sei que vai. Além disso, vou visitar vocês sempre que puder. — Abriu um sorriso radiante, combinando com o brilho dourado dos cabelos. — Mas tem um lado bom de você ir embora do Pete's.

Sem imaginar o que poderia ser, olhei para ela, perplexa. Dando pulinhos, Jenny disse:

— Nós vamos dar uma festa para você amanhã!

Tremi nas bases. Não estava nem um pouco a fim de ser o centro das atenções de uma festa de despedida. Vendo minha reação, Jenny ficou séria na mesma hora.

— Ah, não precisa se preocupar. Nós vamos fazer uma coisa superdiscreta. Só um bolinho na sala dos fundos.

Minha intuição me dizia que não seria o caso.

Voltando para minha casa vazia no Chevelle de Kellan, de repente me bateu uma baita saudade. Só fazia duas semanas que Kellan tinha viajado, mas parecia uma eternidade. Nossa casinha de dois andares parecia fria e desolada quando me aproximei. Havia algo na presença de Kellan que fazia com que parecesse viva. Sua energia a enchia de vitalidade, de música.

Destrancando a porta, procurei o celular na bolsa. Já era tarde, mas provavelmente não tarde demais, pois Kellan era meio notívago. E também madrugador, de modo que, se eu não o encontrasse, não teria que esperar muito para ouvir sua voz sensual.

Tranquei a porta enquanto digitava seu número. Ele atendeu quase imediatamente.

– Oi. Como você sabia que eu estava pensando em você?

Achei graça da saudação.

– Porque você está sempre pensando em mim.

– É a mais pura verdade – disse ele, com voz rouca. – Estou com saudades. Você vem logo?

Meu sorriso era de êxtase enquanto eu pendurava a bolsa e a jaqueta.

– Anna e eu vamos estar num avião na manhã de sexta. – Anna tinha resolvido folgar no feriado de Quatro de Julho para poder me acompanhar a Los Angeles. Para minha surpresa, a ideia fora de papai. Mas Anna, que topava qualquer tipo de aventura, agarrara a oportunidade com unhas e dentes. Por ela, nós embarcaríamos assim que eu saísse do Pete's, mas ela tinha um exame muito importante para fazer no dia seguinte.

– Legal. Estou arrumando nosso quarto. Você vai adorar.

Meu sorriso ficou ainda mais largo.

– Nosso quarto?

– Exatamente. – Ouvi outras pessoas rindo, e me perguntei quem mais estaria acordado àquela hora. – Não tenho certeza se já disse isso ou não, mas traz o seu biquíni. A casa tem piscina.

Kellan e a banda estavam hospedados numa mansão que pertencia à gravadora. Por tudo que dissera até agora, era maravilhosa, por isso não me surpreendeu muito que tivesse uma piscina. Pelo visto, eram muito mais comuns na Califórnia do que em Washington. Nós temos quiosques de café em todas as esquinas; eles têm piscinas em todos os quintais.

Me arrastei escada acima, contando a Kellan o quanto estava ansiosa para ir me encontrar com ele. Às vezes, ficar em casa sozinha me dava um pouco de medo. Eu tinha até mesmo pegado o hábito de ficar escrevendo na cama até as primeiras horas da manhã; mergulhar no meu relato romântico me impedia de pensar na possibilidade de haver um bicho-papão escondido no armário. O hábito de Kellan de "me pôr para dormir" pelo telefone também ajudava a enfrentar os medos da madrugada. Sua voz sempre surtia um efeito calmante sobre mim. Quer dizer, talvez "calmante" não fosse a melhor palavra. Se por um lado sua voz sempre surtia algum efeito, havia ocasiões em que a sensualidade do seu tom era tudo, menos relaxante.

Com o telefone colado no ouvido, comecei a trocar de roupa para ir dormir. Como estava com saudades dele, vesti uma camiseta que não costumava usar. Estava impregnada com o cheiro de Kellan, e eu não queria que o perdesse. Depois de pôr a camiseta preta com a palavra "Douchebags" impressa em letras brancas, deitei na nossa cama.

Enquanto Kellan fazia um resumo dos seus compromissos, puxei o tecido da camiseta até o nariz e aspirei seu aroma. Era incrível – másculo, mas limpo. Eu ainda não sabia que combinação de produtos ele usava para criá-lo, mas era o cheiro mais sensual do mundo. Imaginei que houvesse a possibilidade de não ser uma fragrância artificial. Talvez esse perfume maravilhoso fosse natural; afinal, sua pele nua era deliciosa de lamber.

Esse pensamento me fez dar uma risadinha, e Kellan parou de falar.

– O que está fazendo? – perguntou, com um óbvio sorriso na voz.

– Acabei de me deitar...

Na mesma hora ele me interrompeu:

– Você está nua?

Fiquei vermelha, as três palavras da pergunta bastando para incendiar meu corpo. Ainda estava ouvindo uns ruídos leves ao fundo, por isso sabia que Kellan não estava sozinho. Mas talvez estivesse...

– Não... estou usando aquela camiseta que você me deu muito tempo atrás. É a minha favorita. Mas, geralmente, eu não a uso. – Fechei os olhos ao confessar o quanto era obcecada por ele. – Ela tem seu cheiro, e quero que continue assim.

Kellan riu baixinho, despertando a brasa nas minhas entranhas que acendera pouco antes. Passei a mão pelo corpo, sentindo a dor da solidão crescer. Estava com tantas saudades dele – do seu toque, do seu sorriso, dos seus olhos, da sua tatuagem... do seu coração. De tudo.

– É mesmo? – perguntou. – Eu tenho... um cheiro?

Soltei um gemido baixinho como um ronrom.

– Tem, e é o melhor cheiro do mundo. Melhor até do que café.

Kellan gemeu.

– Ah, Kiera, você está me excitando.

Sorri, imaginando-o tão inquieto como eu já começava a ficar.

– Você está sozinho? – sussurrei, com medo de que alguém me ouvisse... ou a ele. Kellan não era exatamente avesso a performances íntimas em público.

– Espera aí – murmurou na mesma hora. Um segundo depois, ouvi-o se dirigir aos presentes: – Boa noite, gente, até amanhã. – Seguiram-se alguns murmúrios ao fundo, e então eles se silenciaram e tudo que ouvi foi Kellan me dizendo: – Agora estou. Você queria alguma coisa?

Passei a mão pelo rosto. Ainda hesitava em relação a essa parte – pedir a ele sem cerimônias o que queria, o de que precisava. Então lembrei o que ele dissera na manhã seguinte à nossa noite de núpcias: ele queria que eu me sentisse à vontade para lhe pedir qualquer coisa, para falar sobre qualquer coisa. Eu não deveria sentir vergonha. Kellan me amava, de coração e alma, e jamais me magoaria intencionalmente. Podia implicar comigo às vezes, mas não me pareceu que faria isso naquele momento.

– Kellan – murmurei, minha voz fazendo aquele "gemido rosnado" que o tinha excitado pouco antes. – Estou com saudades, e quero fazer amor com você. – Antes que pudesse me dar conta do que dizia, acrescentei depressa: – Tira a roupa.

Dei um tapa na testa depois de dizer isso – não era exatamente a ordem mais sexy do mundo. Esperei que Kellan começasse a rir e me desse uma resposta irônica, mas ele não fez isso. Aspirando por entre os dentes, ele gemeu.

– Nossa, isso foi sexy demais. Cheguei a ficar duro. Gostaria que você pudesse ver.

Com o coração palpitando, uma imagem dele me inundou a mente. Um pensamento me ocorreu, e eu o repeti sem ter exatamente a intenção:

– Me manda uma foto.

Mordi o lábio com tanta força, que cheguei a achar que seria capaz de me cortar. Eu tinha mesmo acabado de pedir a ele para me mandar uma foto do seu...? Nunca pensara que um dia seria capaz de lhe pedir uma coisa dessas. Por outro lado, havia muitas coisas que eu jamais esperara fazer com Kellan. Ele me desinibia das maneiras mais inesperadas.

Quando eu já me perguntava se realmente iria me mandar uma foto, ele disse *Espera aí*. Talvez fosse apenas a minha imaginação, mas tive a impressão de ouvir um zíper sendo puxado. Ah. Meu. Deus.

Não sabia se seria capaz de olhar a imagem erótica que ele estava prestes a me enviar. Meu corpo já ansiava por sentir o dele me tocando. Ver o quanto estava com saudades de mim, o quanto me desejava... poderia derrubar minhas inibições.

O celular ficou em silêncio, e então sua respiração pesada voltou ao meu ouvido. Não sabia se ele fizera a foto ou não, mas então o celular vibrou. Fechei os olhos por um segundo, o nervosismo e a excitação tomando conta de mim. Como sentia saudades dele.

– Kellan – murmurei, afastando o celular do ouvido.

Tendo o cuidado de não desligar sem querer, cheguei a mensagem que acabara de me mandar. Fiquei boquiaberta quando a abri. Ele mandara mesmo uma foto de si próprio no seu estado mais exposto e vulnerável. É verdade, Kellan não tinha um décimo da minha timidez, de modo que, provavelmente, isso não tivera para ele o mesmo peso que teria para mim, mas, mesmo assim...

Eu não conseguia parar de olhar a foto. Por estranho que parecesse, considerando o tema, era de uma beleza artística, como costumavam ser as fotos de Kellan. Ele estava com uma expressão altiva e orgulhosa, sob uma boa iluminação, a mão esquerda posicionada de um jeito que a aliança de casado parecia brilhar para mim, como se dissesse: *Isso é seu, esposa, e só seu*. Era fascinante, lindo, meigo e sensual, tudo ao mesmo tempo. O fogo que ardia em mim se transformou num incêndio. Eu precisava dele... imediatamente.

— Kiera? Você ainda está aí?

Levei depressa o celular ao ouvido:

— Preciso que você me toque, Kellan... agora.

Dessa vez, ele riu baixinho.

— Não preciso dizer que a recíproca é verdadeira.

Com a imagem do seu corpo gravada na minha memória para sempre, gemi seu nome... e não foi a última vez que aquelas seis letras escaparam dos meus lábios aquela noite...

Na noite seguinte, cheguei ao Pete's com um sorriso bobo. Que se desfez no momento em que vi o que Jenny fizera no bar. Contra minha vontade, ela o decorara para a minha festa de despedida. Todos os arcos e mesas estavam enfeitados com grinaldas de papel crepom branco e rosa-choque. Balões em todas as cores do arco-íris cobriam o teto. Havia uma longa fita amarrada a cada um, para que as pessoas pudessem puxá-los; os clientes estavam se divertindo fazendo isso, só para ver os balões subirem de novo. Havia um cartaz enorme colado na parede preta dos fundos do palco, bem acima do desenho da banda. Em constrangedoras letras garrafais, ele gritava: ADEUS, KIERA! BOA SORTE! VAMOS SENTIR SAUDADES!

Fiquei comovida e morta de vergonha. Festinha discreta, uma ova!

Jenny se aproximou, enquanto eu, parada diante da porta, olhava ao redor, boquiaberta. Ela me deu um breve abraço, e eu exclamei:

— Jenny! O que aconteceu com o "bolinho na sala dos fundos"?!

Com um lindo sorriso de orelha a orelha, ela deu de ombros.

— Não se preocupe, o bolinho ainda está de pé. — Seus olhos claros deram uma geral no bar, e então voltaram para mim. — É que eu achei que a sua festa de despedida estava precisando de... um *tchan*. Afinal, este é um momento muito importante na sua vida. Você não está indo embora só do bar, está indo embora de Seattle. — Ficou séria.

Suspirei, mas não tive coragem de discutir com ela, ainda mais quando vi seus olhos ficarem úmidos. Por isso, embora minha vontade fosse arrancar todas as grinaldas e furar todos os balões, voltei a abraçá-la. Pensei com meus botões que até podia aturar uns enfeites por uma noite, mas recusei o chapeuzinho que ela me estendeu. Eu podia não ter escolha quanto a me sentir uma idiota aquela noite, mas não precisava ficar com cara de idiota também.

Quase todo mundo que eu conhecia em Seattle veio ao Pete's para me desejar felicidades na turnê – minha irmã, meus colegas do grupo de estudos da faculdade, os frequentadores assíduos que eu atendera quase todas as noites, algumas amigas que fizera no curso de arte. Denny apareceu e sentou à mesa da banda, rindo e trocando piadas com o segurança, Sam.

Foi confortante me ver rodeada por todas as pessoas de quem eu gostava. Não conseguia acreditar que iria deixá-las dentro de dois dias. A mudança parecia quase drástica demais, e uma parte de mim não achava que eu seria capaz de ir em frente – mas então me lembrei do telefonema de Kellan na noite anterior e o que me esperava em Los Angeles, e tive certeza de que seria capaz, sim. Ir embora seria doloroso, mas era o que eu tinha de fazer. Além disso, amadurecer era mesmo uma coisa meio dolorosa.

Mais tarde, minha melhor amiga da faculdade, Cheyenne, chegou. Era simpática e extrovertida, uma dessas pessoas de quem todo mundo gosta. Ela tinha simpatizado comigo logo de cara e salvado minha pele nas aulas de poesia. Eu estava convicta de que não teria conseguido me formar sem ela. Quer dizer, provavelmente teria me formado, mas sua ajuda sem dúvida facilitou as coisas.

A namorada de Cheyenne, Meadow, entrou depois, seguida pelas outras meninas da banda Poetic Bliss. Fiquei surpresa de vê-las ali, pois não tinham nenhum show marcado para aquela noite. Enquanto Cheyenne me dava um abraço, Sunshine, Tuesday e Blessing começaram a plugar seus instrumentos. Rain ficou atrás do microfone principal, enquanto Meadow sentava atrás da bateria. Pois é, todas as roqueiras do Poetic Bliss tinham nomes estranhos. Repetir esses nomes quando conversávamos tinha sido um problemão no começo. Ainda acho difícil chamar alguém de Tuesday sem cair na gargalhada.

Quando um vozerio animado se espalhou pelo bar, olhei para minhas duas simpáticas amigas. Cheyenne estava olhando para a banda das meninas com uma expressão apaixonada que eu conhecia muito bem; costumava olhar para os D-Bags exatamente do mesmo jeito. Jenny dava pulinhos, eufórica por ver que sua festa era um sucesso.

– Elas vão tocar... só para mim? – perguntei, surpresa.

Cheyenne me olhou com um sorriso maior do que o Texas, o estado onde nascera.

– É claro que vão! Eu perguntei a Meadow se elas podiam fazer alguma coisa especial na sua festa de despedida. – Suspirou, olhando para a namorada. – Elas tiveram que remarcar alguns shows, mas fizeram isso com o maior prazer. Tudo para a minha amiga Kiera!

Pisquei os olhos, imaginando se eu ficaria tão zen se Kellan resolvesse oferecer um presente carinhoso desses a uma antiga paixão. Meadow me conhecia, sabia que eu estava com Kellan... e que era hétero. Imaginei que isso amenizasse o ciúme, se é que havia algum; Cheyenne e eu tínhamos combinado que nossa relação seria exclusivamente de amizade antes mesmo de ela e Meadow começarem a namorar.

Achei difícil me concentrar nas minhas obrigações de garçonete quando o show da banda decolou. Meus amigos não paravam de falar comigo em cada canto do bar, e vários clientes que não tinham ido ao Pete's por minha causa ficaram meio irritados com a muvuca. Por fim, o Pete saiu do escritório e me liberou várias horas antes. Um coro alto de gritos e assobios irrompeu quando lhe entreguei o avental. Pete deu um tapinha no meu ombro, agradeceu pela minha temporada no bar e então me estendeu um pirulito com sabor de maçã. Tentei não ficar com os olhos úmidos, mas, quando Kate me deu um abraço, abri um berreiro.

Também com os olhos úmidos, ela me acompanhou até o balcão. Rita estava tomando conta dele, como fazia quase todas as noites, e nos serviu bebidas enquanto Jenny pegava o bolo na sala dos fundos. Pela primeira vez desde que eu conhecera Rita, ela não mencionou meu marido roqueiro. Geralmente ficava se gabando por ter dormido com ele, ou fazia algum comentário vago e cheio de segundas intenções, mas aquela noite parecia quase respeitosa enquanto comia uma fatia de bolo e bebia uma cerveja por conta da casa.

Quando nosso grupo terminou de comer bolo, eu já tomara seis doses de bebida. Elas não paravam de aparecer na minha frente como num passe de mágica, e alguém – geralmente minha irmã – não parava de me encorajar a bebê-las. Minha cabeça estava zonza quando senti alguém me puxar para a pista de dança... Cheyenne, acho. Quando ela me levou para o meio dos fãs da banda, mandei as inibições para o espaço e me acabei de tanto dançar. Sempre achei que dançar era uma coisa liberadora, um jeito de sair da minha própria cabeça. O álcool que circulava pelo meu organismo também ajudou, é claro. Eu me sentia como se estivesse flutuando enquanto girava.

Depois de uma eternidade dançando e bebendo, eu estava suada, totalmente desinibida e com a cabeça nas nuvens. Esbarrei em um corpo familiar, atlético, e, quando me virei, dei com os carinhosos olhos castanhos de Denny. Sorrindo para mim, ele me ajudou a recuperar o equilíbrio. A música, a multidão... me lembraram de uma ocasião muito diferente em que eu dançara com ele. Examinando meu rosto, Denny perguntou:

– Você está bem, Kiera?

Dando uma olhada no bar, imaginei se sua namorada também viera. Ela e Denny trabalhavam numa agência de publicidade que começava a fazer sucesso. Denny era o chefe dela.

– Abby está aqui? – Minha pergunta saiu um pouco arrastada. Quando Denny começava a responder, uma ideia aleatória me passou pela cabeça e disparou pela boca: – Vocês dois trabalham juntos... então, já que é você quem dá as ordens durante o dia, é ela quem manda à noite?

Com o rosto vermelho, Denny murmurou que ela tinha saído com amigos, e eu soltei uma risada, a imagem agora gravada a ferro e fogo na minha cabeça.

Enquanto continuava rindo, vi mais uma amiga me oferecendo uma dose de tequila. Aceitei com avidez, meu braço se estendendo sobre o ombro de Denny para alcançá-la. Ficamos colados, eu com o braço pendurado no seu ombro enquanto virava a bebida. Aos risos, entreguei o copo vazio para minha amiga e passei o outro braço pelo pescoço de Denny; uma sensação de familiaridade tomou conta de mim quando nossos olhos se encontraram.

Embora a tequila não desse a mínima para os limites pessoais, eu sabia, em algum canto da cabeça, que estávamos próximos demais. Quando Denny franziu o cenho para mim, eu o afastei, para que nossos peitos não se encostassem. Quer dizer, minha intenção foi afastá-lo, mas acabei *eu mesma* recuando um passo, esbarrando no cara atrás de mim e quase perdendo o equilíbrio. Denny franziu ainda mais o cenho, segurando meu braço para me manter ereta.

— Você está bêbada, não está?

Minha resposta foi uma gargalhada estridente. Denny revirou os olhos, balançando a cabeça.

— Eu já ia para casa, mas não posso te deixar aqui sozinha nesse estado. Sua irmã já foi embora?

Franzi os lábios, tentando me lembrar, em meio ao torpor. Minha irmã ainda estava lá? Ela tinha chegado a vir? Não conseguia me lembrar... mas então, meu cérebro embotado produziu uma lembrança de alguns minutos antes. Anna estava começando a se sentir meio deprimida, e resolvera ir para casa se deitar. Tinha tentado me convencer a ir com ela, mas eu quis continuar dançando e me recusei a permitir que me arrastasse. Irritada, Anna chamou Jenny, que estava passando, e lhe pediu que me levasse para casa, antes de ir embora. Isso me chocou um pouco. Anna jamais fora a primeira a sair de uma festa.

— Já, ela se mandou... picou a mula!

Dei risadinhas, e Denny suspirou.

— Bem, então, acho que vou te levar para casa.

Comovida com sua oferta, abracei-o com força.

— Você é o melhor homem do mundo, Denny. — Deixei escapar um pequeno soluço. — Me perdoe por ter te traído.

Denny começou a me conduzir para a sala dos fundos.

— É, acho que está mesmo na hora de você ir para casa. Vem.

Eu me apoiava nele como um náufrago agarrando uma tábua, a tonteira ameaçando me derrubar. Uma parte de mim detestava vê-lo cuidando de mim depois de eu ter sido tão canalha com ele, mas outra parte adorava ver que ainda éramos tão bons amigos que ele fazia questão de garantir que eu ficasse bem. Esbarramos em Jenny na sala dos fundos enquanto eu pegava minhas coisas.

— O que está havendo? — perguntou ela, cautelosa. Não pareceu nada satisfeita quando Denny explicou que ia me levar para casa. — Ah, tá, mas já prometi a Anna que eu mesma faria isso.

Denny olhou para mim. Eu não conseguia ficar reta, e cambaleei um pouco... o que me fez rir.

— Não acho que ela possa esperar tanto assim, Jenny.

Não querendo que ela se preocupasse, passei os braços pelo seu pescoço e disse que a amava. Ela pareceu ainda mais preocupada quando saí.

Denny me ajudou a entrar no Chevelle, com uma mão nas minhas costas. A banda ainda estava tocando quando revirei a bolsa à procura das chaves. Estava meio irritada por perder o final da minha festa de despedida, e uma parte de mim queria continuar dançando — mas minha cabeça já começava a girar. Sem conseguir abrir os olhos direito, entreguei as chaves a Denny. Quando ele abriu a porta do lado do carona e me ajudou a sentar, perguntei:

— E o seu carro?

Ele fechou o meu cinto de segurança, sorrindo.

— Não se preocupe com isso. Depois eu pego. O que importa é levar você para casa em segurança.

Fechou a porta, e então contornou o carro, se dirigindo ao lado do motorista. Voltei a sentir uma tristeza enorme. Por que ele era tão bom comigo? Eu tinha feito coisas horríveis, horríveis com ele. Eu era uma pessoa horrível, horrível. Será que seus sentimentos por mim eram tão fortes a ponto de ignorar todos os meus defeitos... e ainda me amar?

Foi o que lhe perguntei assim que ele sentou ao meu lado.

— Você ainda me ama? É por isso que está tomando conta de mim?

Os dedos de Denny se paralisaram a caminho da ignição. Ele se virou para mim, com um olhar vazio.

— Não sei como responder a isso, Kiera. E nem acho que este seja o momento para responder. — Balançou a cabeça, dando a partida no carro.

Pus a mão no seu braço, sem compreender.

— Por quê? — Meu mundo começou a se inclinar, e eu soltei um longo suspiro.

Os olhos de Denny me estudaram por um segundo, antes de ele começar a tirar o *muscle car* da vaga.

— Porque você está bêbada, e não quero que tenha uma ideia errada.

Retirei a mão e passei-a pelos cabelos, desmanchando o rabo de cavalo feito às pressas.

— Eu não tenho ideia nenhuma... — murmurei, fechando os olhos.

Ouvi Denny suspirar, e tive a impressão de ouvi-lo dizer: *É, eu sei que não.*

Denny ligou para Abby enquanto me levava para casa. Seu rosto se animou ao falar com ela. Pela metade da conversa que consegui ouvir, não pareceu preocupada por ele estar comigo. Denny explicou que eu tinha bebido além da conta no bar e que estava me levando para casa. Não sei o que ela respondeu, mas ele riu, seus olhos parecendo tranquilos e despreocupados. Embora eu estivesse começando a me sentir meio enjoada, fiquei feliz por vê-lo feliz.

Quanto mais tempo eu passava sentada, pior me sentia. Quando Denny finalmente parou o carro, meu estômago dava voltas. Eu me sentia suja, asquerosa, e comecei a choramingar, encostando a cabeça na vidraça. Denny olhou para mim, preocupado.

— Você está bem?

Fiz que não com a cabeça, tapando a boca. Não, não estava *nada* bem. Denny soltou um palavrão e saiu depressa do carro. Correndo até mim, ele me ajudou a descer e ficar de pé. Meu estômago se embrulhou quando me movi.

— Denny — murmurei —, não estou me sentindo bem.

Cambaleei, e ele me amparou. Eu tapava a boca com força, implorando à náusea que passasse. Mas não passou; pelo contrário, foi ficando cada vez mais forte. Denny me levou às pressas para casa, dizendo:

— Eu sei que não, Kiera. Mas vai ficar, aguente firme.

Lágrimas me saíam dos olhos enquanto ele destrancava a porta. Eu tinha horror a vomitar.

Fechando a porta com o pé, Denny me levou depressa para o andar de cima e me empurrou para o banheiro no momento exato em que eu perdia o controle. Ficando de joelhos, esvaziei o estômago numa golfada barulhenta no vaso. Denny suspirou, dando tapinhas nas minhas costas. Tirou a bolsa que eu ainda carregava a tiracolo, e expeli mais duas golfadas. Quando encostei a cabeça no tampo, vi-o umedecer uma toalha, que me entregou e, aliviada, esfreguei o pano quente na boca.

— Obrigada — murmurei, logo voltando a vomitar.

Tive a sensação de passar horas vomitando. Parecia que não ia acabar. Eu estava um caco, chorando sem parar, mas Denny não saiu do meu lado. Quando não restava mais nada no estômago, deitei nos ladrilhos frios do banheiro. A sensação foi maravilhosa. Quando fechei os olhos, Denny sussurrou meu nome, mas eu estava tão cansada que não consegui responder.

Ele soltou um longo suspiro, afastando uma mecha de meus cabelos para trás da orelha. Eu queria abrir os olhos para ver sua expressão, mas as pálpebras pesavam feito chumbo. Senti os braços fortes de Denny me levantando, e então ele me levou em passos lentos para o quarto e me pôs na cama. Depois de tirar meus tênis e meias, eu me enterrei entre as cobertas; nada jamais pareceu tão confortável na minha vida.

Denny se debruçou sobre mim, ajeitando as cobertas, e então hesitou; eu podia sentir sua presença sobre mim. Tentei abrir os olhos novamente, mas era como se estivessem colados. O gesto de ternura me fez sorrir. Ele se afastou, e tive a sensação de que iria me deixar. Sem forças, segurei sua mão. Não queria que ele fosse embora. Não queria ficar sozinha naquele estado.

— Fica aqui comigo — pedi. — Por favor.

Denny tornou a suspirar.

— Vou ter que avisar a Abby, mas não tem problema. Eu fico aqui, já que você prefere. Vou estar no quarto ao lado, se precisar de alguma coisa.

Fiz que sim, soltando sua mão. Senti o sono querendo tomar conta de mim, mas Denny ainda se debruçava sobre meu corpo, por isso lutei contra a sensação. Ele me observou em silêncio por um longo tempo, e então sussurrou:

— Não sei o que sinto por você, Kiera... além do fato de que... eu me importo com você. Eu me importo se você está feliz. Se está triste. Se está segura. E se isso é amor... então sim, eu te amo... mas sem estar apaixonado. Faz sentido para você?

Tive que fazer um grande esforço, mas consegui me virar e abrir os olhos. Os três Dennys sorriam tranquilamente para mim. Fechei os olhos, concordando. Fazia sentido, até para o meu cérebro embotado. Eu também o amava, apenas não estava *apaixonada* por ele. Denny não era meu coração e minha alma. Ele não consumia cada parte do meu ser. Ele não era Kellan.

Denny deu um tapinha na minha perna, e então saiu do quarto. Quando o sono começou a tomar conta de mim, o celular tocou. Minha bolsa ainda estava no banheiro, e ouvi Denny parar e revirá-la. Segundos depois, ele anunciava:

— Hum, Kiera, é o Kellan. Devo atender?

Meus olhos se abriram na hora. Denny atendendo meu celular àquela hora da madrugada não pegaria nada bem. Mas não atender à chamada de Kellan na minha última noite no Pete's também ficaria péssimo. Não só isso, como Kellan e eu estávamos tentando ser totalmente honestos... portanto, eu não tinha escolha. Fazendo um esforço, respondi:

— Atende... por favor.

Ouvi Denny atender a ligação. Disse algumas palavras em voz baixa, e então voltou para o quarto. Com a mão no meu ombro, fez com que eu me virasse. Meu estômago voltou a se embrulhar.

— Ele, hum, quer falar com você.

Assenti, inspirando pelo nariz e expirando pela boca. Meus dedos trêmulos roçaram os de Denny quando peguei o celular.

— Alô? — disse com voz quase inaudível.

— Kiera? Você está bem? Denny disse que você passou mal.

Notei um tom estranho na voz de Kellan ao pronunciar o nome de Denny, não exatamente de tristeza, nem de raiva, mas algo entre os dois.

– Eu vou ficar bem... Eu... bebi demais no Pete's. – A simples menção ao verbo fez com que meu estômago se embrulhasse ainda mais.

Kellan soltou um suspiro preocupado.

– Não gosto de saber que você andou se embebedando quando não estou aí para cuidar de você.

Sem pensar, respondi:

– Não tem problema, Denny está cuidando de mim.

– É, eu sei – respondeu Kellan com voz contida.

– Kellan, por favor, não se preocupe – murmurei. – Você sabe que eu te amo. Eu me casei com você, não me casei?

Kellan riu, a tensão abandonando sua voz. Ouvi Denny sair do quarto, fechando a porta. Tentei não me preocupar se meu comentário o magoara. Não devia ter magoado. Afinal, ele acabara de dizer que só sentia amizade por mim.

Gemi no telefone quando meu estômago começou a dar voltas.

– Kellan, estou me sentindo péssima.

Ele riu baixinho.

– É bem feito para você, por beber sem mim. E, ainda por cima, quando nem posso me aproveitar de você.

Sorri, desejando que ele pudesse fazer comigo o que fizera na noite anterior... Então, meu estômago deu um tranco, e achei que seria capaz de vomitar na cama. Não, nada de papo sexy aquela noite. Respirando com força pela boca, choraminguei:

– Acho que vou vomitar de novo.

Com voz calmante, Kellan respondeu:

– Não vai não, meu amor. Você só precisa parar de prestar atenção ao seu estômago. Quer que eu cante para embalar seu sono?

Sorri de orelha a orelha, apertando o estômago com força.

– Eu adoraria – respondi.

Um minuto depois, comecei a ouvir a guitarra de Kellan. Então sua voz encheu meu ouvido, e ele improvisou um show acústico com todas as minhas músicas favoritas dos D-Bags... só para mim. O som sensual acalmou a agitação no meu estômago, que de repente pareceu um milhão de vezes melhor. Eu queria ficar ouvindo-o a noite inteira, mas, sucumbindo ao sono e ao álcool, mergulhei num sono profundo.

Capítulo 6
ENTRE MULHERES

Acordei me sentindo morta de sede. E confusa. Não conseguia me lembrar de ter ido embora do Pete's. De ter entornado demais, sim, e também de ter dançado ao som do Poetic Bliss... mas não de como chegara em casa. Meu Deus, eu esperava sinceramente que não tivesse dirigido na volta. Kellan ficaria furioso comigo. *Eu* ficaria furiosa comigo.

Pensar em Kellan despertou uma vaga lembrança dele cantando para mim, do tom levemente fanhoso de sua guitarra embalando o meu sono. Não fazia ideia se era uma lembrança real, ou se eu sonhara. Mas era uma sensação tranquilizante, e eu sorri, me deitando de costas.

Meu estômago não gostou nada dessa posição... nem minha cabeça.

Gemi, me enroscando em posição fetal. Eu me sentia como se tivesse voltado da beira da morte, e jurei nunca mais beber de novo. Ouvi os sons de outra pessoa na casa, e fiquei apavorada. Quem estava ali? Relaxei ao me dar conta de que Anna é que devia ter me trazido para casa. Ela jamais teria me deixado dirigir bêbada.

Estava me sentindo nojenta, e me obriguei a levantar da cama. Só queria tomar um banho. Estava com cheiro de vômito. Cambaleei um pouco, tirando a camiseta vermelha do Pete's. Implorando ao estômago para ficar num nível tolerável de náusea, desabotoei a calça jeans e a tirei. Tive que me apoiar na parede para chutá-la em direção à cesta de roupa suja. Vendo fios de cabelo endurecidos de vômito seco, voltei a gemer. Que nojo!

Ouvi os passos de minha irmã nas escadas, enquanto abria o sutiã. Atirei-o na cesta, rezando para que ela estivesse me trazendo um copo d'água – eu precisava desesperadamente. Dei uma rebolada nos quadris, tentando me livrar da calcinha para atirá-la na cesta, mas uma ponta do tecido ficou presa debaixo do meu pé. Cansada e nauseada demais para conseguir coordenar os movimentos, perdi o equilíbrio e caí sentada no chão. Com toda a força.

Quando soltava um palavrão em voz alta, a porta do quarto se abriu rapidamente.

— Anna! — exclamei. Surpresa e envergonhada, tentei me cobrir com as mãos. — Você é igual ao Griffin, com essa mania de não bater antes de entrar! Não estou vest...

Parei de falar ao ver quem estava parado diante da porta. Não era minha irmã. Não era nem mesmo uma mulher.

— Denny? O que está...

O rosto de Denny estava vermelho feito um pimentão, e na mesma hora ele desviou os olhos do meu corpo. Senti o rosto arder de vergonha. Ah, meu Deus, eu era uma perfeita idiota. Agora era definitivo: nunca mais ia beber na vida. As lembranças inundaram meu cérebro, enquanto Denny murmurava desculpas e fechava a porta. Não fora Anna quem me socorrera na noite anterior, e sim Denny. Não fora ela quem me vira passar mal, e sim ele. Não fora ela quem me pusera para dormir e passara a noite inteira lá, só para ver se eu estava bem. Denny, meu maravilhoso ex-namorado que se tornara meu melhor amigo, fizera tudo isso. E eu acabara de brindá-lo com uma visão da minha nudez. Droga.

Meu orgulho ferido deixando o estômago e a cabeça em segundo plano, levantei de qualquer jeito e peguei uma toalha que estava em cima da cômoda. Abri a porta e encontrei Denny parado no corredor. Ainda estava vermelho, sem olhar para mim, mas estendia um copo d'água na minha direção.

— Desculpe — murmurou. — Pelo barulho, achei que você estava precisando de ajuda.

Aceitei o copo, agradecida e morta de vergonha ao mesmo tempo.

— Obrigada. — Sorvi a água em largos goles, e Denny ficou me espiando com ar cauteloso. Ainda vestia as roupas que eu vagamente me lembrava de vê-lo usando na noite anterior — uma calça bonita e uma elegante camisa para fora da calça. A camisa não estava muito amarrotada, de modo que ele devia tê-la tirado antes de se deitar no futon encaroçado que ficava no quarto ao lado.

Entreguei a ele o copo vazio, lamentando ter acabado. Denny leu meus pensamentos.

— Tenho que ir trabalhar, mas trago outro para você antes de sair. Como está se sentindo?

Fechei os olhos.

— Muito, muito envergonhada. — Abri um olho. — Me desculpe por ter jogado esse abacaxi em cima de você.

Um sorrisinho curvou os lábios de Denny, e ele virou a cabeça.

— Eu quis dizer em relação ao enjoo.

O calor no meu rosto aumentou ainda mais. *É óbvio. Dãããã.*

— Ah, hum, melhorou muito... obrigada.

Denny assentiu e se dirigiu para a escada, a fim de pegar mais um copo de água gelada. Ao se afastar, disse a ele:

— Obrigada por tomar conta de mim ontem à noite. Fico muito... grata a você por isso.

Virando a cabeça, Denny abriu o sorriso que era a sua assinatura.

— Sempre que precisar, companheira. Tenho certeza de que você teria feito o mesmo por mim.

Assenti, enfática.

— Eu faria qualquer coisa por você, Denny.

O sorriso em seu rosto diminuiu um pouco, e na mesma hora soube exatamente o que ele estava pensando: *Qualquer coisa, menos me ser fiel*. Mas não disse nada. Apenas assentiu e se virou para fazer o último favor que eu pedira. Fechando os olhos, encostei a cabeça na porta. Algum dia eu pararia de me sentir culpada por traí-lo, não é? Não, provavelmente não.

Escovei os dentes enquanto Denny voltava com outro copo d'água. Embora tivesse deixado a porta do banheiro aberta, ele bateu. Depois de beber o segundo copo, eu me senti muito melhor. Quer dizer, eu me senti como se agora fosse capaz de tomar um banho sem tropeçar ou vomitar. Quando Denny se virou para ir embora, perguntei:

— Como você vai pegar o seu carro?

Ele deu de ombros.

— Eu liguei para a Abby. Ela deve estar aqui em um minuto.

Assentindo, voltei a dizer a ele:

— Obrigada, Denny.

Ele respondeu que não era nada e acenou antes de se dirigir para a escada. Tive a impressão de ouvir um carro buzinando "tchau-tchau" enquanto me deliciava no banho de água quente. Não sabia o que Kellan pensaria ao saber que Denny passara a noite comigo, mas então lembrei que já sabia. O pensamento me fez sorrir. Era bom ser honesta com ele, não ter segredos, para variar. E, enquanto recordava Kellan cantando para embalar meu sono, me senti ainda melhor. Ele não ficara furioso e pegara o primeiro avião de volta para Seattle. Ele confiara que eu, mesmo estando bêbada, me mantivera fiel. E fora isso mesmo que acontecera.

Estava me sentindo muito orgulhosa de mim mesma enquanto lavava o vômito seco do cabelo. Não por ter me excedido na bebida – não fora um dos meus melhores momentos –, mas por não deixar que o álcool me arrebatasse a um momento de paixão com Denny. Eu me sentia como se tivesse sido testada, e passado no teste.

Pensando em dar uma palavra com Anna, para avisar que estava viva, bem e que a acompanharia à consulta, revirei a cama atrás do celular. Fui encontrá-lo enrolado nas cobertas, com a bateria descarregada. Kellan devia ter cantado para mim até a ligação cair. Eu não me lembrava do momento em que pegara no sono, mas podia facilmente imaginar Kellan deixando o celular ligado, enquanto me ouvia ressonar. Talvez ele mesmo tivesse adormecido desse jeito, fingindo que estávamos juntos na cama. Meu Deus. Torci para que eu não tivesse roncado.

Quando liguei o telefone, havia várias chamadas perdidas de Jenny, Kate e Cheyenne. Disse a todas que estava bem, e então mandei uma mensagem para Anna, avisando que estava a caminho.

Demorei o dobro do tempo, mas, por fim, consegui chegar ao meu antigo apartamento. Anna entrou no carro, animadíssima. Estava louca para descobrir o sexo do bebê. Ia fazer um ultrassom e, se minha sobrinha ou meu sobrinho colaborasse, ficaríamos sabendo se era o caso de decorar o quarto de cor-de-rosa ou de azul. É claro, Anna "soubera" que era uma menina no momento em que aceitara a gravidez, e já lotara o meu velho armário com dúzias de roupinhas em rosa-bebê, lilás e vermelho-escuro. Parecia que alguém tinha vomitado o Dia dos Namorados lá. Um pensamento que *não* fez bem ao meu estômago.

Anna deu um sorrisinho ao notar a cor do meu rosto.

— Passou uma boa noite? — perguntou, num tom de voz desesperador de tão alto.

Estremeci, olhando irritada para ela.

— Nem um pouco. — Quer dizer, isso não era exatamente verdade. Eu estava me divertindo muito até meus amigos líquidos decidirem sair da festa do jeito mais desconfortável possível.

Anna riu, enquanto eu prestava atenção no trânsito.

— Estou me sentindo meio culpada por ter te deixado lá sozinha. Isso não faz nem um pouco o meu gênero. Jenny te levou para casa direitinho?

Relembrando a expressão no rosto de Jenny quando saí do bar com Denny, fiquei séria e respondi sem lembrar com quem estava falando:

— Não, não foi ela quem me levou para casa... foi Denny.

— O quê? Você foi pra casa com *Denny*? — perguntou ela, ríspida.

Dei um tapa mental em mim mesma. Não tinha planejado contar isso a Anna.

— Eu não "fui pra casa" com ele... Ele só me deixou em casa, para ter certeza de que eu ficaria bem. — Não me permiti dizer que passara a noite inteira lá; não queria que ela tivesse um parto prematuro.

Quando dei uma olhada nela, Anna franziu os olhos cor de esmeralda. Emoldurado por cílios cheios e alongados pelos hormônios da gravidez, seu olhar estava ainda mais intimidante do que o normal.

— Aposto que ele fez mesmo tudo para que você ficasse bem. — Sua sobrancelha se arqueou em uma óbvia acusação. — Você dormiu com ele?

Minha boca se abriu tanto, que tive certeza de que as amígdalas ficaram visíveis.

— Ah, por favor, Anna! É óbvio que não, e muito obrigada por confiar em mim!

Apertando os lábios, ela disparou:

— Eu confio muito em você, Kiera. É na quantidade absurda de álcool que você consumiu que não confio. Quer dizer então que você não trepou com ele?

Eu me recusei a responder àquela pergunta grosseira, mantendo os olhos fixos no trânsito. Após um momento de silêncio, Anna finalmente disse:

— Tudo bem, se você diz, vou acreditar em você. — Mas notei pelo seu tom que não acreditava cem por cento.

Relaxando minha expressão, suspirei, derrotada.

— Eu não fiz mesmo nada com ele, Anna. Nós agora somos apenas amigos, juro a você. E, caso esteja se perguntando, sim, eu contei ao Kellan. Ele me ligou ontem de madrugada enquanto Denny estava cuidando de mim.

Ela refletiu sobre minhas palavras por um momento, e então disse:

— Pensei que Denny tinha te deixado em casa.

Irritada, olhei de soslaio para ela, e Anna riu baixinho.

— Tá, Kiera, eu acredito, pronto. Se você diz que nada aconteceu, então nada aconteceu. — Quase na mesma hora, acrescentou: — Além disso, você não sabe mesmo mentir. — Olhei para ela com minha expressão mais feroz. Ela riu de novo.

No consultório da obstetra, uma técnica em ultrassom usando um uniforme amarelo-claro nos conduziu, animada, até uma sala mal iluminada. Havia um vago cheiro de antisséptico, e um computador estalava e zumbia, enchendo o silêncio. A mulher instruiu Anna a se deitar numa mesa de exames forrada de papel. Com um sorriso maravilhado, Anna recostou com cuidado o corpo rechonchudo e abaixou a legging, expondo o volume de sua barriga.

— OK, vamos dar uma olhada na minha neném — exclamou, alegre.

— Ah — disse a técnica —, você já sabe o sexo? — Espremeu um tubo de gel na barriga de Anna. Como se só agora lembrasse, acrescentou: — É meio geladinho.

Anna respirou depressa quando o gel tocou sua pele.

— Não, este é o meu primeiro ultrassom. — Olhou para a mulher que espalhava o gel com um troço que, juro por Deus, parecia uma pistola ligada ao computador. — Eu apenas sei que vou ter uma menina, só isso.

A mulher sorriu, mas não fez comentários. Imaginei que já ouvira milhões de grávidas afirmarem que sabiam o sexo de seus bebês.

Quando a imagem do útero de Anna apareceu no monitor, era um borrão em tons de cinza indistinguíveis. A técnica pareceu saber o que estava procurando, e apontou várias partes do corpo para nós. Anna e eu nos entreolhamos, e então demos de ombros. Nenhuma de nós via nada que parecesse um ser humano. Mas, então, a coluna apareceu. Era distinta, definida... inconfundível. Meus olhos se encheram de lágrimas quando vi algo na tela com que podia me identificar. Em seguida, uma das mãos entrou em foco — uma mãozinha perfeita, com cinco dedos que se curvaram um pouco quando a técnica manteve o bastão parado.

— Ah, meu Deus, Kiera... olha só para isso — murmurou Anna, lágrimas escorrendo pelo rosto. — Minha filha acenou para mim.

Abracei minha emotiva irmã, também me sentindo bastante emocionada. Depois de terminar as medidas e imagens paradas, incluindo uma que era um perfeito perfil do rosto, a técnica franziu o cenho.

— Hummm...

Entrei em pânico. Será que havia algo errado com o bebê? Anna tentou sentar, mas não conseguiu, por causa da barriga. A técnica franziu ainda mais o cenho e ficou girando o bastão para ter certeza do que estava pesquisando.

— Não se mexa, por favor.

— O que foi? O que está errado? — A voz de Anna tinha um toque de pavor.

A técnica relaxou a expressão, sorrindo.

— Ah, não há nada errado, é só que... — Calou-se, examinando a tela novamente.

— É só que o quê? — perguntei, me inclinando para ver o que ela via. Não observei nada de notável. Mas a técnica, sim.

— É, foi o que pensei. Desculpe, mas... você vai ter um menino.

Anna se apoiou sobre os cotovelos.

— Eu vou o quê?

A técnica estremeceu.

— Espero que você já não tenha comprado roupinhas cor-de-rosa demais.

— Não, deve haver algum erro. Olha de novo. Eu vou ter uma filha. — Anna ficou séria.

A técnica fez o que lhe era pedido, e então repetiu:

— Desculpe, mas... é um menino, sem a menor sombra de dúvida.

As lágrimas voltaram a escorrer pelas bochechas de Anna, mas por um motivo totalmente diferente dessa vez.

— Não, não, não... eu vou ter uma menina.

Esfreguei seu ombro.

— Está tudo bem, Anna. Você vai ser muito feliz com um menino.

Anna assentiu, voltando a deitar na cama.

— Eu sei... É que eu queria muito... — Mordeu o lábio para se impedir de dizer com todas as letras. Mas eu compreendi. Anna era muito feminina, e tivera a esperança de ganhar uma princesinha para vestir. Eu duvidava que ela sequer soubesse por onde começar com um menino. Mas sabia que acabaria por descobrir.

A técnica entregou a ela um lenço de papel.

— Desculpe pela decepção.

Anna secou os olhos, mas continuou em silêncio. E permaneceu calada até tornarmos a entrar no carro. Então, aquele fogoso gênio hormonal que eu adorava pôs as unhas de fora. Batendo a porta do carro, ela soltou, furiosa:

— Eu vou matar aquele puto quando me encontrar com ele amanhã! — Só pude deduzir que se referia a Griffin.

Estremecendo diante da violência com que o amado Chevelle de Kellan fora tratado, tratei de fechar a porta do meu lado, cautelosa.

— Vai ficar tudo bem, Anna. Garotinhos são fofos. — Não tinha convivido muito com crianças, meninas ou meninos, por isso não sabia se era verdade. Mas é o que a gente deve dizer nessas horas, não é?

Pelo visto, não. Anna olhou para mim com uma expressão furiosa. Seus olhos deixavam transparecer toda a raiva que sentia da técnica, de Griffin e, por que não dizer, do universo inteiro. Tive certeza de que meus miolos começaram a virar um cozido sob as chamas daquele olhar.

— Não faço a menor ideia de como criar um menino. E olha só quem vai dar o exemplo. — Desviou o olhar para a janela, preferindo derreter a vidraça em vez do meu pobre cérebro. — Ele vai ser um Neandertal hipócrita e narcisista, igual ao pai.

— Pensei que fosse disso que você gostasse no Griffin... — murmurei muito baixo, mas Anna me ouviu e voltou a apontar sua ira para mim. Sensata, resolvi não dizer mais nada e dei a partida no carro. O que quer que Anna e Griffin tivessem juntos, era melhor que ficasse entre eles.

Quando chegamos em casa, a irritação de Anna já diminuíra um pouco, começando a dar lugar à melancolia; chegou até a derramar algumas lágrimas. Estava mesmo muito a fim de ter uma menina. Com medo de que me mordesse, metafórica ou, talvez, literalmente, pus a mão no seu ombro.

— Você vai adorar o seu filhinho tanto quanto teria adorado a sua filhinha. E não se preocupe com o Griffin. Você sabe que Kellan, Matt e Evan não vão deixá-lo corromper a criança... demais.

Anna me olhou por um momento, sem compreender, e então esboçou um sorriso minúsculo. E, embora suas faces estivessem molhadas, o nariz fungasse e os olhos estivessem vermelhos, ainda estava linda de morrer.

Passei mais um tempinho com Anna depois disso, para ter certeza de que ficaria bem, e ajudei-a a fazer sua mala. Embora ela só fosse passar o fim de semana em Los Angeles, resolveu levar muito mais coisas do que eu. Fazendo um esforço colossal para fechar a mala, explicou que queria estar preparada para tudo. Não pude deixar de dar uma olhadinha na sua barriga quando disse isso. Se minha irmã estivesse um pouco mais "preparada para tudo", não estaria na situação em que estava agora — prestes a pôr uma miniatura de Griffin no mundo.

Uma surpresa me esperava quando cheguei em casa. O carro de Jenny estava na entrada, e ela diante da porta, acenando para mim. Quando estacionei ao seu lado, Rachel, Kate e Cheyenne abriram as outras portas e saíram. Sorri de orelha a orelha ao ver minhas amigas.

— O que estão fazendo aqui?

Jenny se aproximou em passos animados.

— Viemos te ajudar a comemorar a sua última noite em Seattle!

Levei as mãos à cabeça, enquanto a lourinha animada me abraçava.

— Acho que nós já comemoramos o bastante ontem — murmurei.

Cheyenne entrou novamente no carro de Jenny.

— Mas agora a nossa festa vai ser muito mais tranquila. — Saiu do carro com uma sacola. — Resolvemos dormir na sua casa!

Dando de ombros, sorri, indicando a casa.

— Ótima ideia.

Jenny, Rachel e Kate pegaram suas sacolas enquanto eu destrancava a porta. Quando tentava arrancar a chave, que de vez em quando emperrava na fechadura, Jenny se aproximou e pôs a mão no meu ombro.

— E aí, ficou... tudo bem... na noite passada?

Percebi pelo ângulo das suas sobrancelhas que o que realmente queria dizer era: *Aconteceu alguma coisa entre você e Denny?* Jenny tinha bastante tato para não fazer a pergunta com todas as letras, mas estava se perguntando o mesmo que minha irmã — se eu traíra Kellan. Balancei a cabeça, tentando não me irritar. A culpa era minha, na verdade.

— Não aconteceu nada... além de Denny passar a noite inteira me vendo vomitar na privada.

Jenny estremeceu.

— Ugh. Desculpe por termos te dado um porre. Não foi nossa intenção.

Dei um sorrisinho para ela.

— Não precisa se desculpar por minha falta de juízo. — Fiquei séria ao lembrar por que não hesitara a afogar a noite em álcool. — Ir embora de Seattle é muito mais difícil do que pensei que seria. — Minha voz se tornou um sussurro e minha visão se embaçou com as lágrimas não derramadas. Meu Deus, será que eu já estava entregando os pontos?

Jenny me abraçou.

— Não se atreva a começar a chorar no meu ombro! Se fizer isso, vou fazer também, e nós duas vamos passar a noite inteira aos prantos.

Ri, abraçando-a. Em pouco tempo, o resto das minhas amigas nos rodeou em um abraço de grupo. O baixo astral do momento me fez rir.

— Tá, já chega — disse a elas, me afastando do círculo. — Hoje é um dia para a gente se divertir, não ficar na fossa. — Olhei para cada uma, acrescentando: — E eu vou voltar. Seattle é como um lar para mim, tanto quanto Athens.

Kate passou os dedos sob os olhos, e então seu rosto se animou.

— Eu trouxe doces e pipoca!

Cheyenne passou o braço pelo de Kate.

— E eu trouxe um milhão de comédias românticas!

Não muito depois, demos uma festa do pijama para ninguém botar defeito. Eu não participava de uma assim desde a oitava série, mas as lembranças de adolescência na mesma hora me assaltaram quando as meninas começaram a exibir seus tesouros. Havia filmes para durarem a semana inteira, um volume de doces que alimentaria um pequeno país, e produtos de beleza o bastante para manter minha irmã abastecida por um mês. Tive uma crise de riso ao fazer uma limpeza de pele na minha própria sala com outras quatro mulheres. E foi tão divertido que não me importei com o ridículo da situação.

Na metade do segundo filme, a campainha tocou. Embora eu já estivesse vestida para dormir e com uma máscara facial verde, fui correndo atender. Usando uma regata e a cueca samba-canção preta de Kellan, escancarei a porta, torcendo para que fosse nossa pizza e a entregadora não notasse que eu estava usando a cueca de Kellan... afinal, ela já a conhecia da noite de *strip poker* em que Kellan pedira uma pizza.

Meus risos alegres morreram nos lábios quando olhei para a pessoa que estava diante da minha porta. Não era a entregadora da pizzaria. Era Joey. Ela me deu um olhar de alto a baixo, soltando um bufo de desprezo. Senti o rosto pegar fogo, mesmo sob a refrescante máscara de chá verde que cobria minha pele.

— O que está fazendo aqui? Kellan te disse para nunca mais voltar — disse, ríspida, meu bom humor se evaporando.

Joey ignorou minha atitude e inclinou a cabeça, olhando para a sala às minhas costas.

— Kellan está?

Dei um passo para o lado, bloqueando sua visão.

— Não, ele está em Los Angeles.

Ela enrolou uma longa mecha de cabelos pretos no dedo, enquanto refletia sobre a resposta. Suas unhas eram longas, afiadas e pintadas de vermelho-vivo. Relembrando o arranhão no rosto de Kellan, trinquei os dentes, morta de vontade de bater com a porta na cara da garota.

Ela pareceu não dar a mínima para a minha raiva.

— Ele está mesmo gravando um álbum? Ou é só uma história que inventa para seduzir as mulheres? — Deu um sorrisinho, seus olhos escuros indo para a aliança no meu dedo.

Embora soubesse que isso não devia me incomodar, eu estava ficando pê da vida com sua insistência em diminuir a nossa relação. Kellan e eu tínhamos comido o pão que o diabo amassou juntos. A atitude dela de diminuir isso, fazendo com que não passasse de uma transa casual, fez meu sangue ferver.

— Não, ele está mesmo gravando um álbum. — Comecei a fechar a porta. — Eu digo a ele que você esteve aqui.

Ela enfiou o pé entre a porta e o batente.

— Interessante. Quer dizer que... ele vai ficar por cima em breve? Mais do que já fica na horizontal, pelo menos.

Enquanto ela continuava parada diante da porta, mordendo o lábio, uma expressão surgiu no seu rosto que me lembrou a de Ebenezer Scrooge em *Um Conto de Natal*. Podia ver com a maior clareza uma imagem dela contando enormes pilhas de dinheiro... ganho às custas de outra pessoa.

Sentindo minhas amigas se aproximarem cautelosas da porta, suspirei.

— Você tem outras cópias do vídeo, não tem?

Ela finalmente recolheu o pé, dando de ombros.

— Eu só devolvi a cópia *dele*. Tenho várias outras. — Quando Jenny apareceu ao meu lado, o rosto também coberto de máscara verde, Joey perguntou, animadíssima: — Estão a fim de assistir? É sexy até dizer chega. Kellan faz um lance em que...

Levantei a mão, interrompendo sua oferta. Não, pelo amor de Deus, eu jamais queria vê-lo transando com outra mulher. E menos ainda ouvir uma descrição detalhada da cena.

— Não quero saber de você ou do seu vídeo. Kellan já te pagou, e, no que me diz respeito, o nosso papo acabou ali.

Ouvi algumas das meninas soltarem exclamações de espanto ao se darem conta do que estava acontecendo. Jenny foi a única a quem eu contara do vídeo e, pelo visto, não passara a informação adiante. Jenny era maravilhosa sob esse aspecto.

Joey deu de ombros, puxando a minissaia.

— Tudo bem. Eu só estava te oferecendo uma pré-estreia do filme do ano.

Girou nos calcanhares para ir embora. Ultrajada, constrangida e morta de vergonha por Kellan, dei um passo a frente e soltei:

— Você vai mesmo vender o vídeo? Porque você também está nele. Quer mesmo ver um bando de tarados se divertindo à custa da sua vida privada?

Joey parou na calçada, virando a cabeça morena para me fuzilar com os olhos.

— Se isso vai me deixar com a vida ganha, sim. — Curvando um canto dos lábios, acrescentou: — Além disso, meu nome vai ficar associado para sempre ao de um rock star rico e famoso. Vou me tornar uma celebridade, e o que poderia ser melhor do que isso?

Balancei a cabeça, sem conseguir entender seu desejo de ser famosa, a despeito do preço a ser pago. Lá estava eu, tentando encontrar uma maneira de ficar longe dos refletores de Kellan, enquanto Joey achava muito natural vender a própria pele para ficar debaixo deles. Como ela devia ser carente e infeliz, para ter uma sede de atenção tão extrema, a ponto de fazer qualquer coisa para consegui-la. Por estranho que parecesse, minha raiva passou, enquanto eu olhava para ela, perplexa, em silêncio. Enquanto Joey esperava por alguma reação da minha parte, tudo que senti por ela foi pena.

Voltando para o calor de meu lar com Kellan, encerrei a conversa:

– Espero que você encontre o que procura, Joey. – Não esperando que eu reagisse daquele jeito, ela franziu o cenho, confusa, quando fechei a porta à sua frente.

Capítulo 7
ATÉ MAIS, SEATTLE

Acordei com uma sensação no peito que beirava o delírio. Era sexta-feira, meu último dia em Seattle. À tarde, eu estaria nos braços de Kellan em Los Angeles. Mal podia esperar. Levantei correndo da cama improvisada e quase tropecei nas minhas amigas, que se esparramavam pelo chão da sala.

Jenny soltou um gemido quando meu pé esbarrou no seu cotovelo, mas não acordou. Eufórica, subi a escada correndo para tomar um banho e me vestir para viajar. Anna viria me buscar logo, e eu queria estar fresquinha e limpinha para me encontrar com Kellan. Só fazia duas semanas que ele me deixara, mas parecia uma eternidade. Isso sempre acontecia quando ele viajava. A continuidade do tempo parecia depender da proximidade de Kellan – quanto mais longe ele estava, mais o tempo se estendia.

Quando saí do chuveiro, senti o cheiro celestial do café fresco. Fiquei com água na boca, e na mesma hora me lembrei de Kellan... não que em algum momento me esquecesse dele. Geralmente ele ficava em algum cantinho da minha mente, mas o cheiro do café sempre o trazia para o primeiro plano.

Quando eu já estava vestida e pronta para sair, peguei minhas malas e desci a escada às pressas para deixá-las ao lado da porta. A maioria das meninas já estava acordada, esfregando os olhos e dando goles em suas canecas de café, enquanto começavam a guardar suas coisas. Jenny me deu um rápido abraço, estendendo uma caneca para mim.

— Anna acabou de ligar. Está vindo para cá.

Assenti, dando um gole no café; queimou um pouco a minha língua, mas estava com o creme que eu adorava. Jenny deu uma olhada na sala ainda cheia.

— Pode deixar que eu despacho todo mundo, e depois tranco a casa antes de sair.

Suas palavras me lembraram de uma coisa. Procurei o chaveiro na bolsa. Depois de tirá--lo de dentro do livro que pretendia ler no avião, revirei as chaves até encontrar a do Chevelle.

— Será que você podia me fazer um favor? — Jenny assentiu, e eu lhe entreguei a chave do bebê de Kellan. — Eu já deixei tudo combinado com o pessoal da oficina que fica embaixo do loft de Evan. Eles vão deixar o Chevelle na garagem para mim até eu voltar. Será que você pode deixar o Babe-ette lá?

Jenny sorriu ao ouvir o apelido que eu dera para o carro de Kellan.

— Claro. Pode deixar que a Rachel e eu fazemos isso hoje à tarde.

Rachel se aproximou de Jenny, encostando a cabeça cansada no seu ombro. Tínhamos ficado acordadas até muito tarde. A beldade exótica soltou um bocejo alto e, compreensiva, Jenny fez cafuné nos seus cabelos negros. Em voz baixa, Rachel perguntou:

— Será que você podia mandar um beijo para o Matt? E dizer... que eu gostaria de estar lá com ele?

Minha tímida amiga mordeu o lábio, um leve rubor colorindo seu rosto bronzeado. Na mesma hora prometi fazer o que me pedira. Sabia exatamente como era ficar longe da pessoa amada — uma droga. Mas Matt e Rachel pareciam enfrentar bem a distância, e minha intuição dizia que seu namoro continuaria firme e forte apesar da vida muito louca que os D-Bags levavam — ou estavam prestes a levar.

Também tinha uma boa intuição em relação ao namoro de Evan e Jenny. Olhando para minha melhor amiga, disse:

— E eu vou dar um grande abraço de urso no Evan por você.

Jenny abriu um largo sorriso, e então tirou do bolso traseiro da calça uma caixinha verde-limão, achatada e dobrada em três partes. Com um sorriso maroto, entregou-a para mim.

— Pode entregar isso a ele também?

Curiosa, desdobrei o papelão e vi que era uma caixa de jujubas. Voltando a dobrá-la, perguntei:

— Você quer que entregue a ele uma coisa que você tirou da lata de lixo?

Jenny começou a rir.

— Não se preocupe, ele vai entender.

Guardei a caixinha na bolsa, imaginando qual seria a piada interna dos dois de que eu era mensageira. Mas, enfim, se eu podia ajudar de algum modo, por mim tudo bem. Afinal, Evan e Jenny eram o meu modelo de casal no mundo do rock.

Cheyenne e Kate vieram me dar um abraço na hora de se despedir.

— Olha só — disse Kate —, Justin está em Los Angeles. Se por acaso estiver com ele, podia dizer que... eu mandei um beijo?

E deu uma risadinha, seu rabo de cavalo roçando nos ombros. Justin era o vocalista do Avoiding Redemption, uma banda que já era bastante famosa. Tinha sido o grupo de cinco rapazes que "descobrira" os D-Bags, convidando-os a participar da turnê que lotara as casas de espetáculos. A banda de Kellan fora notada por uma gravadora durante essa turnê; aliás, a gravadora de Justin era a mesma que contratara os D-Bags. Kate ficara de olho em Justin, e acho que ele também se interessara por ela. Desde que os dois se conheceram, vinham trocando mensagens regularmente. Os olhos castanho-dourados de Kate brilharam de alegria quando prometi que ficaria de olho para ver se o encontrava.

Quando a campainha tocou, Cheyenne me deu um abraço.

— Se cuida enquanto estiver lá, ouviu?

Ri baixinho, enquanto Jenny abria a porta para Anna. Minha risada morreu quando Anna entrou em passos furiosos, atirando a bolsa num gesto dramático em cima da mesinha em formato de meia-lua que ficava no vestíbulo.

— É nessas horas que eu sinto uma puta falta de beber — murmurou.

— Problemas? — perguntou Jenny, fechando a porta.

Anna olhou para trás.

— Tirando o fato de que eu vou matar aquele puto quando chegar em Los Angeles?

Ninguém precisou perguntar quem era o *puto* em questão. Franzindo os lábios, Jenny perguntou:

— O que foi... que ele fez? — Estava com o rosto impassível, como se não houvesse resposta no mundo que pudesse chocá-la. Compreendi o que sentia. Na verdade, uma pergunta mais lógica teria sido: *O que foi que Griffin não fez?*

Sabendo qual era o problema de Anna, suspirei.

— Isso não é tão grave assim, Anna.

Ela me deu um olhar feroz. As outras meninas olharam para mim com uma expressão chocada. Geralmente, eu não defendia Griffin.

— Um menino, Kiera. Ele me deu um menino. E tudo que eu pedi dessa... *palhaçada completa* foi que ele me desse uma menininha, mas o idiota não conseguiu fazer nem isso direito.

Franzindo o cenho, respondi:

— Ele não tem o poder de...

Seu olhar glacial interrompeu minha voz. Quando as outras meninas entenderam o motivo de sua irritação, Kate disse, toda derretida:

— Ah, que lindo! Você vai ter um menininho... parabéns! Meninos são fo-fis-si... — Calou-se quando o olhar furioso de Anna se cravou nela.

Fez-se um momento de silêncio, e então Jenny arriscou, cautelosa:

— Tenho certeza de que vai dar tudo certo. — Anna começou a bater com o pé no chão, e Jenny deu de ombros, desistindo. — Tem razão, o Griffin é ridículo.

Na mesma hora Anna se animou.

— Pois não é o que eu sempre digo? — Tive que ficar balançando a cabeça enquanto ela baixava o pau no namorado, o que durou bem uns cinco minutos. Às vezes a gente só quer alguém que concorde com tudo sem discutir, não importando qual seja o problema. E mesmo que Anna estivesse exagerando muito, nenhuma de nós iria negar o fato de que Griffin era mesmo ridículo.

Por fim, Anna se acalmou o bastante para se despedir das minhas amigas e me ajudar a pôr a bagagem no porta-malas do velho Honda de Denny. Quer dizer, ela bancou a supervisora, enquanto *eu* guardava a bagagem. Estava levando só duas malas, uma quantidade que me pareceu bastante modesta para uma estada por tempo indeterminado. Anna estava levando três, totalmente abarrotadas, além de uma sacola a tiracolo que quase não coube no bagageiro do avião.

Quando me acomodei na poltrona e a aeromoça mandou os passageiros desligarem os aparelhos elétricos, meu celular vibrou. Pensando que fosse Kellan, pois acabara de lhe mandar uma mensagem para avisar que estávamos prestes a decolar, dei uma checada discreta no celular. Sorri ao encontrar a mensagem de Denny na tela: *Vou sentir saudades, companheira. Boa sorte, e se cuide.*

Só pude balançar a cabeça diante da incrível delicadeza de Denny. Quase mostrei a mensagem a Anna, na esperança de que mudasse de ideia em relação a Denny, mas, assim que ela visse o texto, presumiria automaticamente que eu dormira com ele na noite anterior. Como não estava a fim de defender minha inocência novamente, desliguei o telefone e o guardei na bolsa.

O voo até Los Angeles foi até rápido, mas passei o tempo todo levantando e abaixando os pés, brincando com o pingente em feitio de guitarra do meu colar e mordendo o lábio. Até tentei escrever um pouco, mas não consegui me concentrar e, por fim, guardei o caderno. Só queria estar com Kellan. Meu coração estava aos pulos quando o avião finalmente aterrissou, e acho que respirava com mais força quando finalmente taxiou. Anna bufou, dizendo *Segura a onda, gata no cio.* Mas eu não podia segurar a onda. E nem era por estar sentindo tesão, e sim porque... precisava dele.

A saída do avião foi um deus-nos-acuda, por isso peguei minha bolsa e saí correndo para a porta antes mesmo que Anna se levantasse. Embora estivéssemos sentadas no meio do avião, fui a segunda pessoa a sair. O nervosismo dava nós no meu estômago quando subi a rampa. Não sabia se encontraria Kellan no meio daquele mar de passageiros e visitantes que lotavam o aeroporto gigantesco. Pensei em mandar um torpedo para ele se não o localizasse logo na área de bagagens.

Atravessei depressa o corredor em direção à área de espera reservada aos visitantes. Dei uma breve geral na multidão que esperava ansiosamente por amigos e parentes, e então comecei a rir. Kellan estava bem na frente e no meio, com os braços estendidos como John Cusack em *Digam o que disserem*. Só que não carregava um rádio portátil tocando Peter Gabriel a todo o volume. Não, ele segurava, com muito orgulho, um cartaz com as palavras — para meu constrangimento, em letras garrafais pretas — SRA. KELLAN KYLE.

Soltei um soluço e um riso ao mesmo tempo, correndo para Kellan. Não podia acreditar que finalmente estava com ele — e, dessa vez, eu não iria embora. Ele mal teve tempo de pôr o cartaz no chão e me segurar quando pulei no seu colo. Enterrei a cabeça no seu pescoço, rodeando sua cintura com as pernas, e o abracei com todas as minhas forças. Seu cheiro másculo, limpo, intoxicante me atingiu quando suas mãos quentes acariciaram minhas costas. Meu nervosismo na mesma hora se evaporou. Eu estava ali. Nós estávamos juntos.

Eu me afastei ao sentir a risada baixa vibrando no meu peito. Kellan olhava para mim com um sorriso eufórico. Talvez tenha sido minha imaginação, mas o tom de seus olhos azul-escuros parecia ainda mais profundo, e seus cílios mais longos. Até a curva do seu sorriso bem-humorado estava mais sensual do que eu me lembrava. Não sabia se isso era possível, mas ele se tornara ainda mais atraente durante minha curta ausência.

— Está com saudades? — murmurou, inclinando-se num gesto que dizia com todas as letras: *Quero sentir seus lábios*.

Sorrindo, fiz sua vontade. Até sua boca estava mais doce, mais tenra. Quando sua língua roçou a minha e sua mão desceu até o meu traseiro, de repente lembrei que estávamos num local público, um local lotado de olhos jovens e inocentes.

Na mesma hora tratei de me desvencilhar do seu abraço, pondo os pés no chão. Ele franziu o cenho; se é que isso era possível, seu beicinho foi ainda mais fofo do que o sorriso.

— Ei, eu estava gostando.

— É, eu sei. — Pousei a mão no estômago, e ele segurou meus dedos; sua expressão séria na mesma hora se desfez. Ele riu baixinho e se abaixou para pegar o cartaz de boas-vindas. Tive que resistir ao impulso de passar os dedos por aqueles cabelos incrivelmente sexy, arrepiados, de quem acabou de acordar. Quando ele se endireitou, apontei para o cartaz escandaloso em sua mão.

— Gostei do cartaz.

Ele abriu um sorriso.

— Achei que gostaria.

Lendo-o de novo, agora encostado no seu quadril, fiquei séria.

— Mas, para seu governo, não vou assinar Sra. *Kellan* Kyle. É muito antiquado.

Kellan deu uma olhada no cartaz encostado no quadril, e novamente em mim.

— Como assim? O bacana é aceitar o nome todo do marido, não é? — Seu polegar roçou minha aliança ao dizer a palavra *marido*, e o orgulho que sentia por me ter como sua mulher se estampou no seu rosto.

— Essa ideia é sexista, Kellan. Eu tenho o meu próprio nome. Não preciso assumir o seu. — Passei a mão pela macia malha preta que cobria seus peitorais. Para esclarecer meu ponto de vista, tracei as letras desenhadas do meu nome ao longo da tatuagem escondida sobre o seu coração. Kellan estremeceu, seus olhos começando a pegar fogo. — Só o seu sobrenome — sussurrei.

O olhar quente de Kellan se fixou na minha boca. Seus lábios se afastaram e, enquanto eu olhava, ele passou a língua pelo lábio inferior, e então o arrastou por entre os dentes. Foi hipnótico, para dizer o mínimo.

Quando eu já começava a me perguntar até onde podíamos deixar nossa demonstração de afeto chegar antes de sermos sumariamente convidados a nos retirar do recinto pelos seguranças do aeroporto, uma voz alta soou acima da cacofonia do aeroporto:

— Muito obrigada, Kiera! Quase entrei em trabalho de parto, tentando tirar minha sacola do bagageiro!

Kellan e eu olhamos para minha irmã, que se aproximava em passos furiosos, o rosto vermelho, soprando para o alto uma mecha de cabelos que caíra perto do olho. Uma expressão exagerada que gritava para todos ao seu redor que ela estava uma fera. Kellan soltou minha mão, dando um passo em direção a ela.

— Acho que eu devia ajudar.

— Griffin está aqui? — cochichei, olhando ao redor, à procura do baixista. Tinha certeza de que ele sabia que Anna viria comigo.

Kellan hesitou, passando a mão pelos cabelos.

— Ele... preferiu esperar em casa. — Deu de ombros, como que se desculpando.

Num primeiro momento fiquei irritada, mas então resolvi deixar pra lá. Griffin jamais fora um namorado atencioso. Aliás, Griffin jamais chegara sequer a ser um namorado. Era uma *foda amiga*. Ele próprio dissera isso. Achei que mudaria ao saber que Anna estava grávida, que talvez amadurecesse um pouco. Mas, como Kellan vivia me dizendo, Griffin era... Griffin.

Demorei um pouco para pegar toda a nossa bagagem, mas por fim conseguimos reunir as cinco malas e nos dirigimos para o carro de Kellan. A gravadora tinha lhe emprestado um dos seus carros enquanto a banda se hospedava na mansão. Era um Audi conversível prateado. Anna não escondeu o deslumbramento quando pôs os olhos nele, mas eu não fiquei muito impressionada. Kellan parecia muito mais sexy dirigindo o Chevelle clássico, pesadão. Quando ele soltou um suspiro baixinho ao sentar atrás do volante, percebi que pensava o mesmo daquele carrão chamativo.

Anna quase ficou soterrada pelas malas no banco traseiro, já que o porta-malas do possante não era dos mais espaçosos. Mas não pareceu se importar, enquanto dirigíamos em alta velocidade com a capota baixa pelas ruas ensolaradas de Los Angeles. Ela sorria de orelha a orelha, seus cabelos batendo no rosto.

— Eu bem que poderia me habituar a essa vida — murmurou, encostando a cabeça no banco.

O dia estava nublado e chuvoso em Seattle, o que deixara os habitantes da cidade satisfeitos, pois a umidade diminuía os riscos de incêndios em domicílios causados por fogos de artifício. Em Los Angeles, o céu estava azul-turquesa, sem uma nuvem. Quer dizer, acho que a nuvem de poluição que pairava sobre a cidade estragava um pouco a cor, mas o céu estava brilhante e bonito mesmo assim.

O ar que passava por entre meus dedos levantados para curtir a brisa também era diferente do de Seattle – quente, e não gelado. Eu observava a cidade que se expandia, com o mais absoluto assombro. Para onde quer que olhasse, culturas e etnias diferentes se misturavam. A teia de rodovias e estradas que se entrecruzavam era mais complexa do que qualquer outra que eu já vira, mas Kellan pareceu muito seguro ao atravessá-la rumo ao centro da cidade. Meus olhos estavam em toda parte, e eu tentando absorver tudo. Kellan riu da minha expressão deslumbrada, mas não pude me conter. Los Angeles era um ícone, uma lenda. O tamanho e o escopo dela eram intimidantes. Não era à toa que as pessoas eram atraídas para lá; aquele era o lugar onde sonhos eram feitos e desfeitos. Quase se podia sentir a vida pulsando no ar de primavera.

Quando saímos do centro, começamos a nos aproximar dos bairros residenciais. À medida que avançávamos, ficava claro, pelos imóveis, que estávamos entrando em uma das zonas mais nobres da cidade. Os terrenos eram espaçosos, as mansões simplesmente enormes, os gramados de um verde perfeito, bem-tratadíssimos, ainda mais impressionantes do que os de Seattle.

À medida que a distância entre as casas aumentava, pegamos uma rua fechada por um portão. Um cara barrigudo de meia-idade ocupava uma cabine voltada para o portão, e por um momento tive a estranha sensação de que iríamos cruzar a fronteira de um país estrangeiro. Se o cara tivesse pedido para ver nossos passaportes, não teria ficado surpresa.

Kellan levou a mão ao bolso traseiro quando parou o carro.

– 'Tarde, Walter – disse, entregando um cartão ao cara.

– Já voltou, Sr. Kyle? Foi rápido. E estou vendo que fez duas amigas jovens e bonitas durante a saída. – Tocou a aba do chapéu, me cumprimentando, e então devolveu o cartão a Kellan e suspendeu o portão.

Kellan sorriu ao acelerar o motor.

– Cuidado, Walter. Desse jeito, vou achar que você está paquerando a minha mulher.

Walter pareceu morto de vergonha.

– Eu nem pensaria numa coisa dessas, senhor. – Piscou para mim, indicando o caminho, que agora estava livre. Kellan balançou a cabeça, bem-humorado, avançando com o Audi. Recostado no carrão esportivo com um par de óculos escuros, já parecia à vontade em sua nova casa. Por outro lado, Kellan já tinha morado em Los Angeles durante um ano inteiro após concluir o ensino médio, embora não com tanto luxo.

Enquanto passávamos por mansões hollywoodianas que deviam ter custado mais do que muita gente ganhava em uma vida inteira, esperei que Kellan não resolvesse morar ali. É verdade, eu iria com ele para qualquer lugar, mas a cidade não tinha a mesma atração para mim que Seattle. Achava tudo ali meio ostentoso.

Como a casa diante da qual Kellan finalmente parou, por exemplo. Era uma casa de arquitetura moderna, de três andares, com paredes brancas areadas. Amplas varandas se projetavam de cada andar, uma à direita e outra à esquerda, de modo que cada andar recebia a luz do sol o mais diretamente possível. Todas as balaustradas das varandas eram de metal e vidro fumê, e até do estacionamento dava para ver que o terraço tinha um deque com piscina.

Parecia uma "mansão de festa", do tipo que a gente vê naquelas comédias cheias de baixarias em que um bando de adolescentes mimados dá uma festa enquanto os pais ricos estão "no exterior". O fato de que dezenas de pessoas bonitas e seminuas estivessem no local – com bebidas na mão, apesar de ainda não ser nem meio-dia – só corroborou essa imagem. Olhei com ar sério para Kellan quando uma mulher usando um biquíni minúsculo passou diante do carro.

Ele respondeu antes mesmo que eu pudesse perguntar quem era aquela gente:

– Essa é a mansão da gravadora. Qualquer artista contratado pode vir para cá, e alguns trazem convidados. Aliás, quase todos fazem isso... a qualquer hora do dia ou da noite. – Revirou os olhos.

Esse comentário fez com que eu ficasse ainda mais séria, pois sempre tinha imaginado Kellan em um lugarzinho tranquilo, afastado, trabalhando no álbum, como fora contratado para fazer. Eu não o imaginara naquela "república de estudantes", enquanto eu terminava a faculdade. E tinha realmente achado que nós teríamos a privacidade de que tanto precisávamos. Mas, pelo visto, eu me enganara redondamente.

Dando de ombros, como que se desculpando, Kellan prendeu os óculos escuros no clipe pendurado no visor. Saiu do carro e começou a tirar as malas de Anna do banco traseiro. Eu o ajudei, enquanto ela olhava ao redor, adorando tudo que via, como se estivesse no paraíso. Com um largo sorriso, observou um louro de olhos azuis que exibia uma barriga de tanquinho.

– Sem a menor sombra de dúvida, eu poderia me habituar a essa vida!

Meus olhos deram um zoom na versão feminina do louro. A garota usava um biquíni cujo sutiã de taças triangulares mal acomodava suas curvas redondas e arrebitadas demais para serem naturais. Quando ela passou pelo carro, o avião lançou um olhar para o meu marido e disse, com voz provocante:

– Oi, Kellan...

Ele a cumprimentou com um aceno de cabeça, e então me deu um breve olhar. Com grande esforço, mantive o rosto impassível. Não importava se ele conhecia um monte de louras lindas. Eu era a mulher com quem ele iria para a cama. Se bem que teria preferido não ver a bunda inteira da criatura quando se afastou. Quer dizer, para vestir aquelas tirinhas de pano, nem precisava ter se dado ao trabalho de vestir nada. Era óbvio que queria ficar nua, e tive certeza de que, em algum momento do dia, ficaria.

Carregados de malas, lá fomos os três para a mansão gigantesca. Tudo era de primeiríssima classe – os quadros caros nas paredes, os sofás de couro no salão, os tapetes persas que cobriam as tábuas corridas. Tudo esbanjava luxo e, por esse motivo, eu estava com medo de tocar em qualquer coisa. Já os casais seminus que transitavam pela casa como se fossem os donos do pedaço não pareciam ter o mesmo escrúpulo, esparramando-se nas poltronas sem a menor cerimônia, deixando as bebidas nas mesinhas sem usar porta-copos, arrancando folhas das árvores bem-tratadas... Tinha até um cara fumando num canto! Rebelde...

Ignorando todos eles, Kellan me levou para a escada. Uma música alta vinha do jardim, diminuindo à medida que avançávamos pelo interior da mansão. Vidraças enormes na parede em frente à escada em caracol exibiam uma vista da piscina central nos fundos, onde ficava a maior parte do pessoal. Tive a impressão de ver Griffin no meio deles... com uma bunda de biquíni sentada no colo. Distraída demais pelas mordomias ao seu redor, Anna não notou a localização do namorado. Não que fosse se importar. Bem, foi o que achei, pelo menos.

Quando chegamos ao segundo andar, Kellan nos levou para um salão enorme. Do jeito como tinha sido decorado, o lugar lembrava um dormitório: a parte principal era a sala de estar, a porta à minha esquerda era o banheiro comunitário, e as cinco portas ao longo da parede curva eram os quartos. Havia uma porta de correr dando para o deque do segundo andar, bem à nossa frente. Evan e Matt vinham entrando por ela, quando Kellan e eu largamos as malas no chão.

O guitarrista louro estava rindo e brincando com um balão de água, dizendo algo a Evan que soou como *Bom tiro*. Evan deu de ombros, levantando os braços tatuados num gesto de modéstia superfofo.

Anna se animou ao ver os nossos D-Bags, e logo olhou para trás deles, à procura do namorado, que nunca estava muito longe do primo. Não tive coragem de lhe contar que Griffin estava soterrado por gatas seminuas. Dando uma rápida olhada no local, fiquei eufórica ao ver que não parecia haver ninguém além dos D-Bags naquele andar. Os baladeiros deviam manter sua festa eterna no andar de baixo e no jardim. O que achei ótimo. Talvez Kellan e eu fôssemos ter um mínimo de privacidade.

Quando Matt e Evan nos viram, pararam de brincar, sua atitude logo se tornando carinhosa e acolhedora. Matt me deu um breve abraço, e então Evan me ergueu num abraço de urso gigante que tirou meus pés do chão. Depois de cumprimentá-los, Anna perguntou a Matt onde Griffin estava, com um beicinho nos lábios perfeitos, alisando a barriga que continuava a crescer.

Matt olhou para Evan, e depois para Kellan. Pude ler a pergunta que se estampou nos seus olhos azul-claros ao buscar confirmação dos companheiros de banda: *Devemos contar a ela?* Fiquei irritada ao perceber aquele "código masculino" no momento de cumplicidade entre eles, mas decidi não me chatear. Os caras estavam juntos havia muito tempo. Deviam ter passado por poucas e boas. Eram como uma família, e parentes apoiam uns aos outros... mesmo quando um deles é um imbecil.

Finalmente vendo a resposta de que precisava, Matt concentrou sua atenção em Anna. Apontando com o polegar para o deque às suas costas, respondeu:

— Ele está ali, perto da piscina.

Evan sorriu, acrescentando:

— Procura pelo cara com um ar puto da vida e filetes de leite azedo escorrendo pelo rosto.

Matt riu, levantando a mão para Evan.

— Foi um senhor arremesso, cara. — Os dois trocaram um *high five*, e eu dei uma olhada no balão que restara na mão de Matt. Era rosa-choque e, agora que eu prestava mais atenção, podia ver que tinha um líquido opaco no interior. Não era água, então. Leite? Mas não leite normal. Agora que eu estava perto, dava para sentir o cheiro do balão... e fedia a chulé.

Uma bomba de leite azedo? Eca. Que nojo. Ainda bem que as vítimas de Matt e Evan estavam à beira de uma piscina. Embora fosse errado da minha parte, torci para que os dois tivessem acertado um balão na guria do biquíni minúsculo que tinha paquerado Kellan sem a menor cerimônia.

A mão que Anna pousava sobre a barriga virou um punho quando ela percebeu onde o namorado estava — divertindo-se com mulheres em trajes sumários, em vez de ajudá-la a levar as malas para cima. Ela pareceu se enfurecer por um momento, mas então um sorrisinho simpático apareceu no seu rosto. Estendendo a mão, perguntou a Matt:

— Posso ficar com esse?

— Com certeza! — Rindo, Matt lhe entregou o balão de leite.

Ainda com um sorriso meigo, Anna saiu marchando em passos decididos para o deque. Matt e Evan esperaram cinco segundos, e então correram atrás dela. Kellan balançou a cabeça, olhando para mim.

— Quer conhecer nosso quarto, ou prefere ver Griffin sendo bombardeado?

— Putz, que escolha difícil. — Mordi o lábio.

Kellan riu baixinho, segurando minha mão. Me levando para a primeira porta, murmurou:

— Bem, eu já aturei demais a companhia do Griffin, e ainda não tive a menor chance de desfrutar a sua.

Abriu a porta, e soltei uma exclamação ao entrar. Era mais como uma quitinete do que um quarto de hóspedes; devia ser três vezes maior do que nosso quarto em Seattle. As paredes eram de um inesperado tom de cinza, contrastando com o cereja-escuro dos móveis. A colcha era preta, com uma intrincada estampa em prata. Os lençóis e travesseiros eram branquíssimos, com um design que combinava com o edredom, mas em preto. Abajures de metal com cúpulas pretas enfeitavam as mesas de cabeceira, e poltronas cinza criavam um espaço tranquilo num canto, perfeito para ler ou escrever. A parede em frente à cama exibia uma gigantesca TV de plasma.

No geral, era um quarto bastante masculino, mas tinha um ou outro toque feminino. Um lustre de cristal pendia do teto no meio do quarto. Almofadões em roxo-escuro estavam dispostos com bom gosto na cama, e um tapete roxo felpudo ficava aos pés dela. Velas altas e finas estavam distribuídas em grupos de três por todo o quarto, e um jarro transbordando de lírios brancos realçava uma cômoda baixa.

O quarto era deslumbrante, mas não foi isso que me fez soltar uma exclamação. Kellan espalhara pétalas de rosa-príncipe-negro pelo chão e por cima da cama. O tom de vermelho parecia ainda mais escuro em contraste com a colcha preta. Por cima das pétalas vermelhas, ele dispusera com todo o capricho uma camada de pétalas brancas formando um coração, em cujo interior havia uma caixinha de veludo. Meu coração disparou quando olhei para ela.

Fechando a porta às nossas costas, Kellan murmurou no meu ouvido:

– Gostou?

Não pude responder, apenas assentir, meus olhos fixos no presente à minha espera. Kellan me levou até ele, e o cheiro das rosas frescas provocou meu olfato de uma maneira maravilhosa. Descalcei as sandálias enquanto caminhávamos, para poder sentir as pétalas sedosas sob os pés. Quando chegamos à beira da cama, Kellan parou e ficou olhando para a caixa, como eu. Depois de mais um momento, ele a pegou, tomando cuidado para não desfazer o perfeito coração branco. Meus olhos seguiram seus dedos. Sem uma palavra, ele se abaixou sobre um joelho. Embora já tivesse feito aquilo antes, embora já estivéssemos casados em nossos corações, vê-lo ajoelhado fez com que meus olhos ficassem úmidos.

Sorrindo para mim, ele sussurrou:

– Kiera Michelle Allen, quer ser minha mulher?

As lágrimas nos meus olhos escorreram pelo rosto quando ele abriu a caixinha. Fui logo balançando a cabeça ao ver os brilhantes cintilando sob o sol que jorrava das janelas. O do centro era uma pedra redonda, magnífica, reluzindo como se estivesse viva ao refratar a luz. Um halo de brilhantes menores o rodeava, ampliando o seu brilho, enquanto uma fileira semelhante contornava os dois lados da aliança de ouro branco. Era, sem a menor sombra de dúvida, o anel mais maravilhoso que eu já vira.

Com gestos calmos e relaxados, Kellan o tirou da caixa. Meus dedos tremiam quando ele o deslizou na minha mão esquerda, sobre o anel de compromisso que eu usava como aliança de casada. Os dois anéis se complementaram à perfeição, e não pude deixar de ficar olhando para eles. Kellan estava rindo baixinho quando tornou a se levantar.

Quando me senti mais composta, olhei para ele e disse a primeira coisa que me passou pela cabeça:

— Não precisava ter feito isso. A outra aliança bastava. — Estremeci ao dizer isso assim, à queima-roupa, mas o anel tinha pinta de ser caríssimo, e ele não precisava gastar uma fortuna comigo. Não precisava me conquistar... eu já tinha sido conquistada.

Kellan sorriu, passando os braços pela minha cintura.

— Precisava, sim.

Balancei a cabeça.

— Não me leve a mal, a aliança é... deslumbrante... mas eu estava satisfeita com a antiga. Não precisava ter feito isso.

— Precisava, sim. — O sorriso de Kellan não se alterou.

— Kellan...

Ele me interrompeu, seus lábios sobre os meus:

— Precisava sim, Kiera — murmurou na minha pele.

Meus olhos se fecharam, e eu parei de insistir na objeção sem sentido. O dinheiro era dele; quem era eu para lhe dizer como gastá-lo? Enquanto seus braços se estreitavam mais ao redor da minha cintura, meus dedos se emaranharam nos seus cabelos. Nosso beijo se aprofundou à medida que a emoção do momento se misturava com a dor da separação de semanas. Fazia muito tempo que eu não me via nos seus braços e, embora a mansão estivesse lotada de gente, de repente desejei não estar usando nada além da nova aliança de brilhantes que ele acabara de me dar.

Implorando a ele em silêncio, puxei sua camisa. Ele entendeu e na mesma hora a tirou. Passei os dedos pelo seu peito, me deliciando com a pele quente e lisa, os profundos vincos e vales. Então me abaixei e beijei meu nome desenhado sobre seu coração. Kellan suspirou, segurando minha cabeça contra o peito.

Olhei para ele, e seus olhos se fecharam. Sua expressão era tranquila e feliz. Querendo ver seus olhos em fogo, passei a língua ao redor do seu mamilo. Então fechei a boca sobre ele e arrastei os dentes de leve sobre a pele sensível. Tinha certeza de que seu peito não era tão sensível quanto o meu, mas lera em algum lugar que os homens gostam de ter essa parte do corpo estimulada. Os olhos de Kellan se abriram bruscamente, e sua expressão tranquila se transformou num endiabrado sorriso de canto de boca.

As pontas de seus dedos percorreram minhas costas, mal roçando minha pele na sua viagem pela coluna; ondas de calor irradiavam de cada ponto que ele tocava. Quando chegou ao fim da minha blusa, deslizou os dedos por baixo da barra e a puxou com agilidade pela minha cabeça. Seus olhos se fixaram no meu sutiã.

Meu estilo de vestir costumava ser muito prático, principalmente no quesito lingerie. Sutiãs básicos, brancos ou beges, com boa cobertura, eram os meus favoritos. Mas minha irmã resolvera dar uns palpites no meu guarda-roupa. Argumentando que nenhuma mulher casada com um rock star podia usar um sutiã cujo slogan fosse *Finalmente uma Mulher*, ela me levara para comprar uns conjuntinhos novos. No começo ignorei suas sugestões, já que as tirinhas de tecido que ela tentara me impingir mal constituíam um sutiã, mas então ela começou a me mostrar peças bonitas e elegantes que me agradaram. O sutiã que estava usando agora era um modelo do tipo *wonderbra*, em renda rosa-clara. Eu não tinha muitos atributos, mas o sutiã aproveitava ao máximo o material disponível, por assim dizer, espremendo-o de um jeito que aumentava o volume. Eu até diria que usá-lo constituía uma infração ao nosso pacto de honestidade, mas Kellan já conhecia meu corpo muito bem. Eu estava apenas "dando uma turbinada no revestimento", ou pelo menos foi o que disse minha irmã. Estava louca para que ele visse a calcinha do conjunto.

Ele demorou uns quinze segundos, não menos, até voltar a olhar para o meu rosto. Quando fez isso, seus olhos ardiam de paixão, como eu queria. Ele mordeu o lábio por um momento, e então balançou a cabeça.

– Não precisava ter feito isso – disse, implicante. – Eu estava satisfeito com o sutiã antigo. – Seu sorriso bem-humorado aumentou por usar minhas próprias palavras contra mim.

Rindo baixinho, puxei o cós do seu short, aproximando seus quadris dos meus.

– Precisava, sim – murmurei, antes de colar os lábios aos seus.

Ele riu, mas parou quando abri o botão do short. Soltou um gemido rosnado quando enfiei a mão no interior. Estava totalmente pronto para mim, seu corpo rígido por baixo da cueca samba-canção de seda. Eu queria sentir aquela pele macia, mas Kellan me empurrou para a cama. Boca entreaberta, seus olhos entrecerrados percorreram meu corpo quando sentei num mar de pétalas. Debruçando-se, ele arrancou o meu short. Quando percebeu a calcinha nova, gemeu. O rosa-claro era um pouco transparente, e as laterais, vergonhosamente finas.

Olhando para mim com uma expressão que misturava desejo e irritação, ele resmungou:

– Está tentando fazer com que isso dure cinco segundos? – Riu, seu sorriso travesso voltando. – Você está me matando, Kiera. – Deu um beijo no meu estômago. – Está literalmente me matando.

Enquanto seus lábios desciam pelo meu estômago, comecei a acreditar que *ele* é que estava *me* matando; o desejo que pulsava no meu corpo beirava a dor. Desfazendo o belo e artístico arranjo floral, cheguei mais para trás na cama, para que Kellan pudesse se deitar em cima de mim. Senti que várias pétalas aveludadas tinham se colado à minha pele quando estendi os braços para ele. Seus olhos se abrandaram numa expressão cheia de amor e adoração.

– Você é tão linda... sabia disso?

Senti o rosto pegar fogo e desviei os olhos. Eu era... bonitinha, sem dúvida, mas uma palavra como "linda" estava reservada para minha deslumbrante irmã. Depois de tirar os tênis e o short, Kellan deitou na cama ao meu lado. Segurando meu queixo, virou minha cabeça para ele.

— Sabia disso? — repetiu.

Como estava sem palavras, apenas balancei a cabeça. Kellan suspirou, passando os dedos por entre meus cabelos.

— Bem, *eu* sei — sussurrou.

Seus lábios voltaram aos meus, suaves, mas quentes. Ele moveu os quadris sobre os meus, e gemi quando nossos corpos se pressionaram. A tênue barreira de minha calcinha entre nós ampliava a sensação. Nosso beijo esquentava à medida que o fogo dentro de nós crescia. Com a respiração rápida, Kellan deslizou os lábios até meu ouvido, murmurando *Eu te amo*.

Voltou a balançar o corpo contra o meu, e eu arqueei as costas, fechando os olhos. Quis dizer a ele que o amava também, mas temia que qualquer som que fizesse naquele momento sairia num grito apaixonado, e uma pequena parte de meu cérebro ainda tinha consciência das muitas pessoas circulando pela mansão. Em vez disso, choraminguei, segurando seus ombros com força.

Quando Kellan abriu meu sutiã e passou a língua deliciosa pelo meu mamilo, imitando o que eu fizera com ele antes, a consciência de que havia outras pessoas ao nosso redor se evaporou, e eu gemi. Respirando tão depressa que estava quase hiperventilando, empurrei sua cabeça discretamente para baixo. Ele não precisou de mais indicações do que isso. Segurando as tiras finas da calcinha, arrancou-a e continuou a explorar o sul do meu corpo. Quando sua língua girou na parte mais íntima, gritei.

Ele provocou meu corpo até a beira do clímax, até o ponto em que eu arquejava e cravava as unhas nos travesseiros, pétalas se colando em cada parte da minha pele úmida. Ele parou pouco antes que eu gozasse, e a interrupção me deixou desesperada. Mas Kellan não me deixou sofrer por muito tempo. Tirando depressa a cueca, passou para cima de mim, me penetrando ao mesmo tempo em que levava a boca à minha.

— Ah, meu Deus... como senti saudades — murmurei quando ele entrou em mim. Ou talvez tenha gritado; não tive certeza.

Kellan encostou a cabeça na curva do meu pescoço, soltando um gemido de alívio.

— Você nunca mais vai ter que sentir saudades — arquejou. Então, começou a se mover; não havia nada no mundo mais maravilhoso do que a sensação dele se movendo dentro de mim.

Minhas pernas rodearam seus quadris, e eu o apertei com força. A sensação dos seus músculos se estendendo e contraindo enquanto ele se mantinha em cima de mim era deliciosamente erótica. Sua pele estava tão úmida quanto a minha, e várias pétalas tinham dado um jeito de se colar às suas costas. Não fiquei muito surpresa. Se eu fosse uma pétala, também daria um jeito de me colar na pele de Kellan. Sua respiração ficava mais rápida, seus lábios subindo pelo meu pescoço. Embora eu pudesse sentir seu corpo começar a tremer, ele mantinha o ritmo lento e regular que estava pouco a pouco me levando a um clímax violento. O aroma de Kellan misturado ao leve cheiro de suor e o perfume das rosas me enchia os sentidos. Não achei que jamais poderia esquecer esse momento.

Perto do fim, embora uma parte de mim não quisesse, arqueei as costas. Senti o corpo de Kellan ficar rígido, e seu tremor aumentar; ele também se aproximava do fim, mas, por sua expressão, percebi que tentava se segurar. Eu não consegui. Fechando os olhos, me retesei ao sentir a explosão de euforia se espalhar pelas entranhas. Soltei uma longa série de gemidos enquanto vivia aqueles momentos de êxtase. Por volta do fim, escutei Kellan murmurar *aaaah* e então senti sua liberação enquanto ele gemia no meu ouvido. O que só aumentou o prazer que percorria meu corpo.

Exaustos e satisfeitos, descansamos nos braços um do outro. Quando nossas respirações se normalizaram um pouco, Kellan disse, com voz rouca:

— Desculpe, eu ia tentar te dar dois, mas não consegui me segurar. — Levantou a cabeça, arqueando uma sobrancelha. — A culpa é da sua calcinha.

Rindo, dei um beijo leve nele.

— Se o primeiro é maravilhoso, não preciso de dois.

Kellan riu baixinho, e trocamos beijos lânguidos, aninhados nos braços um do outro, agora ambos cobertos em pétalas de rosas. Kellan colheu algumas perto do meu seio, murmurando:

— Me dá só um minuto, que eu sou capaz de te fazer mudar de ideia.

Eu estava rindo da sua resposta quando a porta do quarto subitamente se escancarou.

Dei um grito, procurando alguma coisa para me cobrir. Kellan me ajudou, voltando para cima de mim, de modo que tudo que alguém poderia ver seria ele, o que não parecia preocupá-lo. Horrorizada, eu apenas assistia, sem nada poder fazer, enquanto meu pior pesadelo se concretizava diante dos meus olhos. Griffin entrou rebolando no quarto. Com uma expressão eufórica, sorria de orelha a orelha para Kellan. Talvez eu estivesse interpretando mal, mas não achei que sua felicidade era por ter nos flagrado depois de uma transa. Na verdade, ele não parecia nem mesmo notar minha presença.

Agora eu tinha certeza absoluta de que jamais esqueceria aquele momento.

Fuzilando com os olhos o idiota que invadira nosso momento de intimidade máxima, Kellan gritou:

— Qual é, Griffin?!

Flexionando os dedos dos pés, Griffin o ignorou.

— Kellan, você não vai acreditar se eu te disser quem está aqui! — Com a camisa e os cabelos cobertos de leite azedo, ele fedia que era um horror, o cheiro se sobrepondo ao perfeito aroma de rosas que enchia meu ninho de amor até alguns segundos antes.

Irritado, Kellan atirou um almofadão roxo em cima dele.

— Não estou nem aí! Cai fora!

Griffin recuou quando o almofadão o atingiu em cheio no rosto. Fiquei vermelha, mas Griffin ainda não tinha me notado.

— Cara, você vai se importar quando vir! Sai dessa cama, seu bunda-mole! — Foi só então que Griffin notou que Kellan tinha companhia. Seu sorriso aumentando, disse com voz arrastada: — Oi, Kiera... bom te ver.

Quis dizer no sentido mais safado do verbo possível. Tive certeza de que Kellan teria se levantado feito uma fera e dado um soco em Griffin se não estivesse usando o corpo para esconder a maior parte do meu. Percebendo que eu estava meio presa, Kellan gritou:

— Matt! Tira a porra do seu primo da porra do meu quarto antes que eu atire ele pela porra da varanda!

Demorou um momento, mas, por fim, Matt e Evan entraram no quarto para tirar o baixista que, obviamente, tinha um desejo de morte. Gemi, cobrindo o rosto. Droga! Agora era mesmo o meu pior pesadelo. Matt e Evan tiveram a educação de não olhar para nós, mas, ainda assim, foi de matar de vergonha. Anna enfiou a cabeça pela porta com o intuito de dar uma espiada, aos risos, e Matt e Evan arrastaram Griffin, que protestava em altos brados:

— Mas gente, eles podem transar mais tarde! O Kell precisa ver quem está aqui! — Griffin voltou sua atenção para nós. — Ela está querendo ver você, cara. Você!

Matt deu um pescotapa em Griffin.

— Lembra o que a gente disse sobre dar um espaço para o Kellan quando a Kiera chegasse, por causa daquele *negócio* que ele ia dar para ela? — Como Griffin não parecesse lembrar, Matt bateu nele de novo. — Débil mental — resmungou, arrastando-o do quarto. — Foi mal, Kell! — gritou, fechando a porta.

Morta de vergonha, segurei Kellan com força.

— Ah, meu Deus! Isso *não* acabou de acontecer, acabou?

Kellan suspirou, esfregando minhas costas.

— Infelizmente, sim. Desculpe, esqueci de trancar a porta. — Riu baixinho. — Estava meio ocupado...

Cravei um olhar duro nele. Nada disso tinha a menor graça. Lembrando as palavras de Griffin — afinal, como poderia algum dia me esquecer delas? —, perguntei:

— Você sabe do que ele estava falando? Quem veio aqui para te ver?

— Não faço a menor ideia. — Virou a cabeça para a porta, por trás da qual podíamos ouvir Matt discutindo com Griffin sobre a sua ampla, total e irrestrita falta de decência. — Mas acho que é melhor dar uma olhada.

Capítulo 8
UMA OFERTA

Graças à camada de pétalas que cobria nossos corpos, Kellan e eu demoramos alguns minutos para nos vestirmos. Ele ria, tirando pétalas soltas do meu cabelo – um cabelo que, eu tinha certeza, era um ninho de nós que gritava para o mundo que eu acabara de ter um prazer vespertino – ou um matinal, para ser mais exata. Mas tudo bem; podia ser pior. A banda inteira podia ter nos flagrado totalmente nus e expostos. Espera, isso tinha acontecido!

Levantei com o cenho franzido, olhando para a cama bagunçada. Kellan seguiu meu olhar enquanto calçava os tênis. Levantando devagar ao meu lado, sorriu, respirou fundo e então deu um beijo na minha testa.

– Fica aqui. Vou lá matar o Griffin.

Na mesma hora abri um sorriso e o segui enquanto ele saía a passos duros do quarto. Se Kellan estava prestes a causar lesões corporais em Griffin, eu não queria perder isso nem em mil anos. Griffin estava do outro lado do salão, tão longe da nossa porta quanto seu primo conseguiu levá-lo. Estava só de short, usando a camisa para limpar os cabelos sujos de leite azedo. Matt e Evan lhe diziam algo, e Anna batia o pé. Tive certeza de que queria dar um esporro nele por engravidá-la de um menino, mas ainda não tivera chance de fazer isso, por causa dos outros problemas que tinham surgido. Como uma pessoa podia se meter em encrencas tão depressa, era algo que eu não podia entender.

Griffin levantou os olhos quando viu Kellan indo na sua direção como um tornado. Um largo sorriso esticou seus lábios finos.

– Cara...

Não conseguiu dizer mais nada. Kellan foi até ele, plantou as duas mãos no seu peito e o empurrou no chão. Ele bateu com o traseiro com toda a força, e o sorriso finalmente desapareceu do seu rosto.

– Qual é, Kell?!

Lábios franzidos numa linha fina, Kellan ficou olhando para Griffin caído. Eu já vira Kellan furioso antes, com outras pessoas e até comigo, mas nunca o vira tratar com raiva um membro da banda. Quer dizer, com exceção da ocasião em que se irritara tanto com Griffin por me assediar que o mandara calar a boca. Mas agora era diferente. Ele parecia... fora de si, como se ele tivesse finalmente passado dos limites.

Como Kellan não respondeu, Griffin revirou os olhos.

— Calma, com exceção da sua bunda, eu não vi nada.

Kellan apontou para o corredor que levava ao andar de baixo. Com a voz baixa e fria, disse a Griffin:

— Pega suas coisas e cai fora.

Matt e Evan encararam Kellan, chocados. Até Anna estava sem palavras. Griffin bufou, se levantando.

— Ah, para com isso, Kell. — Apontou para o nosso quarto. — Eu nem sabia que ela já tinha chegado.

Quando ouvi minha irmã murmurar "Achou que nós tínhamos vindo em voos separados?", Griffin fungou, cruzando os braços. Tinha várias tatuagens no corpo, mas, por algum motivo, não pude parar de ficar olhando para a de uma garota peituda num uniforme de marinheiro empunhando uma espada. Acho que foi porque me lembrou o que tinha acontecido. E porque eu ainda não estava podendo olhar para a cara dele.

— Além disso, você não pode me expulsar da banda, cara.

Kellan estava nariz a nariz com Griffin, e os outros ficaram tensos. Matt e Evan trocaram um breve olhar, e quase deu para ouvir a conversa que rolou entre os dois: *Tudo bem, contamos até três, você segura o Kellan e eu o Griffin.*

— E por que diabos eu manteria você nela? — Kellan sibilou, com um olhar feroz.

Sem parecer intimidado, Griffin esboçou um sorrisinho presunçoso, jogando o peso do corpo sobre o quadril.

— Porque eu sou o máximo, e você sabe disso. — Sorriu com ar inocente para Kellan. — E nós somos os melhores amigos um do outro.

Kellan fechou os olhos e recuou um passo. Matt e Evan relaxaram a postura. Respirando fundo para se acalmar, Kellan finalmente abriu os olhos.

— Quando eu estiver em qualquer lugar com a minha mulher — *em qualquer lugar* —, você vai bater na porta e esperar até que eu te dê permissão para entrar. Será que o seu minicérebro pode compreender isso?

Griffin deu de ombros.

— Claro, como quiser, cara. — Balançando a cabeça, Kellan se virou e segurou minha mão. Embora meu rosto pegasse fogo, eu me forcei a sorrir para Matt e Evan em sinal de agradecimento por terem nos socorrido.

Vendo que o momento de tensão tinha se dissipado, Griffin imaginou que devia estar tudo bem novamente. Aproximando-se de Kellan quando nos afastávamos, passou o braço pelo seu ombro. Dava para sentir o cheiro de leite azedo do outro lado de Kellan. Cruzes, até uma fralda de recém-nascido devia cheirar melhor.

— E aí, agora posso te mostrar quem está aqui? – perguntou Griffin.

Fazendo uma careta ao sentir o fedor que emanava do baixista seminu, Kellan o empurrou. Talvez achando que o amigo ainda estava zangado, Griffin ficou sério.

— Ah, por favor, desculpe por ter invadido a sua privacidade, OK? Eu só estava entusiasmado. – Com um grande sorriso, ficou flexionando os dedos dos pés, novamente ansioso. – Quer dizer, quantas vezes na vida a gente tem a chance de conhecer uma estrela pornô?

Senti um aperto no coração, começando a ter um mau pressentimento em relação a quem estava na mansão. Kellan franziu o cenho, e Matt murmurou:

— Ela não é uma estrela pornô, Griffin. Para de se referir à mulher desse jeito.

Griffin lançou um olhar irritado para Matt.

— Dá no mesmo, cara. Ela filmou uma transa. Eu bati a maior punheta quando assisti àquilo. É uma estrela pornô, e ponto final.

Fechei os olhos, apertando o espaço entre eles. Quando achava que não podia me sentir mais horrorizada com o que Griffin dizia, ele encontrava uma maneira de provar que eu estava errada. Ignorando Matt, que revirou os olhos, e Anna, que parecia intrigada, Griffin se dirigiu a Kellan:

— E ela está pedindo para te ver... disse seu nome com todas as letras! Dá para acreditar?

Kellan parou de caminhar e deu uma olhada no salão.

— De quem ele está falando? Quem está aqui?

Evan coçou os cabelos curtos.

— Hum... Sienna Sexton.

O queixo de Kellan despencou. O meu também. Sienna Sexton era uma celebridade, um nome que todo mundo conhecia. E não apenas pela razão que Griffin mencionara. Era verdade que um ex-namorado seu postara um vídeo pornô dos dois na Internet, e também que o vídeo se tornara viral, mas, tirando isso, ela era uma artista talentosíssima. Começando a carreira de atriz ainda menina, tinha crescido sob os refletores. Quando começou a amadurecer, resolveu se tornar cantora. Quando o escândalo do vídeo explodiu, poderia ter sido o fim da sua carreira, mas ela usou a nova imagem provocante para dar à sua música uma roupagem mais adulta. Estava sempre no topo das paradas de sucessos. E conhecia o nome do meu marido... e queria vê-lo. Eu mal podia acreditar.

Kellan olhou para Matt e Evan.

— Sério? Sienna Sexton? *Aquela* Sienna Sexton? Por que ela quer me ver? Como ela pode saber quem eu sou?

Os dois deram de ombros, e Matt respondeu:

— Sei lá, cara. Ela chegou com o *entourage* alguns minutos atrás e pediu para te ver. – Apontou para o teto. – Eles estão te esperando lá em cima. – Fuzilou Griffin com os olhos. – E nós íamos te avisar quando você tivesse acabado de... dar à Kiera... você sabe. – Seu rosto ficou vermelho, e ele fez um gesto indicando minha mão. – Gostei da aliança. Ficou muito bonita em você, Kiera.

Morta de vergonha, sussurrei:

– Obrigada.

Ainda atordoado, Kellan balançou a cabeça. Encantada, Anna se aproximou e segurou minha mão. Dando uma olhada por alto na minha aliança, gritou:

– Caraca, Kiera! A gente vai conhecer Sienna Sexton! – Seus olhos de esmeralda brilhavam tanto que tive certeza de que até esquecera o problema pelo qual estava querendo matar Griffin.

Suspirei, sem saber se me sentia tão empolgada com isso quanto ela. Vendo que Kellan finalmente o estava ouvindo, Griffin tornou a passar o braço pelo seu ombro.

– E aí, podemos ir agora?

Kellan fez uma careta, como se fosse vomitar.

– Você está com um cheiro horrível. Será que não dava para tomar um banho antes?

Griffin olhou com raiva para Matt, como se o culpasse, e apenas a ele, por estar fedendo feito um esgoto.

– Tudo bem, me dá dois segundinhos.

Saiu correndo para um dos quartos, e ouvi o som do chuveiro sendo aberto. Eu ainda não tivera tempo de investigar, mas todos os quartos pareciam ser suítes. Quando Griffin saiu, Kellan se virou para Matt e Evan.

– Vamos lá. – Deu um sorriso, achando a maior graça pela pequena vingancinha que tirava de Griffin.

Quando subíamos a escada que levava ao último andar, Kellan pegou uma pétala que tinha ficado no meu cabelo. Não pude conter um sorriso quando ele a entregou para mim. Fechando entre os dedos o pedacinho de veludo vermelho, sussurrei no seu ouvido:

– Você ia mesmo expulsar Griffin da banda?

Dando uma olhada para trás, Kellan murmurou:

– Não, só queria demonstrar meu ponto de vista. – Voltou a olhar para mim, sua expressão pensativa. Com um meio sorriso fofo no rosto, olhou para mim, acrescentando: – Bem, talvez. Quer que eu faça isso?

Refleti sobre a pergunta por um momento, mas então balancei a cabeça devagar. Embora ele fosse um perfeito idiota, seu lugar era na banda. E, além disso, não ajudaria nada a situação da minha irmã se o pai do seu filho ficasse desempregado de uma hora para outra.

Quando chegamos às suítes do andar de cima, dois guarda-costas parecidos bloquearam o nosso caminho. Usando fones de ouvido e óculos escuros, os dois mais pareciam membros de um serviço secreto do que seguranças de uma estrela pop. Kellan olhou para as duas "montanhas" que bloqueavam o caminho.

Um dos seguranças discretamente apertou algo na palma da mão e avisou a alguém do outro lado que Kellan estava ali. Depois de um momento, o segurança se afastou para que passássemos. Caminhar por entre aquelas montanhas de músculos me deixou um pouco nervosa. Segurança pesada. Eu compreendia, pois Sienna Sexton estava no topo do mundo e devia ter fãs tentando assediá-la em todas as oportunidades. Fiquei imaginando se isso aconteceria com Kellan algum dia. Será que ele também precisaria de um Coisa 1 e um Coisa 2 para zelar por ele? Por mim?

Lana, a representante da gravadora que eu conhecera na época em que achara que Kellan estava tendo um caso com ela, dirigiu-se ao nosso grupo. A mulher, que podia facilmente ser dublê de Halle Berry em um filme, deu um aceno simpático para os seus recrutas.

— Kellan, rapazes.

Kellan a cumprimentou com um aceno simpático de cabeça.

— Lana.

Ela fez um gesto indicando o espaço atrás de si.

— A Srta. Sexton gostaria de falar com você, Kellan, se estiver livre. — Lana me deu um olhar malicioso, e eu tive que me controlar para impedir que o rubor se espalhasse pelo rosto. Depois de ser flagrada por Griffin, uma indireta parecia uma coisa muito menos constrangedora. Hum... Talvez ele até tivesse me feito um favor.

O canto dos lábios de Kellan se curvou, mas ele logo fez uma expressão séria.

— É claro.

Lana nos conduziu por uma série de portas de correr em madeira branca. Eu tinha esperado ver Sienna imediatamente, mas as únicas pessoas no salão eram um casal jovem que vasculhava um armário de bebidas e um homem de terno pacientemente sentado num sofá, examinando alguns papéis nas mãos. Um par de elaboradas portas duplas dava para o terraço, onde eu sabia que havia uma piscina. As portas estavam abertas, deixando entrar o sol da tarde e uma leve brisa quente. Outra série de portas fechadas levava ao que parecia ser a suíte principal. Será que ela estava lá? A ideia de conhecer uma autêntica pop star deixou meu coração a mil, e eu apertei a mão de Kellan.

Quando nos aproximamos do sofá, o homem de terno se levantou e estendeu a mão:

— Prazer em conhecê-lo, Kellan. Sou Nick Wallace, vice-presidente da Vivasec Records.

O rosto de Kellan deixou transparecer seu choque quando apertou a mão do cara. Tinha certeza de que àquela altura já devia ter conhecido mil pessoas importantes, mas sua expressão deixava claro que ainda não conhecera ninguém tão alto assim na cadeia de comando.

— O prazer é todo meu.

Quando eu já me perguntava que diabos estava acontecendo, três pessoas que estavam no deque entraram no salão. Não reconheci duas delas, mas a que caminhava no meio era inconfundível. Sienna Sexton. Fisicamente, ela tinha tudo que eu esperaria ver em uma celebridade — uma pele azeitonada impecável, uma ossatura perfeita e, pelo que o biquíni revelava, nem um grama de gordura localizada. Seu cabelo era liso e reto, mesmo naquele calor, caindo sobre os ombros numa perfeita cortina negra. Seus olhos da mesma cor, realçados por camadas de rímel e delineador aplicadas com habilidade, pareciam imensos, como se observassem tudo. Com um sorriso largo e simpático, ela estendeu as mãos para Kellan, exclamando com seu sotaque britânico encantador:

— Kellan, estou encantada por conhecê-lo. Sou uma grande fã do seu trabalho. — Apertando as mãos de Kellan, deu dois beijinhos no seu rosto. Estava tão perto de mim que a bainha do robe branco e transparente que usava sobre o biquíni roçou minha mão. Ela cheirava a loção bronzeadora de coco, e sua pele profundamente bronzeada parecia brilhar de saúde e vitalidade. Eu só vira uma pele daquelas em anúncios de hidratante.

Quando se afastou de Kellan, ela olhou para ele com uma expressão de encanto e interesse. Era uma expressão que eu estava habituada a ver nas fãs, por isso imaginei que suas palavras haviam sido sinceras. Mordi a bochecha para não me inclinar para Kellan, ciumenta. As fãs podiam tocar nele... até mesmo as ricas, famosas e lindas de morrer.

Kellan parecia perplexo, o que era estranho de ver em alguém que geralmente se mostrava tão à vontade.

— Hum, obrigado. Eu... também sou um grande fã do seu trabalho. — Sorriu para ela, e não pude conter o breve trejeito que se esboçou nos meus lábios. *Grande fã?* Eu até já o vira cantar uma ou duas músicas dela quando tocaram no rádio, mas só isso. Kellan gostava mesmo era do rock clássico. Mas ele devia estar apenas sendo gentil. Não podia exatamente dizer a ela "Obrigado, seu trabalho é apenas razoável".

Rindo, Sienna soltou as mãos dele e deu um passo para trás. Soltei o ar, só então me dando conta de que tinha prendido a respiração.

— Ah, meu amor, você é uma gracinha.

Enquanto o pessoal do séquito de Sienna ligava a tevê e ficava à vontade, Kellan apresentou o restante da banda, menos Griffin, naturalmente, que ainda devia estar gritando com os gigantes lá fora para que o deixassem entrar. Sienna os cumprimentou com educação, mas apenas um recatado aperto de mão. Acho que seus lábios estavam reservados exclusivamente para cumprimentar Kellan. Se Deus quisesse, isso tinha sido uma coisa isolada... do contrário, eu seria obrigada a ter uma conversinha com a princesa pop.

Quando as apresentações à banda já haviam sido feitas, Anna se adiantou e apertou a mão de Sienna:

— Anna Allen, sua fã número um. Você é praticamente meu ídolo.

As duas beldades sorriram uma para a outra, e então Sienna deu um tapinha na barriga da minha irmã:

— Está esperando para breve, meu amor?

Anna franziu o cenho por um segundo, mas então balançou a cabeça.

— Não, para novembro... — E mais não disse. Imaginei se ficara ofendida por Sienna achar que ela parecia tão barriguda a ponto de dar à luz a qualquer momento, ou porque a ideia do parto que se aproximava ainda a deixava de cabelos em pé. Imaginei que fosse um pouco dos dois.

Com uma sobrancelha arqueada, Sienna olhou para Kellan:

— É seu?

Kellan olhou para a barriga de Anna, balançando a cabeça. Passando o braço pelos meus ombros, me puxou para o seu lado:

— Minha.

Sorri para ele, estendendo a mão para Sienna. Meus dedos estavam trêmulos, e torci para que ela não notasse.

— Kiera... oi.

O sorriso desapareceu do rosto de Sienna, que olhava ora para Kellan, ora para mim. Mas voltou com a maior naturalidade quando ela apertou minha mão.

— Prazer em conhecê-la. — Seu sotaque lembrava um pouco o de Denny. Pensei em ligar para ele em breve, para avisar que chegara bem. Meu pai também, aliás.

Quando todos já haviam sido apresentados, Kellan perguntou:

— Você... queria me ver?

Sienna juntou as mãos. O gesto acentuou seu amplo busto, e não pude deixar de suspirar; até nesse quesito ela era perfeita, ainda mais bem-dotada do que minha irmã, turbinada pelos hormônios da gravidez. Até me perguntei se seria autêntico.

— Queria! Tenho uma proposta para você. Uma proposta que acho que seria do seu maior interesse. Seu e meu. — Kellan não pareceu menos confuso. Sienna sorriu ainda mais para ele com seus dedos entrelaçados. — Eu quero você.

Eu já estava prestes a responder, com toda a educação, que ela não podia tê-lo, quando Nick finalmente falou:

— Como você sabe, Sienna é a maior estrela da nossa gravadora. — Sienna piscou um olho diante do elogio de Nick. Ele sorriu para ela, e então prosseguiu: — Ela ouviu algumas faixas do seu álbum, e ficou impressionada, para dizer o mínimo. — Nick estendeu as mãos, indicando sua "maior estrela". — Estamos procurando uma maneira de rejuvenescer o som de Sienna, colocar um tempero...

Sienna concordou.

— Algo novo... moderno.

— Estamos procurando por uma colaboração que combine bem com o estilo único de Sienna. — Nick fez um gesto indicando Kellan, com um amplo sorriso. — E é aí que você entra.

Kellan ficou olhando para ele, sem entender.

— Eu?

Nick deu um tapinha no seu ombro.

— É, você. Seu som é exatamente o que Sienna está procurando. E nós temos a música perfeita para você, *Regretfully* [*Lamentavelmente*]. Sienna já gravou a parte dela. — Deu de ombros. — Agora, só precisamos que você grave a sua.

Kellan ficou olhando para ele por um segundo, e então olhou para Matt e Evan.

— Você quer dizer todos nós, não é?

— É claro! — interveio Sienna, com um sorriso encantador.

Matt e Evan tentaram manter a compostura, mas percebi que estavam estourando de excitação. Uma canção com a artista mais famosa das paradas — eles seriam um sucesso imediato. Mas senti um grande desânimo quando Kellan olhou para mim. Sempre soubera que ele seria famoso algum dia, mas achara que teria muitos anos pela frente para me acostumar. Aquela proposta praticamente garantiria um estrelato meteórico para os D-Bags.

Quase como se lesse meus pensamentos, Kellan mordeu o lábio. Depois de alguns segundos, olhou para Nick.

— Nossos estilos são muito diferentes. Posso ouvir a música primeiro, para ter certeza de que combina bem... com o nosso som?

Nick franziu os lábios, deixando claro que queria que Kellan apenas fizesse o que ele mandasse. Com um sorriso forçado, respondeu:

— Claro.

— Vem cá, vou tocá-la para você. — Sienna puxou Kellan pela mão até o piano que ficava nos fundos do salão. Tentei não me irritar ao ver com que falta de cerimônia ela segurara a mão dele, e quão pouco ele se esforçara para se soltar. Também tentei ignorar o quanto do corpo dela estava visível por baixo do robe diáfano. Será que os encontros de negócios não exigiam trajes formais? Pelo visto, não quando a pessoa é uma estrela mundialmente famosa da música pop.

Empolgada com a apresentação privê, Anna riu, me puxando pela mão. Sienna sentou ao piano, e Kellan ficou ao lado, com os braços cruzados. Quando ela começou a tocar, Matt e Evan se aproximaram de Kellan. Eu também, meio de má vontade, nem um pouco a fim de ter uma amostra do extraordinário talento daquela provocante e bela mulher. Mas então sua voz encheu o espaço, e não pude negar: Sienna era incrível. Sua voz era límpida e poderosa, doce e atrevida, tudo ao mesmo tempo. O ritmo da canção era lindo, sem chegar a ser o de uma balada, mas também não muito rápido. A letra poderia até se passar por algo escrito por Kellan. Era boa, muito boa. Marcante, emotiva, um pouco filosófica, e... romântica. *Regretfully* era uma canção sobre perda. Sobre ter tudo com alguém, e então perder tudo e tentar colar os próprios cacos.

Evan começou a marcar o ritmo em cima do piano, e Matt balançava a cabeça, acompanhando uma batida que só ele podia ouvir. Kellan inclinou a cabeça, imaginando como os dois estilos combinariam. Eu quase podia ouvir os D-Bags acompanhando Sienna na minha cabeça, e o som imaginário era incrível. O som real seria espetacular.

Quando a música acabou, Matt e Evan pareciam cativados. Kellan ainda parecia inconvicto. Lana pôs a mão nas suas costas, e ele se virou para ela.

— Este é um daqueles momentos únicos na vida sobre os quais nós conversamos, Kellan. Eu aceitaria, se fosse você.

Kellan sorriu, assentindo, grato pelo conselho de Lana. De repente, estar naquele salão, com pessoas que o conheciam sob aspectos que eu ignorava, fez com que eu me sentisse minúscula e insignificante. Reprimindo a sensação, lembrei a mim mesma que não era. Eu tinha opinião, e era importante. Para Kellan, pelo menos. Passando o braço pela cintura dele, perguntei:

— O que você acha?

— Não sei. O que *você* acha?

Sem saber se estava dizendo a coisa certa, dei a minha opinião honesta e imparcial sobre *Regretfully*:

— Acho que é uma música fantástica, e que recusar seria desperdiçar o seu talento. — *E tenho medo de que aceitar me leve a te perder.* — Mas não disse essa última parte.

Kellan sorriu para mim, e então olhou para Nick.

— Acho que precisamos começar a trabalhar nela imediatamente.

Nick sorriu, deixando claro que já esperava esse resultado. Sienna deu um gritinho de alegria e começou a tocar outra música no piano. Para minha surpresa, era dos D-Bags; pelo visto, ela era mesmo fã deles. Mesmo antes de começar a cantar, reconheci a música como sendo uma das minhas favoritas. Era a que me fizera notar Kellan, e tinha um lugar especial no meu coração.

No meio do primeiro verso, ela nos disse:

— Esta é a minha favorita. Preciso fazer um cover dela algum dia, se vocês permitirem, é claro. — Piscou para Kellan. O sorriso que ele abriu em resposta foi radiante.

Apertando mais meus ombros, ele disse a Sienna:

— Também é a favorita da Kiera.

Sienna voltou seu sorriso deslumbrante para mim.

— Nossa, não é que nós temos muito em comum? — Quando seus olhos voltaram para Kellan, pensei com meus botões que os dois tinham mais em comum do que me agradava.

Quinze minutos depois, quando já tínhamos voltado ao segundo andar, Matt, Evan e Anna batiam altos papos sobre a dobradinha D-Bags & Sienna. Griffin estava fumegando, sentado sozinho num canto, com ar emburrado. Anna acabou conseguindo animá-lo, sentando no seu colo e mordiscando sua orelha. Acho que o encontro com seu "ídolo" eclipsara sua irritação com Griffin. Fosse como fosse, ela nunca ficava irritada com ele por muito tempo. Kellan estava profundamente pensativo quando sentou ao meu lado no sofá, acariciando minha mão com o polegar. Eu não sabia ao certo onde sua cabeça estava, mas tinha certeza de que ele pensava em Sienna. Queria interromper o curso dos seus pensamentos, mas não me ocorreu nada para dizer.

Por fim, decidi tirar o caderno da gaveta, trabalhar na minha história e deixar Kellan continuar pensando... no que quer que estivesse pensando. Queria ser uma pessoa compreensiva e encorajadora, como ele sempre era. Ele acabaria resolvendo o que quer que fosse, e nós ficaríamos bem, porque confiávamos um no outro. Embora minha cabeça girasse em meio a um turbilhão de mil cenários horríveis, eu não devia dar corda a nenhum deles.

Sienna passou o fim de semana inteiro na mansão. Um grupo a cercava aonde quer que fosse; acho que em nenhum momento cheguei a vê-la sozinha. Minha irmã não demorou a se tornar membro do *entourage*. Quando Sienna apareceu na piscina na tarde de sábado, Anna vestiu um biquíni e foi ficar com ela. E juro, só mesmo minha irmã escultural para envergar um biquíni de poás com aquele barrigão de grávida.

Sienna não parava de puxar conversa com Kellan. Sempre que ele saía para pegar uma cor ou dar um mergulho, a mulher logo aparecia ao seu lado, dizendo que o single dos dois ia ser o máximo. Eu tentava ignorar o brilho nos seus olhos negros quando conversava com ele. Tentava não notar o jeito natural como ele batia papo com ela. E, acima de tudo, tentava não pensar no quanto os dois tinham em comum. Kellan e Sienna pareciam perfeitos um para o outro, e não pude deixar de imaginar que, se eu não tivesse entrado na sua vida, ele namoraria a superstar num piscar de olhos.

No entanto, ele jamais disse ou fez nada de impróprio na presença dela. Na verdade, sempre tocava em mim de algum jeito quando conversava com Sienna — uma das mãos na minha coxa, o joelho colado no meu, nossos braços se roçando. Havia sempre algum tipo de contato entre nós, por menor que fosse, como se ele estivesse inconscientemente me dizendo que eu não tinha nada com que me preocupar.

No último dia de Anna na Califórnia, Kellan e eu curtíamos o sol à beira da piscina. A maioria dos convidados fora embora na noite anterior, depois da queima de fogos de artifício, e, para variar, Kellan e eu estávamos a sós. Ele relaxava numa espreguiçadeira, com um calção preto e nada mais. Eu estava na espreguiçadeira ao lado, os dedos da mão esquerda entrelaçados aos da sua mão direita. Olhos fechados, ele brincava com minha aliança, enquanto eu observava a tatuagem sobre o seu coração. Estava quase em transe, traçando mentalmente as letras desenhadas do meu nome, quando a voz da minha irmã interrompeu meu tranquilo devaneio. Grande solidão, a nossa.

— Não, não é legal, eu queria uma menina!

Anna cruzou o meu campo visual, e eu a segui com os olhos. Ela avançou em passos furiosos até uma mesa e chapou o copo de laranjada com tanta força que chegou a entornar um pouco. Griffin a seguiu. Como Kellan, usava apenas um calção de banho. Embora fosse sarado e pudesse envergar um calção, não era tão definido quanto Kellan.

— Bom, eu não me importo de ter um menino. Acho maneiro. Em vez de Myrtle, a gente pode chamá-lo de Myrt, ou Mort... Mortimus. — Calou-se por um momento, e Anna fez uma careta. Eu também. *Mortimus?* Eu *não* poderia chamar um bebê por esse nome. De repente, Griffin levantou o dedo, exclamando: — Maximus!

Olhei para Kellan, e ambos sorrimos, dando de ombros. Maximus era muito melhor do que Mortimus. Minha irmã bufou, e olhei para ela. Com um sorriso irônico nos lábios, deu um empurrão no ombro de Griffin.

— Maximus... como o gladiador?

Griffin sorriu, pondo as mãos nos quadris.

— Bem, ele vai ser um demolidor. — Deu uma avançada nos quadris, e eu parei de sorrir. Ela puxou o short dele, trazendo-o para perto da barriga. Na mesma hora os lábios dele se colaram ao seu pescoço, as mãos deslizando pelo traseiro coberto pelo biquíni. Eu me virei para Kellan. Esperava sinceramente que os dois não tentassem fazer outro bebê enquanto estivessem a cinco metros de mim.

Kellan ainda os observou por mais um minuto, e então fechou os olhos e recostou a cabeça na espreguiçadeira. As pernas bem torneadas de Sienna apareceram ao seu lado. Tirando o robe transparente, ela franziu o cenho ao ver minha irmã sendo assediada sexualmente pelo baixista dos D-Bags.

— Aqueles dois são mesmo um casal? Ele já deu em cima de mim umas dez vezes.

Sienna parecia tão confusa com a relação de Anna e Griffin quanto eu às vezes me sentia. Enquanto eu tentava não ficar encarando de queixo caído a perfeição de seu corpo escultural, Kellan olhou para ela, sorrindo.

— Depende da sua definição de casal. — Voltando a olhar para minha irmã, acrescentou: — Ainda estamos tentando entender aqueles dois.

Sienna sorriu; o brilho de seus dentes brancos quase me cegou.

— Quer dizer que a relação deles não é tão exclusiva quanto a de vocês? — Seus olhos observaram a tatuagem de Kellan antes de se fixarem na minha aliança de casada.

Kellan sorriu para ela, levando minha aliança aos lábios.
— Não, decididamente não.
Sienna sorriu com educação, olhando para ele. Se ficara decepcionada por causa do compromisso de Kellan comigo, não deu para notar. Por outro lado, ela era uma artista, e representar era uma grande parte do seu ofício. Enquanto seu *entourage* se espalhava em volta da piscina, Sienna se deitou de bruços. Ao ver aquele traseiro incrivelmente durinho e arrebatado, dei uma puxada discreta na calcinha do meu tanquíni bem-comportado.

Afastando a cortina de cabelos negros dos ombros, Sienna abriu o sutiã. Encostando a cabeça nos braços, disse a nós:
— Vou voltar a Londres pela manhã. Querem jantar comigo hoje à noite?

Kellan ficou em silêncio, deixando a decisão inteiramente a meu critério. Não podendo resistir a um jantar com a número 10 na lista das "Pessoas Mais Influentes do Mundo", dei de ombros, assentindo.
— Sim, claro... vamos adorar.

Fechando os olhos, Sienna murmurou:
— Excelente.

Eu até quis concordar, mas não tinha certeza absoluta se não acabara de cometer um erro terrível.

Anna ficou aborrecida por não ter sido convidada para o jantar com sua nova BFF. E Griffin também. Seus olhos praticamente não saíram do corpo de Sienna durante o tempo que ela passou à beira da piscina, pegando uma cor. Mas seu olhar fascinado não pareceu incomodar minha irmã. Era como se ela não desse a mínima para o que Griffin fazia, desde que se mostrasse atencioso com ela e me tratasse com respeito. Honestamente, eu não fazia a menor ideia do tipo de pai e mãe que aqueles dois seriam.

Mais tarde, parada diante do espelho de corpo inteiro do banheiro da suíte, fiquei pensando se minha aparência estava boa o bastante para eu ser vista com Sienna Sexton. Não tinha planejado ir a nenhum jantar chique quando fizera as malas, e o único vestido que trouxera era um pretinho simples, de suplex, comprido até os tornozelos. Era um modelo *récamier*, com alças largas e decote em V. Era mais confortável do que sexy, mas era o único que eu tinha. Suspirando, passei os dedos por uma mecha ondulada; tinha pensado em compensar a falta de graça do vestido fazendo uns cachos largos com Babyliss, mas só consegui que as mechas ficassem onduladas.

Chegando às minhas costas, Kellan deu um beijo no meu ombro.
— Você está linda.

Olhei para seu reflexo atrás de mim. Ele usava uma camisa social azul estruturada, solta, por cima de um jeans azul-escuro. A cor da camisa realçava a profundidade de seus olhos. Estava deslumbrante. Como sempre.

Uma parte de mim quis lhe dizer que eu não ia parecer tão linda assim ao lado de uma deusa como Sienna, mas sabia que ele não concordaria, por isso não disse. Olhando para meu reflexo, tentei ver o que Kellan via quando olhava para mim. Meus olhos eram "expressivos", o que queria dizer que eram grandes. Geralmente eram de um castanho-esverdeado, mas, sob aquela luz, o verde estava um pouco mais aparente. Com a camada única de rímel que aplicara, diria que eram até bonitos. Eu tinha maçãs do rosto angulosas, um nariz perfeito, lábios cheios. Talvez o queixo fosse um pouquinho pontudo, mas, no geral, eu era bem proporcionada e simétrica. Não era nenhuma diva, mas... talvez fosse mesmo bonita.

Sorrindo para ele, peguei o tubo de gloss rosa-claro e apliquei uma camada.

– Obrigada.

Kellan ficou me olhando, surpreso.

– Você não vai discutir comigo? Não vai me obrigar a te convencer de que você é bonita? – Neguei com a cabeça, e os lábios dele se curvaram num sorrisinho de aprovação. – Uau, essa é nova. Gostei. A confiança fica sexy em você. – Abriu um sorriso malicioso.

Senti o rosto pegar fogo quando seu olhar sensual encontrou o meu no espelho. Nós nunca chegaríamos ao jantar se ele continuasse olhando para mim *daquele* jeito. Fazendo com que se virasse, empurrei-o pela porta afora. Kellan riu consigo mesmo enquanto eu pegava o resto das minhas coisas. Nos dirigimos para o salão, onde a banda estava reunida.

Evan se aproximou, passando o braço tatuado pelos meus ombros.

– Você está uma gata, Kiera.

Sorri para ele, e então me lembrei do favor que Jenny me pedira para fazer dias antes. Envergonhada por ter esquecido, voltei correndo para o quarto e peguei na bolsa a caixinha de jujubas achatada. Sorrindo com ar sem graça, entreguei-a a Evan.

– Jenny mandou dizer que está com saudades, que gostaria de poder estar com você, e me pediu para te entregar isso.

Quando Evan pegou a caixinha, juro que seu rosto ficou vermelho feito um pimentão. Olhando para mim com seus carinhosos olhos castanhos, perguntou:

– Ela te contou o que isso significa?

Fiz que não com a cabeça, e ele riu, guardando a embalagem no bolso traseiro.

– Valeu, Kiera. – Tirando o celular do outro bolso, dirigiu-se ao próprio quarto. Ainda pude ouvir seus risos quando fechou a porta. Hummm, pelo visto, não ia explicar a piada interna.

Quando Kellan me puxava para a porta, dei o recado de Rachel para Matt. Ele sorriu, assentindo, e acenou. Griffin e Anna ficaram de cara amarrada quando saímos. Eu teria que dar um jeito de compensar minha irmã. Com Griffin não estava muito preocupada; ele que ficasse de cara amarrada o quanto quisesse.

Sienna trouxe o Coisa 1 para jantar conosco. Fiquei um pouco surpresa quando o guarda-costas gigantesco sentou no banco da frente do Escalade preto. Será que ela esperava que alguém tentasse assediá-la no restaurante? Ou estaria com medo de ser assediada na entrada ou na saída? Eu nunca tinha estado na companhia de uma pessoa tão famosa, por isso não sabia o que esperar. A ideia de ficar sob os seus refletores me deixava mais nervosa do que a de sentar a uma mesa e bater papo com ela.

Talvez percebendo o nervosismo na minha expressão, Kellan me entregou algo discretamente. Era uma pétala de rosa, num tom rosa-claro. Minha memória na mesma hora voltou à cama coberta de pétalas vermelhas e brancas que ele tinha preparado para mim. Alisando a pétala sedosa, sorri para as palavras escritas com pilô de ponta fina. Quer dizer, não eram exatamente palavras. Com todo o capricho, ele desenhara um olho, o símbolo de um coração, e um animal que só pude presumir fosse uma ovelha – *eu te amo*.* Rindo um pouco ao olhar para seu rosto bem-humorado, guardei a pétala na bolsa. Era infalível; Kellan sempre encontrava um jeito de aliviar a minha ansiedade.

Vinte minutos depois, estávamos entrando num restaurante que, só pela fachada, percebi estar muito além do meu orçamento. Um manobrista levou o carro, enquanto o porteiro, de terno e gravata, abria a porta para nós, cumprimentando Sienna pelo nome e abrindo um sorriso tão largo para mim que quase pude contar seus dentes. Minha impressão foi de que eu não teria sido recebida com um décimo daqueles rapapés se tivesse entrado lá sozinha.

Sienna agradeceu ao porteiro e esperou que nos aproximássemos. Quando Kellan estava ao seu lado, ela passou o braço pelo dele.

– Pronto? Estou morta de fome. – Inclinou-se à sua frente para falar comigo: – Você vai adorar esse lugar. É de comer rezando.

Tentei ignorar o quanto de seu corpo se pressionava no de Kellan, e o quanto de suas coxas a minissaia minúscula deixava à mostra. E que sua blusa era solta e bufante na frente, mas quase sem costas, com um V profundo que quase chegava à saia, gritando para o mundo que ela estava sem sutiã. Imaginei que roupas daquele tipo fossem a exata razão por que ela tomava sol com o sutiã aberto.

Enquanto Kellan a acompanhava com educação até a porta aberta do restaurante, vi flashes às nossas costas. Dando uma olhada para trás, notei homens com câmeras tirando uma foto atrás da outra, até que o Coisa 1 ficou à frente deles e mandou que fossem embora.

Será que os paparazzi tinham acabado de tirar fotos minhas? Sério? Meu Deus, eu esperava que não.

O interior do restaurante era igualmente opulento, e, de repente, eu me senti um tanto malvestida. A refinada hostess deu uma olhada em Sienna e na mesma hora nos

---

* As palavras *I* (eu) e *eye* (olho) têm o mesmo som, o mesmo acontecendo com *you* (você) e *ewe* (ovelha). (N. da T.)

conduziu a uma mesa afastada, nos fundos do salão. Sienna a seguiu em passos confiantes; o andar da pop star tinha uma ligeira cadência que era impressionante, considerando a altura dos seus saltos. Kellan a seguia, com a mão nas minhas costas.

Uma toalha branca de linho forrava uma mesa redonda, mais íntima, com quatro lugares postos. A garçonete habilmente retirou um deles, guardando os talheres de prata no bolso e indicando os três lugares restantes. Olhando ao redor, vi que o guarda-costas de Sienna não nos acompanhara. Devia ter imaginado que ela estaria bastante segura ali dentro. Notei alguns frequentadores lançando um ou outro olhar furtivo, mas nenhum deu qualquer sinal de que ia nos incomodar. Quando o seu jantar vai custar o equivalente a uma compra semanal no mercado, você quer degustá-lo, mesmo que uma celebridade esteja sentada algumas mesas adiante.

Não muito depois de fazermos nossos pedidos, os coquetéis foram servidos, e ficamos bebericando-os, esperando que os pratos chegassem. Era a primeira vez que eu realmente tinha uma chance de conversar com Sienna cara a cara. Ela era extremamente simpática e acessível – espontânea de um jeito que eu não esperaria que alguém em sua posição fosse. Tinha até um senso de humor fantástico. Era fácil ver por que o mundo estava tão apaixonado por ela.

Quando nossos pratos altamente calóricos chegaram, ela pôs a mão no estômago, gemendo:

– Meu personal vai me matar por isso. – Arqueando uma sobrancelha perfeita, acrescentou: – Com todos os olhos colados em mim, procuro me manter em forma. A última coisa que quero é ver o meu bumbum cheio de celulite na primeira página de um tabloide. – Levantando o garfo, disse: – Por isso, tenho passado fome há mais ou menos uma década. – O garfo cheio de massa entrou na sua boca, e ela soltou um gemido quase erótico demais para um jantar num restaurante.

Kellan riu baixinho, dando um olhar malicioso para o meu prato, como se quisesse que eu tentasse igualar a satisfação dela. Revirando os olhos para ele, comentei com Sienna:

– Deve ser difícil passar o tempo todo com estranhos olhando para você.

Ela sorriu enquanto comia.

– Você não faz ideia. – Olhando para Kellan, tocou no ombro dele com o seu. – Para os homens é tão fácil. Basta ter um sorriso bonito, e você é de ouro. – Abriu um sorriso deslumbrante para ele, observando suas feições.

Pigarreei, e Kellan perguntou a ela:

– Como foi crescer nesse ramo?

Ela parou entre duas garfadas, e então abaixou o garfo.

– Nada fácil. Meus pais eram dominadores, daquele tipo que acompanha o filho artista a toda parte. Não eram nada compreensivos com as minhas imperfeições. Esse tipo de expectativa é... desafiadora... para dizer o mínimo. – Abaixou os olhos. – Houve muitas noites em que eu só queria ter pais normais e amorosos que não se importassem se eu tinha errado um verso ou não conseguira alcançar uma nota aguda. – Voltou a levantar os olhos, agora úmidos. – Teria sido bom me sentir apenas amada, sem todas aquelas exigências e cobranças.

Kellan estava com os olhos fixos no seu copo, a expressão pensativa. Depois de um momento, sussurrou:

– Eu entendo o que você quer dizer.

Sabendo a que ele se referia, pousei a mão sobre a sua. Ele sorriu, os olhos ainda fixos na bebida. Sienna olhou para nós, e então sua expressão se animou.

– Bem, se aprendi alguma coisa nessa carreira, é que ou você aprende com os socos, ou é nocauteado. – Levou outra garfada à boca. – E eu não pretendo deixar que ninguém me nocauteie.

Relembrando como Sienna fora catapultada para a fama – principalmente seu momento altamente íntimo sendo exposto para o mundo –, fixei os olhos no prato. Ignorava como ela lidasse com o fato de o mundo inteiro saber tanto a seu respeito. Eu não saberia administrar uma coisa dessas. E me perguntei se Kellan saberia, quando o vídeo de seu ato íntimo fosse exposto.

Vendo minha expressão, Sienna perguntou:

– Está pensando no vídeo, não está, querida?

Levantei a cabeça de estalo.

– Não, eu... quer dizer, sim, porque... não consigo imaginar nada mais horrível. – Dei uma olhada em Kellan, e ele suspirou de um jeito que deixava transparecer seu arrependimento.

Sienna nos estudou por um minuto antes de responder:

– É, aquele foi um momento de que jamais vou me esquecer. A mídia deitou e rolou com o *Sexo Simplesmente Sensacional de Sienna Sexton*. – Revirou os olhos. – Viciados em aliterações.

Calou-se, dando um gole na sua bebida.

– Mas, como eu disse, você tem que ter um couro grosso nesse ramo, se não quiser ser devorada viva. – Deu de ombros. – Será que eu fiquei eufórica com o fato de alguém em quem confiava ter me traído? Claro que não. Mas o gênio já tinha fugido da garrafa e, quando dei por mim, o vídeo estava em toda parte, e o que eu podia fazer? No fim, fiz a única coisa que podia: aceitei o ocorrido. Aproveitei o auê, e levei a carreira na direção em que queria. – Um sorriso tímido se esboçou nos seus lábios. – Não foi como eu tinha planejado, mas foi uma jornada incrível, e eu não olhei para trás. – Deu um olhar diretíssimo para Kellan. – Nunca me arrependo de nada. É o único jeito de sobreviver nesta cidade.

Capítulo 9
ÚLTIMOS RETOQUES

Na manhã seguinte, Kellan e eu levamos Anna ao aeroporto. Arrependido por não estar no aeroporto quando chegamos a Los Angeles, Griffin resolveu nos acompanhar. Era estranho ver minha irmã embarcando sozinha; toda hora eu tinha a impressão de que estava perdendo o avião por não embarcar com ela. Embora tivesse passado alguns meses sozinha em Seattle quando Anna fora passar uma temporada com nossos pais em Ohio, eu me habituara à sua presença. Vê-la indo embora da cidade era difícil.

Mas eu ainda tinha Kellan, o que tornava as coisas bem mais fáceis.

Depois que Anna saiu de nossa vista, Griffin perguntou a Kellan:

– Ouviu só, cara? Ela vai ter um menino... o meu menino! – Empinou o queixo, o orgulho estampado nos olhos azul-claros.

Kellan sorriu, apertando mais a minha cintura.

– É, acho que me lembro de ter ouvido qualquer coisa a respeito.

Fiz o maior esforço para não sorrir. Anna tinha dado um jeito de ficar mencionando o sexo do bebê o tempo todo, quase sempre com uma expressão furiosa. Ainda não estava nada animada com Maximus, mas eu sabia que ficaria, quando ele chegasse.

Kellan deu um tapa no ombro de Griffin, e então voltamos para o carro. Como geralmente acontece com os caras, o estresse que rolara entre eles já tinha passado. Kellan e Griffin pareciam os amigos de sempre, trocando piadas enquanto saíam do aeroporto. Eu também começava a superar o constrangimento – podia finalmente olhar Griffin nos olhos de novo.

Griffin soltou o verbo sobre como Anna e Sienna estavam um tesão juntas ao lado da piscina, e agradeci ao destino por Sienna também ir embora de Los Angeles aquele dia. Ela não fizera nada de errado, e eu tinha gostado sinceramente dela, mas seu interesse em Kellan me irritava um pouco. Claro, era principalmente um interesse profissional, mas eu não era tão ingênua assim a ponto de acreditar que fosse só isso. Ela o achava tão atraente quanto talentoso. Sabia que ele era comprometido, mas será que isso a impediria de tentar seduzi-lo? Eu não queria descobrir. A distância era uma boa coisa.

Fomos direto do aeroporto para o estúdio de gravação. Kellan e os D-Bags estavam terminando de gravar o seu álbum, de modo que já poderiam começar a trabalhar na nova música com Sienna. Fiquei entusiasmada de ver o processo de gravação. Já tinha ouvido Kellan descrevê-lo mil vezes, mas estava ansiosa para ver com meus próprios olhos. Além disso, fazia séculos que não ouvia Kellan cantar, e estava com saudades.

Mostrando suas credenciais ao segurança, Kellan me conduziu em passos confiantes à área de trabalho do estúdio. Como sempre, estava com a guitarra preferida pendurada no ombro, enquanto uma pletora de instrumentos do estúdio esperava pelos outros músicos.

A "sala ao vivo" era um amplo espaço à prova de som concebido para proporcionar a melhor acústica possível, ou pelo menos foi o que Kellan explicou. Nos fundos ficava um "aquário" contendo uma bateria. Havia outro semelhante ao lado, onde só se via um microfone. As diversas seções da sala eram separadas por painéis móveis que isolavam o som. Duas guitarras estavam ligadas aos amplificadores e ao microfone, enquanto um terceiro espaço estava vazio, esperando pela guitarra de Kellan.

Só estar lá bastou para deixar meu estômago no maior sobe e desce de excitação. Uma parte de mim queria pegar um dos instrumentos e mandar ver. Que pena que eu era uma negação em todos eles. Quando os outros D-Bags entraram na sala, Kellan acenou para algumas pessoas que nos observavam por uma grande janela de vidro. Pondo o estojo da guitarra no chão, ele me levou para a sala de mixagem, onde a mágica era feita. Lá dentro, fui apresentada a uns cinco caras que eram os cérebros por trás do álbum.

Eli era um produtor altamente respeitado, com um currículo quilométrico. Tinha ganhado prêmios com os álbuns de Justin e Sienna, e esses eram apenas dois deles. Eu achava que ele parecia jovem demais para ser tão prolífico assim, mas o fato é que o cara sabia pilotar aquela confusão de alavancas, interruptores e diais feito gente grande.

O moreno cumprimentou Kellan com um aperto de mão que me pareceu super-complicado, e a mim com um aceno.

— Me falaram que você concordou em fazer a música da Sienna — disse a Kellan.

Kellan assentiu, passando a mão pelos cabelos.

— É, acho que vai ser interessante.

Eli deu um tapinha no seu peito:

— Interessante? Vai ser o máximo! Espera só até ouvir o que ela já gravou.

Sentei numa poltrona ao lado da porta e fiquei observando o ambiente, me sentindo meio deslocada. Kellan sorria para me encorajar, mas estava trabalhando, e tinha que se concentrar na sua música. Percebi que também devia trabalhar, e perguntei a um dos caras se eu atrapalhava ficando ali no canto. Ele garantiu que não, e então peguei o caderno e o bloco de anotações na bolsa. Eu reservava um tempinho todos os dias para escrever, e já tinha escrito mais da metade do meu romance. Mas ainda não o mostrara a Kellan. Ele me respeitava, me dava espaço. Mas eu notava que estava curioso.

Batendo com a tampa da caneta no caderno, tentei bloquear o mundo exterior e relembrar como tinha me sentido quando Kellan me pedira tranquilamente para deixar Denny e ficar com ele – o ultimato que me dilacerara a alma. Só a lembrança bastou para me deixar com lágrimas nos olhos.

Quando ia começar a escrever, uma voz interrompeu meus pensamentos:

– Oi, Kiera. Você está bem?

Levantei os olhos, e fiquei boquiaberta. Justin Vettel, o vocalista do Avoiding Redemption, estava parado à minha frente. Já tendo estado com ele uma ou duas vezes, o choque por ser uma pessoa famosa logo passou. Abrindo um sorriso simpático, assenti.

– Estou, sim. O que está fazendo aqui?

Ele meneou a cabeça em direção a Kellan, que ainda conversava com Eli.

– Queria ver como o álbum estava ficando. – Com aqueles olhos azul-claros e os cabelos louros cortados em camadas de um jeito que só um rock star pode exibir, Justin era uma gracinha. Estava usando uma camisa social, e dava para ver parte da tatuagem que se estendia de uma clavícula à outra. Eu ainda não sabia o que dizia, mas parecia ser um desenho bonito. Ele sorriu, e tentei não ficar encarando.

– Estamos finalizando a próxima turnê, e quero que Kellan participe dela – explicou.

– Ele adoraria. Curtiu muito a primeira turnê.

Justin sorriu.

– É, é muito mais legal quando você viaja com caras com quem se dá bem. – Calou-se por um minuto, e então perguntou: – Você acha que a Kate viria passar duas semanas comigo, se eu a convidasse? – Gaguejando um pouco, logo acrescentou: – Ou será que seria um convite atrevido demais, já que nós não estamos namorando oficialmente?

Estava com o rosto meio vermelho, e eu fiquei pasma de ver um cara desses – uma celebridade que poderia ter qualquer mulher – ficando todo nervoso ao falar da minha amiga. Famoso ou não, Justin era apenas um rapaz, no fim das contas.

– Acho que ela gostaria, Justin. Aliás, ela me pediu para te dar um alô se eu esbarrasse com você, portanto... alô – disse eu.

Revirei os olhos, morta de vergonha. Bela maneira de dar o recado. Justin sorriu ainda mais, mordendo o lábio. Lembrando uma coisa que Kellan me dissera, comentei com ele:

– Achei que as namoradas não tinham permissão para viajar no ônibus, só as esposas.

Justin franziu o cenho.

— A gravadora não dá a mínima para quem viaja no ônibus... desde que *nós* estejamos nele. — Um sorriso maroto apareceu no seu rosto. — Quem te disse isso?

Franzindo os lábios, dei uma olhada em Kellan. Por acaso ele olhou para mim naquele exato instante e, quando nossos olhos se encontraram, balancei a cabeça devagar para ele. Todo aquele lance de que só as esposas podiam acompanhar os músicos fora pura esperteza. Kellan arqueou uma sobrancelha para mim, com ar de interrogação, e eu caí na risada.

— Meu *marido* — respondi.

O roqueiro riu, dando um tapinha no meu ombro.

— Então, meus parabéns!

Depois de alguns momentos, Justin foi cumprimentar Kellan, e voltei a trabalhar no meu romance. Em segundos, já estava absorta na história, tendo conseguido bloquear tudo ao meu redor. Levei um susto ao sentir alguém acariciando meu joelho. Kellan estava agachado ao meu lado, com um sorriso bem-humorado no rosto escultural.

— Estamos prestes a começar. Você vai ficar bem aqui?

Exibi meu bloco, assentindo. Kellan deu uma olhada na minha bolsa cheia de notas e franziu o cenho.

— Você devia ter um notebook, para não ter que ficar carregando essa papelada de um lado para o outro. — Torcendo os lábios, acrescentou: — Acho que, quando a gravação acabar, você e eu vamos fazer umas compras.

Comovida com sua consideração, sorri e dei um beijo nele.

— Achei que você apreciaria o meu estilo clássico.

Seus lábios se demoraram nos meus, quentes e sensuais.

— E aprecio, mas está na hora de entrar no século vinte e um, Kiera.

Achando graça, soltei um bufo nada feminino, quase um grunhido.

— Olha quem fala!

— Hummm — murmurou ele, seus lábios ainda próximos aos meus. — Sabe o que não tem graça?

Ele se afastou, e eu fiz beicinho. *Seus lábios deixando de tocar nos meus?* A expressão brincalhona dele voltou enquanto observava meu rosto, e então ele franziu um pouco os lábios. Bateu com os dedos no meu bloquinho.

— Eu ainda não ter permissão para ler o seu best-seller.

Eu acenei e discretamente cobri a página que estava trabalhando.

— Você vai ter acesso... quando estiver pronto. Quando estiver perfeito.

Balançou a cabeça; as camadas mais longas e arrepiadas no alto estavam numa bagunça irresistível aquele dia. As mais curtas, atrás, se curvavam ligeiramente ao redor das orelhas, cobrindo-as.

– Eu não me importo com perfeição. – Encostou o indicador na minha testa. – Eu me importo com o que está acontecendo aí dentro. Eu me importo com o que você pensa... – Desviando os olhos, acrescentou em voz mais baixa: – ... sobre o que aconteceu com a gente.

Senti uma onda de tristeza quando ele voltou a olhar para mim. Seus olhos azul-escuros podiam conter tanto sofrimento às vezes. Sem conseguir dizer nada, assenti. Podia me magoar, podia magoá-lo, mas eu honraria o nosso pacto de honestidade e deixaria que ele visse os recessos mais profundos e sombrios do meu coração e da minha alma. Era no mínimo justo, já que ele sempre me deixava ver os dele.

Kellan sorriu, me deu mais um beijo, e então deixou a sala de controle para ir gravar sua obra-prima. Headphones foram colocados, instrumentos plugados, luzes no painel acesas. Evan sentou atrás da bateria no seu aquário particular, enquanto Kellan entrou no aquário dos vocais. Era fascinante de assistir, mas, depois de um tempo, ficava meio tedioso. Havia um monte de repetições num processo de gravação. A música era tocada várias vezes, para que as melhores gravações pudessem ser usadas. Por volta da quinta ou sexta execução, deixei de prestar atenção e me concentrei no meu livro. Estava terminando de escrever a parte dolorosa quando Kellan e os D-Bags deram o dia por encerrado.

– Pronta? – perguntou Kellan, com um brilho nos olhos.

Assenti e levantei para me espreguiçar. Passar tanto tempo sentada deixara uma parte do meu traseiro dormente. Ossos do ofício, pensei. Kellan se despediu dos técnicos, que ouviam com a maior atenção a música que tinham terminado de mixar. O som ficara incrível – um milhão de vezes mais limpo e mais claro do que a versão ao vivo. Ouvir a voz de Kellan tão impecável me deu arrepios. Ele ia ficar arquifamoso.

Eli apertou a mão de Kellan, dizendo:

– Vamos começar a trabalhar na nova música depois que vocês tiverem dois dias para praticar, OK?

Kellan concordou, e fiquei meio desanimada. Se eles tinham que aprender a nova música tão depressa assim, eu não ia poder vê-lo com muita frequência. Mas tudo bem, já que nenhum de nós ia a parte alguma... a não ser a shopping centers, pelo visto.

As duas semanas seguintes foram tranquilas e relaxantes – para mim, pelo menos. Liguei para meus pais sempre que tive uma chance. Mamãe chorou quando lhe mandei uma foto da minha nova aliança. Papai, um pouco menos emotivo, disse coisas do tipo "Faça o favor de não ir a lugar algum sem Kellan, está me ouvindo?". Sorri ao ver que ele agora considerava Kellan como meu protetor.

Mas Kellan estava superocupado. A banda tinha aprendido a nova música mais depressa do que eu teria imaginado possível. É claro, eles só tinham precisado aprendê-la, não escrevê-la. Criar uma música da estaca zero é um processo que consome um tempo enorme. Uma vez eu tinha visto os D-Bags passarem três horas discutindo sobre uma introdução de trinta segundos para uma música. Toda vez que me aproximava da sua mesa no Pete's, eles ainda estavam falando no assunto. Quer dizer, "eles" eram Matt, Evan e Kellan... porque Griffin estava ocupado tentando convencer qualquer um que lhe desse ouvidos de que o logotipo do Starbucks era sexy.

Assim que os D-Bags aprenderam a nova música, começaram a gravá-la. Eu acompanhava Kellan todos os dias, notebook novo a tiracolo, e trabalhava no meu livro enquanto ele trabalhava no álbum. Eu achava maravilhoso que nossas carreiras se harmonizassem tão bem. A de Kellan, aliás, ajudava a minha. Sua banda, sua música e sua voz, tudo isso abria a minha cabeça, e as palavras se derramavam de mim. Na verdade, houve várias ocasiões em que ele encerrou o dia e eu quis continuar. Mas Kellan sabia como me persuadir a guardar o notebook e ir para casa com ele. A arte da sedução sempre fora um dos seus maiores talentos. Junto com seu talento para a música.

No fim de julho, Kellan e os D-Bags tinham terminado sua parte do álbum; agora era com os técnicos de mixagem. A banda só precisava tirar a foto para a capa. Kellan estava resistindo à ideia no trajeto até o estúdio.

– Não entendo por que a gente tem que aparecer na capa. Eles não podiam usar uma foto de qualquer outra coisa... tipo assim, um pato, por exemplo?

– Um pato? Fala sério! – debochei, enfiando atrás da orelha uma mecha solta de cabelo que o vento não parava de soprar para minha boca. Droga de conversível.

– Como é...? Patos são sexy, tá legal? – Kellan me deu um sorriso irônico. Revirei os olhos, e ele riu baixinho. – Eles têm um bico longo e chato, barriga redonda e pés grandes, com membranas entre os dedos. – Ainda sorrindo, voltou a prestar atenção no trânsito. – O que pode ser mais sexy do que isso?

Observando o jeito como seus óculos escuros emolduravam seu rosto, ampliando sua beleza, meu pensamento imediato foi *Você*. Rindo da sua sugestão ridícula, respondi:

– Hum... praticamente qualquer coisa.

Seu rosto perfeito se virou para o meu.

– Acho que vamos ter que concordar em discordar.

Eu estava prestes a lhe dizer que ele estaria sozinho do seu lado da discussão, quando meu celular tocou. Tirando-o depressa da bolsa, dei uma olhada na tela antes de atender.

– Oi, Denny. Como vai?

Os olhos de Kellan se fixaram no para-brisa, e ele abaixou o rádio. Fiquei brincando com o pingente em feitio de guitarra do meu colar enquanto esperava a resposta de Denny. Que demorou para vir.

– Estou bem. E você, como vai? – A preocupação no seu tom de voz era evidente, e me deixou confusa.

— Estou ótima. Por que você está com essa voz estranha?

Dobrando numa transversal, Kellan me deu um breve olhar de interrogação. Dei de ombros, sem saber mais do que ele. No meu ouvido, a voz carinhosa de Denny perguntou:

— Você está bem... bem mesmo?

— É claro que sim. — O pavor começou a apertar meu estômago. — Por quê? Aconteceu alguma coisa? — Meus pensamentos na mesma hora foram para minha irmã e meu sobrinho ainda não nascido. — Anna está bem? E o bebê? — O medo enchia meu estômago, e eu tentei controlá-lo. Certamente a própria Anna, Kate ou Jenny teriam me ligado se algo tivesse acontecido com o bebê.

— Não, não, eles estão bem — Denny se apressou a responder. — Não é nada desse tipo. É que... você viu os tabloides nos últimos dias? Já esteve em algum site de fofocas?

Senti um alívio enorme. Balancei a cabeça para o rosto preocupado de Kellan, para que ele entendesse que estava tudo bem com Anna. Concentrando-me na primeira parte da resposta, disse a Denny:

— Ah, graças a Deus, você me deu um susto! — Franzi o cenho, refletindo sobre a pergunta. Tabloides? — Não, tenho andado ocupada demais para isso. Por que eu me importaria com tabloides e sites de fofocas?

Denny suspirou.

— Droga. Eu teria te ligado antes, mas só vi hoje. Ainda está tudo relativamente quieto por aqui, e não acho que ninguém já tenha somado dois e dois, mas achei que você devia saber o que está acontecendo, para poder se preparar.

Ainda mais confusa do que antes, perguntei:

— Me preparar para o quê?

Denny tornou a ficar em silêncio, e minha ansiedade começou a voltar.

— Você mencionou, no começo do mês, que os D-Bags iam gravar uma música em parceria com Sienna Sexton.

Sua voz tinha um toque de assombro e admiração, um sentimento que eu entendia perfeitamente; também achava espantoso. Mas não compreendi por que ele estava mudando de assunto, e minha voz saiu agitada:

— Sim, mas o que isso tem a ver com os tabloides?

Enquanto observava Kellan ir costurando pelo trânsito, os lábios ligeiramente apertados enquanto prestava atenção ao que eu dizia, Denny respondeu:

— Kellan... costuma sair com ela?

Franzi ainda mais o cenho.

— Não. Ela nem está aqui. Voltou para Londres depois de gravar sua parte na música. — Deixando de olhar para Kellan, perguntei sem rodeios ao meu ex-namorado: — O que está havendo, Denny?

Ele suspirou.

— Tem uma foto de Sienna e Kellan circulando na Internet. Está em todas as revistas também. Pelo visto, as pessoas ainda não sabem quem Kellan é. Quase só aparecem as costas dele na foto, mas tem rolado um bochicho sério sobre Sienna e o novo... namorado misterioso.

Meu queixo despencou tanto que cheguei a achar que precisaria de uma cirurgia para recolocá-lo no lugar.

— Namorado? Espera aí... que foto?

O suspiro de Denny foi de solidariedade.

— Não sei. Parece que eles estavam entrando juntos num restaurante. Ela está segurando o braço dele, e ele sorrindo e olhando para ela. É tudo muito... convincente. Você está bem?

Minha cabeça ficou em branco. Lembrei os paparazzi diante do restaurante aonde tínhamos ido jantar com Sienna, tirando fotos de nós três enquanto entrávamos. Sienna invadira um pouco o espaço pessoal de Kellan antes de cruzarmos a porta, mas eu também estava na foto; Kellan segurara minha mão o tempo todo. Mas é claro que eles não mostrariam isso. Eu era uma ninguém. Sienna era uma celebridade. E Kellan agora era o seu novo namorado misterioso. A associação entre os dois já fora criada... e ninguém estava sabendo do single. O que aconteceria quando soubessem? Senti o pavor tomar conta de mim quando o carro parou.

— Não é o que parece. Eu estava lá, embora não apareça na foto. — Ao sussurrar isso para Denny, senti a ironia do destino fechar minha garganta. Eu não quisera tanto ser invisível, não me esforçara tanto para impedir que os refletores de Kellan brilhassem sobre mim? *Cuidado com os seus desejos.* Agora, eu era mesmo invisível.

— Tenho que ir, Denny. Tchau — murmurei no celular.

— Espera... Você está bem?

Desliguei sem responder. Não, não estava bem. Enquanto Kellan desligava o carro, fiquei olhando em chocado silêncio para o celular. Que diabos acontecera? Aos olhos do público, Sienna e Kellan estavam namorando? Isso mudava alguma coisa para mim? Não, não mesmo. Não importava o que a opinião pública achasse que era verdade. Eu sabia o que estava acontecendo. Mas meu estômago ainda dava voltas.

— Kiera, você está bem?

As palavras preocupadas de Kellan soaram como as de Denny. Sentindo-me aérea, olhei para ele.

— Estou ótima — sussurrei.

Ele franziu o cenho.

— Você está *ótima*? Tá falando sério?

Gemi por dentro, irritada com nosso pacto de honestidade a qualquer preço naquele momento.

– Não sei o que estou sentindo.

Kellan assentiu.

– OK, pode me dizer sobre o que foi a conversa? Talvez possamos descobrir juntos como você está se sentindo.

Mordi o lábio e levantei o dedo, para que ele soubesse que eu falaria quando pudesse. Kellan segurou minha mão e esperou pacientemente. Enquanto ele passava o polegar pela minha aliança, o choque da revelação de Denny me atingiu, e vi que estava me sentindo normal. Não ótima, mas normal.

Quando virei o rosto para ele, seu cenho se franziu ainda mais. Tinha tirado os óculos escuros, e a preocupação que os olhos azul-escuros transmitiam era quase palpável.

– Fala comigo – sussurrou.

Sentindo-me meio boba, pois sabia onde seu coração estava firmemente plantado, sorri, balançando a cabeça.

– Denny estava preocupado comigo porque tem uma foto de você e Sienna circulando na Internet. Todo mundo no planeta pensa que você é o novo namorado "desconhecido" dela. Pelo visto, a foto é convincente. Denny não chegou a dizer isso com todas as letras, mas acho que pensou que você estava me traindo. – Comecei a rir, até que a ideia de Kellan estar mesmo me traindo com ela me atingiu. Tive que engolir em seco três vezes para acalmar a garganta.

Os olhos de Kellan se perderam em algum ponto atrás de mim.

– Foto? – Seus olhos voltaram na mesma hora para mim. – Você sabe que não estou fazendo isso, não sabe? Não estou interessado nela... em absoluto. Você sabe disso, não sabe?

Assentindo, segurei seu rosto; estava quente do sol que batia sobre nós.

– Sei, sim – sussurrei. Fazendo um esforço para dissipar o clima sombrio que se instalara no carro, perguntei a ele: – Devemos tirar essa foto...? – Obriguei os lábios a sorrirem e a voz a sair bem-humorada. – De repente, você podia mandar botar um patinho no fundo.

Kellan olhava para mim com uma expressão séria quando saí do carro.

– Kiera...

Levantei a mão para interromper o que quer que ele achasse que devia dizer:

– Estou ótima. Sinceramente. Será que dava para... a gente não falar mais nisso? Até porque não tem a menor importância. Não é verdade.

Kellan hesitou, mas então assentiu e saiu do carro.

Fomos nos encontrar com o resto da banda num estúdio que ocupava um prédio inteiro. Um gigantesco painel de tecido branco revestia a parede ao fundo, do chão ao teto. Pessoas transitavam de um lado para outro – ajustando luzes, empurrando painéis refletores, alisando o tecido, mesas de maquiagem transbordando de produtos para os cabelos que rivalizavam com os de minha irmã.

Enquanto nós cinco observávamos em estupefato silêncio, um homem minúsculo usando um jeans justinho e um suéter de gola rulê apontou o caminho.

— Ah, chegaram os talentos. — Não deu para notar pelo tom de sua voz se o comentário fora elogioso ou sarcástico.

Segurando uma câmera em uma das mãos, ele estalou os dedos da outra; uma loura de busto farto apareceu na mesma hora ao seu lado. Enquanto ela observava nosso grupo por trás de seus óculos de aro retangular, ele agitou os dedos e ordenou:

— Dá um jeito neles.

A loura olhou para um grupo de mulheres que estavam paradas entre as mesas de maquiagem. Como que comandadas em silêncio pela rainha, na mesma hora deram as costas aos produtos de beleza e avançaram juntas na nossa direção. Kellan franziu o cenho. Griffin abriu um sorriso.

Ao ver a loura de busto farto avançando a passos largos, Kellan murmurou:

— Não acho que a gente precise...

Ela estendeu a mão, silenciando-o:

— Meu nome é Bridgette. Sou eu que vou cuidar de você. — Segurando a mão de Kellan, puxou-o em direção à mesa de maquiagem.

— Mas eu realmente não acho que...

Empurrando-o na poltrona, já estava com os dedos entre seus cabelos antes que ele pudesse terminar de protestar pela segunda vez. Embora a imagem de uma linda mulher emaranhando os dedos entre as mechas do seu cabelo não fosse a minha favorita, não pude deixar de sorrir ao ver a expressão petulante dele. O fotógrafo se aproximou de nós, enquanto Bridgette pensava em como embelezar meu marido.

Passando o dedo e o polegar pelo cavanhaque, o fotógrafo disse a ela:

— Não precisa fazer muita coisa nesse aí, não. Ele já é bonito por natureza. — Seus olhos cinzentos percorreram o corpo de Kellan. — Mas preciso ver a prova de guarda-roupa dele primeiro.

E com essa, afastou-se para inspecionar o resto da banda. Kellan suspirou.

Quando Bridgette e suas alegres meninas finalmente terminaram com os D-Bags, fui obrigada a admitir que tinham feito um ótimo trabalho. Todos estavam bonitos, até Griffin. Mas Kellan... estava lindo de morrer. Um verdadeiro tesão. Meu queixo despencou quando ele ficou na frente do cenário. Tinha vindo para o estúdio usando uma calça jeans desbotada larga e uma camiseta branca. Eles o fizeram vestir um jeans skinny, rasgado nos lugares certos, e complementaram a camiseta básica com uma jaqueta de couro marrom-escuro. Estava justa no seu corpo, por isso parecia mais uma camisa estruturada, o zíper puxado até o meio do peito. A jaqueta ia só até a cintura, de modo que todo o cinto de tachas estava bem visível, e um dedo de pele ficava aparecendo. Estava... tesudo demais. O cabelo geralmente já era uma bagunça sexy, mas Bridgette o modelara de um jeito impecável, para que cada fio ficasse na posição mais atraente possível. Tinha uma mecha caída ao lado do olho que quase me deu um ataque do coração.

Ele estava mesmo a imagem perfeita do roqueiro sexy e bad boy que preocupava meu pai todos os dias, mas se aproximou de mim com uma expressão séria.

— Você está ótimo. O que foi?

— Estou me sentindo um idiota com essa cara toda pintada.

Examinei sua pele, mas não dava para notar que estava usando nada, talvez apenas lápis nos olhos; o azul das íris se destacava de maneira tão gritante que meu coração chegou a bater mais depressa.

— Não dá nem para notar. Você está ótimo.

Ele começou a passar a mão pelos cabelos, mas então parou. Não pude deixar de notar que a aliança desaparecera.

— Estou usando delineador... e ela também passou batom.

Meu sorriso era impossível de esconder.

— Você está incrível... beirando o divino.

Inclinando a cabeça, Kellan passou os braços pela minha cintura.

— É? Quer uma mordida? — Quando senti o rosto ficar vermelho, ele olhou ao redor, e então se inclinou para o meu ouvido; o cheiro da jaqueta de couro misturado com seu aroma era inebriante. — Podemos dar uma fugidinha por alguns minutos.

Ele estava com um sorriso totalmente impróprio para menores quando o afastei de mim.

— Acho que Bridgette mandaria cortar a minha cabeça se eu desfizesse a obra de arte dela.

Provavelmente estragando o que Bridgette fizera em sua boca, Kellan chupou o lábio inferior, seus olhos percorrendo o meu corpo.

— É, mas pensa só nisso... toda vez que você olhar para a capa do álbum, vai saber, sem a menor sombra de dúvida, que foi *você* quem pôs aquele sorriso no meu rosto.

Suas mãos passaram para o meu traseiro, apertando-o de leve, e enquanto meus olhos se reviravam, pensei por um momento em me esgueirar para alguma salinha vazia... algum lugar... mas então ouvi o fotógrafo estalar os dedos, e meus olhos se abriram bruscamente.

— Vamos trabalhar, gente! — chamou o cara.

Kellan soltou um riso baixinho e se separou de mim. Ao se afastar, sua mão desceu pelo meu braço. Segurei seus dedos e plantei um beijo no seu rosto maquiado. Sentindo a ausência da aliança, perguntei:

— Cadê a sua aliança?

Ele deu um tapinha no bolso da calça, franzindo o cenho.

— A gravadora não quer que divulguemos que somos casados. — Ele revirou os olhos. — O argumento é de que as vendas cairiam vinte por cento se o público soubesse que estamos fora de circulação. Pelo menos, foi o que o Frank disse. — Apontou para o fotógrafo, que atarraxava algo à câmera.

Kellan hesitou por um minuto, e então olhou ao redor. Abrindo um sorriso endiabrado para mim, tirou a aliança do bolso. Dando uma espiada ao redor como se fosse infringir uma lei, colocou-a depressa no dedo.

— Mas o que importa o que as pessoas pensam, não é mesmo? — Seu rosto ficou sério. — Agora, eu me importo com aquela foto ao lado de Sienna. Vou cuidar disso, Kiera.

Balancei a cabeça e já estava prestes a responder que não importava, quando ele foi subitamente puxado por um dos "assistentes" de Frank. Quando já o tinham colocado na posição, Frank começou a fazer as fotos. O fato de a aliança brilhar um pouquinho em cada foto me fez sorrir. Era a sua pequena demonstração de rebeldia contra o sistema.

Depois de umas trinta fotos, a sessão acabou. Ainda bem que não seria eu quem teria que escolher a que honraria a capa final; tinha certeza de que todas sairiam deslumbrantes. Parecendo aliviado por ter acabado, Kellan deu um beijo no meu rosto, murmurando:

— Vou trocar de roupa e tirar essa merda da cara.

Eu ainda ria do comentário quando Griffin se aproximou do nosso círculo. Alisando a jaqueta de couro, perguntou a Kellan:

— Ei, será que eles deixam a gente ficar com essas becas? — Sorriu para mim; senti calafrios. — Vou trepar adoidado hoje à noite.

Minha irritação logo se transformou em indignação virtuosa. Franzindo os olhos até ficarem pequenos como alfinetes que certamente furariam seu coração, soltei:

— Você me enoja!

Griffin piscou os olhos, parecendo tão confuso quanto irritado.

— Qual é o problema com você?

Fechando as mãos em punhos, resisti ao impulso de lhe dar um tapa.

— Você vai ter um filho com a minha irmã, e mesmo assim sai por aí enfiando o... Incrível Hulk... em qualquer coisa que fique deitada por tempo o bastante. Isso é nojento!

Com as mãos nos quadris, Griffin se aproximou ainda mais de mim.

— Sou um ídolo do rock. Trepo com qualquer coisa que me dê vontade. É o que todos nós fazemos.

Balançando a cabeça, olhei para Matt, Evan e, finalmente, Kellan. Nenhum deles se comportava desse jeito.

— Não é, não.

Griffin olhou para Kellan, que estava às suas costas, e revirou os olhos.

— Ah, por favor. Só porque você deu uma chave de boceta nele não quer dizer que possa cantar de galo comigo. — Voltou a olhar para mim. — Além disso, Anna também fode com qualquer cara de quem goste, e por acaso você me vê perder a cabeça por causa disso?

Sabia que ele estava certo e eu não tinha o direito de dizer nada, mas o cara era tão... argh!

— Ela não é mais assim. Não esteve com ninguém além de você desde que engravidou. Você é o único homem de quem ela fala agora.

Griffin pareceu totalmente atônito ao ouvir isso.

— Sério? — Pareceu refletir sobre a informação por um segundo, olhando para todos que nos observavam ao redor. Em seguida voltou a fixar os olhos nos meus, levantando as mãos. — É só sexo. Por que todo esse drama?

Só pude balançar a cabeça para ele.

— Você e ela vão ser pais, Griffin. Esse é um acontecimento que muda a vida das pessoas, um acontecimento do qual Anna está morta de medo. No entanto, aqui está você, pintando o diabo, transando com outras mulheres a torto e a direito. Será que pelo menos se importa com o que ela está passando? Você pode gostar de transar com Anna, mas será que gosta dela um pouquinho que seja?

Griffin ficou olhando para mim sem qualquer expressão no rosto. Depois de outra pausa, soltou um bufo desdenhoso.

— Eu só estava brincando, Kiera. Relaxa e goza. — E, com essa, saiu a passos duros para o vestiário.

Matt, Evan e Kellan ficaram vendo-o se afastar, e então Matt se virou para mim com os olhos arregalados:

— Não tenho certeza, mas acho que você acabou de dar a ele algo em que pensar. — Estendeu a mão para mim, e eu a apertei, rindo. — Mandou bem, Sra. Kyle. — Piscou para mim, e então deu um tapinha nas costas de Evan. Rindo baixinho, os dois saíram atrás de Griffin.

Depois que todos já tinham se afastado, Kellan passou o braço pelos meus ombros.

— É muito fofo que você ainda se dê ao trabalho de tentar.

Sorri para ele, e então dei uma olhada na sua jaqueta.

— Até que Griffin fez uma boa pergunta. Será que eles deixam vocês ficarem com as roupas?

Meus olhos deslizaram até a calça jeans, com aqueles rasgões estratégicos. Com o hálito quente no meu ouvido, Kellan murmurou:

— Não preciso ficar com uma coisa que só me atrapalharia.

Fechei os olhos, na mesma hora imaginando sua pele quente, seus gemidos leves e lábios macios. Quando os reabri, Kellan estava se afastando, mas ainda me observava. Seus olhos ardiam de promessas tórridas e, quando inspirei, minha respiração estava trêmula. Santo Deus, como ele era atraente.

Capítulo 10
AUÊ

A data de lançamento do álbum estava marcada para 13 de setembro. O primeiro single seria a música que eles tinham gravado com Sienna. Já estava rolando o maior bochicho a respeito, ainda mais depois que transpirara que o cara misterioso na foto era o vocalista da banda que tocava na sua nova música. Eu não sabia como isso acontecera, mas os tabloides tinham descoberto a identidade de Kellan e estavam vendendo a história dos dois jovens artistas que se apaixonaram ao gravar um dueto. Rumores do namoro pipocavam em toda parte. Agora que tinham chegado ao meu conhecimento, eu não conseguia mais fugir – estavam na tevê, nos estandes de revistas dos supermercados, nas estações de rádio. Eu já tinha visto ou ouvido falar na porcaria daquela foto uns cinquenta milhões de vezes. Admito, era uma foto bonita. Eles tinham capturado o momento exato em que Kellan sorrira com educação para Sienna, e ela para ele. Eu sempre saía horrível nas fotos de perfil, mas Kellan e Sienna pareciam tão bem de lado quanto de frente; uma tremenda injustiça.

Por algum motivo, todo mundo estava vibrando com esse romance imaginário. E todo mundo estava ansioso para ouvir a música que essas duas pessoas de uma beleza deslumbrante produziriam, o que na mesma hora me fez pensar que fora a gravadora que deixara vazar o nome de Kellan. Não me surpreenderia nada se tivessem sido eles a contar aos paparazzi onde jantaríamos aquela noite... Tudo para atiçar o interesse do público.

Kellan fizera de tudo para abafar os rumores. Depois da sessão de fotos, telefonara para Sienna quando voltávamos para casa. Fiquei chocada por ele ter o número de Sienna no celular. Muito estranho. E, ainda mais estranho, Sienna também tinha o número de Kellan no celular, pois soube na mesma hora quem ligara para ela.

– Oi, Sienna, aqui é o Kell... – Interrompeu-se. – É, sou eu. Oi. – Enquanto ele ria, tentei, em vão, ouvir o lado dela da conversa. Mas só consegui ouvir a voz de Kellan. – Você já viu aquela foto de nós dois? É, aquela. Você já disse alguma coisa? Já deu alguma declaração, ou algo assim? – De cenho franzido, ficou escutando. – As pessoas estão nos associando... romanticamente. – Suas sobrancelhas se franziram. – Bem, eu acho que isso tem importância, sim. – Estendeu a mão como se ela estivesse diante dele. – Porque eu sou casado, e não quero que o público tenha essa fantasia de que você e eu estamos...

Deu uma olhada em mim, balançando a cabeça.

– Não, não oficialmente, mas mesmo assim eu nos considero marido e... – Voltou a ficar sério, fixando os olhos no trânsito. – Olha só, será que dava para você dizer que nós só estamos trabalhando juntos, e que a nossa relação é estritamente profissional? – Sorriu. – Tá, obrigado.

Quando desligou, virou-se para mim:

– Ela disse que vai cuidar do assunto.

– E você acha que vai mesmo?

Ele me deu uma olhada, os óculos escuros escondendo seu olhar.

– É claro. Por que não haveria de cuidar?

Não quis responder a isso, mas, como tínhamos feito um pacto de honestidade, suspirei e disse:

– Porque acho que ela está interessada em você. Porque acho que ela *quer* que as pessoas associem vocês dois. Porque acho que cria uma publicidade mais forte para o single se vocês estiverem juntos. E porque acho que ela é muito boa em manipular a opinião pública para conseguir o que quer.

Kellan ficou em silêncio ao ouvir isso, o que me levou a pensar que, pelo menos em parte, concordava comigo. Depois de um longo momento, ele disse:

– E você acha que o que ela quer... sou eu?

Recostando a cabeça no banco, fechei os olhos. *Quem não quereria você?*

Para minha surpresa, Sienna realmente deu uma declaração pouco depois do telefonema de Kellan, explicando que no momento estava solteira e muito feliz, e que o homem em questão era *"apenas um grande amigo que está trabalhando num projeto comigo que os fãs vão amar!"*.

Se por um lado fizera o que Kellan pedira, por outro eu não tinha tanta certeza assim se a explicação ajudara ou não. Ninguém parecia acreditar que "grande amigo" queria mesmo dizer "grande amigo". E isso só serviu para aumentar o bochicho em torno do single. Eu já sabia que o primeiro álbum de Kellan seria excitante, mas não fazia ideia de que haveria tamanho auê em torno do lançamento, um clima alimentado pelos boatos e a especulação sobre a vida pessoal de Kellan e Sienna.

Jenny, Kate e Cheyenne ouviram minhas preocupações com simpatia. Minha irmã disse que eu não devia me preocupar com isso. Quando lhe perguntei se já vira a foto, ela respondeu:

— Aquela? Ah, sim, mais ou menos uma semana depois de voltar. — Suspirou. — Que pena que ele não se virou mais para a câmera. E os paparazzi deviam ter esperado para fazer uma foto deles saindo.

Relembrando que o Coisa 1 tinha enxotado todo mundo da calçada antes de sairmos do restaurante, perguntei, ríspida:

— Por que você não me contou no momento em que viu?

Anna soltou um longo suspiro.

— Porque sabia que você ia entrar em pânico, e também que aquela foto não significava nada.

— As pessoas estão associando os dois como casal, Anna. — Deitada na cama, eu olhava para o lustre acima da minha cabeça. — Eu não chamaria a isso de "nada".

— Pois eu chamaria. Que diferença faz para você o que o público pensa? Nós duas sabemos que ele não está com ela. Pois se eu estive lá o tempo inteiro que ela passou na casa, e posso afirmar que nada aconteceu entre eles! Isso não tem a menor importância, Kiera.

— Mas é meio estranho. — Vendo uma pétala de rosa no travesseiro de Kellan, eu a peguei, esfregando-a entre os dedos. Era de um tom de coral, colhida de um buquê novo que a empregada colocara no corredor na véspera. Kellan tinha ido dar uma corrida, e deixara a pétala na cama para mim, com as palavras *Volto logo*.

Anna suspirou novamente, mas num tom mais compreensivo.

— Só é estranho se você permitir que seja estranho. Não fique se torturando por causa de uma foto inofensiva. Quer dizer, o que poderia acontecer de pior?

Minha irmã tinha razão, é claro. Mas, mesmo assim, saber que o mundo inteiro torcia para que meu marido estivesse namorando outra mulher era uma coisa meio... deprimente.

Algumas semanas antes de o álbum ser lançado, os D-Bags foram convocados para fazer uma turnê promocional relâmpago. Estavam tocando nas maiores cidades de quase todos os estados do país. A agenda deles estava uma loucura. Era uma roda-viva ininterrupta de viagens de avião, entrevistas em estações de rádio e apresentações privadas. Houve ocasiões em que eles estavam agendados para se apresentar em três cidades diferentes num único dia. Eu ficava exausta só de olhar para o itinerário. Se conseguíssemos aguentar isso, tiraríamos o resto da turnê de letra.

Nossa primeira parada foi uma estação de rádio popular em Los Angeles. Não, não era apenas popular — era a estação número um da cidade, e iria tocar o single pela primeira vez, com os D-Bags no estúdio. Embora eu soubesse que o lançamento da música só iria jogar lenha na fogueira do suposto romance de Kellan e Sienna, mal podia esperar para ouvir a voz dele sendo divulgada pelas ondas de rádio. Era uma ideia tão irreal.

Sabendo que nossa vida se tornaria frenética muito em breve, Kellan e eu aproveitávamos cada momento de sossego. Ele me levou para conhecer a cidade, me mostrando alguns dos barzinhos onde ele e os D-Bags tinham tocado durante sua temporada lá. Eu bem podia imaginar Kellan recém-saído da escola fazendo as starlets de Hollywood babar no decote. Devia ter sido muito fácil para ele arranjar um monte de "encontros" lá.

Kellan me mostrou os pontos turísticos também – Disney, Seaworld, a Calçada da Fama –, mas meus melhores momentos foram passados à beira da piscina, na mansão da gravadora. Principalmente depois que todo mundo foi embora, e ficamos só nós dois. Numa manhã ensolarada em meados de agosto, alguns dias antes de começar a parte caótica da carreira de Kellan, estávamos curtindo um mergulho a dois na piscina. Eu me encostava à fria escada branca que conduzia à água azul-turquesa, observando as ondas minúsculas que minhas pernas provocavam enquanto as agitava de leve à minha frente. O cheiro de cloro e filtro solar enchiam meus sentidos, e, exceto por alguns pássaros cantando em uma árvore próxima, reinava o mais perfeito silêncio. Sabendo que essa paz não duraria, eu a aproveitava ao máximo.

Debaixo d'água, um vulto escuro se aproximou de mim. Mãos percorreram minhas pernas, imobilizando-as, enquanto o corpo submerso nadava pra cima do meu. Parando na minha cintura, Kellan tirou a cabeça da água e deu um sorrisinho com o canto da boca.

– Oi.

– Oi – murmurei, mordendo o lábio. Seu cabelo estava todo para trás, gotas d'água escorrendo pelo seu rosto. O sol cintilava nos seus olhos, clareando o azul-escuro. Ele estava divino, e, naquele momento, era todo meu.

Suspirando, sentei e passei os braços pelo seu pescoço, minhas pernas automaticamente rodeando sua cintura. Ele ficou de joelhos, me segurando entre os braços na água rasa. Se o contentamento pode ser sentido como algo físico, como o calor do sol ou uma brisa fresca num dia quente, então certamente eu o estava sentindo me envolver naquele momento ao deitar a cabeça no ombro dele e me deixar absorver por sua presença.

Quando Kellan se afastou para me olhar, a tranquilidade de sua expressão combinando com a minha, Griffin saiu da casa. Caminhou até a escada, cenho franzido, e coçou a cabeça, como se tentasse decifrar de que modo fazer algo. Então deu de ombros e bateu com os nós dos dedos na balaustrada que separava a escada.

Contendo o riso, Kellan deu uma olhada nele.

– Sim?

– Aquele cara da gravadora está aí. Quer falar com você.

Fiquei ao seu lado, e Kellan se levantou dentro d'água. Filetes escorreram pelas linhas e curvas do seu corpo. Gotas de umidade ficaram na sua trilha, colando-se à pele como se relutassem em deixá-lo. O que eu podia entender perfeitamente.

— Que cara? — perguntou Kellan.
Griffin deu de ombros, lançando um olhar indiscreto para mim.
— Sei lá. O bacana de terno.
Kellan ficou um pouco na minha frente.
— Nick? O vice-presidente da gravadora?
Griffin levantou os olhos para Kellan.
— Sei lá. Deve ser.
Kellan olhou para mim. A última vez que o vice-presidente da gravadora aparecera, fora para oferecer a Kellan uma oportunidade importante. Eu tinha a impressão de que, qualquer que fosse o objetivo de sua visita, devia ser algo igualmente importante. Mas, por algum motivo, isso me deixou extremamente decepcionada.

Secando-se depressa com uma toalha, Kellan vestiu às pressas uma camisa, e eu um shortinho. Teria preferido me encontrar com um poderoso daqueles totalmente vestida e seca, mas por ora o top do tanquíni e uma cabeleira molhada teriam que servir. Era melhor não deixar o homem que controlava o destino do meu marido esperando.

Griffin nos acompanhou até o andar de cima, onde nos encontráramos com Nick e Sienna da última vez. Quando eu ia seguir Kellan até o quarto, Griffin segurou meu braço. Na mesma hora fiquei tensa e olhei para seu rosto. Com os lábios franzidos, ele disse:

— Anna me falou que você não gosta de mim. Isso é verdade? Achei que estivesse tudo bem entre a gente.

Imaginando por que cargas d'água Griffin resolvera tocar nesse assunto naquele momento, tirei o braço com delicadeza.

— Está... tudo bem entre nós, sim. Claro. — *Fica longe do meu quarto, não toca em mim de novo e para de chifrar minha irmã, e nós nos daremos às mil maravilhas.*

Seus olhos claros endureceram, e ele afastou os cabelos para trás das orelhas.

— Isso é uma mentira deslavada. — Cruzou os braços sobre o peito. — Eu não durmo com você, por isso cago e ando para o que você pensa de mim, mas gostaria de saber por que me odeia, já que sempre fui muito legal com você.

Legal? É isso que ele sempre foi comigo? Me contendo para não revirar os olhos, olhei para trás de Griffin e vi Kellan trocando um aperto de mão com o "bacana de terno", Nick. Queria saber o que rolava lá dentro, não ter uma conversa inútil com Griffin. Como não respondi à pergunta, ele acrescentou:

— É porque eu disse que queria trepar? Eu estava brincando.

Meus olhos involuntariamente se estreitaram quando voltei a olhar para ele.

— Não, você não estava brincando. Você é vulgar, idiota e mais galinha do que Kellan jamais foi!

Griffin me deu um olhar de "tá legal!", que eu me obriguei a ignorar.

— Você representa tudo que eu odeio nos roqueiros. As festas, as mulheres, o sexo. Você é tudo que eu tenho medo de que Kellan se torne.

Griffin cutucou o meu ombro.

— Então seu problema não sou eu. Você tem medo do que Kell possa fazer pelas suas costas, e portanto seu problema é *você mesma*. — Espalmou as mãos. — Anna jamais me pediu para não comer outras mulheres. Nunca fomos exclusivos. Se ela não se importa com quem eu transo, por que você haveria de se importar? — Empinando o queixo, acrescentou: — E, para o seu governo, só trepei com cinco este ano, e com mais nenhuma depois que Anna me contou que tinha engravidado. Portanto, eu me importo com ela, sim. Acho que, foda-se, amo de verdade sua irmã.

Depois dessa, ele se virou e entrou no salão a passos duros, e só pude ficar olhando para ele, chocada. Será que eu acabara de levar uma lição de Griffin? Só podia ser um dos sinais do Apocalipse. Mas... ele não deixava de ter certa razão. Eu não gostava dele principalmente porque não queria que Kellan fosse como ele. E Kellan não era como ele. Os dois eram totalmente diferentes. Griffin era extremamente vulgar. Mas minha irmã também era, e eu a amava de paixão. Que droga. Agora eu teria que fazer um esforço para gostar de Griffin. E ele acabara de dizer que amava Anna. Isso deu um nó na minha cabeça.

Finalmente entrei na sala, pensando que nada que Nick dissesse poderia me chocar mais do que o que Griffin dissera. Kellan estava sentado num dos sofás diante de Nick. Evan e Matt estavam perto dele, mas havia espaço para mim. Me sentindo como se atrapalhasse a conversa, passei por Matt e Evan para sentar ao lado de Kellan. Griffin se jogou numa poltrona à nossa frente.

Nick parou de jogar conversa fora, esperando que eu me acomodasse ao lado de Kellan. Meu rosto pegou fogo quando vi o cara louro de olhos azuis começar a bater com o polegar na perna cruzada. Embora devesse fazer uns trinta graus, Nick estava de terno e gravata. E caros, ainda por cima — Armani, provavelmente. A gravata era vermelha, uma cor imponente. Ele parecia bastante jovem para ser um vice-presidente, no máximo uns trinta e poucos anos, por isso imaginei que devia ser um cara confiante e motivado, que estava habituado a conseguir o que queria.

Quando eu já estava sentada, Nick me deu um breve sorriso. Seus olhos calculistas observaram minha aparência, e ele disse:

— Fazendo bom uso das instalações da casa, pelo que vejo. — Seus olhos passaram para Kellan. — Isso é bom. Vocês precisam descansar bastante agora para poderem aguentar o rojão do lançamento.

Kellan olhou para mim e assentiu. Antes que qualquer um no salão pudesse perguntar o que Nick queria, ele mesmo anunciou:

— Tenho uma boa notícia. Aliás, uma excelente notícia. — Inclinando-se para a frente, entrelaçou os dedos. Notei que não usava aliança de casado. — Diedrich Kraus acabou de concordar em fazer o vídeo de *Regretfully*. — Como ninguém dissesse nada, Nick sorriu. — Vocês não fazem a menor ideia de quem ele é, fazem?

— Desculpe, mas não — respondeu Kellan.

Ele ignorou as desculpas de Kellan com um gesto.

— Diedrich Kraus é o gênio por trás de alguns dos maiores videoclipes dos nossos tempos. Ele é exclusivo. Difícil de conseguir. Nós lhe mandamos uma demo da música, e ele quer dirigir o clipe. — Bateu as mãos. — Na verdade, ele faz questão absoluta de dirigir. Isso é uma sorte do caralho.

Pisquei ao ouvir uma pessoa de tão alto nível usando um palavrão desses, mas Nick logo continuou a falar, apontando para Kellan:

— Diedrich tem dois dias disponíveis no fim do mês, Sienna tem um intervalo minúsculo na sua agenda, e nós vamos dar um jeito de encaixar a gravação durante a turnê promocional. — Elevou as mãos para o céu. — Os astros só podem ter se alinhado para uma coisa dessas acontecer.

Kellan ficou boquiaberto, olhando para os companheiros de banda.

— Nós vamos fazer um videoclipe? — Olhou novamente para Nick. — As pessoas ainda assistem a esses troços?

Os lábios do executivo se franziram ligeiramente de desagrado antes de ele voltar a relaxá-los.

— Assistem. — Seu sorriso aumentando, ele se inclinou tanto para a frente que achei que poderia cair do sofá. — E vamos ter uma oportunidade de provocar um verdadeiro maremoto.

A perplexidade se estampou no rosto de Kellan.

— Não faço a menor ideia do que isso signifique.

Nick balançou a cabeça.

— Significa que nós vamos causar furor com esse vídeo. Desde que o público viu aquela foto de você com Sienna, não se fala em outra coisa. Todo mundo está curioso para saber quem é o novo namorado de Sienna.

— Eu não sou namorado dela — exclamou Kellan.

Nick o ignorou:

— Vamos jogar ainda mais lenha na fogueira Kellan-Sienna, e surfar essa onda direto para o topo das paradas.

Senti um abatimento enorme ao ver a expressão ávida no rosto de Nick. Não sabia ao certo o que ele queria dizer com isso, mas tinha certeza de que não ia gostar. Com a postura irradiando cautela, Kellan perguntou:

— Como assim?

Com uma expressão entusiasmada, Nick espalmou os dedos:

— Nós vamos investir no lado romântico da música, fazer um vídeo supersensual. Corpos nus, beijos profundos, gemidos, até onde pudermos ir. — Piscando para Kellan, acrescentou: — Qualquer um que assistir vai precisar tomar um banho gelado. As fofocas em torno de você e Sienna vão pegar fogo.

Minha vontade era levantar e dizer àquele sujeito ganancioso e astuto que Kellan não faria nada disso, mas, sabendo que não me cabia dizer nada naquele momento, apenas trinquei os dentes. Kellan fez o oposto, seu queixo despencando.

— A música é sobre separação — disparou, perplexo.

Nick assentiu, pousando o queixo sobre os dedos unidos.

— Sim, e que grande separação não começou com um romance tórrido?

A sala ficou em silêncio por um momento. Evan e Matt estavam olhando para mim, fazendo meu rosto arder. Griffin sorria de orelha a orelha. Não tive certeza se estava feliz porque iria filmar um videoclipe ou porque veria Kellan filmar uma cena com Sienna que o faria precisar "tomar um banho gelado". Provavelmente, um pouco dos dois.

Finalmente, Kellan disse a Nick:

— Sou casado. Não posso fazer isso.

Griffin se ofereceu na mesma hora:

— Eu posso!

Ignorando o rompante de Griffin, Nick cravou um olhar duro em Kellan. A expressão no seu rosto fez meus braços se arrepiarem. Sem sombra de dúvida, era um homem que estava habituado a conseguir o que queria.

— Não estou pedindo a você para ter um caso com ela. Essa parte fica inteiramente a seu critério. — Deu um sorrisinho e um breve olhar para mim. Quando fumeguei de raiva, seus olhos voltaram para os de Kellan. — Estou só pedindo a você que filme um vídeo *ficcional* com ela para uma música que vocês já gravaram, uma música, diga-se de passagem, cujos direitos nos pertencem. — Apontou para Kellan com os dedos entrelaçados, e um sorriso glacial surgiu em seus lábios.

Recostando-se na poltrona, pousou as mãos nas coxas, como se fosse se levantar.

— Entreter as massas é parte do seu trabalho, e às vezes isso inclui representar. Se nós soubéssemos que você se mostraria... contrário... a essa ideia, não o teríamos contratado. — Levantando-se, franziu os olhos e ficou numa posição intimidante em relação a Kellan. — Tudo que estou pedindo é que você faça a merda do seu trabalho. E caso não tenha percebido... não estou realmente pedindo. — Sua voz era tão gelada que chegou a arrepiar os pelos na minha nuca e fez meu estômago pesar feito chumbo. Desviando os olhos de Kellan, Nick saiu do salão.

Fez-se um silêncio pesado depois de sua saída. Dava para ouvir uma mosca voando. Como seria de esperar, Griffin foi o primeiro a romper o silêncio com uma exclamação alta:

— Cara! Você vai trepar com Sienna Sexton num vídeo! *High five!* — Levantou a mão, parabenizando Kellan.

Ainda chocada com a reviravolta, não consegui comentar a declaração de Griffin. Kellan fuzilou o baixista com os olhos, mas logo percebeu que era inútil, e fixou-os no chão.

Ficou em silêncio por mais um momento, e então se levantou abruptamente. Olhando para a porta que Nick atravessara a passos largos, o rosto de Kellan endureceu.

— Isso é babaquice.

Saiu furioso do salão, roçando bruscamente as minhas pernas. Evan se levantou quando ele passou.

— Kellan?

Ele não respondeu. Com as mãos fechadas em punhos, desapareceu sem olhar para a banda. Todos nos levantamos, olhando na direção em que ele fora.

— O que ele vai fazer? — perguntou Matt. Ninguém sabia a resposta, e senti um arrepio de pavor. Sabia exatamente o que ele ia fazer — o que sempre fazia quando as coisas ficavam difíceis: fugir.

Fui atrás de Kellan, os D-Bags me seguindo. Ele não estava na escada, e pela primeira vez a vista deslumbrante não me impressionou. Nada me impressionava naquele momento, porque eu tinha certeza de que seria obrigada a fazer algo que *não* queria fazer: convencer Kellan a dar um amasso em outra mulher. Não, não apenas um amasso. Simular uma cena de sexo com ela. O que tornava tudo dez vezes pior.

Fui encontrá-lo no nosso quarto. O rosto furioso, ele enfiava camisas na mala. Minha mala vazia estava ao lado. Uma parte de mim queria começar a arrumar as coisas, concordando em silêncio com sua atitude. Seria uma escolha infinitamente mais fácil. Mas, em vez disso, enquanto Evan, Matt e Griffin entravam no quarto atrás de mim, perguntei:

— O que está fazendo?

Kellan olhou para mim, os olhos pegando fogo.

— Arruma suas coisas. Vamos para casa. Para mim, já chega.

Griffin na mesma hora exclamou:

— Que merda é essa, Kellan?

Evan pôs a mão no ombro de Kellan, tentando acalmá-lo; Kellan encolheu o ombro, repelindo o gesto. Matt argumentou em voz baixa:

— Nós assinamos um contrato, Kellan. Não podemos ir embora assim, sem mais nem menos.

Kellan olhou irritado para Matt, gritando:

— Então, eles que nos processem, porra! Eu não vou me prostituir por eles. Vou voltar para o Pete's. Vocês vêm comigo ou não? — Sabendo que tudo isso era, essencialmente, por minha causa, senti o coração palpitar no peito em um doloroso staccato.

Griffin olhava para ele, boquiaberto.

— Você é o cara mais cagão do...

Kellan deu dois passos ferozes em direção a Griffin, silenciando-o. Evan se interpôs entre eles, mãos nos ombros de Kellan. Matt pousou a sua no peito de Griffin, para impedir que avançasse. De repente havia tanta tensão no ar, que tive certeza de que nada de positivo poderia acontecer enquanto eles estivessem presentes. Kellan precisava ser acalmado, não confrontado. E, no momento, eu era a única que podia fazer isso. Detestava que o poder estivesse nas minhas mãos. Ainda mais porque voltar para o Pete's parecia uma ideia maravilhosa.

Mantendo os olhos fixos em Kellan, disse aos D-Bags:

— Será que eu podia ficar a sós com meu marido por um momento, por favor?

Os olhos de Kellan pularam para os meus, sua expressão ainda possessa. Evan se afastou de Kellan, apertando meu braço antes de sair. Matt arrastou Griffin do quarto, mas não sem que este antes gritasse:

— Vê se põe um pouco de juízo na porra da cabeça desse cara, Kiera! *Isso* sim é que é uma babaquice!

Quando ouvi a porta se fechar, dei um passo em direção a Kellan. Sem mais ninguém no quarto, a raiva e a frustração de Kellan se voltaram inteiramente contra mim. Mas eu já estava preparada para isso; não seria a primeira vez que Kellan soltaria os cachorros em mim.

— Vai me chamar de cagão também? Acha que eu deveria ir em frente e trepar com Sienna, só para provar um ponto de vista?

Estremeci um pouco, mas deixei que entrasse por um ouvido e saísse pelo outro. Sua raiva não era realmente dirigida a mim. Indo até ele, segurei suas mãos, que ainda se fechavam em punhos.

— Kellan... você não pode desistir logo agora.

Ele soltou uma das mãos e apontou para a porta.

— Você não estava na reunião? Não ouviu o que eles querem que eu faça?

Tornando a segurar sua mão, assenti.

— Ouvi, e acho que não tem problema. – Só de pronunciar essas palavras senti um aperto no estômago, mas tinham que ser ditas.

Kellan olhou para mim, pasmo.

— Você acha que... não tem problema? Como pode dizer que não tem problema eu simular sexo com alguém num vídeo?

Pressionei o corpo no seu, meus dedos subindo pelos seus braços e indo se entrelaçar atrás do seu pescoço. No começo ele continuou rígido, mas pouco a pouco foi relaxando enquanto eu o abraçava.

— Tá, tudo bem, talvez eu não tenha sabido me expressar. A ideia de vocês dois juntos me assusta um pouco, para ser franca. – O corpo de Kellan voltou a ficar tenso, e na mesma hora acrescentei: – Mas é um mal necessário.

Kellan balançou a cabeça, seus braços enlaçando minha cintura.

— Não, não é necessário. — Sua raiva começando a passar, ele encostou a testa na minha. — Eu não quero magoar você. E não vejo como esse vídeo poderia não magoar você.

Eu me afastei dele, dizendo:

— E eu não quero que você desista do seu sonho por minha causa. — Ele balançou a cabeça, desviando os olhos, mas segurei seu rosto. — Você está perto, muito perto. Basta esse pequeno sacrifício para dar o pontapé inicial na sua carreira, que também é a carreira dos outros D-Bags. E então, quando você tiver cumprido os termos do contrato e a sua banda for a mais cobiçada da indústria fonográfica, basta arranjar outra gravadora. *Isso* vai provar seu ponto de vista muito melhor do que... você sabe.

Kellan me deu um sorrisinho, e sorri ao ver seu humor voltando. Mas a seriedade no seu rosto também voltou, e ele soltou um longo suspiro. Não disse nada por longos segundos. Eu podia ver que sua cabeça dava voltas, refletindo, e lhe dei um momento para processar tudo que fora atirado em cima dele. Quando finalmente falou, sua voz saiu baixa:

— Não quero deixar os caras na mão, não mesmo, e entendo o que você está dizendo. Mas quando disse que não queria mais saber de outras mulheres, eu falei sério. Você é a única para mim. Não quero tocar em Sienna.

Alisando sua pele com o polegar, murmurei:

— Eu sei. E te amo muito por isso. Mas isso não tem que nos afetar, se não deixarmos. Você ainda é meu marido. Eu ainda sou sua mulher. Agir como se você se sentisse diferente diante das câmeras não muda nada disso. Certo?

Kellan assentiu devagar, e então suspirou.

— Nem mesmo sei se posso fazer uma cena de amor com outra mulher que não seja você.

Passando a mão por seus cabelos ainda escorridos para trás, disse, com voz rouca:

— É claro que pode. Basta fingir que sou eu. Não seria a primeira vez.

Dei um sorrisinho maroto para ele saber que eu estava brincando. Ele me deu um endiabrado em resposta. Mas seu rosto logo ficou sério.

— Você quer mesmo que eu faça isso?

Mordi o lábio. Eu queria? Não. Não queria que seu corpo chegasse nem perto do de Sienna. Mas queria que ele fizesse sucesso, e ir embora agora, por causa... *disso*... seria um preço alto demais para pagar. Por isso, balancei a cabeça.

— Quero, sim. — Kellan fechou os olhos, assentindo uma única vez. Dei um beijo leve nele, detestando que mais alguém fosse tocar naquela boca divina tão em breve. — E Kellan... — Seus olhos se entreabriram. — ... se isso vai mesmo acontecer, preciso estar lá. Preciso assistir.

Seus olhos se arregalaram.
— Não.
Assenti, beijando-o de novo.
— Eu preciso, Kellan.
— Por quê? — murmurou ele, os lábios colados aos meus. — Por que você iria querer assistir a isso, Kiera?

Porque sou uma masoquista.

— Porque vai ser muito pior na minha cabeça se eu não assistir.
— Kiera — pediu ele —, eu não quero isso, mas, se tenho que fazer, então quero você o mais longe possível disso. — Afastando meu ombro, abaixou a cabeça para me olhar nos olhos. — Não quero magoar você, e se nossos papéis se invertessem, não conseguiria suportar ver você com outro homem.

Dei um sorriso triste para ele, sussurrando:
— Você já viu.

A boca de Kellan se abriu, e a tristeza se estampou em suas feições. Doeu vê-lo tão amargurado.
— Eu te amo — disse a ele, levando os lábios aos seus.

Fazendo o possível para apagar sua tristeza, degustei seus lábios uma vez atrás da outra. Sua respiração por fim acelerou quando meus carinhos acenderam o fogo da sua paixão. Suas mãos se emaranharam entre os meus cabelos, segurando minha cabeça junto à sua. Sua língua passava pela minha, me provocando, e um gemido baixo rompeu o silêncio do nosso quarto. Um som erótico subiu pelo peito de Kellan, se misturando com meus suspiros. Minhas mãos impacientes subiam e desciam por baixo da sua camisa. Eu precisava que todas as barreiras entre nós deixassem de existir. *Agora.*

Kellan se afastou para ajudar meus dedos a tirar sua camisa, e então na mesma hora voltou a buscar meus lábios quando o tecido foi retirado. Percorri as linhas e vales que conhecia tão bem e adorava. Meus dedos encontraram o V profundo do seu abdômen, e puxei o cós do short úmido, querendo que também saísse. Kellan me ajudou a tirá-lo e, antes que eu me desse conta, ele estava totalmente nu diante de mim, e nem um pouco envergonhado por isso.

Seus olhos estavam entrecerrados enquanto os meus percorriam seu corpo. Ele era meu, de corpo e alma. Sienna podia até viver um breve momento com ele — uma amostra minúscula —, mas jamais teria esse homem deslumbrante em toda a sua magnitude. Quase senti pena dela. Quase.

Com o fôlego rápido, passei os braços pelo seu pescoço e o puxei para a cama. Assim que minhas costas tocaram no colchão, ele começou a tirar minhas roupas. O short úmido foi fazer companhia ao seu no chão, e logo em seguida a calcinha do tanquíni. Suas mãos deslizaram pelos lados do meu corpo, levando o sutiã, e eu gemi ao sentir o peito livre. Sua boca rodeou um mamilo, e eu me deliciei com a carícia que sabia que ele não poderia filmar com ela. Não num videoclipe proibido para menores de 13 anos.

Também se deliciando com o que era dele e só dele, Kellan empurrou minha perna para o seu quadril, e na mesma hora afundou dentro de mim. Apertei-o com força, gemendo *Assim* muito mais alto do que devia.

Kellan aspirou por entre os dentes.

— Meu Deus, Kiera... — murmurou, antes de começar a se mover.

Talvez fosse por efeito das emoções altamente turbulentas que tínhamos experimentado, mas cada célula no meu corpo se sentia energizada, viva, pulsando. E eu não me segurei nem um pouco enquanto Kellan e eu nos balançávamos juntos. Isso era nosso, e Sienna jamais participaria. E embora ela não estivesse nem perto de nós, extravasei meu prazer como se ela pudesse ouvi-lo.

Kellan fez o mesmo. E não demoramos muito a nos aproximar do clímax, nossos corpos estremecendo, ligeiramente úmidos do esforço. Quando o clímax irrompeu pelo meu corpo, passei as unhas pelas costas de Kellan. Não com força bastante para tirar sangue, mas o suficiente para ele sentir por algum tempo — meu pequeno lembrete de quem éramos e o que passáramos. Kellan enterrou a cabeça no meu ombro. Gritou quando seu corpo ficou tenso, e então gozou. Gemi ao senti-lo, ouvi-lo, me unificar com ele.

Não, Sienna jamais teria isso. Sua pálida imitação desse momento não chegaria nem perto.

Com a respiração pesada, Kellan se deitou ao meu lado. Beijei seu rosto, e ele sorriu, os olhos ainda fechados. Fiquei olhando para ele enquanto se recuperava, hipnotizada por ele. Seu sorriso jamais abandonava o rosto, mas sua respiração aos poucos se normalizou. Quando seu rosto relaxou e a respiração ficou mais leve, percebi que o relaxara a ponto de dormir. Isso me provocou uma estranha sensação de euforia. Mas então comecei a pensar na quarta-feira, e minha realização perdeu todo o brilho. Talvez Sienna não fosse ter *esse* momento com ele, mas será que eu não estava mexendo num ninho de marimbondos ao dar a eles um gostinho um do outro? Será que não estava cometendo um erro monumental ao permitir que isso acontecesse?

Levantando de fininho da cama, ajeitei o edredom ao redor de Kellan. Depois de vestir roupas limpas, peguei seu celular na mesa de cabeceira e em silêncio deixei meu marido adormecido. Quando voltei para o salão, pensei que encontraria os outros D-Bags esperando para ouvir o que Kellan tinha a dizer. Mas então relembrei os últimos momentos e compreendi que Kellan e eu tínhamos feito o maior barulho, e provavelmente eles já sabiam que eu conseguira fazer com que ele mudasse de ideia. Meu rosto ficou vermelho, mas ignorei a vergonha. Pelo menos, ninguém nos tinha flagrado dessa vez.

Griffin saiu do banheiro coletivo quando eu me dirigia ao deque. Fiquei paralisada ao vê-lo, imaginando que comentário obsceno iria fazer. Com uma expressão de orgulho no rosto, ele apontou para a porta fechada do meu quarto.

— Você é craque em chave de boceta, hein? — Levantou o punho, comemorando. — Legal.

Meu primeiro impulso foi debochar dele com um sorrisinho, chamá-lo de porco, e me afastar a passos duros, morta de vergonha. Mas eu prometera a mim mesma fazer um esforço para tratá-lo bem, por isso dei de ombros e me obriguei a falar com ele.

— Eu consegui fazer com que ele mudasse de ideia em relação ao vídeo, mas... agora estou com medo de ter cometido um erro.

Griffin passou a mão pelos cabelos, e eu me dei conta de que essa era a primeira conversa que tinha com ele. Era estranho, e eu não fazia ideia do que ele diria, ou se eu acharia ofensivo ou não.

Ele bufou, desprezando a ideia.

— Que nada, nem esquente com isso. Vocês não têm uma relação aberta, de modo que ele não vai fazer nada com ela. — Piscou para mim, e por incrível que pareça achei isso confortante, não nojento. — Kell sabe a quem o pau dele deve prestar reverência.

Me sentindo estranhamente confortada por essa expressão absurda, murmurei:

— Obrigada.

Griffin riu, saindo da sala.

— Às ordens, Kiera.

Balançando a cabeça, comecei a me perguntar se entrara em alguma espécie de mundo invertido, em que eu incentivava Kellan a dar um amasso em outra mulher e achava uma opinião de Griffin confortante. O que mais iria acontecer? Anna e Denny começarem a namorar, se casarem e criarem o filho de Griffin como se fosse dos dois? Isso me fez rir enquanto ia para o deque. Não, nem em mil anos aqueles dois ficariam juntos. Anna comeria Denny vivo.

Com as mãos suadas, comecei a andar de um lado para o outro perto da grade. Podia ver Matt e Evan perto do fim da piscina, os dois batendo papo nos celulares, na certa com Rachel e Jenny. Deviam estar dando a elas a boa notícia do novo videoclipe com Sienna Sexton. Gemendo por dentro, acessei a lista de contatos de Kellan e fui abaixando a página até encontrar o número de Sienna. Kellan era meu, e eu não ia cruzar os braços e deixar outra mulher roubá-lo de mim.

Ela atendeu quase imediatamente.

— Kellan, que surpresa maravilhosa. O que posso fazer por você, meu amor?

Fiquei irritada ao ouvir o termo carinhoso, mas tentei não dar muita importância a isso. Ela chamava todo mundo de "meu amor".

— Hum, é a Kiera. Estou ligando do celular de Kellan.

— Ah, sim, o que posso fazer por você, Kiera? — Senti um toque de decepção na sua voz, mas ela o disfarçou bem com uma simpatia esfuziante.

— Eu só queria avisar que consegui convencer Kellan a fazer o clipe com você — expliquei.

Dessa vez, ela não conseguiu esconder a decepção.

— Ele não queria fazer o clipe?

Suspirei, detestando ter que aplacar ambos os lados.

— Ele não gostou do tipo de trabalho que o diretor queria fazer, filmando uma cena de amor com você. Mas eu disse a ele... que não tinha problema.

— Ele teve que pedir sua permissão? Que... estranho. — Seu divertimento era evidente. Sienna Sexton não devia pedir permissão a ninguém para nada.

Hesitei, não querendo defender os atos de Kellan. E nem era essa a razão de ser do meu telefonema.

— Bem, o que importa é que ele concordou em fazer o vídeo. Mas eu só queria saber... — Respirei fundo. *Seja o que Deus quiser.* — Será que eu cometi um erro ao incentivá-lo a filmar uma cena íntima com você? Você está habituada a conseguir o que quer. De mulher para mulher, seja honesta comigo... você quer meu marido?

Sienna ficou em silêncio por um longo tempo. Meu estômago deu um nó tão apertado que achei que jamais se desfaria enquanto esperava que ela dissesse sim. Quando fez isso, não foi nenhuma surpresa.

— Quero, sim... mas não do jeito que você pensa. — Pisquei. Isso me surpreendeu *muito*. Podem me chamar de ingênua, mas que outro jeito havia?

Antes que eu pudesse perguntar, Sienna continuou:

— Minha carreira chegou a um... ponto morto. Preciso de Kellan para impulsioná-la. Só aparecer nos tabloides com ele durante esse breve espaço de tempo já fez maravilhas por mim. Já tive várias ofertas de colaboração de outros músicos, e ainda ontem recebi um roteiro de cinema. — Enquanto eu refletia sobre suas palavras, ela acrescentou: — Portanto, eu o quero, sim... desesperadamente... mas só por causa da publicidade.

— Ah — murmurei.

— Precisava de mais alguma coisa de mim, meu amor?

Com a cabeça ainda girando, respondi:

— Não... era só isso. Obrigada por sua honestidade.

— Não há de quê. Tchauzinho! — Desligou, e fiquei olhando para o celular de Kellan por longos segundos. Eu acreditava nela? Podia confiar nela? Só o tempo diria.

Capítulo 11
A LOUCURA COMEÇA

Havia uma vibração no ar na véspera do lançamento do single que amenizou os escrúpulos de Kellan em relação a fazer uma cena erótica com outra mulher. Era uma sensação concreta, que deu uma injeção de adrenalina na banda. Como crianças esperando pela manhã de Natal, estavam todos eufóricos, excitados, inquietos. Como sempre, resolveram gastar o excesso de energia encarnando em Griffin. Enquanto eu trabalhava febrilmente no meu livro, os D-Bags jogavam Halo. Sem que isso chegasse a ser combinado, Griffin acabou se tornando o "alvo" de todo mundo. Rolaram muitos palavrões enquanto ele ia pouco a pouco perdendo a calma.

– Porra, para de me matar, Matt!

Olhos colados na tela, o guitarrista louro fazia o possível para não rir.

– Desculpe, não tive a menor intenção.

– Cacete, Evan! Você acertou na minha cara!

Evan também tentava não rir.

– Opa, foi mal.

– Kellan, pelo amor de Deus! Vê se aprende a atirar direito!

Kellan não conseguia esconder tão bem a vontade de rir, e os companheiros de banda acabaram caindo na gargalhada. Griffin atirou o controle no chão.

– Vão se foder!

Saiu a passos duros do salão, levando a banda a rir mais ainda. Mas pararam quando Griffin reapareceu um minuto depois com duas pistolas d'água.

– Morram, seus putos! – berrou, antes de começar a molhar nós quatro.

Dei um grito, cobrindo o notebook o melhor que podia. Os D-Bags soltaram exclamações de surpresa e saíram correndo, cada um para um canto. Griffin soltou uma gargalhada diabólica, e então saiu atrás de Matt, que desabalava pelas escadas abaixo.

Evan saiu do seu quarto, com balões de água na mão. Pelo menos, esperei que fossem de água dessa vez. Começou a perseguir Griffin, soltando um feroz grito de batalha enquanto corria. Rindo, Kellan seguia atrás dele, ansioso para participar do ataque. Balancei a cabeça, ouvindo o caos. *Homens*.

Seguiram-se gritos, pancadas, palavrões e, lá para as tantas, Griffin exclamou em voz alta:

— Mangueira não vale, Kellan!

Quando finalmente reapareceram, quarenta e cinco minutos depois, os quatro estavam ensopados. Colocando o notebook na mesa ao meu lado, cruzei os braços, murmurando:

— Se acham que vou limpar a sujeirada que fizeram lá embaixo, podem tirar o cavalinho da chuva.

Sorrindo, Kellan balançou a cabeça. Gotas d'água escorriam dos seus cabelos e do short.

— Não se preocupe, a diarista vem aí amanhã.

Com essa, virou o corpo, mostrando o balde que escondia. Só tive tempo de dizer *Não se atreva!*, antes de ele atirar o conteúdo em cima de mim, me encharcando de água gelada.

Gritando, levantei do sofá.

— Você está morto, Kellan Kyle!

Griffin franziu os lábios quando passei por ele em direção ao meu marido, prestes a me tornar uma viúva.

— Ah, ela chama pra briga quando está zangada. Isso é sexy!

Desnecessário dizer que ficamos acordados até tarde demais, considerando que eles tinham uma entrevista numa emissora de rádio bem cedo no dia seguinte. E logo depois da entrevista, tomaríamos um avião, dando início à primeira parte da caótica turnê promocional dos D-Bags. *Pronta ou não, que a loucura comece.*

Quando descemos a escada tranquilamente pela manhã, carregando as malas, Nick já estava à nossa espera. Arqueando uma sobrancelha, perguntou:

— Todos prontos?

Kellan assentiu, bocejando. Achando seu bocejo contagioso, bocejei também. Nick sorriu para nós, e então indicou uma mulher à sua direita. Era uma loura alta e longilínea, usando roupas de grife tão caras quanto as dele. Sua expressão era fechada, fria, impassível, nada adequada a uma apresentação.

— Essa é Tory. Ela vai ser sua RP durante as entrevistas com a mídia.

Tory estendeu a mão para Kellan.

— Prazer em conhecê-lo oficialmente. Nick me falou muito bem de você – disse. Seu rosto continuou inexpressivo, mas seus olhos percorreram o corpo dele.

Kellan apertou a mão de Tory, perguntando a Nick:

— Uma RP?

Tory respondeu à pergunta implícita sobre o que fazia uma relações-públicas e por que ele precisava de uma.

— Fui eu que marquei todas as entrevistas. Vou acompanhar você em cada uma, avisando aos locutores que perguntas não podem ser feitas. Também vou encerrar a entrevista se achar que não estão respeitando a vontade da gravadora.

Kellan franziu o cenho.

— A vontade da gravadora, não a minha?

Tory abriu um sorriso.

— Nick pediu que você não fale sobre a sua vida pessoal. — Seus olhos azuis de aço passaram para os meus, e a insinuação foi claríssima: *Não mencione que é casado.*

Kellan virou a cabeça bruscamente para Nick.

— Você não quer que eu fale sobre a minha mulher? Então, quando eles perguntarem o que está rolando entre mim e Sienna, devo dizer que...? — Levantou as mãos para enfatizar a pergunta.

Nick lhe deu um sorriso plácido.

— Basta dizer "sem comentários", e deixar que eles pensem o que quiserem.

Kellan abaixou as mãos.

— "Sem comentários"? Isso seria o mesmo que dizer a eles que eu transo com Sienna Sexton diariamente.

Nick deu de ombros.

— Não estou pedindo a você para mentir, apenas para não responder, não divulgar qualquer... informação desnecessária. — Arqueou a sobrancelha, desafiador. — Acha que pode fazer isso?

Os D-Bags lançaram olhares cautelosos para Kellan, e eu segurei sua mão. Se Kellan não negasse os boatos que já começavam a se espalhar pela Internet, então estaria, em essência, confirmando-os. Já estava bastante chateado com o videoclipe picante que concordara em gravar com Sienna. Embora abster-se de falar da vida pessoal não se comparasse a enfiar a língua na boca de outra mulher, parecia uma coisa igualmente invasiva. Eu não sabia o que ele diria a Nick.

Nick também pareceu inseguro e acrescentou:

— Estamos esperando que o single chegue ao primeiro lugar das paradas. Quando seu álbum for lançado daqui a algumas semanas, não vou ficar surpreso se já estrear entre os 20 primeiros lugares. Tudo isso se deve, em grande parte, ao fato de que os fãs gostam da ideia de você e Sienna estarem juntos. Vocês se tornaram um casal aos olhos deles, e esse tipo de publicidade não tem preço. Quando seu vídeo chegar ao mercado, o auê em torno de vocês dois vai ser fora de série. E se nós não aproveitarmos isso, se não surfarmos essa onda até onde der, vamos perder o impulso e o seu álbum vai afundar para as últimas posições. É um mercado supersaturado, cheio de gente bonita e talentosa, como você. Quer começar sua carreira acima deles, ou abaixo... soterrado sob o peso do ostracismo e da obscuridade? – Com uma expressão presunçosa, deu de ombros, tentando aparentar indiferença. – A escolha é sua.

Embora parecesse não estar se importando, seu tom deixara claro que se importava. E também que a escolha não era absolutamente de Kellan. A escolha era dele, Nick, e já decidira o destino de Kellan.

Com o queixo contraído, Kellan não disse nada. Sem saber o que Kellan devia fazer, apertei mais sua mão, dando-lhe meu apoio silencioso.

De malas e bagagens, nos dirigimos até onde duas enormes caminhonetes pretas com vidros fumê aguardavam. Achei que eram meio chamativas, como se fôssemos espiões ou agentes do governo... da polícia federal. Se a companhia estivesse a fim de nos transportar com sutileza numa cidade como Los Angeles, teria feito melhor contratando uma limusine. Mas, se queriam que todo mundo se perguntasse quem eram os passageiros, acho que fora a escolha certa.

Um dos motoristas nos cumprimentou e abriu a porta de trás de uma das caminhonetes antes de se abaixar para pegar nossas malas. Kellan tentou ajudá-lo, mas o cara recusou sua oferta com educação. Nosso motorista vestia um terno impecável e, embora ainda fosse muito cedo, usava óculos escuros de aviador. Ele e o outro motorista guardaram as malas e os instrumentos no porta-malas, enquanto entrávamos. Griffin na mesma hora se jogou no banco da frente, enquanto Matt e Evan escolheram o banco do meio. Kellan e eu sentamos no terceiro banco; ficamos meio espremidos, mas confortáveis. O interior do veículo era luxuoso – controles digitais, couro marrom macio como seda, incrustações claras e escuras no painel, nos consoles e nas molduras das portas criando um padrão chamativo quando olhado como um todo. Tinha cheiro de carro novo, como se tivesse sido lavado recentemente. Mas, apesar do tamanho, o motor era macio.

Felizmente, Nick e Tory entraram na outra caminhonete a nossa frente. Quando toda a bagagem já estava no porta-malas, o motorista entrou e deu a partida. O veículo fervilhava de excitação, e não apenas por causa da entrevista na emissora de rádio – os rapazes estavam eufóricos por Nick ter dito que o álbum era capaz de estrear entre as 20 primeiras posições da parada.

Matt e Evan se viraram para Kellan.

– Acha que ele está certo? Que a gente vai estrear tão alto assim?

Kellan deu de ombros, o rosto impassível.

– Não sei... talvez – disse em voz baixa, virando a cabeça para olhar pela janela; embora sentasse bem ao meu lado, parecia estar a um milhão de quilômetros.

Da frente da caminhonete, Griffin gritou:

— É isso aí, a gente vai estrear entre as 20 primeiras! Direto para o topo, baby!

Matt e Evan se inclinaram para a frente, a fim de conversar com o companheiro de banda mais animado. Kellan suspirou, encostando a cabeça na vidraça. Preocupada, apoiei o queixo no seu ombro.

— Você está bem?

Levantando a cabeça, Kellan olhou para os amigos com ar melancólico.

— Gostaria de estar tão entusiasmado quanto eles. — Olhou para mim, o cenho franzido. — Eu me sinto como se os estivesse deixando na mão, porque não estou curtindo tudo isso como eles.

Segurei sua mão entre as minhas, encostando a aliança na dele.

— Sua situação é diferente. A gravadora está te pedindo para fazer coisas constrangedoras. Eles entendem. Quer dizer, Matt e Evan entendem. — Dei um sorrisinho para ele, esperando levantar seu astral.

O canto de seus lábios se levantou, mas então ele ficou sério. Abaixando-se para que nossas cabeças ficassem mais próximas, ele sussurrou:

— É tudo tão... fabricado. Não entendo por que estão fazendo todo esse bochicho ridículo em torno de um romance imaginário sórdido. Gostaria que o disco e a música fossem o suficiente. Se é para ficarmos famosos, quero que seja por termos talento, não porque as pessoas se sentem fascinadas pela... minha vida pessoal. — Franziu o cenho, como se a ideia de ser um deus do rock ideal e desejável fosse absurda, como se ainda não entendesse por que alguém haveria de querê-lo durante mais do que um breve momento de paixão. A ideia não era absurda. Ele *era* um namorado desejável, um homem desejável. Mas eu entendia seu ponto de vista.

— E *vai ser* por causa da música, Kellan. Você pode até estrear no topo por causa do seu status de celebridade, mas o álbum vai ficar lá porque os D-Bags são incríveis... uma das melhores bandas que já ouvi.

Kellan arqueou uma sobrancelha.

— Uma das...? — Revirei os olhos, e Kellan deu uma olhada nos outros D-Bags. — Eles estiveram do meu lado em tantos momentos da minha vida. — Voltou a me observar, os olhos tristes. — Foram a minha família quando eu não tinha... ninguém. Literalmente ninguém. E quando larguei tudo em Los Angeles para voltar para Seattle, eles abriram mão de tudo que tínhamos aqui para me seguirem, para ficarem ao meu lado. — Passou a mão pelo rosto. — Devo muito a eles.

Abaixando a mão, ficou olhando para o próprio colo.

— Nós já teríamos assinado com uma megagravadora há muito tempo se tivéssemos ficado em Los Angeles. Eu impedi que eles tivessem essa vida no passado. Não vou fazer isso de novo. — Suspirando, olhou para mim. — Devo a eles a chance de se tornarem famosos e de realmente fazerem sucesso nesse ramo. E Nick está certo em relação a uma coisa. É um mercado saturado, e Matt, Evan, Griffin... não têm nenhuma outra forma de sustento. É isso ou nada para eles, portanto...

Entendendo aonde ele queria chegar, murmurei:

— Portanto... sem comentários?

Kellan assentiu.

— Não quero que você se sinta ofendida, preocupada ou magoada. E eu não estou tendo um caso, nem interessado em ter um caso. Se tudo que tenho que fazer para causar... sensação... é filmar um videoclipe e ficar de boca fechada durante as entrevistas, então eu devo isso a eles.

Respirando fundo, considerei as implicações do silêncio de Kellan. O mundo inteiro pensaria que ele estava com Sienna. Haveria uma avalanche de fofocas sobre os dois, e provavelmente eu não poderia escapar delas. Seria bombardeada por mil histórias de encontros proibidos, casamentos secretos e boatos de gravidez. Mas seriam apenas boatos. E ele não chegaria nem perto dela. Ignorar a persona escandalosa de Kellan sem perder o homem amoroso que havia por trás dela parecia um acordo justo. Eu nunca quisera mesmo ficar sob os refletores.

— Eu entendo, e por mim, tudo bem.

Kellan piscou.

— Sério? Se alguém me perguntar se estou casado com Sienna — levantou nossas mãos entrelaçadas com as alianças para enfatizar o que dizia — e eu não disser nada, está tudo bem?

Balancei a cabeça.

— Ser uma celebridade não é mais tão simples como era no passado. Antes, se alguém tinha talento e o público gostava, a pessoa fazia sucesso. Agora, é mais uma questão de saber jogar com a opinião pública. Você não precisa só do talento, mas também da habilidade de manobrar a massa. Nick é bom no quesito manipulação, e você é melhor ainda no do talento. Deixe que ele faça a parte dele, faça a sua, e tenho certeza de que tudo vai dar certo.

Kellan abriu um sorriso para mim que finalmente pareceu satisfeito.

— Não sei se você é inteligente... ou ingênua demais.

Empinei o queixo.

— Fico com a alternativa número um. — Kellan riu, e uma ideia me ocorreu. — Ah... será que ainda vamos poder nos casar? Com uma cerimônia e tudo mais? — Mordi o lábio. — Porque minha mãe vai ter um aneurisma se eu tentar tirar o corpo fora.

Kellan deu um beijo no meu rosto.

— Nós ainda vamos nos casar, Kiera. Ele só me disse para não contar nada para o público. — Segurando meu rosto, sussurrou: — E eu pretendo dizer "aceito" só para você. — Abriu um sorriso. — E algumas centenas de parentes e amigos.

Gemendo, voltei a encostar minha cabeça no banco.

— Ah, meu Deus.

Kellan deu uma cutucada nas minhas costelas.

— Você vai ficar bem. Se eu posso fazer tudo isso, você certamente pode jurar seu amor, devoção e fanatismo eternos na frente de uma pequena multidão.

Eu me afastei, dando uma risada:

— *Fanatismo?*

Kellan sorriu com ar inocente.

— Por quê? Esse não é um dos votos?

Quando chegamos à estação de rádio, havia uma multidão de fãs esperando na calçada. Estavam sendo contidas por grossos cordões de isolamento aveludados, enquanto duas jovens universitárias usando crachás coloridos passeavam de um lado para o outro diante do cordão; provavelmente, eram funcionárias da rádio.

Ficamos olhando boquiabertos para a aglomeração, enquanto víamos a caminhonete de Nick estacionar e Terry sair. Um segundo homem desceu, e tirou duas guitarras do porta-malas; os D-Bags iriam tocar uma de suas músicas ao vivo depois que a rádio tocasse o single com Sienna.

— Essa gente toda está aqui por nossa causa? — murmurou Evan.

Como ninguém sabia, ninguém respondeu.

Quando nossa caminhonete parou e descemos, a multidão de garotas começou a gritar. Mesmo ainda estando dentro do carro, meus ouvidos doeram. Não podia acreditar que houvesse tanta gente na portaria de uma emissora àquela hora do dia só para poder dar uma olhada nos D-Bags. Quando Kellan saiu do carro, a gritaria anterior pareceu silenciosa em comparação. Meus ouvidos zumbiam quando desci na calçada.

Kellan estendeu a mão para mim, um pequeno ato de rebeldia, já que Nick não dissera nada sobre demonstrações de afeto em público, mas Tory o puxou antes que eu pudesse segurar sua mão. As portas da emissora se abriram ao mesmo tempo, e Sienna saiu, ladeada pelos dois guarda-costas. Não sabendo que ela estaria presente à entrevista, fiquei surpresa. Achei que devia ser por causa dela que a maioria daquelas pessoas estava ali. Ah não, ela não ia participar de toda a turnê promocional, ia?

Kellan também pareceu surpreso. Ainda mais quando Sienna passou os braços pelo seu pescoço e lhe deu dois beijinhos no rosto. Olhando ao redor, notei dezenas de celulares capturando cada momento do reencontro dos "pombinhos". A multidão de mulheres dava pulinhos eufóricos ao ver o deslumbrante casal em ação. Um pouco atrás da multidão, notei um homem com uma câmera sofisticada. Só podia ser um paparazzo ou repórter de alguma revista de fofocas; o cara exibia um sorriso satisfeito enquanto clicava foto após foto de Kellan e Sienna.

E Sienna, sempre consciente das circunstâncias, deu a ele a foto da capa. Afastando os longos cabelos escuros para que o rosto ficasse bem visível, inclinou-se e terminou de cumprimentar Kellan com um selinho nos lábios. Ele a empurrou e deu um passo para trás, mas o estrago já estava feito: tive certeza de que o fotógrafo capturara o momento. Quando Kellan fechou a cara, Sienna o puxou em direção ao prédio, para longe dos olhos do público.

Sentindo-me mais como uma assistente da banda relegada ao segundo plano do que a mulher do vocalista, corri atrás do grupo. Kellan se afastou de Sienna na recepção.

— O que foi isso? — perguntou a ela, ríspido.

Sienna deu um tapinha no rosto dele.

— Isso, meu amor, foi marketing. — Kellan franziu ainda mais o cenho, e os lábios carnudos de Sienna fizeram uma expressão contrariada. — Relaxa. Foi só uma fotozinha inofensiva para atiçar os fãs.

Kellan balançou a cabeça.

— Na boca, não. Ela pertence à minha mulher.

Sienna deu um risinho, e talvez tenha sido minha imaginação, mas seria capaz de jurar que estava pensando: *Não vai ser mais, quando você estiver rolando comigo na cama daqui a duas semanas.*

— Tudo bem. Como está a sua voz? Pronto para um showzinho acústico para promover o nosso single?

Isso me surpreendeu. Não sabia que eles tocariam a música do novo single aquela manhã. Pela expressão perplexa de Kellan, ele também não fora avisado. O combinado fora que os D-Bags tocariam uma das faixas do álbum depois que a emissora executasse a gravação oficial do dueto. Mas acho que Sienna decidiu que queria uma estreia mais tchan do dueto destinado a fazer sucesso.

Antes que Kellan pudesse responder, Sienna o rebocou. Kellan se virou para me olhar enquanto eu seguia atrás do *entourage*. Sorri para ele, carinhosa, para que soubesse que eu estava bem. Sienna e os guarda-costas praticamente o empurraram para o elevador, enquanto o restante da banda entrava em outro. Quando as portas se fecharam antes que eu pudesse entrar em qualquer um deles, suspirei, esperando por uma cabine vazia, ao lado de algumas estagiárias. Elas riram, e ouvi uma delas sussurrar: "Caraca, o namorado da Sienna é um tesão!"

Não vendo Tory por perto, informei a elas:

— Eles não estão namorando. — Nick não tinha dito que *eu* precisava ficar calada, embora estivesse implícito em cada olhar que me deu. Eu não queria queimar o filme de Kellan deixando vazar que éramos casados, por isso não disse mais nada, mas também não fez a menor diferença: as estagiárias só me olharam com ar irônico, deixando claro que não acreditavam em mim.

Quando finalmente cheguei ao andar do estúdio, Kellan e os amigos já estavam lá com Sienna, usando headphones e batendo papo com os locutores. Os instrumentos já tinham sido montados, e eu me sentei em silêncio num banquinho no canto, só assistindo.

Os D-Bags se apresentaram um a um. Depois de Kellan dizer seu nome, a locutora comentou:

– É mesmo uma pena que você seja tão feio, Kellan. Que bom que estamos numa estação de rádio, minhas amigas ouvintes, porque vocês morreriam de pena desse cara se dessem uma olhada nele. – Pelo sarcasmo que sua voz destilava, a mulherada em casa entendia que ela estava brincando.

Kellan sorriu, balançando a cabeça.

– Meu Deus... – gemeu a locutora –... você está me matando.

O locutor que trabalhava com ela estendeu o braço, como se tentasse contê-la.

– Calma lá, não vai levá-lo para o teste do sofá antes de eles terem uma chance de tocar!

A locutora soltou um suspiro exagerado.

– Vou tentar me segurar, mas você sabe como eu sou com os homens bonitos.

– A cidade inteira sabe – respondeu o locutor. Kellan e os amigos riram, e ele acrescentou: – Sienna Sexton também está aqui no estúdio, e, em nome dos ouvintes do sexo masculino, será que posso dizer... que você é muito gostosa?

Sienna abriu um sorriso, afastando os cabelos negros dos ombros.

– Ah, obrigada... que gentil – disse, com seu sotaque encantador.

Balançando o dedo entre Sienna e Kellan, a locutora perguntou:

– E aí, Sienna e Kellan, correm boatos de que vocês estão juntos?

Sienna e Kellan se entreolharam no mesmo instante. Kellan contraiu o queixo. Ela deu de ombros, respondendo:

– Bem, ele é ... gostoso demais. – Deu um olhar cúmplice para a locutora. – Eu teria que ser uma idiota para deixá-lo escapar, não é?

A locutora se inclinou para ela, como se as duas fossem grandes amigas.

– Isso é um sim?

Sienna deu um sorriso recatado, mas não respondeu. Provavelmente esperando por alguma coisa mais picante sobre a qual pudesse falar depois, a locutora perguntou a Kellan:

– Vamos lá, me dá um furo de reportagem, Kellan. Qual é o babado entre você e Sienna?

Parecendo extremamente constrangido, Kellan coçou a cabeça. Tory estava de pé ao meu lado, mas parecia uma víbora enrodilhada, prestes a dar o bote nos locutores se fizessem alguma pergunta inapropriada, ou em Kellan, se desse alguma resposta que a gravadora desaprovasse. Só sentir a energia represada da mulher ao meu lado bastou para me deixar uma pilha de nervos. Finalmente, Kellan murmurou:

– Ah... o nosso single está sendo lançado hoje... e o álbum vai sair em setembro.

Os dois locutores riram dessa tentativa ingênua de mudar de assunto, ambos exibindo sorrisos maliciosos. Senti uma pontada aguda nas entranhas, como se um Band-Aid tivesse sido arrancado da minha alma. Ele fizera mesmo isso. Esquivando-se da pergunta, Kellan acabara de confirmar sua relação com Sienna. Aonde isso ia dar, eu não sabia, mas sabia que aquele fora o começo. A resposta de Kellan riscara o fósforo, e só pude rezar para que o incêndio provocado fosse pequeno e fácil de controlar.

Kellan olhou para mim, como se me pedisse desculpas. Mantive o sorriso para encorajá-lo. Não importava o que o público pensasse. Nós dois sabíamos a verdade.

Os DJs passaram os minutos seguintes conversando com cada um dos D-Bags. Evan pareceu totalmente à vontade enquanto se derramava sobre Jenny. Matt pareceu detestar cada segundo da entrevista, e foi ainda mais reticente do que Kellan sobre sua vida pessoal. Griffin devorou as atenções que lhe deram como um cachorro faminto atacando um prato de ração. Anunciou sua "disponibilidade" para a cidade de Los Angeles inteira, caso alguém estivesse a fim de uma apresentação privê. Mas então mencionou que estava prestes a ter um filho com uma mulher. Não deu para saber se tinha falado sério sobre estar solteiro, ou apenas explorado a imagem de rock star. Fosse como fosse, fiquei surpresa por mencionar Anna e o filho dos dois que estava a caminho.

Em seguida, os D-Bags se prepararam para tocar. Griffin e Matt pegaram as guitarras acústicas, enquanto Evan sentou atrás de uma bateria compacta que fora trazida por um dos assistentes. Kellan ficou diante do microfone, parecendo à vontade e relaxado. Eu estaria suando em bicas se fosse ele, prestes a tocar para milhares de pessoas, talvez centenas de milhares, se o programa também estivesse sendo transmitido pela Internet. E fazer um show acústico era um desafio ainda maior: não havia o som potente da guitarra elétrica para esconder os erros. Mas Kellan era impecável, por isso tive certeza de que tiraria de letra.

Quando os locutores deram o sinal verde, Evan deu início à introdução. Griffin e Matt entraram em seguida, e Kellan alguns compassos depois. A primeira parte da música era suave, mas a voz macia de Kellan ainda enchia o pequeno estúdio. Quando a música passou para uma parte mais emocional, sua voz soou poderosa, imponente, e ainda assim extremamente comovente. Como eu já sabia que seria, Kellan foi perfeito. O que o público agora descobria sobre ele era algo que eu soubera desde o começo – Kellan era muito mais do que um rosto bonito. Ele tinha verdadeiro talento.

Igualmente talentosa, Sienna entrou quando sua parte chegou. Os dois cantores estavam de pé, lado a lado, cada um marcando o ritmo de leve com o corpo, mas quando a música se tornou uma batalha acalorada, os dois começaram a cantar de frente um para o outro. Não sei se por causa do momento, da música ou do olhar de desprezo de Kellan para Sienna, mas no fim fiquei toda arrepiada.

Tive vontade de aplaudir quando acabaram, mas os locutores, na mesma hora, começaram a elogiá-los, por isso fiquei na minha. Queria que o mundo ouvisse o sonzaço dos D-Bags. E parecia mesmo que o mundo estava ouvindo. Uma tela de computador na frente do locutor mostrava uma torrente ininterrupta de e-mails dos ouvintes. O feedback foi incrível. *Nossa! Mal posso acreditar que isso foi ao vivo! Quem são esses caras? Preciso comprar o álbum deles! Sienna estava ótima, mas Kellan... caramba! Se a beleza dele for metade do que a voz é, já sou capaz de cair durinha na frente do cara! Fã dos D-Bags para sempre!*

Não paravam de chover elogios. Todo mundo estava assombrado. Meu peito quase estourou. Estava tão orgulhosa dele!

Os D-Bags guardaram os instrumentos, e então se despediram. Kellan era todo sorrisos quando saímos do estúdio e me abraçou, rodopiando comigo enquanto os membros do nosso grupo passavam. Sienna nos olhou com uma expressão estranha, mas não disse nada. Ele me colocou no chão diante dos elevadores, no momento em que um chegava. Entrando depressa comigo na cabine, apertou o botão para fechar a porta antes que alguém mais pudesse entrar. Acenou para Sienna e Tory pela fresta entre as portas, e então se virou para mim.

Com um sorriso de menino no rosto, perguntou:

– Que tal?

Balancei a cabeça, imaginando se ele tinha consciência de que minha resposta a essa pergunta seria sempre a mesma. Passando os braços pelo seu pescoço enquanto o elevador que descia me dava um friozinho no estômago, disse a ele:

– Incrível! Perfeito! Maravilhoso! Eu poderia dizer um milhão de coisas.

Em resposta ele me imprensou contra a parede dos fundos, murmurou:

– Talvez mais tarde – e se inclinou para me beijar. Parou bem antes de nossos lábios se encontrarem. Acho que cheguei a soltar um gemido de aflição. Afastando-se, ele pareceu preocupado. – Sienna me beijou... minha vontade é lavar a boca com água sanitária antes de beijar você.

Sorrindo para ele, puxei sua boca para a minha.

– Acho que vou sobreviver.

Enquanto nossas bocas se moviam juntas, desejei em silêncio que estivéssemos no topo de algum arranha-céu. Enquanto a língua de Kellan acariciava a minha, seus quadris me empurrando contra a parede e seus dedos entrando sob a minha blusa para acariciar a curva das costas, soube que nenhum prédio do mundo teria sido alto o bastante.

Quando o elevador chegou, Kellan me soltou. Com um ar sem graça, sussurrou:

— Desculpe.

Ainda me sentindo meio atordoada com nosso momento quente, respondi com uma risada.

— Você não tem jamais que pedir desculpas por isso.

Kellan me empurrou por entre a pequena multidão que tentava entrar no elevador, balançando a cabeça.

— Não, eu me desculpei pelo que rolou na entrevista, por não ter falado sobre você. — Parando de caminhar, virou a cabeça para mim. — E eu queria muito fazer isso.

Segurando seu rosto entre as mãos, disse a ele com firmeza:

— Não faça isso. Não transforme este momento em um motivo para se sentir culpado. Eu já disse que entendo, e estava falando sério. Você tem que fazer o que tem que fazer no momento. — Com um largo sorriso, acrescentei: — E não viu a reação dos ouvintes? Eles te adoraram pelo que você é. Assim que o seu álbum sair, você vai poder fazer e dizer o que quiser, que não vai fazer diferença... porque eles vão adorar *você*... não você e Sienna.

Meus olhos fixos nele ficaram úmidos.

— Você acabou de fazer uma apresentação acústica em uma das maiores estações de rádio da cidade. Logo, logo o seu single vai estar tocando em todas as outras. Estou incrivelmente orgulhosa de você.

O sorriso de Kellan era radiante.

— Quer casar comigo? — sussurrou.

Ri da pergunta que ele sempre repetia. Antes que pudesse lhe dar uma resposta, o outro elevador chegou e Tory se aproximou, com os outros D-Bags. Enfiando-se entre nós dois, ela participou a Kellan que ele tinha mais entrevistas para dar e um avião para pegar, por isso não havia tempo a perder. Mas deu a ele alguns minutos para cumprimentar as fãs diante do prédio.

Kellan estava totalmente à vontade enquanto batia papo e distribuía autógrafos. Vendo-o conversar com as fãs, era fácil ver a sinceridade de seu carinho e gratidão por elas. Ele achava graça quando elas gritavam e riam, concordando em autografar tudo que empurravam para ele, e posou para retratos com tantas delas quantas teve tempo. Havia partes da profissão de que Kellan não gostava, mas se encontrar com as fãs não era uma delas.

Assim que Tory estalou os dedos e disse a ele que estava na hora de ir embora, uma limusine estacionou no meio-fio. Por um momento, achei que estava lá para nós, mas então Sienna saiu do prédio. As fãs foram ao delírio quando ela acenou e autografou alguns CDs a caminho do carro. Quando passou por Kellan, deu um beijo demorado no rosto dele.

— Te vejo depois — disse com voz sensual, alto o bastante para todo mundo ao redor ouvir.

Kellan só teve tempo de assentir antes de ela se afastar. Kellan olhou para mim, e dei de ombros. Pelo menos, ela não dera um selinho na sua boca de novo. Talvez fosse mesmo respeitar sua vontade.

Os dias seguintes foram uma roda-viva de viagens, fãs, entrevistas, apresentações acústicas e a onipresença de Tory, a Tirana. Não pude decidir se uma RP era útil ou uma chateação enorme. Aonde quer que fôssemos, lá estava a mulher nos nossos calcanhares, mantendo todo mundo na linha e focado. Lembrando alguns dos problemas que Matt costumava ter quando administrava o grupo sozinho, pude entender o quanto o emprego dela era difícil – só trazer Griffin rente no cabresto já era um osso –, mas ela também tinha um jeitinho antipático e venenoso que dava nos nervos de todo mundo.

E estava sempre interrompendo meus momentos de ternura com Kellan. Consciente ou inconscientemente, inventava mil maneiras de nos manter separados enquanto estávamos em público. Nossa segunda e curta demonstração de afeto na portaria da emissora de rádio em Los Angeles foi o último momento que tivemos durante algum tempo. Não conseguíamos nem sentar juntos nos aviões. Mas, apesar do caos, ainda encontrávamos tempo para apreciar um o outro. Kellan disse que tínhamos que fazer isso, ou nada valeria a pena. Concordei. Passávamos bilhetinhos românticos um para o outro, e Kellan me dava mensagens em pétalas de rosas quando Tory não estava olhando. Eu não sabia onde ele conseguia as pétalas – portarias de hotel, camelôs, camarins –, mas, sempre que me entregava uma, eu ganhava o dia. *Você é um tesão, Eu te amo, Eu te quero,* e o meu favorito, *Casa comigo.*

Não me surpreenderia nem um pouco se Nick tivesse instruído Tory a nos manter separados. Ele não queria que ninguém percebesse o fato de que Kellan e Sienna não estão juntos. E era nisso que o mundo inteiro acreditava piamente depois da entrevista na emissora de Los Angeles. Junto com a foto do selinho dos dois, o consenso era de que Kellan estava pegando a Sienna: os sites de fofocas fervilhavam com detalhes totalmente falsos do namoro tórrido dos dois.

O auê em torno deles era tamanho que eu quase podia sentir a vibração no ar aonde quer que fôssemos. Felizmente, Sienna se separou dos D-Bags em Los Angeles, de modo que não havia mais nada de concreto para jogar lenha na fogueira, mas Kellan ainda era indagado sobre ela em todas as entrevistas. Cada vez que o nome de Sienna era mencionado, ele se esquivava da pergunta o melhor que podia. Quando a turnê promocional já rolava havia uma semana, a pergunta "Estão ou Não Estão" já se tornara tão previsível, que Kellan e eu ríamos dela quando conseguíamos ficar a sós. Era tudo que podíamos fazer àquela altura. Surfar a onda para não tomar um caldo.

Na saída da última entrevista do dia, Kellan encostou a cabeça no apoio da caminhonete alugada em que viajávamos.

— Estou tão cansado — murmurou. Estávamos na metade da turnê, nos dirigindo para a costa leste.

Encostando a cabeça no seu ombro, soltei um resmungo, concordando. Ficar de um lado para o outro daquele jeito era mesmo exaustivo. Eu só queria um banho quente, um bom livro, e horas de sono... tudo com meu confortável Travesseiro Kellan, é claro.

Todos os outros no carro também estavam exaustos. Matt e Evan estavam atrás de nós, totalmente quietos, e Griffin ao lado do motorista, roncando, pelo que me pareceu. Olhos fechados, eu ouvia o rádio sem prestar muita atenção. Quando uma música familiar começou a tocar, comecei a cantar baixinho. Quando me dei conta do que estava cantando, meus olhos se abriram de estalo e olhei para Kellan, chocada. Ele olhou para mim com o cenho franzido.

— Que foi...?

Calou-se ao ouvir também. Era a voz *dele* saindo dos alto-falantes. Kellan se virou para o motorista, inclinando-se para a frente.

— Ei, amigo, será que dá para aumentar um pouco o volume?

O motorista girou o botão e a voz de Kellan encheu o carro. Abafei um gritinho com as mãos, dando pulinhos no assento. Matt e Evan levaram um susto no banco traseiro. Griffin deu um ronco, acordando, ao ouvir seu baixo tocando, e na mesma hora se juntou ao carnaval que fazíamos. Nem pude mais ouvir a música por causa dos risos e gritos do pessoal.

Tory tinha nos dito que a música dos D-Bags com Sienna estava sendo muito executada no país inteiro, mas tínhamos ficado tão ocupados voando de um lado para o outro, que ainda não a ouvíramos no rádio. Havia qualquer coisa de surrealista em ouvir a voz de Kellan saindo dos alto-falantes.

— Você está no rádio!

Com os olhos arregalados, ele balançou a cabeça.

— Eu sei! Como é que pode...?!

Passando os braços pelo seu pescoço, eu o apertei com tanta força quanto podia. Ele estava chegando lá. E eu não podia me sentir mais feliz. Em segundos, todos estavam pegando os celulares, para que as namoradas, parentes e amigos ouvissem o finzinho da música. Tive certeza de que quase todo mundo, menos nós, já ouvira a música no rádio antes – minha mãe, Jenny e Anna, pelo menos, tinham ouvido, porque me ligaram aos gritinhos depois –, mas essa era a primeira vez dos rapazes, e eles queriam compartilhá-la. Matt ligou para Rachel, Evan ligou para Jenny, e Griffin ligou para minha irmã. Kellan ligou para o pai, e eu... liguei para Denny.

— Oi, Kiera — atendeu ele, seu sotaque carinhoso. — Está em uma festa, ou algo assim?

Tapando um dos ouvidos para poder escutá-lo, gritei no celular:

— Dá para ouvir a música no rádio? — Estendi o celular para a frente do carro, e então o levei de volta ao ouvido. — É a música do Kellan! Ele está no rádio, cara!

Comecei a rir e consegui ouvir Denny respondendo:

— Ouvi, sim! Eles estão tocando sem parar por aqui.

Quando a música acabou, o motorista voltou a abaixar o rádio. As conversas nos celulares passaram para risos baixos e exclamações de assombro. Kellan apertava minha coxa enquanto falava com a família. Podia ver o brilho nos seus olhos, e imaginei seu pai lhe dizendo o quanto estava orgulhoso... e como essas palavras pareciam maravilhosas para Kellan, que jamais ouvira um pai dizê-las.

Agora que eu podia ouvir melhor, as palavras de Denny me chegaram em alto e bom tom:

— Eu vi as últimas fotos que andam circulando. Você, hum, está enfrentando bem a situação?

Imaginando se Denny sabia que a ideia do público sobre a relação de Kellan com Sienna era infundada, respondi:

— Eles não estão juntos, como você sabe. Os sites de fofocas estão errados.

Denny suspirou, e não tive dificuldade para imaginá-lo passando a mão pelos cabelos escuros e arrepiados.

— É, é o que Jenny diz também, mas, hum, ela... é minoria. Quase todas as pessoas com quem conversei acham que Kellan e Sienna estão tendo um caso. Lamento muito.

Franzi o cenho ao ouvir a notícia.

— Mas por que eu ainda estaria com ele, se ele estivesse com Sienna?

Denny hesitou, obviamente não querendo responder. Mas, por fim, disse:

— Kellan... está prestes a se tornar rico e famoso... uma celebridade. Eles acham que você só está aturando o caso dos dois por causa do status dele.

Dei um bufo.

— Eu não sou assim. Não dou a mínima para nada disso. Se o status desempenha algum papel, é o de tornar as coisas ainda mais difíceis!

— Eu sei, Kiera — disse ele para me apaziguar. — É por isso que eu não acredito nas fofocas. Porque conheço você, e sei que você não aceitaria que ele te traísse. — Quando eu já começava a me sentir culpada, ele acrescentou: — Somos muito parecidos sob esse aspecto.

Todos os outros já tinham encerrado suas conversas enquanto eu continuava lá, boquiaberta, sem saber o que devia dizer. No fim, simplesmente disse:

— É, eu sei. — Após um momento de silêncio, acrescentei: — Tenho que ir, te ligo mais tarde, OK?

— OK. Dê parabéns ao Kellan por mim.

— Pode deixar.

Kellan estava olhando para mim quando encerrei a ligação. Passando o braço pelos meus ombros, contou:

– Gavin ainda não tinha ouvido. – Soltou uma risada. – Acho que ficou tão entusiasmado quanto eu. Hailey também. – Enfiou o dedo no ouvido e o agitou, como se estivesse zumbindo.

Sorrindo, mostrei o celular para ele.

– Denny mandou te dar parabéns. Ele ouviu outro dia.

Kellan sorria de orelha a orelha, por isso não mencionei o resto da conversa que tivera com Denny. Contaria a ele mais tarde. Por ora, queria que ele curtisse esse momento ao sol. Ele merecia.

Capítulo 12
VIDEOSEXO

Na segunda semana da turnê promocional, voltamos a Los Angeles para que os D-bags filmassem o videoclipe de *Regretfully* com Sienna. Havia um clima de melancolia no ar quando Kellan e eu voltamos para nosso quarto na mansão da gravadora. E não era só por estarmos mortos de cansaço. Tínhamos andado tão ocupados promovendo o álbum que o vídeo nos saíra totalmente da cabeça, mas agora era só nele que conseguíamos pensar. E nenhum de nós estava animado. Kellan teria que fingir fazer amor com outra mulher. E eu teria que assistir, para que minha cabeça não fantasiasse algum filme pornô tórrido. Eu sempre tinha ouvido dizer que fazer cenas de amor era uma coisa totalmente asséptica e clínica. Esperava que fosse verdade.

Na manhã da filmagem, tentei aliviar a tensão acordando antes de Kellan e surpreendendo-o com uma sessão de sexo intensa, mas o motivo do ataque ficou óbvio para nós dois, e o momento íntimo se revestiu de uma leve camada de desespero.

Kellan ficou em silêncio durante o percurso até o estúdio. Os outros D-Bags eram pura adrenalina e falavam sem parar sobre como estavam empolgados por terem um vídeo oficial produzido. Eu estava dividida, tão excitada quanto morta de medo.

A limusine que Sienna contratara para nós nos levou direto a um estúdio de cinema. Enormes prédios se erguiam até onde a vista alcançava. Cada um tinha um número, e enquanto o motorista dirigia devagar pelo labirinto, não pude deixar de me perguntar que obras-primas estariam sendo filmadas ao meu redor. Só a ideia bastou para me fazer abrir um sorriso que fez Kellan rir baixinho. Isso me fez sorrir ainda mais; vê-lo achando graça de mim era muito melhor do que vê-lo mal-humorado.

Paramos diante de um prédio cuja numeração era B7. O motorista abriu a porta para nós e apontou para onde devíamos ir. Era desnecessário, já que Sienna estava parada diante da portaria, acenando com um sorriso tão radiante que poderia ter iluminado uma cidade inteira. Usando uma regata branca e um jeans justinho que só podia ter sido moldado no seu corpo, estava impecável. Será que já chegara com essa aparência, ou passara pelas mãos do cabeleireiro e do maquiador?

Seus longos cabelos negros reluziram ao sol quando ela se aproximou de nós. Abraçando Kellan, cumprimentou-o com dois beijinhos.

– Que bom ver vocês todos novamente – disse, a voz doce.

Estendendo a mão para mim, Kellan respondeu com um cumprimento de cabeça educado. Sem se importar nem um pouco com o fato de Kellan e eu estarmos de mãos dadas, Sienna passou o braço pelo dele e começou a levá-lo para o prédio. Havia gente de headphones por toda parte, numa atividade tão intensa que na mesma hora me senti deslocada por não estar fazendo nada. Eu me sentia como se devesse me ocupar com alguma coisa, só não sabia o quê.

Enquanto os rapazes olhavam assombrados para a produção diante deles, Sienna começou a nos mostrar o lugar. Havia uma infinidade de sets no estúdio, mas só usaríamos dois. Um dos sets estava decorado como um palco. Esse me encheu de alegria e conforto – poucas coisas no mundo eram mais naturais do que Kellan num palco. O cenário preparado seria usado para filmar a banda toda. Suas cenas seriam flashes inseridos na parte principal do vídeo. E essa parte girava em torno do segundo set – um amplo salão com uma cama imensa em posição de destaque. Ver aquele set fez com que meu estômago revirasse.

Com um olhar preocupado, Kellan apertou minha mão com mais força. Quando Sienna sentou na cama, rindo, com ar sensual, comecei a ter minhas dúvidas se seria capaz de assistir à filmagem. Só vê-la sentada naquele colchão já me deu vontade de vomitar. Mas não era real, e eu podia enfrentar a situação. Já enfrentara outras muito piores.

Quando Kellan estava prestes a me dizer algo, alguém se aproximou às nossas costas. Usando o terno impecável que era sua marca registrada, Nick entrou a passos largos no set ao lado de um homem com um cabelo louro mais comprido que o de Anna, preso num rabo de cavalo bem-feito que quase chegava ao seu traseiro. Nick deu um sorrisinho hipócrita para Sienna, abrindo os braços:

– Sienna, baby, você está fantástica!

Ela se derreteu toda ao ouvir o elogio, levantando da cama para vir cumprimentá-lo com um beijinho no rosto.

– Você também, Nicholas.

Passando o braço pelo ombro do seu rock star prodígio, Nick se virou para Kellan:

– Bom te ver, Kellan. – Arqueou uma sobrancelha; o olhar era de triunfo, como se soubesse desde o começo que Kellan acabaria concordando em fazer o vídeo.

Com o queixo contraído, Kellan assentiu. Ignorando a raiva no olhar de Kellan, Nick indicou o Sr. Rabo de Cavalo.

— Pessoal, esse é Diedrich Kraus, gênio visionário. — Indicou os D-Bags. — Diedrich, esses são Kellan, Matt, Evan e Griffin. — Deu um apertãozinho na cintura da diva. — E você já conhece Sienna.

Tentando ignorar o fato de ter sido totalmente desprezada durante as apresentações, fiquei vendo Diedrich sorrir para Sienna, e então se dirigir a Kellan. Estendendo a mão, ele falou com um sotaque forte que não pude identificar. Sueco, talvez?

— É muito excelente conhecer vocês. — Apertando as mãos de Kellan entre as suas, exclamou: — A câmera vai te amar! Você e a Srta. Sexton vão incendiar o equipamento do estúdio.

Estava rindo consigo mesmo quando um cara com uma prancheta se aproximou do grupo e anunciou que todos precisavam ir fazer a prova de figurino, para depois passar pelo cabeleireiro e o maquiador. Sienna saiu rebolando em uma direção, os D-Bags em outra. Kellan deu um beijo no meu rosto, dizendo que voltaria em um minuto. Não pude deixar de me perguntar no que consistiria seu figurino. Torci para que pelo menos continuasse de cueca.

Enquanto me perguntava o que fazer, Diedrich foi chamado por alguém, e só Nick e eu continuamos lá. Com seus duros olhos azuis, ele se virou para mim e perguntou:

— Pretende criar problemas?

Empinando o queixo, tentei soar o mais confiante possível. Foi um desafio, mas consegui dizer *Não* com firmeza.

— Ótimo. — Nick deu um sorriso de canto de boca. — Porque vou mandar os seguranças te arrastarem para fora, se interferir na filmagem. — Inclinando-se para mim, sussurrou: — E também posso te despachar de volta para Seattle, se for preciso. É só um lembrete para você ter em mente, caso ache tudo isso... de mau gosto. — De repente, bateu as mãos, com o ar totalmente despreocupado. — Agora, mãos à obra!

Precisando de uma válvula de escape para a tensão nervosa, caminhei até uma mesa cheia de petiscos. Estava me empanturrando de cenouras, quando Griffin entrou no estúdio. Estava totalmente vestido — black jeans apertado, camisa cinza justa, jaqueta de couro preta larga e uma pulseira de couro tacheada. Eu sempre achara a personalidade de Griffin irritante, mas fisicamente ele era um cara bonito, e estava com uma ótima aparência. Parado ao lado do set, franzia o cenho profundamente. Olhando ao redor, finalmente me viu e se aproximou. Imaginando se estava a fim de papo com ele naquele momento, enfiei mais uma cenoura na boca e pensei se devia partir para o chocolate.

Pegando uma pastilha de hortelã, Griffin a desembrulhou depressa e meteu na boca.

— Isso é uma merda — murmurou.

Eu não deixava de concordar, mas fiquei surpresa com sua reação, por isso perguntei:

— Não está animado para filmar seu primeiro videoclipe?

Parecendo um pouco surpreso por eu ter reconhecido sua existência, Griffin hesitou por um segundo antes de responder. Quando fez isso, virou-se para mim, me dando toda a sua atenção. Tive que conter o impulso natural de recuar.

– Ah, sim, superanimado. Mas eles vão filmar as cenas da banda e a cena de amor ao mesmo tempo – explicou apontando para a cama intacta –, por isso não vou poder ver Sienna Sexton deitar e rolar só de calcinha. Puta injustiça.

Imaginando se devia ir assistir aos D-Bags em vez de Kellan, suspirei.

– Pois é... realmente.

Griffin pareceu ainda mais surpreso por eu concordar com ele. Só que eu não estava exatamente concordando, apenas não conseguia curtir nada naquele momento. Abandonando as cenouras, peguei um Kit-Kat e dei uma mordida irritada. Griffin ficou me olhando enquanto chupava sua bala.

– Você ainda está encanada por causa de Sienna e Kellan?

Imaginando como Griffin se tornara meu confidente, dei de ombros, concordando.

– Hum-hum. Não estou nada ansiosa para a filmagem começar.

Engolindo o resto da bala, ele assentiu e voltou a olhar para o set, com o quarto que me enchia de pavor.

– Não esquenta. Vão ser só uns chupões... e um rala e rola básico, de repente. – Olhou para mim, e fiz uma careta. Rala e rola básico? – Kellan está tão mal-humorado hoje, que duvido que consiga até uma meia ereção. – Meus olhos se arregalaram. Eu nem tinha pensado na hipótese de Kellan ficar excitado durante todo esse pesadelo. Mas é claro que a possibilidade existia; o fluxo sanguíneo não é exatamente algo que um homem possa controlar.

Griffin revirou os olhos.

– Precisava só ouvir o cara se queixando no vestiário. – Sua voz subiu uma oitava, numa imitação ridicularizante da voz de Kellan: – "Ah, pobrezinho de mim, vou ter que dar um amasso numa superstar sexy. As mulheres babam no decote aonde quer que eu vá. Tenho um cabelo fodástico e uma barriga de tanquinho. Buá, buá."

Torcendo os lábios numa expressão de desprezo, fez um gesto obsceno por cima da calça. Não pude conter um sorrisinho. Griffin era grosseiro, vulgar, e às vezes dizia coisas que eu não queria ouvir, mas também tinha uma certa graça, e isso me fez sentir muito melhor. Que Deus me ajudasse.

Griffin foi chamado poucos minutos antes de Sienna aparecer. Usando um roupão branco felpudo, ela estava maravilhosa. Enquanto eu vagava em direção ao quarto cenográfico, Diedrich se aproximou dela. Indicou a multidão de gente no quarto, provavelmente perguntando se ela preferia que esvaziasse o set. Sienna olhou ao redor, deu de ombros e balançou a cabeça. Nada incomodava essa mulher. Despindo o roupão, entregou-o a um assistente. Meu queixo caiu quando vi a lingerie minúscula que exibia com o maior orgulho. Embora já a tivesse visto com um biquíni igualmente revelador, o simples fato de ser uma lingerie tornava o conjunto dez vezes mais provocante.

Ouvimos um assobio nos fundos do estúdio, e Sienna abriu um sorriso naquela direção. Diedrich franziu o cenho e disse algo em tom ríspido para outro assistente. Imaginei que alguém devia ter acabado de perder o emprego. A cama no set era coberta apenas por um fino lençol de cetim. Um assistente puxou-o para trás, e Sienna deitou no colchão com movimentos sensuais. Enquanto se acomodava, Kellan apareceu. Como Sienna, usava um roupão. Parei na metade do set, olhando para ele, que observava Sienna esparramada sobre o lençol de cetim. Sua expressão beirava a tristeza, e tive vontade de abraçá-lo.

Sienna franziu o cenho ao ver aquela expressão e deu um tapinha na cama ao seu lado. Diedrich começou a falar com Kellan, talvez orientando-o sobre como fazer amor com uma mulher – como se Kellan precisasse. Notei que Diedrich não pareceu perguntar a Kellan se *ele* preferia que esvaziasse o set. Pelo visto, essa consideração era apenas para com as damas. Kellan balançou a cabeça, começando a tirar o roupão. Mordi o lábio ao ver sua linda pele. Estava de cueca, felizmente, mas não a samba-canção que normalmente usava, e sim uma mais apertada e baixa nos quadris. Ficou... legal nele. Algumas das mulheres na equipe pararam para olhar, mas nenhuma caiu na asneira de assobiar.

Mesmo da distância que nos separava, pude ver que o peito dele estava totalmente liso... nem sinal da tatuagem. O maquiador devia tê-la coberto. Não queriam meu nome no vídeo, já que estavam tentando promover o namoro de Kellan e Sienna. Provavelmente, ele também fora obrigado a tirar a aliança.

Antes de deitar na cama com Sienna, Kellan deu uma olhada no set. Na mesma hora me localizou e esboçou um sorriso perturbado. Isso era difícil para ele. A consciência desse fato fez com que eu me sentisse melhor. Griffin tinha razão; Kellan não queria isso.

Balancei a cabeça, encorajando-o, e me forcei a me aproximar, para lhe dar uma força. Kellan se deitou ao lado de Sienna, no meio da cama, e ela foi logo passando os braços pelo pescoço dele. Tive vontade de lhe dizer que não precisava ficar tirando casquinhas enquanto as câmeras não estivessem ligadas, mas Nick me olhava com ar desconfiado, por isso fiquei de boca fechada.

Outro assistente cobriu com o lençol os quadris dos amantes. As luzes foram ajustadas, painéis reflectores postos no lugar, dando aos dois uma iluminação romântica. As câmeras começaram a zumbir, as luzinhas vermelhas no alto indicando que estavam prontas. Grandes monitores ao lado mostravam como a filmagem ficaria na edição final. Meu olhar pulava do casal real para o da tela. Achei mais fácil encarar a televisão. Por algum motivo, parecia menos real.

No monitor, Kellan parecia nervoso, deitado de costas ao lado de Sienna. Ela estava apoiada sobre os cotovelos, debruçada sobre ele, seus cabelos negros roçando o ombro dele. Não parecia nem um pouco nervosa. Parecia... em êxtase. Antes de eu me sentir pronta, o diretor gritou *Ação!* e o estúdio ficou em silêncio.

Kellan não fez nada; nem sequer se moveu. Foi Sienna quem agiu. Debruçada sobre ele, levou os lábios aos seus. Mordi a bochecha com tanta força que cheguei a sentir gosto de sangue. Kellan a beijou, hesitante, mas nada que alguém pudesse considerar como sexy; "constrangido" seria uma descrição melhor. Cada movimento de seus lábios sobre os dela era claramente forçado. Parecendo um pouco frustrada, Sienna se deitou em cima dele, empurrando os quadris contra os seus. Mais uma vez, Kellan não reagiu como qualquer homem naquela situação reagiria. Tudo que fez foi ficar lá, deitado, enquanto ela o atacava. Franzindo um pouco o cenho, Sienna jogou os cabelos sobre o ombro, e abaixou a cabeça até os lábios dele. Graças ao close-up na tela a que eu assistia, pude ver sua língua entrar na boca dele. Também pude ver, pelo pouco que o queixo dele se mexeu, que não a estava deixando entrar. Estava resistindo: era claro como água que não estava a fim dessa mulher pintando o sete com ele.

– Corta!

A súbita voz rasgando o silêncio me deu um tranco no coração. Afastei as mãos e esfreguei as marcas das unhas que cravara nas palmas. Não notara até agora, mas quase chegara a tirar sangue.

Sienna rolou para o lado, e Kellan se sentou.

– Ele não está me dando nada para trabalhar! – gritou ela.

Kellan suspirou, olhando para Sienna.

– Desculpe. Estou tentando.

– Não está não, Kellan – murmurei. Mordendo o lábio, fiquei irritada ao pensar que talvez tivesse que ter uma conversa com meu marido, para que ele conseguisse fingir fazer amor com outra mulher num vídeo. O que era duplamente estranho, considerando o fato de que Kellan já tinha filmado uma ou duas cenas de amor na vida. Em retrospecto, devia tirar de letra uma cena de sexo simulado. Mas estava sendo um suplício para ele.

Enquanto Nick gritava com Kellan para cumprir o roteiro, ele me procurou com os olhos. Parada perto dos monitores, balancei a cabeça, dizendo por mímica labial: *Está tudo bem.* Ele suspirou, abaixando o rosto.

Nick me fuzilava com os olhos, como se a falta de animação de Kellan fosse inteiramente por minha culpa. Cheguei a pensar que talvez devesse ir embora, para facilitar as coisas para Kellan. No momento em que já pensava em ir assistir aos outros D-Bags, Diedrich resolveu adotar uma estratégia mais agressiva em relação à passividade do seu temperamental ator.

– Tira o sutiã, amor. – Em voz mais baixa, acrescentou: – Vamos acelerar a circulação sanguínea dele de um jeito ou de outro. – Alguns dos homens ao redor riram. Continuando onde estava, voltei a fechar as mãos em punhos.

Sienna deu de ombros e retirou o minúsculo sutiã preto. Entregou-o para o assistente, sem sequer se dar ao trabalho de se cobrir. Como uma mulher pode ser tão confiante a ponto de expor os próprios seios num estúdio lotado de estranhos sem se perturbar? Isso me dava um nó na cabeça. Como também a perfeição dos seus seios avantajados.

Afastando os olhos dela, olhei para Kellan. Seus olhos estavam baixos e ele se remexia na cama como se fosse o lugar mais desconfortável em que jamais se deitara. Embora estivesse numa situação em que a maioria dos homens daria tudo para estar, não pude deixar de sentir pena dele. Sua expressão era extremamente infeliz.

Ou Sienna não a notou, ou preferiu ignorá-la. Voltando a se deitar em cima dele, pressionou os seios nus no seu peito. Alguém no set foi verificar se alguma parte íntima estava exposta, enquanto Kellan olhava para o teto e soltava um longo suspiro. O que eu não daria para saber o que estava pensando naquele momento.

Depois de uma última checada nos seios de Sienna, um assistente pegou a mão de Kellan e a plantou no traseiro dela. Em seguida pegou a outra e a colocou na parte baixa das suas costas – um dos pontos favoritos de Kellan. Sienna sorriu, sussurrando algo no seu ouvido. Kellan olhou para ela e lhe deu um sorriso tenso. Tudo nele parecia tenso, como se não conseguisse – ou tivesse medo – de relaxar.

Diedrich gritou *Ação!* novamente, e Sienna voltou a se inclinar para beijá-lo. Na mesma hora meu coração começou a bater mais rápido, e tive que respirar fundo várias vezes. Kellan retribuiu o beijo, mas sem muita vontade, suas mãos rígidas coladas na mesma parte do corpo dela em que haviam sido postas. Isso durou por um espaço de tempo infindável – Sienna fazendo o possível e o impossível para excitá-lo, Kellan quase não reagindo. Estava totalmente diferente do homem passional que eu conhecia.

Quando já estava achando que Diedrich gritaria *Corta* de novo e Nick me expulsaria do recinto, Kellan respirou fundo, fechou os olhos e começou a voltar à vida. Primeiro foram as mãos que passearam por sua pele, brincando com a curva na base da espinha. Então, ele começou a beijá-la com verdadeira paixão. Quando vi, havia flashes das línguas dos dois se roçando na imensa tela diante do meu rosto. Se no começo só os lábios dos dois tinham se tocado, agora Sienna estava conseguindo que ele reagisse, seus leves gemidos pontuando o silêncio. Senti o suor começar a molhar as palmas de minhas mãos, e minhas unhas finalmente furaram a pele.

Ah. Meu. Deus. O que foi que concordei que ele fizesse?

Agora que os atores começavam a entrar nos seus papéis, Diedrich começou a gritar ordens – põe a mão nisso, aperta aquilo, levanta a cabeça, beija nesse lugar, passa para cima dela. Quando Kellan ficou por cima de Sienna, já tinha mergulhado totalmente no que fazia. Lágrimas brotaram nos meus olhos, mas eu me forcei a continuar assistindo.

Havia uma câmera aos pés da cama, além de uma ao lado. A que estava aos pés capturava uma imagem impressionante do traseiro definido de Kellan. O lençol fino fora estrategicamente colocado bem baixo nos seus quadris, apenas cobrindo sua cueca, para dar ao espectador a ilusão de que estava nu. O lençol era tão fino que marcava o contorno do seu corpo, e cada estocada que ele dava em Sienna era totalmente óbvio, e perturbadoramente gráfico.

A câmera ao lado era a que capturava os rostos em close-up. Foi uma imagem que quase me perturbou mais ainda, porque eu já tinha visto aquela expressão no rosto de Kellan... quando estava comigo. Olhos fechados, ele respirava com força entre beijos frenéticos. Sienna se contorcia e gemia debaixo dele; não me surpreenderia nem um pouco se não estivesse representando, se estivesse mesmo sentindo prazer com Kellan. Mas será que *ele* estava sentindo prazer com ela? Será que estava excitado? Eu não fazia ideia, e isso me deixava desesperada. Mas acho que saber também teria me deixado desesperada.

Os lábios de Kellan se moviam sobre os dela. Sua língua entrou na sua boca, e então percorreram o contorno da orelha. A pedido do diretor, os dedos de Kellan percorreram a lateral do seu corpo, apertando o seio que estava mais próximo à câmera. Achei que já tinha visto o bastante para ter pesadelos durante um mês, mas então Kellan passou o nariz pelo pescoço dela, sua língua se estendendo para sentir o gosto da sua pele.

Um ciúme irracional tomou conta de mim. Essa era a *minha* carícia favorita! E ele a estava fazendo naquela... puta! É verdade, nós não tínhamos estipulado nenhum limite para o que ele poderia e não poderia fazer, mas, por uma questão de respeito a mim, será que não podia deixar de fora as carícias que rolavam no *nosso* quarto?

As palavras que minha mãe me dissera no Natal me vieram à lembrança. *É preciso uma pessoa especial para saber lidar com toda a atenção que ele vai receber. Tem certeza de que é essa mulher?* Minha mãe certamente não previra esse nível de atenção, mas, de repente, seu argumento fez perfeito sentido. Será que eu era capaz de enfrentá-lo?

Fiz menção de dar as costas, enojada, mas então me lembrei de seu rosto quando tudo isso começara. E também da pressão que sofrera para filmar o vídeo – da banda, da gravadora, até minha. E me lembrei do que lhe dissera quando o convencera a ir em frente, e ele dissera que não conseguiria. *Finge que sou eu.* Meus olhos voltaram bruscamente para o monitor. Será que era isso que ele estava fazendo? Fingindo que ela era eu?

O diretor gritou *Corta*, e Kellan ficou imóvel, na mesma hora saindo de cima de Sienna. Manteve os olhos fechados, a cabeça nos travesseiros. Pude ver seu peito subindo e descendo e, quando engoliu em seco, juro que vi seu queixo tremer. Minha preocupação por ele na mesma hora superou o breve momento de ciúme. Meu Deus, como ele está, com tudo isso?

Sienna, obviamente, estava bem. Até se abanava, como se Kellan fosse o maior presente de Deus para as mulheres. Como podia ser tão indiferente ao tumulto interior dele? Será que eu era a única que notava como ele mantinha os olhos fechados, como se tivesse medo de abri-los? Eu queria correr até ele, dizer que não estava zangada, mas depois de alguns ajustes rápidos, Diedrich gritou *Ação!* novamente, e a filmagem continuou.

Quando a câmera estava gravando, Kellan fazia tudo certo – sorria, acariciava, lambia, parecia amá-la –, mas, no minuto em que havia uma pausa, ficava totalmente rígido, e mantinha os olhos fechados. Não acho que os abrira uma vez sequer desde que finalmente a beijara. Devia estar apavorado com o que eu podia estar pensando, com o que achava que veria no meu rosto.

A filmagem demorou horas, e eu já estava exausta quando finalmente terminou. Parecendo feliz da vida, Diedrich agradeceu profusamente aos artistas, anunciando que os veria no dia seguinte. Kellan se levantou depressa da cama, pegou o roupão que uma assistente lhe estendia e saiu às pressas do set, antes mesmo que eu pudesse chamar seu nome. Pela primeira vez desde o começo da filmagem, Sienna pareceu triste enquanto vestia o roupão.

Ignorando sua melancolia, saí atrás do meu deprimido marido, mas não o encontrei. O lugar era um labirinto de corredores lotados de gente. Esbarrei nos outros D-Bags antes de vê-lo. Novamente usando suas roupas do dia a dia, Evan me deu um de seus abraços de urso, totalmente alvoroçado:

– Kiera! Você não vai acreditar como nós mandamos bem!

Olhou para os lados do corredor, me colocando no chão.

– Cadê o Kellan?

Enquanto Matt me olhava com ar preocupado e Griffin batia papo com uma loura que reconheci como sendo a assistente que estendera o roupão para Kellan, dei de ombros.

– Não sei... ele saiu meio às pressas do estúdio.

Matt deu de ombros.

– Talvez estivesse precisando tomar um ar fresco. Talvez esteja esperando no carro.

Sem saber onde mais procurar por ele, assenti e deixei que os rapazes me acompanhassem até a calçada. Sienna acenou quando passei por ela no camarim. Também vestia roupas casuais novamente, mas seu corpo sarado ainda se gravava na minha memória. Assim como a língua de Kellan deslizando por seu pescoço. Meu estômago ainda estava meio agitado quando saímos, e respirei o ar fresco como se tivesse passado décadas dentro do ar estagnado de uma caverna.

Evan deu um tapinha nas minhas costas, e então apontou para uma limusine preta que esperava por nós.

— O carro chegou. Vamos ver se Kellan está esperando por você. — Com os olhos úmidos, balancei a cabeça para ele, desanimada.

O motorista abriu a porta quando nos aproximamos. Meu coração palpitava quando os D-Bags entraram; Ouvi Evan cumprimentar Kellan. Então, ele *estava* escondido no carro. Ouvi Griffin lhe perguntar como se sentia, e fiquei fraca. *Foi horrível. Esse é o termo.* Hesitei diante da porta, sem saber se já conseguiria encarar Kellan. Tudo ainda era tão... recente.

Com ódio de mim mesma, entrei evitando olhar na direção dele. Fiquei observando pela janela quando o carro começou a se mover. Podia sentir os olhos de Kellan em mim, mas não tinha coragem de me virar para ele. Era a sensação mais estranha que já tinha experimentado. Reconhecia como tudo aquilo fora difícil para ele, entendia que fingira que era eu para poder levar a filmagem adiante, e até queria confortá-lo, porque vira o quanto o incomodara fazer aquilo. Ainda assim, ao mesmo tempo, não queria ver seu rosto. Sabia que, se o visse, veria o dela também. E não tinha condições de passar por isso naquele momento.

Quando as conversas na limusine chegaram ao fim, a tensão começou a aumentar. Por fim, a atmosfera estava tão carregada que achei que até Griffin a estava sentindo. Na verdade, ele já ia perguntar *Vocês estão brigados?*, mas alguém lhe deu uma cotovelada antes que pudesse concluir a pergunta. O que foi bom, porque eu não sabia se estávamos ou não. Só sabia que ainda me sentia mal, e que ainda amava Kellan mais do que tudo.

Saí do carro no instante em que o motorista abriu a porta, e fui correndo para o quarto, onde me fechei. Eu tinha que olhar para ele. Não podia ficar evitando-o desse jeito. Só precisava... de um minuto. Comecei a sentir um sofrimento horrível, e em seguida culpa. A ideia fora minha, e eu ainda por cima pedira para assistir. Toda essa dor que me infligia era desnecessária. Mas não podia deixar de senti-la. Ouvindo as vozes dos D-Bags no salão, entrei depressa no banheiro e abri a torneira da pia, para poder chorar em paz. Passando o dedo sob o olho, notei as palmas das mãos sangrando, onde eu cravara as unhas. Arregalando os olhos, esfreguei-as sob o jato de água fria.

Foi quando bateram à porta.

— Kiera...

Havia tanta dor na voz dele, que fechei a torneira. Contive um soluço e fiquei olhando minha imagem no espelho, tentando me acalmar. Isso só seria um problema se deixássemos. Relembrei sua expressão de horror, a óbvia relutância durante os primeiros beijos. Essas imagens ajudaram a apagar os beijos intensos e passionais que tinham vindo depois. Eu podia enfrentar a situação. Podia pagar o preço de estar com ele. Podia pagar o preço de ser sua mulher.

Quando minha respiração voltou ao normal, sua voz tornou a me chamar.

— Kiera... por favor.

Sua voz falhou, e ouvi um som que jamais quisera escutar dele de novo. Estava chorando. Secando as mãos, abri a porta do banheiro. Ele segurava a cabeça, seus ombros tremendo. Na mesma hora eu o abracei. Ele enterrou a cabeça no meu pescoço, murmurando:

— Me perdoe. De coração. Por favor, não me odeie... por favor, não me deixe.

Eu o apertava com força, minhas lágrimas ameaçando brotar de novo. Acariciando seus cabelos, acalmei-o, sussurrando:

— Está tudo bem... Não estou zangada... Está tudo bem.

Por fim, ele se afastou para me olhar; seus olhos estavam vermelhos, o rosto molhado.

— Como você pode não estar zangada comigo depois do que viu? Como você pode... — sua voz falhou — ... não me odiar?

Segurei seu rosto entre as mãos.

— Quem você estava beijando?

Ele franziu o cenho, confuso, e então sua expressão se abrandou.

— Você... Eu estava beijando você. Estava pensando na primeira vez que fizemos amor... depois que você disse que me amava. — Seu sorriso foi radiante, apesar da expressão de dor que ainda exibia.

Assenti, meu sorriso espelhando o dele.

— Eu sei. Deu para sentir... e é por isso que não estou zangada. Eu sei que você estava comigo... e eu te amo muito.

Kellan se abandonou nos meus braços, aliviado.

— Obrigado. Eu estava com tanto medo de ter te perdido. Você não quis nem olhar para mim no carro...

Eu o mantinha junto a mim, aconchegada contra ele.

— Desculpe. Só precisava de um minuto. Aquilo foi... intenso demais.

Kellan se afastou para me olhar.

— Nunca mais. Não me importo com o que esteja em jogo. Não me importo com quem tenha que deixar na mão. Nunca mais vou fazer isso com você... ou comigo mesmo. Não faço mais o jogo deles.

Eu me entreguei nos seus braços, meu alívio tão enorme quanto o seu. Quando Kellan começou a aproximar os lábios dos meus, fiquei agitada. Ele arregalou os olhos quando o afastei, o medo e a tensão voltando na mesma hora ao seu rosto. Constrangida, disse a ele:

— Você... está com o cheiro dela.

Kellan contraiu o queixo, a expressão se enchendo de raiva.

— Não por muito tempo.

Indo até o chuveiro, abriu a torneira ao máximo e tirou as roupas. Sorri ao ver a cueca preta tão minha conhecida. Jamais queria vê-lo usando uma cueca justinha como a do clipe de novo. Tirando a samba-canção, ele entrou no chuveiro. Joguei minhas roupas depressa na pilha e entrei em seguida. Ele me deu um breve sorriso, me entregando o sabonete.

— Quero que todos os vestígios dela saiam de mim. — Assentindo, comecei a trabalhar nas suas costas.

Quando cheguei à frente, esfreguei com mais força a tatuagem até a maquiagem profissional finalmente se dissolver e meu nome voltar a aparecer. Quando ficou visível novamente, sorri e beijei a tinta indelével. Kellan me deu um sorriso encantador, começando a lavar o cabelo. Com as mechas cheias de espuma, ficou olhando para mim enquanto eu ensaboava suas pernas.

Quando minha mão começou a subir por entre elas, seus olhos se fecharam e ele disse:

— Essa é a única parte em que ela não encostou. — Entreabriu um olho: — Mas agradeço por ser tão... minuciosa. — Rindo, aproximei o rosto para beijá-lo, mas ele levantou a mão para me impedir. — Espera aí, tem mais um lugar.

Enquanto eu me perguntava que parte de seu corpo podia ter deixado passar, Kellan pegou o vidro de xampu e virou um pouco dentro da boca. Deixei cair o sabonete, olhando boquiaberta para ele.

— Kellan!

Com o dedo erguido, ele ficou bochechando o líquido horrível por um tempo, e então fez uma careta como se fosse vomitar, inclinando-se para a frente. Enquanto cuspia e tossia, comecei a rir. Meus olhos chegaram a lacrimejar de tanto que ria, e foi maravilhoso.

— Não acredito que você tenha feito isso!

Kellan inclinou a cabeça para trás, o rosto bem debaixo do jato d'água, bolhas de espuma escorrendo da boca pelo queixo. Lágrimas me saltavam dos olhos; eu estava literalmente chorando de rir. Sempre cuspindo e tossindo, Kellan esfregou a língua com a esponja de sisal. Tive que apertar o estômago; estava começando a sentir dor nos músculos.

Fechando a torneira, Kellan torceu os lábios numa careta de nojo.

— Argh, que veneno!

Acalmando a respiração, sequei as lágrimas de humor da pele úmida.

— Não precisava chegar a esse ponto, Kellan.

Ele abriu um sorriso, seus olhos cheios de amor fixando-se no meu rosto.

— Precisava, sim.

Amando-o ainda mais do que achava possível, passei os braços pelo seu pescoço e dei um pulinho para rodear sua cintura com as pernas.

— Eu te amo... mesmo você sendo doido.

Kellan riu baixinho quando abri a porta do box.

– Que bom, porque acho que vou passar uma semana inteira arrotando bolhas de sabão. – Enfiando as mãos entre seus cabelos, olhei para ele até achar que meu coração iria explodir. Ele me olhou fixamente. – Também te amo, Kiera. Só você. Você é meu *felizes para sempre*.

Capítulo 13
PLANOS

O resto da filmagem foi muito menos traumático. Kellan filmou sua parte com a banda e concluiu as cenas com Sienna – totalmente vestido, dessa vez. As cenas da banda ficaram fantásticas. Eu me senti de volta ao Pete's ao ver os caras arrasarem no palco cenográfico. Kellan esteve incrível, jogando o coração e a alma no microfone. E, embora a gravação do áudio não fosse ser usada no clipe, os D-Bags foram perfeitos cada vez que tocaram.

As cenas do quarto que ainda faltavam acabaram sendo tecnicamente interessantes de assistir. Agora que a parte dolorosa da nudez tinha acabado, eu podia suportar ver Sienna na presença de Kellan, embora ela ainda teimasse em cumprimentá-lo com um beijo no rosto. Basicamente, a música era uma longa ode a um romance agonizante. Diedrich visualizou a história como Kellan e Sienna recordando e discutindo a relação condenada, enquanto andavam diante da cama, onde seus corpos nus se encontravam no auge de um "abraço apaixonado", como Diedrich chamou a cena de sexo dos dois.

A parte passional já estava filmada, graças a Deus, por isso eles passaram o dia inteiro fazendo as cenas do rompimento. Foi fascinante de assistir. Kellan sentou num lado da cama, inclinado para a frente, cantando sua parte, os olhos fixos no nada; na versão final, porém, ele olhava para uma imagem de si mesmo fazendo amor com Sienna. A certa altura, eles puseram um casal usando collants verdes na cama para simular o que Kellan e Sienna tinham feito na véspera. Fiquei pasma de ver que *isso* era o emprego de alguém. Em seguida, mandaram Kellan passar os dedos pelo braço da Sienna Verde. Na cena final, uma versão de Kellan estaria transando com Sienna, enquanto a outra passaria a mão pelo braço dela, com saudades. Se eu pudesse assistir ao vídeo sem repulsa, sei que o acharia lindo e hipnótico, como a música.

Durante a parte mais exaltada do dueto, Kellan e Sienna cantavam de frente um para o outro, ignorando a cama ao fundo, onde seus corpos entrelaçados seriam acrescentados digitalmente depois. Confesso que preferia mil vezes ver Kellan cantando para Sienna com ar de desprezo do que passando a língua pelo seu queixo.

A música terminava com Kellan e Sienna saindo do set em direções opostas. Diedrich explicou que iria usar a parte da cena de amor em que Kellan saíra de cima de Sienna e se deitara nos travesseiros, com os olhos bem fechados e o queixo ligeiramente trêmulo, para encerrar o clip. Disse que a expressão de Kellan naquele momento era o retrato perfeito da intuição de um rompimento iminente, assim criando um vídeo infinito, que podia ser assistido num círculo contínuo, sem deixar de fazer sentido. Eu teria que aceitar sua palavra em relação a isso, mas, ao pensar no sofrimento estampado no rosto de Kellan naquele momento crucial, tive certeza de que a cena seria emocionalmente poderosa.

Parecendo um pai orgulhoso, Nick se aproximou de Kellan ao fim do último dia de filmagem. Dando um tapinha no seu ombro, declarou:

— Até que não foi tão ruim assim, foi? — Sem esperar que Kellan respondesse, acrescentou: — Esse vídeo vai ficar tão quente que vai deixar todos os outros esturricados! — Esfregou as mãos, e quase pude ver cifrões nos seus olhos.

Kellan me abraçou com força pelos ombros, dizendo a Nick:

— Que bom que você ficou satisfeito... porque nunca mais vou fazer uma coisa dessas.

O sorriso de Nick imediatamente se desfez.

— Nunca diga "desta água não beberei". Você ainda está engatinhando nesse ramo.

Nas entrelinhas, estava insinuando que Kellan e a banda eram substituíveis. Eu discordava. O single dos D-Bags com Sienna estava subindo sem parar na parada, e eu tinha certeza de que o mesmo aconteceria com o álbum quando fosse lançado dentro de duas semanas.

Kellan olhou para mim, e de novo para Nick.

— Não, nunca mais vou filmar nada assim. Para mim, acabou. Fiz uma promessa, e vou cumpri-la. Vou ajudar você a promover o álbum de todas as maneiras que puder, porque devo isso aos meus companheiros de banda, mas minha mulher vem em primeiro lugar, e você precisa aceitar esse fato.

Deu um olhar intimidante para Nick, e senti uma fagulha de tensão no ar. Nick não gostava que lhe dissessem não, mas Kellan já estava farto de fazer o jogo da gravadora. Talvez vendo a determinação de Kellan, Nick fungou, e então perguntou:

— De todas as maneiras que puder?

— Dentro dos limites do razoável, é claro. Não vou mais deixar você brincar com a minha vida pessoal. Gosto de discrição, mas não vou mais ficar em silêncio. Se alguém me perguntar sobre minha vida amorosa, vou dar uma resposta honesta. — Inclinou-se para Nick, a voz ficando mais baixa: — E eu reli o contrato. Sei o que meu trabalho exige, o que tenho que fazer e o que *não* tenho que fazer.

Nick deu um sorrisinho, como se soubesse de algo que Kellan desconhecia. Depois de um momento, deu de ombros, sorrindo como se não houvesse nada de errado.

— Bem, é bom saber em que pé estamos.

Nick foi embora com Sienna pouco depois; ambos pareciam um tanto irritados enquanto caminhavam às pressas pelo estacionamento. Eu me sentia ótima. Mesmo quando Tory, a Tirana voltou e nos despachou para o aeroporto, para que os D-Bags pudessem terminar de promover o álbum, eu me senti satisfeita. Kellan tinha feito valer os seus direitos, e não ia mais ficar em silêncio. Pedi a ele para não me mencionar especificamente, pois *não* queria esse nível de atenção, mas ele contava a qualquer um que perguntasse que Sienna não era mais do que uma colega com quem trabalhara, e que tinha "um relacionamento" com outra pessoa. Tory não gostou nada de vê-lo respondendo a uma pergunta em relação à qual Nick lhe dera instruções específicas para se omitir, mas Kellan não estava se importando com o que Tory ou Nick achavam, e apenas sorria quando ela o repreendia ao fim de cada entrevista.

Embora o corre-corre frenético entre uma cidade e outra fosse caótico e exaustivo, foi um alívio ficarmos livres da tensão de filmar um videoclipe provocante. Era como se um peso tivesse saído de cima de nós, e tanto Kellan quanto eu nos sentíamos mais leves. E como Sienna ia começar sua própria turnê pelo país, provavelmente nem mesmo a veríamos por muito tempo. Os rumores terminariam por morrer, e eu não teria que ficar ouvindo que casal maravilhoso ela e Kellan formavam. Mal podia esperar para que esse dia chegasse.

No fim da turnê promocional, a banda deu uma pequena parada antes que a turnê com Justin e o Avoiding Redemption começasse, por isso voamos para Seattle. As últimas semanas haviam sido exaustivas, e precisávamos descansar e recarregar as baterias. Estar na minha própria cama jamais foi tão bom; dormi doze horas seguidas na primeira noite depois que voltei, e Kellan ainda mais.

Como Nick previra, o single dos D-Bags com Sienna disparou para a primeira posição na véspera do lançamento do álbum, que estreou na 19ª posição. Embora Nick tivesse altas expectativas, Kellan ficou um pouco chocado com o sucesso do álbum. Mas eu não. Sabia que ele ficaria famoso no dia em que o mundo o conhecesse.

Decidimos sair para celebrar o sucesso da banda e, como estávamos em Seattle, só havia um lugar onde comemorar... o lugar onde tudo começara: o Pete's Bar.

Kellan e eu olhávamos de mãos dadas para o letreiro brilhando nas vidraças. Era quase difícil de acreditar que fazia apenas pouco mais de dois anos que eu pusera os olhos em Kellan pela primeira vez naquele bar. Na época ele parecia um tremendo paquerador, e acho que era mesmo, mas havia uma surpreendente profundidade nesse ex-paquerador.

Enquanto eu recordava, Kellan deu uma cutucada no meu ombro.

— Já contei a você que te notei no segundo em que você entrou no Pete's com o Denny?

Olhei para ele, surpresa.

— É mesmo? Enquanto estava tocando? Com toda aquela gente no bar?

Andando de costas, Kellan me puxou para as portas duplas do amplo estabelecimento.

— Exatamente. Foi como se uma corrente elétrica corresse pelo salão no momento em que você passou pela porta. Como se eu soubesse que nunca mais seria o mesmo daquele momento em diante.

Sorriu com o canto da boca, e eu revirei os olhos.

— Isso *não* aconteceu. Você notou o Denny. Duvido muito que tenha me notado.

Kellan parou de caminhar, e esbarrei no seu peito. Estar ali, no estacionamento do Pete's com ele, era algo tão familiar para mim como nosso ninhozinho de amor aconchegante na nossa casa. Ele disse:

— Eu mal conseguia tirar os olhos de você. Bastou ver você de relance para minha cabeça ficar aérea, para eu sentir... um sobe e desce no estômago. Ver você mudou minha vida.

Não pude deixar de me comover com essas palavras. Então, me lembrei de seu jogo de cena altamente erótico, e sorri, irônica.

— E mesmo assim, você ainda conseguiu despir mentalmente *cada* mulher na plateia.

Ele riu, voltando a caminhar.

— Tá legal, ponto para você. — Arqueou a sobrancelha para mim. — Mas que eu te notei, notei. Como poderia não notar?

Enquanto eu refletia sobre a pergunta, Griffin apareceu bruscamente diante de nós, irrompendo pelas portas com a maior dramaticidade possível. Como eu costumava estar no salão quando o baixista fazia sua grandiosa aparição, foi meio estranho entrar *depois* do egomaníaco. Kellan riu enquanto empurrava a porta para mim. Dei um beijo no seu rosto ao passar.

O bar irrompeu numa gritaria caótica de vivas, gritos e assovios. O volume me fez estremecer. E a Rachel também, quando entrou com Matt. Segundos depois, os rapazes estavam cercados por um mundo de novos fãs e velhos frequentadores. Kate e Jenny cumprimentaram a mim e a Rachel efusivamente, enquanto os D-Bags eram assediados. Afastando-me deles para ir ficar com as meninas perto do balcão, eu me espantei de ver como o Pete's ainda parecia familiar, e mesmo assim diferente. Costumava ser um refúgio tranquilo para Kellan, mas sua fama recente o seguira até lá, perturbando um pouco essa tranquilidade. Em meio ao barulho que circulava ao redor da porta, ouvi o nome de Sienna sendo sussurrado, enquanto pessoas me davam olhares de incompreensão. Acho que ela nos seguira até lá também.

Fiquei pondo as notícias em dia com Rachel, Kate e Jenny até o auê ao redor dos rapazes começar a se dissipar. Em seguida Jenny foi dar um abraço em Evan. O gigante carinhoso arrebatou minha amiga mignon e a ergueu no ar, segurando as pernas dela ao redor da cintura. Ouvi Evan chamá-la de "Jujuba", e sorri, entendendo que era alguma brincadeira só dos dois.

Rachel se afastou discretamente com Matt, assim que conseguiu, educadamente, sair do centro das atenções. Griffin foi puxado para uma mesa de universitárias, e por fim só Kellan continuou no meio da multidão de frequentadores atirados e curiosos.

Virando-me para Rita, decidi pedir algumas cervejas para os D-Bags enquanto esperava por Kellan. Não me surpreendi ao ver que ela já tinha posto várias garrafas da cerveja favorita deles no balcão. Meneando a cabeça para Kellan, a loura oxigenada perguntou:

— E aí, o que é que está rolando entre Kellan e Sienna? Porque, a julgar por aquele vídeo, não foi a primeira transa dos dois... nem a última.

Senti uma surpresa enorme ao ouvir sua pergunta, não pela pergunta em si, mas porque não sabia que o vídeo já fora lançado. Devia ser por esse motivo que o nome de Sienna era cochichado ao meu redor. Olhando com o cenho franzido para Kellan, que coçava a cabeça, dei de ombros.

— Não acredite em tudo que vê. — Meus olhos voltaram para a garçonete que o observava. — Ele mal viu ou falou com Sienna.

Rita deu um risinho presunçoso.

— Querida, quando ele estava no auge, não via ou falava com *nenhuma* delas.

Levantei a mão para lhe mostrar a aliança.

— Nós ainda estamos juntos.

Rita assobiou, segurando minha mão.

— Droga! — Deu uma olhada em Kellan. — O garoto tem bom gosto. — Dando uma olhada na mulher de meia-idade com os lábios cheios de colágeno, não achei que isso fosse totalmente verdade. Tinha havido momentos na vida de Kellan em que seu gosto fora bastante discutível.

Assim que ele se livrou do fogo-cruzado, dirigiu-se para a mesa tradicional da banda. Sam a desocupara quando chegáramos, e os clientes desalojados não pareceram chateados, pois verdadeiros rock stars encontravam-se entre eles. Denny e Abby jantavam a uma mesa próxima. Kellan arrastou as cadeiras deles, fazendo-os sentar conosco. Abby riu do gesto.

Com Denny agora sentado à minha direita, ele e eu tocamos nossos copos num brinde. Passamos um tempinho pondo em dia as notícias dos meses em que não nos víramos, enquanto os D-Bags falavam sem parar sobre o sucesso do álbum. Dando uma olhada rápida em Kellan, Denny se inclinou para mim e perguntou:

— Vocês ainda estão bem? — Seu tom era carregado de preocupação.

Sabendo que provavelmente ele também assistira ao videoclipe, contive um suspiro.

— A pergunta é por causa do videoclipe, não é? Estamos bem, sim.
— Você assistiu? — perguntou ele, a voz hesitante.
— Não a versão final... mas assisti às filmagens. — A lembrança de Kellan se esfregando em Sienna ameaçou tomar conta do presente, mas tratei de tirá-la da cabeça. Tínhamos muito para comemorar, e eu queria me divertir, me concentrar naquele momento.
— Ah... — Denny pareceu sinceramente chocado. Eu podia entender sua reação. Só podia imaginar como o vídeo final era erótico, e, combinado com as fofocas sórdidas sobre Kellan e Sienna se espalhando feito um incêndio pelo país afora... Bem, o fato de eu aceitar a situação, e até mesmo participar atentamente da filmagem, devia parecer um contraste gritante com a mulher tímida, ciumenta e egoísta que eu fora anos atrás.
— Tenho certeza de que parece mais intenso do que realmente foi. As coisas estavam bem... mornas durante a filmagem. — *Bem, pelo menos durante os primeiros takes.*
— Ah... — Denny tornou a dizer. — É que... parece tão convincente...
Colocando minha bebida na mesa, olhei para Kellan à esquerda.
— Nós estamos bem — reiterei para Denny. Ele assentiu, mas percebi, pelo seu olhar para Kellan, que voltaria a fazer a mesma pergunta outras vezes. Provavelmente, sempre que me visse.
Anna apareceu quando saiu do trabalho. Caminhando em passos pesados até a mesa, jogou-se no colo de Griffin. Ele tinha deixado a mesa das universitárias assim que eu começara a distribuir as cervejas. Griffin preferindo cerveja a mulheres me surpreendeu um pouco, mas ao ver seu sorriso enquanto Anna mordiscava sua orelha, comecei a me perguntar se talvez as mulheres já não lhe interessassem mais tanto quanto no passado; ele parecia muito satisfeito com minha irmã se contorcendo sobre suas partes íntimas.
Como era noite de sexta, o Poetic Bliss chegou pouco depois, e subiu ao palco. Rain fez o maior carnaval por Kellan estar na plateia. Enquanto ele ria, ela deu uma corrida até a mesa dos D-Bags e o arrastou para o palco. A multidão gritou, empolgada. Levantando as mãos, Kellan fingiu empurrar a roqueira atrevida. Ela se desviava dos falsos golpes dele, as mãos fechadas em punhos; a saia preguedada que usava era tão curta que dava para ver a beira da calcinha quando se abaixava. Embora eu detestasse que os dois já tivessem tido um caso, não pude deixar de rir da brincadeira fofa deles.
Depois de fingir lutar com Rain por mais um minuto, Kellan finalmente cedeu e tomou o microfone dela. Virando-se para a galera, murmurou: *Oi.* Essa única palavra bastou para provocar uma gritaria ensurdecedora em todo o bar. Meus ouvidos começaram a zumbir. Kellan riu. Levantando a mão, disse à galera:
— É muito legal estar de volta aqui ao Pete's!
Mais gritos. Minha irmã enfiou dois dedos na boca e assoviou. Sempre senti um pouco de inveja dela por saber fazer isso; eu não conseguiria assoviar desse jeito nem em um milhão de anos. Kellan olhou para o bar, seus olhos azul-escuros brilhando:

— Vocês se importam se os D-Bags subirem ao palco para tocar uma música ou duas? Pela reação dos fãs, não restava dúvida de que não se importavam nem um pouco. Kellan olhou para os outros membros da banda feminina. Todas assentiram, batendo palmas ou assoviando, loucas para compartilhar os refletores. Kellan sorriu, e então fez um sinal para que a banda o acompanhasse.

Griffin não perdeu tempo em se levantar da cadeira. Estava tão empolgado que quase jogou minha irmã no chão, mas Denny a amparou e a ajudou a sentar numa cadeira. Ela agradeceu de má vontade, enquanto Matt dava um pescotapa em Griffin. O pessoal na mesa ao lado riu à vista familiar dos primos brigando.

Quando todos os rapazes já tinham subido ao palco, as meninas lhes entregaram os instrumentos. Griffin fechou a cara quando Tuesday lhe passou o baixo rosa-choque. Blessing entregou a guitarra verde-pavão para Matt, enquanto Evan sentava atrás da bateria de Meadow, que exibia o logotipo da banda sobre uma imensa flor roxa ao fundo. As meninas foram para a lateral do palco, a fim de dar espaço aos D-Bags, enquanto a galera ria ao ver os caras tocando naqueles instrumentos femininos. Rachel teve uma crise de riso tão terrível que acabou ficando com soluços.

Balançando a cabeça, a expressão bem-humorada de Kellan fez meu coração bater mais forte. Kellan no palco. Nada no mundo se comparava a isso. A galera concordava comigo. Sua gritaria quando Evan começou a introdução fez as vidraças tremerem e criou anéis de distorção no copo d'água de Anna. Passando a mão pelos cabelos, Kellan começou a cantar um dos sucessos dos D-Bags. Todos os fãs mais antigos no bar começaram a acompanhá-lo, enquanto os novos continuavam gritando.

Tirando o microfone do suporte, Kellan deu início ao seu 'desfile'. Era uma volta em passos gingados de um lado para o outro na beira do palco, que informava a cada mulher que ele estava consciente da sua presença. Ele olhava nos olhos de cada uma, esboçando ou abrindo sorrisos atrevidos entre os versos que cantava. Em vários pontos do caminho, ele parava, pousava o pé num alto-falante e se inclinava para estender a mão para novas fãs. Elas sempre estendiam as mãos para ele, gritando quando os dedos se roçavam.

Era algo que costumava me deixar com um pouco de ciúmes, mas vendo o seu divertimento e a alegria delas, tudo que senti foi felicidade. Ele tinha uma relação linda, quase simbiótica com as fãs; elas se alimentavam da energia dele, e ele da delas. Quando a música se aproximou do clímax, Kellan parou no centro do palco. Com o rosto cheio de expectativa brincalhona, cantou a pergunta para a galera: "É só isso que você quer?" Elas gritaram a resposta, apaixonadas.

Quando a música acabou, os D-Bags imediatamente passaram para outra. Eu não sabia se estavam seguindo algum repertório pré-programado, ou se Evan escolhia aleatoriamente a música que tocariam em seguida, e os outros o acompanhavam sem hesitar. Estavam tocando juntos havia tanto tempo, que talvez fosse um pouco dos dois.

A música seguinte era rápida e contagiante, e Jenny e eu arrastamos Rachel conosco para dançar. Anna se juntou a nós, se requebrando toda, apesar das curvas cada vez maiores. Notei Denny puxando Abby para a periferia da galera, e os dois dançaram com sorrisos radiantes – sem sofrimento, sem ciúme, apenas paz, que era o que eu sempre desejara para ele.

Quando a música acabou, Kellan fez uma rápida reverência, agradeceu ao público e então voltou a descer para o meio deles. Veio abrindo caminho por entre um mar de mãos em movimento até chegar a mim. Nossos braços se envolveram e, por fim, as mãos afoitas das fãs se afastaram. Kellan me deu alguns beijinhos, enquanto a voz de Rain soava no microfone:

– Obrigada, rapazes, mas agora é a vez das mulheres mandarem ver!

Kellan olhou para ela, rindo, enquanto o Poetic Bliss começava a tocar uma de suas músicas empolgantes. Jenny voltou ao trabalho, e Rachel foi sentar com Matt. Anna abriu caminho até um banquinho e sentou. Griffin se aproximou e ficou mordiscando a orelha *dela* por um tempo. Denny acenou para mim, dirigindo-se com Abby para a porta. Kellan e eu continuamos no meio da multidão enorme, dançando ao som irresistível do Poetic Bliss. Já fazia um tempo que eu não dançava com Kellan; ele tinha aprendido passos novos. Ficando atrás de mim, balançava os quadris junto aos meus de um jeito tão sedutor que, de repente, tive vontade de trocar essa comemoração pública por uma muito mais íntima. Com o hálito quente no meu pescoço, ele passou o nariz pelo meu pescoço. Fechando os olhos, recostei a cabeça no seu ombro e curti a sensação do seu corpo junto ao meu. Com um beijo leve no meu queixo, ele disse, mais alto que a música:

– Quer ir para algum lugar comigo?

E como...

Suas mãos deslizaram pelos meus quadris, puxando-os sutilmente para os seus. Eu não precisava sentir seu corpo para saber que ele estava a fim, mas sentir o contorno dele por baixo da calça acendeu um incêndio dentro da minha. Virando a cabeça para olhá-lo, dei um sorrisinho brincalhão para ele e balancei a cabeça. Ele também me deu um sorrisinho, tão diabólico quanto o súbito brilho nos seus olhos.

Mordendo o lábio, puxei-o pelo formigueiro humano até chegarmos ao corredor. Várias pessoas tentaram nos parar enquanto nos dirigíamos à sala dos fundos, onde apenas os funcionários podiam entrar, mas, com jogo de cintura, consegui me desviar de todas. Passando por duas mulheres que saíam do banheiro, entramos na sala de fininho, logo tratando de fechar a porta.

Kellan me pressionou contra a porta, passando o trinco.

– O trinco novo ainda funciona – sussurrou, inclinando-se para a minha boca. Ri baixinho, puxando-o para mim. Pode ter sido a dança, ou as cervejas que eu já tinha tomado, ou vê-lo no palco, ou apenas a novidade de poder ser carinhosa com ele em público – uma coisa que não tínhamos podido fazer muito durante a turnê promocional do single –, mas eu o queria desesperadamente.

Enquanto nossas bocas se moviam juntas, frenéticas, meus dedos deslizaram pelo seu peito para abrir o botão da calça jeans. Gemendo, suas mãos fizeram o mesmo na minha. Enquanto eu puxava o zíper, olhei para trás, me certificando de que estávamos a sós. A sala quase não tinha móveis, e, como não descobri ninguém escondido em canto algum, voltei a beijá-lo, fechando os olhos.

Quando Kellan começou a puxar minha calça para baixo, enfiei as mãos na sua. Ele estava pronto para mim, rígido na palma da minha mão. Ele gemeu um pouco quando o apertei. Minha respiração estava rápida, enquanto eu me alimentava da paixão incendiária que sentia por ele. Era como se ele fosse explodir se não me possuísse. Tinha certeza de que já estava na beirinha, e o mais leve toque o faria despencar. Lembrando uma coisa que Kellan dissera uma vez para Denny – logo para quem –, interrompi suas mãos que tiravam minhas roupas. Ele deu um gemido semelhante a um grunhido, seus dedos ainda segurando a calça. Bem, *estávamos* comemorando, e talvez eu devesse lhe dar um presente, algo que não costumasse fazer para ele – mas que talvez devesse, já que a maioria dos homens gosta. Pelo menos, era o que eu tinha ouvido falar.

Empurrando-o para trás, deslizei as costas pela porta. Kellan ficou me vendo descer com uma expressão totalmente confusa.

– Kiera...?

Quando parei diante da sua cintura, ele prendeu a respiração. A expressão no seu rosto era tão clara como se ele me implorasse. *Por favor, faça o que acho que você vai fazer.* Seu dedo percorreu lentamente o contorno do meu queixo, e eu me senti mais poderosa, desejável e bonita do que jamais tinha me sentido. Sem conseguir afastar os olhos do seu olhar intenso, abaixei suas roupas até ele ficar exposto. A antecipação crescia enquanto nos encarávamos. Kellan começou a respirar novamente, mais depressa do que antes. Não disse nada, não me pressionou de nenhum modo, apenas continuou a me pedir com os olhos. Quando notei que estava tremendo, talvez resistindo ao impulso de aproximar meus lábios do seu corpo, abaixei o rosto e o coloquei na boca. Ele prendeu a respiração, e gemeu. Ouvi uma pancada quando sua testa bateu na porta. Eu já sentira seu gosto antes, em várias ocasiões, mas geralmente apenas uma ou duas lambidinhas quando estávamos rolando nus na cama. Nada como isso. Nada que fosse exclusivamente para ele.

Enquanto os arquejos eróticos de Kellan aumentavam, sua mão segurou meu rosto. Ele acariciava minha pele com o polegar enquanto eu fazia o possível para relaxar, me aproximando dele. Mais rápido do que achei que iria ser, senti-o ficar tenso, e soube que estava perto. Foi um momento do tipo agora ou nunca, e eu não sabia direito o que queria, mas sabia que queria satisfazê-lo, e sabia o que *eu* quereria se estivesse no lugar dele. Mas Kellan tinha suas próprias ideias sobre o assunto. Murmurando meu nome com um gemido leve, sua mão passou para o meu ombro e ele tentou me empurrar para trás. Segurei seus quadris e o puxei com mais força para dentro da boca. Estava decidida a fazer isso, e agora iria até o fim.

Meu movimento agressivo deixou Kellan à beira do clímax. Com um grito, ele apertou a maçaneta enquanto gozava; ouvi o barulho do metal batendo no trinco. Foi o bastante para me distrair do gosto... que não era tão ruim quanto eu tinha imaginado.

Depois que ele se abaixou lentamente, ajustei sua cueca e subi as costas pela porta. Sua cabeça ainda estava encostada na madeira, seus olhos fechados, e ele respirava pela boca. Seu rosto, sua expressão, sua reação... acho que nunca tinha me sentido tão excitada na vida. Abracei-o, aninhando-o no meu peito.

Ele se remexeu, enterrando a cabeça no meu pescoço.

— Nossa... Caralho... Puta merda — murmurou.

Seu corpo relaxou contra o meu e eu ri da sua completa falta de coerência. Acho que o satisfiz. Acariciando suas costas, sussurrei:

— Não fale palavrões.

Ele riu baixinho, balançando a cabeça.

— Desculpe. — Sua voz estava sonolenta, como se ele tivesse acabado de acordar.

Meu corpo ardia de necessidade, mas Kellan ainda estava encostado na porta; não parecia estar em condições de resolver a minha situação. E nem eu queria que fizesse isso. Adorava o fato de tê-lo deixado em êxtase, e queria que esse momento fosse só seu. Puxei o zíper de minha calça devagar, e em seguida o da calça dele. Ainda respirando fundo, Kellan se afastou e olhou para minha mão que fechava o botão de sua calça.

— O que está fazendo? — perguntou.

Dando um beijo leve nele, um beijo que uma parte de mim queria muito aprofundar, respondi:

— Deixando você apresentável, para podermos terminar de comemorar com nossos amigos.

Kellan pareceu ainda mais confuso com essa resposta.

— Mas você... não quer que eu te satisfaça?

Só o ângulo curioso da sua cabeça já me deu ganas de arrancar seu jeans e lhe implorar para me imprensar contra a parede. Mas, sorrindo para ele, balancei a cabeça.

— Você me satisfez.

Kellan arqueou uma sobrancelha.

— Satisfiz? Tem certeza? Geralmente você geme muito mais quando está satisfeita. — Abriu um sorriso provocante.

Mordendo o lábio e esfregando as pernas, pensei se devia mudar de ideia. Empurrando-o um centímetro para trás, disse:

— Eu posso não ter... terminado... mas você me deu uma alegria enorme. — Afastei um fio de cabelo dos seus olhos. — Quero dar isso a você. — Segurando a maçaneta atrás dele, murmurei: — Você pode retribuir o presente mais tarde. — Ouvi-o rir quando passei para o corredor.

Com a turnê do Avoiding Redemption prestes a começar, os D-Bags sumiram da face da Terra, escondendo-se com suas respectivas namoradas. Não vi nem recebi notícias de minha irmã durante cinco dias. Quando não visitávamos velhos amigos na região — principalmente Denny e Cheyenne —, Kellan e eu passávamos a maior parte do nosso tempo livre, que era cada vez menor, enrolados nos lençóis. Eu estava muito feliz por ter meu notebook; podia fazer uma parte essencial do trabalho mesmo aconchegada na cama com ele. E que maior fonte de inspiração pode haver para uma escritora do que essa?

Precisando dar um tempo no drama do meu passado, eu fechei o documento do romance e comecei a navegar na Internet. Kellan levantou a cabeça do travesseiro, beijando meu ombro.

— Finalmente terminou?

— Não, estou só dando um tempo. E não, você ainda não pode ler. — Sorrindo, digitei o nome da música com Sienna, *Regretfully*. Talvez fosse pura loucura querer assistir ao videoclipe, mas eu estava me roendo de curiosidade desde que Denny o descrevera como sendo "convincente". De todo modo, não era por causa de Sienna que eu queria assistir. Eu queria dar uma força para Kellan. Ele tinha acabado de lançar o seu primeiro videoclipe, e eu nem o vira ainda. Isso não me agradava.

Kellan sentou na cama, o lençol que cobria seu peito escorregando até a cintura.

— Antes assim, porque eu não estava mesmo a fim de lê-lo no momento. — Cravei um olhar duro nele, que abriu um sorriso inocente. — Mas estava achando o barulhinho da digitação relaxante. — Deu uma olhada na tela e franziu o cenho ao ver o que eu estava prestes a assistir. — Tem certeza de que quer ver isso?

Havia dezenas de títulos na tela que se aproximavam do que eu tinha digitado, mas uma foto do rosto de Kellan olhava para mim no alto da lista.

— Não... mas é o seu primeiro vídeo oficial. Eu me sinto como se nós devêssemos assistir. Talvez não seja tão ruim assim, se fizermos isso juntos.

Kellan assentiu, segurando minha mão. Deu um beijo carinhoso na minha aliança, sua expressão já deixando transparecer o arrependimento que sentia. Fiz um carinho no seu rosto, e então me virei para o notebook. Estava fervendo quando o coloquei sobre as pernas, quase como se queimasse lentamente um buraco no fino lençol que me cobria.

Depois de clicar no link do vídeo, um anúncio de perfume começou a passar. Li alguns dos comentários abaixo do vídeo enquanto esperava. *Kellan e Sienna pegam fogo juntos! Ai meu Deus, eu adoro esses dois! Eles têm que ficar juntos! Eles vão se casar? Ouvi dizer que já são casados! Ai, meu Deus, Kell-Sex para sempre!*

Franzi o cenho. *Kell-Sex?* Os fãs já tinham combinado os nomes dos dois. Que maravilha. E o apelido que tinham escolhido era ridículo. Será que não podiam pensar em nada um pouco mais... poético?

O vídeo começou, e apertei a mão de Kellan. Ele não se queixou da força dos meus dedos. Sentia seus olhos em mim enquanto olhava para ele e Sienna rolando juntos na cama. Devo admitir, foi doloroso de assistir no começo, mas depois de um tempo, eu me deixei absorver pela beleza e a artisticidade do vídeo e quase me esqueci de que o homem que se contorcia de prazer era o meu próprio marido. Quando terminou, pude entender o que atraíra tanto os fãs: Kellan e Sienna realmente pegavam fogo na tela.

Kellan pigarreou, e eu me virei para olhá-lo. Ele estudava meu rosto, em busca de algum sinal do que eu estava pensando. Resolvendo dar uma chance à honestidade, disse a ele antes mesmo que pudesse perguntar.

— Vocês dois têm uma química incrível. Posso ver por que os fãs ficaram tão apaixonados por essa ideia. — Kellan começou a fazer que não com a cabeça, mas segurei seu rosto para impedi-lo. — Você pensou mesmo em mim durante a filmagem inteira?

Ele assentiu, a expressão intensa.

— Foi a única maneira de ir até o fim.

Senti uma emoção indescritível enquanto olhávamos um para o outro. Ele só tinha olhos para mim. Deixando de lado o que o mundo queria dele, tentei me concentrar exclusivamente no que *ele* queria, no que *eu* queria. Sentindo-me lânguida e satisfeita, perguntei a ele:

— Kellan Kyle, quer casar comigo?

Tirando o notebook do meu colo, ele me deu um sorriso provocante, enquanto se deitava em cima de mim.

— Pensei que você nunca fosse me pedir — murmurou, beijando meu pescoço.

— Isso é um sim? — perguntei, rindo.

Ele pressionou os quadris nos meus, levando os lábios à minha orelha.

— Com você, é sempre sim.

Enquanto ele percorria minha pele, pensei em minha mãe... um pensamento estranho para ter naquele momento. Mas ela tinha me ligado pela manhã para perguntar sobre os convites do casamento; estava louca para mandar logo imprimi-los. Tinha tentado esconder isso durante o telefonema, mas eu percebera a insegurança em sua voz enquanto falava sobre o meu futuro. Ela não tinha certeza se o casamento ainda estava de pé. Minha mãe assistia à tevê, via as revistas no supermercado. Tinha ouvido as fofocas tanto quanto eu, e tenho certeza de que ouvira tudo sobre o incêndio erótico de Kellan e Sienna no vídeo. Se eu fosse ela, também me perguntaria se Kellan e eu ainda estávamos juntos. Garanti a ela que iríamos nos casar, mas não lhe dei uma data definida.

Antes que os lábios de Kellan chegassem aos meus seios, eu o afastei. Ele olhou para mim, os olhos ardendo de desejo. Tive que engolir em seco duas vezes antes de conseguir lembrar o que queria lhe perguntar.

— De quanto tempo vai ser o intervalo da turnê no Natal?

Kellan olhou para o alto, pensando.

— Ah, não sei. Quatro ou cinco dias, talvez uma semana. — Voltou a olhar para mim, um sorrisinho no rosto. — Por quê?

Dando de ombros, passei os braços pelo seu pescoço.

— Quer ir a um casamento comigo em Ohio?

Deitando de lado, ele se apoiou sobre o cotovelo.

— Alguém que eu conheço vai se casar? — perguntou, com um tom de voz brincalhão.

Sorrindo, dei de ombros novamente.

— Só uma mulher chata e sem personalidade que metade do mundo odeia.

Kellan arqueou uma sobrancelha, e então aproximou os lábios dos meus.

— O mundo não te odeia. — Riu baixinho, sua boca junto à minha. — As pessoas nem sabem que você existe. E você não é chata e sem personalidade. Pelo menos, não é mais.

Caiu na risada, e dei um tapa no seu ombro. *Idiota.* Então, fiquei séria. Ele estava certo ao dizer que as fãs de "Kell-Sex Para Sempre" nem sabiam que eu existia. E provavelmente era bom que não soubessem. Se soubessem... aí é que me odiariam mesmo. Kellan beijou os cantos da minha boca, apagando as rugas de preocupação.

— Eu adoraria me casar com você em dezembro... em Ohio... na frente da sua família inteira. — Ele se afastou, abrindo um largo sorriso. — Na frente da minha família.

Passei a mão pelo seu peito, contornando as letras da tatuagem.

— Você podia descobrir as datas exatas do intervalo? Para eu poder dizer a mamãe?

Ele assentiu e se afastou, como se fosse fazer isso naquele exato instante, mas puxei-o de volta pelo ombro. Seus olhos voaram para os meus quando dei um beijo leve em cima do seu coração.

— Mas será que dava para fazer isso um pouco mais tarde? — Lancei um olhar tímido para ele. — Gostaria de transar com você primeiro — acrescentei, com naturalidade. Sorri, toda orgulhosa; tinha pedido a ele para transar sem precisar ser incentivada, e nem mesmo gaguejara.

Kellan escancarou a boca, fingindo surpresa.

– Ora, Sra. Kyle, estou chocado com o seu atrevimento. – Então, abriu um sorriso radiante para mim, como se eu fosse sua protegida sexual. Sua melhor aluna. Sua *sexualuna*. Seus lábios se curvaram num sorriso maroto. – E também extremamente excitado.

Ele começou a se inclinar sobre mim, mas eu o empurrei de costas. Kellan riu quando sentei sobre ele, mas apenas por um minuto; os sons que vieram depois disso foram tudo, menos engraçados.

Capítulo 14
MONTANDO UM SHOW

Minha impressão foi de que saímos de Seattle e subimos num ônibus para participar da turnê do Avoiding Redemption num piscar de olhos. A transição aconteceu tão depressa, que tive a sensação horrível de estar esquecendo alguma coisa quando entramos no ônibus que seria a nossa casa durante os meses seguintes. Tinha certeza de que não estava esquecendo nada – trouxera as roupas, a escova de dentes, o notebook, minhas anotações e meu marido rock star; do que mais poderia precisar, além de um pouco de privacidade? As bandas participantes ocupariam dois ônibus nessa turnê, de modo que ia haver um monte de gente ao nosso redor; a privacidade seria um luxo raro nos próximos meses.

O primeiro local seria a House of Blues, na Sunset Strip, em Los Angeles. Achei que era o lugar perfeito para os D-Bags darem o pontapé inicial na turnê. A casa de espetáculos era superbadalada, icônica, mas ainda assim bastante intimista; todo mundo na plateia teria uma ótima visibilidade. Os fãs estavam em toda a parte quando fui para os bastidores, gritando, eufóricos com a presença de todos aqueles ídolos do rock. Estava meio caótico, o que só aumentava o clima de expectativa.

Kellan e Justin distribuíam autógrafos com outros músicos quando dei uma volta pela área. Era legal ver aquele mundo de gente usando as camisas do D-Bags. Na turnê anterior, Kellan entrara na última hora, e ainda era relativamente desconhecido. Mas isso acabara. Eu tinha certeza de que todo mundo ali já ouvira seu single com Sienna, e provavelmente comprara o álbum também. Dessa vez, as pessoas que veriam Kellan no palco não estavam ali por um feliz acaso. A maioria dos fãs, pelo que pude perceber, estava ali especificamente por causa dos D-Bags. O que fazia o momento parecer ainda mais importante, e muito mais excitante. Embora Justin fosse a principal atração da turnê, não havia dúvidas de que o show era de Kellan.

Além dos D-Bags e do Avoiding Redemption, havia mais três bandas na turnê. A primeira abriu o show, e a música reverberou entre as paredes. A multidão que estava atrás do palco não diminuiu agora que o concerto se realizava. Na verdade, até aumentou um pouco a agitação – algumas pessoas no centro do salão começaram a dançar, levantando as bebidas no alto.

Enquanto eu via Kellan do outro lado do salão, sorrindo e conversando com uma fã de marias-chiquinhas rosa-choque, fiquei escutando as pessoas ao meu redor. A maioria falava da beleza de Kellan. *Nossa, o cara é um tesão! Como é que ele consegue ser ainda mais bonito pessoalmente? Caraca, olha só pra aquele corpo. Dá pra ver que o cara é sarado... mas a gente teria que tirar a camisa dele pra ter certeza. Dar uma pesquisada, sabe como é.*

Soltei um riso na minha bebida ao ouvir esse último comentário, sutilmente dando as costas à sua autora. Ele *era* sarado, mas nem em mil anos eu deixaria que ela tirasse a camisa dele; sua "pesquisada" teria que ser imaginária. Tratei de me afastar da garota que queria fazer um exame detalhado no meu marido, e comecei a ouvir conversas que achei muito menos divertidas. *Ele está namorando a Sienna, não está? Não sei, ouvi ele dizer que não numa entrevista. Eles sempre respondem isso, só quer dizer que não querem falar sobre o assunto. Os dois formam um casal tão sexy, já viu o clipe deles? Morro de inveja, mas os dois são perfeitos juntos!*

Ouvi essa opinião ser repetida mais de trinta vezes enquanto me dirigia até Kellan. Quando cheguei, já estava farta de Sienna... e ela nem estava lá. Sorrindo para mim, ele deu um beijo no meu rosto. *Obrigado*, murmurou no meu ouvido, roubando a cerveja da minha mão.

Olhei para ele, zangada, vendo-o bebê-la.

– Para o seu governo, eu cuspi todinha de volta aí dentro.

Ele interrompeu o gole que já ia dando, mas então deu de ombros. Com um largo sorriso quando terminou, disse, com voz sensual:

– Não tem problema... eu gosto dos seus fluidos.

Justin olhava para nós com o nariz franzido. Dando um tapa de leve no estômago de Kellan, murmurei:

– Você tem andado demais na companhia de Griffin. – Kellan apenas riu e continuou a beber minha cerveja.

Justin riu do nosso diálogo, e então se virou para uma fã no momento em que ela chegava à sua frente e soltava um grito de furar os tímpanos, abafando a música que pulsava no salão.

– Eu te amo, Justin! – gritou.

Justin adotou a expressão amável e profissional que Kellan sempre usava ao conversar com as fãs.

– Você é um amor, obrigado. – Ela tornou a gritar e enfiou à força um estojo de CD nas mãos dele, quase o levando a entornar a cerveja. Sem se deixar perturbar pela demonstração de entusiasmo, Justin assinou depressa o nome na capa de plástico.

A garota se abanou toda, e então deu uma olhada em Kellan. Seus olhos só faltaram saltar das órbitas.

— Ai, meu Deus, Kellan Kyle! Sou sua fã número um! — Justin pareceu ofendido por um minuto, mas então riu, revirando os olhos pelas costas da criatura.

A fã número um de Kellan passou por Justin para chegar ao seu rock star favorito. Mordi o lábio para não rir; ela estava tremendo. Kellan lhe deu um sorriso educado, e respondeu, tranquilo:

— Obrigado, agradeço muito.

Pegando outro CD, estendeu o álbum dos D-Bags para ele. Dei uma olhada na caixa que ela segurava com dedos trêmulos. A foto que a gravadora acabara usando era uma em que os quatro estavam enfileirados, Kellan um pouco à frente. Estava com a cabeça baixa, olhando para a câmera com um meio sorriso sedutor. A foto era incrivelmente sensual, mas eles tiveram a espertez de cortar suas mãos, para que a aliança não aparecesse. As mil e uma estratégias a que Nick recorria para criar a ilusão de que Kellan era solteiro eram tão cômicas quanto irritantes.

— Será que podia escrever *Para a mulher dos meus sonhos*? — Ela suspirou ao dizer isso. Justin soltou uma risadinha, afastando-se.

Kellan me deu uma olhada discreta enquanto respondia. Curvando os lábios com ar de riso, disse:

— Acho que a minha *mulher* não gostaria disso. — Escondi meu sorriso. Embora estivéssemos casados nos nossos corações, Kellan estava respeitando minha vontade ao não assumir nosso relacionamento em público. Geralmente, limitava-se a dizer que estava "saindo com alguém", ou que "havia uma mulher na sua vida".

A fã fez um gesto.

— Ah, eu sei que você está com a Sienna e eu não tenho a menor chance, mas... — deu uma risadinha — ... é legal fazer de conta.

Os olhos de Kellan pularam para ela.

— Eu não estou com Sienna. Ela não é minha namorada. Nós só trabalhamos juntos numa faixa do álbum... e num videoclipe. — Relembrando o vídeo, fiquei séria. Sutilmente, pus a mão nas costas dele.

A fã sorriu e concordou, mas era óbvio que não acreditava numa palavra que ele dissera. Kellan deu uma olhada em mim e abriu a boca. Sabendo o que estava prestes a fazer, torci um beliscão nas suas costas. Enquanto ele escondesse minha existência do grande público, provavelmente não pensaria duas vezes em explicar tudo para as fãs, uma a uma. Mas eu preferia que não fizesse isso. No que dizia respeito à sua carreira, eu preferia ser o mais anônima possível.

Kellan estremeceu de dor, fechando a boca. Apenas assinando o nome na capa de plástico, devolveu o CD para a fã de carteirinha. Ela apertou o CD contra o peito, embalando-o como se fosse um bebê. Embora o momento tivesse acabado, a garota não saiu de onde estava. Achei que seria capaz de grudar em nós durante o resto do concerto, mas então ela viu Griffin saindo do banheiro e correu em sua direção, aos gritos de *Griffin! Eu te amo!*

Só pude balançar a cabeça, incrédula. Justin, Kellan e... Griffin? Fala sério.

Virando-se para mim, Kellan perguntou:

— O que foi isso?

Pisquei, sem entender.

— O que foi o quê?

Ele esfregou as costas.

— O beliscão. Eu só ia dizer a ela que *você* é a minha mulher, não Sienna.

Arrependida, massageei o ponto que devia ter machucado.

— Desculpe. Sim, eu sei o que você ia dizer, mas... não quero ser exibida nos seus concertos e apresentada a cinquenta mil pessoas curiosas. Não quero essa gente toda olhando para mim, falando de mim. Não quero alguém mencionando uma coisa para todos os repórteres que estão aqui. Não quero que eles ouçam falar de mim. E não quero *mesmo* ser manchete de jornais e, como todo mundo quer você com Sienna, é exatamente o que aconteceria. Eu seria um furo de reportagem. E eu... – Dei de ombros. – Vamos continuar sendo vagos em relação ao nosso relacionamento, OK? Essa loucura vai passar logo.

Kellan pôs a bebida na mesa, passando o braço pela minha cintura.

— Quer dizer então que não devo fazer *isso*?

Passei os braços pelo seu pescoço.

— *Isso* pode. Nós não precisamos parar de viver nossa vida, só não precisamos entrar em detalhes a respeito dela. Podemos ser discretos. Nós somos bons em ser discretos.

Kellan sorriu, e então me abraçou.

— Bem, as pessoas estão olhando para mim neste exato momento, então devem estar pensando que você é minha namorada.

Rindo, eu o empurrei.

— Não, confia em mim, é mais provável que estejam tentando descobrir onde começa a fila da promoção "Ganhe um Abraço de Kellan". – Ele apenas riu, mas eu sabia que estava certa.

Enquanto esperávamos que os D-Bags voltassem ao palco, Kellan e os rapazes conversavam com fãs e membros da outra banda. Eu não saía do lado de Kellan, rindo com ele e curtindo a companhia das pessoas. Vários membros da outra banda tinham participado da última turnê e conheciam bem os D-Bags. Dois deles até chegaram a me reconhecer do álbum de fotos de Kellan, e fizeram questão de me cumprimentar. Salvo por alguns olhares de inveja, as fãs não se manifestaram muito em relação à minha "paquera" com Kellan, quando ele passava o braço pelo meu ombro ou segurava minha mão. Como outras fãs conseguiram dar um abraço rápido nele durante o concerto, talvez tenham presumido que ele era do tipo simpático, que gostava de fazer a vontade das fãs. E era, mesmo. Até certo ponto.

Os D-Bags iriam tocar antes da banda de Justin. Antes de Kellan se dirigir para o palco, dei um beijo nele.

— Boa sorte.

O entusiasmo no seu olhar era evidente enquanto sorria para mim. Ele adorava isso.

— Obrigado. Volto logo.

Saiu apressado para dar início ao show, e não pude deixar de notar que a esmagadora maioria dos fãs atrás do palco ainda não tinha se dispersado — todo mundo queria ver os D-Bags se apresentarem. Dirigindo-me para a lateral do palco, encontrei um lugar onde não ficaria no caminho, mas ainda teria uma visão perfeita. Foi quando finalmente me dei conta de que o lugar estava superlotado. O espaço diante do palco era um formigueiro humano. As pessoas estavam tão espremidas, que quase me perguntei se o clube não estaria infringindo alguma lei municipal; eles só podiam estar acima da lotação máxima permitida. Mas ninguém na plateia parecia se importar se estavam todos espremidos feito sardinhas, principalmente quando Kellan entrou gingando no palco.

Com a guitarra pendurada no ombro, ele levantou a mão, caminhando até o microfone. O público irrompeu em gritos. Enquanto os outros D-Bags assumiam suas posições, Kellan se inclinou para o microfone e murmurou:

— 'noite.

Ouvir o oposto do seu cumprimento típico me fez rir, e a galera foi ao delírio. Quando a gritaria diminuiu um pouco, uma parte dela ao mesmo tempo gritou: *Nós te amamos, Kellan!*

Kellan levou a mão aos olhos, protegendo-os das luzes intensas que batiam sobre eles, e deu uma geral na plateia.

— Também amo vocês. — Riu, e as mulheres na fila da frente pareceram prestes a hiperventilar... isto é, *se* conseguissem respirar primeiro.

Tirando a guitarra do ombro, Kellan perguntou ao público:

— Está todo mundo se divertindo?

Meus ouvidos zumbiram um pouco depois da ensurdecedora resposta. Kellan inclinou a cabeça e tirou a faixa da guitarra do ombro. A guitarra estava agora pendurada bem em cima da sua pelve, e havia algo de insanamente erótico nisso.

— Hummm, não sei, não. Não parece que vocês estão se divertindo.

Pulando e gritando, a galera tentou provar que estava, sim. A exibição me fez rir. Kellan balançou a cabeça.

— Vamos tentar de novo. Eu perguntei: está todo mundo se acabando de tanto se divertir? — Dessa vez gritou a pergunta, e os fãs foram ao delírio. Até começaram a bater os pés; parecia que um terremoto sacudia o prédio.

Satisfeito, Kellan olhou para Evan e fez um sinal com a cabeça. Pegando a deixa, Evan começou a introdução da primeira música. Havia coisas na vida de que eu jamais me cansaria. Ver Kellan se apresentar era uma delas. Ele tinha aquele carisma que fazia com que fosse impossível tirar os olhos dele. E, ao contrário dos outros cantores que eu já vira, Kellan não ficava atrás do microfone, apenas interpretando as músicas. Não, ele envolvia o público ativamente, fazendo dele uma parte do show. Eu tinha certeza de que, em algum momento, todo mundo na plateia sentia uma conexão com ele. A capacidade de Kellan de ser um artista fantástico, sem em nenhum momento perder o bom humor, era um dos seus maiores atributos. Como músico, pelo menos. Eu podia pensar em várias outras qualidades que não tinham nada a ver com estar no palco.

Quando os D-Bags terminaram, fizeram uma reverência e saíram rápido do palco. Kellan me envolveu nos braços na mesma hora, e deu para perceber que estava eufórico, energizado pela apresentação. Esfregando o nariz no meu pescoço, murmurou:

— Vamos voltar para o ônibus.

Meus olhos se fecharam enquanto eu pensava nisso. Justin estava ao nosso lado, e vários membros da outra banda ainda se misturavam e comemoravam nos bastidores. Provavelmente teríamos um pouco de privacidade se saíssemos agora. Depois da última apresentação, os rapazes voltariam para os ônibus e cairíamos na estrada, de modo que qualquer oportunidade de ficarmos a sós estaria fora de cogitação.

Eu estava puxando seus quadris para os meus pelas passadeiras do jeans quando ouvi um canto modulado vindo da multidão. Abri os olhos e me esforcei para entender o que ouvia. Kellan levantou a cabeça e virou o rosto para o palco. Estava suado da apresentação, as pontas dos cabelos ainda úmidas. Era uma visão hipnótica, por isso também virei a cabeça para o palco.

— O que eles estão cantando? Não consigo entender.

Kellan franziu o cenho, prestando atenção. A palavra era longa demais para ser o nome da banda. Depois de alguns segundos, os cantos da galera se alinharam e o que diziam finalmente fez sentido. Voltando a olhar para mim, Kellan disse:

— Estão dizendo *Regretfully*. Eles querem ouvir o single.

Assenti, pois era o que eu também estava ouvindo. Kellan ficou sério, seu olhar voltando para o palco.

— Nós não temos os vocais dela gravados. Não podemos apresentar a música sem Sienna. A não ser que... — Quando olhou para mim, havia um brilho tão diabólico nos seus olhos que eu soube exatamente o que estava pensando. Tratei de ir logo empurrando Kellan para me desvencilhar de seus braços. Rindo, ele me segurou com força.

— Desculpe, amor. Você sabe que eu não gosto de decepcionar os fãs, e você é a única que pode substituir Sienna.

Eu tinha me virado nos seus braços, e agora estava de costas para ele, que apertava minha cintura com força, de modo que eu não podia me soltar.

— Nem pensar, Kyle! Não vou subir naquele palco!

Ainda rindo, Kellan começou a me arrastar de costas para lá.

— Sinto muito, mas você vai ter que cantar comigo hoje.

Comecei a gritar e a espernear como se ele estivesse me assaltando, até finalmente me soltar. Chorando de rir, perguntou:

— Não quer realizar a sua fantasia de ser uma rock star? Eu te ajudo, e se você ficar enjoada, geralmente tem um balde no canto.

Fuzilando-o com os olhos, informei a ele com a máxima firmeza:

— Hoje, você vai dormir sozinho num cubículo no ônibus!

Sua expressão mudou tão depressa que tive que me virar para esconder meu sorriso.

— Eu estava brincando, Kiera. — Fingindo não tê-lo ouvido, eu me afastei, pisando duro. — Kiera? Você sabe que eu estava brincando, não sabe?

Sem conseguir mais fingir que estava zangada, dei uma olhada para trás, sorrindo. O sorriso dele foi tão delicioso que eu soube que não seria capaz de pôr a ousada decisão em prática. Não importa aonde Kellan fosse: meu corpo, meu coração e minha alma automaticamente o seguiriam. Menos ao palco.

Uma semana depois do início da turnê, as bandas já tinham entrado numa rotina confortável: viajar, montar o equipamento, se apresentar, desmontar, viajar. Às vezes os membros de alguma banda passavam de um ônibus para o outro, mas geralmente os D-Bags dividiam um ônibus com os cinco integrantes do Avoiding Redemption, e as bandas restantes viajavam no outro. Logo depois do primeiro show, Kellan reivindicou a única cama do ônibus. Ele colara duas tiras cruzadas de durex amarelo com os dizeres *Não Entre* na área reservada, e no cruzamento das duas um cartaz enorme com os dizeres: *Reservado para o Sr. e a Sra. Kyle. Não entre. Isso é com você, Griffin*. Fiquei aliviada por Kellan ter se apossado do quarto antes que Griffin tivesse uma chance de batizá-lo. Ele podia estar praticando a monogamia no momento, mas mesmo assim eu não queria me deitar numa cama usada por ele.

Griffin ficou emburrado, mas o resto do pessoal achou graça e nos deixou ficar com a cama, já que éramos o único casal no ônibus.

Além das fãs perguntando a Kellan sobre Sienna todas as noites e cantando o nome do single ao fim de todos os shows, a publicidade em volta dos dois estava começando a enfraquecer. Tenho certeza de que Nick não gostou nada disso. Nem Sienna. Continuava fazendo sua parte, e Kellan a dele. Mas sem nenhuma outra foto ou vídeo tórrido, não havia mais nada de interessante para manter o pseudocasal no topo dos sites de fofocas.

Mas isso não pôs fim às perguntas.

– E aí, Kellan, o que é que está realmente rolando entre você e Sienna Sexton? – Uma locutora famosa se inclinava sobre o microfone, seus olhinhos atentos à resposta de Kellan. Não sei por que estava com aquela cara de quem fez uma pergunta de vida ou morte.

Kellan sorriu, mas percebi um suspiro por trás de seus olhos. Já estava ficando farto de responder à mesma pergunta em uma cidade atrás da outra. Achei que iria se sair com a resposta de praxe, "Sem comentários", porque não aguentava mais ficar dando satisfações sobre sua vida.

– Somos colegas. Trabalhamos juntos num projeto, mas foi só isso.

Fez uma pausa e esperou pela pergunta que sempre vinha em seguida:

– Quer dizer que você é solteiro? – Pela expressão da locutora e seu tom de voz, era óbvio que tinha certeza absoluta de que Kellan estava mentindo para ela.

Com o mesmo sorrisinho tranquilo, ele balançou a cabeça.

– Não. Não quero entrar em detalhes sobre esse assunto, mas estou num relacionamento com uma pessoa. – Eu estava de pé bem atrás da locutora, e Kellan à sua frente. Os olhos dele passaram para trás dela, fixando-se nos meus. – E eu a amo muito. – Voltou a olhar para a locutora antes que ela percebesse que a declaração fora dirigida a mim.

Minha nossa... eu tinha mesmo o melhor marido do mundo. Controlei minha expressão o melhor possível, mas não consegui tirar o sorriso dos lábios. A locutora franziu os dela.

– OK. Bem, que tal se vocês tocassem uma música para nós?

Kellan pareceu confuso ao ver a expressão apática da mulher diante de sua resposta. Ela tinha feito uma pergunta direta, e ele lhe dera uma resposta igualmente direta. Talvez não fosse o que ela queria ouvir, mas, enfim... paciência.

Matt e Griffin começaram a dedilhar a guitarra e o baixo, enquanto Evan batucava num bongô. A voz de Kellan encheu o estúdio, perfeitamente afinada, levantando o astral na mesma hora. Ninguém podia negar que os D-Bags eram bons. Não só bons, não... fantásticos.

Depois, nosso grupo se dividiu entre os dois táxis que já nos esperavam, e voltamos para o ônibus da turnê. No táxi que Kellan e eu tomamos, o rádio estava sintonizado na estação de que acabáramos de sair; reconheci a voz estridente da locutora. Inclinando-se para frente, Evan disse:

– Vocês acham que ela vai falar de nós, agora que saímos de lá?

Kellan e eu demos de ombros, e então começamos a prestar mais atenção ao que ela dizia. Na mesma hora, eu me arrependi.

— Kellan é um mentiroso, e ponto final. "Só colegas"... tá legal. Quer dizer que eu devo acreditar que aquele videoclipe simplesmente tórrido foi pura encenação? Desculpe, meu bem, mas Sienna não é tão boa atriz assim. Aqueles dois estavam compartilhando muito mais do que a letra da música! "Está num relacionamento"? Me engana que eu gosto, Kellan...

Kellan gemeu, encostando a cabeça no banco. Eu entendia perfeitamente como estava se sentindo. Acho que sei por que ninguém dava mais a menor atenção ao que ele dizia...

Em seguida, a estação começou a receber ligações de ouvintes, todas elas fãs doentes da dupla Kell-Sex, que ajudaram a distorcer tudo que Kellan dissera: *Ele ama Sienna! Não ouviu a voz dele quando disse isso? Ai, ai! O melhor namorado do mundo!*

O melhor namorado do mundo? Santo Deus. As fãs não tinham só roubado Kellan e o dado para Sienna com um laço de fita vermelho, mas também meu elogio sobre suas qualidades como companheiro.

Enquanto Evan balançava a cabeça, incrédulo, Kellan olhou para mim.

— Me lembra de nunca mais dar uma entrevista para aquela rádio.

Estava anotado.

Arqueando uma sobrancelha, ele perguntou:

— Tem certeza de que ainda quer que eu seja vago?

Mordi o lábio, mas assenti. Mais cedo ou mais tarde, o auê enfraqueceria. Se eu pudesse resguardar minha privacidade, preferia fazer isso.

Os rapazes iriam tocar em outra filial da House of Blues aquela noite, dessa vez a de Dallas. Eu nunca estivera no Texas. Por algum motivo, não parava de imaginar Kellan com um chapéu de caubói em todos os lugares aonde íamos. Isso me fez ter uma crise de riso, o que Kellan achou fofo. Quando disse a ele por que estava rindo tanto, ele inclinou o corpo de lado, pôs a mão na testa para imitar a aba de um chapéu e disse com voz arrastada:

— E aíííí, como é que vaaaai, doooona?

Da traseira do ônibus, Griffin atirou uma bola de meia na sua cabeça.

— Cara, você precisa deixar crescer um par de colhões. Você é uma vergonha para os pênis do mundo inteiro!

Com um sorriso irritado, Kellan pegou a bola e a atirou na direção de Griffin, acertando seus ovos em cheio. Enquanto o rosto de Griffin ficava escarlate e ele se dobrava ao meio de dor, todos os músicos que estavam por perto ficaram com pena dele e soltaram um longo *oooooh*.

Justin balançou a cabeça, dando um tapinha no ombro de Griffin.

— Aiii, essa doeu! É capaz de você não poder mais ter filhos, hein, Hulk?

Griffin levantou a mão, fraco, e mostrou o dedo médio.

Enquanto todos no ônibus caíam na gargalhada, o baixista de Justin, Mark, entrou correndo no ônibus. Olhando ao redor, procurou pelos companheiros de banda. Vendo Justin primeiro, disse a ele:

– Você não vai acreditar quem está aqui.

Comecei a ter um péssimo pressentimento ao ver o rosto bonito de Justin se contrair, confuso.

– E quem está aqui? – Fixei os olhos em Kellan e vi no seu rosto o mesmo que estava no seu coração. *Por favor, que seja qualquer um, menos ela.*

Para meu pavor, o olhar de Mark se dirigiu a Kellan.

– Sienna Sexton, cara.

Kellan e eu suspiramos ao mesmo tempo. *Que. Droga.* Kellan se virou para Mark.

– Ela está aqui? Por quê?

Mark deu de ombros.

– Não sei. Está com uma mulherzinha antipática a tiracolo que me pediu para te encontrar "de imediato". Qual é a pessoa normal que diz "de imediato"?

Kellan tornou a suspirar.

– Deve ser Tory. – Olhou para mim. – Acho que é melhor a gente ir lá ver o que a Sienna quer. – Desejando poder não concordar, assenti.

Talvez para nos dar apoio moral, ou talvez apenas por curiosidade mórbida, Evan e Matt nos seguiram até onde Sienna esperava. Griffin ficou no ônibus, pois ainda não conseguia nem sentar direito. Sienna estava num escritório privado do clube que alguém convertera às pressas num camarim. Coisa 1 e Coisa 2 guardavam a porta, mantendo os curiosos a distância. Como ainda não havia ninguém ali além dos funcionários, achei isso meio desnecessário.

Os dois caras olharam para Kellan como se não soubessem quem ele era. Quando Kellan passou por entre eles para alcançar a maçaneta, os dois estenderam os braços, cortando seus passos. Irritado, Kellan disse:

– Sou Kellan Kyle, lembram? Vocês já me viram antes. – Nem um músculo nos dois rostos se moveu, nem seus braços. Ainda mais irritado, Kellan levantou as mãos. – Sienna pediu para me ver. – Um dos dois falou num fone de ouvido, esperou alguns segundos e então abriu a porta para nós.

– Podem entrar. A Srta. Sexton está esperando por vocês. – Kellan revirou os olhos, estendendo a mão para mim.

Sienna se virou para a porta no instante em que entramos. Estava tão deslumbrante como da última vez em que eu a vira – a pele luminosa, impecável, um corpo perfeito envolto em roupas justas e reveladoras, os cabelos negros compridos e brilhantes. Para minha enorme decepção, não fora acometida por nenhuma deformação súbita desde que nos víramos pela última vez. Que droga. Tory estava atrás dela, encostada numa parede, com a cara fechada, folheando uma agenda transbordante de Post-its coloridos.

— Ah, meu Deus, Kellan! Há quanto tempo. — Sienna avançou para abraçá-lo, e Kellan levantou um dedo. Ela não o abraçou, mas deu um beijo meteórico no seu rosto. — É simplesmente maravilhoso ver você. — O fato de ela ignorar minha presença, e também a de Matt e Evan, não me passou despercebido. Ela só tinha olhos para Kellan.

Enquanto Kellan organizava a banda atrás de si, ela finalmente deu uma olhada em nós.

— O que está fazendo aqui? — perguntou ele. — Não deveria estar em turnê?

De um jeito tímido e provocante ao mesmo tempo, Sienna levantou um dos ombros nus, abaixando os olhos.

— Vou tocar numa cidade aqui pertinho, e tenho a noite livre. — Voltou a olhar para ele. — Não podia perder a oportunidade de ver você se apresentar.

Kellan balançou a cabeça lentamente.

— Bem, espero que seja um bom show.

Sienna apertou as mãos, uma expressão de puro encanto no rosto.

— Vai ser fantástico. Mal posso esperar!

Parecendo confuso, Kellan perguntou:

— Você queria me ver só para dizer que vai assistir ao show hoje à noite?

Uma expressão surgiu no rosto de Sienna que me lembrou de Nick. Era uma expressão irritada, de alguém que não gosta nem um pouco que lhe falem sem ser com a mais extrema deferência. Mas desapareceu em um instante, e ela abriu um largo sorriso para Kellan.

— Na verdade, eu tive uma ideia brilhante, e queria submetê-la a você.

Kellan cruzou os braços.

— Ah, é? E que ideia é essa?

Sienna franziu o cenho ao ver a postura dele, mas na mesma hora voltou a se mostrar bem-humorada. Suas emoções avançavam e recuavam como alguém brincando com um interruptor na parede.

— Bem, não sei se o mesmo tem acontecido com você, mas os fãs não param de me pedir para cantar o novo single nos shows.

Arqueou uma sobrancelha, esperando por uma resposta. Kellan assentiu.

— É, tem acontecido muito comigo também.

Mordendo o lábio, ela cutucou o peito dele com uma unha bem-feita.

— E eu não posso cantar *Regretfully* sem você.

Kellan encarou o dedo dela, e então fixou seus olhos.

— Nick pode te dar os meus vocais, ou você pode contratar outra pessoa para cantar a minha parte.

Ela deu um olhar irritado antes de dizer, com voz meiga:

— Não é a mesma coisa. Eu gostaria de cantá-la novamente com você. Levar os fãs ao delírio. Fazer com que o clube venha abaixo.

Levantando as sobrancelhas, Kellan deu uma olhada no escritório.

— Você quer cantar a música hoje à noite? Aqui? — Compreendi a confusão dele. Era um ovinho comparado aos estádios onde Sienna costumava tocar.

Mas Sienna parecia eufórica com a ideia. Balançando a cabeça vigorosamente, respondeu:

— Não seria o máximo? Ninguém esperaria isso. O que acha?

Kellan pareceu inseguro, e olhou para Evan e Matt, esperando que dessem sua opinião. Evan estava de cenho franzido; sabia perfeitamente bem o que a mídia estava fazendo com Kellan e Sienna. Matt, sempre um empresário, sorria, consciente do furor que isso ia causar; o público iria à loucura se acontecesse.

Vendo que Kellan ainda precisava ser convencido, Sienna se inclinou para nós, dizendo:

— Imagine só as manchetes de amanhã, e o impulso que poderiam dar à carreira dos seus amigos. *"Sienna Sexton surpreende o público durante a turnê do Avoiding Redemption, que está com os ingressos esgotados..."*

Kellan mordeu o lábio, olhando para mim. Não vendo nenhum mal na ideia, assenti. Voltando a olhar para ela, ele perguntou:

— Você não quer mais nada de mim além de um único dueto?

Rindo, ela concordou.

— Vai ser fantástico. Para todos nós. — Suspirei, esperando que fosse verdade.

Fora decidido que os D-Bags seriam os últimos a se apresentar, embora eu não soubesse de quem fora a decisão. Mas achei que fazia sentido. A entrada de Sienna no final fecharia a noite com chave de ouro, e sua entrada logo depois dos D-Bags faria o show fluir melhor. E, embora eu detestasse dizer isso, principalmente para Justin, a maior parte das fãs estava lá por causa de Kellan. Fazia sentido que os D-Bags encerrassem o show. Kellan não concordava, e fez de tudo para que Justin tocasse por último, mas foi voto vencido.

Sienna ficou escondida enquanto as outras bandas se apresentavam. Nem um único fã descobriu que ela estava no prédio. Tenho que confessar que ficar por dentro de um babado forte desses me deixou na maior animação. Eu tinha que contar o segredo para alguém, por isso mandei um torpedo para Anna e Denny. Ele respondeu em seguida, dizendo: *É mesmo? Nossa.* Dois minutos depois, acrescentou: *Espera aí, ela saiu de Montana para fazer um show em Dallas?* Anna se limitou a dizer: *Que inveja!*

A resposta de Denny me deixou perplexa. Sienna Sexton estava em Montana antes? Como isso podia ser considerado "ali pertinho"?

Mas não tive tempo de me preocupar, porque os D-Bags já estavam no palco. Talvez fosse a eletricidade extra no ar, mas eles arrasaram. Tudo no show foi perfeito. Só ouvi-los já bastou para atiçar minha criatividade. Minha literatura andava meio devagar nos últimos tempos. Eu tentava escrever durante os momentos mais sossegados no ônibus, mas era tanta gente, tanta atividade, que era um desafio. E nos bastidores não era muito diferente. Uma festa interminável, o que era até divertido, mas não muito favorável à escrita de um romance dramático.

Quando os D-Bags deixaram o palco, a galera começou a cantar, pedindo a sua música favorita. Do ângulo em que eu estava, deu para ver algumas camisetas Kell-Sex. Os fãs iriam ao delírio quando Kellan e Sienna aparecessem no palco. Na mesma hora percebi um lado negativo no plano, e me perguntei se fora uma ideia tão boa assim. Queríamos abafar os rumores, não alimentá-los. Mas era tarde demais. Sienna já estava preparada para entrar em ação.

Sienna, os D-Bags e eu ficamos esperando perto do palco, para que o frenesi da galera chegasse ao nível de histeria. Achei que os fãs iriam derrubar o prédio se a banda não voltasse logo. Kellan ria ao meu lado, esperando o momento mais oportuno para reaparecer e anunciar a surpresa. Apertei sua mão com força, sentindo o barulho da plateia vibrar no meu peito.

Quando tive certeza de que os painéis do teto estavam prestes a se soltar, Kellan me deu um longo beijo. Quando se afastou, seus olhos brilhavam.

– É melhor eu ir lá de uma vez, para poder acabar logo com isso e te levar para a cama.

Já me sentindo melhor, abri um sorriso.

– Gostei do plano.

Kellan deu um tapa no meu traseiro, e então se virou e correu para o palco. O caos alucinado de aplausos e pisadas deu lugar a uma gritaria ensurdecedora. Kellan estendeu as mãos, pegando o microfone. A barulheira não parou, obrigando-o a levantar a voz:

– Que é que vocês ainda estão fazendo aí? O show acabou.

Fez um gesto como se dispensasse a galera. Achei graça da brincadeira, e várias pessoas na plateia também. Enquanto ele fazia isso, Sienna entrou às suas costas. Não estava usando o mesmo jeans apertado e regata justa de quando chegara. Agora, vestia uma blusa branca transparente que revelava o sutiã preto por baixo. Um sutiã preto? Com uma blusa transparente? Do jeito que as luzes incidiam sobre a blusa, não faria a menor diferença se estivesse usando *só* o sutiã.

A galera foi à loucura, e Kellan olhou para trás. Isso não tinha sido combinado. Primeiro ele iria tocar para o público, e só então anunciar Sienna. Ela devia esperar a deixa. Enquanto Kellan se endireitava, olhando para ela, dezenas e mais dezenas de celulares foram sacados. Acenando para a multidão, Sienna sorria de orelha e orelha, caminhando em direção a Kellan. Seus braços rodearam a cintura dele e ela deu um beijinho no seu ombro, bem-humorada, em seguida encostando a testa nele. As fãs só faltaram babar com essa demonstração. Kellan se virou, afastando-se discretamente dela. Sem deixar que seu sorriso radiante oscilasse, disse à galera que gritava:

– Senhoras e senhores, a senhorita Sienna Sexton.

Pelo jeito como disse isso, vi que não estava nada satisfeito. Um membro da equipe entregou um microfone a Sienna, enquanto os outros D-Bags assumiam suas posições. Ignorando Kellan por um segundo, Sienna fez uma reverência, agradecendo ao público. Quando terminou de falar, Kellan fez um sinal para que Matt começasse a música. Os fãs deliraram quando Kellan começou a cantar, e sua irritação deu lugar ao profissionalismo. Kellan era um artista consumado, e apesar do que sentia pela colega de dueto, faria para o público a melhor apresentação que pudesse.

Depois de cantar com Kellan o dueto que quase trouxe o clube abaixo, Sienna levou as mãos à boca e soprou uma longa série de beijos para a multidão de fãs extasiados. Curtindo o mar de aplausos, Kellan agradeceu à plateia com um aceno, e então olhou para os bastidores, onde eu esperava. Quando nossos olhos se encontraram, ele balançou a cabeça, e deu de ombros discretamente. Gostássemos ou não disso, não havia como negar o fato de que a música era um sucesso gigantesco, e que era eletrizante ver Kellan e Sienna cantando-a juntos.

Capítulo 15
SEM RESSENTIMENTOS

Depois de Dallas, a turnê enveredou pelo Meio Oeste. A região era plana, aberta e espaçosa, como Kellan me contara. Achei a monotonia das paisagens relaxante, por permitir que minha cabeça viajasse. E, como acontecia toda hora, minha cabeça viajava até Kellan – até meu passado com ele, para ser mais exata. O ônibus era barulhento e agitado com tantos homens a bordo, mas eu sempre encontrava alguns momentos durante o dia em que conseguia me esconder no quarto dos fundos e escrever um ou dois parágrafos.

Esse ônibus se parecia muito com o outro em que Kellan e os D-Bags tinham viajado antes, com um design que priorizava a capacidade em detrimento do conforto. O "quarto dos fundos" era, basicamente, uma versão maior de um cubículo – um colchão fino espremido contra a parede traseira do veículo. Em função disso, estava sempre cheirando a fumaça de cano de descarga. Mas, embora frágil, a porta bloqueava uma parte do som, e a cama era grande o bastante para Kellan e eu dormirmos lado a lado, por isso me dei por satisfeita. Não era tão confortável quanto nossa cama em casa, mas melhor do que um beliche.

Tínhamos nos despedido de Sienna uma semana antes. Ela voltara para sua turnê com um sorriso vaidoso no rosto, e nós fizéramos as malas e nos mandáramos para a próxima cidade. As manchetes na manhã seguinte foram gigantescas: *Sienna Sexton Surpreende Namorado Durante Turnê!* Embora eu já esperasse por isso, a fofoca me chocou. Parecia não importar o que Kellan dissesse ou fizesse; tudo era distorcido pela mídia para dar a impressão de que ele e Sienna estavam perdidamente apaixonados.

Uma foto de Sienna dando um beijo no ombro de Kellan aquela noite começou a aparecer em toda parte. Eu já até vira fãs pedindo a Kellan para autografá-la nos bastidores. Ele sempre se recusava. Dizendo que Sienna não era sua namorada e que a foto era enganosa, sempre lhes pedia para autografar alguma outra coisa. E elas sempre olhavam para ele como se seu empenho em manter o namoro com Sienna em segredo fosse uma gracinha. Elas o amavam mais ainda pelo jeito como protegia Sienna, quando, na realidade, era a mim que Kellan estava protegendo.

"Irritada" não dá nem para começar a descrever como eu me sentia em relação ao fato de Kell-Sex ter voltado a ser a fofoca mais quente do momento. Pelo menos, mais cedo ou mais tarde iria esfriar, agora que eles estavam separados. E Kellan não concordaria em fazer outro dueto se Sienna resolvesse "fazer uma visitinha" para dar outro golpe de publicidade. Kellan teria que continuar fazendo o possível para abafar os rumores, enquanto esperava pacientemente que outro casal de celebridades caísse no gosto do público. E eu tinha certeza de que isso acabaria acontecendo. As pessoas adoram ouvir tudo sobre casais de famosos, principalmente quando têm problemas.

Naquele dia estávamos em Dakota do Sul, para promover a turnê de um jeito que me matava de rir toda vez que eu me lembrava. A emissora de rádio que patrocinava o evento resolvera batizá-lo de "Dardos com os D-Bags". Eles tinham alugado o salão de bilhar local por uma tarde para acolher a banda e quarenta vencedores de um concurso. Kellan estava louco para jogar dardos, mas não era o melhor jogador de bilhar do mundo. E nem eu. Os outros D-Bags até que jogavam direitinho. Griffin, principalmente, era craque. No percurso para o salão em uma das vans da emissora, ele resolveu dar algumas dicas para Kellan:

— Se a mulher se curvar para a frente na hora de dar a tacada, isso quer dizer que está doida para que você dê uma batucada no pandeiro dela.

— Griffin — gemi, fechando os olhos. *Que diabos minha irmã viu nele?*

Griffin olhou para mim, debochado:

— Que é que tem? É isso que quer dizer. Não existe nenhuma tacada no mundo que obrigue a mulher a se curvar daquele jeito. Obviamente, é um código que significa "me pega agora e faz mil safadezas com as minhas zonas proibidas".

Olhando para Kellan, perguntei se se importava. Sorrindo, ele respondeu que nem um pouco, e então deu um pescotapa em Griffin.

— Que é isso! Eu só estava tentando ajudar, cara — resmungou Griffin, esfregando a nuca.

Quando Griffin começou a conversar com Evan, que sentava no banco da frente, encostei o queixo no ombro de Kellan, agradecendo-lhe em silêncio por compreender o que eu queria. Ele deu um beijo na minha testa, rindo baixinho. É verdade, eu estava tentando ser mais paciente com Griffin, mas alguns comentários dele mereciam um chega pra lá. Até Anna teria dado uma bifa nele pelo que dissera.

Chegamos ao salão de bilhar e fomos conduzidos pela entrada dos fundos pelo pessoal da estação de rádio. Kellan e os outros rapazes posaram para fotos com os DJs, enquanto eu esperava com um grupo de estagiárias. Uma delas ficou mordendo o lábio, vendo Kellan abrir um sorriso de parar o coração diante do fotógrafo. Talvez tenha sido minha imaginação, mas acho que ela chegou a gemer.

Brincando com minha aliança, fiquei pensando se queria me arriscar a jogar uma partidinha de dardos. Eu não era lá muito coordenada, e havia uma grande possibilidade de que alguém se machucasse se eu atirasse um objeto pontiagudo do outro lado do salão. O olhar da estagiária passou de Kellan para mim. Dei uma olhada nela, com uma expressão confusa.

– Você veio com os D-Bags – observou, seus olhos logo descendo para minha aliança. – É casada com algum deles? – Percebi que estava rezando em silêncio para que eu dissesse que não. Senti um aperto nervoso no estômago. Não tinha esperado que alguém fosse *me* perguntar sobre *meus* relacionamentos. É verdade, era apenas uma conversa entre duas pessoas e não uma entrevista oficial, mas aquela menina era alguém em quem os DJs confiavam. Dizer alguma coisa para ela era o mesmo que dizê-la para a cidade inteira. Bem, talvez não chegasse a tanto, mas mesmo assim eu não gostava da ideia.

Sem saber o que dizer, apenas respondi:
– Não. Casada, não. – A mais pura verdade, pois eu não era legalmente casada. Ela pareceu prestes a fazer mais perguntas, mas, começando a me sentir constrangida com sua atenção, pedi licença e me afastei.

Os vencedores do concurso se dividiam em quatro times, cada D-Bag tendo sido designado para ser capitão de um deles. As meninas do time de Kellan estavam entusiasmadíssimas. Várias em outros times pareceram meio enciumadas, mas logo deixaram isso de lado; afinal, *iriam* jogar bilhar e dardos com rock stars. Abri caminho até o time de Kellan. Não podia contribuir muito para ajudar nosso time a ganhar, mas podia pelo menos lhe dar apoio moral quando perdesse. *Se* perdesse. Talvez eu devesse fazer pensamento positivo. Pra frente, time Kellan!

Cada D-Bag tinha dez vencedores do concurso no seu time de universitários. Em seguida, o time seria dividido em dois de cinco, que jogariam entre si. Colado na parede havia um sistema de chaves complexo, que nos diria, ao final, qual "D-Bag tinha o maior D". Havia até um troféu espalhafatoso em formato de D, que o capitão do time vencedor levaria para casa. Mas a pontuação era mais complicada do que qualquer trabalho de estatística que eu já fizera na faculdade, e não consegui descobrir como funcionava. Só sei que, embora Kellan e eu estivéssemos no mesmo time, ele se esforçou tanto para me distrair, que errei quase todos os lances.

Durante o jogo de dardos, Kellan beliscava a minha coxa no momento em que eu estava prestes a fazer o arremesso. Errei três vezes seguidas. Numa dessas, estava tão concentrada em atingir o alvo – qualquer alvo –, que nem o notei às minhas costas. No momento em que me preparava para atirar o dardo, a mão dele contornou meu quadril e se enfiou no bolso da calça jeans, como quem não quer nada, me dando um susto horrível. Acabei me virando na hora de atirar, e o dardo voou na direção de um grupo que jogava bilhar, acertando o traseiro de Griffin. Felizmente, ou infelizmente, eram dardos eletrônicos, e o baixista não se machucou. Mas fez questão de revidar, atirando um pedaço de giz azul em cima de Matt, supondo ter sido ele o atirador.

Kellan ria tanto que teve que sair do jogo. Um grupo de meninas o cercou, parecendo gatas em volta de uma lata de atum. Mais uma vez, nenhuma delas parecia achar estranho que Kellan me paquerasse tanto – provavelmente porque todas o paqueravam sem a menor cerimônia. Era como o Pete's, só que mil vezes pior. Quando Kellan não estava jogando, passava a maior parte do tempo empurrando mãos bobas e dedos afoitos com educação. Até eu tive que admitir que foi muito divertido.

Quando nosso grupo se dirigiu às mesas de bilhar, a classificação dos times era a seguinte: em primeiro lugar o de Griffin, em segundo o de Evan, em terceiro o de Matt e em quarto o de Kellan. Não fiquei surpresa por estarmos na lanterninha. Ninguém no nosso time estava se concentrando muito, com exceção, talvez, dos únicos três rapazes que tinham ficado entre os vencedores do concurso. Se bem que até eles estavam achando difícil jogar sinuca com aquela mulherada toda dando mole ao redor.

Enquanto dois rapazes do nosso time perdedor davam em cima de uma ruiva alta que só tinha olhos para Kellan, sussurrei no seu ouvido:

– Aposto vinte pratas que encaçapo mais bolas do que você.

Kellan bufou de desdém.

– Pois eu aposto quarenta pratas que você acabou de perder vinte pratas. – Ri da sua resposta e estendi a mão para selar o acordo. Os lábios de Kellan se curvaram num sorriso que fez meu coração ir às nuvens. – Não, vamos dar uma apimentadinha na nossa aposta. Se eu vencer, nós transamos nos bastidores hoje à noite; se você vencer, nós transamos nos bastidores hoje à noite.

Tive vontade de rir novamente, mas a maneira como ele pronunciou a palavra *transamos* congelou meu cérebro por um segundo.

– Hum... acho que você não entende como funciona uma aposta.

Aproximando-se de mim, ele sussurrou a resposta no meu ouvido com voz sensual, pousando a mão no meu estômago.

– Não?

– Tudo bem – murmurei, desejando que sua mão descesse um pouco mais. – Combinado. – Não fazia ideia de onde encontraríamos privacidade em meio ao circo dos bastidores, mas não estava dando a mínima naquele momento.

Kellan e eu erramos uma tacada após outra. Eu já começava a me perguntar quais seriam as regras da nossa aposta se acabássemos empatados em 0 X 0, quando a sorte sorriu para Kellan e ele finalmente conseguiu encaçapar uma bola. O que pareceu surpreendê-lo tanto quanto a mim. Levantando os punhos, gritou: *Yesss!*

Como nosso time ainda estava na lanterninha, todos ao redor olharam para ele como se não estivesse batendo bem. Mas Kellan não se importou. Sorrindo como um menino, fingiu tocar o taco como se fosse uma guitarra. Revirei os olhos, mas as meninas que assistiam caíram na gargalhada.

Enquanto se derretiam ao ver como ele era fofo, ele me disse:

— Ganhei! — Eu sabia que provavelmente ainda teria mais uma chance de encaçapar uma bola, mas que as probabilidades de fazer isso eram ínfimas. E também que, não importando quem vencesse o jogo, iríamos transar nos bastidores aquela noite.

Quanto ao ganhador da taça D-Bag, no final a honraria coube a Evan. Foi uma zebra de que todos no salão tomaram conhecimento. Principalmente porque Griffin soltou um grito de derrota ao estilo *Coração Valente* quando seu time perdeu por quatro pontos de diferença. Quem podia imaginar que um troféu kitsch de plástico daqueles haveria de ser um ponto de honra tão disputado?

Evan exibiu com orgulho seu D gigante no colo durante todo o trajeto de volta à estação de rádio. Quando saímos de lá rumo à House of Blues, Griffin estava tão furioso que nem olhava mais para Evan.

— Você roubou — resmungou para o amigo.

— Como eu poderia ter feito isso? — argumentou Evan.

Fungando, Griffin murmurou:

— Sei lá, mas que você roubou, roubou.

— Se você quer dizer que eu roubei jogando melhor do que você, então sim, eu roubei descaradamente.

Kellan ficou só rindo dos companheiros de banda, enquanto Griffin olhava de cara feia para Evan. Quando a conversa passou para assuntos menos polêmicos, Kellan me deu um olhar de puro desejo:

— Estou muito *excitado* com o show de hoje. Mal posso esperar.

Senti o rosto pegar fogo quando a insinuação me atingiu com força total. Querendo devolver o duplo sentido, murmurei:

— Eu sei. Tenho certeza de que você vai matar a *pau*. — *Ah, meu Deus, eu disse mesmo isso em voz alta?*

Os olhos de Kellan se arregalaram, e seu sorriso aumentou.

— Acho que vou *gemer de prazer* quando acabar.

Na mesma hora, abaixei os olhos. Ah meu Deus, isso era tão constrangedor... e sexy. Voltando a olhar para ele, sorri e disse:

— É, e totalmente *exausto*. — Não podia acreditar que tinha dito isso com a cara mais natural do mundo. Nem Kellan. Ele abaixou os olhos, torcendo os lábios.

Enquanto se controlava, chegamos à entrada dos fundos da casa de espetáculos onde os D-Bags iriam tocar. Antes de Kellan abrir a porta, ele me disse:

— Espero que a gente tenha adrenalina para chegar até o fim.

Seguindo-o quando saiu do carro, soltei:

— Tenho certeza de que você vai atingir o seu clímax.

Todos os D-Bags nos encaravam quando saí do carro. Matt e Evan pareciam surpresos com o que eu acabara de dizer; Griffin parecia um pouco excitado. Kellan mal conseguia conter a vontade de rir. Com o rosto pegando fogo, fixei os olhos nos seus.

— Essa não foi lá muito sutil, não é?

Ele fez que não com a cabeça, e então não aguentou mais e começou a dar gargalhadas histéricas. Tapei os olhos. Meu Deus. Eu ainda era uma idiota. Quando ouvi Matt e Evan começarem a rir baixinho, dei uma espiada por entre os dedos. Eles sorriam para mim com um ar tão carinhoso que não pude deixar de rir também.

Entramos na House of Blues no melhor dos humores. Principalmente Griffin, que seguia alguns passos atrás de nós, simulando movimentos sexuais com os quadris enquanto caminhava. Quando o grupo começou a deixá-lo para trás, lamuriou-se:

— Esperem por mim, estou quase lá! — Mordi a bochecha e decidi no futuro deixar as conversas provocantes para momentos em que Kellan e eu estivéssemos a sós ou, pelo menos, longe de Griffin.

Enquanto Matt e Evan se aproximavam para ajudar a montar o equipamento, Kellan chegou por trás de mim e passou os braços pela minha cintura.

— Para onde nós vamos? — perguntou, esfregando o rosto no meu pescoço.

Dei uma olhada no salão já lotado de fãs e artistas. Não havia muita privacidade ali; até nos banheiros o entra e sai de gente era ininterrupto. Olhando para trás, perguntei a ele:

— Você estava falando sério em relação à aposta?

Kellan me virou entre os braços. Duas fãs pararam e ficaram olhando para ele; obviamente, também queriam um abraço do namorado paquerador de Sienna.

— Se estava falando sério em relação a sexo? Sempre estou. — Sussurrou no meu ouvido: — E também sei que tenho um favor para retribuir. — Seus lábios roçaram minha orelha, e um choque elétrico me correu pela espinha. Senti o calor voltando ao meu corpo, mas dessa vez não tinha nada a ver com constrangimento.

Segurando minha mão, Kellan começou a me puxar por entre a multidão. Não sabia para onde me levava. Alguma despensa, talvez? Pessoas por quem passávamos murmuravam que Kellan era muito simpático com as fãs, mas diziam isso de um jeito excitado. Uma garota chegou a comentar: *Ouvi dizer que a Sienna não liga para as paqueras dele, e eu não sou ciumenta!*

Quase não consegui acreditar em como algumas pessoas podem ser estúpidas, mas a culpa não era delas. Não conheciam Kellan, nem a mim. Só tinham revistas de fofocas inescrupulosas para acreditar. E fiquei me perguntando em quantas histórias de celebridades eu mesma já não acreditara piamente, quando tinham sido pura armação.

Kellan se dirigia em linha reta ao corredor. Era obrigado a parar e dar autógrafos a cada cinco passos, mas sempre retomava o caminho quando terminava. Sua determinação me fez rir.

— Você não devia estar ajudando a montar o equipamento, rock star? — Não havia muitos técnicos na turnê, por isso todos os músicos ajudavam a montar e a desmontar o equipamento. Kellan estava sendo um tremendo malandro de dar no pé comigo.

Ele sorriu para mim.

— Quando conseguir me concentrar direito, eu vou...

Seu comentário foi interrompido por um esbarrão de Justin. Com os olhos colados no celular, Justin vinha avançando numa reta perpendicular e não notara Kellan a tempo de se desviar. Justin levantou o rosto ao dar a trombada, e seu sorriso ficou constrangido:

— Ah, desculpe, não estava olhando por onde andava. — Mostrou o celular para nós, e notei a foto de Kate no canto. Não fiquei muito surpresa por vê-la ali; da última vez que falara com ela, tinha me contado que Justin lhe escrevia de dois em dois dias, e sempre parecia alegre ao mencionar seu nome. Fiquei feliz de ver que Justin e Kate estavam sempre em contato; ele era um cara legal, e ela uma gracinha.

Sorri para ele quando Kellan disse:

— Tudo bem, a gente só estava indo buscar uma encomenda.

Justin franziu a testa, como se tentasse imaginar que tipo de encomenda poderíamos estar indo buscar às pressas nos bastidores. Tive o súbito impulso de dar outro beliscão em Kellan. Ele era capaz de inventar desculpas muito melhores do que essa.

Kellan deu um tapinha no ombro de Justin, e então fez menção de contorná-lo. Justin nos deixou passar, mas então disse às nossas costas:

— Olha só, eu queria que você soubesse que entendo perfeitamente, e que não guardo ressentimentos. Por nós está tudo bem, cara.

Kellan parou bruscamente, virando-se para Justin.

— Do que você está falando?

Justin deu um passo em nossa direção.

— De vocês saírem da turnê. Só queria que soubesse que eu entendo. Vocês são maiores do que ela. Até eu reconheço isso.

O queixo de Kellan despencou.

— Nós... sairmos... como é que é? Do que você está falando?

A expressão de Justin foi um estranho misto de horror, choque e confusão.

— Você não está sabendo? Pensei que estivesse. Droga... desculpe, cara.

O rosto de Kellan ficou confuso.

— Sabendo do quê? Que foi que aconteceu desde hoje de manhã?

Justin suspirou, passando a mão pelos cabelos.

— Ah, droga. Bom, o lance rolou quando vocês estavam dando aquela entrevista na emissora. Um mandachuva da gravadora apareceu e começou a dar mil ordens para todo mundo. Disse que ia mandar um pessoal depois do show para "recolher" as suas coisas, e que se alguém encostasse nelas, o bicho ia pegar.

Kellan apertou meu braço com mais força, e fiz um carinho sutil no dele.

— E para onde exatamente eles vão mandar as nossas coisas? Para onde é que nós vamos?

Justin pulou de um pé para o outro, obviamente constrangido por ser portador de más notícias.

— Hum, de volta para Los Angeles. Vocês vão tocar no Staples Center amanhã à noite... com Sienna Sexton. A gravadora transferiu vocês para a turnê dela.

Por uma fração de segundo enquanto Justin falava, cheguei a pensar que Kellan devia ter feito alguma besteira grossa, e agora estava sendo punido com a expulsão da turnê; talvez fosse até mesmo despachado de volta para Seattle. Eu estava no escuro. Mas, depois de Justin dizer o nome *dela*, tudo começou a fazer sentido. Sienna queria ampliar a potência dos seus refletores, e Kellan era a lâmpada de alta voltagem de que ela precisava.

— Aquela vagabunda! — exclamei.

Justin olhou para mim, e de novo para Kellan.

— Não acho que tenha sido ela. É que... enfim, vocês agora são superfamosos. Quer dizer, poderiam estar lotando lugares dez vezes maiores do que esses em que temos tocado. A gravadora sabe disso. Eles estão só fazendo o que é lógico, e com toda razão. Não faz o menor sentido vocês participarem da nossa turnê. Eu soube disso no momento em que Sienna apareceu para fazer aquele dueto. — Segurou o braço de Kellan. — Você está muito acima disso, cara. Nós estamos te empatando.

Obviamente discordando, Kellan fez que não com a cabeça. Tentou dizer alguma coisa, mas não encontrou palavras. Compreendendo, Justin apenas sorriu, dando dois tapinhas nas suas costas para cumprimentá-lo, e então se afastou. Kellan se virou para mim.

— Que diabos aconteceu? — perguntou.

Suspirando, respondi:

— Sienna e Nick. Foi isso que aconteceu.

Kellan tirou o celular do bolso.

— Ah, não! — Foi descendo a lista de contatos até chegar ao número de Nick, e então deu início à ligação e levou o celular ao ouvido. Enquanto tocava, murmurou: — Isso é uma palhaçada, e não vai rolar.

Seus olhos se endureceram, e vi que Nick tinha atendido.

— O que foi que você fez? — Fumegando, Kellan escutou em silêncio por um momento, e então fez uma expressão de surpresa. — Você está onde? — Kellan olhou para o corredor aonde nos dirigíamos. — Ótimo. Te vejo em um minuto. — Achei que agora iríamos para o corredor de qualquer jeito, só que por um motivo totalmente diferente.

Kellan guardou o celular no bolso e avançou em passos furiosos. Como ainda segurava minha mão com força, não tive escolha senão segui-lo. De todo modo, eu não queria perder essa cena. Nick não podia fazer isso. Não era dono de Kellan. Não podia simplesmente ficar decidindo aonde ele ia e com quem. Isso parecia totalmente absurdo para mim, e extrapolava os limites do contrato de Kellan.

Havia algumas salas no corredor onde pessoas entravam e saíam. Mas só diante de uma havia um cara parado, de braços cruzados. Kellan se dirigiu para essa sala. Ao ver Kellan se aproximando, o cara bateu à porta atrás de si.

— Ele está aqui.

Nick deve ter respondido, porque o cara abriu a porta para nós no momento em que chegamos. Kellan nem olhou para o segurança, entrando e avançando em passos largos pelo que parecia ser o escritório da casa de espetáculos. Nick esperava pacientemente por ele atrás de uma mesa atulhada de papéis.

Nick sorriu para nós com perfeita calma e autocontrole. O que me irritou. Indicando duas poltronas à nossa esquerda, ele nos convidou a sentar. Caminhei em direção a uma delas, mas Kellan apertou minha mão com força, dizendo em tom feroz:

— Não vou me sentar, nem sair da turnê de Justin.

Nick suspirou, pousando as mãos no colo.

— Você parece ter a impressão de que tem escolha em relação ao assunto. Mas não tem. Sou eu que decido onde os artistas tocam, e com quem. — Espalmou as mãos. — Geralmente, sou um homem muito flexível, e me esforço para dar aos meus artistas o máximo de liberdade possível. — Bufei ao ouvir isso, e Nick me deu um olhar duro. — Mas, em alguns casos, quando meus artistas não estão sendo aproveitados como deveriam, eu sinto a necessidade... não, a *obrigação* de interferir e fazer as devidas correções.

Ficando de pé, pôs as mãos nos bolsos com naturalidade, caminhando em passos altivos até nós. Seu jeito era despreocupado, mas mesmo assim intimidante.

— O fato concreto é que você é um artista extremamente talentoso. Seu lugar é nos estádios. É um desperdício do nosso dinheiro e do seu talento permitir que toque em qualquer lugar menor do que isso. E eu não sou homem de desperdiçar coisa alguma.

Sentando na beira da mesa, deu de ombros.

— Seu lugar é na turnê de Sienna. Isso ficou muito claro para mim depois daquele dueto que ela fez com você em Dallas. Vocês dois têm uma química especial, e nós temos que lucrar com essa química.

Kellan respirou fundo, e então declarou:

— Não, eu vou ficar aqui.

Nick continuou, como se Kellan não tivesse chegado a falar:

— Sienna já foi informada, e teve a amabilidade de reorganizar a agenda para incluir você. Sua bagagem será transportada agora à noite, o que imagino que já saiba. Um carro virá buscá-lo e levá-lo ao aeroporto no instante em que o show acabar. Quando chegar a Los Angeles, encontrará uma limusine à sua espera, uma cortesia da senhorita Sexton.

Soltando minha mão, Kellan cruzou os braços.

— Eu já disse que vou ficar aqui.

Nick se levantou devagar. Era mais baixo do que Kellan, mas isso não parecia fazer diferença.

— E eu já disse que você não tem escolha. Se leu o contrato, como afirmou ter feito, então deve saber que a gravadora tem total poder de decisão sobre a sua agenda. Se quisermos tirar você de uma turnê e colocá-lo em outra, faremos isso. Se quisermos embarcá-lo num cruzeiro para solteirões acima dos cinquenta pelo litoral do Alasca, faremos isso. E você irá, porque, embora pareça ainda não ter compreendido, o fato é que... — Ficando a centímetros de Kellan, inclinou-se como se fosse lhe contar um segredo: — ... você nos pertence.

Quando se afastou, deu um tapinha no braço de Kellan.

— E, além disso, você mesmo me disse, e creio estar repetindo suas palavras textualmente, que "vou ajudar a promover o álbum de todas as maneiras que puder... dentro dos limites do razoável". — Fungou, endireitando o paletó. — Acho que lhe pedir para se apresentar na turnê mais badalada do planeta é muito... razoável. — Arqueou uma sobrancelha. — Você não?

Não havia nada que Kellan pudesse responder. Nick o tinha na palma da mão, e sabia disso. Sempre soubera. Fora por isso que o duelo não fora pior da última vez em que Kellan resolvera enfrentá-lo. Nick estivera no controle o tempo todo.

Kellan estava tremendo quando Nick saiu da sala. Pude ver as veias grossas projetando-se no seu pescoço, e soube que estava totalmente transtornado. Fiquei em silêncio ao seu lado, dando-lhe um minuto para se acalmar. Não pareceu ajudar. Soltando um gemido frustrado, Kellan agarrou uma das poltronas atrás de nós e a atirou na parede, deixando nela duas marcas circulares.

Estremeci, e então, hesitante, pousei a mão no seu braço.

— Vai ficar tudo bem, Kellan.

Ele virou a cabeça bruscamente para mim.

— Pensei que nunca mais fosse ser manipulado, mas a cada passou que dou, eles puxam mais uma corda.

Concordei, segurando seu rosto. Sua pele estava quente, seus olhos em brasa. E isso era atraente até dizer chega.

— Eu sei que é uma merda. Acredite, eu sei. Mas... talvez Nick tenha razão.

Kellan franziu o cenho, mas sua raiva diminuiu um pouco.

— Como assim?

Aliviada por ver que ele começava a se acalmar, passei os braços pelo seu pescoço.

— Por mais que eu adore o Justin e o pessoal do Avoiding Redemption, os D-Bags são bem melhores do que eles. Quer dizer, vocês já os substituíram como último show. Agora, o lugar de vocês é num estádio. — Sorrindo, passei os dedos pelos seus cabelos. — E logo o Staples Center, Kellan! Maior do que esse... não existe.

Kellan franziu o cenho para mim.

— Eu gosto de lugares pequenos. — Uma curva encantadora surgiu em sua boca. — Gosto de climas intimistas.

Aproximando o rosto para beijar aquela boca deliciosa, murmurei:

— Eu sei. Mas talvez venha a gostar disso também. E não vai saber com certeza se não experimentar. — Dei de ombros. — Talvez, vá ser bom.

Kellan balançou a cabeça para mim.

— Acho que você está sendo ingênua de novo.

Minha imaginação criou mil cenários horríveis, alguns prováveis, como Sienna se tornar uma pedra constante no nosso sapato, alguns extremamente improváveis, como a gravadora dopar Kellan com alguma droga cara para que Sienna pudesse seduzi-lo por uma noite. Então, essa noitada culminaria com Sienna engravidando do bebê mais esperado do mundo, a quem Nick daria o nome de "Platina".

Esse cenário me fez franzir o cenho.

— Estou tentando ver o lado positivo da situação.

Kellan soltou um longo suspiro.

— É melhor irmos logo dar a "boa" notícia ao pessoal.

Fomos escoltados da casa de espetáculos no instante em que os D-Bags encerraram sua apresentação. A multidão pedia *Regretfully*, como sempre, mas os rapazes não tiveram tempo para um bis. Não tiveram tempo para nada. Na verdade, foram levados tão depressa que Kellan nem conseguiu pegar sua amada guitarra, e passou o voo inteiro preocupado com ela. Por um momento, pensei em transar com ele a bordo, para distraí-lo, mas no fim apenas disse que sua "filha" estava em boas mãos.

A limusine que nos esperava em Los Angeles era impressionante. Não era uma limusine típica, era uma Hummer quilométrica, coisa que quase provocou uma crise epiléptica em Griffin. Depois de entrar na maior afobação, ouvimos seu comentário:

— Minha nossa, Kell, você precisa ver só o bar que tem aqui. Esse troço é tão grande que dá até para uma stripper fazer um show! Vou comprar um desses qualquer dia.

Kellan revirou os olhos para o baixista enquanto me ajudava a entrar no gigantesco símbolo de opulência – dinheiro sobre rodas. Os D-Bags tinham ficado divididos quando lhes demos a notícia. Gostavam do Avoiding Redemption e das outras bandas, mas participar da turnê de Sienna era um grande passo que podia abrir portas ainda maiores para eles. A repercussão seria fora de série.

Para nossa surpresa, Sienna estava no carro. Segurando uma garrafa de champanhe, enchia duas flûtes que Griffin segurava.

— Bem-vindos, meus amores! — exclamou, animada, quando nos sentamos.

Matt e Evan se dirigiram a ela com simpatia, enquanto Kellan se limitou a lhe dar um breve sorriso. Fazendo um gesto para que Griffin começasse a distribuir as flûtes, Sienna soltou um suspiro melancólico.

— Lamento tanto por vocês terem sido arrancados da sua turnê assim, sem mais nem menos. Sim, Nick estava no seu direito, mas por cortesia profissional para com as outras bandas, não devia ter feito isso. — Como se não entendesse Nick em absoluto, balançou a cabeça, terminando de encher as flûtes. — Eu disse a ele que estava cometendo um erro, que devia deixar sua banda em paz, mas... sabe como é, às vezes Nick perde o freio.

Abriu um sorriso simpático e compreensivo, mas não me convenceu de todo. Suas palavras podiam ser muito humanas, mas a manobra a favorecera tanto quanto a Nick, de modo que seria ingênuo da minha parte supor que não tivera dedo seu. Quando todos já estávamos com nossas flûtes, Sienna levantou alto a sua bebida:

— Essa pode não ter sido a maneira ideal de iniciarmos a nossa união, mas vamos aproveitá-la ao máximo. — Estendeu a flûte para o meio do carro: — À maior turnê que o mundo já viu!

Kellan suspirou, mas brindou com todos os presentes. Depois de aceitar o brinde, pareceu se sentir mais leve. Como eu, provavelmente não acreditava em Sienna, mas concordava com suas palavras. Deixar Justin fora desagradável, mas já estava feito, e agora tínhamos mais é que tocar pra frente.

Depois de dar um gole, Sienna soltou um gritinho, parecendo uma menina:

— Mal posso esperar para vocês verem o ônibus! Vocês vão amar. É *tão* melhor do que aquele em que estavam!

Kellan deu uma olhada no luxo que já o cercava, mas não pareceu impressionado. Se Sienna realmente o conhecesse, compreenderia que suas palavras não significaram muito para Kellan. Ele não precisava de *coisas* para ser feliz.

Embora já fosse muito tarde — ou muito cedo —, Sienna fez questão de nos mostrar os ônibus. As luzes estavam apagadas quando nos aproximamos, mas ela explicou que a turnê dera uma parada na noite anterior, e os músicos estavam dormindo num hotel ali perto. Isso levantou o meu astral. Será que também dormiríamos em hotéis de vez em quando? Seria um luxo que a turnê de Justin não oferecia.

Quase estourando de alegria, Sienna nos levou para conhecer nosso segundo lar sobre rodas. Caminhando pelo corredor, passou a mão por algumas poltronas luxuosas ao redor das mesas fixadas ao chão. Um sofá curvo ocupava uma grande parte da "área de estar", e havia uma tevê de tela plana presa à parede em frente, perto de uma estante lotada de vídeos. Sienna tinha razão, esse ônibus era mesmo *muito* melhor do que o outro. Exibindo todas as mordomias do veículo com seu sotaque encantador que tornava sublimes até os sons mais cômicos, Sienna nos levou para a área de dormir. O ônibus também tinha beliches rentes às paredes, exatamente como o anterior, mas em número muito menor, de modo que havia um bom espaço em cada um. Eu diria que duas pessoas caberiam ali confortavelmente, se ficassem bem aconchegadas.

Como Sienna nos incluíra numa turnê já em andamento, eu me perguntei em qual cubículo Kellan e eu dormiríamos. Enquanto imaginava se o de cima seria melhor que o de baixo, Sienna segurou a mão de Kellan e o puxou pelas cortinas abertas que levavam à traseira do ônibus. Irritada ao ver Kellan sendo raptado daquele jeito, fui atrás deles. Depois dos beliches, vinha um banheiro – com chuveiro e tudo –, e uma porta fechada que só pude supor que fosse o quarto dos fundos.

Sienna estava parada diante da porta como se fosse a apresentadora de um programa de apostas. Com um sorriso cintilante, girou a maçaneta e abriu a porta.

– Para o feliz casal – murmurou, seus olhos se demorando no traseiro de Kellan enquanto entrava.

Kellan estendeu a mão para mim. A primeira coisa que notei, além do fato de ser mil vezes melhor do que o cubículo glorificado em que dormíamos no ônibus de Justin, foram as janelas. Todas as três paredes que compunham a traseira do ônibus eram cobertas por enormes painéis em vidro fumê unilateral. Pelo menos, esperei que fosse unilateral. Dava para ver tudo no estacionamento. Assim que me recuperei do susto pelo tamanho do quarto, a cama imensa no centro chamou minha atenção. Uma cama... iríamos dormir numa cama de verdade, com um colchão decente! Havia um armário para nossas roupas próximo à porta, e até uma tevê presa a uma parede. Era quase como se tivéssemos nossa própria quitinete. Tive vontade de abraçar Sienna por reorganizar sua agenda para que pudéssemos ter esse quarto.

Ainda atordoada com o conforto que Kellan e eu teríamos ali, eu me virei para minha benfeitora.

– Obrigada, Sienna.

Ela fez um gesto, indicando que minha gratidão era desnecessária.

– Tudo que eu puder fazer para ajudar. – Franzindo os lábios, acrescentou: – Quero que esse esquema funcione... para todas as partes. – Sua expressão irradiava sinceridade, e eu quis muito acreditar nela. Só que... não consegui.

Capítulo 16
ESCÂNDALO

Eu estava uma pilha de nervos, esperando que os D-Bags subissem ao palco. Staples Center. Eles iam tocar no Staples Center! Não era nenhuma casa de espetáculos mediana. Era um estádio e, pelo que pude ver, ao dar uma espiada na plateia dos bastidores, estava totalmente lotado. Eu não fazia ideia de quantas pessoas cabiam ali, mas tinha certeza de que deviam ser dezenas de milhares. Minha cabeça quase deu um nó.

Kellan estava ótimo, descansando numa poltrona ao meu lado e tomando uma cervejinha; quem visse sua atitude descontraída, pensaria que era apenas uma noite igual às outras no Pete's. Enquanto eu brincava com meu colar, pendulando o pingente de guitarra num padrão repetitivo que já devia estar enfraquecendo a correntinha, Kellan batia um papo tranquilo com Deacon, o vocalista do Holeshot, a banda que abria o show de Sienna. Era a única banda na sua turnê, até Nick roubar os D-Bags da turnê do Avoiding Redemption.

Os olhos de Kellan achavam graça de mim enquanto ele trocava ideias com Deacon. Como meu nervosismo estava pouco a pouco roendo buracos no meu estômago, levantei e comecei a andar de um lado para o outro. Kellan e Deacon ficaram me olhando, com ar de riso. A banda de Deacon também já tinha emplacado um sucesso na parada, mas nada que chegasse aos pés do single de Kellan com Sienna. Deacon não parecia chateado com o fato de os D-Bags terem entrado na turnê na última hora, diminuindo o tempo do seu show. Aliás, parecia até feliz por ter outros caras para trocar figurinhas. Ainda bem, porque as duas bandas iriam dividir um ônibus durante meses a fio.

Fiquei observando Kellan e Deacon enquanto levavam um papo sobre música. Os dois eram tão diferentes quanto o dia e a noite. Kellan tinha os cabelos castanho-claros, arrepiados, naquela bagunça de quem acabou de acordar; os de Deacon eram pretos, mais compridos do que os meus, chegando quase à cintura. Kellan tinha olhos azul-escuros, da cor do céu poente; os de Deacon eram de um azul tão claro que quase chegavam a ser brancos. Enquanto Kellan se mantinha sempre barbeado, Deacon usava um cavanhaque bem aparado. Mas, em termos de música, os dois pareciam estar no mesmo nível.

Felizmente, espaço para caminhar não me faltava, e tratei de aproveitá-lo ao máximo. Uma coisa que notei imediatamente nessa turnê foi que a segurança ali era muito mais severa do que na anterior. Na outra, os bastidores mais pareciam uma república de universitários – garotas, bebidas e rock'n'roll. A de agora era muito mais supervisionada. Um grupo de fãs tinha se encontrado com os D-Bags depois da passagem de som. Tory, a RP prodígio, estava lá para lhes dar severas instruções sobre o que podiam e não podiam fazer com os rock stars. Enquanto os músicos se ocupavam no palco, Tory se dirigiu ao grupo de vencedores de um concurso de rádio com a rispidez de um sargento, até se mostrarem dóceis e submissos. Ouvi-la falando com eles naquele tom me chocou e, honestamente, suas "regras" tornaram o encontro muito constrangedor, tanto para Kellan quanto para os fãs. Na minha opinião, se tivesse apenas deixado as bandas e a galera se entrosarem naturalmente como na outra turnê, teria sido uma experiência muito mais gratificante para ambos os lados. Mas ela parecia não entender que os músicos precisavam dos fãs tanto quanto os fãs precisavam dos músicos.

Nesse momento, as únicas pessoas nos bastidores eram jornalistas, funcionários do estádio, técnicos da turnê e membros das bandas. No camarim onde esperávamos, éramos só nós três. Por algum motivo, a falta de gente ao nosso redor estava me deixando ainda mais nervosa por Kellan.

Deacon apontou para mim com seu dedo comprido.

– Ela sempre fica nervosa assim?

Kellan sorriu para mim, sem afastar a garrafa da boca.

– Quase sempre – respondeu, depois de dar um gole.

A porta se abriu, e um cara usando fones de ouvido enfiou a cabeça, olhando para Deacon.

– O show vai começar, senhor. É sua vez.

Deacon assentiu, e então se levantou, espreguiçando-se.

– Vejo vocês mais tarde.

Kellan concordou e, depois que Deacon saiu, voltou sua atenção para mim.

– Quer sentar, por favor?

Eu pressionava as palmas das mãos no estômago, tentando aliviar a sensação de sobe e desce.

– Você não está nervoso? Nem um pouquinho?

Kellan deu outro gole na cerveja.

– Bom, ver você desse jeito está me deixando um pouco nervoso, sim. – Colocando a garrafa numa mesa ao lado, deu um tapinha no colo. – Vem cá e me ajuda a relaxar.

Sorrindo, caminhei até ele. Não havia uma gotinha de nervosismo em Kellan. Por tocar num estádio, pelo menos. Era algo que seria capaz de fazer nu em pelo, na frente de um milhão de pessoas, e continuar se sentindo ótimo. Meu marido não devia bater bem.

Sentei com as pernas abertas no seu colo, enfiando as mãos nos seus cabelos. Talvez sua calma passasse para mim, se ficássemos juntinhos. Dei um beijo leve nos seus lábios, e Kellan soltou uma risada.

— Pronto, já estou me sentindo melhor.

Adorando o fato de estarmos cercados de gente e ainda assim totalmente a sós nesse camarim, eu pressionei os quadris nos dele, permitindo que meu beijo se aprofundasse. Ele soltou um gemido baixo e passou as mãos pelas minhas costas, por baixo da minha blusa. Apertei o peito no dele, me deliciando com seu cheiro, suado e másculo, seu gosto, ligeiramente amargo da cerveja, seu toque, quente, duro e ao mesmo tempo macio. Sentindo-me aérea e relaxada, deixei que o mundo ao nosso redor se dissolvesse.

Os dedos de Kellan esfregavam minhas costas em gestos calmantes, enquanto sua língua lambia a minha de leve. Então, seus dedos ardilosos abriram meu sutiã. Eu me afastei, olhando para ele com ar de censura; podíamos estar sozinhos por ora, mas o lugar não era exatamente privado. Com um sorriso atrevido, ele murmurou: *Opa.*

Enquanto eu tentava fechar o sutiã, a porta do camarim se abriu novamente. Saltei do colo de Kellan, logo dando as costas para a parede mais afastada; fechei o sutiã errado, e tive que tentar de novo. Enquanto meu rosto ficava escarlate, Sienna entrava rebolando no camarim.

Olhando para nós dois, perguntou:

— Desculpe, interrompi alguma coisa?

Sorrindo para mim, Kellan respondeu:

— Não se preocupe. Estamos começando a nos acostumar.

Sienna riu, sentando em uma poltrona luxuosa.

— É uma história que eu gostaria de ouvir.

Com o sutiã finalmente fechado, sentei ao lado de Kellan. Meu nervosismo começou a voltar, e fiquei batendo com o pé no chão para dissipar a tensão. O Holeshot tinha começado a tocar, e sua música nos chegava dos alto-falantes. Eram muito bons. Não tão bons quanto os D-Bags, mas bons. Kellan olhou para Sienna quando ela perguntou:

— Está pronto para mandar ver?

Kellan pegou a cerveja, mostrou-a e deu um gole.

— Pronríssimo. — Sienna abriu um sorriso e balançou a cabeça, achando graça; fiquei meio irritada com ela por achá-lo engraçado.

Kellan e Sienna começaram uma discussão animada sobre música. Embora ele não gostasse das manobras de Sienna, não acho que desgostasse dela como pessoa. Quando ela começou a falar sobre seus pais, Kellan ficou em silêncio. Com o rosto sem emoção, Sienna contou a ele:

— Eles estariam gritando comigo neste momento, se ainda tivessem permissão de entrar nos meus shows. Meio apavorada... era assim que gostavam de me mandar para o palco.

A expressão de Kellan se tornou pensativa.

— Lamento que você tenha tido que passar por isso.

— Obrigada. — Sienna pousou a mão na perna dele. Ao vê-la paquerando Kellan, meu nervosismo pelo show passou sem mais nem menos. — Como são os seus pais? Carinhosos? — perguntou com um sorriso.

Num gesto educado, mas firme, Kellan tirou a mão dela e a colocou no seu próprio colo. Ela franziu o cenho, mas não disse nada. Recostando-se na poltrona, Kellan deu outro gole na cerveja.

— Não, longe disso. — Pondo a garrafa na mesa, deu de ombros. — Mas não tenho mais que me preocupar com eles.

Pousei a mão no seu peito, e ele sorriu para mim. Eu sabia que aquela frase dita em tom natural carregava mais dor do que Sienna poderia imaginar. Levei meus lábios aos dele, num gesto de conforto e num lembrete para Sienna: *Ele simpatiza com você, mas é a mim que o seu coração pertence.* Quando Kellan me deu um breve beijo, Sienna comentou:

— Famílias. Não são tudo isso que dizem por aí.

Pensando em minha volúvel irmã, meu pai superprotetor e minha mãe obcecada por casamentos, respondi:

— A minha é ótima.

O sorriso triste de Sienna se tornou bem-humorado.

— Tenho certeza de que é. — Seus olhos escuros pulavam entre os de Kellan e os meus. — E então, pretendem ter a sua própria família? Filhos à vista? — Fixou os olhos na minha barriga.

Puxando as pernas para a poltrona, escondi o corpo o máximo que podia.

— Claro, algum dia.

Kellan cutucou meu ombro com o dele.

— Talvez depois que estivermos oficialmente casados. — Hesitou, e então olhou para Sienna. — O que, para o seu governo, vai acontecer no dia 27 de dezembro, quando a turnê der uma parada no feriadão de Natal. — Felizmente, tanto a turnê de Sienna quanto a de Justin iriam ter um intervalo no feriadão. Se eu fosse obrigada a alterar a data do casamento depois que mamãe já tivesse enviado os convites, ela me esfolaria viva.

Sienna torceu os lábios, mas disse em tom muito tranquilo:

— Bem, acho que é o caso de lhes dar parabéns. — Pareceu querer dar um abraço em Kellan, mas o jeito como nos aconchegávamos não deu a ela a oportunidade.

O mesmo cara que chamara Deacon veio chamar Kellan para subir ao palco. Sienna se levantou com Kellan. Estendendo o braço para ele, perguntou, recatada:

— Posso lhe mostrar o caminho? — Talvez tenha sido minha imaginação, mas a pergunta pareceu carregada de duplo sentido.

Kellan não segurou seu braço, mas deu um aceno educado de cabeça. Segui os dois pela porta, minha mão segurando sem muita força a dele. Um grupo de homens e mulheres usando crachás com nomes de emissoras de rádio locais viram Sienna na hora. É claro, era difícil para ela passar despercebida. Já envergava o traje de palco — um macacão justo no estilo da década de setenta, cravejado de pedras de strass que brilhavam sob os refletores. O modelo era frente-única, amarrado no pescoço, deixando as costas totalmente expostas; a abertura ia até tão baixo que dava para ver os dois furinhos acima do traseiro. E eu tinha tentado ao máximo ignorar a profundidade do decote em V enquanto conversávamos no camarim. Imaginei que devia ter precisado de uma quantidade absurda de durex para segurar tudo aquilo no lugar.

— Sienna! Dá uma entrevista rapidinha pra gente? Que tal umas fotos?

Os seguranças que pareciam acompanhá-la aonde fosse não deixaram ninguém se aproximar, até Sienna responder:

— Claro.

— Com Kellan? — perguntou uma loura usando um jeans justíssimo. Seu sorriso malicioso era altamente antiprofissional.

Kellan apontou o polegar para o palco:

— Desculpe, mas tenho que ir.

A loura fez beicinho para ele, levantando a câmera.

— Só uma fotozinha rápida de um casal feliz...

Kellan revirou os olhos, e então os fixou em mim. Eu estava um pouco atrás dele, por isso a loura não deve ter visto que estávamos de mãos dadas. Olhando para ela, Kellan apontou para Sienna, declarando:

— Nós não estamos juntos.

A loura sorriu para ele com ar cúmplice. Seus pensamentos não podiam ser mais óbvios para mim: *Já entendi, você ainda não quer falar sobre o seu namoro com Sienna. Minha boca é um túmulo.* Kellan pareceu prestes a esclarecê-la, mas dei um puxão no seu braço. Ele teria que me apontar para desfazer o mal-entendido, e eu não queria participar desse espetáculo. Além disso, o cara usando fones de ouvido acenava freneticamente para que nos apressássemos.

Quando nos afastamos dos repórteres, vi Sienna soprar um beijo para Kellan. Antes que não pudessem mais nos ouvir, uma das radialistas apontou para mim, perguntando:

— Quem é ela?

Com o sorriso ainda largo e radiante, Sienna respondeu sem hesitar:

— É só uma velha amiga de Kellan. — Achou um pouco de graça ao dizer isso, e então voltou toda sua atenção para os entrevistadores.

Kellan não ouviu a resposta, mas cravei um olhar furioso nas costas de Sienna, sem saber se devia me zangar ou não. Ela *tinha* me chamado de velha amiga quando podia ter dito "ninguém", e deixado por isso mesmo. Eu não sabia o que sentir por Sienna. Uma hora não era tão má assim, outra hora era tão manipuladora quanto Nick. Eu não conseguia entender qual era o seu jogo.

Pensar em velhos amigos e analisar meus sentimentos fez com que eu me lembrasse de Denny. Meu passe livre pendurado no pescoço permitia que fosse a qualquer parte dos bastidores, por isso peguei o celular e tirei algumas fotos para lhe mandar. Dirigindo-me até um ponto onde poderia ver os D-Bags tocarem, fiz uma foto da galera gigantesca aos pulos. Pouco depois de enviar a foto com a mensagem *Dá para acreditar no tamanho da galera?*, notei um cartaz enorme que uma fã segurava bem alto — *Kell-Sex para sempre!* Putz, como eu detestava esse apelido.

Denny respondeu enquanto eu dava uma olhada no estádio mal iluminado, à procura de mais cartazes: *Nem me fale, eu estaria me borrando se fosse ele. Mas imagino que não esteja nem um pouco nervoso, não é?*

Rindo, respondi que ele estava tranquilíssimo. Indiferente, até.

O palco estava às escuras enquanto as luzes dançavam dramaticamente sobre a multidão em padrões aleatórios. Os fãs urraram de euforia e levantaram os braços. Então, todas as luzes se voltaram para o palco, e a galera gritou. Kellan e os D-Bags tinham entrado quando eles não estavam olhando. Quando se deram conta de que a banda já estava lá, esperando, foram à loucura; era fácil ver que estavam eufóricos com o fato de os D-Bags terem entrado na turnê. A barulheira vibrava no meu peito. Tapei os ouvidos, rindo. De onde estava, pude ver Kellan balançar um pouco a cabeça, totalmente perplexo com a massa de corpos que oscilava à sua frente. Embora já o tivesse visto fazer isso mil vezes, estava excitadíssima quando o vi se aproximar do microfone.

— Boa noite, Los Angeles!

Os gritos em resposta trepidaram meu crânio. Ajustando a guitarra pendurada sobre o peito, Kellan abriu um desses sorrisos de fazer cair a calcinha. Vi uma mulher na primeira fila despencar nos braços das amigas; acho que seus joelhos ficaram bambos.

Enquanto os outros D-Bags iam para os seus lugares, Kellan levantou a mão. A galera se calou... quer dizer, mais ou menos.

— Nós somos os D-Bags, e é uma honra tocar para vocês. — O silêncio deu lugar à gritaria. Kellan levantou as duas mãos para silenciá-la. — Mas só vamos tocar para vocês se tiverem se comportado bem. — Tirando o microfone do suporte, avançou até a beira do palco, olhando para a multidão aos seus pés. — E aí... vocês se comportaram bem? — perguntou, sua voz destilando sensualidade.

Os gritos da galera foram tão altos que quase não ouvi Evan dar início à introdução, e tive certeza de que Kellan e os amigos só ouviram por causa dos fones de ouvido que usavam. Dando ao público uma visão gloriosa do seu traseiro, Kellan caminhou em passos gingados até o suporte do microfone. Colocando-o no lugar, começou a tocar sua guitarra. Também estava plugada, e seu som fanhoso ecoou por todo o estádio.

Os D-Bags tocaram uma música que era um clássico para mim, mas nova para a maioria dos fãs presentes. E eles adoraram. A voz de Kellan estava perfeita, poderosa; cheguei a sentir um friozinho na espinha. Ele era mesmo incrivelmente talentoso e inspirador de se assistir. Enquanto tocava, mil palavras e histórias me passavam pela cabeça. Embora detestasse perder um momento de Kellan, decidi não deixar essa centelha criativa me escapar. O mais depressa que pude, saí correndo para pegar um bloco. Quando voltei ao meu ponto, os D-Bags já tocavam outra música. A guitarra de Kellan estava encostada ao suporte do microfone, e Kellan passeando com um andar sensual à beira do palco, torturando as fãs com sua proximidade.

As palavras me inundavam a mente enquanto sua voz me entrava pelos ouvidos. Como se assistisse a um filme na cabeça, fui anotando tudo que vi. Era uma história totalmente diferente da tragédia do meu passado que estava escrevendo. Começar algo novo trouxe um enorme sorriso aos meus lábios. Escrever era tão gratificante. E escrever enquanto ouvia Kellan se apresentando ao vivo me deixava eufórica.

Kellan veio ao meu encontro quando o show acabou, e só faltei pular nos seus braços, tão orgulhosa me sentia dele. Ele estava eufórico quando me rodopiou. Como sempre acontecia depois dos shows, o público gritava pelos D-Bags, gritava por Kellan. Ele me colocou no chão e deu uma olhada na galera.

Evan e Matt estavam assombrados. Griffin parecia não ter esperado nada menos do que aquilo. Dando um tapa no ombro de Kellan, decretou:

– Temos que bisar.

Kellan olhou para o baixista, balançando a cabeça.

– Não dá tempo de tocar outra. O show é de Sienna, e ela é superexigente em termos de organização.

Griffin franziu os lábios, mas então segurou o braço de Kellan.

– Estou cagando e andando pra Sienna. – Empurrando Kellan para frente, deu um sorrisinho: – É nossa vez de brilhar, baby.

Matt e Evan também o empurraram. Matt disse:

– Bota só a cabeça pra fora e acena. – Kellan deu de ombros, e Matt olhou para mim, rindo: – Tapa os ouvidos, Kiera.

Sorrindo enquanto o grupo voltava correndo ao palco, fiz o que Matt sugerira. E ainda bem. Meus tímpanos podiam ter se rompido. Em pânico, um membro da equipe agitou os braços freneticamente para os rapazes, e eles saíram do palco. Estavam aos risos quando voltaram para perto de mim. Não pude deixar de me contagiar pela sua alegria.

Kellan passou os braços pela minha cintura, enquanto a gritaria da multidão amainava.

— Temos que ficar por aqui para tocar com Sienna no último número, mas o pessoal e eu estávamos pensando em dar uma fugidinha até o bar aqui em frente. Quer vir?

Uma parte de mim preferia ficar onde estava, para poder trabalhar no novo romance que nascera durante a apresentação de Kellan, mas o sorriso dele era contagiante, e não tive jeito de dizer não. Além disso, eu teria inúmeras apresentações ao vivo no futuro para me inspirar. Assenti, e Kellan apontou para o bloco que eu abraçava.

— Estava escrevendo? — Assenti novamente, e ele então perguntou: — Enquanto eu cantava?

— Você é muito inspirador — afirmei.

Ele fez uma expressão incrédula, passando a mão pelos cabelos ligeiramente úmidos.

— Eu... te inspiro?

Com ar sonhador, sussurrei:

— Todos os dias.

Kellan olhou para mim como se eu tivesse duas cabeças.

— E você diz que eu sou absurdo. — Ri até ele arrancar o bloco de mim. Tentei tomá-lo de volta, mas ele o entregou ao cara com fones de ouvido que viera avisá-lo no camarim. — Isso aqui não tem preço, é obra de um gênio literário, e você deve protegê-lo com a sua própria vida.

Os olhos do cara se arregalaram enquanto ele abraçava o bloco com força.

— Sim, senhor. — Quase achei que iria nos prestar continência.

Satisfeito, Kellan disse a ele:

— Gostaria que fosse guardado dentro do estojo da minha guitarra, por favor.

— Sim, senhor — repetiu o cara antes de se afastar.

— Ele me chamou de senhor... duas vezes? — Kellan riu, passando o braço pela minha cintura.

Dei um tapinha no seu estômago:

— Não deixe que isso suba à sua cabeça.

Ele olhou para mim com um sorriso:

— Nem em mil anos.

Em seguida, nosso grupo se dirigiu à saída do estádio. Matt e Griffin seguiam à frente, esgueirando-se pelas paredes como se fôssemos assaltantes.

— Nós temos permissão para sair do estádio durante o show de Sienna? — perguntei a Kellan.

Ele riu, olhando ao redor.

— Não faço a menor ideia... e é por isso que eles estão nesse clima de Spy versus Spy.

Evitando as pessoas o máximo possível, fomos de fininho para as portas que exibiam a palavra *Saída*. Em passos furtivos, atravessamos um corredor que, segundo Matt, levava até os ônibus. Não íamos para os ônibus, mas ninguém precisava saber disso. Quando chegamos ao lado de fora, havia um segurança parado diante da porta, vigiando. Os D-Bags fizeram um sinal com a cabeça, passando pelo cara como se fossem os donos do pedaço. Ou o segurança os reconheceu como sendo rock stars, ou viu meu passe livre. Seja como for, não interrogou nenhum de nós enquanto saíamos do estádio. Acho que estava mais preocupado com quem tentava *entrar* na área dos bastidores do que com quem saía de lá.

Quando chegamos à rua, o segurança era a única pessoa que sabia que tínhamos saído. Esse tipo de liberdade nos deixou na maior excitação, trocando risos e cotoveladas. Adorei ser incluída. Griffin deu uma geral na rua, tentando descobrir onde estávamos em relação ao bar mais próximo, enquanto Kellan dava uma cutucadinha no braço de Matt:

— Você sabe a que horas a gente tem que voltar, não sabe? — Matt assentiu, batendo no relógio de pulso. Esperei que soubesse, mesmo. Não seria legal se eles se atrasassem.

De repente, Griffin apontou para a direita, gritando:

— Bar à vista!

E na mesma hora deu uma carreira em direção ao paraíso alcoólico. Matt e Evan correram atrás dele, rindo. Kellan olhou para mim.

— O último a chegar tem que sentar ao lado do Griffin! — Disparei antes mesmo que ele terminasse a frase.

Estava com a barriga doendo quando pisei no tapete emborrachado do bar, mas meu pé o alcançou meio segundo antes do de Kellan, por isso me considerei vitoriosa. Com as mãos nos joelhos, tentava recuperar o fôlego, olhando para ele. Fazia um tempinho que eu não apostava uma corrida.

— Ganhei — disse, ofegante.

Kellan também respirava com força, abrindo a porta.

— Eu deixei você ganhar. Gostei do panorama. — Piscou para mim enquanto eu entrava.

Eu esperava que o bar ficasse em silêncio quando os D-Bags entraram, mas ninguém ali parecia saber quem eles eram. Adorei que ainda pudessem desfrutar de um certo anonimato. Kellan foi o único que causou sensação, mas não sei se foi o reconhecimento ou sua beleza que provocaram uma onda de cochichos entre as mesinhas redondas.

Griffin se dirigiu a uma mesa nos fundos, e nós o seguimos. Quando chegamos, sua expressão se tornou estranhamente séria.

– As mesmas regras da última vez.

Matt revirou os olhos, e Evan riu, dando de ombros. Kellan franziu o cenho, olhando para mim.

– Não vamos jogar hoje, Griff.

Griffin olhou para Kellan de alto a baixo.

– Hum, vamos, sim. – Seu sorriso se tornou arrogante. – Que foi? Está com medo de perder?

– E quando foi que o Kellan já perdeu? – rebateu Evan, dando uma olhada em Matt.

Curiosa, e me perguntando se queria mesmo saber que jogo era esse que eles costumavam jogar nos bares durante as turnês, perguntei:

– Que jogo?

– É uma idiotice, foi o Griffin que inventou – respondeu Kellan, como se *Griffin* e *idiotice* fossem sinônimos.

– Você é um fresco! – Griffin bufou. – Se borrando todo, só porque sua namorada está aqui.

– Mulher – corrigiu-o Kellan.

– Que seja. Vamos jogar. Virem os bolsos. – E foi logo virando os de sua calça jeans. Que estavam vazios.

Kellan olhou para mim e, curiosa demais para dizer não, concordei. Ele virou os bolsos, que também estavam vazios. Depois que todos tinham feito o mesmo, Griffin pareceu satisfeito.

– Ótimo. Muito bem: telefones valem um ponto, camisinhas valem cinco. Quem tiver o menor número de pontos paga a conta. O garanhão que tiver a maior pontuação ganha uma bebida de cada um dos outros... e tem que ser bebida cara. – Apontou para cada um dos amigos. – E qualquer tipo de roubalheira é punido com um pontapé na bunda. – Apontou dois dedos para os próprios olhos, e então para os de Matt: *Estou de olho em você.* Matt suspirou.

Ainda tentando entender o sistema de pontuação – camisinhas? –, perguntei:

– Espera aí, que jogo é esse?

Griffin se curvou em direção a mim:

– O cara que encher os bolsos com mais números de telefone de gatas vence – explicou bem devagar, como se eu já estivesse bêbada demais para compreendê-lo.

Meus olhos se arregalaram, e eu me virei para Kellan com uma sobrancelha arqueada.

– E você nunca perdeu nesse jogo?

Kellan levantou as mãos:

— Material não solicitado, juro. — Franzi os lábios para ele, e Kellan coçou a cabeça.
— Hum, que tal uma cervejinha?

Dei um sorrisinho azedo para ele.

— Hum-hum.

Com o rabo entre as pernas, Kellan se dirigiu ao bar. Não pude deixar de rir um pouco ao vê-lo abrindo caminho de cabeça baixa por entre a multidão. Evan passou o braço pelos meus ombros:

— Ele não pede mesmo nada daquilo. Nem precisa. As meninas geralmente... enfiam de tudo nos bolsos dele. — Arqueou uma sobrancelha, e seu piercing brilhou quase tanto quanto seus olhos. — Espia só.

Curiosa, eu me virei para observar meu marido. Enquanto ele esperava por nossas bebidas diante do balcão, foi abordado por duas garotas. Elas não tinham falado com ele por mais de cinco segundos, quando uma delas enfiou um guardanapo na sua mão. Meu queixo caiu. Foi tão rápido! Pelo visto, Griffin ficou tão chocado quanto eu.

— Você só pode estar brincando, porra! — Levantou as mãos. — Galinha! — gritou para Kellan. Algumas meninas, achando que ele se referira a elas, olharam para Griffin de cara feia. Imaginei que nenhuma iria se aproximar dele com seu número de telefone aquela noite.

Kellan olhou para nossa mesa. Vendo nossos sorrisos, acenou com o guardanapo para provocar Griffin, e então o guardou no bolso. Griffin fechou ainda mais a cara.

— O caralho que esse puto vai ganhar de mim outra vez! — Desapareceu no bar lotado, e tive o pressentimento de que todos os seus números de telefone seriam "solicitados". Muito solicitados. Talvez até comprados.

Sabia que o jogo devia me enojar, mas, com exceção de Griffin, nenhum dos outros tentou descolar números de telefone. Sua beleza e carisma natural já davam conta do recado. Com tanto bom humor e simpatia, atraíam um círculo de gente ao seu redor. Era quase como no Pete's. Até tive que me controlar para não levar os copos de uma ou duas mesas. Mas, ao contrário do Pete's, Kellan só precisava passar por uma garota para que ela enfiasse um dedinho discreto no seu bolso. Ele não mencionava o gesto, nem ela, e comecei a me perguntar se eu não teria me enganado. Talvez fosse *exatamente* como no Pete's, e eu nunca tivesse percebido. Talvez Kellan ganhasse números de telefone em Seattle também, e eu nunca tinha notado. Bem, se ganhava, tratava de jogá-los fora rapidinho.

O fato de os D-Bags tratarem o jogo como uma grande piada também ajudou. Toda vez que Kellan pegava uma bebida no balcão ou ia ao banheiro, na volta alguém lhe perguntava quantos números tinha descolado. Quando Griffin voltou para a mesa com uma expressão irritada, Matt perguntou "Ah, não teve sorte?" em tom de falsa piedade, e Griffin respondeu com muita elegância, mostrando-lhe o dedo médio.

Bebidas e risos corriam soltos pela nossa mesa, e eu me sentia cada vez mais feliz por ter decidido viajar pelo país com os D-Bags. Quando já estávamos todos bêbados, o alarme do relógio de Matt tocou. Olhamos para ele por um segundo, e então lembramos que o show ainda estava rolando.

— Merda, o show de Sienna está quase no fim. Temos que ir. — Matt pareceu apavorado, e arrematou sua cerveja.

Todos começaram a se levantar da mesa, mas Griffin ergueu as mãos:

— Espera aí! A gente precisa de um vencedor. Bolsos!

Contive uma risada bêbada, imaginando qual deles partiria mais corações aquela noite. Minha aposta era Kellan. Ansiosa, eu me inclinei na sua direção, como se ele fosse baixar uma mão de pôquer vitoriosa, não exibir números de telefone de mulheres. Evan tomou a dianteira, chapando um único número rabiscado num papelzinho dobrado.

— Só um. — Deu de ombros, sem se importar.

Exaltado, Griffin jogou na mesa um guardanapo, um cartão comercial e — juro — um pedaço de papel higiênico.

— Ha! Três! Lê e chora. — Cruzou os braços, olhando com raiva para Kellan.

Sabendo que ele só podia ter muito mais do que isso, dei uma cotovelada nas suas costas. Kellan balançou a cabeça para mim, e então tirou seus prêmios dos bolsos. Teve até que desembolá-los, de tantos que eram.

— Hum... cinco — murmurou, atirando-os na mesa.

Griffin bateu com a mão na mesa.

— Droga, Kellan! Eu te odeio!

Evan curvou o canto dos lábios.

— Só cinco? Noite fraca, Kell?

Kellan riu para Evan, e Griffin resmungou:

— Tá legal, seu palhaço, que bebida vai querer?

— Mas e o Matt? — perguntei, olhando para o introvertido guitarrista; ele observava a conversa, com um sorrisinho secreto. - Como foi a sua "pescaria"?

Matt já ia responder, mas Griffin o interrompeu:

— Ha! Imagina se o Matt tem condições de ganhar do Kellan... o jogo acabou. — Arqueou uma sobrancelha loura. — A menos que... alguém tenha colocado uma camisinha no seu bolso.

Matt balançou a cabeça devagar.

— Não... — Pondo a mão no bolso, puxou lentamente um objeto parecido com um cartão de crédito. Seu rosto ficou vermelho quando o jogou na mesa. — ... mas ganhei uma chave de motel.

Quem visse a gritaria que os caras fizeram pensaria que Matt tinha acertado na loteria.

— Puta que pariu! — gritou Griffin. — Isso é uma vitória instantânea! — Flexionando os dedos dos pés, pôs a mão no ombro de Matt. — Caralho, você ganhou do Kellan! — Fazendo com que Matt se virasse, exibiu-o para o bar inteiro. — Ei, pessoal! Esse aqui é o meu primo, e ele acabou de destronar o Presente de Deus para as Mulheres! — Esfregou a cabeça de Matt com os nós dos dedos, enquanto Matt corava um trilhão de tons de vermelho.

Livrando-se de Griffin, Matt saiu correndo do bar. Griffin levantou as mãos:

— Mas e as suas bebidas, cara?

Evan ria tanto que teve que secar as lágrimas dos olhos. Eu também não conseguia parar de rir. Quando Evan conseguiu falar, murmurou:

— Acho que sou o perdedor. — Fez menção de pegar a carteira no bolso, mas Kellan o impediu, entregando à garçonete uma nota dobrada de cem dólares, ou talvez duas. Não pude ter certeza.

— Por minha conta, Evan.

— Valeu, Kell. — Evan deu um tapa no seu ombro, e saiu cambaleando atrás de Matt e Griffin.

Em seguida, Kellan me puxou em direção a eles, deixando a chave de motel e o bolo de números de telefone em cima da mesa. Sorri ao pensar que nem um único D-Bag guardara qualquer um dos números... nem Griffin. Quando saímos, Kellan resolveu me perguntar:

— E aí, não está mesmo zangada?

Dei um sorriso sarcástico para ele.

— Estou furiosa. — Kellan arqueou uma sobrancelha para mim, e tornei a cair na risada. — Só teria ficado zangada se o Griffin tivesse ganhado de você.

Kellan olhou para Griffin, que, apontando o primo morto de vergonha para a rua inteira, anunciava que "os colhões dele acabaram de cair". Balançando a cabeça, Kellan murmurou:

— Isso nunca teria acontecido.

Por insistência de Matt, os D-Bags, chapados, foram cambaleando de volta ao estádio comigo. Passar pelo segurança na entrada dos fundos foi um pouco mais complicado do que na saída. Não era mais o mesmo cara de antes, e esse fez questão de provas de que o pessoal estava mesmo no show. Kellan, Matt e Evan estavam com os seus passes, mas Griffin esquecera o dele. Todo mundo estava bêbado demais para fornecer argumentos mais lógicos; Griffin não parava de mostrar ao cara o meu passe, mas esse só dava acesso a *mim*. Felizmente, Deacon estava relaxando no ônibus, ouviu a discussão e trouxe as credenciais de Griffin.

Já no estádio, os rapazes foram direto para o palco. Um cara nervoso com uma prancheta empurrou-os às pressas para a entrada do fundo. Antes de Kellan se afastar, segurou meu rosto e me beijou. Seu cheiro de bebida estava forte; torci para que se lembrasse da letra da música que estava prestes a cantar.

Voltei para meu lugar favorito a tempo de ver Sienna anunciar o bis especial que encerraria a noite. Os fãs foram ao delírio, já suspeitando o que seria. Aérea e tonta, tentei assoviar junto com eles, mas só consegui dar um sopro meio desafinado, como se tentasse encher um balão.

O braço de Sienna se estendeu em direção aos fundos do palco.

— Senhoras e senhores, por favor, vamos aplaudir mais uma vez os D-Bags, liderados pelo maravilhoso Kellan Kyle!

Talvez porque eu estava mais bêbada do que antes, os gritos me pareceram superestridentes. Os D-Bags entraram em cena e, sem cambalear muito, trocaram de lugar com os músicos de Sienna. Kellan caminhou até o lado dela, que segurou sua mão e lhe deu um beijo no rosto. Eu adoraria que parasse de fazer isso. Kellan se afastou discretamente, cumprimentando o público. Imaginando se alguma das meninas atiradas no bar sabia quem era o dono da calça em cujo bolso enfiara seu número de telefone, fiquei vendo Kellan e Sienna darem início ao seu maior sucesso.

Embora Kellan tivesse tropeçado e se esborrachado contra um poste quando voltávamos para o estádio, pareceu totalmente sóbrio ao soltar a voz sobre sua dor de cotovelo imaginária. Quando Sienna se aproximou para cantar sua parte, ficou tão perto dele que tive certeza de que sentiria o cheiro de cerveja. Em vez de ficar de frente para o público, Kellan e Sienna mantiveram o dueto entre si, virados um para o outro, praticamente ignorando a galera. O que só aumentou a força dramática da música. Uma chuva de flashes se acendeu, capturando cada momento intenso. Quando o dueto chegou ao fim, Kellan fez menção de sair bruscamente do palco, como se estivesse tão irritado com Sienna que não aguentasse mais ficar ao seu lado; isso combinava com o final do vídeo. Mas Sienna resolveu alterar esse desfecho. Segurando o braço dele ao passar, puxou-o para si. Bêbado demais para resistir, Kellan colidiu com ela. Num gesto rápido, ela puxou sua cabeça. Seus lábios se chocaram em seguida, e as luzes no palco se apagaram, só os flashes dos celulares acendendo seus corpos.

A resposta do público foi estrondosa. Fiquei tão pasma, que nem consegui me mexer. Pensar que ela dissera que iria respeitar a vontade de Kellan.

Embora eu tivesse certeza de que ela o beijara na frente do público principalmente para aproveitar a oportunidade da foto, tive a impressão imperiosa de que também declarara seu interesse pessoal por ele. Sua afirmação dramática me atingiu como uma bola de chumbo nas entranhas. Ora, é claro que ela o queria. Quem não quereria? Mas ele era *meu* marido, e ela não podia tê-lo.

Sabendo que provavelmente estava prestes a ser expulsa da turnê, caminhei em passos duros até a entrada dos fundos do palco, por onde os artistas deviam estar saindo naquele momento. Senti minhas mãos se fecharem em punhos e me perguntei se estaria prestes a virar a mão na cara de uma superstar. Porque essa era a minha vontade. Ela fora longe demais.

Enquanto me dirigia aos fundos, Kellan descia a escada, furioso, empurrando todo mundo da sua frente. Seu rosto espelhava a raiva que eu sentia. Evan estava um passo atrás dele, chamando seu nome. Sienna estava no alto da escada, com as mãos nos quadris.

— Você está fazendo uma tempestade em copo d'água, meu amor — disse às costas dele.

Com os lábios apertados, Kellan fechou os olhos. Parei, olhando bem para ele. Era a expressão que costumava fazer quando estava prestes a arrancar a cabeça de alguém. Virando-se para Sienna, apontou para ela:

— Eu disse a você, na boca, não!

Com um sorriso meigo, Sienna desceu a escada em passos despreocupados, passando por Evan, que ficou tenso ao notar a expressão de Kellan. Parando ao lado de Kellan, ela pôs a mão no seu braço rígido.

— Eu me deixei levar pelo calor do momento. Não vai acontecer de novo. — Deu de ombros, seu longo e elegante rabo de cavalo roçando nos ombros.

Percebendo seu jogo, dei um passo à frente.

— É isso aí, não vai acontecer de novo! — Talvez a bebida tivesse me enchido de coragem, mas de repente eu estava louca para dar na cara daquela mulher. É, não restava dúvida, era o álcool falando mais alto. — Ele não te pertence!

Alguém me segurou pelos ombros quando avancei. No começo achei que fora Kellan, mas, ao olhar para trás, vi que um dos seguranças onipresentes de Sienna me segurava — o Coisa 2, acho. Com o rosto sereno, Sienna ficou na minha frente.

— Ele é uma pessoa, meu amor, portanto não *pertence* a ninguém.

Dirigiu um olhar frio a todos os presentes, como se todo aquele drama estivesse aquém dela. Quando seus olhos voltaram aos meus, havia fogo nas suas profundezas sombrias.

— E, caso não tenha notado, ele não fez nenhum grande esforço para se afastar de mim. — Seus olhos desafiadores passaram para Kellan; o queixo dele estava contraído, mas não deu uma palavra. Satisfeita, Sienna saiu a passos altivos, e o Coisa 2 me soltou.

Suspirei, irritada, e me endireitei. Ela tinha razão. Encarei Kellan. As pessoas ao nosso redor retomaram o que faziam, agora que a minibriga tinha acabado. Evan deu um tapinha no meu ombro, afastando-se com os outros D-Bags — Griffin arrastado por Matt. Felizmente, ou talvez infelizmente, ninguém da mídia testemunhara a briga dos "namorados". Eu não sabia o que pensar do meu marido naquele momento. Uma parte de mim compreendia — ele era um artista, estava no palco, não teria feito um escândalo na frente daquela multidão. Mas o resto de mim estava sob o impacto das palavras de Sienna, que se enrolavam com força ao redor do meu cérebro como uma serpente. Ele não tinha se afastado. Será que a beijara também?

Sem aguentar mais olhar para ele, dei as costas e me afastei. Um segundo depois, ele estava atrás de mim.

— Eu estou bêbado, Kiera. Aconteceu tão depressa, que nem tive tempo de...

Virando-me para ele, brandi um dedo no seu rosto:

— Eu sei!

E voltei a me virar. Ele continuou a me seguir.

— Então, por que está zangada?

Suspirando, voltei a me virar, o que me deixou meio tonta.

— Porque eu também estou bêbada!

Quando tentei me virar de novo, Kellan segurou meu braço.

— Quer parar de se afastar de mim, por favor? — Irritada, fiz um esforço e olhei para ele. — Você está com raiva de mim? — ele perguntou, deixando claro o quanto isso o indignava.

Com meus sentimentos tumultuados, respondi:

— Não sei. Você a beijou também?

Kellan ficou boquiaberto, e vi o conflito em seus olhos. Sabia mentir com tanta facilidade quanto cantar. Eu já o vira fazer isso. Fora um dos muitos problemas que haviam emperrado nosso relacionamento por tanto tempo. É difícil confiar em alguém que faz jogo duplo com tanta facilidade. Mas eu não tinha o menor moral para julgá-lo sob esse aspecto, por isso me esforçava ao máximo para não jogar o fato na sua cara. Nós dois tínhamos sido capazes das piores calhordagens. Razão pela qual a honestidade se tornara tão importante para nós.

Com a boca numa linha firme, ele disse:

— Só por um microssegundo. — Ao ver que meus olhos ficavam úmidos, começou a se explicar: — Estou bêbado, ela me pegou desprevenido. Foi uma coisa instintiva. Eu mexi os lábios só uma vez, só um milímetro, mas não fiz de novo. Eu a empurrei quando me dei conta do que estava acontecendo, mas a essa altura as luzes já tinham se apagado. — Levantou as mãos. — Beijei mais o Griffin naquela festa, mas sou obrigado a responder que sim, para ser honesto com você.

Eu queria ficar com raiva dele, queria mesmo, mas podia compreendê-lo muito bem, e na verdade estava até meio orgulhosa dele por não me poupar de uma verdade dolorosa, quando uma mentira piedosa teria sido muito mais fácil. Fungando, porque doeu um pouquinho, passei os braços pelo seu pescoço, estreitando-o com força.

— Tudo bem — murmurei no seu ouvido. — Não estou com raiva de você. Estou com raiva dela.

Seu corpo relaxou contra o meu.

— Eu também.

Capítulo 17
PROVAS

Eu não fazia ideia de quanto tempo já tinha passado na estrada a essa altura, mas já começava a me acostumar às viagens constantes. Dormir era difícil no começo; toda hora o movimento do ônibus me acordava, principalmente quando fazia uma curva ou diminuía a marcha. Mas agora, eu mal notava. Provavelmente, o ônibus podia dar até uma freada brusca e me jogar no chão, que eu nem acordaria. Bem, aí já é exagero, *cair* talvez me acordasse.

Como costumava acontecer quase sempre quando eu abria os olhos, o ônibus estava em movimento. Desmontar o equipamento no show de Sienna era um processo demorado – o aparato no seu concerto era muito maior do que nos shows da pequena turnê de Justin–, por isso os ônibus geralmente partiam para a próxima cidade já tarde da noite, ou de manhã cedo. Alguns artistas e membros da equipe preferiam dormir algumas horas nos quartos de hotel postos a sua disposição, mas Kellan e eu gostávamos do nosso quarto privado no ônibus, por isso ficávamos nele, quando podíamos.

Olhando para o mundo que passava em alta velocidade pela ampla janela traseira do ônibus, notei que era de manhã cedo; um brilho rosado ainda coloria o céu. O carrinho de brinquedo que eu dera a Kellan no Natal estava em cima do parapeito, rolando de um lado para outro com o balanço do ônibus. Como também costumava acontecer quando eu acordava, estava sozinha na cama. Kellan estava no chão, fazendo flexões. Era uma rotina que mantinha ao acordar – flexões e abdominais. Dizia que mantinha o corpo condicionado, mas acho que também ajudava a clarear suas ideias; nem sempre Kellan dormia bem. Geralmente eu ainda estava dormindo enquanto ele se exercitava, mas às vezes seus sons me acordavam e eu ficava assistindo, em segredo, cochilando e acordando. Geralmente tinha sonhos fantásticos quando estava nesse estado entre o sono e a vigília.

Dando uma olhada na beira da cama, eu sorria sem parar, traçando mentalmente as linhas de suas costas nuas. Os braços de Kellan tremiam enquanto ele se levantava e abaixava sem esforço. Imaginei quanto tempo passara malhando enquanto eu dormia. Ele realmente se excedia às vezes, quase como se estivesse se punindo.

Esperei que seu fervor essa manhã não tivesse nada a ver com Sienna. Ela não voltara a beijá-lo no palco, mas as fotos que os fãs tinham feito daquele momento estavam em toda parte. *Amor verdadeiro selado por um beijo*, era a legenda que acompanhava a maioria. Kellan e Sienna juntos na mesma turnê tinham sido um prato cheio para as revistas de fofocas. Perdi a conta de quantas histórias sobre como eles "não conseguiam ficar longe um do outro" cheguei a ver. Manchetes como "Kellan Kyle abandona turnê e corre para junto da namorada" eram banais. Todo mundo estava adorando o fato de que, apesar da negação constante do namoro, Kellan parecia não aguentar ficar longe de Sienna.

Imaginando como Kellan estaria se sentindo, perguntei:

– Você está bem?

Ele parou a alguns centímetros do chão, olhando para mim. Então seus braços cederam, e ele despencou. Rindo um pouco, murmurou:

– Estou, sim. – Levantando-se, girou os braços; seus músculos se flexionaram e relaxaram quando os esticou. – Estava só sentindo falta de malhar até o limite, por isso resolvi fazer mais alguns hoje. Não queria te acordar.

Meus olhos desceram até a cueca samba-canção preta que era sua marca registrada.

– Não acordou. Eu já ia me levantar.

Levantando as cobertas, Kellan voltou a se deitar na cama comigo. Sua pele estava quente da malhação, ligeiramente úmida, mas não pegajosa. Mesmo assim, eu me encolhi, afastando-me.

– Você está todo suado.

Rindo, ele fechou as pernas em volta das minhas.

– Então vamos ter que deixar você suada também, para que isso não te incomode.

Passei os braços pelo seu pescoço e o puxei para mim; de repente, não me incomodava mais. Quando seus lábios desceram até o meu pescoço, olhei pela janela mais próxima. Estávamos atravessando uma rodovia urbana na hora do rush matinal. Havia um carro bem ao nosso lado, e o motorista cantava junto com uma música como se *ele* fosse o vocalista de uma banda de rock. Fiquei paralisada, pensando de novo na vidraça. Era fumê, mas será que o cara podia me ver?

Kellan não notou minha distração e começou a passar os lábios pelo meu pescoço. Seus dedos começaram a enrolar minha blusa, preparando-se para tirá-la. Gemi, meio fechando os olhos, mas dei um jeito de frear os dedos de Kellan. Aquele olhar intenso de sexo se fixou em mim, e eu engoli em seco, indicando a vidraça.

— Kellan, as pessoas podem ver a gente?

Kellan deu uma olhada no carro, não parecendo se importar se o motorista podia nos ver.

— Não — respondeu depressa, voltando a encostar os lábios nos meus.

Acreditando nele, relaxei nos seus braços. Havia algo incrivelmente erótico em fazer amor num lugar que dava a ilusão de ser totalmente devassado. Enquanto os carros circulavam pelos três lados do ônibus — todos oferecendo uma vista espetacular, se soubessem —, meu corpo chegou ao ponto de ebulição.

Com a respiração intensa, ajudei Kellan a tirar minhas roupas. Quando estava nua embaixo dele, sua mão molhada se moldou ao meu seio, apertando-o de leve. Querendo devolver o favor, enfiei a mão na sua cueca. Ele estava totalmente pronto para mim. Quando passei a mão pelo volume, Kellan parou de me beijar. Sua respiração acelerou e ele fechou os olhos. Estava lindo, e redobrei meus esforços. Ele encostou a cabeça no meu ombro, seu peito caindo sobre o meu.

— Adoro quando você me toca — gemeu no meu ouvido.

Suas palavras fizeram com que meu ponto mais sensível latejasse, e de repente eu quis fazer muito mais do que tocá-lo. Quis fazer com que entrasse em órbita. Quis fazê-lo gritar tão alto que mesmo alguém passando num carro à nossa volta ouviria. Sabendo que *podia* fazer todas essas coisas fez com que me sentisse linda e sedutora, e amar ainda mais estar com ele.

Mas Kellan não me deu uma chance. Antes que eu pudesse tomar a iniciativa, ele ficou fora do meu alcance, começando a descer pelo meu corpo. Seus dedos deslizaram entre minhas pernas ao mesmo tempo em que sua boca se fechou sobre um mamilo. Agarrando a fronha, gritei como quisera que ele gritasse. Enquanto seus dedos atiçavam o incêndio que ardia dentro de mim, arqueei as costas e olhei para o carro atrás de nós. O motorista que seguia o ônibus parecia morto de tédio. Gemi, fechando os olhos. Se ele soubesse.

Os lábios de Kellan passaram depressa pela minha barriga, deixando arrepios no caminho. Eu apertava a fronha com tanta força que tive certeza de que a rasgaria a qualquer momento. Kellan chegou aonde eu precisava, mas não fez nada. Tive a sensação de que ia morrer enquanto esperava. Ele aquietou meus quadris que se contorciam, e então me chupou de leve. Soltei uma exclamação, e me proibi de gozar. Precisei de muita força de vontade.

Tive a impressão de ouvi-lo rir, mas sua língua estava em mim, por isso não me importei muito se estava achando graça. Enfiei os dedos nos seus cabelos. Enquanto os apertava e soltava, ele traçava desenhos para cima, ao redor e de um lado para o outro sobre a carne tenra. Não aguentei mais. Quando uma onda de euforia me inundou, gritei. Kellan me abaixou com delicadeza, e então voltou a se deitar em cima de mim.

Quando eu me sentia como um caramelo derretido sob o seu corpo, mole, quente, maleável e agora um pouco suada, ele murmurou:

— Não consigo passar do H com você.

Eu não fazia a menor ideia do que ele quis dizer, mas ainda estava em êxtase da explosão, e não me importei.

— O quê?

Passei a mão languidamente pelas suas costas, e ele começou a pressionar os quadris nos meus. Estava tentando me excitar de novo, e conseguindo; o fogo se reacendeu. Seus lábios seguiram pela minha clavícula.

— O alfabeto... não consigo passar do H até você... terminar. — Deu uma olhada em mim com os olhos entrecerrados.

— Do que... você está falando?

Roçou o nariz no meu pescoço, passando a língua de leve na minha pele. Aquela língua mágica avançou até minha orelha, e foi então que finalmente entendi o que dizia. Olhei para sua expressão marota.

— Você desenha o alfabeto quando...?

Ele sorriu, dando um beijo leve no meu rosto ligeiramente úmido.

— Meu objetivo era chegar até o fim do alfabeto, mas ainda não consegui. — Seu sorriso se tornou vaidoso. — Mas vou continuar tentando.

Kellan tirou a cueca, e então voltou a pressionar os quadris nos meus. Sua ponta entrou em mim e eu soltei uma exclamação, segurando suas costas. Quando ele se afastou, gemi; ele estava me matando.

— Alguém já fez isso com você? — perguntei, me contendo para não segurar seus quadris e forçá-lo a se enterrar dentro de mim.

Kellan parou de beijar meu pescoço.

— O alfabeto? Não, acho que não.

Foi só então que me dei conta do que tinha acabado de perguntar a ele. Será que era uma pergunta estranha? Será que isso podia ser feito num homem? Só essa ideia bastou para fazer com que o desejo voltasse com força total. Ele tinha acabado de me satisfazer. Se eu pudesse dar a ele uma fração disso...

Antes que ele pudesse dizer mais alguma coisa, eu o puxei de volta, meus lábios começando a descer pelo seu peito. Ele prendeu a respiração ao entender o que eu planejava fazer.

— Eu sei que você não curte fazer isso, Kiera. Não tem que fazer uma coisa de que não gosta só para me agradar. — Seus olhos encontraram os meus quando olhei para ele. — Eu adoro sentir o seu gosto, e é por isso que faço.

Suas palavras fizeram com que uma onda de desejo me invadisse. Sorrindo diante do seu umbigo, murmurei:

— Não, não é mesmo a minha praia. Mas eu gosto do jeito como você reage. — Dei uma mordidinha num músculo esguio do seu abdômen, e os olhos de Kellan se fecharam, sua cabeça caindo no travesseiro.

— Hum... tá — murmurou.

Sua mão se emaranhou entre os meus cabelos quando beijei a glande. Sem saber ao certo o que fazer, coloquei-a com delicadeza na boca. Não era mesmo a minha praia, mas ouvir a reação de Kellan, o gemido fundo que ele soltou enquanto apertava meus cabelos, *era* uma das coisas de que eu mais gostava, e procurei me concentrar nisso. Passando a mão pela parte longa, alternei entre engoli-lo até o fundo e soltá-lo para poder passar a língua pela extremidade, traçando com ela uma letra diferente a cada vez. Quando cheguei ao G, percebi que isso o estava levando à loucura. E a mim também. Eu me entreguei por completo, entrando cada vez mais no jogo. A mão de Kellan nos meus cabelos começou a tremer, como se ele se contivesse para não me fazer engolir tudo de uma vez. Na letra L, já se contorcia todo na cama, gemendo meu nome. Quase perdi a cabeça, mas continuei com a provocação elaborada. Quando girei a língua ao seu redor no formato de um O gigante, ele ficou de joelhos e me puxou para si. Antes que eu me desse conta do que fazia, seus lábios estavam nos meus, duros, urgentes, e ele me sentou em cima do seu corpo. Sem uma palavra, puxou meus quadris para baixo, me afundando dentro dele — cheguei a perder o fôlego, de tão intenso que foi.

Ficamos nos abraçando com força, enquanto começávamos a nos mover juntos, quase num frenesi; eu nunca o vira tão excitado. Com os carros ainda passando à nossa volta, alheios ao que acontecia, atingi o clímax. Kellan se retesou uma fração de segundo depois, atingindo-o também. Quando estávamos exaustos, desabamos nos braços um do outro. O motorista atrás de nós ainda parecia apático, pobrezinho.

Saindo com cuidado do colo de Kellan, desabei na cama com um suspiro satisfeito. Ele se aconchegou ao meu lado, sua respiração irregular. Quando me virei para me aninhar no seu peito, ele soltou um gemido baixo.

— Ah... meu... Deus... isso foi incrível.

Contendo meu sorriso, murmurei:

— Bem, parece que também não consegui chegar ao fim do alfabeto.

Estava com as pernas meio bambas quando me dirigi ao chuveiro mais tarde. Ouvi roncos do outro lado da cortina que separava nossa suíte do resto do ônibus. Ótimo, provavelmente ninguém nos ouvira. *Uau, que maneira de acordar.* Com a cabeça e o corpo totalmente energizados, minha criatividade corria solta. Não me demorei no banho, para poder começar a escrever logo.

Kellan não estava mais no quarto quando voltei, mas não demorei a encontrá-lo; afinal, o ônibus não era tão grande assim. Passando na ponta dos pés pelo pessoal que ainda dormia, eu me dirigi à área de estar do ônibus. O motorista me cumprimentou com um meneio de cabeça e eu acenei, torcendo para que não tivesse ouvido nada. Às vezes eu me esquecia dos motoristas de nossos ônibus. Esse era um senhor de meia-idade muito simpático, chamado Jonathan. Ora, Jonathan era motorista profissional de ídolos do rock; tive certeza de que já vira e ouvira muita coisa.

Kellan estava sentado numa poltrona confortável perto de uma mesa, tocando sua guitarra. Deu uma olhada em mim e eu sorri, apenas apreciando-o por um momento antes de me aproximar. Ele indicou com a cabeça uma caneca de café fumegante em cima da mesa.

– Café? É instantâneo. – Estremeceu. Havia uma pequena cozinha perto dos banheiros, com um micro-ondas e um frigobar, mas era só isso.

Aceitei a caneca mesmo assim, agradecida.

– Obrigada.

Kellan ficou me vendo arrumar as anotações e o notebook, e então voltou à guitarra. Ficamos trabalhando lado a lado por algum tempo, a guitarra de Kellan e o meu teclado produzindo os únicos sons no ambiente. Então, ele começou a cantarolar uma música. Não era nenhuma melodia que eu já tivesse ouvido, e interrompi a história na minha cabeça para ouvi-lo trabalhar em algo novo. Pelo visto, eu não era a única que estava inspirada aquela manhã. Adorava que pudéssemos estar juntos, mas fazendo cada um o seu trabalho. Cada um tinha sua própria vida, suas próprias alegrias, seus próprios amigos. Não dependíamos um do outro para sermos felizes, mas estarmos juntos certamente ampliava esse sentimento.

Enquanto os minutos passavam, pensei que seria capaz de viver em paz o resto dos meus dias desse jeito. Então, ouvimos uma exclamação de surpresa na traseira do ônibus. Kellan e eu nos viramos para olhar, mas a cortina ainda estava no lugar, e não pudemos ver nada. Mas ouvimos. Ou por outra, *o* ouvimos.

Mais alto do que o necessário, Griffin não parava de repetir *Puta que pariu!*. Alguns músicos resmungaram, enquanto outros o mandaram calar a boca; ainda era muito cedo. Senti o pavor me gelar as entranhas. Qualquer coisa capaz de chocar Griffin me assustava.

Kellan pôs a guitarra ao lado e se levantou.

– Por que não fica aqui? – perguntou. Pela primeira vez, fiz o que me pedira. Meu coração disparou quando vi a cortina se fechar atrás de Kellan.

Ouvi cochichos excitados e murmúrios em tom de queixa. Não fazia a menor ideia do que estivesse acontecendo. Quanto mais tempo Kellan passava lá, mais curiosa eu me sentia. Quase cheguei a me levantar várias vezes, apenas para voltar a sentar em seguida. Será que eu queria mesmo saber? Sim... e não.

Quando já não aguentava mais, Kellan reapareceu. Talvez fosse minha imaginação, mas parecia um pouco pálido. Ao se aproximar de mim, tive a impressão de ouvir meu celular tocando na traseira do ônibus. Depois que se silenciou, começou a tocar novamente.

Kellan sentou em silêncio na poltrona perto de mim, e Griffin enfiou a cabeça pela cortina. Não deu para dizer se sua expressão era de incredulidade, excitação ou apenas curiosidade incontida. Ele foi puxado para a área de dormir segundos depois. Meus olhos estavam arregalados e assustados, minhas entranhas repletas de pavor quando meus olhos encontraram os de Kellan.

– O que foi? – sussurrei.

Kellan franziu o cenho, quase como se não soubesse o que dizer. Meu celular ainda tocava sem parar. Enquanto ele refletia, murmurei:

– Talvez seja melhor atender. Pode ser minha irmã.

A expressão de Kellan se tornou sombria.

– Eu não ficaria surpreso.

– Como assim?

Suspirando, ele pôs a mão no meu joelho e disse:

– Joey postou o vídeo. As pessoas não estão falando de outra coisa.

Levei um choque, mas logo passou. Já estava esperando por essa bomba.

– Nossa, agora você me deu um susto. – Mas Kellan ficou mordendo o lábio, e na mesma hora eu soube que havia mais. – Que é? – murmurei.

Ele esfregou o polegar na têmpora, como se estivesse com dor de cabeça.

– A câmera da Joey era... maravilhosa. – Seu tom era ríspido e sarcástico. Parando a massagem, olhou para mim. – A imagem é tão granulosa que mal dá para ver, e por causa da minha entrada na turnê, além de todas as fofocas, fotos e especulações, está todo mundo achando que...

Meu coração parou.

– ... que você filmou uma transa com Sienna.

Kellan confirmou.

– Elas são bem parecidas, por isso é fácil confundir as duas. Além disso, o ângulo não era dos melhores, e o vídeo não tem data. A única coisa que dá para ver com clareza é que sou eu, sem a menor dúvida. – Revirou os olhos. – Tem um close supernítido do meu rosto, porque fui eu que iniciei a gravação... e Joey diz meu nome várias vezes.

Senti uma onda de náusea, mas tratei de contê-la. Ele fizera o vídeo muito tempo atrás.

– Você acha que devia dizer alguma coisa?

– Sim, claro, mas... – Kellan deu de ombros. – Não tenho muita certeza se vai fazer diferença. As pessoas vão acreditar no que quiserem acreditar. – Fechou os olhos, que de repente pareceram muito cansados. – Até Griffin acredita que é Sienna no vídeo. – Reabrindo os olhos, segurou meu rosto. – Desculpe, mas acho que sem querer acabei de dar a eles a prova irrefutável que procuravam. Não acho que seja mais possível interromper o boato.

Sabendo que provavelmente ele tinha razão, soltei um suspiro exausto. Não podíamos apenas dar uma declaração e achar que todo mundo iria entender, de uma hora para outra, o que realmente acontecera. O público estava totalmente apaixonado pela ideia de Kellan e Sienna como um casal. Se ninguém chegara a acreditar em Kellan antes de o vídeo explodir na nossa cara, agora é que não iriam acreditar mesmo. Quando Kellan se recusou a fazer comentários na primeira entrevista, sem querer jogou lenha na fogueira. Depois, Nick e Sienna se encarregaram de transformar a fogueira num incêndio, e o vídeo pornô fez com que o incêndio adquirisse proporções de calamidade. As fofocas estavam totalmente fora de controle. Tudo que podíamos fazer agora era esperar que o fogo devorasse tudo ao nosso redor, e torcer para sobrevivermos às queimaduras.

Afastei o notebook, tendo perdido a inspiração.

Recebi várias ligações depois disso – de minha irmã, de Jenny, de Cheyenne, de Kate e, para meu horror, até de meus pais. Felizmente, eles não assistiram ao vídeo ou viram qualquer cena, mas nem assim conseguiram fugir do clima geral de fofocas. Não achei que minha mãe tivesse acreditado em mim quando afirmei que o casamento ainda estava de pé.

Finalmente consegui acalmar meus pais, mas cada um de meus amigos teve que ser "convencido" de que o vídeo era antigo. Por fim, chegamos à tatuagem. Incumbi todos eles de vê-lo novamente e olhar para o peito de Kellan. Se meu nome não estava gravado em cima do seu coração, então eles saberiam, sem nenhuma sombra de dúvida, que fora filmado antes de começarmos a namorar. Esse detalhe não faria grande diferença para o público em geral, já que poucas pessoas sabiam da tatuagem, pois fora habilmente coberta para o videoclipe, mas foi o suficiente para balançar meus amigos. Ao final dos telefonemas, eles acreditavam em mim, embora com uma ponta de insegurança.

A ligação de Denny foi a última do dia – e a que eu esperava com mais ansiedade. Estava sentada na cama quando o celular tocou. O ônibus tinha dado uma parada há algum tempo, e os inúmeros técnicos tinham saído em peso, para montar o equipamento do show daquela noite. Eu nem sabia em que cidade estávamos; já perdera a noção do itinerário.

Os D-Bags tinham saído para explorá-la, provavelmente apresentando o Holeshot ao seu joguinho etílico. As duas bandas estavam se dando bem, o que não me surpreendeu; os D-Bags eram caras superacessíveis, que se davam com a maioria das pessoas. Kellan tinha me chamado para sair com ele, mas eu não quis. Então se ofereceu para ficar comigo, mas também recusei. Queria ficar sozinha, olhando para a chuva que riscava a vidraça e contemplando a estranheza da minha vida. Depois que ele saiu, encontrei uma pétala de flor colada no espelho do banheiro com as palavras *Lamento muito*. Sabia o quanto ele lamentava tudo isso. Eu também me sentia assim.

Fiquei olhando para o celular que tocava, irritada. Já quase não tinha paciência para explicar a mais um amigo que Kellan não estava tendo um caso com Sienna Sexton. Foi meio irritante ver como todos se deixaram engolfar pelo incêndio com a maior facilidade. Mas, com o videoclipe, as fotos, a mudança na turnê e agora o vídeo pornô, as evidências contra Kellan eram bastante fortes, e eu não podia culpá-los. Se não estivesse na estrada com Kellan, talvez também tivesse acreditado.

Vendo o nome de Denny na tela, hesitei, e então atendi.

— Oi, Denny — disse, me sentindo sonolenta.

— Oi... aposto que você está cansada de receber ligações.

Sorri pela primeira vez em horas.

— Você não faz ideia. Mas fico feliz por *você* ter ligado.

— E aí... devo perguntar?

— O vídeo é da Joey, aquela de quem eu te falei. Ela finalmente o postou, e todo mundo pensa que é Sienna. É meio triste, na verdade. Joey queria tanto ficar sob os refletores, e mesmo com essa prova, ainda não conseguiu chegar lá. — Dei uma risada, sem achar a menor graça.

Denny soltou um longo suspiro.

— Eu imaginei que fosse isso. Como você está enfrentando a situação?

Senti um alívio enorme. Era tão bom não ter que convencer alguém.

— Estou bem, na medida do possível, considerando que Kellan está aparecendo nas manchetes com outra mulher. A despeito de quem essa mulher seja, a situação ainda é uma merda. Estou com medo até de ligar meu notebook.

— Dá um tempinho, e logo, logo a mídia vai encontrar outra história.

Meu olhar passou para uma gota de chuva que escorria pela vidraça. Olhar para a chuva me dava tanta paz. Minha vida tinha tanta paz. Não tinha, até aquela manhã?

— Eu sei, mas é muito possível que a próxima história que eles vão encontrar também seja sobre Kellan. — Funguei, irritada por permitir que isso me abalasse tanto. — Eu sinto falta...

Fiquei em silêncio. Ia dizer que sentia falta do tempo em que ninguém sabia quem ele era, mas esse tempo nunca existira. Kellan sempre vivera no meio de um furacão de notoriedade. Sempre fora uma estrela. Só que em muito menor escala, no Pete's. Dividi-lo não era nenhuma novidade, apenas se tornara mais difícil.

Denny respondeu à minha frase aberta:

— Eu sei. — O silêncio se estendeu entre nós, e então ele acrescentou: — Você pode voltar para casa, Kiera. Deixar esse mundo de lado por um tempo...

Apertando os joelhos com força contra o peito, refleti sobre essa possibilidade. Podia ficar numa casa vazia em Seattle, escrevendo dia e noite. Podia visitar minha irmã, meus amigos. Podia até ir para Ohio e ver meus pais – brevemente –, e podia passar um tempo com Denny. Parecia uma coisa boa, familiar, confortável, mas... meu coração estava ancorado com Kellan. Ficar afastada dele era algo que puxava minha alma em direções opostas. Era doloroso. Não, era uma tortura. Ele era tudo para mim, e eu não queria perder um único momento dessa viagem só porque algumas partes dela eram desagradáveis. Não. Quando concordara em ser sua mulher, também concordara em ficar ao seu lado durante os altos e baixos da vida. E se conseguira ficar ao seu lado durante a filmagem daquela droga de videoclipe, então também podia fazer isso enquanto enfrentava as consequências da sua juventude inconsequente. Eu não ia mais fugir, nem me esconder. Nunca mais.

– Não... meu lugar é aqui, com Kellan. Mas obrigada por me ouvir, Denny.

Quando esbarrei em Sienna aquela noite, ela era toda sorrisos, adorando a atenção. É claro, fingia estar morta de vergonha diante de qualquer um que a entrevistasse. Até mesmo deu um fora num repórter de um site de fofocas, levantando as mãos e saindo a passos duros, como se a ofendesse profundamente que algo tão íntimo fosse mencionado em uma conversa casual. Suas atitudes bastaram para confirmar os rumores: Kellan e Sienna tinham feito um vídeo pornô. O mundo mergulhou num frenesi de fofocas, e a glorificação dos dois como casal explodiu na estratosfera.

Kellan até tentou apagar o incêndio. Fisicamente, mantinha-se o mais afastado dela possível, chegando mesmo ao extremo de cantar o dueto do lado oposto do palco. Dizia a quem quisesse ouvir que Sienna não era a mulher no vídeo, e que não tinha, nem jamais havia tido, um relacionamento com ela. Mas isso era muito pouco, e já era tarde demais. Ninguém podia mais apagar o incêndio de fofocas.

Duas semanas depois da liberação do vídeo, a baixaria ainda corria solta. Estávamos em Atlanta, na Geórgia, um lugar que eu sempre quisera visitar, e os D-Bags estavam dando uma entrevista no estúdio de uma emissora no começo da tarde. Eu sentava num banquinho encostado à parede ao lado de Tory, que sempre estava presente quando Kellan e os D-Bags falavam com a imprensa. Enquanto eu me encostava à parede, Tory se sentava reta feito um cabo de vassoura, inclinando-se um pouco para a frente, pronta a dar o bote. Ela observava os locutores com olhos de águia – ou de uma mãe ursa protegendo os filhotes.

– Pois é, Kellan, os boatos estão correndo soltos. Tem alguma coisa que queira dizer sobre a bela e super*talentosa* Sienna Sexton? – O locutor enfatizou a palavra *talentosa*, e todos no estúdio souberam que não se referia à sua música.

Kellan se remexeu na poltrona.

– Eu já disse isso uns cinco milhões de vezes, mas ela é só uma conhecida minha. Trabalhamos juntos, nada mais. – Os olhos de Tory se franziram ao ouvir a confissão de Kellan, mas sabia, como Nick e Sienna, que nada que ele dissesse a essa altura faria diferença; um fato que o DJ confirmou segundos depois:

– Certo... uma relação de trabalho. – Virou-se para o parceiro. – Está aí um *batente* em que eu não me importaria de pegar.

Os dois caíram na gargalhada, enquanto a expressão de Kellan se tornava sombria.

– Eu não tenho, e jamais tive, um relacionamento com Sienna.

Os dois lançaram olhares incrédulos para Kellan.

– Quer dizer então que não é ela no vídeo com você?

Kellan fechou os olhos, parecendo contar até dez antes de responder:

– Não.

O segundo locutor argumentou:

– Mas se parece muito com ela. Até quando se congela a cena.

Meu estômago se embrulhou e minhas mãos se fecharam em punhos. Detestava saber que todos naquele estúdio deviam ter visto o vídeo de Kellan transando. Quer dizer, todos, menos eu. Nem em um milhão de anos iria assistir àquilo. Algumas coisas são inesquecíveis, e Joey e Kellan mandando brasa como estrelas pornô era uma delas.

Olhando com desprezo para o locutor, Kellan disse, sem rodeios:

– Não vejo o que isso tenha a ver com a minha música, que é a razão de eu estar aqui. A pessoa no vídeo é uma garota que namorei anos atrás, muito antes de conhecer Sienna. Embora por acaso elas se pareçam um pouco, *não é* Sienna Sexton.

Os locutores se entreolharam.

– Nesse caso, é meio estranho que nenhuma garota tenha se apresentado até agora, não? Quer dizer, se essa "Não Sienna" que você namorou postou o vídeo... onde é que ela está? – Fez o gesto de aspas no ar, como se ainda não acreditasse em Kellan.

Infelizmente, esse era um sério problema para nós. Joey não dera um pio. Não viera a público para lutar por seus direitos de orgulhosa participante do vídeo. Não tentara se aproveitar do sucesso de Kellan. Não agarrara com unhas e dentes a oportunidade de ficar famosa. Tudo que fizera até agora fora ficar quietinha no seu canto e deixar que Sienna se apropriasse de toda a sua "glória". A meu ver, isso não se parecia em nada com Joey.

Kellan respondeu, gaguejando:

– Eu não... sei. – Percebendo que cavava um buraco cada vez mais fundo, ele se virou e olhou para Tory, pedindo-lhe, em silêncio, para mudar o rumo da conversa.

Uma mulher numa cabine ao fundo resolveu meter sua colher torta:

– Eu acho muito fofo que ele proteja a Sienna negando o namoro dos dois. É cavalheiresco. – Apontou para os dois locutores: – Vocês bem que podiam aprender algumas coisinhas. – Tive vontade de apunhalá-la com uma caneta. Quão mais explícito Kellan precisava ser?

Tory avançou e fez um gesto de corte na altura da garganta. A implicação ficou clara para os DJs: *Mudem a linha do interrogatório, ou eu tiro o meu artista daqui.* Na mesma hora eles mudaram de assunto, falando sobre o concerto daquela noite, e Kellan relaxou visivelmente.

Quando a entrevista acabou, Kellan veio até mim, sua expressão abatida. Não estava suportando o fato de não conseguir alterar a visão que o público tinha dele. Era uma marionete, que ficava em primeiro plano, sem que o show fosse seu. Não, o show pertencia inteiramente a Nick e Sienna. Fiz uma festinha no seu braço, compreensiva, e então afastei a mão. Estava reduzindo ao máximo os gestos de carinho em público. Não apenas não queria os olhos do mundo voltados para mim, como a onda "Kell-Sex" ainda estava no auge da loucura. E se Kellan não conseguia controlar o que as pessoas pensavam *dele*, então não conseguiria mesmo controlar o que pensariam *de mim*. Se os fofoqueiros descobrissem quem eu era, nunca nos deixariam em paz. Eles me pintariam como "a outra" na história de amor de Kell-Sex. Eu seria odiada, insultada, talvez até me atirassem ovos. A ideia de ficar no centro de um escândalo mundial me apavorava tanto, que cheguei a pedir a Kellan para usar a aliança na mão direita quando saíamos. Não queria causar problemas desnecessários para mim. As águas ainda precisavam se acalmar um pouco. E se acalmariam, assim que a turnê acabasse.

Por mais absurdo que isso fosse, eu era o segredinho sórdido de Kellan – uma sensação perturbadora que eu conhecia muito bem, e não achava nada agradável. Não sabia como poderíamos manter em segredo nosso casamento em dezembro. Ou mesmo se poderíamos nos casar. Proclamas são públicos, não? Qualquer um que investigasse a vida de Kellan mais a fundo terminaria por descobrir.

Desde que havíamos chegado à cidade aquela manhã, embora o show fosse ser à noite, as bandas foram alojadas num hotel. Kellan e eu decidimos trocar nosso ninho de amor sobre rodas por uma espaçosa suíte com uma jacuzzi. Enquanto uma caminhonete enorme transportava os D-Bags e sua comitiva de volta ao hotel, meu celular tocou. Revirando a bolsa, encontrei-o enfiado entre as páginas do livro que andava tentando ler nas horas vagas. Estava tão ocupada escrevendo que teria mais chance de chegar ao fim de um romance se Kellan o lesse para mim. Aliás, até que não era má ideia.

Dando uma olhada na tela, atendi, dizendo:

– Oi, mana. E aí, o que é que manda?

– Onde é que você está?

– Em Atlanta – respondi, olhando pela janela. – Por quê?

– Eu sei que você está em Atlanta – disse ela, bufando. – Mas onde em Atlanta, neste exato momento?

— Estamos na rua. Acabamos de sair de uma emissora de rádio e estamos indo para o hotel, um lugar superchique em Buckheel, Buckhead, sei lá. Por quê?

O tom de minha irmã se animou:

— Ah, que bom! Estou indo assistir ao show de hoje. Será que tem como o ônibus fazer um cavalo de pau e dar um pulinho no aeroporto para me pegar?

Demorei um minuto para entender o que ela estava dizendo.

— Você está na Geórgia?

Virando-se no banco da frente, Griffin ecoou minha pergunta:

— Anna está na Geórgia? — Seus olhos só faltaram soltar faíscas com a novidade. — Irado! Onde é que ela está?

Respondi a Griffin com "Aeroporto", enquanto Anna dizia:

— Estou! Meu voo acabou de chegar.

Espantada, meu primeiro pensamento foi: *Por que você está na Geórgia?* E o segundo: *Dar um pulinho?* O aeroporto não ficava nada perto do nosso hotel. Na verdade, o hotel ficava mais para o norte do centro de Atlanta, onde aconteceria o show daquela noite, enquanto o aeroporto ficava ao sul, totalmente fora mão. Mas eu não iria abandoná-la no aeroporto. Nem Griffin, que já dizia ao motorista para dar a volta.

Anna bufou antes de responder à minha pergunta.

— Eu acabei de te dizer por quê. Agora, vem me pegar. Te amo! — E desligou. Balancei a cabeça, voltando a guardar o celular na bolsa. É claro que minha irmã tinha que atravessar metade do país num capricho só para assistir a um show.

Capítulo 18
COMPANHIA

Minha espontânea, volúvel e impulsiva irmã chegou com meia dúzia de malas. Só por sua expressão, desconfiei que ficaria por mais do que *um* show. E sua barriga tinha crescido muito desde a última vez que eu a vira. Agora, seu andar pesado era autêntico. Quando a abracei, o bebê pressionou meu estômago. Rindo, pousei a mão no volume.

— Oi, Max — disse, com voz meiga.

— É Maximus — interrompeu Griffin, me empurrando para o lado a fim de abraçar Anna. Segurando seu rosto, cumprimentou-a com a língua. Foi o tipo da coisa excessiva para uma demonstração de afeto em público, mas eu vinha observando Griffin desde que ele confessara não ter estado com ninguém desde que soubera da gravidez de Anna, e, por tudo que eu vira, estava dizendo a verdade. E esse era um nível de abstinência altíssimo para aquele tarado; devia estar subindo pelas paredes.

Quando os dois se separaram, Anna deixou os olhos verde-escuros percorrerem o corpo de Griffin como se estivesse morta de fome e ele fosse carne de primeira. Ela também estava "se abstendo", e tinha uma libido tão insaciável quanto a do baixista dos D-Bags. Que ótimo. A menos que eu me trancasse em algum lugar, não teria como me esquivar de ouvir, e possivelmente ver, as explorações sexuais dos dois. Essa ia ser uma longa visita.

Os dois se atracaram num amasso furioso dentro do carro. Sentado ao lado do par, Matt fez uma careta, perguntando:

— Nós *vamos* direto para o hotel, não vamos?

Kellan e Evan riram, e fiz o possível para ignorar o fato de que Griffin e minha irmã estavam ofegantes. Mantinha os olhos fixos no cenário que passava voando, mas podia ouvir as roupas se roçando. Se ouvisse um zíper sendo puxado, sairia do carro, sem querer saber se estava indo em alta velocidade.

A caminhonete monstra finalmente chegou ao St. Regis Atlanta. O hotel chique ocupava um prédio alto e imponente que era um emblema de elegância e opulência. Um chafariz na frente adornava a área para a chegada dos carros, pavimentada com o que parecia ser blocos de ardósia. Tudo na arquitetura fora concebido para intimidar e impressionar. Mas a beleza do prédio me passou despercebida naquele momento; não me importava que o hotel fosse maravilhoso, só queria sair do carro. Quando o veículo parou, os membros da banda saíram em peso como se uma substância tóxica tivesse sido liberada no interior. Evan e Kellan ainda riam baixinho quando começaram a tirar a bagagem de Anna do porta-malas. Matt parecia nauseado. Anna e Griffin não saíram do carro.

Um carregador apareceu num passe de mágica empurrando um carreto para a bagagem, e nosso motorista assumiu o encargo de pegar as malas de Evan e Kellan. Tínhamos um monte de motoristas à nossa disposição quando íamos a qualquer lugar, todos fornecidos pela gravadora. O nome desse era Paul. Era educado, competente e, principalmente, discreto; só falava conosco quando algum de nós lhe dirigia a palavra. Tinha certeza de que essa era a razão pela qual a gravadora o empregara. Quem podia saber quantos termos de sigilo ele já não assinara?

Evan e Matt se afastaram com o carregador, e Paul voltou para o carro. Fiquei parada diante da traseira com Kellan, esperando que Anna saísse. Segundos se transformaram em minutos. O tempo estava bom para final de outubro. Enquanto em Seattle devia estar começando a ventar, chover e esfriar à noite, ali ainda era um dia fresquinho de primavera. Ainda assim, eu não estava a fim de passar o dia inteiro esperando minha irmã sair da droga do carro.

Paul estava sentado atrás do volante, esperando educadamente que o rock star terminasse de fazer... o que estava fazendo com Anna. Como não queria interrompê-los, perguntei a Kellan:

— Será que você podia...? — Indiquei o banco traseiro do tanque de guerra à nossa frente.

Kellan sorriu, com um olhar de vingança:

— Eu adoraria.

Caminhou até a porta, escancarou-a e enfiou as mãos lá dentro. Torci com todas as forças para que eles ainda estivessem vestidos. Um segundo depois, Kellan reapareceu segurando Griffin, que estava todo despenteado. O baixista olhava furioso para Kellan, empurrando suas mãos. Sua calça jeans estava aberta. A imagem me embrulhou o estômago. Griffin já estava prestes a soltar uma série de palavrões, quando minha irmã saiu do carro. Deu um beijo no rosto dele, arrumando seu vestido de grávida justinho. Os protestos de Griffin na mesma hora se silenciaram. Anna se aproximou, passando o braço pelo meu, como se não tivesse ficado a um triz de brincar de médico na traseira de um carro, e com um estranho no banco da frente, ainda por cima.

— Vai ser tão divertido, Kiera! — exclamou, me apertando com força. Enquanto ela me puxava para o hotel, olhei para trás. Os olhos de Griffin estavam colados no traseiro dela, e ele ainda não tinha puxado o zíper da calça.

O carregador estava à nossa espera quando entramos no saguão. Tive que dar nota máxima a esse lugar no quesito *Uau!*. O saguão parecia saído de *E O Vento Levou* — escadarias curvas e imponentes, lustres de cristal, chão de tábuas corridas e tapetes luxuosos com estampas intrincadas. Enquanto Anna observava boquiaberta o luxo ao nosso redor, Matt e Evan foram providenciar um quarto para ela na recepção. Foi legal ver que os rapazes aceitavam numa boa que as namoradas e esposas ficassem com eles, por temporadas curtas ou longas. Para ídolos do rock na faixa dos vinte, eles não faziam nem um pouco o gênero daqueles monstros sagrados que destroem quartos de hotel, transam com tietes e passam a noite inteira na balada. Quer dizer, três não faziam, e mantinham o quarto na linha.

Quando o carregador recebeu permissão para levar Anna ao quarto, fomos para o elevador. Kellan e Griffin voltaram logo depois, mas tiveram que esperar pelo próximo. O hotel era mais luxuoso do que qualquer outro onde eu já tinha me hospedado, dez vezes mais do que aquele onde passara a lua de mel com Kellan. As portas internas do elevador eram feitas de latão polido, o reflexo de Anna e o meu olhando para nós. Anna arrumou os cabelos, enquanto eu examinava sua barriga.

— Estou muito feliz por te ver, Anna, mas será que você devia viajar nesse estado?

Ela parou de passar os dedos pelos cabelos castanhos escorridos.

— "Estado"? Não estou doente.

Os lábios do carregador se torceram. Estava virado para a frente, mas o reflexo na porta entregava seu olhar colado no amplo busto de Anna. Com vontade de bloquear sua visão, disse à minha irmã:

— Sim, mas e se você entrar em trabalho de parto antes da hora, no avião, ou coisa assim?

Sorrindo para me tranquilizar, Anna me abraçou.

— Você se preocupa demais. Além disso, uma história dessas não seria o máximo? — Espalhou os dedos no ar como se lesse uma notícia: — "Bebê Dado à Luz a Cinquenta Mil Metros. Na Sessão das Onze."

O carregador esboçou um riso, mas disfarçou-o com uma tosse. Anna lhe deu um sorriso digno de um prêmio. Não pude deixar de sentir uma pontinha de inveja. Quem me dera ser tão desencanada como a minha irmã! Infelizmente, não herdara o gene "Não Estou Nem Aí". O elevador parou com um *Pim!*, e o carregador fez um gesto amável para que saíssemos primeiro. Não soube se era parte do seu treinamento, ou se só queria dar uma olhada no traseiro que deixara Griffin pronto para entrar em ação.

Enquanto caminhávamos pelo espesso carpete, dei uma olhada na enorme bagagem sem a qual minha irmã decidira que não podia passar.

– Você trouxe coisa à beça para um show – murmurei.

Segurando minha mão, Anna riu.

– Na verdade, eu vou ficar.

Todos os músculos no meu queixo pararam de se mover.

– Vai? Mas e o seu emprego? – Anna trabalhava no restaurante da "família", o Hooters. Sua gerente investira muito tempo e energia ensinando-lhe tudo sobre a administração do restaurante. Até, digamos, ontem, o plano de Anna era se tornar gerente de uma filial depois que o bebê nascesse. Será que tinha largado o emprego? Na verdade, isso não me surpreenderia nem um pouco.

Com o ar mais despreocupado do mundo, Anna deu de ombros.

– Decidi entrar em licença-maternidade.

Chegamos ao fim do corredor, onde ficavam os quartos dos roqueiros. Eu e os D-Bags tínhamos dois quartos em um dos lados do corredor, e os três membros do Holeshot um em frente. Sienna se hospedava na suíte presidencial, que ocupava a cobertura. Tive o pressentimento de que Anna e Griffin confiscariam um dos quartos dos D-Bags, e o resto do grupo teria que ficar "aconchegadinho" por um tempo. Talvez Kellan e eu voltássemos para o nosso santuário no ônibus mais depressa do que eu tinha imaginado.

Ainda um pouco chocada, argumentei com ela que faltava um mês, enquanto destrancava a porta de um dos quartos.

Anna entrou como se estivesse em sua própria casa.

– Eu sei! Só um mês para pintar o diabo sem ter que esquentar a cabeça. – Indo até uma cama recém-feita, esparramou-se sobre a intrincada colcha de brocado. – Por que eu iria desperdiçar essa última chance de curtir minha liberdade continuando acorrentada a um restaurante, quando podia fazer uma turnê pelo país com um grupo de rock stars? – Arqueou uma sobrancelha para mim, como se eu devesse entender perfeitamente.

E entendia. Mas também entendia a realidade da sua situação.

Sentei ao seu lado, enquanto o carregador empurrava sua bagagem para o quarto.

– Mas e o bebê? Onde você vai tê-lo?

Ela fez uma expressão cômica.

– Pode me chamar de louca, mas eu pretendia tê-lo num hospital.

Balancei a cabeça.

– Mas e se você não estiver perto de nenhum quando entrar em trabalho de parto? E se a gente estiver em algum fim de mundo? – Ah, meu Deus, será que eu ia ter que fazer o parto da minha irmã? Num ônibus de turnê? Fiquei meio enojada só de pensar nisso. Não era muito amiga de ver sangue, secreções e coisas do gênero.

Ela fez um gesto, ignorando minhas preocupações.

— Vai dar tudo certo, Kiera. Não se estresse tanto.

Mas eu sabia que o parto era exatamente a parte que preocupava minha despreocupada irmã, e comecei a me perguntar se essa era a verdadeira razão pela qual ela fugira de Seattle. Em matéria de negação, Anna dava de dez em qualquer um.

Griffin e Kellan apareceram no quarto um minuto depois. Kellan gratificou o carregador, enquanto Griffin deitava na cama ao lado de Anna. Suas mãos já estavam debaixo do vestido dela antes que eu tivesse chance de dar as costas. Sentindo meu rosto ficar vermelho com os sons de beijos que enchiam o espaço, corri para Kellan. Ele ria baixinho do apaixonado reencontro de amantes. Segurando sua mão, puxei-o do quarto e disse aos dois, sem olhar para trás:

— Vejo vocês mais tarde.

Anna murmurou uma resposta, e então gemeu baixinho. Fechei a porta depressa e me dirigi ao outro quarto reservado para os D-Bags. Anna e Griffin podiam ficar com aquele quarto todo para eles. Por mim, não havia o menor problema.

Como tinha dito que faria, Anna continuou na turnê depois do show. Quando o equipamento foi guardado e os ônibus deixaram Atlanta, ela fez as malas e seguiu conosco. Griffin estava no sétimo céu agora que Anna estava novamente com ele. Uma parte de mim queria acreditar que era só porque estava fazendo sexo normalmente de novo — *muito* sexo —, mas também houve breves momentos de ternura que fizeram com que eu me perguntasse se Griffin e Anna realmente se amavam.

Claro que gostei de ter um pouco de companhia feminina no ônibus enquanto viajávamos, e adorava ter minha irmã perto de mim novamente; era bom ter alguém com quem conversar sobre toda a loucura que estava rolando. A única coisa de que não gostei foi perder minha cama de casal. Griffin e Anna despejaram a mim e a Kellan do nosso quarto no momento em que ela embarcou. E eu não podia me queixar, porque ela estava grávida — muito grávida. Obrigá-la a dormir num daqueles cubículos desconfortáveis teria sido cruel.

Por isso, muito de má vontade, eu me espremi entre Kellan e a parede todas as noites e tentei ignorar a falta de privacidade, espaço e conforto. *Tudo bem, eu amo a minha irmã e ela precisa do quarto mais do que eu* tornou-se o meu novo mantra na hora de dormir, enquanto eu tentava pegar no sono entre os roncos, remelexos e bate-papos dos meus colegas de beliche roqueiros.

Acordando com torcicolo depois de mais uma noite maldormida, refleti sobre a possibilidade de Kellan e eu alugarmos um trailer pelo resto da turnê. Aqueles cubículos parecendo cavernas embutidas até me davam saudade do nosso colchãozinho fino no ônibus de Justin. Estava escuro no nosso cubículo, e o ônibus num silêncio incomum.

Imaginei que ainda devesse ser cedo, ou já tarde. Não sabia. O tempo é irrelevante quando ora você está fazendo as malas tarde da noite, ora está caindo na estrada de manhã cedo. E ficar toda hora trocando de fuso horário só aumentava a confusão. Meu relógio biológico estava doido. Eu só sabia que estava acordada, enquanto os outros pareciam estar dormindo.

A área de dormir do ônibus não tinha janelas, e a fina cortina cinza que nos dava a ilusão de privacidade se encontrava totalmente fechada. Estava tranquilo, embora lotado. Meus olhos logo se acostumaram com a falta de luz, e formatos sólidos foram se delineando até os objetos se tornarem nítidos. Um par de lábios sorridentes foi a primeira coisa que notei.

— 'dia — murmurou Kellan.

Espreguicei as juntas rígidas e virei o pescoço com cuidado; doeu muito. Teria que comprar um travesseiro ortopédico em breve.

— Bom dia... já é de manhã? — perguntei, bocejando.

A mão que ele pousava no meu estômago passou para o lado, me puxando para ele.

— Não faço a menor ideia.

Kellan era alto, um pouco demais para os cubículos, e seus joelhos apertavam minhas coxas. Quando nos aproximamos, passei as pernas pelas suas. Por coincidência, nossos corpos se alinharam bem "ali". O sorriso de Kellan aumentou e ele se inclinou para me dar um beijo leve.

— Dormiu bem? — perguntou.

Com meu pescoço reclamando, balancei a cabeça.

— Não mesmo. Estou com saudades da nossa cama.

Kellan franziu o cenho, trocando de posição; sua cabeça bateu no teto do cubículo, seus pés esbarraram na lateral e o cotovelo roçou a cortina.

— Eu também. Estou me sentindo uma sardinha aqui dentro.

Suspirando, passei os braços pelo seu pescoço.

— Acho que nós não precisamos dormir sempre juntos. Podemos dormir melhor separados.

Kellan me abraçou contra o peito, seus braços longos cobrindo e contornando os meus seios.

— Prefiro ficar sem dormir a ficar sem você.

Enquanto trocávamos beijos leves, sua mão deslizou por baixo da minha regata. Adorando sentir os movimentos da sua pele na minha, fundi meu corpo ao seu. Talvez ficarmos espremidos daquele jeito não fosse tão ruim assim, afinal, embora desse margem a problemas de intimidade. Não tínhamos ficado juntos muito desde que Anna se juntara à turnê, duas semanas antes. E eu estava louca para fazer amor com ele.

Dava para notar que Kellan também, enquanto uma de suas mãos seguia a curva da minha coluna e se enfiava na calcinha, pousando no meu traseiro. Abafei um gemido, pressionando os quadris nos dele. Espremidos ou não, podíamos fazer com que desse certo. Nosso beijo se intensificou, sua mão massageando minha pele. Meus dedos se entranharam nos seus cabelos, puxando-o para mim.

Depois de alguns movimentos, palavrões e esbarrões nas laterais do cubículo, trocamos de posição, de modo que agora Kellan estava deitado de costas e eu por cima. Não havia muito espaço, e minhas costas quase batiam no teto do cubículo. Era uma sensação estranha saber que Evan dormia alguns centímetros acima de mim. Os joelhos de Kellan estavam dobrados quando sentei em cima dele, que pressionou a traseira do cubículo para levantar os quadris. Ignorei a lembrança de que a cabeça de Matt devia estar pertinho de onde estavam os pés de Kellan.

Agora que nossas partes sensíveis se tocavam sem impedimento, a onda de desejo que brotava na minha parte mais sensível se espalhou pelos nervos do corpo como um incêndio. Não querendo gritar, cravei os dentes no ombro de Kellan. Ele aspirou pela boca, puxando minha calça de moletom. Droga de calça. Era difícil de tirar num espaço minúsculo daqueles, principalmente com as cobertas enroladas ao nosso redor, e os dois ofegantes do esforço e da excitação, tentando puxá-la pelos quadris. Droga, por que eu não dormia nua? Depois de mais palavrões e movimentos, finalmente conseguimos fazer com que a calça chegasse às pernas. Kellan puxou-a por um dos meus pés e eu a chutei longe com o outro, sem me importar onde fosse parar. Tive a vaga impressão de vê-la desaparecer pelas cortinas do cubículo.

Ataquei a boca de Kellan, enquanto arrancava sua cueca. Eu o desejava tanto, que teria sido capaz de rasgar aquela porcaria. Aquietando meus quadris ansiosos, Kellan levantou os dele e abaixou a cueca, sem chegar a tirá-la. Por mim, tudo bem; eu só precisava que ela saísse da frente. Sabendo que iria explodir a qualquer momento, afundei em cima dele assim que ficou exposto. Kellan gemeu, e tapei sua boca. Ainda estava tudo quieto no nosso cubículo e, enquanto eu continuasse calada, podia fingir que estávamos a sós.

Começamos a nos mover juntos com forte determinação. Eu não precisava de preliminares, só dele. Tinha aguda consciência dos ruídos que fazíamos, da rapidez da nossa respiração alterada, do som sedutor das peles se roçando. Não haveria como disfarçar o que estávamos fazendo, se por acaso alguém acordasse. Mas eu não estava mais me importando – a expressão de Kellan e o incêndio que devorava o nosso ponto de conexão eram tudo que me ocupava a cabeça.

Quando a espiral de desejo começou a chegar ao clímax, tirei a mão da boca de Kellan e colei meus lábios nos dele. A mão máscula segurou meu pescoço, me prendendo com firmeza. Gememos entre nossos beijos ferozes. Quando eu tinha certeza de que não aguentaria mais, senti o êxtase da liberação, e despenquei no abismo. Kellan se retesou debaixo de mim, e eu soube que também alcançara o clímax. Adorei o que vivenciamos juntos. Meu corpo tremeu inteiro enquanto eu continha em silêncio a explosão que se espalhava em ondas pelo meu ser. Kellan se contorcia e vibrava, seus olhos se fechando com força enquanto continha a sua. De algum modo, o silêncio autoimposto tornou o momento intenso demais.

Quando finalmente nos afastamos, estávamos respirando com força. Despenquei nos braços dele, soltando um longo suspiro. Prestei atenção para ver se ouvia algum som que indicasse movimentação ao nosso redor, enquanto nossa respiração se normalizava, mas não ouvi nada, graças a Deus.

Fiquei abraçada a Kellan por quanto tempo pude, mas agora meu corpo estava totalmente desperto e eu precisava ir ao banheiro. Olhei ao redor, à procura de minha calça, antes de lembrar que tinha sido jogada no corredor. Que maravilha. Passando com cuidado por cima de Kellan, que aproveitou a oportunidade para me fazer cócegas – o que não ajudou minha bexiga *nem um pouco* –, enfiei a cabeça por entre as cortinas. Como estávamos no cubículo mais baixo do beliche, a calça não tinha caído muito longe. Quando estendi a mão, notei que a cortina do cubículo em frente estava aberta. Recostado, Deacon lia um livro com uma luzinha noturna.

Senti o rosto ficar branco feito papel quando ele me viu pescar a calça do pijama. Felizmente, eu ainda estava usando a regata. Nesse momento, lembrei exatamente por que não tinha o hábito de dormir nua. Enquanto eu o encarava, horrorizada, Deacon ergueu a mão em um pequeno aceno. Estava escuro demais para ver se estava constrangido ou não, mas seu sorriso era tão sem graça quanto mandava a etiqueta.

Abri e fechei a boca como um peixe arrancado do aquário. O que iria dizer? Devia pedir desculpas? Ou ele é que devia se desculpar? Qual era a regra de etiqueta a seguir numa situação dessas? O que dizia o manual de boas maneiras? Enquanto procurava alguma coisa que amenizasse o clima de constrangimento, Deacon tirou um fone do ouvido, que o longo cabelo escondera. O som metálico do rock chegou até mim, e ele sussurrou:

– Disse alguma coisa?

Na mesma hora, relaxei. Ele não ouvira nada. Mas Deacon não era nenhum idiota. Ele vira a calça cair no chão, e também quando eu a pegara de volta. Ele sabia. E eu não queria mesmo saber há quanto tempo estava acordado, lendo e ouvindo música. Talvez o tivéssemos acordado, e ele ligara a música para abafar nossos sons, entendendo o que fazíamos a poucos metros do seu beliche. Pelo menos, era educado. Se fosse Griffin que estivesse do outro lado do corredor, provavelmente teria pegado o celular para gravar os gemidos.

Segurando a calça, balancei a cabeça depressa, logo voltando para o consolo do meu cubículo ocupado por Kellan. Quando enterrei a cabeça no seu peito, ele perguntou:

— Algum problema?

— Estou *morta* de saudade do nosso quarto — disse, olhando para ele.

Kellan sorriu com o canto da boca.

— Vamos ter nosso próprio quarto num hotel assim que for possível.

Procurei extrair o máximo de conforto possível disso; era melhor ter breves momentos de privacidade do que nenhum. Vestindo-me às pressas, acertei sem querer as partes privadas do meu amor, fazendo-o se contorcer de dor. Ele olhou para mim, irritado, segurando a região.

— Desculpe — sussurrei, dando um beijo no seu rosto.

— Preciso descolar mesmo um quarto para nós — resmungou, fechando os olhos.

Constrangida mas achando graça, deixei Kellan depressa e me dirigi ao banheiro no fundo do ônibus. Fiz questão de manter os olhos fixos nas luzinhas de LED no chão do ônibus. Não queria ver mais nenhum cubículo aberto. *Ignorância é felicidade.*

No começo da tarde, chegamos a Charlotte, na Carolina do Norte; o concerto daquela noite seria na Time Warner Cable Arena. Anna estava usando meu notebook para navegar na Internet, enquanto os músicos relaxavam na área de estar. Kellan e Evan jogavam pôquer num lado da sala com Deacon e David, o baixista do Holeshot. Felizmente, Deacon não dera uma palavra sobre nosso constrangedor encontro pela manhã. Matt conversava em voz baixa no celular, provavelmente com Rachel. O terceiro membro do Holeshot, o baterista Ray, jogava Guitar Hero com Griffin, que lhe dava uma surra. Como eu já vinha fazendo há uma hora, esperava impacientemente que Anna terminasse de usar meu notebook para poder escrever um ou dois parágrafos antes do show. Mas, toda vez que o pedia de volta, ela levantava o dedo, pedindo "só mais um minuto". Como estava num site sobre maternidade, não insisti muito. Podia usar meu caderno mais um tempinho.

Olhando para as tristes e baixas nuvens de chuva no céu da Carolina do Norte, Anna fez um beicinho, murmurando:

— Que saudade da Flórida.

Depois de Atlanta, tínhamos passado alguns dias na terra do sol. Miami fez sucesso com minha irmã; mesmo com aquele barrigão, ela se divertiu. Ficou eufórica por poder pegar uma cor no meio do outono, e até encarou algumas boates depois do show dos D-Bags. Lembrei a ela que daria à luz dentro de duas semanas, por isso agitar numa boate não era a melhor ideia do mundo. O volume de decibéis dos concertos da banda já era bastante alto; ela não precisava que Maximus nascesse surdo por dançar a noite inteira ao som daquela batida techno de rachar os tímpanos. Anna riu de mim, mas, com um bocejo enorme, finalmente concordou. Mesmo assim, terminou a noite agitando em particular com Griffin.

Sorrindo para levantar seu astral, fiquei batendo com a caneta no bloco enquanto pensava no jeito como Kellan e eu tínhamos reatado. Eu me aproximava do final da nossa história, minha parte favorita, quando tínhamos parado de viver com medo e finalmente aceitado o fato de que estávamos destinados a ficar juntos. O momento voltou a tomar conta de mim, e minha cabeça começou a girar mais rápido do que a caneta conseguia acompanhar.

Anna voltou a concentrar sua atenção no notebook à sua frente, enquanto eu revivia em segundos uma fase particularmente delicada de minha vida. Após um breve momento de paz, Anna bufou, atrapalhando totalmente minha concentração.

– Que foi? – perguntei, um pouco perturbada. Com ela falando comigo de cinco em cinco segundos, o barulho daquelas rocks mal tocados e as piadas na mesa de pôquer – geralmente à custa de Kellan –, provavelmente eu teria mais chances de me concentrar no cubículo relativamente quieto.

– Sabia que existem sites dedicados exclusivamente a provar que a mulher no vídeo de Kellan é Sienna?

Essa pergunta prendeu totalmente a minha atenção, e eu coloquei o bloco em cima da mesa, com um longo suspiro. Bem, é claro que devia haver. Vendo meu interesse, Anna virou a tela do notebook para mim. E lá estava – alguém tinha criado um blog com o objetivo de provar irrefutavelmente que Kellan e Sienna tinham feito um vídeo pornô. Não me faltava mais nada.

Havia vários stills do vídeo de Joey espalhados por toda a página. As imagens escuras e granulosas tinham sido ampliadas até ficarem fora de foco, mas havia círculos em volta de certos objetos, e teorias pra lá de fantásticas a respeito do seu significado explicadas em detalhes abaixo de cada um. Ver o traseiro branco de Kellan enquanto mergulhava dentro de outra mulher era muito mais do que eu jamais desejara ver. Fez com que eu revivesse o horror de vê-lo filmar o videoclipe com Sienna. Só que agora era muito pior. Porque era real. E eu não queria mais assistir a isso.

Com uma careta, virei o notebook novamente para minha irmã. Seus olhos cor de jade deram uma espiada em Kellan, e ela se inclinou para frente, como se fosse revelar informações altamente confidenciais:

– Eles estão comparando stills do vídeo original de Sienna, procurando semelhanças. Estão apontando um sinal na parte interna da coxa de Joey que é meio parecido com um sinal de nascença na de Sienna. – Revirou os olhos, e tentei não pensar no ângulo necessário para se conseguir um still da coxa de Joey. – E, ainda mais absurdo, estão argumentando que um despertador no quarto é idêntico ao de um hotel nas redondezas de onde o vídeo de *Regretfully* foi filmado. Estão dizendo que os dois "ensaiaram" para o videoclipe. – Arqueou uma sobrancelha, com ar de riso. – Que delírio, hein? – Apontou para a tela que eu me recusava a ver. – É tão óbvio que eles estão no quarto de Joey!

De repente, eu me senti como se tivessem injetado água gelada nas minhas veias. Ah. Meu. Deus. Kellan e Joey tinham filmado a transa no antigo quarto *dela* na casa de

Kellan. O *meu* antigo quarto. O quarto que eu tinha dividido com Denny. No móvel em que eu tinha me deitado com Denny. Kellan e Joey tinham transado no mesmo colchão em que Denny e eu tínhamos transado. Esse pensamento fez meu estômago dar voltas.

Olhei para Kellan, que balançava a cabeça para Evan, abaixando sua mão de cartas perdedora. Será que se dava conta de que o vídeo de Joey também dizia respeito a Denny? Bem, ele sabia que todos nós tínhamos transado naquela cama, é claro, mas duvido que tivesse pensado muito no assunto. Quer dizer, ele tinha transado com muitas mulheres na *sua própria* cama, e transar com ele *lá* não tinha me incomodado, portanto, que diferença fazia se ele transara no antigo colchão da minha cama? Não fazia, nem um pouco. Acho que era só a consciência de Kellan e Denny terem usado o mesmo colchão que me perturbou um pouco. Apesar das coisas horríveis que eu tinha feito, nunca chegara ao ponto de convidar Kellan a se deitar na cama que eu tinha dividido com Denny. Era um limite arbitrário, eu sei, mas pelo menos eu tinha um.

Bloqueando a imagem mental de Kellan transando com alguém na cama em que eu dormira com meu ex-namorado, voltei a prestar atenção em minha irmã.

– Como você pode saber que é o *meu* antigo quarto por essas fotos desfocadas? – Franzindo os olhos, na mesma hora cheguei à óbvia resposta: – Você assistiu ao vídeo pornô de Kellan.

Anna fez um gesto, indicando que isso era irrelevante.

– Você me pediu para fazer isso, lembra? – Sua unha pintada bateu no ponto bem acima do coração. – E você tinha razão, ele não tem nenhuma tatuagem.

Eu queria ficar irritada, mas *tinha* pedido a todos os meus amigos que assistissem ao vídeo, pois assim saberiam, sem a menor dúvida, que não era Sienna. Mas acho que não podia me queixar. Nunca tinha chegado a achar que meus amigos assistiriam. Tinha achado que ficariam impressionados com minha declaração de cega confiança em Kellan e aceitariam minha palavra sem chegar a assistir ao vídeo impróprio para menores. Devia ter imaginado que não seria bem assim. Pelo menos, no que dizia respeito a Anna. Provavelmente ela se esparramara no sofá com uma tigela enorme de pipoca e assistira à "apresentação" de Kellan sem desgrudar os olhos da tela. Eu não conseguia parar de franzir o cenho.

Anna franziu os lábios.

– Ah, para com isso. Se você não estivesse namorando o próprio Picolé de Sexo, também ia querer assistir ao vídeo. O troço é superquente.

– Anna! – Dei um tapa no seu braço. – Não quero ouvir comentários desse tipo!

Ela estremeceu, fazendo um ar arrependido.

– Desculpe, mas dá só uma olhada nele.

Estendeu a mão na direção do Picolé de Sexo, e nos viramos para Kellan. Nosso movimento sincronizado chamou a atenção dele, que retribuiu nossos olhares. Parou no meio de uma risada, seus olhos pulando de uma para a outra. Com o ar exato de alguém que foi apanhado com a boca na botija, perguntou, por mímica labial:

— Que foi?

Ainda olhando para Kellan, Anna murmurou:

— Qualquer coisa que ele filmasse seria superquente. — Sem responder a Kellan, voltei a olhar para minha irmã. Com um sorrisinho safado, ela disse: — Um vídeo *seu* com ele derreteria esse notebook.

Minha irritação se evaporou depois desse comentário, e soltei uma risada que aliviou a tensão. Quando Anna e eu olhamos para Kellan, ele ainda nos observava com uma expressão confusa. Caímos na gargalhada. Eu estava mesmo achando graça de pensar que o vídeo de uma transa minha com ele seria mais explosivo que o de Joey? Quando minha vida se tornara tão surrealista?

Nosso momento de alegria passou quando chegamos ao estádio. Fechando o notebook, Anna finalmente o devolveu. Enquanto eu ouvia os freios do ônibus guincharem, Anna perguntou num tom de voz estranhamente sério:

— Você falou com mamãe recentemente?

A preocupação sincera em sua pergunta fez meu pulso acelerar. Será que mamãe estava bem? Será que algo acontecera? Fazia anos que ela já estava livre do câncer, mas será que tivera uma recidiva? Papai não deixaria de me ligar se fosse o caso. E ela não tinha parecido chateada quando eu falara com ela alguns dias antes.

— Uns dias atrás, por quê? — Mordi o lábio, não gostando da expressão no rosto de Anna.

— Você precisa ligar para ela imediatamente. — Eu já me preparava para dar uma carreira até a traseira do ônibus para pegar o celular, quando ela acrescentou: — Como só falta pouco mais de um mês para o seu casamento, e você deixou que ela se encarregasse de tudo, o que me leva a crer que você é louca, ela escolheu seu vestido de noiva. E me mandou uma foto. — Anna fez uma careta de nojo.

Relaxei totalmente, me recostando na poltrona confortável. Ótimo, esse tipo de problema eu podia enfrentar. Enquanto ria da minha irmã, o ônibus parou, dando um guincho.

— Tenho certeza de que é bonito, Anna.

Ela tornou a se inclinar para a frente, com uma expressão intensa:

— Não, você não viu esse troço. Tem mangas bufantes, Kiera. *Mangas. Bufantes.* Você precisa tomar uma providência o mais rápido possível!

Suspirei. Não havia grandes providências que pudesse tomar no meio da turnê. E nem estava a fim de pegar um avião para Ohio só para criticar minha mãe pelo vestido que escolhera. Claro, mangas bufantes não eram exatamente o que eu classificaria como sendo o máximo, mas, como a cerimônia era principalmente para ela, será que eu estava me importando com o que usaria? Não mesmo. Só me importava com Kellan. Tudo o mais parecia... insignificante.

Fazendo uma festinha nos cabelos de minha irmã, sorri, dizendo:

– Mal posso esperar para ver o vestido que ela escolheu para *você*, que vai ser minha madrinha.

Anna abriu um largo sorriso, feliz por eu ter dado a ela um papel de destaque na cerimônia. De repente, fez uma expressão horrorizada.

– Puta que pariu! Ela não seria capaz... – Meu olhar e meu sorriso não se alteraram. Seria capaz, sim. Com as mãos na barriga, Anna se levantou depressa da mesa e saiu se arrastando até a traseira do ônibus, na certa para informar à nossa mãe que nem em um milhão de anos usaria qualquer coisa de tafetá.

Com a facilidade que a prática lhe permitia, a equipe que viajava com as bandas montou o equipamento no palco. Ao contrário da turnê de Justin, os "talentos" não ajudavam. E nem era necessário, pois havia gente de sobra para cuidar disso. Depois de uma breve passagem de som, Sienna, o Holeshot e os D-Bags passaram mais ou menos uma hora com os fãs, num tipo de encontro extremamente formal. Enquanto a maioria dos fãs tinha vencido algum concurso que lhes dava o direito de conhecer Sienna e os D-Bags pessoalmente, alguns dos fãs doentes de Sienna tinham comprado o pacote VIP. Como sempre, Tory e os seguranças de Sienna estavam presentes, para ajudar a conter a multidão de tietes à beira de um ataque de nervos. Com nossos passes livres pendurados no pescoço, minha irmã e eu esperamos na sala que fervilhava de expectativa.

Tory definia as regras básicas para os fãs: ninguém podia abraçar os membros das bandas, e cada pessoa só disporia de dez a quinze segundos antes de ter que ceder a vaga ao próximo na fila. Era tudo extremamente mecânico, como uma linha de montagem de rock stars. A atenção que Kellan dava aos fãs me incomodara no passado, mas era preferível à formalidade antipática que estava sendo imposta ali – só faltavam berrar "Olhe mas não toque".

Mas a vontade de Kellan não fazia a menor diferença. O show era de Sienna, as regras eram de Sienna, e ela preferia manter uma certa distância dos admiradores. O que fez com que eu me perguntasse se tivera algum aborrecimento com um deles no passado. Provavelmente. E me perguntei se Kellan também atrairia alguns doidos. Pensando em Candy e Joey, considerei o fato de que talvez já tivesse atraído.

Um zum-zum elétrico percorria o amplo aposento retangular enquanto os fãs esperavam pelo seu momento ao sol com seus ídolos. Sentadas em cadeiras num canto da sala, Anna e eu observávamos a bizarra festividade com sorrisos bem-humorados. Conhecer as pessoas que estavam sendo aduladas era surreal. Como sempre, havia vários fãs dos D-Bags no meio; dava para ver pelas camisas. Infelizmente, também havia muitos usando as camisas de Kell-Sex. Os defensores do caso Kellan-Sienna tinham começado a dar as caras em todos os lugares nos últimos tempos. Agora havia cartazes enormes em cada show, e até mesmo montagens dos dois na Internet. Embora bem-feitos de um ponto de vista artístico, eu odiava esses vídeos.

Piscando, incrédula, observei uma fã de Kell-Sex na minha frente, segurando uma calcinha. Será que ia mesmo pedir a Kellan que autografasse a lingerie? Então notei o que estava *na* calcinha, e meu queixo despencou até o peito.

— Ah, meu Deus, Anna — indiquei a garota, que mostrava a peça a uma amiga —, dá só uma olhada naquilo!

Anna olhou e começou a rir. A arrojada tinha bordado as iniciais *KK* na frente da calcinha de renda, e as palavras *Deus do Rock* atrás. Tapando a boca para esconder o riso, eu me imaginei usando a calcinha para Kellan. Ele ficaria doido... no bom sentido.

Anna devia estar pensando o mesmo que eu. Levantando-se com esforço, deu um risinho maroto:

— Está no papo. — Saiu caminhando tranquilamente em direção à garota, e mostrou o seu passe. Então falou alguma coisa, apontando o polegar para mim. A fã começou a dar pulinhos, e imediatamente jogou a calcinha para Anna. Ela e a amiga davam gritinhos quando Anna se afastou.

— O que você prometeu a elas? — perguntei, sabendo muito bem que era algo que me incluía.

Entregando a calcinha para mim, Anna deu um sorriso com o canto da boca digno de Kellan.

— Disse que você é a assistente de Kellan, e que arranjaria um encontro particular com ele se elas entregassem a mercadoria.

Revirei os olhos para ela. Como é que eu ia fazer uma coisa dessas? Tory estava sempre por perto, puxando as fãs para o prédio e empurrando-as para fora dele o mais rápido possível. Nunca deixaria que uma delas continuasse ali para ter um encontro privado. Sorrindo para o tecido em minhas mãos, decidi que daria um jeito, mesmo que deixasse Tory furiosa. Aquela calcinha era legal demais para não dar à garota algo em troca.

Enquanto eu me levantava e a enfiava no bolso, os rock stars finalmente apareceram. Tapei os ouvidos até a gritaria passar. O Holeshot entrou primeiro, Deacon, David e Ray acenando enquanto se dirigiam à área reservada diante de uma longa parede da sala. Os fãs aglomerados no centro avançaram para os membros da banda. Não pude deixar de sorrir ao ver que Deacon estava com os longos cabelos presos num rabo de cavalo bem-feito. Ele sempre os prendia quando se encontrava com as fãs. Tinha me contado que já perdera muitas mechas para admiradoras afoitas, de modo que agora tomava um pouco mais de cuidado com as madeixas. David e Ray não tinham esse problema: David raspava totalmente a cabeça, e o cabelo louro de Ray devia ter um centímetro de comprimento.

Os D-Bags apareceram não muito depois do Holeshot. Estremeci, tapando os ouvidos de novo, mas dessa vez por mais tempo. Anna assoviou junto com as fãs quando nossos meninos se posicionaram diante da parede ao lado de Deacon e sua banda. Matt estava vermelho e parecia morto de vergonha, passando a mão pelo cabelo louro arrepiado num gesto compulsivo. Aparecer não era mesmo a sua praia. Eu entendia. Também não gostava de ser o centro das atenções.

Evan estava tranquilo e à vontade, seus bem-humorados olhos castanhos dando uma geral na sala superlotada. As chamas tatuadas nos antebraços se alinharam perfeitamente quando ele os cruzou; seu sorriso era contagiante. Griffin parecia ser o autoproclamado soberano do estádio, e todos em sua presença seus fiéis súditos. Ele soprou na palma da mão, checando o hálito, e então esfregou as mãos e abriu um sorriso predatório, como se alguma pobre menina fosse perder sua virtude aquela noite. Mas não caí na encenação. Sabe-se lá como, Anna tinha domado a fera, ao menos por ora.

Por último, mas não menos importante por isso, vinha Kellan. Meu marido usava roupas confortáveis, como sempre: uma camisa preta lisa e um jeans largo que se colava nas partes necessárias. A simplicidade da sua produção só fazia aumentar a beleza do rosto. Assim que a pessoa se recuperava da sugestão do físico incrível que as roupas escondiam, os olhos e o sorriso chamavam a atenção – para não falar no cabelo. Não podia me esquecer da sensualidade incrível daquele cabelo bagunçado de quem acabou de acordar. Sua expressão era de uma sensualidade extrema, enquanto dava uma geral na multidão. Sabia que estava me procurando, mas as fãs entre nós pareciam achar que aquele olhar intenso vistoriava a galera atrás de uma candidata. E muitas delas pareciam mais do que dispostas a se candidatar, até algumas das mais novinhas, o que era meio perturbador.

Comecei a rir ao vê-lo procurar por mim. Mal podia esperar para lhe mostrar a surpresa que guardava no bolso.

Com um pequeno *entourage* ao seu redor como abelhas seguindo uma flor cheia de pólen, Sienna entrou na sala em passos calmos e confiantes. Segundo o discurso feito por Tory, ela deveria ficar perto das portas, o ponto final da locomotiva dos fãs. Mas Sienna não parecia estar se importando com os planos cuidadosamente elaborados por Tory, e fez questão de avançar em passos largos e se pôr entre Kellan e Matt, este último ficando vermelho ao ver que agora era o último da fila. Kellan lançou um olhar de incompreensão para Sienna. Ela sorriu, batendo com o ombro no dele, numa exibição de intimidade. As câmeras começaram a clicar, registrando o comportamento brincalhão do lindo casal que estava louca e perdidamente apaixonado. *Tá legal*.

Tratei de conter a irritação o melhor possível. Sienna não deixava passar uma oportunidade de ser fotografada ao lado de Kellan, e como agora ele se recusava a posar formalmente ao seu lado, ela começara a improvisar "flagrantes da vida real" – tudo para manter vivo o interesse do público. Obviamente, Kellan odiava o jogo que ela estava fazendo, e se manteve a uma educada distância de Sienna.

Tory e os seguranças fizeram com que os fãs formassem uma fila relativamente ordenada para cumprimentar os membros das bandas como num casamento, começando com o Holeshot. Louca para falar com Kellan sobre a fã da calcinha, entrei com Anna na fila quilométrica.

A energia dos fãs ao meu redor me deixou um pouco nervosa à medida que me aproximava dos rock stars. Era ridículo da minha parte, é claro, pois eu já vira todos eles roncando, arrotando e soltando puns, mas a atmosfera de um grupo surte seus efeitos sobre a gente. Deacon esboçou um breve sorriso para mim quando passei por ele, e senti uma pontinha de constrangimento ao me lembrar daquela manhã. Mas resolvi deixar pra lá. O que estava feito, estava feito, e não adiantava mais ficar remoendo o incidente. Quando cheguei diante de Evan, ele fez menção de me puxar para um de seus abraços de urso, mas mudou de ideia. As meninas risonhas ao meu redor interpretariam essa demonstração de carinho como um "gesto grátis" de todas as bandas, e alguém acabaria sendo pisoteado – provavelmente, eu mesma.

Griffin era o próximo, e minha tranquilidade se evaporou quando o vi lamber os lábios, e então estalar um beijo no ar. Não pude deixar de rir com essa exibição. Vulgar como sempre, mas não tanto quanto eu acreditara no passado. Quando Anna ficou na sua frente, me empurrando para a multidão que esperava por Kellan, Griffin estendeu as mãos.

– Sua grávida gostosa, preciso tirar uma foto com você.

Anna revirou os olhos, mas resolveu entrar na brincadeira e tirou uma pequena câmera da bolsa.

– Já vim preparada – murmurou.

Griffin levantou as sobrancelhas para ela de um jeito malicioso que costumava me dar calafrios.

– Aposto que você sempre vem... preparada.

Soltando um riso rouco e sensual, Anna passou a mão na barriga.

– Só uma vez que não.

O olhar de Griffin se enterneceu ao se fixar no seu bebê.

– Quem quer que seja o pai, é um cuzão de sorte.

Bufando, Anna respondeu:

– Ele é *mesmo* um cuzão – deu de ombros, com naturalidade –, mas eu o amo.

Ninguém na multidão entendeu a importância daquele momento como eu. Com o coração palpitando, vi minha irmã olhar para Griffin. Ele enfrentou seu olhar, engolindo em seco, pouco à vontade. Estava prestes a responder, quando as fãs atrás de Anna começaram a ficar impacientes.

— Tira logo a porcaria da foto!

Dando de ombros, Anna suspirou, me entregou a câmera e ficou ao lado dele. Griffin parecia muito menos arrogante ao olhar para Anna. Nem mesmo passou o braço pelo seu ombro, ou mostrou a língua e fez chifrinhos de diabo, como fazia com outras fãs. Apenas ficou olhando para ela, num silêncio chocado. Nunca achei que veria esse dia.

Ainda estava aturdida quando cheguei a Kellan. Ele estava tirando fotos junto com Sienna, o que me surpreendeu um pouco. Os dois não estavam se tocando, mas Sienna olhou para ele quando a fã se espremeu entre os dois e abriu um sorriso para a câmera. Então, no último segundo, Sienna se aproximou depressa e encostou a cabeça no ombro de Kellan. Kellan se afastou na mesma hora, mas era tarde demais: a felizarda já tinha capturado o momento.

Afastando-se de Sienna, Kellan soltou um suspiro frustrado. Quando notou que eu era a próxima na fila, ele piscou, surpreso.

— Oi — disse, com uma expressão bem-humorada. — Tem alguma coisa que gostaria que eu autografasse?

Dando uma olhada em Sienna, fiz que não com a cabeça. Com o cenho franzido, Kellan disse:

— Uma fã pediu. Eu não quis ser grosseiro.

Assenti, compreendendo. Essas fãs estavam na fila há muito tempo, e estavam sendo empurradas em direção aos ídolos do rock como gado. Kellan estava só sendo simpático, e Sienna se aproveitara do fato. Dando uma olhada em Tory, que se ocupava em botar para fora da sala as fãs que já haviam completado o circuito, fiz um gesto para que Kellan se aproximasse. Ele se inclinou para mim, e aproveitei esse momento para absorver seu cheiro inebriante. Quando estávamos bem perto, apontei a fã que tinha me dado o suvenir especial. Ela estava dois lugares atrás de mim, rindo, enquanto Evan exibia algumas de suas tatuagens.

— Ela me deu uma coisa especial. Será que podia agradecer a ela por mim?

Ele arqueou a sobrancelha de um jeito delicioso.

— E o que foi que ela te deu?

— Mais tarde você vai ver — respondi, sorrindo.

Kellan assentiu, e fui empurrada por uma enlouquecida que tinha passado por Anna para chegar a Kellan.

— Vou ver o que posso fazer — murmurou ele, seus olhos transbordando de curiosidade enquanto eu me afastava.

Meu sorriso se desfez quando parei diante de Sienna. Seu sorriso foi largo e amável ao me cumprimentar.

— Kiera — disse, rindo —, você não tem que esperar numa fila para falar comigo, sabia?

Sabia. E nem você tem que tentar convencer o mundo inteiro de que está dormindo com o meu marido.

Embora quisesse, resisti ao impulso de dizer o que pensava em voz alta, e apenas sorri para ela, educada, saindo do salão em seguida. Não podia falar com Sienna. Pelo menos, não ali. Talvez, se pudesse ficar a sós com ela, fosse capaz de lhe dizer como todos nós podíamos trabalhar juntos para apagar o incêndio do seu romance imaginário com Kellan. O que o público acreditava era além de ridículo, e a devoção de suas fãs a esse relacionamento falso beirava o fanatismo. Se pelo menos Sienna dissesse alguma coisa, eu tinha certeza de que o clima de histeria começaria a se dissipar. Mas os dois álbuns estavam no topo das paradas, por isso soube que ela não abriria a boca. Por mais indigno que isso fosse, a fofoca estava beneficiando a ambos financeiramente, e Sienna fazia questão de soltar os comentários mais ambíguos possível: "Ele é um homem notável", "Adoro passar tempo com ele todos os dias", "A arte dele me assombra", e "Ele tem tudo – beleza, cérebro, carisma, talento e um corpo de parar o trânsito".

Era frustrante. Gostaria de segurar a mão do meu marido em público sem temer que algum paparazzo capturasse o momento e as fãs ficassem furiosas. Também gostaria de não me importar que Kellan usasse sua aliança aonde fosse. E gostaria mais ainda de não precisar ter medo de que alguma fã obsessiva de Kell-Sex entrasse de penetra no meu casamento no próximo mês.

Capítulo 19
NEGAÇÃO

Quando o encontro com as fãs acabou, Kellan levou a Fã da Calcinha e a amiga para um lado. Ambas pareciam prestes a molhar as roupas íntimas. Tory ficou irritada com a interrupção no fluxo do seu esquema, mas, por outro lado, a loura escultural *sempre* parecia um pouco irritada. Dando um sorriso para ela que dizia que não estava nem um pouco interessado na sua irritação, Kellan ignorou o desprazer de Tory e brindou as duas fãs com um passeio pelos bastidores.

Como eu era a "assistente pessoal" do Sr. Kyle e a responsável pelo pequeno passeio, ficaria estranho se não participasse, por isso segui atrás deles. Foi muito engraçado ver as duas. Enquanto Kellan ia à frente, mostrando as diferentes áreas, instrumentos e pessoas, elas se agarravam uma à outra como se fossem boias salva-vidas. E cada centímetro dos seus corpos tremia. Quase esperei que uma delas, ou as duas, caísse dura no chão, vítima de uma overdose de endorfinas. Sempre que Kellan olhava para elas, soltavam gritinhos, seguidos por uma rajada de risos incontroláveis. Será que alguma vez eu tinha ficado *tão* nervosa assim na presença de Kellan? Acho que não...

Kellan encerrou o passeio subindo na frente do palco. Estendeu a mão para ajudar as fãs a subirem, e as duas ficaram brancas feito papel. Fiquei tensa, já me preparando para segurar uma delas, se desmaiasse. Santo Deus, ele era só um homem — extremamente atraente e talentoso, mas, ainda assim, um homem.

Rindo da reação delas, Kellan puxou-as para o palco, e então estendeu a mão para mim. Mais baixo do que elas podiam ouvir, perguntou:

— Precisa de uma mãozinha, senhora Kyle? — Seus olhos brilharam, travessos.

Fazendo que não, saltei no palco sem ajuda.

— Consegui, senhor Kyle. — Ficando ao lado dele, acrescentei: — Além disso, acho que o senhor precisa das duas mãos livres, para o caso de uma dessas meninas desmaiar no palco. Não quero que seja processado.

Apontei para trás dele, onde as duas ainda riam, tapando a boca e admirando seu traseiro sem a menor cerimônia. Quando ele se virou para elas, dois gritinhos agudos encheram o palco, e as duas começaram a pular feito cangurus.

Kellan olhou de novo para mim, seu sorriso de canto de boca cheio de humor e altivez.

– Ainda bem que você não grita quando olho para você. – Inclinou-se para mim, seu braço roçando o meu. – Gosto de ter que me esforçar por merecer – sussurrou.

Voltou a prestar atenção nas fãs, deixando meus lábios entreabertos e as faces vermelhas. Tive que me abanar para esfriar o calorão no rosto. Por escrito ou falando, Kellan tinha o dom da palavra.

Quando o passeio particular chegou ao fim, Sienna apareceu no palco. Notei seus seguranças por perto, observando-a de uma distância respeitosa. As duas fãs chegaram a um paroxismo de excitação quando a megastar se aproximou. Sienna já estava vestida para o show, usando o macacão superjusto que expunha a maior parte de suas costas bronzeadas. O cabelo estava puxado para trás num rabo de cavalo elegante, realçando o pescoço esguio e as maçãs do rosto perfeitas. Ela parecia uma deusa grega ao se aproximar do meu Adônis – um par de lindas criaturas míticas trazidas à vida.

As fãs sacaram as câmeras dos bolsos quando o casal de ouro se aproximou o bastante para poder ser enquadrado. Sienna abriu um sorriso digno de um Oscar, chamando com um gesto alguns dos seguranças do estádio que esperavam ali perto.

– Está na hora, meu amor. – Seu sotaque, quente e sensual, insinuava todos os tipos de coisas para as quais poderia ser hora.

Quando Kellan abriu a boca para responder, as fãs finalmente tomaram coragem. Gaguejando, falaram depressa:

– A gente te adora, Sienna. Você é maravilhosa. E a gente acha maravilhoso que você e o Kellan tenham se apaixonado enquanto gravavam uma música. Deviam fazer um filme.

Sienna abriu um sorriso, na mesma hora respondendo:

– Eu adoraria! Até poderia fazer o papel de mim mesma! – Dando um sorriso maroto para Kellan, riu com as meninas como se fossem um grupo de amiguinhas dormindo na casa de uma delas.

Enquanto Kellan informava com educação às fãs que não tinha qualquer relacionamento com Sienna, a equipe de seguranças chegou e tirou as meninas do palco. Elas fizeram beicinho feito pré-adolescentes, enquanto eram afastadas dos superstars. Tive mesmo a impressão de ver lágrimas nos olhos de uma delas. E ficou claro, pela expressão das duas, que não tinham acreditado na insistente negativa de Kellan. Mais duas vítimas da máquina publicitária Kell-Sex.

Revirando os olhos, segui Kellan pelos bastidores. Membros da equipe se ocupavam com os últimos preparativos para o show que rolaria dentro de duas horas, mas ninguém nos prestou a menor atenção. A euforia desses profissionais por estar entre rock stars era nula. Eu achava que sua presença colocava as coisas nos seus devidos lugares.

Kellan se virou para Sienna.

– Precisamos conversar – rosnou, seu rosto de pedra.

– Claro, meu amor – respondeu Sienna, imperturbável. Fez um gesto com o dedo para que a seguíssemos. Então se dirigiu ao seu camarim, sem se dar ao trabalho de ver se a estávamos seguindo. Decididamente, uma mulher que estava habituada a que a obedecessem.

Ainda sem olhar para nós, entrou no camarim. Pus a mão no peito de Kellan quando chegamos à porta. Com o queixo contraído, ele olhou para mim quando falei:

– Se não se importa, eu gostaria de ter uma conversa em particular com ela, de mulher para mulher.

Kellan ficou sério, mas concordou. Inclinando a cabeça para trás, murmurou:

– Vou tocar um pouco para me acalmar. Vem ficar comigo quando acabar. – Um sorriso tenso apareceu nos seus lábios. – E não se sinta na obrigação de pegar leve com ela.

Pus a mão no seu rosto, e Kellan deu um beijo no meu pulso. A pele ficou formigando quando ele se afastou. Como ele ainda era capaz de me afetar fisicamente depois de todo aquele tempo, jamais vou entender plenamente. Mas ficava muito grata.

Controlando os nervos, entrei no camarim de Sienna e fechei a porta. De costas para mim, ela começou a se virar com um suspiro teatral.

– O que é que está pegando agora, Kellan querido? – Quando completou o círculo e seus olhos escuros deram pela falta do meu marido, ela murmurou: – É só você?

– Eu pedi a Kellan para falar com você em particular.

Sienna pareceu achar graça da minha resposta. Botando as mãos nos quadris esguios, perguntou:

– Vai ameaçar minha integridade física se eu não *ficar longe do seu homem*? – Seu encantador sotaque se transformou num sotaque texano arrastado.

Honestamente, eu não tinha refletido a fundo sobre o que queria dizer a ela. Mas era bem possível que variações daquelas exatas palavras tivessem passado pela minha cabeça nos últimos segundos, apenas para serem imediatamente descartadas. A violência não ajudaria nesse caso.

Sabendo que qualquer resposta à sua pergunta faria com que ela se pusesse na defensiva, decidi ignorá-la.

– Você já se apaixonou por alguém? – perguntei, fazendo uma voz mansa para desarmá-la.

Sienna piscou, seus longos cílios postiços quase roçando o rosto.

– Não tenho tempo para o amor... – Pelo modo como se calou, duvidei muito da sua resposta.

Sentindo que tinha algo em cima do qual trabalhar, dei um passo em direção a ela, hesitante.

— Bem, Kellan e eu *estamos* apaixonados, *profundamente* apaixonados. Passamos por muita coisa juntos, e ele passou por outras tantas sozinho. E esse "relacionamento" que foi inventado entre vocês dois é muito perturbador. Ele ama o que faz. Adora os fãs e a música. Mas toda essa publicidade o está deixando infeliz. Você não se importa que ele se sinta infeliz?

Sienna continuou me encarando com uma expressão impassível. Não pude detectar se se importava com o bem de Kellan ou não. Preferi acreditar que sim. Afinal, eles tinham uma espécie de amizade. Finalmente, ela arqueou uma sobrancelha, fria.

— Eu não o estou magoando de nenhum modo, nem desrespeitei o limite que ele estipulou de não beijá-lo na boca.

Suspirei. Ela ia dificultar as coisas.

Quando abri a boca para falar, Sienna tomou a palavra:

— Respeito você por ter vindo até aqui. Gosto sinceramente de você e de Kellan, mas não se engane: minha carreira vem em primeiro lugar, e eu vou fazer o que for preciso para continuar no topo, até mesmo jogar um charminho inofensivo para um homem casado. — Revirou os olhos. Não soube se foi por causa do "inofensivo" ou do "casado"; as duas coisas pareciam ridículas para ela.

Trinquei os dentes e me preparei para sair a passos duros do camarim. Sabia que falar com ela seria perda de tempo. Ela não se importava se Kellan se sentia manipulado e usado, desde que seu álbum chegasse ao primeiro lugar. Fora lançado apenas algumas semanas antes do de Kellan, e ainda precisava alcançar esse difícil objetivo.

— Desculpe por ter desperdiçado seu tempo. Só queria ter uma conversa civilizada com você sobre Kellan. Talvez pensar em alguma solução, para que todos nós possamos ficar bem, já que você disse que queria que esse esquema desse certo. Mas vejo que você só se importa com o que *ele* pode fazer por você, por isso vou deixá-la sozinha para desfrutar da sua glória.

Dei as costas, e Sienna segurou meu braço. Seus olhos escuros se cravaram nos meus.

— Vocês dois estão fazendo uma tempestade em copo d'água — disse, irritada. — Essa é a realidade de quem fica sob o olhar público. Pelo menos, estou tentando ajudar a carreira de Kellan, tanto quanto a minha. Se eu fosse realmente tão egoísta quanto você pensa, Kellan estaria na *minha* cama neste exato momento, não na sua. Mas eu não tentei seduzi-lo porque respeito o relacionamento de vocês.

Cravei um olhar duro nela, irritada por achar que poderia conquistá-lo tão facilmente. Mas não poderia. O coração de Kellan era meu.

Soltando meu braço, ela relaxou, e seu tom se abrandou. Também relaxei.

— Esse circo da mídia que ele odeia tanto vai continuar a despeito da minha interferência. — Sorriu, uma ponta de simpatia finalmente surgindo no seu rosto. — Caso não tenha notado, Kellan é muito bonito. E, além de bonito, também é muito talentoso. Essa combinação tem a estranha capacidade de reduzir a mais sofisticada mulher a uma adolescente trêmula. Acho que até uma mulher bem casada pensaria em jogar tudo para o alto por uma noite com ele.

Deixei escapar um risinho. É, eu tinha que concordar com ela quanto a isso. Kellan era simplesmente... desejável.

Sienna pôs a mão no meu braço, quase como se quisesse me confortar.

— Você tem que se acostumar agora, enquanto ele está seguro nas minhas mãos, porque ele vai ser associado a cada mulher com que tiver contato de agora em diante. É assim que as coisas funcionam nesse ramo.

Senti um abatimento enorme, mas sabia que ela tinha razão.

— Mas é diferente com os seus fãs. Mais intenso. Eles transformaram vocês no casal da moda... Kell-Sex.

Sienna revirou os olhos.

— Santo Deus, que apelido. É horrível, não é?

Sorri, me sentindo aliviada pela primeira vez. Como achava que estávamos sendo honestas, disse a ela:

— Tenho medo de tocá-lo quando estamos com outras pessoas. Tenho medo de sermos descobertos, e os fãs se voltarem contra mim. — Suspirando, perguntei: — Como você acha que eles reagiriam se soubessem da minha existência?

Ela deu de ombros, sem parecer muito preocupada.

— Fariam um drama, falariam mal de você e te crucificariam na Internet, mas duvido muito que te perseguissem com tridentes ou coisa que o valha. — Sua expressão se tornou pensativa, e meu estômago deu um nó. Agitando a mão, ela prosseguiu: — Duvido que fosse afetar seu relacionamento tão negativamente quanto você pensa. — Esfregando meu braço, abriu um sorriso de melhor amiga. — Os fãs sobreviveriam. Eles amam Kellan demais para insistir no assunto.

Piscou para mim, e então se virou e se dirigiu a uma penteadeira que fora montada para ela. Pegando um batom na mesa, inclinou-se para frente, olhos fixos no seu reflexo.

— Vou pegar mais leve nas demonstrações de carinho, já que te incomodam tanto. — Olhou para mim pelo espelho, seu olhar me interrogando.

— Nós agradeceríamos... obrigada. — Ela estava fazendo nossa vontade, mas não parecia uma vitória. Hesitei, e então decidi lhe perguntar o que realmente queria.

— Será que você poderia dizer alguma coisa para os seus fãs? Que Kellan já tem um relacionamento? Não mencionar meu nome ou algo assim — me apressei a acrescentar —, apenas tentar nos ajudar a parar o moinho de fofocas?

Sienna demorou mais tempo do que o normal aplicando uma camada de vermelho-
-escuro nos lábios carnudos. Quando terminou, esfregou um no outro.

– Claro, meu amor.

Achando que nosso encontro tinha acabado, dei as costas para ir embora, enquanto ela lançava um último olhar para o seu reflexo. Mas sua voz interrompeu meus passos.

– Eu vi você escrevendo nos bastidores. Como vai indo seu livro?

Surpresa por saber que ela tinha me observado, respondi:

– Já estou quase acabando.

Virando-se para mim, ela se recostou na penteadeira, estendendo os braços para trás. O espelho me proporcionou uma imagem inteira do seu traje; o móvel puxava para baixo o recorte já abissal do macacão, por isso eu podia ver o alto do seu traseiro.

– Conheço pessoas nesse meio. Talvez eles pudessem dar uma olhada, quando você acabar.

Imaginei que Sienna jamais me ajudaria sem querer alguma coisa – ou *muita coisa* – em troca, naturalmente relacionada a Kellan. Por isso, apenas sorri e disse:

– Obrigada, vou me lembrar disso.

Sienna se despediu de mim com um aceno simpático, e saí do camarim sem saber se a conversa fora boa ou não.

Tratando de não pensar mais nela, saí à procura do meu rock star favorito. Quando o encontrei, o que ele estava fazendo me surpreendeu um pouco. A equipe ainda não tinha terminado de montar o equipamento no palco. Na área de ensaios atrás do palco, havia vários instrumentos avulsos, alguns dentro dos estojos, outros fora deles – uma guitarra aqui, um microfone ali. Uma bateria completa parecia reinar tranquilamente no meio do caos organizado. Kellan estava atrás dela, tentando tocar uma música dos D-Bags, enquanto Evan ria dele sem dó nem piedade.

Eu nunca tinha visto Kellan atrás da bateria. A visão foi tão estranha quanto natural – uma linda garça deslizando por um lago, em vez de voar entre as nuvens. Via-se logo que não era a sua especialidade, e ele mordia o lábio, concentrando-se nos ritmos complicados. Vê-lo fixar toda a sua atenção em algo era hipnótico, e pelo visto eu não era a única que achava: um pequeno grupo de pessoas se reunia ao nosso redor, ouvindo-o tocar – ou melhor, tentar tocar.

Evan me viu e veio passar o braço pelo meu ombro. Ainda estava rindo, os cantos de seus olhos franzidos, vendo Kellan se enrolar todo com uma batida e quase deixar cair uma das baquetas.

– É bom saber que sou melhor do que o Kellan em alguma coisa – comentou.

Caí na risada, vendo Kellan soltar um palavrão e balançar a cabeça. Ele estava perdendo o ritmo depressa; mal dava para reconhecer a música que eu sabia que tentava tocar.

— O talento dele é outro — murmurei. Evan riu para mim, me apertando com força, e percebi que meu comentário podia ser interpretado de um jeito malicioso. — Você sabe, para cantar, essas coisas.

Ele riu um pouco mais alto.

— É, eu imaginei que fosse o que você quis dizer.

Quando ele voltou a prestar atenção em Kellan, perguntei:

— Qual é o lance da caixa de jujubas? — Não queria me intrometer, mas fazia meses que estava morta de curiosidade.

Evan olhou para mim, um toque de constrangimento deixando seu rosto vermelho.

— Ah, aquilo. Hum... Jenny e eu, da primeira vez que... você sabe... tínhamos comido umas jujubas, e a caixa... ficou toda amassada. — Olhou para mim. — Não sabia que ela tinha guardado. — Abriu um sorriso largo, apaixonado, satisfeito. — Menina sentimental.

Meu coração se alegrou por meus amigos.

— A maioria de nós é.

— Merda! Desisto! — exclamou Kellan.

O grupo ao nosso redor começou a rir, enquanto a desajeitada exibição de bateria chegava ao fim. Virei a cabeça para Kellan. Ele tinha jogado as baquetas no chão e encostado a cabeça no chimbau, derrotado. Evan deu um tapinha nas minhas costas.

— Acho que o derrotei. Você vai ter que consolá-lo antes do show.

Eu estava rindo quando me aproximei do meu desolado marido. Quando ele me sentiu ao seu lado, deu uma olhada em mim.

— Eu sou uma bosta — murmurou, seus lábios se curvando para baixo num perfeito beicinho infantil.

Resistindo ao impulso de chupar aquele lábio, estendi a mão e o ajudei a se levantar.

— Você não pode ser um profissional em tudo, Kellan — respondi, passando o dedo pela aliança antes de soltar sua mão direita.

Os olhos de Kellan se fixaram em mim, intensos.

— Tem razão. Vou me limitar a fazer aquilo em que sou muito, muito bom. — Seus olhos percorreram meu corpo, o fogo neles queimando minha pele como um fogo de artifício.

Quis dizer a ele para se comportar, mas na mesma hora ele mudou de humor. Com uma expressão curiosa, perguntou:

— O que foi que Sienna disse?

Enquanto nos desviávamos das pessoas que trabalhavam por ali, contei a ele sobre nossa confusa conversa.

— Ela disse que estávamos fazendo uma tempestade em copo d'água. — Olhei para ele. Seu olhar era incrédulo; não concordava. Prossegui: — E também que ia pegar leve nas demonstrações de carinho.

Kellan sorriu com ar desdenhoso.

— Ela já disse isso antes. Mas basta apontarem uma câmera na sua direção, e ela... esquece. — Revirou os olhos. — É preciso dar aos fãs o que querem. Ela é uma artista até a medula.

— Foi assim que ela foi criada. Foi assim que sobreviveu à transição de atriz-mirim a superstar. — Pisquei ao dizer isso. Eu acabei mesmo de defendê-la?

Kellan também pareceu surpreso, enquanto abria a porta do camarim vazio.

— Eu entendo. Aliás, acho que a única coisa que realmente entendo em relação a ela é que teve uma infância tão ruim quanto a minha.

A porta se fechou atrás de nós, e eu passei os braços pelo seu pescoço. Com o rosto sério, disse a ele:

— Não, a infância dela não foi nada parecida com a sua, Kellan. Não chegou nem perto.

A velha tristeza tomou conta de seus olhos, e ele assentiu. Apertei-o com força, tentando lhe provar que o meu amor era mais forte do que o ódio deles.

Mais tarde, durante o show dos D-Bags, Anna se aproximou de mim, enquanto eu, do meu cantinho nos bastidores, via Kellan soltar a voz e o coração. Geralmente aproveitava essa hora todas as noites para trabalhar no meu livro recém-criado. Escrever dois livros ao mesmo tempo não era a melhor maneira de terminar *um*, mas sempre que via Kellan tocar, minha criatividade começava a fluir, e eu não tinha escolha senão derramá-la na tela do notebook. Ele era a minha musa pessoal.

Parei no meio de uma frase, dando uma olhada na minha irmã. Ela parecia um pouco desconfortável, esfregando o canto inferior esquerdo da barriga. Seus olhos verdes brilhavam um pouco sob as luzes do palco. Não sabia se era porque se sentia emotiva ou apenas cansada. Carregar uma vida só podia ser exaustivo, ainda mais tendo que aturar Griffin. Lembrando a confissão monumental de Anna durante o encontro com os fãs horas antes, imaginei se estaria se sentindo bem.

Fechando o notebook e pondo-o no chão, levantei, apontando para minha cadeira de encosto duro.

— Quer sentar? — Não era o móvel mais confortável do mundo, mas pelo menos ela poderia descansar os pés.

Com os olhos colados no palco, Anna agradeceu, acomodando-se na estrutura de metal. Quando inclinou a cabeça para observar os D-Bags — ou apenas um deles —, notei suas olheiras. Ela as cobrira bem com corretivo, mas dava para ver um pouquinho do preto-arroxeado. Ela nunca admitiria, mas estava exausta. Devia ir para o ônibus descansar.

Pondo a mão no seu ombro, perguntei:

— Você está bem, irmã?

Ela levantou o queixo, seus olhos úmidos secando na mesma hora.

– É claro. Por que não estaria?

Eu poderia citar vários motivos, mas preferi tocar num assunto que parecia ser mais fácil para ela – o desconforto físico da gravidez.

– Você não para de esfregar as costelas.

Ela fez uma careta, olhando para o ponto que apertava com força.

– Porque Maximus não para de me chutar exatamente no mesmo lugar. – Suspirou, voltando a olhar para mim. – Acho que ele quebrou uma ou duas costelas.

O comentário saiu da minha boca antes que eu pudesse contê-lo:

– Bem, ele não seria metade Griffin se não fosse um pé no... nas costelas.

Anna sorriu para mim.

– Griffin não é tão mau quanto você pensa.

– Eu sei – respondi, lembrando as conversas surpreendentes que tivera com ele nos últimos tempos.

Anna arregalou os olhos, como se eu tivesse acabado de admitir algo tão absurdo que ela mal podia acreditar. Fiz uma festinha no seu ombro, e ela riu. Vendo que estava mais bem-humorada, fiz a pergunta para a qual realmente queria uma resposta:

– Você ficou chateada pelo que aconteceu horas atrás... com o Griffin?

O bom humor imediatamente desapareceu.

– Como assim?

Contive um suspiro frustrado. Aqueles dois eram extremamente teimosos, piores do que Kellan e eu jamais tínhamos sido.

– Você disse a ele que o amava, e ele ficou paralisado como se tivesse sido mergulhado em carbonita.

Anna fechou a cara, voltando a olhar para o palco.

– Não, isso não me incomoda, Kiera. Nossa relação não é do tipo "flores e corações", como a sua com Kellan. – Ela me deu uma espiada com o canto do olho. – Por mim, tudo bem. Não preciso dessa merda romântica. – Deu de ombros. – De todo modo, eu só estava brincando. Não falei sério.

Fechou bem a boca e engoliu três vezes. Uma nova camada de umidade ampliou a profundidade de seus olhos, e eu soube que estava mentindo. Tinha falado sério, sim. Porque o amava. Aquilo a entristecera. Ela queria mais de Griffin. Mas não se permitia admitir ou sentir isso. *Quando não resta opção, negar é a solução*, era o seu lema.

Sem saber o que mais fazer por ela, dei um beijo no seu rosto.

– Eu te amo, Anna. – Griffin podia não ser capaz de dizer isso, mas ela devia ouvir de alguém. Anna olhou para mim no momento em que uma lágrima escorreu pelo seu rosto. Na mesma hora tratou de secá-la e voltou a fixar os olhos no palco em que os D-Bags se apresentavam. – Ele me disse que amava você – acrescentei.

Achei que minhas palavras a fariam se sentir melhor, mas ela só parecia cansada enquanto observava Griffin no palco. Mas podia ser por causa da gravidez.

— Vou voltar para o ônibus e me deitar. Avisa ao Griffin? Mas só se ele perguntar...

Com o coração pesado, respondi que sim.

Griffin não perguntou por ela quando o show acabou, mas eu lhe disse onde ela estava mesmo assim. Ele balançou a cabeça, por isso eu soube que tinha ouvido. Mas, em vez de ir para o ônibus ao encontro da mãe de seu filho, ficou sentado, refletindo em silêncio, até chegar a hora de os D-Bags e Sienna encerrarem o show com o seu megassucesso. Pela primeira vez, eu me peguei olhando mais para Griffin do que para Kellan e Sienna. Mesmo debaixo dos refletores, Griffin parecia pensativo como eu jamais o vira. E não fazia a menor ideia do que achar disso.

Quando o show acabou e a galera fez uma gritaria ensurdecedora, os D-Bags vieram ao meu encontro nos bastidores. Sienna estava um passo atrás deles. Tive certeza de que Griffin iria querer ver Anna agora. Iríamos tocar naquele mesmo estádio na noite do dia seguinte, por isso tínhamos bastante tempo para jogar fora, sabendo que nos esperava uma tranquila noite de sono num hotel luxuoso. Eu, pelo menos, estava louca para despencar numa cama, ainda mais porque Kellan cumprira sua promessa e arranjara um quarto para nós. Mas, em vez de ir pegar Anna, Griffin disse a Matt:

— Vamos beber.

Matt assentiu, e então nos perguntou:

— Vocês querem vir?

Kellan já ia responder que não, mas coloquei meu notebook no chão e disse a Matt que sim. Kellan me lançou um olhar incrédulo. Raramente tínhamos saído para beber com a banda depois da explosão Kell-Sex, preferindo ficar quietos no nosso canto, para desgosto dos rapazes — quer dizer, para desgosto de Griffin. Mas, dessa vez, eu queria que fôssemos. Não estava gostando nada da expressão de Griffin. Ele esfregou as mãos, ávido, e eu gostei menos ainda desse gesto.

A essa altura Sienna já se juntara a nós, e parecia tão eufórica quanto Griffin.

— Sair para beber é uma ideia maravilhosa! Conheço um lugar perfeito! — Fez menção de abraçar Kellan, mas, para minha surpresa, se conteve. Quase fiquei orgulhosa dela. Quase.

Kellan olhou para mim, uma clara pergunta nos olhos: *Não prefere ficar a sós comigo num quarto de hotel a sair para beber com o Griffin?* Eu me forcei a sorrir, embora minha vontade fosse fechar a cara. Sim, preferia mil vezes ficar a sós com ele. Mas Anna era minha irmã, e eu precisava tomar conta dela.

Sienna falava no celular, fazendo mil combinações enquanto nos dirigíamos para os camarins. Eu ignorava quem ela conhecia na Carolina do Norte, e aonde nos levaria. Nem mesmo sabia se queria sair com ela, mas agora era tarde demais. Kellan e os

D-Bags passaram cinco minutos dando uma refrescada depois do show, trocando as camisas suadas e passando um pouco de colônia. A de Griffin era tão forte que chegou a arder no fundo das minhas narinas.

Sienna demorou muito mais, e quando reapareceu, fiquei pensando se também devia ir trocar de roupa. Ela exibia um vestido num tom vibrante de coral que parecia feito para dançar, largo e vaporoso, com uma bainha de pontas assimétricas parecendo pétalas de flor. As camadas de pétalas eram soltas quase até a cintura, de modo que, quando ela se movia, deixava entrever as coxas saradas e definidas.

Eu estava usando calça jeans e um par de tênis. Sexy, não?

Como não tinha nenhum modelito daqueles, procurei ignorar a sensação de ser uma baranga e fiquei ao lado de Kellan. Ele olhou para Sienna, revirando os olhos, e então os fixou em mim.

– Mesmo quando ela está no seu melhor dia, você ainda é mais bonita – sussurrou.

Corando, eu me senti como se tivesse acabado de vencer o concurso de Miss América. O elogio dele fez com que Sienna parecesse uma perua ridícula, tentando tanto chamar a atenção que só faltava escrever *Sou sexy* com um spray no peito. Sua beleza perdeu alguns pontos aos meus olhos, e eu me senti mais em pé de igualdade com ela quando saímos para a noite gelada.

Sienna parecia morta de frio, passando as mãos pelos braços. Mas não teve que esperar muito. Como se tivesse combinado, uma limusine estacionou diante da porta dos fundos, e entramos correndo. Suspirei, olhando para o interior luxuoso. É nisso que dá fazer amizade com pés-rapados! Esse luxo também parecia anunciar a nossa "importância". E fez com que eu sentisse saudades de ir a boates com Kellan em Seattle. Saudades do Pete's. Saudades da turnê de Justin. *Tempos mais simples.*

Kellan manteve o braço ao meu redor o tempo todo que passamos na limusine. Sienna nos observava com uma expressão estranha. Era um olhar tranquilo, como se nos desse seu apoio, mas com uma ponta de melancolia. E talvez até um toque de tristeza. Apesar do seu jeito exuberante, acho que já havia amado alguém e o romance não terminara bem. Por um momento sua persona pareceu se rachar, e quase tive a impressão de ver a verdadeira Sienna, não a celebridade. Então ela percebeu que eu a observava, e a máscara sedutora e confiante reapareceu. Piscou para mim do outro lado da limusine.

Quando o motorista parou diante de um lugar chamado Poison, havia um enxame de fotógrafos na entrada. Como se já soubessem quem saltaria do carro, começaram a fotografar a limusine. Freneticamente! Até parecia que estávamos chegando à estreia de algum filme. Paparazzi na Carolina do Norte? Tive certeza de que sua presença ali não fora nenhuma coincidência. Para quem Sienna telefonara ao combinar essa saída? Não admira que tivesse demorado tanto se arrumando para ficar deslumbrante.

Com o carro em ponto morto, o motorista saiu para abrir nossa porta. Enquanto eu olhava para os flashes, horrorizada, um sorrisinho curvou os lábios de Sienna. Esse seria um grande momento ao sol para ela – uma noite na balada com o amante badalado. Mesmo que entrassem separados, não havia a menor hipótese de não estrelarem as manchetes do dia seguinte. E o que os fãs pensariam de mim nessa história? Que eu era só uma acompanhante, talvez namorada de algum dos outros membros da banda? Se Kellan e eu entrássemos juntos, a especulação a meu respeito seria tão espetacular quanto as fofocas em torno dele e de Sienna. E eu não queria isso.

Quando o motorista abriu a porta, Sienna alisou o vestido, preparando-se para sua entrada grandiosa. O motorista lhe estendeu a mão, ajudando-a a descer. Houve uma tempestade de flashes. Sienna parou, esperando por Kellan, a adrenalina me correndo pelas veias. Evan e Griffin já iam sair da limusine, mas Kellan levantou a mão. Inclinando-se para o motorista, disse:

— Não vamos passar por isso. Leva a gente a algum outro lugar.

Assentindo, o motorista olhou para Sienna e perguntou a ela se queria ir ou ficar. Sienna hesitou, dando uma olhada na multidão que ainda tirava fotos, e então voltou a entrar no carro. Com um beicinho para os flashes que ficavam para trás, murmurou:

— Tem certeza? Aquela é a melhor boate da cidade.

Kellan se recostou no banco, dando um sorriso simpático para ela.

— Você tinha toda a liberdade para ficar, se quisesses.

Sienna revirou os olhos, e então deu ao motorista o nome de outro local que achou que estaria "um pouco menos cheio".

Para meu enorme alívio, não havia ninguém na frente da segunda boate quando chegamos. Já no seu interior, uma batida techno possante fez meu peito vibrar. Um cara de terno com ar ansioso nos conduziu até uma área VIP. Por sua expressão, parecia eufórico por nos ver ali, e na certa providenciaria tudo que quiséssemos. Talvez fosse o próprio dono. Ao seu lado, estavam duas garotas usando corseletes apertados e shortinhos pretos. Deviam ser garçonetes ou strippers; não dava para ter certeza.

Sienna pediu duas garrafas de Cristal, e uma das garotas em trajes exíguos se afastou para ir buscá-las. Então, era garçonete. Suas roupitas reveladoras me fizeram apreciar tanto mais as camisetas simples do Pete's. Sorrindo para o dono, Sienna sentava de lado numa *chaise longue*, as almofadas vermelho-escuras contrastando com seu vestido. Isso me fez sorrir. Não havia mais ninguém no salão além da banda, do dono e da segunda garçonete. Todos os frequentadores regulares estavam do outro lado da grossa parede de vidro, que ocupava um lado inteiro do aposento, separando-nos da pista de dança da boate. Tínhamos uma vista perfeita das centenas de corpos que giravam e se roçavam. Eu nem suspeitava se os casais dançando sabiam que podíamos vê-los, mas era óbvio que eles não podiam nos ver. Um lance bem voyeurístico. Fiquei vermelha ao ver um cara enfiar a mão debaixo da saia de uma garota.

Griffin deu uma geral no salão, e então olhou para a parede de corpos se movendo do outro lado do vidro.

— Precisamos de mulheres — murmurou.

O dono imediatamente lhe deu toda a atenção. Estalando os dedos para a garçonete ao lado, perguntou a Griffin:

— Louras, morenas ou ruivas?

Abrindo um sorriso que me deixou nauseada, Griffin respondeu:

— Todas as alternativas estão corretas.

O dono retribuiu o sorriso repulsivo e, arqueando uma sobrancelha, olhou para Kellan:

— Nossas meninas são nota dez.

Griffin concordou, seu sorriso se tornando ainda mais guloso. O dono lançou à garçonete "nota dez" um rápido olhar, e ela se afastou. Griffin zoou às suas costas:

— Dez é pouco, uma dúzia, no mínimo! — Ela assentiu e desapareceu.

Olhei com raiva para Griffin e o porco do dono da boate. Não sabia que pedir mulheres era tão fácil quanto pedir bebidas. Kellan e eu nos acomodamos num sofá de veludo, enquanto eu tentava controlar meu estômago. Kellan sussurrou nos meus cabelos:

— Podemos ir embora a qualquer hora. — Assenti, mas sabia que isso não era verdade. Não pretendia deixar o namorado da minha irmã sozinho no Paraíso da Putaria.

Capítulo 20
JÁ CHEGA

Nosso champanhe chegou e foi servido com a maior sofisticação, em *flûtes* de cristal. Kellan e eu fizemos um brinde no exato momento em que a "diversão" chegava. Para euforia de Griffin, uma parada de mulheres sexy entrou no salão. Todas pareciam modelos, usando blusas justas, calças justas ou saias justas. Será que estava rolando algum congresso na cidade? Aos risinhos, o variado sortimento de beldades se espalhou ao nosso redor como perfume barato. Algumas pararam ao lado da *chaise longue* de Sienna, uma ou duas sentaram com o desinteressado Evan e o corado Matt, e meia dúzia se aglomeraram ao redor de Rei Griffin. O resto seguiu direto para Kellan. Num gesto um tanto agressivo, sentei no colo dele, passando os braços pelo seu pescoço. *Caiam fora, suas putas.* Elas não foram, mas mantiveram uma distância maior do que teriam mantido se eu não tomasse aquela atitude. Enquanto elas recebiam bebidas das garçonetes, Kellan se inclinou e disse:

— Gostei desse gesto possessivo de sentar no meu colo. Talvez devêssemos contratar essas garotas para nos seguirem por toda parte.

Fiz uma careta ao ouvir o comentário, mas não por muito tempo; o sorriso dele era provocante demais. Em resposta à sugestão ridícula, eu me remexi no seu colo, pressionando as partes certas. Seus olhos ficaram acesos. Pegando meu champanhe, ele o pôs na bandeja de uma garçonete que passava.

— Precisamos dançar — decretou. Levantou-se, e não tive escolha senão me levantar também.

Várias das garotas ao nosso redor nos seguiram até o centro da pista de tábuas corridas. De frente para Kellan, tratei de ignorá-las, e ele fez o mesmo. Com as mãos baixas na minha cintura, aproximou nossos quadris até nossas pernas se encaixarem. Ficamos nos movendo de um jeito superíntimo, que entregava totalmente a natureza da nossa relação. Mas nenhuma das visitantes pareceu perceber que Kellan era comprometido – comigo, pelo menos.

Algumas continuaram olhando ora para ele, ora para Sienna, mas, como ela só observava a dança sedutora de Kellan com os olhos meio franzidos, em vez de dar um piti digno de uma diva, as meninas acharam que não havia problema em paquerá-lo. Por mais que as mãos de Kellan explorassem o meu corpo, as delas não saíam de cima dele. Tive que afastar mãos bobas do seu peito mais de uma vez. Kellan balançava a cabeça, empurrando dedos no seu traseiro. Quem visse até pensaria que ele era um talismã, pelo jeito como o esfregavam. Aliás, acho que era mesmo, num certo sentido. Eu me sentia uma mulher de sorte por estar com ele.

A batida pulsante enchia o salão mal iluminado. Enquanto meu corpo se fundia ao de Kellan, fiquei de olho nos outros D-Bags. Matt e Evan não eram problema. Estavam conversando na maior animação, Matt mostrando a Evan acordes de guitarra no ar, enquanto Evan balançava a cabeça, com um largo sorriso. Não me surpreenderia nem um pouco se estivessem compondo uma música. As meninas ao redor dos dois pareciam não saber mais o que fazer para chamar sua atenção. Tive vontade de ir lá dizer a elas para pouparem seu tempo, e apenas curtirem o champanhe gratuito. Matt e Evan não iriam fazer nada que magoasse suas amadas.

Um pouco à esquerda dos dois D-Bags, estava Sienna. Quando não estava olhando para Kellan, ela paquerava dois garotões que pareciam saídos de um comercial da Abercrombie. O dono devia ter achado que era no mínimo justo brindá-la com dois presentinhos também. Ela jogou o cabelo sobre os ombros, expondo o decote elegante. Pude vê-la rindo, seus olhos explorando o corpo dos garotos para lhes dar a esperança de terem uma chance. Mas seu olhar sempre voltava para Kellan. *Sempre.*

Passando os dedos pelos cabelos de Kellan, puxei-o para mais perto, até nossos peitos se tocarem. Seu sorriso ficou endiabrado, e ele se concentrou apenas em mim. Seu cheiro era maravilhoso, e seus lábios estavam muito perto dos meus, tentadores. Suas mãos traçavam desenhos nas minhas costas – subindo pelos lados, contornando o pescoço, descendo pela coluna, deslizando pelo traseiro. Pensei em sentir aquelas mãos na pele nua, e uma onda de desejo me percorreu o corpo. Lembrando que tínhamos um quarto de hotel à nossa espera, considerei sua oferta de deixar para trás essa estranha festa privada. Mas então, lembrei a razão pela qual não podia fazer isso.

Apreensiva, olhei ao redor, à procura de Griffin. Fui encontrá-lo com a língua enfiada na garganta de uma loura. Na mesma hora me retesei, o mais puro veneno correndo pelas veias. Anna tinha aberto o coração para ele, e era isso que ganhava em troca? Que filho da mãe! Kellan e eu paramos de dançar, e fiquei encarando Griffin, que apertava o traseiro da vadia à sua frente, com mais duas penduradas nos braços. Uma ruiva vibrante estava com as mãos dentro da sua calça. Minha fúria era tamanha que eu mal podia enxergar. Eu me soltei de Kellan para ir dizer poucas e boas a Griffin, mas Kellan me puxou de volta. Meus olhos fuzilavam Griffin enquanto os lábios de Kellan roçavam minha orelha:

— Armar um escândalo não vai ajudar em nada. Eu falo com ele mais tarde.

Empurrei Kellan para trás, fumegando.

— Mais tarde? Como assim, depois que ele tiver trepado com elas?

Kellan fez que não, e já ia responder quando Sienna se aproximou da multidão que dançava. Chegando de mansinho para Kellan, com um lindo homem em cada braço, perguntou a ele: *Algum problema?* Um dos caras encarava seus peitos na maior; o outro encarava... Kellan na maior. É claro. Todo mundo adorava Kellan. Menos eu, naquele momento.

— Não, está tudo bem — respondeu ele, com um breve sorriso.

Eu já estava prestes a discordar com veemência, quando Griffin entrou no meu campo visual. Com um braço em volta da loura e outro em volta de uma ruiva, avançava com a dupla em passos decididos em direção aos banheiros da área VIP, e tive certeza absoluta de que não era por estar com vontade de urinar.

— Aquele filho da puta! — rosnei, dando um passo em direção aos banheiros. Aqui que eu iria ficar de braços cruzados, vendo-o trair minha irmã! Mas Kellan segurou minha mão com força. Olhei para ele quando meu braço se estendeu ao máximo.

— Me solta, Kellan!

Fazendo que não, ele me puxou para si.

— Você não pode mudar o Griffin, Kiera. Ele é quem tem que querer mudar. E ele não vai parar... seja lá o que foi fazer lá dentro... só por ver você entrando aos gritos. Confia em mim. Você vai acabar vendo mais do que quer, e só isso.

Arrancando a mão, empurrei seu peito.

— Então vai você acabar com a festa dele. Arrasta ele de lá, como fez quando ele ia transar com aqueles travestis em New Jersey! — Eu estava tão irritada e magoada por minha irmã, que lágrimas me brotaram nos olhos.

Ficando na minha frente, Kellan segurou meu rosto.

— *Ele* é quem tem que fazer a escolha, Kiera. Não vai significar nada se eu o forçar.

Seu olhar era doce e compreensivo. Sabia que ele tinha razão. Kellan e eu não podíamos ficar tomando conta de Griffin toda vez que saísse, mas era insuportável ter que ficar vendo aquilo acontecer sem poder fazer nada.

— Ele não vai livrar a cara, Kellan. Eu não vou limpar a barra dele. — De repente, senti um doloroso respeito por Jenny. Eu estava desesperada por não poder fazer nada enquanto Griffin punha um par de chifres na minha irmã. Jenny devia ter se sentido exatamente assim, quando me vira ser infiel a Denny e nada pudera fazer. Eu devia a ela um pedido de desculpas muito maior do que lhe oferecera na época.

Kellan acariciou meu rosto.

— Anna sabe como ele é, Kiera. Você não precisa mentir.

Kellan balançou a cabeça, me abraçando. Apertei-o com força, enquanto ele pedia a uma garçonete para chamar um táxi. Depois de nos despedirmos às pressas de Sienna e dos D-Bags *que eu gostava*, saímos pela porta dos fundos. Um táxi amarelo e preto esperava por nós e, de mãos dadas, entramos depressa. Kellan disse ao motorista aonde ir, e então se virou para mim. Sua expressão era um misto de preocupação e pesar. Observei seu rosto, lágrimas quentes escorrendo dos olhos.

— Odeio aquele cara — rosnei. E justo agora, que começava a fazer as pazes com ele. Por mais irracional que parecesse, eu me sentia como se ele tivesse enganado a mim tanto quanto à minha irmã.

Kellan segurou meu rosto, me dando um beijo carinhoso. Demorou um momento, mas, quando o táxi começou a se afastar, seu toque suave finalmente amoleceu meu coração. Nem todos os homens eram um lixo.

Deitada em nossa cama *king size* ao lado de meu marido adormecido, eu fumegava de raiva. Nem estava curtindo os lençóis de mil e quinhentos fios ou o edredom de plumas superquente. As borlas em fios de seda prateados presas aos cantos do travesseiro não serviam para mais nada além de aliviar o estresse, enquanto eu as manuseava sem parar. Griffin era um babaca perfeito, completo, absoluto. Se meu pai não fizesse isso primeiro, eu ia acabar matando aquele cara. Tinha certeza de que podia convencer Kellan a me ajudar a esconder o corpo.

Todos os meus sentidos se concentravam no corredor, porque no momento em que ouvisse Griffin chegando ao hotel, iria cair em cima dele. E dessa vez Kellan não poderia me impedir. Nada poderia me impedir. Até os seguranças do hotel teriam trabalho para me segurar. Griffin tinha ido longe demais.

Sabia que Kellan tinha razão. Sabia que a decisão de se tornar uma pessoa decente só podia partir de Griffin, mas, por favor, Anna estava para dar à luz o filho dos dois a qualquer momento! O mínimo que ele podia fazer era esperar até que a criança nascesse para recomeçar a transar com mulheres aleatórias. E ele não era exatamente o cara mais inteligente do mundo. Será que tinha usado preservativo? E se engravidasse alguma das vadias? E se pegasse alguma doença e a passasse para minha irmã? Era tudo tão nojento e horrível, que só serviu para aumentar ainda mais a minha raiva.

Meus pés se remexiam, inquietos, enquanto eu esperava. Kellan dormia tranquilamente ao meu lado, o que aumentava ainda mais a minha raiva. Como ele podia ficar tão calmo em relação a tudo aquilo? Os homens são muito estranhos. Mas, por outro lado, Griffin e Anna não eram menos estranhos. Eles nunca tinham chegado a assumir qualquer compromisso. E eu só tinha esperado... que com a gravidez, e aquela fase monogâmica do Griffin... as coisas mudassem. Talvez a única raiva que devesse estar sentindo nesse momento era de mim mesma, por presumir que ele tivesse amadurecido.

Não tinha. Griffin era um babaca.

Saltei da cama quando finalmente ouvi vozes no corredor. Que Deus me ajudasse – Griffin ia pagar pelo que fizera. Sem nem saber ao certo se era ele que eu ouvia, escancarei a porta pesada. Com a cabeça baixa e as mãos nos bolsos, Griffin estava bem na minha frente quando saí do quarto. Sorrindo por ver que o destino *queria* que eu desse um chute no seu traseiro, empurrei-o contra a parede do outro lado do corredor. O fato de eu aparecer sem mais nem menos e me atirar em cima dele desse jeito lhe deu um baita susto. Seu rosto estava branco feito papel quando ele bateu com as costas na porta do quarto diante do meu.

Ver sua expressão confusa me deixou louca da vida. O Babaca do Século ia ouvir poucas e boas, junto com todos os outros hóspedes daquele andar que estivessem tentando dormir. Mas eu não estava nem aí. A honra da minha irmã estava em jogo. Uma pequena parte de mim percebia a hipocrisia do meu gesto, mas o incêndio em mim a abafou.

– Você é o maior filho da puta que eu já conheci na vida!

Ouvir alguém gritando com ele àquela hora da madrugada fez com que Griffin passasse de surpreso a furioso, e ele também gritou:

– Qual é a sua, porra?

Matt vinha andando na frente de Griffin, Evan atrás dele. Os dois avançaram para mim quando saltei em cima de Griffin. Ao ver que eu ia esganar o baixista, Evan segurou meus braços.

– Minha irmã vai ter um filho seu a qualquer momento, e você ainda sai para trepar com putas num banheiro? Só torço para que Anna finalmente abra os olhos e dê um pontapé na sua bunda!

– Como Denny deu na sua? – rebateu Griffin, com uma expressão feroz.

– Griffin! – Kellan estava parado na porta, sem camisa. Meus gritos deviam tê-lo acordado, mas fora o comentário de Griffin que fizera seu sangue ferver. Seus olhos estavam tão franzidos que pareciam dois risquinhos.

Griffin deu um olhar irritado, mas cauteloso, para Kellan. Aproveitei o momento de silêncio para gritar:

– Minutos depois de Anna confessar que te ama, você resolve comer um bando de piranhas de quinta categoria? Eu é que pergunto qual é a sua!

Senti quando as mãos de Evan nos meus braços foram substituídas pelas de Kellan, mas não me importei. A essa altura, Kellan teria que me amordaçar para me fazer calar a boca. Griffin se postou à minha frente, e o clima ficou pesado. Na mesma hora Evan e Matt puseram as mãos em cada um dos braços dele, dizendo a Griffin para segurar a onda. Inclinando-se para o meu rosto, Griffin gritou:

— Eu não fiz nada com nenhuma daquelas garotas, tá legal? Portanto, vai à merda!

Olhando com ódio para ele, disparei:

— Tá legal! Você espera mesmo que eu acredite nisso? Eu *vi* você!

Com o humor voltando a mudar, Griffin suspirou. Num tom ainda agitado, mas um pouco mais baixo do que antes, ele disse:

— Tudo bem, a gente chegou a começar. As duas já estavam prontas, com as calcinhas no chão, doidas pra montar em mim, mas eu só conseguia pensar em Anna. — Levantando as mãos, sua voz ganhou força e volume: — Não quis foder nenhuma das duas porque estou amando a sua irmã, porra! Tá satisfeita, sua escrota? Eu tô de quatro, porra... que nem esses frescos aí! — Indicou os companheiros de banda.

Meu queixo despencou. Não pude nem responder.

Mas alguém respondeu:

— Você está me amando?

Todas as cabeças se viraram para a porta aberta onde Anna se encostava. O clima voltou a mudar quando Griffin cravou os olhos nela. Matt e Evan o soltaram, e ele sussurrou:

— Estou. — Parecendo um pouco abatido, como se admitisse uma derrota, murmurou: — Estou te amando, e não quero mais ninguém. — Seu cenho se franziu, como se ele não entendesse por que o sexo sem compromisso tinha perdido o encanto de uma hora para outra.

Sorrindo, Anna avançou pelo corredor até ficar à sua frente.

— Eu também estou te amando, e não quero mais ninguém. — Segurando o rosto dele, acrescentou: — Você me basta.

Isso pareceu fazer sentido para Griffin, e ele finalmente sorriu como se estivesse feliz.

— Você também me basta.

Segurando a mão dele, Anna começou a voltar para o quarto.

— Ótimo, então vem me bastar agora, porque eu estou com um tesão louco.

Griffin se aproximou dela, pondo a mão no seu traseiro.

— Eu também — murmurou, antes que eles começassem a se beijar.

Com meu estômago embrulhado, mas agora por um motivo totalmente diferente, dei as costas para voltar ao quarto, mas Kellan ainda bloqueava o meu caminho. A despeito do momento romântico que tínhamos acabado de testemunhar, sua expressão era irritada.

— Ei, Griffin! — Olhei, e vi Griffin de má vontade descolar a boca dos lábios de Anna. O braço de Kellan envolveu minha cintura, e ele disse ao outro: — Nunca mais chame minha mulher de escrota.

Griffin sorriu para ele, e então se virou para Anna.

★ ★ ★

Kellan e eu voltamos para a cama depois do momento histórico do feliz casal. Mas nosso sono não durou. Kellan tinha que comparecer a uma série de entrevistas numa rádio, e Tory o relembrou disso batendo na nossa porta sem a menor cerimônia:

— Telefonemas em dez minutos, Kyle.

Sonolento e cansado, Kellan sentou na cama com a velocidade de um bicho preguiça. Coçando o peito, deu um beijo no meu rosto e esfregou o nariz no meu pescoço. Rindo, mergulhei os dedos nos seus cabelos. Estava irritada demais de madrugada para ter qualquer intimidade com ele, mas no momento me sentia tranquila e satisfeita, e seria um pecado desperdiçar aquela cama luxuosa. Dez minutos não era muito tempo, mas era mais do que o bastante para uma rapidinha.

Enquanto seus lábios avançavam para minha orelha, puxei seu corpo para cima do meu.

— 'dia — disse ele, a voz rouca e sensual.

Cruzando as pernas em volta das suas, pressionei os quadris nos dele, determinada a acordá-lo *totalmente* — o que não demorou muito a acontecer.

— Bom dia — sussurrei, fechando os olhos. Meu Deus, ele estava uma delícia.

Kellan não desperdiçou um segundo do seu precioso tempo e tirou minhas roupas, enquanto eu tirava as dele. Quando estávamos nus nos braços um do outro, pensei que ainda nos restavam nove minutos. O corpo de Kellan era quente e macio, e ainda assim duro como aço quando o apertei contra o meu. Curtindo nosso momento de liberdade na suíte privativa, nem tentei me controlar quando o corpo dele mergulhou dentro do meu. A novidade de estar totalmente a sós com ele me fez gozar em um minuto e meio. Quando Tory esmurrou a porta para lembrá-lo de que só faltavam cinco minutos, informando que lhe enviara um torpedo com o roteiro da entrevista, gemi, alcançando o segundo orgasmo. Quando ela voltou para informar que faltava um minuto, tive o terceiro, e Kellan finalmente se permitiu me acompanhar.

Estávamos ofegantes e exaustos quando ele se arrastou da cama, celular na mão, para ir dar a série de telefonemas agendados. Com um sorriso satisfeito, fiquei pensando se ele teria mais intervalos de dez minutos na sua agenda.

Decidindo ceder um pouco à preguiça, já que não era dia de viagem, telefonei para a recepção e pedi serviço de quarto. O empresário de Sienna havia reservado os hotéis para a turnê, e Sienna tinha gostos extravagantes — qualquer coisa abaixo de cinco estrelas não servia para ela. A maioria dos hotéis em que tínhamos nos hospedado lavava todas as nossas roupas se pedíssemos. Isso era ótimo para mim, já que lavar roupas não era mesmo a minha praia. Viajar com Sienna tinha suas vantagens; eu me sentia mimada.

Depois de jogar todas as nossas roupas num saco, incluindo as que usávamos aquela manhã, peguei dois roupões felpudos no banheiro. O longo roupão branco cheirava a lavanda e era mais macio do que qualquer outro que eu já tivesse usado. Eu me senti envolta em uma esponja de talco gigante. Por um momento, pensei em afaná-lo.

Kellan se encontrava sentado a uma mesa perto das portas que davam para a varanda. A vista do centro de Charlotte era impressionante, centenas de arranha-céus deslumbrantes erguendo-se em direção às nuvens. Mas não dei mais do que uma breve olhada, porque Kellan estava nu em pelo na poltrona, o que me distraiu totalmente. Atirei um roupão para ele. Era uma pena cobrir aquele corpo, mas ele poderia matar do coração alguma pobre camareira que entrasse e o visse daquele jeito. Kellan sorriu para mim, enquanto falava com o locutor. Não vestiu o roupão, mas colocou-o em cima do colo. Já era alguma coisa.

Quando eu pensava novamente em afanar os dois roupões, nossa comida chegou. Receber as refeições no quarto era o que eu mais amava nos hotéis. Não há nada como se recostar em travesseiros fofos e macios enquanto um prato quentinho de bacon, ovos, rolinhos de canela, suco de laranja e café são empurrados num carrinho até você. Eu adorava. Fazia com que me sentisse uma rainha. Na verdade, eu planejava encontrar uma maneira de continuar com o luxo quando a turnê acabasse. Talvez contratar uma das minhas amigas para nos levar café na cama todas as manhãs – ou, quem sabe, Rita. Tinha certeza de que ela não se importaria de dar um pulo lá em casa todos os dias em troca de uma chance de ver Kellan sem camisa. Hummm, pensando bem, talvez não.

Enquanto um empregado colocava o café da manhã de Kellan na mesa à sua frente, entreguei a uma camareira o saco de roupas que juntara. Era tão bom não ter que ficar procurando lavanderias em todas as cidades aonde íamos. A camareira de rosto jovem era muito profissional, mas seus olhos não paravam de espiar o corpo seminu de Kellan de tantos em tantos segundos. Quase parecia um tique nervoso.

Kellan interrompeu a conversa para agradecer aos dois, e então me deu um breve sorriso ao ver o que eu pedira para ele – uma omelete com queijo e champignons. Ignorando sua expressão sedutora, peguei a bolsa para gratificar os empregados.

O funcionário recebeu as notas, educado, e saiu tão silenciosamente quanto entrara. A camareira continuou onde estava. Imaginando se teria que empurrá-la para fora do quarto, dei uma olhada no seu crachá e disse:

— Obrigada, Leanne.

Ao ouvir seu nome, ela saiu do transe e tirou os olhos de Kellan. Com o rosto um pouco corado, sorriu e respondeu:

— Se precisar de mais alguma coisa, é só dizer. — E saiu, apressada. Pensei comigo mesma que a imagem de Kellan usando apenas um roupão felpudo por cima das partes íntimas levava qualquer mulher a perder a compostura.

Kellan e eu passamos o dia de bobeira no quarto, curtindo nossa paz e privacidade. Quando chegou a hora de irmos para o show, finalmente nos vestimos. Nossas roupas estavam limpas, secas e ainda meio quentes. Meio de má vontade, pus o robe na cama, vesti o sutiã e a calcinha KK recém-lavada que Anna descolara para mim. Notando o que eu usava, Kellan parou de puxar o zíper do jeans.

— O que é isso?

Dei um giro rápido para ele poder ver as palavras *Deus do Rock* no meu traseiro.

— Foi o que aquela fã de sorte me deu. Gostou?

Parecendo irritado, Kellan cruzou os braços.

— A calcinha tem minhas iniciais. É claro que gostei.

— Então por que está me olhando com essa cara zangada? — perguntei, sem compreender.

— Porque — disse ele, abrindo um sorriso endiabrado — você podia tê-la usado horas atrás, para eu poder arrancá-la com os dentes. — Quando meu pulso acelerou, Kellan suspirou e terminou de puxar o zíper. — Mas agora é tarde... você perdeu a oportunidade.

— Ainda vou estar com ela na volta — murmurei.

Kellan me ouviu, e seus olhos começaram a arder de desejo. Tive tanta dificuldade para tirar os olhos dele quanto a pobre Leanne tivera.

Quando entramos na caminhonete preta que a gravadora adorava alugar, olhei ao redor, à procura de minha irmã. Não tinha saído do meu quarto em nenhum momento, e estava curiosa para saber como iam as coisas entre ela e Griffin, agora que a relação dos dois finalmente se tornara exclusiva. Matt estava ao meu lado no carro, e esperávamos por Kellan. Ele fora abordado por duas fãs na frente do hotel, e estava dando autógrafos para elas. Como não podia deixar de ser, Sienna estava do seu lado.

— Você viu Anna? — perguntei a Matt.

Ele balançou a cabeça. Com um olhar preocupado, perguntou:

— E você, viu Griffin? — Quando fiz que não, ele suspirou. — Se ele faltar ao show, eu mato aquele cara.

— Ele vai estar lá — disse, dando um tapinha no seu ombro. — Pode ser um idiota, mas não é burro. — Matt me deu um sorriso bem-humorado, e eu ri do modo como o resumira. — Como vai Rachel? — perguntei a ele.

Abrindo um sorriso, Matt se inclinou para a frente e me contou tudo sobre ela. Geralmente era mais reservado quando falava, mas sua voz deixava transparecer o quanto sentia saudades dela, por isso entendi sua súbita extroversão. Fazia algum tempo que Matt e Evan não tinham chance de ver as amadas. Sabia como se sentiam, pois Kellan e eu tínhamos passado por isso na turnê anterior. Matt parecia sentir necessidade de conversar com alguém, por isso tratei de tirar o mundo da cabeça e lhe dei toda a minha atenção.

Chegamos ao estádio antes mesmo de eu me dar conta de termos saído do hotel. Os seguranças nos conduziram às pressas até os bastidores e nos empurraram para dois camarins, avisando que viriam nos buscar quando chegasse a hora do encontro com os fãs. Aproximando-me pelas costas de Kellan, passei os braços pela sua cintura e dei um beijo no seu ombro.

— Vou procurar Anna, para ter certeza de que ela está bem.

Kellan assentiu, abrindo um sorriso.

— Tenho certeza de que ela está ótima.

Revirei os olhos ante esse comentário, e então me virei para deixá-lo. Às minhas costas, ele disse:

— Te vejo mais tarde, KK.

Parei bruscamente, meu rosto pegando fogo. Será que ele estava mesmo se referindo à minha calcinha? Nós não éramos os únicos naquele camarim! O próprio Deacon estava me encarando, com uma expressão entre brincalhona e perplexa. Ah, que se danasse. Se Kellan estava mesmo falando da calcinha, pelo menos usara uma referência vaga. Para alguém que não estivesse por dentro, podia estar só dizendo minhas iniciais... que, só agora eu me dava conta, também eram as dele. Achando graça dessa súbita percepção, tornei a me virar para ele.

— Mal posso esperar, KK.

Os olhos de Kellan se arregalaram, e eu soube que compreendera o que eu quisera dizer com aquela sutil insinuação. Sentindo-me orgulhosa de mim mesma, saí em busca de minha irmã, o tipo que é difícil de perder de vista.

Por estranho que pareça, não consegui encontrá-la em parte alguma. E ninguém da equipe a vira também. Passando de uma pessoa à outra, perguntei a todo mundo que encontrei se vira uma mulher grávida. Ninguém tinha visto. Liguei e mandei torpedos para ela mais de dez vezes, mas não recebi qualquer resposta. Enquanto os minutos se esticavam cada vez mais, comecei a ficar morta de preocupação. Minha irmã não iria querer perder aquilo. Mesmo bocejando e cansada, nunca deixava de comparecer às passagens de som e encontros com os fãs.

Sob um frenesi, o Holeshot entrou no salão, seguido de perto pelos D-Bags. Griffin não estava entre eles. Matt parecia totalmente apavorado com a ausência do primo, e rosnava ao celular. Evan também parecia preocupado, seus olhos doces dando uma geral no aposento. Kellan estava com o cenho franzido. Quando seus olhos encontraram os meus, perguntou por mímica labial: *Anna?*

Balancei a cabeça. Ainda não a encontrara. E, pelo visto, ninguém encontrara Griffin também. Ah, meu Deus, será que acontecera alguma coisa? E se ela tivesse entrado em trabalho de parto pela manhã? Podia estar em algum hospital naquele exato momento, dando à luz, e eu não saberia. Mas ela não deixaria de me ligar. Por que não tinha ligado? Onde é que ela tinha se metido?

Tirando o celular da bolsa, saí do salão para poder ligar para hospitais.

Fãs passavam por mim em fila indiana, seu tempo com os astros tendo se esgotado. Ansiosa para encontrar Anna, dei as costas a eles. Quando finalmente voltei a guardar o celular na bolsa, já tinha ligado para todos os hospitais, casas de saúde e clínicas veterinárias cujos números conseguira. Quem sabe para onde Griffin seria capaz de levar minha irmã, se ela fosse ter o bebê! Torci para que não estivesse em trabalho de parto.

Apertando o estômago, pensei em dar o telefonema mais difícil de todos – para o nosso pai. Ele já tinha ficado tão preocupado com a minha segurança, que duvido que tivesse considerado a possibilidade de que algo pudesse acontecer com Anna. Duvido até mesmo que soubesse que ela estava na turnê comigo. Ele ficaria desesperado. Ligaria para a Guarda Nacional para ajudar a encontrá-la.

Mais uma vez tirando o celular da bolsa, sentei numa cadeira dobrável de metal e fiquei olhando para a tela. Papai ia me deserdar oficialmente por ter perdido Anna de vista.

Kellan se aproximou enquanto eu pensava no que dizer a papai. Agachando-se ao meu lado, olhou para mim.

– Nada ainda?

Balancei a cabeça, com lágrimas nos olhos.

– E se tiver acontecido alguma coisa com ela?

Ouvi bufos enojados e dei uma olhada em duas fãs que tinham ficado para trás, e agora nos encaravam. Kellan as viu também, e se levantou. Elas me fuzilavam com os olhos, sem se dar ao trabalho de disfarçar o ódio que sentiam. Quando os seguranças as obrigaram a ir embora, fiquei pensando por que seria. Será que os fãs de Kell-Sex eram tão ciosos do namoro de Kellan com Sienna a ponto de Kellan nem poder consolar uma amiga? Minha nossa. Eram mais possessivos até do que eu.

Procurando não pensar mais neles, olhei para Kellan.

– O que vamos fazer?

Passando a mão pelos cabelos, Kellan suspirou.

– Griffin não vai faltar ao show. Ele vai estar lá, e ele vai saber onde Anna está. Vamos esperar.

Estendeu a mão e me ajudou a levantar. Esfregando minhas costas, me levou até o camarim para que eu pudesse ter um pouco de privacidade.

Foi como se dias se passassem enquanto eu esperava notícias do paradeiro de minha irmã. Tentava ligar para seu celular uma vez atrás da outra, mas não atendia. Toda vez que perguntava a Kellan se devia ligar para meus pais, ele me dizia para esperar mais dez minutos. Mas eu começava a ficar cansada de esperar. E Matt também.

Andando pela sala, ele gritava no celular:

– Nós vamos entrar em vinte minutos, Griffin! Onde quer que você esteja, vem pra cá agora, cara!

Eu jamais vira Matt tão zangado. Era uma visão perturbadora. Seu rosto estava vermelho, o gênio tão espetado quanto seu cabelo. Imaginei que em parte sua fúria se devesse ao fato de estar preocupado com o primo. Mesmo que os dois vivessem brigando feito um casal de velhos, eles se amavam. Matt só podia estar tão preocupado quanto eu.

Antes que o amigo fizesse um buraco no tapete, Kellan calmamente lhe disse:

– Relaxa, ele vai voltar.

Matt apertou o celular com mais força, obviamente culpando o objeto inanimado pelo desaparecimento de Griffin.

– E se não voltar, Kellan? A gente cancela o show, ou se apresenta sem baixista?

Coçando os cabelos supercurtos, Evan apontou para o palco, onde o Holeshot encerrava o seu show.

– David disse que tocaria com a gente, se o Griffin não aparecesse.

Matt levantou a cabeça bruscamente para ele:

– Ele conhece alguma das nossas músicas?

Evan deu de ombros.

– Ele disse que enrolaria.

Matt levantou as mãos.

– "Enrolaria"? Que maravilha! – Abrindo o punho, Matt descontou sua raiva na tela do celular, enquanto digitava o número de Griffin. Tive certeza de que estava danificando o sensível aparelho e já ia me oferecer para fazer a ligação para ele, quando Griffin finalmente entrou no camarim. Ao ver o primo, Matt perdeu a cabeça e atirou o celular em cima dele, por pouco não acertando seu rosto.

– Onde é que você estava, porra?!

Griffin conseguiu se esquivar e apanhar o celular de Matt ao mesmo tempo. Brincando com o aparelho por um segundo, exclamou:

– Que é isso, Matt! Você quase acertou a minha cara!

Anna entrou logo depois de Griffin. Havia uma aura nela que eu nunca tinha visto. Se não tivesse juízo, diria que minha nômade irmã estava totalmente em paz. Vê-la sã e salva fez com *eu* me sentisse totalmente em paz. Guardando o celular no bolso, corri para abraçar seu corpo ainda grávido.

– Eu estava morta de preocupação! Onde é que você estava?

Afastando-se de mim, Anna mordeu o lindo lábio rechonchudo.

– Olha só, não fica zangada, mas eu... tipo assim...

Olhou para Griffin, que sorriu para ela. Foi quando notei os dedos de Griffin em volta do celular de Matt. Um deles estava adornado por uma aliança de ouro cintilante. Na mesma hora segurei as mãos de minha irmã. Não deu outra: ela também tinha uma aliança nova em folha.

— Ah, meu Deus! Você se casou?

Anna começou a rir, enquanto Griffin passava o braço pelos seus ombros.

— Nós casamos! — Soltando um gritinho, levantou a mão para mostrar a aliança aos presentes.

Todos ficaram chocados demais para fazer qualquer comentário. Menos eu. Estava chocada demais para dizer qualquer coisa além de *Você se casou?*.

Não recebendo a reação que queria, Anna fez um beicinho.

— Casei.

— Com *ele*? — Apontei para o seu marido.

— É. — Anna pôs as mãos nos quadris, o beicinho agora rígido e zangado.

Enquanto eu me esforçava para não sacudi-la e gritar *Por que fez isso?*, Kellan se aproximou e lhe deu um abraço.

— Parabéns, Anna.

O gelo de Anna se derreteu em risos de alegria.

— Obrigada!

Balançando a cabeça, Kellan deu um tapinha no ombro de Griffin.

— Para você também.

— Valeu. — Griffin empinou o queixo, o orgulho estampado no rosto. Inclinando-se para Kellan, acrescentou: — A despedida de solteiro vai ser na próxima cidade.

Finalmente se recuperando, Matt e Evan ofereceram seus parabéns. Em seguida, Matt segurou o braço de Griffin:

— Temos que ir.

Todos os D-Bags saíram do camarim. Quando a batida difusa do rock era o único som que se ouvia ao fundo, tornei a perguntar à minha irmã:

— Você se casou... com *Griffin*? — Ela deu um tapa tão forte no meu braço que a dor chegou até os dentes.

Enquanto me contava tudo sobre o dia passado no cartório, tentando se casar em uma tarde, refleti sobre o fato de que agora Griffin era oficialmente meu cunhado. Comemorações, aniversários, reuniões de família... ele estaria presente em todas as ocasiões, desbocado feito ele só. E, oh Deus, se Kellan e eu tivéssemos filhos, ele seria tio deles. *Tio Griffin*. Só pensar nisso bastou para me dar um frio na espinha.

Fiquei assistindo ao show, aturdida. Minha irmã tinha *se casado* com Griffin. Por impulso. Porque ele dissera que a amava. E, o que era ainda mais chocante, Griffin, o maior mulherengo que eu já conhecera, tinha *se casado* com a minha irmã. Nunca achei que veria esse dia chegar. Era como se o mundo tivesse parado e começado a girar na direção contrária. Como Anna conseguira chegar ao altar antes de mim? Nossos pais iriam ficar umas feras. Ou talvez não. Coisas assim tendiam a acontecer com Anna, e com os anos, os dois tinham aprendido a aceitar o que viesse.

Precisando compartilhar minha total incredulidade com alguém, mandei um torpedo para Denny. *Adivinha quem resolveu jogar a lógica pela janela hoje à tarde e se tornou oficialmente a Sra. Griffin Sou-Um-Deus Hancock.*

A resposta de Denny não demorou. *Anna se casou com Griffin? É mesmo? Nossa. Seu pai vai ficar uma fera.* Ri da reação de Denny. Nós éramos mesmo muito parecidos.

Capítulo 21
HORA DE COMEMORAR

Alguns dias depois do casamento improvisado de minha irmã, a turnê chegou a Washington, D.C. Kellan e eu tínhamos passado boa parte da manhã explorando a cidade com o pessoal, e agora descansávamos um pouco antes do show daquela noite. Eu mal podia acreditar na quantidade de tesouros do nosso patrimônio que se concentram na capital do país. Para onde quer que olhássemos, havia algum artefato ou monumento histórico fantástico que eu não podia deixar de ver. Era um verdadeiro programa educativo. Kellan e eu voltaríamos sem falta a Washington, assim que tivéssemos mais tempo para explorá-la.

Enquanto ele escrevia a letra de uma música num dos seus diários, digitei a palavra *Fim* na minha história, salvei o documento e então entrelacei nossos dedos sobre a mesa. Senti uma enorme sensação de alívio e completude ao me recostar na cadeira. Era maravilhoso tirar tudo aquilo da cabeça, finalmente acabar de contar minha história. Kellan levantou a cabeça ao notar minha expressão.

– Acabou? Vou finalmente poder ler?

Hesitei, e então virei o notebook para ele. Havia partes do texto de que ele não ia gostar. Muitas, na verdade. Mas ele queria lê-las, e eu lhe dera minha palavra de que o deixaria ler. Seus olhos continuaram fixos nos meus, e ele pôs a caneta e o diário de lado, endireitando-se devagar. Tinha consciência do nível de confiança que eu demonstrava ao permitir que lesse meus pensamentos mais íntimos.

Quando seus olhos desceram até a tela do notebook, uma sensação horrível se espalhou pelas minhas entranhas – um ataque de nervos misturado com uma dose cavalar de medo. De repente, quis estar em qualquer lugar, menos naquele ônibus. Preferia estar numa conferência de imprensa admitindo para o mundo que era namorada de Kellan a continuar sentada diante dele enquanto lia meu intenso romance.

Quando ele foi para o começo da história, eu me levantei. Ele me deu uma olhada, e eu sacudi os dedos para que parassem de tremer.

— Não vou aguentar ficar sentada aqui de braços cruzados enquanto você lê. — Olhei para o ônibus vazio, sem saber para onde ir. Ninguém tinha voltado. Alguns estavam no hotel, outros ainda exploravam a cidade. Minha irmã fora fazer compras com Griffin. Estava começando a transformar a traseira do ônibus num quarto de bebê, o que fez com que eu me perguntasse se ia *mesmo* continuar na turnê até dar à luz.

Kellan começou a fechar o notebook.

— Se isso te incomoda, eu não leio.

Neguei com a cabeça, passando os dedos pelos cabelos.

— Não, eu quero que você leia. Só que... não vou aguentar te ver fazer isso.

Quando ele reabriu o notebook, eu me dirigi para os cubículos. Podia pegar seu Discman e ficar ouvindo alguns clássicos por um tempo. Havia algumas fãs paradas à margem do estacionamento. Com o canto do olho, vi quando começaram a ficar agitadas. Celulares filmavam, bocas gritavam. Pareciam um bando de hienas pulando e rindo. Não entendia por que tinham ficado tão alvoroçadas assim, sem mais nem menos; estava tudo tão quieto até aquele momento.

Ouvimos uma batidinha de leve na porta do ônibus, e nos viramos para olhar. Quem diabos estaria batendo? Seguranças? Alguém da equipe? Tinha certeza de que todos os D-Bags ainda estavam na rua. Além disso, nenhum deles teria batido, apenas entraria direto quando voltasse. Quer dizer, com exceção de Griffin, que ainda se esforçava para bater sempre que Kellan e eu estávamos a sós. Não sabia se era por respeito ou burrice. Por mim tanto fazia, desde que ele não nos flagrasse de novo.

Continuei no meio do ônibus, enquanto Kellan se dirigia para a porta. Dei uma espiada pela janela para ver melhor, e revirei os olhos. *Sienna.* É claro, só podia ser. Quem mais deixaria as fãs de Kell-Sex naquele frenesi? Dei um passo à frente quando Kellan abriu a porta.

— Sienna? O que está fazendo aqui? — Ela não costumava nos incomodar no ônibus.

Sienna abriu um sorriso apaixonado para Kellan.

— Posso entrar?

Kellan se afastou, estendendo o braço para indicar que podia. Quando Sienna passou por ele, parou.

— Obrigada — murmurou, batendo os cílios.

Kellan manteve a expressão neutra enquanto fechava a porta diante da multidão de olhares indiscretos. As fãs ficaram gritando comentários e perguntas o tempo inteiro, até a porta finalmente abafar o som de suas vozes. *Há quanto tempo vocês estão juntos? Vão se casar? Nós amamos vocês! Kell-Sex para sempre!* Ouvindo isso, não pude deixar de revirar os olhos. Como um relacionamento imaginário podia se tornar o centro da vida de alguém era algo que desafiava a minha compreensão.

Quando Sienna entrou na área de estar do ônibus, abriu um sorriso radiante para mim, como se nada daquilo tivesse acabado de acontecer.

– Kiera! Que prazer ver você.

– O prazer é meu – murmurei, sem a menor sinceridade.

Chegando atrás dela, Kellan perguntou:

– O que é? – Pronunciou as palavras lentamente, como se tivesse certeza de que ela tinha algum motivo oculto para estar ali. Eu tinha a mesma certeza, mas com todas aquelas fotos que haviam sido feitas, acho que ela já o realizara.

Sienna se virou para ele, com um sorriso tímido.

– Será que não se pode mais fazer uma visitinha aos amigos? Estou habituada a ter pessoas ao meu redor, mas nesta turnê somos só eu e meus seguranças no ônibus. Bate um pouco de solidão, às vezes. – Pensando em algo, seu rosto se animou. – Gostariam de viajar no meu ônibus na próxima parte da turnê?

Kellan abriu a boca, mas fui mais rápida:

– Não, obrigada, estamos bem aqui. – Os tabloides declarariam Sienna grávida na próxima parada, se ela e Kellan viajassem no mesmo ônibus.

Sienna fez beicinho, como se tivesse ficado triste.

– Bem, a oferta continua de pé, se mudarem de ideia. – Seus olhos escuros observaram nosso segundo lar sobre rodas. – Meu ônibus é muito melhor do que este.

Passando por Sienna, Kellan tirou meu notebook da mesa, e então se virou para ela.

– Para ser franco, eu ia descansar um pouco antes do show. Espero que não se importe. – Sienna deu de ombros, balançando a cabeça. Kellan se virou para mim. – Tudo bem? – Indicou Sienna discretamente, e entendi o que queria dizer: *Se importa de ficar a sós com ela?*

Assenti. Sentindo o sobe e desce no estômago voltar, bati com o dedo no notebook.

– Estou com medo de que você leia isso.

Kellan deu um beijo no meu rosto, e então sussurrou no meu ouvido:

– Não vai mudar o que sinto por você. – Seu hálito na minha pele deixou meu pescoço todo arrepiado.

Quando Kellan se afastou em direção à traseira do ônibus, voltei a encarar Sienna. Ela o observava se afastar com um sorrisinho.

– Meio estranho, não é? – perguntei.

Ela afastou os olhos do traseiro de Kellan para me olhar.

– O que, meu amor?

Dei um sorriso tão sincero quanto pude, mas ainda me pareceu falso.

– Todos aqueles fotógrafos esperando na boate quando chegamos.

Seus lábios pintados à perfeição se curvaram num sorriso.

— Nem um pouco. Meu paradeiro vaza diariamente. Não posso nem ir ao banheiro sem uma testemunha. — Fez um gesto indicando o ônibus vazio. — Sinto um pouco de inveja ao ver com que facilidade vocês circulam por todos os lugares. Sua irmã está fazendo compras num shopping neste exato momento, não está? — Assenti, e Sienna suspirou. — Já eu não posso pisar num shopping sem ser assediada.

Refletindo sobre como sua vida devia ser e como a de Kellan estava rapidamente se tornando, respondi:

— Você poderia abrir mão de tudo e ir morar em algum lugar afastado.

Sienna riu, enrolando uma mecha de cabelos no dedo.

— Abrir mão da minha carreira? Claro que poderia, mas qual é o sentido da vida quando você não faz o que te deixa feliz? E, embora tenha suas desvantagens, as vantagens são muito maiores. Neste momento, estou no topo do mundo, e não trocaria isso por nada. Gosto de onde estou.

Seus olhos voltaram para onde Kellan se escondia, e pensei que havia *uma* coisa que Sienna mudaria, se pudesse — Kellan estaria sentado ao seu lado no trono enquanto ela governava o mundo.

A visita de Sienna durou por volta de uma hora. De vez em quando ela dava uma olhada nos cubículos, mas Kellan em nenhum momento reapareceu. Talvez entediada, talvez decepcionada, Sienna franziu o cenho e disse "Vejo vocês no show" num tom alto o bastante para Kellan ouvir. Mas, se ouviu, não respondeu. Abrindo um sorriso impecável, ela saiu em passos orgulhosos do ônibus.

Após sua saída, a curiosidade falou mais alto e fui dar uma olhada em Kellan. Ele tinha puxado a cortina da área de dormir depois que entrara. Hesitante, eu a afastei e enfiei a cabeça. A luz do cubículo estava acesa, e a cortina de privacidade aberta. Kellan estava recostado de lado, com os olhos no notebook. Sua expressão era intensa, absorta.

Caminhando em silêncio até ele, murmurei:

— Sienna já foi.

Ele se assustou, olhando para mim.

— Que susto! Não te ouvi chegar.

Sorri ao ouvir o comentário e sentei na beira do cubículo. Mordendo o lábio, apontei para o notebook.

— Está com ódio de mim? — sussurrei.

Kellan me olhou por um longo momento, em silêncio. Seu rosto ainda não exibia qualquer expressão. Salvo pelo breve momento de surpresa, não fazia ideia do que estivesse pensando. Será que já lera sobre meus sentimentos por Denny? Meu Deus, será que lera nossas cenas de sexo? Não devia tê-lo deixado ler o livro inteiro; devia tê-lo editado. Como será que ele estava se sentindo? Não saber nada do que se passava pela sua cabeça estava me matando, mas esperei até que se sentisse pronto para falar. Quando ele suspirou e fechou a tela do computador, eu me preparei para o pior.

Saindo do cubículo em que dormíamos, ele sentou ao meu lado na beira do colchão. Recostamos a cabeça no cubículo acima. Com o rosto se enchendo de tristeza, ele finalmente sussurrou:

— Me perdoe... por todo o sofrimento que te fiz passar.

Meus olhos ficaram úmidos.

— Por todo o sofrimento que *você* me fez passar? Fui eu que cortei seu coração e o devolvi em pedaços.

Kellan sorriu.

— Ainda não cheguei a esse ponto da história. Ainda estou na parte em que me comporto feito um babaca.

Sorrindo, empurrei seu ombro com o meu.

— Até que eu gosto quando você se comporta feito um babaca.

Kellan sorriu, olhos fixos no chão.

— Vou procurar me lembrar disso. — Olhou novamente para mim. — Mas, falando sério... Me perdoe. Devia ter sido honesto com você. Queria te dizer como me sentia... mas... não conseguia. Era muito difícil.

Engolindo em seco, assenti.

— Eu sei. Mas você não tem que se desculpar. O que fiz com você foi muito pior. "Perdão" não é uma palavra grande bastante para cobrir o que fiz. — Kellan não discutiu, limitando-se a me dar um sorriso triste e secar uma lágrima do meu rosto. Precisando dizer aquilo logo, enquanto revivíamos nosso remorso intensamente, acrescentei: — Me desculpe pelas cenas com Denny. Não devia ter te deixado lê-las.

Sabendo a que cenas eu me referia, Kellan pôs um dedo nos meus lábios:

— Não se desculpe. Eu entendo. Sabia que entrar na história de nós dois também significaria entrar na história de vocês dois. E era assim que tinha que ser. Ele foi uma grande parte da sua vida, e eu aceito a história de vocês. Fez com que você se tornasse a pessoa que é. E por acaso eu amo essa pessoa. — Olhei boquiaberta para ele, assombrada com a profundidade de sua compreensão. Ele riu um pouco. — Mas não consegui ler aquelas cenas. Eu... hum... pulei algumas partes. Espero que não se importe.

Balancei a cabeça e o abracei. Não, é claro que não me importava. Segurando sua camisa, enterrei a cabeça no seu pescoço. Apertando-o com força, derramei algumas lágrimas finais de culpa e remorso. Quando o sentimento passou, beijei seu pescoço.

— Eu te amo, sabia?

Apertando-me contra o corpo e esfregando minhas costas, Kellan murmurou:

— O que eu sei é que você ama o meu cabelo. — Eu me afastei para olhar seu rosto brincalhão; ele mal continha um sorriso. — Quer dizer, você ama *mesmo* o meu cabelo...

quase obsessivamente. Não fazia ideia. – Seu sorriso se tornou radiante como o de um menino. – E meus abdominais. – Arqueou uma sobrancelha para mim. – Gostaria de tentar contorná-los com um pilô? Eu deixo. Só que com tinta comestível seria muito mais divertido.

Empurrando seu peito, levantei. Babaca. Rindo, ele segurou meus quadris e me puxou para o colo. Rindo, voltei para os seus braços. Emaranhando os dedos nos seus cabelos maravilhosos, respondi, com voz sensual:

– Eu contorno os seus músculos se você contornar os meus.

Kellan me virou até eu sentar com as pernas abertas entre as suas. Seus olhos brilhavam de excitação quando levou os lábios aos meus.

– Negócio fechado – murmurou, antes de nossas bocas se encontrarem. Então seus dedos entraram na minha blusa, como se ele fosse dar início ao projeto de arte naquele exato momento.

Seus dedos passearam por minha pele, não só acariciando como fazendo cócegas. Eu ria entre nossos beijos brincalhões, desejando que pudéssemos sair de fininho do ônibus e escapar para algum quarto de hotel.

– Acho que já vi essa cena em algum lugar – disse uma voz atrás de mim.

Eu me afastei dos lábios de Kellan e dei uma olhada na cortina do ônibus, agora aberta. Ser flagrada já não me assustava mais tanto quanto antes, mas ainda não era algo que me agradasse. Quando vi quem estava lá, levei um choque.

– Jenny?

Minha amiga lourinha riu, flexionando os dedos dos pés:

– Surpresa!

Dei um gritinho no ouvido de Kellan e levantei do seu colo. Corri até Jenny e a abracei com força, lágrimas brotando nos olhos. Só fazia dois meses, mas parecia uma eternidade desde que a vira pela última vez. Depois de nosso reencontro eufórico, notei quem estava atrás dela.

– Kate? Rachel? Cheyenne? – Ver todas as minhas amigas mais queridas de Seattle em Washington D.C. era para lá de estranho, ainda mais do que o carnaval em torno de Kellan e Sienna. Jenny riu da minha expressão, enquanto meus olhos se alternavam entre minhas amigas e Kellan. Ele exibia um sorrisinho cúmplice, por isso imaginei que estivesse conivente com elas. – O que está acontecendo?

Griffin tinha voltado da rua. Anna estava ao lado de Cheyenne, com uma expressão alegre. Carregado de compras, Griffin despencou dramaticamente numa poltrona; um mar de sacolas coloridas desabou ao seu redor, duas azuis, um pouco menores, caindo no chão.

Dando o braço a Rachel, Anna me entregou a única sacola que carregava – de plástico preto. Um pouco nervosa, tirei-a da sua mão, e dei uma olhada dentro. Havia um mundo de coisas no interior, mas um pênis gigante bem debaixo do meu nariz foi a que mais me chamou a atenção. Fechando a sacola, meus olhos pularam para Kellan.

— OK, falando sério, que é que está acontecendo?

Kellan riu, levantando-se, e passou o braço pelos meus ombros.

— Vamos nos casar oficialmente no mês que vem, e Anna e Griffin acabaram de juntar os trapinhos, por isso... — apontou para Anna e para si mesmo — ... a gente decidiu dar uma festinha.

Anna segurou a barriga, flexionando os dedos dos pés.

— Uma despedida de solteira em dose dupla, Kiera!

Olhei para minhas amigas, chocada. Seria possível que tivessem se despencado do outro lado do país assim, em cima da hora, para comemorar meu casamento e o de Anna? E, acho que no caso de Jenny e de Rachel, para visitarem os namorados também.

Depois de abraçar cada uma delas, olhei para Kellan.

— Você bolou tudo isso?

Ele sorriu, dando de ombros.

— Nossa vida é muito louca. Quando momentos a serem lembrados acontecem, temos que parar por um segundo para apreciá-los. Senão, nada disso — indicou o ônibus — valeria a pena. E me casar com você certamente é um momento a ser lembrado.

Ouvi um suspiro sonhador escapar dos lábios de Kate, enquanto meus olhos ficavam úmidos. Griffin invadiu meu momento romântico fazendo aquilo em que era especialista: abrir a boca.

— E enquanto vocês, tchutchucas, estiverem babando o ovo de um monte de caras, nós vamos estar nadando num mar de gatas peladas.

Anna deu uma cotovelada no seu estômago, mas rindo. Olhei para Kellan, que balançou a cabeça:

— Nós só vamos a um bar depois do show.

— Eu disse que queria uma boate de *strip tease*. — Griffin fechou a cara.

— E eu disse que queria um bar — rebateu Kellan, com um olhar inexpressivo. — Se quer fazer despedidas de solteiro separadas, fica à vontade, vai a uma boate de *strip tease*. Mas eu não estou nem um pouco a fim de comemorar meu casamento com bebidas caras e piranhas.

Griffin revirou os olhos, estalando a língua. Kellan apenas sorriu para ele. Olhei para Anna.

— E o que exatamente vamos fazer hoje à noite?

Ela abriu um largo sorriso:

— Ah, não se preocupe com os detalhes. Já tomei todas as providências.

Horas depois, eu me olhava no espelho, imaginando se devia dar um beijo ou um tapa na minha irmã. Seu plano de comemorar nossos casamentos consistira em fazer com que nós seis exibíssemos produções idênticas, num estilo que misturava a estética do videoclipe de Robert Palmer com a do Show dos Muppets. Usávamos vestidos supercurtos, colados no corpo, de mangas compridas. Jenny e Anna tinham maquiado todo mundo – batom vermelho e olhos esfumados –, e Cheyenne e Kate prenderam nossos cabelos em longos rabos de cavalos. Achei que a ideia fora nos deixar parecidas com as modelos do vídeo *Addicted to Love*, mas devia ter imaginado que isso não seria escandaloso o bastante para minha irmã. Quando já estávamos todas devidamente "uniformizadas", ela se saiu com o toque final – um sortimento de perucas em cores cítricas.

Enquanto eu passava os dedos pelo cabelo rosa-choque do meu reflexo, Anna apareceu ao meu lado. Rindo da própria cabeleira azul-turquesa, exclamou:

– Cara, a gente está um arraso!

Dando as costas ao espelho, examinei sua produção. Mesmo exibindo um barrigão com espaço bastante para duas crianças, ela estava fantástica. Não tive a menor dúvida de que levaria várias cantadas.

– Estou me sentindo ridícula, Anna.

Com um bufo de desdém, Anna alisou meu corte Chanel rosa-choque.

– Você está poderosa.

– Eu tenho mesmo que usar isso? – Apontei para o ônibus, onde Kellan e os outros D-Bags esperavam para nos ver antes de seguirem para o show. – Kellan teve o direito de dar palpite na festa dele. Por que não tenho o direito de dar palpite na minha?

Sorrindo, Anna fez que não, um fio azul-turquesa vibrante se colando no seu lábio.

– Não. – Quando fiz uma careta, ela me virou novamente para o espelho do banheiro. – Hoje, você não é Kiera. – Inclinou-se até nossos rostos ficarem lado a lado e, pela primeira vez, notei uma coisa que nunca tinha notado: minha irmã e eu éramos muito parecidas. – Hoje, você é Kiki, a Deusa do Sexo!

Dei um gemido, mas logo caí na risada. Claro, por que não? Eu precisava mesmo dar um tempinho na minha vida.

– Tudo bem, Anna, você venceu.

– E quando é que eu não venço, Kiera? Quer dizer, Kiki! – Deu um tapa no meu traseiro e se afastou.

Enquanto eu me sentia como se estivéssemos prontas para encenar uma versão na vida real de *Fraggle Rock, A Rocha Encantada*, as meninas e eu entramos na área principal do ônibus. Griffin soltou um assovio de rachar os tímpanos. O rosto de Matt ficou vermelho, e um largo sorriso se abriu no de Evan. Quanto a Kellan... bem, digamos apenas que fui examinada da cabeça aos pés, e ele pareceu gostar do que viu.

Com sua peruca verde-limão, Jenny se jogou nos braços de Evan, sapecando uma beijoca nele que deixou uma marca vermelha de batom na sua bochecha. Rachel, usando uma peruca amarelo-canário, cobriu o rosto, rindo sem parar quando Matt a abraçou;

pelo menos uma delas estava tão constrangida quanto eu. Kate alisava a peruca roxo-uva com um sorriso radiante, e Cheyenne, com uma peruca vermelho-flamejante que lembrava os cabelos de Meadow, fez uma festinha no meu ombro, enquanto Kellan se levantava para falar comigo.

Curvando os lábios num meio sorriso sedutor, ele disse, com voz arrastada:

— Não vou conseguir me concentrar no palco direito com essa imagem de você na cabeça. — Seu sorriso aumentando, acrescentou: — Você está incrivelmente sexy.

Resistindo ao impulso de recusar o elogio, apenas respondi:

— Obrigada.

Kellan pareceu orgulhoso do nível de autoconfiança que eu demonstrava. Enquanto minhas amigas se despediam e pegavam suas coisas, ele se inclinou para mim e murmurou no meu ouvido:

— Você vai ficar com a peruca, não vai?

Com os dedos deslizando por uma mecha rosa-choque, chupou o lábio inferior. Calor, fogo e paixão ardiam em seus olhos, e de repente eu não queria mais ir para qualquer lugar além de um quarto de hotel com ele. Meus lábios voltando ao seu ouvido, sussurrei:

— É a única coisa que vou estar usando quando você voltar.

Kellan soltou um gemido abafado, e passou os braços pela minha cintura. Por sobre o ombro, disse aos outros D-Bags:

— Mudança de planos, vamos cancelar o show e ficar por aqui.

Matt ficou sério por um segundo, e então olhou para Rachel, que pegava sua bolsa, e sorriu. Evan concordou, entusiasmado, e puxou Jenny de volta para o colo. Griffin exclamou: *Yesss!*, e deu um beliscão no traseiro de Anna.

— Valeu a tentativa, mas você sabe que não pode fazer isso — falei para Kellan, sorrindo.

Ele soltou um suspiro melancólico.

— Sei, mas foi um pensamento agradável.

Dei um beijinho rápido nele, e então fui me reunir às meninas. Anna estava tirando das sacolas os acessórios da nossa produção, e contive um gemido. Era aquela parafernália fálica que eu tinha visto antes. Ela deu a cada uma de nós um colar obsceno, um canudinho, um pirulito e um boá combinando com a cor das perucas. Os boás exibiam pequenos pênis metálicos entremeados às plumas. Estávamos vestidas como ninfomaníacas taradas. Meu rosto devia estar da cor da peruca de Cheyenne.

Enquanto nos reuníamos na frente do ônibus, vi uma limusine de tamanho modesto estacionar à margem do estacionamento. Kellan e os amigos passaram por nós.

— Estamos de saída — disse, beijando meu rosto. Vendo que eu observava o luxuoso carro, acrescentou: — Aluguei uma limusine para você passar a noite, por isso procura relaxar. Se divertir. Você merece.

Piscou para mim e sorri, grata por sua consideração.

— Obrigada. Espero que você e o pessoal também se divirtam. — Quando ele se afastou, segurei seu braço: — Olha só, se você estiver a fim de ir a uma boate de *strip tease*, eu não me importo. Confio em você. — Engoli em seco, não muito satisfeita com a ideia, mas segura o bastante por saber que Kellan não faria nada por minhas costas que não fizesse ao meu lado.

— Fico feliz de ouvir isso — respondeu, sorrindo. — Mas não preciso de uma boate. — Deu de ombros. — Nunca achei muita graça nelas, mesmo. — Sorri para ele, irônica. Provavelmente, era verdade. Kellan não precisava pagar para ter lindas mulheres nuas ao seu redor. Se quisesse, poderia consegui-las em um segundo, apenas dando uma festa em casa.

Houve uma irrupção de gritos e flashes de câmeras quando Kellan saiu do ônibus, o que significava que algumas fãs deviam ter ficado à sua espera. Bem, estavam com sorte. Não apenas veriam os rock stars de perto, como dariam uma boa olhada em um grupo de mulheres vestidas de um jeito pra lá de bizarro. Droga de irmã porra louca.

As meninas e eu esperamos mais alguns minutos, e então saímos correndo para a limusine. Fiquei no meio do grupo, de cabeça baixa, as mechas rosa-choque escondendo meu rosto. O motorista abriu a porta para nós quando nos aproximamos. Anna trocou algumas palavras com ele antes de se juntar a Jenny, Rachel, Kate, Cheyenne e eu no espaçoso veículo. Lembrando os paparazzi na frente daquela boate, Poison, dei uma olhada para ver se alguém nos seguia. Se fosse eu, teria ficado curiosa ao ver um grupo de mulheres vestidas como prostitutas multicoloridas saindo do ônibus de uma banda de rock direto para uma limusine.

— Relaxa, Kiki, você está livre — disse Anna, me dando uma cotovelada nas costelas. Rindo da minha paranoia, eu me virei para frente.

— Estou, sim. Vamos nos divertir um pouco.

As meninas riram comigo, enquanto o motorista nos olhava como se achasse graça, mas não entendesse nada. Seguindo as instruções de minha irmã, levou-nos a um restaurante. Embora eu me sentisse como uma idiota quando nosso grupo saiu da limusine e entrou no Red Robin — minha irmã estava com desejo de comer batatas fritas aceboladas —, fiquei grata por ver que iríamos forrar o estômago primeiro. Estava morta de fome.

O engraçado foi que, no ambiente caótico do restaurante, não destoamos nem um pouco, como peças vivas de uma obra de arte. Procurando ignorar a sensação de que todos me olhavam, segui minha irmã pela escada em direção ao bar. Entramos num reservado, Jenny, Kate e Rachel sentando de um lado, Cheyenne, Anna e eu do outro. O jovem garçom que chegou segundos depois não escondeu o espanto com nossos trajes.

— Oi, sou Gabe. Vou servir vocês. — Apontando a caneta para nossos boás cheios de pênis, deu um sorrisinho. — Despedida de solteira?

Tirando o boá, coloquei-o na cadeira ao lado. Exibir formatos fálicos num restaurante com ambiente familiar não era a melhor ideia do mundo — podia haver crianças presentes. Durante o trajeto até lá, eu fizera minha irmã guardar o colar de pênis na bolsa e prometer que não usaria o canudinho, nem chuparia o pirulito ali. De má vontade, ela concordara.

Passando o braço pelos meus ombros, Anna abriu um sorriso para Gabe.

— É isso aí. Minha querida Kiki vai juntar os trapinhos com o namorado, por isso a gente precisa dar um porre nela!

Gabe fixou os olhos azuis em mim:

— Parabéns.

Para minha surpresa, seu olhar passeou pelo meu rosto. Caramba, será que ele estava me secando?

— Obrigada — murmurei. — Estamos comemorando o casamento dela também. — Olhei para Anna. — Ainda não consigo acreditar que você se casou com o Griffin.

Anna revirou os olhos.

— Esquece isso. Você é pior do que papai. — Tive que rir desse comentário. Era muito pouco provável que papai já estivesse sabendo do novo estado civil de Anna. Duvidava até mesmo que ela tivesse contado a ele que tinha saído de Seattle.

O sorriso de Gabe se alargou.

— Irmãs? — Inclinando-se em nossa direção, sorriu para cada uma, e então se fixou exclusivamente em mim. — Eu sei do que você precisa. Se importa se eu escolher seu drinque? — Piscou para mim, se endireitando, e tive um branco total. Será que ele estava mesmo me paquerando?

— Hum, não, manda ver. — Sem saber o que mais fazer, sorri, educada.

Inclinando-se por cima de mim, Anna respondeu:

— Já faz um tempo que não sou mais uma, mas eu quero o meu virgem, OK? — Esfregou a barriga volumosa, e Gabe olhou para ela e assentiu, seus olhos logo voltando para mim.

— Não saiam daí, senhoras. Já volto.

Quando se afastou, todas as meninas olharam para mim ao mesmo tempo.

— O cara estava te secando! — exclamou Jenny.

Afundei na cadeira, brincando com as mechas rosa-choque.

— Não estava, não. — Caí na risada. *Estava, sim.* Bem, infelizmente para Gabe, eu não era solteira. Não, estava prestes a me casar formalmente com o meu namorado rock star, cuja beleza deslumbrante era insignificante em comparação com a beleza de sua alma. Ele era tão perfeito quanto um ser humano podia ser, e era meu. Eu era muito abençoada.

Gabe voltou alguns minutos depois com copos imensos, em feitios doidos, cheios de um coquetel forte, com gosto de frutas; estremeci depois do primeiro gole. Gabe piscou para mim de novo:
— Isso deve te deixar bem calibrada pra dar a partida na night.

Agradeci a ele, e então pedi uma porção de palitinhos de frango. Precisaria de uma boa base no estômago, se aquele coquetel era uma indicação de como a noite evoluiria. Gabe ficou me paquerando escandalosamente durante o resto do nosso jantar. Nem preciso dizer que tive o serviço mais atencioso da minha vida. As meninas ficaram encarnando em mim sem dó nem piedade. Gabe era bonito e fiquei lisonjeada, mas Kellan tinha o meu coração e eu não estava interessada. Quando nós terminamos e Gabe me entregou a conta, vi que tinha anotado seu telefone. Meus olhos se arregalaram quando olhei para ele, que apenas deu de ombros:
— Para o caso de não dar certo.

Fiquei tão surpresa com seu gesto que só consegui dizer:
— Obrigada. — Procurando me recompor, acrescentei: — Mas acho que vai dar certo.

Gabe pareceu decepcionado quando me levantei para ir embora. Eu estava tão habituada a ver as fãs de Kellan fazerem aquela expressão quando ele ia embora, que achei bizarro ver alguém olhando para mim desse jeito. Um pensamento me ocorreu quando mostrei a conta à minha irmã, já fora do restaurante. Se estivéssemos jogando o jogo de Kellan e dos D-Bags quando saíam, *eu* teria ganhado. Só essa ideia bastou para me fazer cair na risada, enquanto as outras meninas soltavam gritinhos e vivas.

Imaginando o que ele diria, fotografei a conta e mandei a foto para Kellan com a mensagem: *Ganhei!* Esperei que ele achasse graça, e não se preocupasse com o que eu estava fazendo. Se eu estava disposta a confiar nele no meio de strippers, ele teria que confiar em mim também. E confiava.

Ele não respondeu, nem eu esperava que respondesse. Estava no meio do show de Sienna, provavelmente já tendo terminado sua apresentação. Era estranho não estar lá, ouvindo-o tocar, mas eu estava curtindo a noite "só para damas". Não sabia para onde iríamos em seguida, mas o coquetel de Gabe tinha me deixado meio bêbada, por isso não me importei muito. Anna sapecou uma bitoca na bochecha do motorista da limusine, levando o senhor de idade a ficar vermelho. Benevolente, dei um beijo na sua outra bochecha.

Terminamos indo a uma boate de *strip tease*. Fiquei séria quando a limusine parou diante de um letreiro brilhante em néon rosa-choque com um par de pernas femininas piscando, para dar a impressão de que dançavam cancan. Fiquei morta de vergonha ao ver o nome do lugar — Pole Palace. Dando uma olhada em Anna, decretei, categórica:
— Não tenho o menor interesse em ver um bando de mulheres seminuas paquerando homens casados.

Anna soltou um suspiro irritado.

— Onde é que está o seu senso de aventura, Kiki? — Com um sorriso maroto, acrescentou: — Você vai gostar, confia em mim.

Sem saber se devia confiar na minha irmã "topa-tudo", saí da limusine, hesitante. No último instante, disse ao motorista:

— Se me vir fugindo apavorada do prédio, por favor, me leva de volta imediatamente.

O motorista sorriu para mim, abrindo a porta.

— Pode deixar... Kiki.

Envergando novamente os acessórios fálicos, o grupo se reuniu debaixo do toldo da entrada. Jenny e Kate pareciam não se importar se iríamos para lá ou qualquer outro lugar, mas Rachel exibia um ar tão desconfiado quanto eu, enquanto Cheyenne sorria. Quando dei uma olhada na porta do Pole Palace, notei o imenso letreiro em néon apoiado num cavalete, e balancei a cabeça. *Noite das Damas! Venha ver os homens mais quentes da cidade!* Devia ter adivinhado.

Por algum motivo, eu me senti um pouco melhor por saber que iríamos ver homens seminus paquerando mulheres casadas. Parecia mais inocente. Mas ainda me sentia extremamente constrangida com a situação, ainda mais por estar vestida como uma boneca Bratz.

— Anna, está falando sério?

— Estou. — Com um sorriso de orelha a orelha, ela se virou para o segurança.

Jenny, Kate e Cheyenne riram, seguindo-a. Rachel e eu nos entreolhamos, compartilhando um momento de constrangimento, e então mandamos a inibição para o espaço e fomos atrás de nossas amigas mais extrovertidas. O salão estava lotado de mulheres de todas as idades, dando gritos e vivas para os garanhões lambuzados de óleo no palco. Os caras dançavam, rebolando e jogando os quadris para frente de um jeito indecente que me deixou meio passada.

Imaginando se Kellan não se importaria por eu estar ali, já que eu não especificara que ia a uma boate de *strip tease*, segurei o braço de Anna.

— Você acha que Kellan... e os rapazes... não vão se importar? — Indiquei alguns garçons sem camisa que posavam para fotos com algumas clientes assanhadas.

Anna deu um sorrisinho de canto de boca.

— Acho que eles não vão se importar nem um pouco.

Já eu não tinha tanta certeza, e me senti meio culpada por estar ali. Não planejava fazer nada com nenhum daqueles caras musculosos e sarados, mas Kellan não sabia que eu estava lá, o que fez com que eu me sentisse desonesta. Tirei o celular da bolsa para avisá-lo, mas Anna o arrancou da minha mão:

— Ele não vai se importar, Kiera. Eu disse a ele aonde a gente ia, e ele não ficou nem um pouco chateado. — Indicou o palco. — Aliás, foi ele mesmo que encontrou esse lugar com os dançarinos.

Fiquei totalmente surpresa, mas só por um momento. É claro que ele tinha arranjado isso. Kellan queria que eu me divertisse com minhas amigas, e pela cara das mulheres que riam à nossa volta, aquele era um lugar onde as pessoas se divertiam *muito*. Kellan também adorava me deixar encabulada, e quando um cara usando umas calças tão apertadas que não deixavam nada para a imaginação me perguntou se queria beber alguma coisa, fiquei morta de vergonha.

Rindo, finalmente aceitei que não havia problema algum em estar ali e relaxei com minhas amigas. Anna nos levou até uma mesa bem na frente do palco, e duas bebidas depois eu já estava gritando junto com as outras mulheres na plateia. As coreografias eram divertidas, e extremamente sensuais. A parte de que mais gostei foram as fantasias. Até agora, já tínhamos visto um bombeiro, um policial e um pedreiro. Era ridículo em último grau, e não pude deixar de rir. Então, um cara vestido de caubói entrou no palco.

Estava com uma bandana em volta da boca como se fosse um bandido, e um chapéu de caubói baixo, por cima dos olhos. Uma das mãos segurava a ponta do chapéu, a outra estendida ao longo do corpo. Usava um colete sem nada por baixo, e os músculos reluziam levemente, como se tivesse tomado um banho de óleo. Como qualquer caubói que se preze, estava usando perneiras de couro… por cima de um short preto de lycra. O cara era um tesão, e o público soltou uma exclamação. Só o jeito como ele ficou lá parado, esperando que a música começasse, já era sedutor, e tive a impressão de que levantaria a galera em segundos.

Uma batida pesada encheu o espaço, e reconheci um dos sucessos provocantes de Rihanna. Quando a música começou, o caubói levantou os olhos e encarou a multidão. Engasguei com a bebida que saía do meu canudinho em formato de pênis.

— Ah, meu Deus! — gritei, e Jenny, Kate, Cheyenne e Rachel se viraram para me olhar como se eu estivesse louca. Anna chegou a se segurar, de tanto que ria.

Nem pude responder aos olhares curiosos das minhas amigas, porque tinha reconhecido o par de olhos azuis sedutores que davam uma geral na galera. Quando seus quadris começaram a balançar e a mulherada a gritar, aqueles olhos de sexo que eu conhecia tão bem se fixaram em mim. Não dava para ver a boca, mas sabia que ele estava sorrindo para mim. Tive vontade de rastejar para um buraco e morrer, mas não podia deixar de olhar para ele. Que diabos Kellan estava fazendo ali, dançando numa boate de *strip tease*?

Quando ele realmente começou a entrar no papel, deixei de me importar. Kellan era um sedutor natural, e era hipnótico vê-lo se mover pelo palco — um palco de que logo tomou conta, como fazia quando cantava. Deslizando e requebrando, ele avançava e recuava. Quando parou diante da nossa mesa, tirou o colete com gestos lentos e sedutores. Meu coração estava a mil por hora. Quando atirou a peça para mim, quase não tive o reflexo de pegá-la. Com os peitorais perfeitos à mostra, a galera foi ao delírio. Ao verem a tatuagem do meu nome diante do seu coração, minhas amigas se viraram para mim, olhos arregalados; sabiam da tatuagem de Kellan. Atônita, Jenny perguntou:

— Aquele é...?

Com medo de que nos ouvissem, não disse o nome dele em voz alta. E nem precisava. Todas sabiam a quem ela se referia. Enquanto eu balançava a cabeça, sem forças — sim, *era* Kellan que estava mandando ver —, todas começaram a rir. Anna soltou um assobio de rachar os tímpanos. Sim, meu marido estava fazendo um *strip tease*.

Como fazia quando os D-Bags tocavam, Kellan enfeitiçou a multidão. Deixava as mulheres tocarem nele, mas se afastava quando se aproximavam demais ou ficavam muito animadas. Passava as mãos pela pele oleosa, acariciando o corpo do jeito que quase todas na plateia deviam estar fazendo em suas fantasias. No meio da música, ele tirou as perneiras, sob aplausos estrondosos. Escondi o rosto nas mãos, morta de vergonha... *e* excitada. Mal podia acreditar que ele estava fazendo isso, mas, ao mesmo tempo, não fiquei surpresa; era o tipo de coisa que fazia o gênero de Kellan.

Perto do final da música, Kellan se aproximou, gingando. Agora só usava as botas de caubói, o short apertado de laicra, a bandana que cobria metade do rosto como uma máscara e o chapéu preto. Prendendo o fôlego, torci para que pudesse levar as roupas para casa. Kellan saltou do palco à direita da nossa mesa. As mulheres não perderam a chance de passar a mão nele, mas ele me puxou de pé. Enquanto as clientes ao redor soltavam palavrões de inveja ou gritos de aprovação, Kellan terminou sua dança tentadora levantando minha perna até o seu quadril. Por instinto, eu me ajustei ao seu corpo, esquecendo por um momento que éramos o centro das atenções. Ele me curvou para trás quando a música finalmente terminou. Quando me levantou, nossos rostos estavam a centímetros de distância. Podia ver sua respiração por baixo da máscara, tão rápida quanto a minha. Sem me importar mais com quem estivesse olhando, eu o beijei por cima da bandana. Seus olhos se fecharam, as mãos percorrendo o meu traseiro. A galera irrompeu em gritos.

Lembrando que éramos observados, eu me afastei, relutante. Rindo, Kellan disse:

— Você não devia me excitar enquanto estou usando essas roupas. Posso ser preso.

Rindo, empurrei seu peito.

— Não acredito que você fez isso.

Ele se curvou, beijando minha mão.

— Não pude resistir. — Apontou para Anna: — A ideia foi dela.

Dei um olhar zangado para minha irmã, que fez um gesto indicando o corpo dele:

— Picolé de Sexo — foi tudo que disse.

Quando a apresentadora anunciou o próximo número — um soldado num uniforme branco —, Kellan me deu um último abraço.

— Tenho que ir terminar minha *outra* apresentação, ou Matt vai me matar. — Olhando para si mesmo, acrescentou: — E preciso tirar essa merda de óleo de cima de mim.

Rindo, dei um beijo no seu rosto.

— Você é o máximo, sabia?

Ele inclinou a cabeça de lado.

— Você também. É bom te ver se divertindo. A gente se vê mais tarde, no hotel.

Arqueando uma sobrancelha, imitei seu tom sedutor:

— Com certeza.

Os cantos dos olhos de Kellan se franziram, e vi que me dava um sorriso que teria deixado a mulherada de joelhos bambos. Tive vontade de arrancar a bandana para vê-lo, mas não queria que ninguém ali o reconhecesse. Kellan vestido de caubói seminu era uma imagem que eu não queria mesmo expor para as fãs de Kell-Sex; era minha, e só minha – quer dizer, minha e de um bar cheio de mulheres que nem desconfiavam quem ele fosse.

Quando nos afastamos, Kellan se dirigiu ao palco, a fim de trocar de roupa e voltar para o show. Enquanto caminhava até lá, várias mãos femininas o acariciaram e alisaram. Ele foi abrindo caminho por entre elas, afastando algumas que deslizavam para a parte inferior do seu corpo. Olhou para mim depois de subir os degraus que levavam ao palco e me cumprimentou, levantando a aba do chapéu. Sorri, suspirei e senti que me apaixonava ainda mais por ele.

Os outros números não chegaram aos pés do de Kellan, e eu me peguei sonhando com *ele* mais do que assistindo a *eles*. Vendo que Anna ficava cada vez mais cansada, decidi encerrar nossa noite. Todas concordaram, e voltamos para a limusine que nos aguardava. Agradeci ao motorista quando abriu a porta para nós.

Com uma expressão bem-humorada, ele perguntou:

— Que tal foi?

— Maravilhoso – respondi, suspirando.

Ele balançou a cabeça para mim, e eu ri. Anna me devolveu o celular e encostou a cabeça no meu ombro, sonolenta. Fazendo uma festinha na sua peruca azul-cítrico, cheguei minhas mensagens. Só havia uma, e era de Kellan. Em resposta à foto do telefone de Gabe, ele escrevera: *Não, você vai ser minha hoje e todas as noites, por isso fui eu que venci.*

Mordendo o lábio, pedi ao motorista para voltar correndo ao nosso hotel. Provavelmente ainda teria que esperar que Kellan voltasse da despedida de solteiro depois do show, mas não me importei. Minha peruca rosa-choque e eu esperaríamos de boa vontade a noite inteira por ele… e torci para que voltasse com as botas de caubói e o chapéu preto, para combinar com o colete que eu guardara na bolsa.

Capítulo 22
UM FAVOR

Kate e Cheyenne voltaram para Seattle na manhã seguinte, ambas parecendo um pouco cansadas ao entrar no táxi. Fiquei feliz por revê-las; tinha sentido muitas saudades das minhas amigas. Jenny e Rachel ainda iriam passar mais duas noites conosco, para ficar com os namorados. Nosso ônibus estava lotado e na maior muvuca, cheio de risos e música. Tive certeza absoluta de que nem a Disney chegava aos pés daquele ônibus – era o lugar mais feliz do mundo.

Quando chegamos à Filadélfia, a Cidade do Amor Fraternal, o pessoal começou a fazer planos para a tarde. Jenny, Rachel, Matt e Evan iriam ver pontos turísticos; Deacon, Ray e David, que tinham nascido em cidades próximas, pretendiam visitar amigos; Anna e Griffin iam sair para comprar sorvete e picles – mais um desejo da minha irmã. Querendo passar um tempinho juntos, Kellan e eu recusamos os convites que cada grupo nos fez.

Quando estávamos totalmente a sós, dei um sorriso insinuante para ele:

– E aí, agora que estamos só nós dois, senhor Kyle, o que gostaria de fazer? – Abaixando a voz a um tom sedutor, perguntei: – Talvez queira retribuir aquele favor que me deve? – Fiquei orgulhosa de mim. Não apenas tinha dito isso sem corar ou gritar, como minha voz tinha até saído meio erótica. Eu estava ficando boa nisso.

Para minha surpresa, Kellan franziu o cenho, olhando para os sapatos.

– Para ser franco... tenho um favor para te pedir.

Vendo a seriedade de sua expressão, virei para ele no sofá.

– O que é?

Ele se inclinou para frente, cotovelos nos joelhos. Vestia uma camiseta preta por cima de uma camisa branca de manga comprida. As duas cores contrastantes pareciam expressar à perfeição seu estado de espírito – animado, porém relutante. Feliz, porém triste.

Tranquilo, porém ansioso. Eu detestava ver o conflito em seu rosto, ainda mais por não saber em relação a que ele se sentia assim.

Ele passou a mão pelo cabelo e olhou para mim.

– Estou pensando em fazer uma coisa. Não ia fazer, por isso nem me dei ao trabalho de mencionar, mas quanto mais tempo fico aqui, mais isso me corrói por dentro, e eu me sinto como se... devesse fazê-la. Como se precisasse fazê-la. – Engoliu em seco, e soltou o ar lentamente. – Mas não posso fazê-la sozinho. Preciso de você.

Como não esperava que ele dissesse nada desse tipo, apertei sua mão.

– Minha resposta é sim. Estou aqui, Kellan... e sempre vou estar, para te dar força.

Seus olhos se umedeceram, e ele engoliu em seco novamente. Era horrível vê-lo nesse estado. Afastando uma mecha de cabelos da sua testa, perguntei:

– O que você precisa fazer?

Ele tentou responder, mas a voz saiu tão rouca que não conseguiu. Pigarreou, e então tentou de novo:

– Preciso visitar umas pessoas. – Apertou os lábios depois de dizer isso, e abaixou os olhos; o sofrimento em seu rosto era óbvio.

Dei um beijo no seu ombro.

– Tudo bem. – Não sabia quem ele precisava visitar, nem importava. Meu marido pedia minha presença, e eu estaria lá.

Kellan chamou um táxi enquanto eu pegava a bolsa e um blazer quente. A gravadora arranjaria o transporte se precisássemos, mas isso geralmente era apenas para saídas oficiais; ficávamos por nossa conta quando queríamos ir a outros lugares. A pedido de Kellan, o simpático motorista do nosso ônibus, Jonathan, passara a estacioná-lo de modo a que a porta ficasse escondida pela porta do outro ônibus. Isso nos proporcionava um mínimo de privacidade das fãs e fotógrafos quando entrávamos ou saíamos. E também impedia que Sienna tentasse fazer "visitas conjugais" para atiçar as fãs a tirar fotos.

Quando o táxi chegou e foi liberado pelos seguranças, estacionou diante do espaço entre os dois ônibus. Kellan vestiu a jaqueta de couro e me deu um sorriso triste, aproximando-se.

– Obrigado por fazer isso – sussurrou, me virando e ajudando a vestir o blazer.

Olhando para trás e imaginando o que iríamos fazer, respondi:

– Não tem problema, Kellan. Você nunca é um problema.

O rosto de Kellan era uma máscara de pedra quando entramos no táxi; parecia totalmente impassível. Ao motorista, disse:

– Cemitério Saint Joseph em Gloucester Township, New Jersey. – Essa era a última coisa que eu esperava que dissesse. Não podia ter ficado mais confusa em relação ao motivo de irmos a um cemitério. Virando-se para mim, Kellan esclareceu: – É onde meus pais estão enterrados.

Sabendo o quanto esse dia seria difícil para ele, pus a mão na sua coxa. Na mesma hora ele a cobriu com a sua e entrelaçou nossos dedos. Enquanto seus olhos observavam a cidade que passava em alta velocidade, perguntei:

– Por que seus pais estão enterrados aqui e não em Seattle?

Ainda sem olhar para mim, Kellan deu de ombros.

– Minha tia os trouxe para cá depois do velório. Disse que não tinha restado mais nada para eles em Washington, por isso não fazia sentido enterrá-los lá. – Seus olhos voltaram aos meus, cheios de ressentimento. – Ela os enterrou *aqui*, perto de onde ela e minha mãe cresceram.

Senti uma tristeza enorme. Ele realmente não contara com ninguém em adolescente – a não ser Denny e sua banda.

– Ah, então a sua tia mora em Seattle?

Os olhos de Kellan voltaram bruscamente para a janela.

– Não sei, nem quero saber. Não temos contato... nunca tivemos. – Era óbvio que não queria falar sobre ela, por isso não fiz mais perguntas.

Demos uma parada no percurso até o cemitério – para comprar flores. Fiquei um tanto triste quando ele correu para uma floricultura na esquina e saiu segurando dois buquês. Mas o que me destroçou mesmo foi quando me entregou uma pétala de rosa branca com as palavras *Que bom que você está aqui*.

O percurso até o cemitério levou menos de vinte minutos, mas a chuva leve se transformou num temporal violento quando chegamos. Eu não tinha trazido um guarda-chuva, mas não me importei; Kellan precisava fazer isso. Precisava enterrar o passado. O táxi parou numa rua que contornava uma ilha de verde com um gigantesco anjo de concreto no centro. Kellan pediu ao motorista que nos esperasse, e então desceu. Apertando os dois buquês numa das mãos, virava a cabeça nas duas direções, observando a vasta extensão. Quando desci do táxi, ele já estava ensopado; parecia perdido e sozinho enquanto olhava em volta do cemitério vazio.

Balançou a cabeça quando cheguei ao seu lado e colocou para trás os cabelos ensopados.

– Não sei onde eles estão – disse, com os olhos tristes, a chuva escorrendo pelo rosto.

Segurando sua mão, que estava fria da umidade, olhei para o mar de lápides. O espaço ao nosso redor era imenso, e uma alameda à esquerda levava a ainda mais túmulos, que se podiam entrever por trás das árvores gotejantes. Poderíamos procurar por dias e jamais encontrar os pais dele. Mas não dispúnhamos de dias. Apenas de algumas horas, no máximo.

Apertando sua mão, respondi, em tom firme:

– Nós vamos encontrá-los.

Já estávamos ficando sem tempo, por isso começamos logo a procurar a agulha naquele lúgubre palheiro. Fomos percorrendo sistematicamente cada fileira. Caminhávamos separados, a duas ou três fileiras de distância, para podermos cobrir o maior terreno possível. Terminamos a primeira parte em meia hora, sem encontrar nada. Dei uma olhada no motorista que lia um livro no interior sequinho do seu táxi, imaginando quanto essa saída iria nos custar. Mas, como a limusine da minha despedida de solteira, essa era uma despesa que Kellan faria de boa vontade.

Tremendo e batendo os dentes, seguimos para a segunda metade do cemitério. Essa seção era no mínimo o dobro do tamanho da outra; fiquei cansada só de olhar. Mas não tínhamos escolha senão continuar procurando, por isso fomos em frente. Repetindo mentalmente os nomes John e Susan Kyle, eu esquadrinhava as gravações nas lápides dos túmulos à minha frente. Tantas pessoas estavam enterradas ali, cada uma com sua própria história, seus próprios amores, alegrias e mágoas. Era assustador pensar em quantas vidas cada morto ali influenciara, tanto positivamente quanto, em alguns casos, negativamente.

Estava tão concentrada em encontrar os nomes dos pais de Kellan, que suas letras quase me escaparam quando finalmente os vi. *John e Susan Kyle. Amados Amigos, Parentes e Pais.* Fiquei olhando para o mármore negro, chocada. Eu os encontrara. Com o canto do olho, vi Kellan algumas fileiras à frente, ainda procurando. As flores em sua mão tinham virado uma papa encharcada.

Tentei falar alto para que ele me ouvisse apesar do estrondo da chuva, mas minha voz saiu abafada: *Kellan.*

Ele se virou para mim. Seus olhos se abaixaram até a lápide dupla aos meus pés. Respirou fundo para se acalmar, e então se aproximou. Podia ser por causa do frio, mas estava trêmulo quando chegou ao meu lado. Ficou olhando para os túmulos com uma expressão impassível. Sem uma palavra, agachou-se diante deles. Passou os dedos pelo nome da mãe, e então pelo do pai. Em seguida, pousou a mão na grama molhada à frente do túmulo e fechou os olhos.

Embora a chuva castigasse ao nosso redor, escorrendo pelas suas faces, vi as reveladoras trilhas de lágrimas que desciam dos seus olhos. Pus a mão no seu ombro, dando-lhe meu apoio silencioso. Quando Kellan abriu os olhos, estavam cheios de dor, e fiz um esforço para engolir o nó na garganta. Quanto tempo mais essas pessoas continuariam a magoá-lo? Com a maior ternura, com o maior carinho, Kellan colocou os dois buquês debaixo de cada um dos nomes. O significado do gesto me comoveu. Depois de tudo que haviam feito com ele, de cada palavra contundente, de cada gesto de violência, depois de fazê-lo se sentir indigno de qualquer tipo de afeto... ele ainda os amava. Eu teria achado que *Amados Pais* era um sentimento estranho para se gravar na lápide dos dois, mas talvez não fosse. Estivesse ele certo ou errado, fossem eles dignos ou indignos desse sentimento, seu filho *realmente* os amara.

Numa voz quase totalmente abafada pela chuva, Kellan se despediu deles.

— Lamento por não ter sido o que vocês queriam, o que precisavam. — Seus olhos se fixaram no nome da mãe. — Lamento por ter estragado tudo para vocês. — Passaram para os do pai. — Para vocês dois. — Soltou um suspiro trêmulo, gotas de chuva explodindo dos seus lábios. — Gostaria que as coisas tivessem sido diferentes para nós, mas... querer não muda nada. Por isso, só vim me despedir... e... — Engoliu em seco; seu rosto estava tão carregado de dor, que tive que recorrer a todo o meu autocontrole para não soluçar. — ... dizer que amo vocês dois.

Quando finalmente ficou de pé, fungou, seu queixo trêmulo. Passei os braços pela sua cintura, confortando-o o melhor que podia, enquanto tentava conter as lágrimas. Ele me apertou contra o corpo, os olhos ainda fixos nos pais. Depois de mais um momento de silêncio, perguntou:

— Você acha que eles se sentiriam orgulhosos de mim? Mesmo que só um pouquinho?

Sua voz falhou, e eu o apertei com mais força. Pensei em romper nosso pacto de total honestidade e mentir para ele, pois como poderia lhe dizer o que realmente pensava daqueles dois babacas? Mas não fiz isso, apenas respondendo:

— Não sei... mas *eu* estou muito orgulhosa de você. Por tudo que fez no passado, e por tudo que acabou de fazer.

Não pude mais conter as lágrimas, a empatia tomando conta de mim. Ao ver que eu perdia o controle, o mesmo aconteceu com ele. Assentiu, tentando se conter, mas então levou os dedos aos olhos, e um pequeno soluço lhe escapou. Puxei sua cabeça para mim, e ele me apertou com força. Enterrando a cabeça no meu ombro, chorou — por tudo que suportara, por tudo que perdera, por tudo que jamais teria.

Quando estávamos emocionalmente exaustos, Kellan encostou a testa na minha. A chuva tinha diminuído como as suas lágrimas, e agora apenas uma leve garoa caía sobre nós.

— Eu te amo tanto, Kiera... tanto.

Levei os lábios aos dele, sentindo o gosto das lágrimas misturado às gotas de chuva. Havia uma tranquila solenidade ao nosso redor enquanto nos beijávamos — nenhum pássaro cantando nas árvores, nenhum carro passando, apenas as leves gotas de chuva caindo das folhas ensopadas que não podiam mais suportar seu peso. Esse silêncio foi catártico.

Um súbito clarão de luz chamou minha atenção. Achei que era o sol finalmente se mostrando, talvez refletido no papel metalizado de algum buquê ali por perto, mas o estranho raio de luz fora acompanhado por um rangido e um clique. Kellan e eu nos afastamos, e na mesma hora vimos um homem perto de um arvoredo nos fotografando. Algum paparazzo ambicioso devia ter seguido nosso táxi até o cemitério, esperando conseguir uma foto milionária. E conseguira. Tinha certeza de que ele venderia a foto de Kellan me beijando na chuva por uma fortuna.

O rosto de Kellan se contraiu, entre furioso e incrédulo:

— Você só pode estar brincando.

Minha compaixão pela dor de Kellan se misturou ao sentimento de frustração. A combinação se metamorfoseou num incêndio violento de raiva. Já estava farta de todo esse pseudodrama. As fãs de Kell-Sex, a mídia, Nick e Sienna que fossem para o inferno! E também aquele cara que interrompia nosso momento tão íntimo.

Com as mãos fechadas em punhos, avancei em sua direção. Ele gostou, sua câmera clicando ainda mais depressa.

— Será que você não tem um pingo de decência? Nós estamos num cemitério! – Apontei para Kellan. – Ele está pranteando seus mortos! Demonstre um pouco de respeito!

Eu estava a apenas alguns passos do sujeito. Ele sorria de orelha a orelha, adorando cada segundo do meu destempero. Podia praticamente ver os cifrões nos seus olhos. O que fez meu sangue ferver. Ele não acharia tanta graça assim quando eu arrebentasse aquela câmera bonita em mil pedaços. Avancei para cima dele, mas Kellan segurou meu braço.

— Não, não faça...

A atenção do paparazzo passou para Kellan.

— Você está chifrando Sienna? Essa é a sua amantezinha ordinária, Kellan?

Kellan me empurrou para trás dele e enfiou o dedo no peito do paparazzo:

— Ela *não* é minha amante! Cuidado com o que diz!

Ainda fazendo fotos, o sujeito se afastou um ou dois passos.

— Pois o que parece é que você anda comendo essa piranha pelas costas de Sienna. Mas não vai mais esconder o seu segredinho. Perdeu, cara! Te peguei com a boca na botija! Sua piranhazinha vai parar em todas as manchetes!

Kellan deu um risinho desdenhoso. Provavelmente o paparazzo achou que ele tinha achado graça, mas eu soube que não era o caso. Ele estava além de furioso, a três segundos de dar um soco no sujeito. Punhos fechados, ele se virou e acertou o seu queixo. Minto – estava a *um segundo* de dar um soco no cara.

O paparazzo perdeu o equilíbrio e caiu sentado no chão. A câmera escapuliu de suas mãos, mas, estando presa ao pescoço, infelizmente não se quebrou. Recuperando-se depressa, ele a pegou e recomeçou a tirar fotos.

— Agora você se estrepou, cara! Vou te processar por agressão! – Embora um filete de sangue escorresse do lábio cortado pelo queixo, o cara estava sorrindo.

Kellan deu um passo à frente, mas eu o puxei. Isso podia descambar para muito mais do que um soco se eu não tirasse Kellan dali.

— Vamos embora. Ele não vale a pena, Kellan.
Os olhos de Kellan passaram para os meus.
— Ele tirou uma foto sua.
Suspirei, balançando a cabeça.
— Então tirou, e pronto. Não vale a pena ser preso por causa disso.
De má vontade, Kellan deixou que eu o afastasse do homem que agora ria da nossa falta de sorte. Com um tom de voz enojado, Kellan disparou:
— Você é um lixo, sabia?
O cara gritou:
— Não sou eu que estou chifrando a mulher mais sexy do mundo! Que diabos você tem na cabeça?!
Dando as costas a ele, Kellan murmurou:
— Eu sou casado com a mulher mais sexy do mundo, e nunca a chifraria, seu babaca.
Embora meu corpo estivesse dormente de pavor, passei o braço pela cintura de Kellan, sorrindo para ele.
— Talvez não tenha sido uma boa ideia... mas adorei o soco que você deu nele.
Passando o braço por mim, Kellan olhou para o cara, que ainda nos fotografava.
— Eu também.
E voltamos de cabeça erguida para o nosso táxi. Todas as minhas tentativas de me manter longe dos refletores tinham sido em vão; eu fora descoberta. Graças à teleobjetiva daquele palhaço, meu momento íntimo com Kellan estava prestes a virar manchete de primeira página. Todos conheceriam o meu rosto. Meu anonimato fora para o espaço, junto com uma boa parte da minha liberdade. Não poderia mais me esconder à vista de todos. Os fãs loucos, obsessivos de Kell-Sex iriam saber da minha existência. Era apenas uma questão de tempo.

Quando voltamos da casa de espetáculos, achei que iríamos seguir direto para o calor e a segurança do nosso ônibus. Mas Kellan tinha outros planos. Segurando minha mão, ele se dirigiu ao ônibus de Sienna. Fiquei tensa — não sabia se queria entrar lá —, mas o rosto de Kellan estava tão fechado quanto o céu coberto de nuvens, e eu sabia que não poderia perder esse confronto.
Chamando o nome de Sienna, Kellan bateu com força à sua porta. Quando eu já começava a acreditar que ela tivesse saído, ou que estivesse esperando a hora do show no nosso hotel chique, o Coisa 1 abriu a porta do ônibus. Depois de dar uma boa olhada em nós para ver se estávamos armados, afastou-se para nos deixar passar. Quando entrei, imaginei por que Sienna abandonara esse ônibus. Era luxo sobre rodas. Sofás em couro liso contornavam as laterais da metade dianteira. A traseira tinha poltronas reclináveis de

veludo diante de uma tevê gigantesca. Havia uma cozinha completa num dos lados, e, pelo que deu para ver, nenhum beliche de cubículos. Tive certeza de que o quarto de Sienna na traseira era mais confortável do que muitas quitinetes que se veem por aí. De repente, tive a sensação de que passara as últimas semanas vivendo na mais extrema miséria.

Sienna estava jogada em um dos sofás lendo uma revista de moda. Levantou os olhos quando entramos.

– Kellan, Kiera, que surpresa agradável! – Seus olhos pularam para a janela, provavelmente à procura de fotógrafos. – O que eu posso fazer por vocês nesta linda tarde?

Kellan avançou até ela em passos furiosos. O Coisa 2 se levantou da poltrona reclinável nos fundos, deixando claro que não gostara nada da expressão de Kellan.

– Você armou tudo isso para a gente?

Olhei para Kellan. Não me dera conta de que ele chegara àquela conclusão. Mas era uma possibilidade totalmente plausível, e olhei para Sienna. Será que ela tinha armado isso para a gente? Sienna inclinou a cabeça, a incompreensão se estampando em seu lindo rosto.

– Do que está falando? E será que vocês dois tomaram banho vestidos? Estão ensopados até os ossos. – Estalou os dedos e estendeu uma das mãos por cima do ombro. Ao seu comando, um dos guarda-costas foi pegar toalhas em um armário no corredor. Ela as entregou para nós, enquanto Kellan respondia à sua pergunta.

– Kiera e eu fomos emboscados por um babaca com uma câmera. Acabei dando um soco no cara, mas não antes de ele tirar uma foto da Kiera.

Sienna deu um sorriso cúmplice para ele.

– Esses insetinhos podem ser muito atrevidos, não é mesmo? Bem, não se preocupe por ter dado um soco nele. Vou mandar meu pessoal cuidar disso. Basta abrir a carteira, e nove vezes em dez os paparazzi não entram na justiça.

Enquanto eu espremia a água dos cabelos, Kellan franziu os olhos.

– Você suborna os paparazzi?

Sienna fez uma expressão contrariada, seus olhos escuros observando o rosto dele.

– Eu não fazia a menor ideia de aonde vocês tinham ido. Como podia informar seu paradeiro a alguém, se não sabia?

Ainda de olhos franzidos, Kellan a estudava.

– Nunca sei quando você está me dizendo a verdade ou tentando me enrolar. – Escondi meu sorriso. Eu também não sabia. E, por esse único motivo, sabia que Sienna jamais o teria. Mesmo que acontecesse alguma coisa comigo no dia seguinte e o caminho para seu coração ficasse livre, Kellan jamais namoraria alguém em quem não pudesse confiar.

Pronto para ir embora, Kellan jogou nossas toalhas no sofá e me puxou para a porta. Parecendo irritada, Sienna reiterou:

— Não tive nada a ver com isso. Não sou nenhuma mente maquiavélica tentando sabotar a sua relação. Apenas danço conforme a música, e sugiro aos dois que aprendam a fazer isso.

Kellan olhou para ela, os olhos pegando fogo.

— Se eu descobrir que você teve alguma coisa a ver com isso, vai estar acabado. Vou fazer as malas e sair da turnê, e estou me lixando para o que Nick fizer comigo. Se ele quiser me processar por quebra de contrato, dane-se. Não vou mais deixar que me façam de marionete.

Naquela noite, fiquei no camarim quando Kellan foi para o palco, preferindo ouvi-lo pelos alto-falantes, sem vê-lo. Estava com a cabeça cheia demais. A foto iria ser publicada em algumas horas, mais tardar pela manhã. O barulho quando o sol surgisse no horizonte ia ser tão alto, que provavelmente me acordaria. Meu estômago se embrulhou. Detestava ser o centro das atenções; era pior do que o nervosismo que sentira em cada primeiro dia de aula, novo emprego, entrevista, festa de aniversário e formatura. De repente, atravessar o corredor de uma igreja me pareceu moleza.

A perda do anonimato me afetou fisicamente. Era como se até então eu estivesse envolta num cobertor térmico à prova de vento, todo forrado e recheado de penas, protegida e segura – e agora o cobertor tivesse sido arrancado da minha pele. Eu me sentia nua, exposta, gelada até os ossos. Kellan também era uma pessoa discreta. Será que era assim que se sentia, ao falar de sua vida com estranhos? Talvez, mas ele tinha o amor e a admiração das fãs para aquecê-lo. Eu não iria receber uma recepção calorosa dessas pessoas. Era um obstáculo no caminho para Kellan, e, por tudo que vira, algumas fãs o queriam com Sienna, e outras o queriam para si mesmas. Não havia meio-termo.

Não podia controlar o modo como elas reagiriam a mim, mas sabia que o modo como *eu* reagiria a elas seria escolha minha. Podia continuar me escondendo, sem jamais pôr os pés fora do ônibus, esperando que o escândalo morresse em breve. Ou podia assumir minha posição e caminhar com orgulho ao lado do meu marido. Esse tipo de exposição era a última coisa que eu queria, mas não pretendia mais me esconder. Kellan e eu tínhamos feito muitos sacrifícios para ficar juntos, para continuar juntos. Não queria voltar à estaca zero. Não queria sentir vergonha do que tínhamos. Amava o que tínhamos. E sentia vontade de gritar para o mundo inteiro que Kellan era meu, e sempre fora.

Jenny e Rachel estavam assistindo à apresentação dos D-Bags, pois iriam voltar para Seattle ainda bem cedo na manhã seguinte. Anna me fazia companhia... quer dizer, mais ou menos. Esparramada numa poltrona confortável, com a boca aberta, ela ressonava baixinho, tirando um cochilo para recuperar as forças. Acho que a tarde passada com Griffin a deixara exausta. Pensei comigo mesma que, qualquer que fosse o modo como Kellan e eu enfrentássemos a tempestade que se aproximava, o dia de amanhã seria diferente do de hoje, e dei uma cutucadinha na minha irmã, acordando-a.

Ela se assustou e olhou ao redor, murmurando:

— Estou acordada, mãe. — Piscando, deu uma olhada em mim. — Kiera? Que horas são? — Por sua expressão, qualquer um pensaria que eram três da madrugada.

— Ainda é cedo, os meninos estão se apresentando.

Ela voltou a recostar a cabeça, fechando os olhos.

— Então por que diabos você me acordou? — Sorriu com o canto da boca. — Johnny Depp estava massageando os meus pés.

Sorri para Anna, e então me lembrei do que queria fazer.

— Amanhã vai... enfim, ser um pesadelo. Por isso queria fazer uma coisa agora à noite, enquanto ainda sou relativamente desconhecida. — Anna entreabriu um olho e acrescentei: — Você viria comigo?

Sem a menor hesitação, ela começou a se levantar, ou pelo menos tentou. Vencer o peso de Maximus não era uma tarefa fácil. Ajudei-a a ficar de pé, e a única pergunta que ela fez foi:

— Aonde vamos?

Quando lhe disse o que queria fazer, ela pôs a mão na minha testa.

— Quem é você, e o que fez com a minha irmã?

Empurrei sua mão.

— Sou alguém que cansou de se esconder. Quero que o mundo veja.

Anna sorriu para mim, o orgulho estampado no rosto.

— Então, vamos nessa.

Anna e eu saímos pelos fundos sem sermos vistas, e vinte minutos depois o táxi nos deixava diante de um salão de tatuagens numa zona meio barra-pesada da cidade. O motorista nos garantiu que era o melhor da Filadélfia, e ficava aberto até tarde quase todas as noites. Considerando que ficava localizado em frente a um biker bar, achei que ficarem abertos até tarde era uma estratégia comercial inteligente.

Um sininho na porta tilintou quando a abrimos. Os olhos de Anna se iluminaram ao ver as fotos de tatuagens expostas na sala. Enquanto examinávamos a de uma mulher com uma cascata de estrelas subindo pela lateral do corpo até irromper no meio do peito, Anna comentou:

— Não acredito que você vai fazer isso. — Passando o braço pelo meu ombro, acrescentou: — Minha irmãzinha caçula está virando uma mulher adulta.

Revirando os olhos, sacudi os ombros para me livrar de seu braço. Ao me virar para o balcão, Anna exclamou, animada:

– Eu também devia fazer uma. – Curvando-se, apontou para a bunda. – Do nome de Griffin, bem aqui. Desse jeito, toda vez que ele me deixar puta da vida, basta mandá-lo dar um beijo nela.*

– Você teria que passar o tempo todo se curvando.

Anna soltou um sorriso altamente indecente, e na mesma hora mudei o rumo da conversa. Essa era uma imagem mental de Griffin que eu *não* precisava que se imprimisse no meu cérebro.

– Talvez fosse melhor esperar até Maximus chegar para fazer uma tattoo.

Anna suspirou, afastando os cabelos para trás das orelhas.

– Parece uma boa ideia. – Deu uma risada. – Acho que eu devia tentar ser responsável de vez em quando.

Achei graça dela, esfregando sua barriga gigante.

– Não te faria mal algum.

Pousando a mão sobre o bebê no seu ventre, Anna gemeu:

– Queria que ele chegasse logo. Estou de saco cheio dessa gravidez!

Eu já ia perguntar à minha irmã se iria finalmente voltar para Seattle, ou para a casa de nossos pais em Ohio, quando um cara bonito saiu dos fundos da loja. Cada centímetro dos seus braços estava coberto por tatuagens coloridas que me lembraram as de Evan. Também usava alargadores nas orelhas, como o nosso baterista dos D-Bags.

– Não vai dar à luz no meu salão, por favor.

Anna sorriu para ele, que estendeu a mão para nós. Tinha uma tatuagem na parte mais carnuda do polegar que dizia *Nenhum Arrependimento*. Eu concordava totalmente com o sentimento, e até pensei em fazer uma igual em alguma parte do corpo, mas não hoje. Meus planos eram outros.

– Meu nome é Brody. O que posso fazer por vocês?

Depois de apertar sua mão, apontei para a parte interna do meu pulso.

– Quero o nome do meu marido bem aqui.

– Ponto muito pedido – disse Brody, concordando. – Como é o nome do cara de sorte?

Abri um sorriso mais radiante do que o sol.

– Kellan.

Quando Anna e eu saímos do salão, meu pulso enfaixado numa bandagem grossa, pensei se faria mesmo outra tatuagem algum dia. Uma agulha afundando na sua carne uma vez atrás da outra não é exatamente uma experiência maravilhosa. E eu sou meio covarde para sentir dor. Era uma coisa que ocupava um dos últimos lugares na minha lista de coisas

---

* Referência à expressão *kiss my ass*, literalmente "beija minha bunda", que significa algo como "vai pro inferno". (N. da T.)

favoritas. Um milagre que eu tivesse aguentado o procedimento inteiro. No segundo em que a máquina perfurou minha pele, quase dei um salto e saí correndo porta afora. Acho até que teria feito isso, se não fosse uma tatuagem do nome de Kellan.

Tínhamos mais um show na Filadélfia no dia seguinte, por isso eu e Anna tomamos um táxi para o hotel em vez de voltar ao Wells Fargo Center para terminar de assistir ao show. Ela estava cansada, e eu nem um pouco a fim de ouvir aquela reação estrondosa da galera no fim da noite ao dueto passional de Kellan e Sienna que começara todo esse rolo. Para que Kellan não se preocupasse por não me encontrar, mandei uma mensagem para ele e deitei na nossa cama a fim de esperá-lo, usando apenas uma calcinha e uma camiseta.

Estava mais exausta do que tinha me dado conta e peguei no sono pouco depois de pôr a cabeça no travesseiro. Um corpo deslizando na cama ao meu lado me despertou. Sua pele estava fria e meio úmida, cheirando ao gel de banho cítrico do hotel. Devia ter tomado um banho rápido antes de se deitar. Tremi quando seu corpo pressionou minhas costas e seus braços e pernas me envolveram.

— Estou com frio — murmurou. — Me esquenta.

Querendo atender ao seu pedido, eu me virei e o aconcheguei no meu corpo. Puxando sua cabeça para o meu pescoço, dei um beijo no seu rosto. Ele gemeu de prazer.

— Você está tão quentinha...

Sorri, passando as mãos por suas costas geladas, aquecendo-o com a fricção e o contato. Seus lábios roçaram meu pescoço, e a temperatura da minha pele foi parando pouco a pouco de cair, à medida que o desejo me inundava. Sua boca chegou ao ponto elétrico na base do meu pescoço perto da clavícula, e de repente me senti pegando fogo. Em vez de pressionar o corpo ao seu para aquecê-lo, comecei a fazer isso para *excitá-lo*. Não demorou muito.

Deitei de costas, e ele passou para cima de mim, seus lábios percorrendo meu pescoço até o outro lado. Com voz rouca, sussurrou no meu ouvido:

— Adoro quando você me deixa com tesão.

Pressionou os lábios nos meus para enfatizar o que dizia, e deixei escapar um gemido. Ele estava pronto para mim. A provocação daquele volume rígido pressionado nos meus quadris foi o bastante para me deixar totalmente acesa. Tinha passado um dia tão estressante do ponto de vista emocional, que uma liberação de prazer era do que precisava no momento. E provavelmente Kellan também.

Frenética, busquei sua boca e comecei a puxar sua cueca. Kellan não questionou meu entusiasmo. Apenas continuou o que fazia e começou a arrancar minhas roupas. Tinha vontade de gritar a cada ponto que ele tocava — sua boca no meu peito, a mão deslizando pelo meu quadril, o dedo deslizando pela parte mais sensível. Com as costas arqueadas e a respiração ofegante, estava pronta para que ele me possuísse. E ele também.

Respirando com força, ajustou os quadris até a ponta me penetrar. Apertei o travesseiro debaixo da cabeça com as duas mãos. Sabendo o quanto ele adorava quando eu pedia, sussurrei, suspirando:

— Isso, assim, por favor... Assim...

Esperava que ele mergulhasse fundo dentro de mim. Esperava gritar de êxtase. Ia agarrar seus quadris e encorajá-lo a me possuir com força e velocidade em vez de no ritmo habitual, lento e regular. Precisava que ele me exaurisse, que satisfizesse a ânsia que crescia a cada segundo.

Mas ele não me possuiu. Apenas se deitou ao meu lado. Gemi, o desejo chegando às raias do desespero. Beijei seu peito e atirei a perna sobre o seu quadril. *Eu* o possuiria se ele não me possuísse.

Mas Kellan parecia distraído, segurando minhas mãos.

— Kiera?

Ignorei o tom de indagação, puxando-o para a posição anterior. Foi complicado, já que ele não soltava minhas mãos, mas consegui alinhar os quadris aos dele e avancei o corpo até a ponta voltar ao lugar onde eu precisava.

Kellan soltou uma de minhas mãos para impedir que meus quadris avançassem em cima dele.

— O que é isso? — sussurrou, com voz tensa.

Gemi, forçando mais dele dentro de mim. Tinha esquecido totalmente a tatuagem quando sua boca e suas mãos começaram e me excitar, e era a última coisa do mundo que me importava naquele momento.

— É para você — gemi, finalmente conseguindo me enterrar em cima dele.

Kellan aspirou por entre os dentes. Achei que sua mão no meu quadril poderia me afastar, mas ele me puxou para si.

— Ah, meu Deus... O que é?

Nossas mãos unidas entrelaçaram os dedos, nossos quadris começando a se mover. Mal pude prestar atenção à pergunta enquanto ele me enchia, me absorvia. Agarrei-o a mim, curtos gemidos eróticos enchendo o espaço.

— Seu nome — murmurei quando consegui falar.

— O que... Por quê? Ah, meu Deus.. Meu Deus, Kiera... você é uma delícia...

Esquecendo a pergunta, ele gemeu e me apertou com força. Nossos lábios se encontraram e toda a coerência se perdeu enquanto nossos corpos se pressionavam e empurravam num ritmo crescente. Podia sentir o clímax se aproximando, e minhas curtas explosões de som se tornaram longos gemidos de desejo. O prazer me atingiu com violência, e apertei Kellan com força. Ele soltou um gemido fundo e satisfeito ao gozar.

Ofegante, deitou-se de costas, me puxando para o peito.

– O que...? – perguntou.

Rindo, eu me apoiei no seu peito, que agora estava quente.

– O que o quê?

Engolindo em seco, ele demorou um segundo para organizar as ideias, e então segurou minha mão para examinar o pulso enfaixado.

– O que foi que você fez?

Sentando, acendi o abajur na mesa de cabeceira para ele poder ver exatamente o que eu fizera. Ele estremeceu diante da súbita luminosidade, e então seus olhos se arregalaram e o queixo despencou ao compreender o que a bandagem escondia. Quando a desenrolei com cuidado, revelando a tinta brilhante que marcava minha pele, sua expressão se tornou ainda mais incrédula.

Enquanto ambos olhávamos para as letras reluzentes e inchadas do nome dele na minha carne, Kellan continuou em silêncio. Comecei a achar que talvez tivesse detestado e apenas não soubesse como me dizer, mas então ele olhou para mim. Com os olhos brilhando, murmurou:

– Você sabe que isso é permanente, não sabe?

Sorrindo, voltei a enrolar a gaze, respondendo:

– Você sabe que *você* é permanente, não sabe?

Ele desviou os olhos, como se achasse esse fato difícil de acreditar. Então, voltou a olhar para mim, sorrindo.

– Sei, sim.

Fingi surpresa:

– Não vai discutir comigo, me chamar de louca?

Ele segurou meu rosto:

– Bem, ainda acho que você é louca, mas não vou discutir com você sobre passar o resto da vida comigo.

Arqueei uma sobrancelha, desafiadora:

– Porque sabe que eu te amo profundamente.

– Exatamente. – Ele sorriu.

– E sabe que você é digno de ser amado.

Ele franziu o cenho, e achei que aquele fora o ponto onde eu o perderia, mas após um longo momento seus lábios se desfranziram.

– Sei. – Sua voz não oscilou, e eu me senti orgulhosa.

Quando me inclinei para beijá-lo, Kellan se afastou.

– E você sabe que é sexy, intrigante, adorável e a única mulher que vou amar na vida. Sabe que é a mulher mais linda que já vi.

Vi seus olhos azul-escuros se encherem de coragem, e meu sorriso se tornou ainda maior.

— Sei, sim.

— Ótimo. — Abrindo um sorriso vitorioso, Kellan finalmente deixou que nossos lábios se unissem. — Adoro ouvir você dizendo sim. — Ri, e ele acrescentou: — E amei a sua tatuagem.

Segurando seu rosto, voltei a puxá-lo para o colchão.

— Que bom, porque eu *te* amo.

Capítulo 23
DOR NAS COSTAS

A manhã seguinte começou bastante tranquila, mas eu sabia que isso não duraria, com o escândalo sobre minha identidade prestes a estourar. No entanto, assim que a luz do sol jorrando pela janela aberta ao meu lado acariciou as partes expostas de nossos corpos, enquanto Kellan e eu descansávamos entre os lençóis embolados, o problema pareceu uma coisa distante, com a qual eu ainda não precisava me preocupar. Só faltando ronronar de contentamento como o gatinho fofo que tinha em criança, tratei de tirar o mundo da cabeça e me concentrei no homem à minha frente. Afinal, era só ele que importava.

Kellan parecia igualmente satisfeito, passando o dedo pelo retângulo sensível que cobria meu pulso ferido. Sabia que ambos tínhamos coisas a fazer aquele dia, e que acabaríamos tendo que nos levantar e enfrentar a explosão de fofocas que provavelmente já estava acontecendo, mas ficar de preguiça durante mais alguns minutos não nos faria mal algum. E eu tinha a sensação de que esse poderia ser o último momento de tranquilidade que desfrutaríamos por algum tempo.

Um pensamento que se confirmou mais ou menos dez minutos depois. Como se a realidade atirasse um cobertor molhado em cima da nossa serenidade, meu celular tocou, e o mesmo aconteceu com o de Kellan segundos depois. Respirei fundo, meus olhos encontrando os dele. Ignoramos os toques por um momento, e então Kellan sussurrou:

— Por que foi mesmo que nós compramos celulares?

Rindo, dei um beijo no seu nariz.

— Acho que é melhor atender. As fotos já devem ter saído. O pessoal deve estar preocupado. — Estremeci, me perguntando se meus pais já teriam visto as fotos. Papai entraria em parafuso se visse uma manchete chamando a filha de puta.

Kellan suspirou, e então assentiu. Já ia se virando, mas segurei seu rosto. Ignorando os toques incessantes que enchiam o quarto, olhei no fundo dos seus olhos.

— Aconteça o que acontecer de agora em diante, quero que você saiba que não me arrependo de nada. Estar com você, amar você, passar por isso com você... tudo valeu a pena, e vamos sair dessa juntos. — Sorri. — Somos um time. Somos nós contra o mundo.

Comovido com minha declaração, Kellan murmurou:

— Nós contra o mundo? Realmente, as chances estão do nosso lado... — Nossos celulares se silenciaram por um segundo, e então recomeçaram a tocar.

Ri baixinho, dando um beijo leve nos seus lábios.

— É melhor do que não termos chance alguma.

Kellan e eu demoramos um minuto para nos separarmos. Não sei como, mas nosso lençol tinha dado um jeito de ficar em cima *e* em baixo de nós. Estávamos rindo quando finalmente conseguimos desfazer a barafunda. Fiquei feliz por ainda sermos capazes de ter pequenos momentos de leveza, apesar desse caos que era imposto à nossa vida. Vesti às pressas algumas roupas limpas, enquanto Kellan vestia a cueca. Antes de correr para o celular, demorei cinco segundos para apreciar plenamente a vista dos abdominais rijos e das pernas esguias envolvidas pela seda preta. Ele era perfeito, por dentro e por fora, e eu não podia culpar o mundo por ser obcecado com ele.

Imaginando qual dos meus amigos ou parentes preocupados conseguiria falar comigo primeiro, dei uma olhada na tela antes de atender. Sorri ao ver o nome de Denny. Em todas as circunstâncias, Denny sempre estaria ao meu lado.

— Oi, Denny — disse, levando o celular ao ouvido. Kellan estava do outro lado do quarto, também falando ao celular.

— Kiera, você está bem? — A voz que pronunciou meu nome era tão simpática, doce e carinhosa quanto no dia em que eu o conhecera. — Já viu as notícias? Seu rosto está em toda parte. Todo mundo já sabe sobre você. Estão dizendo que você é amante de Kellan.

Suspirei, sentando na beira da cama.

— Ainda não vi, mas sabia que ia acontecer. Um palhaço nos pegou em flagrante ontem quando achamos que estávamos a sós. — Estremecendo, perguntei: — E aí, o quanto os fanáticos de Kell-Sex me odeiam?

Denny soltou um longo suspiro que dizia tudo.

— Bem, digamos apenas que alguns são muito... passionais. E criativos. Espero que você jamais vá parar num beco escuro com um deles. — Ri da piada, e Denny voltou a suspirar. — Não quero parecer um disco quebrado, companheira, mas você pode voltar para Seattle, se a coisa ficar muito feia. — Rindo um pouco, acrescentou: — Abby até disse que te esconderia no nosso armário se a situação se complicasse.

Soltei um bufo nada feminino.

— Tá legal, voltar para Seattle e me esconder com o meu ex e a namorada dele... Isso não seria nem um pouco constrangedor. — Ouvindo meu comentário, Kellan sorriu para mim.

Depois de um longo silêncio, Denny disse em voz baixa:
— Noiva. Eu pedi Abby em casamento, e ela aceitou.
Embora já esperasse por isso, senti um frio na espinha. Devia ter sido assim que Denny se sentira quando Kellan e eu "nos casamos" na sua frente. Engolindo em seco, ignorei a pontinha minúscula de mágoa e me alegrei de coração por aquele momento histórico na vida de meu melhor amigo.
— Denny, isso é... Parabéns. Estou tão feliz por você, aliás, por vocês dois. Você merece uma vida maravilhosa, e tenho certeza de que Abby vai te dar uma.
Ele suspirou, parecendo aliviado.
— Obrigado. Estava... com medo de te contar.
— Pois não fique com medo de me dar boas notícias. Nossa amizade já passou desse ponto. Pelo menos, é o que espero.
— Já passou, sim — concordou ele.
No instante em que desliguei, o celular voltou a tocar. Imaginei que iria receber muitas ligações aquele dia. E já estava farta de recebê-las. Fiz uma careta, dando uma olhada na tela. Apertando o botão de "atender", levei o celular ao ouvido.
— Oi, pai.
Mantive a voz o mais despreocupada possível, mas não adiantou. A resposta de meu pai foi: *Você precisa voltar para casa agora!*
Ficando numa posição confortável na cama, passei os vinte minutos seguintes convencendo meu pai de que eu estava bem, Kellan estava bem, tudo ia às mil maravilhas, portanto ele não tinha absolutamente nada com que se preocupar. Esperei que isso não fosse mentira.
Kellan abriu a porta para Jenny e Rachel, que entraram no quarto enquanto eu tentava de todos os modos me livrar do telefonema de meu pai. Ele estava a três segundos de vir me buscar na Filadélfia. Quando finalmente consegui desligar, Jenny me deu um abraço.
— Oi, Rachel e eu estamos indo para o aeroporto. Só queria me despedir antes de ir embora.
Quando Jenny e eu nos afastamos, notei que seu rosto geralmente animado não estava tão alegre como de costume. Ao seu lado, Rachel parecia igualmente abalada.
— Detesto ver o que a mídia está fazendo com você. Estão te pintando como uma desclassificada qualquer.
O celular de Kellan tocou de novo e, suspirando, ele se virou e atendeu; ainda estava de cueca. Rachel mantinha os olhos longe do corpo escultural de Kellan; Jenny nem pareceu notar.
Suspirando com o comentário de Jenny, dei uma olhada na cama. Kellan trouxera meu notebook na noite passada, além de minha sacola com uma muda de roupa.

Enquanto eu convencia meu pai de que não havia nada com que se preocupar, ele dera uma olhada na Internet, para ver o que saíra a meu respeito. Não precisou pesquisar muito. A página de notícias que a web abriu dava lugar de destaque ao drama na seção dos mais visualizados. Havia algo de muito estranho no fato de um site conceituado daqueles exibir de um jeito tão sensacionalista os problemas amorosos de um casal de rock stars.

Havia três fotos de Kellan comigo no artigo. Uma delas era um close dos nossos rostos, tirada durante o beijo. Kellan estava sofrendo no retrato, a dor em sua expressão tão nítida quanto meus lábios sobre os dele. A segunda fora tirada um momento depois, ao notarmos a presença do paparazzo. Estávamos olhando para ele, ambos com uma expressão chocada; mesmo surpreso, Kellan parecia estar sofrendo. A lente se aproximara tanto de nós, que o cemitério nem aparecia. Graças à emoção no rosto de Kellan, ficou parecendo mesmo que ele estava traindo Sienna, e se sentindo mortificado por esse motivo. Eu o estava confortando naquele momento, mas na foto fiquei parecendo uma sedutora fria como uma pedra de gelo, levando-o a ser infiel à mulher que amava.

A última foto, que devia ter rendido uma fortuna ao paparazzo, era de Kellan parado diante do cara depois de derrubá-lo no chão. Com uma expressão possessa, Kellan parecia querer continuar enchendo-o de socos – um adúltero furioso por ser apanhado em flagrante. Era uma mina de ouro de fofocas, tudo altamente enganoso e incriminador.

Seguindo meu olhar, Jenny apontou para o notebook.

– Estou me sentindo muito mal por ter que te deixar no meio desse circo.

Vendo Kellan passar a mão pelos cabelos enquanto falava com mais uma pessoa no celular, respondi:

– Minha vida com ele sempre vai ser um circo. – Sorrindo, olhei novamente para ela. – Mas ele vale a pena.

Jenny me deu mais um abraço.

– Nós temos que ir, mas me liga sempre que precisar, OK? – Quando nos separamos, sua mão pousou no meu braço. – E tenha fé.

Engolindo súbitas lágrimas, respondi que tinha. A fé ainda era uma das poucas coisas que eu tinha naquele momento. Em seguida, Rachel e eu trocamos um breve abraço, e então minhas duas amigas tornaram a desaparecer da minha vida. Fui assaltada por uma solidão enorme; tinha gostado muito de revê-las. Mas logo tratei de lembrar que as veria de novo no meu casamento, e nesse meio tempo teria minha irmã para me fazer companhia. Fiquei imaginando se Anna já vira aquilo.

Kellan deu uma olhada no quarto quando finalmente desligou o celular.

– As meninas já foram?

– Já.

Ele assentiu, mostrando o celular. Com um sorriso amargurado, contou:

— Meu pai e Hailey ligaram. Estão preocupados com você. Hailey tem medo de que você seja linchada pelos fãs antes de tudo isso se esclarecer. — Franziu o cenho, como se sentisse o mesmo medo.

Passando os braços pelo seu pescoço, respondi:

— Nós vamos resolver esse assunto, mas no momento, você tem que se vestir para ir àquela apresentação privada. — Arqueei uma sobrancelha, relembrando a ele que ainda tinha um trabalho a fazer em meio a toda aquela loucura. Kellan jogou a cabeça para trás.

— Meu Deus, eu tinha me esquecido totalmente daquilo. — Parecendo estar a fim de desmarcar, disse: — Queria me encontrar com alguém hoje à tarde para fazer uma declaração formal sobre aquelas fotos, mas não vai dar tempo.

Pousando a mão na tatuagem de meu nome sobre seu coração, dei um beijo nele. Como que confirmando o que Kellan acabara de dizer, nossos celulares começaram a tocar, e Tory bateu na porta: *Dez minutos, Kyle!*

Eu já estava farta de esconder a nossa relação. Por isso, quando a caminhonete preta alugada pela gravadora nos deixou na local onde os D-Bags se apresentariam, entrei no prédio de mãos dadas com Kellan. O enxame de paparazzi à nossa espera do outro lado da cerca de segurança era imenso; nunca tinha visto tantas câmeras em toda a minha vida. Ao nos ver juntos, na mesma hora eles entraram em ação, uma chuva de flashes espocando em padrões aleatórios. A multidão que gritava pela melhor foto de nós dois parecia uma enorme árvore de Natal viva, suas luzes tentando desbancar o sol naquela fria tarde de outono. Um paparazzo mais alto no meio da multidão só precisava de um anjo na cabeça para completar o efeito. Fiquei grata pelo calor e a segurança que emanavam da mão de Kellan apertando a minha com força — eu me sentia como se meu corpo inteiro fosse se desmontar, de tanto que tremia.

Isso se afastava tanto da minha zona de conforto que tive certeza de que estava invadindo a zona de conforto de alguém. Mas em vez de me acovardar e me esconder, ergui a cabeça e aprumei a coluna. Não estava fazendo nada de errado, portanto não tinha nada de que me envergonhar ou sentir medo. Mas os fãs na multidão interpretaram minha determinação como arrogância. Insultos voaram no estacionamento, e dos mais agressivos — *puta, piranha, destruidora de lares, vaca* e muitos outros que nem tive coragem de repetir para mim mesma. Kellan apertava minha mão com tanta força que chegava a doer, quando finalmente nos vimos por trás de portas fechadas. Sacudi a mão para que ele deixasse que a circulação se refizesse nos meus dedos.

— Desculpe — murmurou ele. — Eu tinha que te segurar para me impedir de quebrar algumas cabeças.

Sorri para ele.

— Considerando que a maioria dos corpos presos a essas cabeças são de jovens fãs do sexo feminino, eu diria que você fez muito bem em não dar socos em nenhuma delas.

Ele passou os braços pela minha cintura.

— É, mas não pense que foi por falta de vontade.

— Não pense que eu também não tive vontade — respondi, brincando. Quer dizer, meio que brincando.

Kellan e eu nos dirigimos ao camarim dos D-Bags. Os outros rapazes já estavam lá quando entramos. Anna também. Parada diante de uma mesinha atulhada de petiscos, ela virava um saco de M&Ms numa tigela gigante de pipocas frescas. Despencando numa poltrona, esparramou-se e equilibrou a tigela na barriga. Enquanto Kellan se aproximava de Matt e Evan, sentei ao lado dela.

— Oi — murmurei, vendo a tigela balançar um pouco quando Maximus se mexeu embaixo dela.

Anna enfiou um punhado de pipocas e confeitos na boca.

— Oi. Ouvi dizer que você é uma piranha mau caráter que roubou o namorado de Sienna.

Recostando a cabeça na poltrona, sorri para minha irmã.

— Pois é, agora é oficial: sou um lixo completo.

Anna ficou mastigando por um momento, e então sorriu.

— Bem, piranha ou não, eu ainda te amo.

— Obrigada, senhora Hancock,* também te amo. — Rindo, peguei um punhado de pipocas na tigela. Anna empurrou minha mão.

— O fato de eu te amar não significa que vou dividir minha pipoca. — Apontou para a mesa. — Vai lá pegar seus doces, sua piranha de quinta categoria.

Exagerando um gemido magoado, preparei para me levantar, mas parei ao notar que Anna estremecia de dor, pressionando as costas.

— Você está bem, mana?

— Estou, é só uma dorzinha nas costas que fica indo e vindo... Estou ótima.

Achei que ela estava meio pálida, o rosto sem vida e cansado. Talvez fosse só porque não estava usando a sombra e o rímel que costumava aplicar com tanta habilidade. Eu estava habituada a ver minha irmã sempre maquiada. Nosso pai ficava doido por ela raramente ir a algum lugar sem maquiagem. Ele vivia dizendo: "Por que você precisa de rímel, se só vai sentar num cinema com as luzes apagadas?" E a resposta dela era invariável: "Porque vou ter que atravessar o corredor até a poltrona, pai." Só o fato de não ter pintado os olhos aquele dia mostrava o quanto estava cansada.

---

* *Cock*: gíria para o órgão sexual masculino. (N. da T.)

— Anna, talvez você devesse voltar para o ônibus e se deitar.

Ela balançou a cabeça; até seus cabelos pareciam um pouco sem brilho.

— Quero assistir ao show. Griffin vai fazer um solo para mim. — Seu sorriso, embora ainda traísse sua dor, era cheio de amor pelo marido. Eu ainda não conseguia me habituar a ouvir aquela palavra relacionada a Griffin.

Tory chegou pouco depois para levar os D-Bags ao encontro com os fãs. Não querendo atrapalhar o trabalho de Kellan irritando os fãs desnecessariamente, decidi continuar no camarim. Anna parecia confortável demais para seguir Griffin, por isso ficou comigo. Ou talvez não se sentisse nem um pouco confortável. Não pude ter certeza. Ela parecia ótima na superfície, mas de tantos em tantos minutos exibia uma expressão estranha, concentrada, e começava a respirar pausadamente. De repente, ficava bem e voltava a comer pipocas. Era estranho.

— Tem certeza de que está bem, Anna?

Apertando um M&M entre os dedos, ela franziu o cenho.

— Para ser franca, não. — Inclinando a cabeça para examinar a tigela, ela reclamou: — O chocolate foi todo para o fundo.

Com uma expressão que indicava que não tinha achado a menor graça, apontei para suas costas.

— Eu quis dizer fisicamente. Está tudo bem?

Anna fez um gesto, debochando da minha preocupação.

— É só uma dorzinha nas costas. É no que dá carregar uma bola de boliche de cinquenta quilos de um lado para o outro. Vai passar se eu ficar com os pés para cima. — Para enfatizar o que dizia, remexeu os dedos dos pés, que pousara em cima de uma cadeira à sua frente.

— Não sei não, Anna. Talvez você devesse ver um médico. Quando foi a última vez que teve uma consulta? — Anna andara se descuidando do seu pré-natal desde que deixara Seattle. Eu não sabia exatamente o que era feito nessas consultas, mas provavelmente incluía orientação sobre dores nas costas.

— Por causa de uma dor nas costas? — Ela revirou os olhos. — O que eles vão fazer num hospital? Me mandar sentar, e mais nada. E isso eu já estou fazendo, portanto... estou seguindo as ordens médicas antes mesmo de recebê-las. — Sorriu para mim. — Porque sou *o máximo*.

Eu já ia responder ao seu comentário sarcástico quando ela gemeu, aspirando por entre os dentes. A tigela despencou da sua barriga e bateu no chão, espalhando pipoca por toda parte. Levando as duas mãos às costas, ela massageou freneticamente os músculos em volta dos quadris. Vendo a dor em seu rosto, fiz com que ela se virasse e fiquei atrás dela. Pressionando os polegares com força na região lombar, fiquei vendo minha irmã se inclinar para frente e se esforçar para respirar calmamente, sem gemer de dor. Meu coração acelerou quando comecei a me dar conta de que isso era muito mais do que uma dor nas costas. Isso era o meu sobrinho batendo à porta, querendo sair.

— Anna, você tem que ir para um hospital. Você está em trabalho de parto.

Ela balançou a cabeça. Com a voz estrangulada, insistiu:

— É só uma dor nas costas, Kiera. Ainda falta uma semana para eu dar à luz.

Tive vontade de dar um pescotapa nela como Kellan às vezes fazia com Griffin, mas não tive coragem de parar de massageá-la enquanto sentia tanta dor.

— Quase ninguém dá à luz na data prevista, Anna.

Gemendo, ela murmurou:

— Então por que se chama "data prevista"? Deveria se chamar "data estimada de entrega".

Contendo um sorriso, respondi:

— Bem, não importa como se chama, o bebê é que decide quando quer chegar, e apesar da sua opinião sobre o assunto, parece que Maximus está a fim de nascer hoje.

Anna deu um sorriso idiota, apontando para o mar colorido de M&Ms que tinha restado no fundo da tigela entornada:

— Mas e o meu chocolate...

Massageando-a com uma das mãos, peguei minha bolsa e procurei o celular.

— Seus confeitos vão ter que esperar, Anna.

Encontrei o celular mais uma vez escondido no livro que eu só lera até a metade. Tirando-o dentre as páginas, fui passando os números até o de Kellan. Ele não atendeu. Em seguida, tentei o de Griffin. Que também não atendeu. Não esperando nada diferente, tentei os de Evan e de Matt, e então novamente o de Kellan. Ninguém atendeu. Não fiquei muito surpresa. Tory mantinha uma rigorosa política anticelular durante os encontros com os fãs. Deacon atendera uma ligação uma vez durante um desses encontros, e Tory só faltara queimá-lo vivo depois que os fãs foram embora. Ela podia pôr os rock stars muito acima do público geral na sua lista de prioridades, mas sabia muito bem quem é que comprava os CDs.

— Droga, vou ter que ir lá chamar o pessoal. — O que também significava que iria ter que entrar num salão cheio de fãs de Kell-Sex. Mas não tinha escolha.

Anna assentiu, deixando escapar um gemido.

— Chama o Griffin... Quero o Griffin — falou como uma menininha perdida e assustada.

Fiz um carinho nas suas costas, e então me levantei para ir buscar seu marido. Quando ela gritou meu nome, parei diante da porta. Ao me virar, vi que olhava para mim com uma expressão de pânico:

— Acho que acabei de fazer xixi na calça!

Corri para ela. Sua legging preta estava ensopada, e a poltrona em que sentava também. Meu queixo despencou.

– Não, acho que foi a sua bolsa d'água que rompeu.

Nesse momento, ela oficialmente entrou em pânico.

– Não, não, não! Eu *não vou* dar à luz nos bastidores de um show de rock! Preciso ir para um hospital e receber a dose máxima de anestésicos permitida por lei!

Fiquei tão chocada, que a única resposta que me ocorreu foi:

– Bem, ele foi *concebido* nos bastidores de um show, de modo que é bastante lógico que nasça em um.

Anna deu um tapa no meu braço, e não foi nada leve. Eu ia ficar roxa no dia seguinte.

– Me leva pra uma porra de um hospital, Kiera!

Não querendo que minha integridade corresse ainda mais riscos, dei meia-volta e saí correndo do camarim. Pela primeira vez desde que a turnê começara, não consegui encontrar uma única pessoa. Nem uma porcaria de um técnico à vista. Quase sempre havia gente correndo por ali, fazendo alguma coisa, mas naquele momento não havia ninguém nos bastidores. Parecia uma cidade fantasma. Maldizendo minha falta de sorte, corri para o único lugar onde sabia que havia gente... muita gente. Era aonde eu precisava mesmo ir, pois Griffin estava lá.

Comecei a ouvir os gritinhos ao me aproximar do salão, e imaginei que o desfile diante dos rock stars já devia ter começado. As portas estavam escancaradas quando cheguei, e algumas fãs mais excitadas começavam a sair. Algumas estavam com o rosto vermelho, como se tivessem chorado. Precisando chegar até Griffin, passei depressa por elas, o que fez com que uma gritasse: "Não é aquela piranha do Kellan?" E outra respondeu: "É, acho que sim. Não acredito na cara de pau dessa mulher. O que está fazendo aqui?"

Respirei fundo, ignorando-as. Tinha coisas muito mais importantes com que me preocupar no momento do que fofocas. Quando entrei na sala, meus olhos na mesma hora encontraram os de Kellan. Os dele se arregalaram, o choque se estampando no seu rosto. Sabia que eu não iria até lá se não fosse absolutamente necessário. E eu sabia que as fãs interpretariam seu choque como pânico – *Ah, não, minha amante no mesmo aposento que a minha namorada!* –, mas também que Kellan intuíra que algo estava errado, muito errado.

Ao lado de Sienna, ele tentou avançar na minha direção, mas a multidão de fãs não o deixava se mover. Só que não era com ele que eu precisava falar.

Ignorando-o, fui abrindo caminho por entre as fileiras de fãs até chegar a Griffin. O que fez com que recebesse muita atenção indesejada. Fez-se um silêncio ao meu redor que logo deu lugar a cochichos agressivos. Ouvi vários *É ela! Ela está aqui! Que cachorra!* Quando as pessoas se deram conta de quem eu era, começaram a reagir. No começo, apenas não me deixaram passar. Eu pedia com educação, dava cutucadinhas, mas era como se a muralha de fãs tivesse subitamente se transformado em pedra. Todas tinham perguntas, e não iam arredar um centímetro dali enquanto não recebessem respostas. Comecei a entrar em pânico. Minha irmã ia ter um bebê. Precisava do marido. Eu precisava passar. Era só nisso que conseguia pensar. Na minha pressa, comecei a abrir caminho aos empurrões. Nem um pouco satisfeitas por me verem, elas me empurravam de volta. Quando a área ao meu redor virou um empurra-empurra generalizado, comecei a fazer algum progresso... principalmente quando começaram a me empurrar por trás. Qualquer coisa que me levasse até Griffin era bem-vinda!

Quando eu estava quase na frente dele, fui empurrada contra uma garota com jeito de durona que exibia um corte moicano em rosa-choque. Também usava uma camiseta Kell-Sex. Quase suspirei ao ver por sua expressão que me reconhecera. Ela nem me deu uma chance de pedir licença para poder passar. Para alegria das fãs ao redor, ela me tascou um tapa no rosto. Eu nunca tinha levado um tapa, e acabara de aprender o quanto era desagradável. Jurei nunca mais bater em um ser humano na vida, mesmo que merecesse.

Meu ouvido esquerdo ficou zumbindo, mas ainda assim ouvi Kellan gritar com a maior nitidez: "Ei!" Houve uma comoção atrás de mim, mas aproveitei o momento de distração das fãs para finalmente me dirigir até Griffin. Seus olhos estavam tão arregalados quanto os de Kellan tinham ficado.

— Puta que pariu, ela te deu mesmo um tapa! Você está bem?

Com uma expressão zangada, Griffin fuzilou com os olhos a fã do corte moicano. Não precisando que ele defendesse minha honra naquele momento, segurei sua mão.

— Anna entrou em trabalho de parto, a bolsa d'água rompeu. Temos que levá-la para um hospital... agora!

O queixo dele despencou.

— Ela entrou... — Seus olhos foram para a porta bloqueada por centenas de fãs, que já não esperavam mais com a mesma paciência, em filas organizadas. Ouvi Tory tentando acalmá-las, e Kellan chamando meu nome. Ignorei os dois e me concentrei em Griffin. Ele voltou a olhar para mim, preocupado:

— Ela está bem?

— Não — respondi, puxando-o pelo braço. — Está em pânico, e eu tive que deixá-la sozinha para vir procurar você.

Griffin assentiu, e então começou a abrir caminho aos empurrões. Não foi tão gentil ou educado como eu tinha sido:

— Sai da frente, porra! — Ainda segurando minha mão, ele me puxava por entre o mar de fãs chocadas. Matt e Evan tentaram segui-lo, mas foram engolfados pela multidão que se fechou às nossas costas. Quando passei por Kellan, gritei acima da barulheira: *Anna! Hospital!*

Kellan entendeu imediatamente e se virou para Sienna. As pobres fãs baratinadas não faziam a menor ideia do que estava acontecendo, mas aproveitaram o caos que eu tinha criado para quebrar o protocolo e rodear os seus amados rock stars. Kellan estava imprensado contra a parede por fãs afoitas que exigiam sua atenção. As que não estavam perto o bastante para demonstrar seu amor por ele resolveram demonstrar seu ódio por mim. Fui xingada, levei rasteiras, e cheguei a sentir uma delas cuspindo no meu cabelo. Griffin me puxava em meio ao pandemônio em direção à relativa segurança do corredor. Coisa 1 e Coisa 2 entraram correndo no salão depois que saímos. Torci para que conseguissem libertar Kellan e Sienna. Também rezei para que as fãs não o machucassem, e então segui Griffin às pressas em direção ao camarim.

Anna estava andando de um lado para o outro quando chegamos, esfregando as costas e respirando com força. Com a testa coberta de gotas de suor, olhou para a porta, e o alívio amenizou a dor em seu rosto quando viu Griffin.

– Griff? Esse troço tá começando a doer pra cacete!

Griffin passou as mãos pelos cabelos.

– Tá, tudo bem. Vamos te levar pra um hospital, e lá eles te dão um anestésico. – Correu até ela e a amparou, ajudando-a a sair da sala.

Eu não queria decepcionar Anna explicando que provavelmente era tarde demais para tomar um anestésico, mas achei que devia mencionar um pequeno detalhe que os dois pareciam estar esquecendo:

– E o show?

Griffin na mesma hora se lembrou de onde estava.

– Merda! – Cravou um olhar penetrante em mim. – Você conhece as músicas da gente. Fica no meu lugar.

– Mas eu não sei tocar baixo!

Ele me deu um tapinha nas costas, passando por mim.

– Você vai se sair bem. Boa sorte.

E fiquei olhando enquanto se afastava, imaginando se tinha mesmo acabado de me tornar a baixista substituta dos D-Bags. Balançando a cabeça, corri atrás dele:

– Não, eu vou com vocês para o hospital. Provavelmente, o público atiraria ovos em mim.

Sem se importar com o destino da banda, Griffin esfregava as costas de Anna.

– Matt cuida disso. Ele sempre cuida de tudo. – Rezei em silêncio para que Matt não tivesse um aneurisma aquela noite.

Quando abrimos a porta da saída dos fundos, fiquei pensando se devia chamar um táxi ou uma ambulância. Mas, por sorte, não precisei fazer nenhuma das duas coisas. Um carro da gravadora se aproximou, enquanto Anna descia as escadas com esforço, ofegante. O jovem motorista pareceu alarmado ao ver a cena, mas abriu a porta depressa para

Anna e Griffin. Quando entrei, lembrei que tinha visto Kellan falando com Sienna antes de os dois serem cercados pelas fãs. Devia ter pedido a ela que mandasse um carro. Eu não podia me esquecer de agradecer a Sienna mais tarde.

Enquanto o motorista nos conduzia depressa pelas ruas da Filadélfia, o celular, que ainda estava na minha mão, tocou. Era Kellan. Aliviada por ele não ter morrido esmagado, atendi.

– Você está bem?

Kellan soltou um longo suspiro.

– Eu ia perguntar a mesma coisa. Não acredito que aquela filha da mãe te deu um tapa.

– Estou ótima. – Meu rosto ainda ardia do tapa, e não me surpreenderia nada se estivesse com marcas de dedos, mas eu estava muito melhor do que minha irmã. Ela respirava com força, lágrimas brotando nos olhos enquanto trincava os dentes e se esforçava para conter a dor.

– Como está Anna? – perguntou Kellan, enquanto eu olhava para ela do banco da frente.

– Ela está... bem. – Anna fechou os olhos, deixando escapar um gemido de dor. Com mais ternura do que eu jamais teria achado possível, Griffin a abraçava, sussurrando palavras de conforto no seu ouvido. A imagem dos dois juntos era comovente, e de repente a imagem de Griffin ao lado da minha família na manhã de Natal não me pareceu mais tão estranha.

– Gostaria de poder estar aí com você, mas Matt está apavorado por causa do show – disse Kellan. – David vai ficar no lugar do Griffin, e nós vamos fazer um ensaio de emergência para ele aprender as músicas depressa. Mas eu explico a Sienna que vamos pular o bis e sair direto depois do show. Tenho certeza de que ela vai compreender.

Eu não tinha tanta certeza assim, mas sabia que ela teria que acorrentar Kellan se quisesse que ele não saísse de lá.

– Tudo bem, te vejo lá, então. Boa sorte.

– Para você também. – Deu uma risada irônica.

Quando chegamos à Emergência de um dos muitos hospitais da cidade, mandei uma mensagem rápida para Denny. Tínhamos muitos amigos em Seattle que se interessariam em saber que Anna ia ter o filho aquela noite, por isso pedi a ele para repassar a mensagem. Quando Griffin começou a ajudar Anna a sair do carro, desci e fui correndo dar uma mão a ele. Amparando-a entre nós, levamos minha irmã para as portas da Emergência. Ela não parava de tentar se agachar, como se precisasse urinar. Torcendo para que não estivesse fazendo o que me parecia, disse a ela, em tom urgente:

– Não faz força ainda, Anna, estamos quase chegando.

— Não é exatamente uma coisa que dê pra controlar — resmungou, me dando uma olhada. — Você não faz ideia de como seja a sensação!

— Eu sei, mas tenta.

Cabeças se levantaram quando entramos na sala silenciosa; felizmente, era uma noite de pouco movimento. Griffin olhou para uma enfermeira sentada atrás de uma mesa.

— A gente precisa de ajuda! Minha mulher vai dar à luz!

Senti uma ponta de alívio ao ver que tinha conseguido explicar a situação sem usar nenhum palavrão. A enfermeira se levantou depressa e pegou uma cadeira de rodas para Anna. Em seguida, entregou a Griffin uma prancheta com vários formulários.

— O senhor precisa preenchê-los enquanto eu providencio a internação dela.

Griffin olhou para a pilha de papéis como se estivessem escritos em algum idioma estrangeiro.

— Não vou preencher a porra desses formulários enquanto minha mulher tá quase parindo. Endoidou, mulher?!

Soltando um suspiro exasperado, tirei a prancheta das suas mãos. E eu me sentindo toda orgulhosa por ele não ter dito um palavrão.

— Deixa que eu preencho. Vai com Anna. — Para a enfermeira, acrescentei: — Acho que a bolsa d'água já rompeu.

A enfermeira assentiu e começou a empurrar Anna em direção às portas duplas. Griffin foi rente no seu encalço. Antes de desaparecer, disse, sem se virar:

— Valeu, Kiera.

Suspirei e me sentei, sabendo que provavelmente meu sobrinho nasceria enquanto eu ainda estivesse preenchendo as drogas dos formulários. Mas achei que Anna e Griffin precisavam passar por aquilo sozinhos.

Quando terminei com a papelada, entreguei-a à enfermeira que fizera a internação de Anna. Ela disse para onde minha irmã fora levada. Passei por uma loja de presentes no caminho e parei para comprar um ursinho de pelúcia azul. Passando o dedo pela fitinha de seda em volta do pescoço do brinquedo, fui para o andar da maternidade.

Indo até o posto de enfermagem, já ia perguntar qual era o quarto de Anna, quando vi Griffin. Ele vinha andando pelo corredor como se estivesse em transe. Fiquei apavorada ao ver sua expressão. Passando por mim, afundou numa poltrona na sala de espera. Sem saber se devia falar com ele ou correr para junto da minha irmã, sentei ao seu lado, hesitante.

— Griffin? Você... está bem?

Com a expressão ainda impassível, ele olhou para mim. Seus olhos claros estavam mais arregalados do que eu jamais tinha visto.

— Aquilo... foi... a coisa... mais nojenta... que já vi na minha vida.

Meu medo desapareceu. Ela estava bem. Dei um tapinha no seu joelho, e sua expressão se encheu de paz.

– ... e a mais maravilhosa também. – Seus olhos ficaram rasos d'água, e senti um aperto na garganta. – Você precisava só ver a Anna, Kiera. Ela foi tão corajosa. – Assenti, e tive o mais estranho desejo de abraçá-lo. – Pode ir lá ver ela agora. É absolutamente linda... perfeita, como a mãe.

A ficha demorou um minuto para cair.

– *Ela?* Anna teve uma menina?

Griffin concordou, uma lágrima escorrendo pelo rosto.

– A idiota da técnica do ultrassom pisou no tomate. Anna tinha razão... como sempre. – Minhas mãos voaram para a boca, um soluço me escapando. Então passei os braços por Griffin e lhe dei um abraço apertado. Ele riu e chorou nos meus braços, e senti algo pelo baixista dos D-Bags que jamais sentira antes – um profundo amor fraternal.

Secando o rosto, levantei da poltrona.

– Qual é o quarto?

Levantando também, Griffin apontou para o corredor de onde viera.

– É ali. Eu te levo.

Minha irmã parecia tão exausta quanto radiante quando entramos. Segurava uma coisinha fofa enrolada em mantas cor-de-rosa, usando uma touca listrada em tons pastéis. Comecei a chorar novamente. Quando Anna olhou para mim, seu rosto estava molhado.

– Eu consegui, Kiera.

Dei um abraço nela, emocionada.

– Sabia que você ia se sair bem. – Ela mudou a posição da pessoinha minúscula que dormia sobre o seu peito para que eu pudesse ver o rosto. Era a coisa mais perfeita, rechonchuda e cor-de-rosa do mundo, com bochechinhas fofas que davam vontade de encher de beijos. Como se soubesse que eu a observava, ela abriu os olhos azul-acinzentados e ficou olhando para mim. Sua boca se abriu, como se já tentasse sorrir. Griffin tinha razão, ela era absolutamente linda, provavelmente a coisa mais linda que eu já tinha visto. Não, ela era *sem a menor sombra de dúvida* a coisa mais linda que eu já tinha visto.

Uma das mãozinhas se libertou das mantas que a cercavam, e com toda delicadeza estendi a mão para ela. Seus dedos instintivamente agarraram meu mindinho, e voltei a soluçar. Levantando o ursinho azul com a outra mão, disse a Anna:

– Acho que preciso trocar pelo cor-de-rosa.

Ela assentiu.

– Eu te disse que ia ter uma menina.

Enquanto fazia um carinho nos dedos da minha sobrinha, perguntei aos dois:

— E então... vai ser Myrtle, não é?

Anna soltou um bufo.

— Não! Nem em mil anos eu daria um nome desses à minha filha. Escolhemos coisa muito melhor.

Olhei para um, depois para o outro. Quando eles tinham escolhido outro nome? Tinham passado meses totalmente decididos a chamar a criança de Maximus. Griffin deu um sorrisinho, e comecei a me preocupar com o nome que os dois tinham escolhido para minha sobrinha.

— O nome dela é Gibson. — Fez um gesto no ar como se tocasse um baixo, e entendi a referência. Gibson era uma marca de baixos e guitarras. Um nome meio estranho para um bebê, ainda mais uma menina, mas perfeito para a filha de um rock star. Na hora me apaixonei por ele.

Sorrindo, dei um beijo no seu rostinho.

— Olá, Gibson, é muito bom finalmente te conhecer.

Um pensamento me ocorreu, e dei uma olhada na minha irmã, que sorria de orelha a orelha. Nossa mãe vinha ligando para ela sem parar havia duas semanas, querendo ir a Seattle, para não perder o parto. Anna a enrolara, dizendo que era cedo demais. Honestamente, acho que apenas não queria contar que não estava em Seattle como nossos pais pensavam. Mamãe ia ficar furiosa por ter perdido o nascimento do primeiro neto.

— Anna — falei —, mamãe vai matar a gente.

Capítulo 24
FOFURA E CRUELDADE

Anna e eu decidimos ligar para nossos pais pela manhã. Eles já tinham perdido o nascimento mesmo, portanto que diferença fariam mais algumas horinhas de ignorância? Além disso, Anna ainda não queria pensar no que iria fazer, e nossos pais iriam lhe cobrar uma definição. Por enquanto ela só queria ficar sossegada com a filhinha recém-nascida.

Fiquei lendo meu livro no canto do quarto enquanto ela dormia e Griffin segurava Gibson. Ele olhava para a filha como se não conseguisse tirar os olhos dela. Também não conseguia parar de sorrir. Eu nunca tinha visto Griffin numa felicidade tão completa. De vez em quando, Gibson fazia alguma coisa fofa e Griffin ria. Também nunca o tinha visto rir assim. Era uma imagem adorável, e logo deixei de ler o livro para ficar apenas observando-o.

Ajustando a touca de Gibson, Griffin passou os dedos pelos seus cabelinhos finos. Sorrindo, olhou para mim.

– Acho que ela vai ser loura, como eu. – Olhou para ela novamente, com ar de adoração. – Mas estou torcendo para que tenha os olhos de Anna. – Os olhos de Gibson eram azul-acinzentados, mas a enfermeira dissera que a maioria dos bebês nasce com os olhos dessa cor, e é só durante o primeiro ano que eles adquirem a cor definitiva. Achei isso muito interessante, mas fiquei meio surpresa por ver que Griffin tinha memorizado a informação.

Já era tarde quando Kellan apareceu com Evan e Matt, já quase no fim do horário de visitas. Eu voltava da sala de espera, onde fora comprar um café na máquina, e vi Kellan se aproximar todo sorridente do posto de enfermagem. Provavelmente teria sido capaz de convencer as enfermeiras a arranjar uma banheirinha para ele e lhe dar um banho de esponja.

Todos os rapazes usavam roupas diferentes da última vez que eu os vira. Kellan tinha se apresentado com uma camiseta vermelha lisa, de manga curta, mas a que usava agora por baixo da jaqueta de couro era branca. Sorri ao ver que tinha se arrumado todo para a visita.

Tentando encontrar o quarto de Anna, Kellan não me viu enquanto se afastava com os rapazes. Contendo um risinho, avancei às suas costas e torci um beliscão no seu traseiro. Ele deu um pulo de meio metro e se virou.

– E aí, estranho, costuma pintar muito por aqui? – perguntei.

Kellan relaxou ao perceber que fora eu que o atacara.

– Não se puder evitar – respondeu.

Embora já lhe tivessem dito onde ficava, apontei para o quarto de minha irmã:

– Ela está ali.

Mordi o lábio, excitada, enquanto os meninos se apressavam para ir ver o mais novo membro da sua família. Eu tinha lhes mandado uma mensagem quando Gibson nascera, para dizer que ela e Anna estavam bem, mas tínhamos não decidido contar o sexo aos D-Bags. Anna queria que fosse uma surpresa.

Matt foi o primeiro a entrar no quarto e ver a sobrinha recém-nascida. Evan estava um passo atrás dele. Kellan e eu entramos por último. Anna agora estava acordada, mas ainda descansando. Griffin ainda segurava a filha, que inclinou para que Matt pudesse vê-la.

– O nariz é igualzinho ao meu, não é?

Matt estava em estado de choque.

– Você teve uma filha? – Olhou para Griffin e Anna. – Parabéns, é linda.

– Obrigado. – Griffin abriu um sorriso radiante como se tivesse feito todo o trabalho, quando sua parte na produção de Gibson fora a mais curta.

Anna sorriu orgulhosa ao ver a expressão do marido, e então apontou para a pia que ficava do outro lado do quarto.

– Vão lavar as mãos para poder pegá-la no colo.

Ver aqueles roqueiros normalmente joviais e despreocupados pegando aquela pessoinha minúscula no colo como se fosse feita de material radioativo me fez rir. Quando Gibson finalmente chegou aos braços de Kellan, ele secou as mãos no jeans.

– Estou supernervoso – sussurrou para mim. – E se eu a deixar cair?

Esfreguei seu ombro, respondendo no mesmo tom:

– Não se preocupe, você leva muito jeito com as mulheres.

Kellan revirou os olhos e, com todo o cuidado, recebeu Gibson das mãos de Evan. O sorriso que abriu ao olhar para ela me fez ficar com os olhos úmidos. Kellan segurando um bebê... Eu achava que ele parecia totalmente natural no palco, mas não era nada comparado com isso. Kellan tinha tanto a dar; era algo que estava escrito no seu rosto.

Virando-se para mim, ele murmurou:

— Ela tem um cheirinho tão bom. Por que será? - Como eu sempre me perguntava por que *ele* cheirava tão bem, só pude dar de ombros.

Ele ficou embalando-a de leve enquanto fazia caretas engraçadas, tentando fazer com que sorrisse. Sequei uma lágrima no rosto enquanto olhava. Quando ele se inclinou para esfregar o nariz no dela e Gibson tentou chupá-lo, tive que desviar os olhos antes que começasse a soluçar. Quase podia sentir os hormônios Quero-Um-Filho entrando em ação. Mas não podia pôr o carro adiante dos bois – antes, precisava enfrentar a cerimônia de casamento no mês seguinte.

Meus olhos encontraram os da minha irmã. Os dela estavam úmidos enquanto via a filha sendo amada. Apontou para Kellan e disse, por mímica labial: *Ele precisa de um filho.* Então apontou para mim e indicou a própria barriga, que diminuíra muito. Balancei a cabeça, reiterando o que tinha pensado antes – nada de pôr o carro adiante dos bois.

Matt tirava centenas de fotos com o celular. Eu já tinha um milhão no meu, mas voltei a tirá-lo da bolsa para fazer algumas de Gibson com Kellan. Sorrindo de orelha a orelha, Matt olhou para Griffin.

— Vou mandar algumas dessas para mamãe e papai. Já ligou para os seus pais?

— Já, eles querem que a gente vá para Los Angeles assim que a turnê acabar. – Tanto Griffin quanto Matt eram de Los Angeles e suas famílias ainda viviam lá, numa zona bastante afastada de onde ficava a mansão da gravadora. Ambos visitaram os pais quando nos hospedamos lá, mas passaram a maior parte do tempo na mansão. Griffin me dissera uma vez que era "muito mais irada que o cafofo dos meus velhos".

Imaginando o que eles iriam fazer nesse meio tempo, eu pensei em tocar no assunto com minha irmã. Mas Matt fez isso antes. Com uma expressão séria, disse a Griffin:

— A turnê vai embora da cidade em algumas horas. O que vocês dois vão fazer?

Griffin olhou para Anna, parecendo dividido.

— Nós temos que estar no ônibus quando partir. Tenho que ir com o pessoal.

Anna assentiu, engolindo em seco.

— Eu sei.

Olhando para Kellan, disse à minha irmã:

— Eu fico aqui com você, Anna. – Quando os olhos de Kellan se fixaram em mim, olhei para ela. – Tenho certeza de que você vai receber alta amanhã, se estiver tudo bem. E aí eu te levo para a casa... dos nossos pais. Você pode ficar lá descansando até o casamento.

Anna pareceu triste quando pensou em passar o mês seguinte com nossos pais. Mas o que mais poderia fazer? Se voltasse para Seattle, teria que fazer duas viagens com uma recém-nascida durante a temporada mais movimentada do ano. A ideia me parecia absurda. No momento, seria melhor deixá-la em Ohio. Além disso, ter mamãe por perto para ajudar seria bom para Anna... mesmo que fosse deixá-la doida.

Anna abaixou a cabeça, sem gostar nada da ideia, mas deixando claro que aceitava seu destino. Griffin, no entanto, não o aceitava em absoluto.

– Não, não concordo. – Indo até Kellan, tirou a filha com delicadeza do seu colo; Kellan pareceu relutante ao soltá-la.

Anna levantou a cabeça de estalo, seu olhar deixando transparecer a esperança de que talvez tivesse uma opção melhor. Cruzando os braços, fiquei imaginando em que opção Griffin podia ter pensado. Quando todos se viraram na sua direção, ele fixou os olhos na minha irmã.

– Não quero que você vá. Quero que fique no ônibus comigo. – Griffin se virou para me dar um olhar intimidante. – Depois que derem alta a ela, você leva Anna para mim. – Pela intensidade de seu olhar, ficou claro que não estava pedindo.

Não pude deixar de fazer uma expressão assustada.

– Você quer a sua filha recém-nascida numa turnê de ônibus com você?

Griffin deu de ombros, dando uma olhada nos amigos.

– Claro. Por que não?

Anna parecia estar dividida. Seu instinto maternal tinha entrado em ação, e lutava com seu espírito rebelde natural.

– Não sei não, Griffin. Não me parece nada higiênico.

Griffin bufou.

– Provavelmente eu sou a coisa mais imunda naquele ônibus, e você dorme comigo toda noite.

Tentei não rir da resposta. E falhei totalmente. Kellan me deu uma cotovelada, balançando a cabeça com ar de riso. Anna ainda parecia em dúvida. Olhou para Gibson, e então para mim.

– O que acha, Kiera? – Seus olhos estavam arregalados, cheios de medo. Agora que Gibson nascera, a ideia de fazer algo errado a apavorava. Estava morta de medo de fazer a escolha errada.

Pude sentir o olhar penetrante de Griffin em mim, e via a esperança no rosto de minha irmã, mas se ia responder com honestidade à pergunta, precisava pôr os dois de lado e pensar em Gibson. O que seria melhor para ela? Se fosse minha, o que eu faria? Não sabia muito sobre bebês, mas sabia bastante sobre as pessoas a bordo do nosso ônibus. Com exceção de nossos pais, que trabalhavam e não podiam abandonar os empregos para cuidar de minha irmã, não havia ninguém melhor na face da Terra para cuidar da minha sobrinha do que os D-Bags.

Virando-me para minha irmã, respondi:

— Acho que, na maioria dos casos, levar um bebê para um ônibus, com a vida que nós levamos, é totalmente insano. — Anna franziu o cenho, e Griffin começou a protestar. Levantei a mão para impedi-lo. — Mas, neste caso em particular, acho que vai dar certo. — Olhei para Anna. — A sua filha nunca vai ter uma infância típica mesmo, e não consigo pensar em nenhum outro lugar onde ela possa ser mais amada do que naquele ônibus.

Enquanto Anna abria um sorriso em meio às lágrimas, acrescentei:

— Além disso, a enfermeira não disse que eles praticamente só dormem, comem e fazem cocô durante os primeiros meses?

Griffin assentiu, agradecido, e então pareceu se dar conta de que tinha posto um fardo pesado nas costas da banda.

— Vocês... topam?

Kellan passou os braços pela minha cintura, beijando meu pescoço.

— Acho que parece uma ótima ideia.

Evan assentiu; nada o perturbava mesmo. Matt sorriu.

— Altos gritos vindo do seu quarto em todas as horas do dia e da noite? — Virou-se para Evan e Kellan. — Acho que já estamos acostumados a isso.

Depois de todos rirem, Kellan ficou sério e olhou para Matt.

— Vamos ter que levar um papo com o Holeshot.

Matt concordou.

— Deacon é um cara muito legal. Tenho certeza de que não vai se importar.

Virando a cabeça, comentei com Kellan:

— Eles também podem ir para o ônibus de Sienna. Ela não disse que estava cansada de viajar sozinha?

Kellan soltou uma risada que assustou Gibson.

— É uma excelente ideia.

Griffin deu um olhar zangado para Kellan.

— Fala baixo, cara. Você assustou a minha filha.

Kellan sorriu para o baixista.

— Desculpe. — Então estalou a língua do mesmo jeito que Griffin costumava fazer. Tive que esconder o rosto na camisa de Kellan para não rir alto demais e levar uma bronca do mais novo paizão superprotetor da praça.

Kellan e os rapazes foram embora pouco depois. O show tinha acabado, e o processo de desmontar e transportar o equipamento provavelmente já tinha começado. Fiquei esperando no corredor com Evan, Matt e Kellan, enquanto Griffin se despedia da família. Kellan ficou me abraçando enquanto esperávamos.

— Vou sentir saudades — disse.

Abaixando a cabeça, dei uma olhada nele.

— Também vou sentir saudades, mas você só vai para East Rutherford. Não é longe.

— Mas parece. — Sorriu para mim, e então olhou para a porta do quarto de Anna. — Acha que Griffin vai ser um bom pai?

Sorrindo, também olhei para a porta fechada. Fazia mais de quinze minutos que o baixista estava lá dentro se despedindo da mulher e da filha.

— Acho. Para minha grande surpresa, acho que ele vai ser um ótimo pai. — Um fato que ainda me deixava chocada.

— E acha que *eu* seria um ótimo pai... algum dia?

Apertando mais os braços em volta do seu pescoço, concordei, enfática:

— Tenho certeza de que vai. — Kellan sorriu ante a sutil promessa do nosso futuro em minhas palavras. Filhos não eram uma questão de *se* no nosso caso, apenas de *quando*.

Quando Griffin finalmente saiu do quarto de Anna, estava sutilmente secando os olhos. Fiquei pasma de ver a emoção que se estampava no seu rosto. Nunca o vira tão fora do ar. Ele franziu o cenho e deu um olhar duro para todos nós.

— Que é? — Então começou a atravessar o corredor, irritado, deixando para trás as duas pessoas que tinham se tornado seu mundo inteiro.

Matt e Evan o seguiram, apressados, Evan passando o braço pelos seus ombros, enquanto Matt lhe dava um soco brincalhão no braço. Kellan ficou vendo-os se afastar, e então suspirou; seu sorriso foi triste quando olhou para mim.

— Acho que vou trabalhar. Até mais tarde. — Franziu o cenho, preocupado, virando-se para me olhar. — Por favor, tome cuidado.

Ficando na ponta dos pés, dei um beijo carinhoso nos seus lábios.

— Eu sempre tomo cuidado. Te amo.

— Também te amo.

Enquanto se afastava de mim, tentei não pensar no quanto iria sentir saudades enquanto estivéssemos separados. Observar o jeito como suas roupas se moldavam ao corpo me ajudou. Diante da porta, ele se virou e acenou antes de sair. Vi uma enfermeira jovem ali perto suspirar, encarando-o sem a menor cerimônia. Rindo um pouco, acenei de volta. Quando ele desapareceu, suspirei, tão triste quanto a enfermeira.

Vinte minutos depois de ele me deixar, meu celular tocou. Corri para atendê-lo.

— Já está com saudades de mim, Kellan?

— É claro. — Seu tom feliz mudou quando acrescentou: — Olha, eu só queria te avisar que tinha um grupo de fãs se formando na frente do hospital quando nós saímos.

Na mesma hora levantei e olhei pela janela, mas o quarto de Anna dava para um pátio no centro do hospital, não para a saída.

— Fãs de Kell-Sex? Onde? — perguntei. — Como foi que...? — Mas me calei ao lembrar que caíra na asneira de anunciar, num salão cheio de fãs, que estava indo para um hospital. As mais furonas deviam ter me seguido, na esperança de encontrar Kellan – ou, talvez, de me confrontar... não tive certeza.

Kellan suspirou.

– É, acho que sim. Nós saímos pela Emergência, por isso elas não me viram. Devem achar que ainda estou aí... com você. Já liguei para o hospital avisando, por isso não acho que você vá ser incomodada enquanto estiver aí dentro. Mas, por favor, toma cuidado quando sair. Ainda não tive uma chance de explicar aquela foto.

– Tá, obrigada. – Que ótimo. Será que eu ia ter mesmo que enfrentar um bando de fanáticas histéricas, que provavelmente me odiavam, ao tentar levar minha sobrinha recém-nascida de volta para seu papai roqueiro? E justo quando pensava que minha vida não podia ficar mais louca do que já era.

Acordei na manhã seguinte com as costas doloridas, sem me sentir nem um pouco descansada. Uma enfermeira aparecera de tantas em tantas horas para fazer testes em Gibson, e eu acordara cada vez. Quando despertei totalmente, Gibson já não estava mais no quarto. Eu devia ter finalmente caído num sono mais profundo pela manhã, se ela fora levada sem eu ver. Embora tivesse certeza de que não poderia ter sido raptada sem ninguém notar – como produtos caros, todos os bebês tinham etiquetas no tornozelo que fariam um alarme soar se passassem pelas portas da frente –, senti um calafrio na espinha mesmo assim.

Anna também não estava no quarto, por isso imaginei que devia estar com a filha. Calçando os sapatos, pensei em sair procurando minha sobrinha por todos os quartos do hospital. Mas isso era o pânico falando. A parte mais racional de mim sabia que bastava perguntar a uma enfermeira onde ela estava. Quando fui para o corredor, vi logo que isso seria desnecessário. Anna avançava na minha direção, usando um robe do hospital, falando baixinho com Gibson no colo. Na mesma hora o medo deu lugar ao alívio. Então, soltei uma risada. Um enfermeiro seguia alguns passos atrás de Anna, seus braços sobrecarregados com um bebê-conforto, um buquê de flores e duas sacolas de viagem abarrotadas. Mesmo horas depois de dar à luz, minha irmã ainda era capaz de conseguir que os homens fizessem qualquer coisa que quisesse.

Sorrindo ao passar por mim, ela disse, alegre:

– O pediatra acabou de examinar os ouvidos de Gibson. A audição dela é perfeita, claro. – Rindo para a filha, Anna instruiu o enfermeiro a pôr as coisas em cima da cama. Ele pareceu fazer isso com o maior prazer, e até perguntou a Anna se precisava de mais alguma coisa. Ela fez que não, sem em nenhum momento tirar os olhos da filha.

Depois que o enfermeiro, meio a contragosto, saiu do quarto, eu me virei para Anna, apontando para os seus "suprimentos".

– Você, hum, foi fazer compras agora de manhã? – Sim, porque tínhamos vindo para o hospital só com a roupa do corpo.

Anna deu um beijo no rostinho de Gibson.

— Não, foi Sienna quem mandou tudo isso. Ela soube que saí correndo do estádio, provavelmente sem ter trazido nada... e imaginou que nenhum dos meninos iria pensar nesse tipo de detalhe. — Anna riu, seu rosto totalmente despreocupado.

Pisquei, examinando os presentes de Sienna. Tinha sido muito gentil da parte dela. Esperei que houvesse produtos de higiene nas sacolas; eu daria qualquer coisa por uma escova de dentes.

— Foi muito simpático da parte dela — comentei.

Anna fez uma festinha no rosto de Gibson, e então a colocou na cestinha de plástico transparente.

— Foi, sim. Ela até mandou o motorista esperar aqui, para poder nos levar de volta para a turnê quando Gibson e eu recebermos alta. — Caminhando até as sacolas, tirou várias roupas para si mesma, para a filha e, para minha surpresa, um conjunto para mim.

O espanto falou mais alto do que a curiosidade:

— Quando ela não está tentando manipular o público para acreditar que tem um relacionamento tórrido com o meu marido, até que é uma pessoa muito gentil.

Anna parou de separar as roupas.

— Você ainda acha que ela está atrás de Kellan?

Franzi o cenho.

— Não está perseguindo Kellan abertamente, mas duvido que o recusasse.

Sem se preocupar, Anna sentou na cama e voltou a esvaziar a sacola; estremeceu um pouco ao fazer isso, e imaginei que ainda devesse estar dolorida.

— E será que alguém o recusaria, Kiera?

Pegando o macacãozinho branco e rosa mais minúsculo que eu já tinha visto, respondi:

— Bem, *você* recusaria, espero.

Anna bufou, esfregando uma mantinha rosa-bebê no rosto.

— Isso nem se discute... e o mesmo vale para você. — Arqueou uma sobrancelha, a expressão totalmente séria.

Engasguei com a saliva, começando a tossir.

— Griffin? Você tem medo de mim com *Griffin*?

Anna começou a rir tanto que teve que secar as lágrimas dos olhos.

— Não, nem um pouco. Só queria ver a cara que você ia fazer. — Suspirando, balançou a cabeça, achando a maior graça. — Essa foi hilária.

Depois do almoço, o pediatra do hospital veio fazer um exame completo em Gibson. Pendurando o estetoscópio no pescoço quando terminou, disse a Anna:

— Sua filha é perfeita, e os resultados de todos os testes estão dentro dos parâmetros normais. Ela parece bem-alimentada, mas você está tendo problemas para amamentar?

Relembrei o que ocorrera horas atrás, quando Anna soltara os piores palavrões do mundo ao tentar fazer com que Gibson mamasse. Por fim, conseguira... depois de um bom tempo. Mas não mencionou nada disso. Nem que iria criar a filha num ônibus de turnê cheio de roqueiros. Provavelmente os médicos a mandariam para o setor de psiquiatria se tomassem conhecimento desse pequeno detalhe.

— Não, está tudo certo.

O médico sorriu, assentindo.

— Então não vejo nenhum problema em lhe dar alta ainda hoje.

Três horas mais tarde, após assistir a um vídeo chatíssimo sobre "Como Cuidar do Seu Recém-Nascido", Anna finalmente recebeu alta do hospital. Enquanto eu ligava para Kellan e avisava que já estávamos de saída, Anna finalmente ligou para nossos pais. Papai não recebeu a notícia muito bem. Estremecendo, Anna afastou o telefone um palmo do ouvido.

— Pai... mas... eu estou... — Papai não a deixava concluir uma frase, por isso ela desistiu de tentar se explicar. Revirando os olhos para mim, ficou brincando com os dedos da filha enquanto escutava de longe a bronca de papai sobre suas escolhas de vida.

Quando Anna terminou de levar a bronca, entregou o celular para mim. Como eu ainda estava falando com Kellan, balancei a cabeça. Não estava nem um pouco a fim de levar um esporro naquele momento. Anna insistiu para que eu atendesse, e suspirei no ouvido de Kellan.

— Olha só, papai quer falar comigo, tenho que ir.

O riso de Kellan me fez sorrir. Sentia saudades de ouvi-lo.

— Boa sorte. A gente se vê depois.

— Tá, tchau. — Desligando, peguei o telefone de Anna, relutante. Esperando o pior, levei-o ao ouvido.

— Alô?

— Oi, querida. — Minha surpresa e alívio foram enormes. Era mamãe, não papai. Havia uma boa chance de eu não levar um esporro por ser cúmplice de Anna no plano de dar à luz durante a turnê.

— Estava me perguntando se vou te ver no Dia de Ação de Graças. Eu adoraria, já que temos muito a discutir antes do seu casamento no mês que vem. E estou louca para te mostrar o vestido que comprei. É absolutamente lindo, Kiera. Você vai amar.

Olhei com raiva para minha irmã, que começou a rir. Já me sentindo culpada pelo que estava prestes a responder, dei às costas a Anna, que ainda achava graça.

— Para ser franca, mãe, Kellan quer muito ver o pai dele no Dia de Ação de Graças, já que vai passar o Natal conosco. — Em voz mais baixa, acrescentei: — Eu sei que nós temos muito para conversar, mas Kellan nunca pôde passar um feriado com a família, e eu quero muito dar isso a ele. Desculpe. Você entende?

Mamãe ficou em silêncio por alguns segundos, e então suspirou, derrotada.
— Entendo, claro. Vocês são casados... quase casados. Vou ter que me habituar a dividir você. — Calou-se, e esperei que não estivesse prestes a chorar.
Fazendo a voz mais animada possível, disse a ela:
— Estou louca para ver tudo que você comprou. E tenho certeza de que o casamento vai ser perfeito. Obrigada por cuidar de tudo para mim, mãe. Estou me sentindo culpada por não ter podido te ajudar mais.
— Ora, eu sei o quanto você estava ocupada, meu bem. — Pude sentir a preocupação na sua voz. Ela sabia que as coisas estavam muito estressantes no momento. Eu já ia lhe dizer pela milionésima vez que estava tudo bem, quando seu tom se animou: — Estou louca para ver você com seu vestido de noiva!
Conversamos mais um pouco, e então me despedi e devolvi o celular a Anna. Sua expressão era de incredulidade.
— Não acredito que você ainda não deu um basta naquelas mangas bufantes, Kiera. — Fez uma mímica, exagerando o volume em volta dos braços. — Estou falando de um troço dos tempos elisabetanos. É até arriscado, sério. Você pode se virar depressa demais e sem querer nocautear o seu marido. — Começou a rir. — Aí, eu teria que fazer uma respiração boca a boca nele.
Sorrindo, atirei uma comadre de plástico em cima dela.

East Rutherford, em New Jersey, ficava a apenas duas horas de distância, por isso eu sabia que alcançar os D-Bags não seria nenhum problema. Se nos apressássemos, provavelmente chegaríamos a tempo do encontro com os fãs. Não que eu pretendesse entrar num salão cheio de tietes e causar mais um deus-nos-acuda. Não, muito obrigada.
Anna ligou para o motorista que Sienna deixara à sua disposição, pedindo que viesse nos buscar. Quando ele chegou, veio até o quarto para nos ajudar a carregar nossas coisas. Quer dizer, as coisas de Gibson. Demoramos meia hora para prender Gibson no bebê-conforto. Anna deve tê-la tirado e reajustado umas vinte vezes. Estava nervosa por colocá-la num bebê-conforto. Minha irmã era uma pessoa afetuosa, mas nem um pouco inclinada a se preocupar, por isso vê-la tão estressada foi comovente. Depois de vinte minutos de ajustes, segurei as mãos de Anna no instante em que já ia desafivelar mais uma tira.
— Ela está ótima, Anna. Está perfeito.
Anna franziu o cenho.
— Tem certeza? Será que as tiras estão bem apertadas? E esse negócio em volta da cabeça? Será que o pescoço dela está seguro?
Com os olhos úmidos, ela estava morta de medo. Segurando seu rosto, disse a ela, com firmeza:

— Ela está ótima, e tudo vai dar certo. Tenha fé.

Anna respirou fundo, e então assentiu.

— Essa sensação de pavor no estômago é uma merda — murmurou.

Não pude deixar de rir dela.

— Agora você sabe como nossos pais devem se sentir todos os dias.

Isso fez Anna parar enquanto tirava Gibson do bebê-conforto.

— Ah, meu Deus, tem razão. Devo a eles o maior pedido de desculpas do mundo. Merda. — Dei um tapinha nas suas costas, compreensiva.

O motorista já terminara de guardar nossas coisas no carro, e agora esperava diante da entrada do hospital. Pude ver o elegante sedã preto enquanto atravessávamos o saguão. E também um grupo de umas dez a quinze garotas que o motorista tentava manter a distância do carro. Droga. Tinha me esquecido totalmente das fãs de Kell-Sex sobre as quais Kellan me avisara. Tinha pensado em pedir ao motorista para nos pegar nos fundos do hospital, mas me saíra da cabeça. E, honestamente, achava que, a essa altura, elas já deviam ter ido embora. Dava para ver pelos rostos rosados e o vapor das respirações que estava gelado; devia ter feito um frio de rachar de madrugada. Será que tinham voltado agora de manhã, ou passado a noite inteira lá? Fosse como fosse, por que fariam isso? Certamente deviam saber que Kellan tinha outro show e já fora embora da Filadélfia há muito tempo. Será que estavam mesmo ali por minha causa? Será que eu era tão interessante assim?

Felizmente, o tamanho imponente do motorista ajudou a mantê-las a distância, e o caminho estava livre até o carro. Olhando para aquela gente toda do lado de fora, de repente me senti como se saíssemos de um julgamento que tivesse terminado com um veredicto impopular, e tivéssemos que passar por um mar de manifestantes para ir embora.

Anna notou o grupo assim que o primeiro par de portas automáticas se abriu.

— Qual é a dessas tietes? — Virou-se para mim. — Estão aqui por sua causa?

— Provavelmente por causa de Kellan... Minha presença é só um feliz acaso.

Anna segurou o bebê-conforto com mais força.

— Talvez a gente devesse pedir ao motorista para dar a volta.

Eu já começava a pensar a mesma coisa, mas algumas garotas nos viram e alertaram as outras. Todas as cabeças se viraram na minha direção. Todas as expressões ficaram ferozes. Era óbvio que todas aquelas fanáticas acreditavam na fofoca, e nenhuma delas jogava no meu time. Meu Deus. Rezei para não ser apedrejada.

— Tarde demais. Já fomos vistas. — Meus olhos encontraram os de Anna. — Agora tanto faz a gente ir em frente.

Anna deu uma olhada na filha, mordendo o lábio.

— Tudo bem.

Acenei para o motorista, avisando que iríamos sair e precisávamos chegar depressa ao carro. O grupo parado perto do sedã avançou para a porta. Minha sensação foi de que estávamos em algum velho filme de caubói, enquanto nos medíamos com o olhar. Embora as garotas fossem mais jovens, se alguma se inclinasse para frente e me acertasse uma cuspada de molho de tomate, eu não teria ficado surpresa. Bem, talvez ficasse um pouco surpresa.

Vendo que a tensão crescia do lado de fora, dois seguranças corpulentos do hospital nos escoltaram até a saída. Educados, pediram ao grupo que fosse embora, mas tanto faria se tivessem falado em alguma língua estrangeira. Assim que Anna e eu saímos, elas começaram a nos cercar e empurrar. A sensação constrangedora de ter estranhos no seu espaço vital foi horrível enquanto avançávamos às pressas. Algumas garotas mais furonas me empurraram para cima da minha irmã, mas o grupo usava principalmente palavras para me ferir. E sinceramente, às vezes as palavras cortam feito uma faca.

— Deixa Kellan e Sienna em paz! Eles nasceram pra ficar juntos! Você não é nada, não é ninguém! Não é nem digna de respirar o ar que eles respiram, sua puta! Não devia ter nascido! Devia fazer um favor ao mundo e se matar!

O rosto de Anna ficou escarlate, mas apertei o braço dela e ajudei-a a entrar no carro. Não faltava mais nada, ela se metendo numa briga com a filha no colo por minha causa. Como Gibson ia ficar no meio do banco traseiro, tive que dar a volta ao carro para entrar.

O motorista e os seguranças do hospital me ajudaram a abrir caminho, e notei algo que não notara antes. Dois fotógrafos estavam na multidão. Deviam ter descoberto meu paradeiro através das fãs. As redes sociais deviam fervilhar com a notícia de que eu estava ali. Enquanto os paparazzi fotografavam cada ângulo possível do meu rosto, as garotas continuavam a me bombardear de insultos:

— Você pensa que é o máximo? Pensa que Kellan tá se lixando pra você? Ele tá apaixonado por Sienna, sua piranha! Você é só um brinquedinho sem valor. Assim que ele acabar com você, vai te jogar no lixo, sua biscatezinha nojenta!

Lágrimas me ardiam nos olhos, mas ignorei o ódio delas e levantei o queixo. Elas não sabiam o que estavam dizendo. Não conheciam a verdade da situação. Eu podia até respeitar a sua devoção, mas jamais aceitaria que pessoas atacassem alguém verbalmente com tamanha virulência.

Estava trêmula quando finalmente sentei no banco. Algumas garotas davam tapas na vidraça, enquanto os fotógrafos capturavam cada momento. Discretamente, tranquei a porta. O motorista disse algumas palavras ríspidas para o grupo, e prestei atenção em Gibson. Ela estava posicionada de costas, olhando para mim. Tinha as bochechinhas mais rechonchudas e fofas do mundo. Ignorando as tietes maldosas do lado de fora, pus o dedo na palma da mão de Gibson, que na mesma hora o apertou.

Enquanto o carro se afastava, as fãs dando mais alguns tapas no carro, Anna murmurou:
— Minha nossa. Você está bem, Kiera?
Quando olhei para ela, uma lágrima me escorreu pelo rosto. Ainda tremia dos pés à cabeça. Procurando não pensar no confronto, assenti, voltando a olhar para Gibson.
— Minha sobrinha está segurando minha mão. Estou ótima.
Senti o dedo de Anna secando meu rosto. Após um momento de silêncio, ela disse:
— Eu te amo.
Soltei um longo suspiro, e finalmente parei de tremer.
— Também te amo.
A viagem demorou muito mais do que tínhamos esperado. Tivemos que parar duas vezes por causa de Gibson. Numa das vezes, precisamos trocar sua fralda, na outra Anna teve que amamentá-la. Também pegamos um engarrafamento no caminho – devido a um acidente, os carros só podiam trafegar em uma das pistas da estrada. Quando passamos pelo veículo destroçado, notei que Anna não quis olhar. Em vez disso, ficou beijando sem parar a mão da filha. Só pude imaginar que agradecia ao destino por Gibson estar segura ao seu lado... e por não ter decidido abortá-la.
Quando chegamos ao estádio, o concerto já tinha começado. Anna e eu estávamos exaustas, por isso não quisemos entrar. Assim que os seguranças nos deixaram passar, fomos direto para os ônibus. Eu queria dormir. Desesperadamente.
Como os D-Bags estavam se apresentando, não havia nenhuma fã ou fotógrafo do lado de fora para nos incomodar enquanto esvaziávamos o carro. O que foi bom, porque não achava que seria capaz de segurar a onda se gritassem comigo de novo. Era tão bom voltar ao ônibus, como se voltássemos para casa. Todos os objetos e cheiros familiares estavam lá quando passamos pela porta – garrafas com restos de cerveja nas mesas, meias sujas no corredor, o troféu gigante em formato de D que Evan tinha pendurado em cima de uma janela, e uma tigela com restos de... sei lá o quê... no sofá. Era a bagunça que eu tinha aprendido a amar.
Anna olhou ao redor, com uma expressão zangada.
— Esses caras são uns porcos. Vão ter que começar a limpar tudo que usarem agora que Gibson está a bordo. – Sua súbita preocupação com a limpeza do ônibus me fez rir baixinho. Até aquele dia, ela tinha contribuído para a bagunça tanto quanto eles.
Com Gibson ainda no bebê-conforto, fomos para o quarto dos fundos. Como uma personagem espantada de desenho animado, meu queixo caiu até o peito. O quarto tinha se transformado... num quarto de bebê. Havia um cercadinho portátil espremido entre a cama e a janela de vidro fumê, e um móbile preso ao teto com instrumentos musicais de pelúcia. Alguns bichos de pelúcia estavam no berço improvisado, junto com um cobertor cor-de-rosa que parecia caro o bastante para enrolar uma princesa.

Do outro lado da cama, havia uma cômoda estreita. Seria impossível abrir as gavetas, mas o tampo tinha uma bandeja embutida com um colchão curvo que seria perfeito para trocar fraldas. Preso ao teto em cima do móvel, havia um porta-fraldas num tecido superfofo, também estampado com instrumentos musicais. Enquanto Anna ria, feliz, meus olhos se fixaram na cama. Estava atulhada de sacolas de lojas, e não vi nada além de cor-de-rosa se derramando do interior delas.

Anna colocou o bebê-conforto na cama e remexeu uma sacola. Dando um gritinho ao tirar uma guitarra de pelúcia cor-de-rosa, disse:

– Eu não tenho o melhor marido do mundo?

Eu estava tão chocada que nem consegui responder.

Ajudei Anna a guardar a montanha de roupas que Griffin tinha comprado para a filha. Como eles já tinham comprado um monte de coisas quando acharam que Gibson seria um menino, praticamente não havia espaço para mais nada. Acabamos enfiando as roupas e os brinquedos em tudo quanto era canto do ônibus. Cada cubículo disponível tinha alguma coisa enfiada nele. Até guardamos algumas toalhinhas na bolsa que ficava pendurada na porta do motorista. Quando Anna e Gibson estavam confortáveis e pegaram no sono, deitei no cubículo que compartilhava com Kellan. Nunca me pareceu tão maravilhoso. Dei uma cheirada no nosso cobertor, e suspirei; estava com o cheiro de Kellan. Enquanto pegava no sono, me perguntei se eu também estaria com o seu cheiro.

Capítulo 25
POR NOSSA CONTA

Braços envolvendo meu corpo e pernas misturadas com as minhas me acordaram. O ônibus estava parado, mas eu não sabia se já tínhamos chegado ao nosso destino, ou se ainda estávamos em New Jersey. Sorrindo, eu me espreguicei do jeito que pude, ainda aconchegada no peito às minhas costas.

– Que horas são?

– É tarde – murmurou ele. – O pessoal ainda está desmontando o equipamento. Vamos embora amanhã, não sei a que horas. Senti sua falta ontem à noite. Não consegui dormir sem você perto de mim.

Eu me virei para ele. Devido ao espaço exíguo, tive que fazer os maiores contorcionismos. Acabei batendo com o cotovelo na parede e quase dando com o joelho nas partes íntimas de Kellan novamente. Mas, dessa vez, ele já estava preparado e se afastou na hora H. Quando ficamos de frente um para o outro, voltamos a nos abraçar.

Kellan segurou meu rosto.

– Oi.

Abraçando-o com força, sorri, nossas bocas se tocando.

– Oi.

Os lábios de Kellan roçaram os meus, sua língua cutucando-os de leve. Torcendo para que fôssemos as únicas pessoas no ônibus, segurei sua camisa, querendo tirá-la. Debruçando-se sobre mim, ele me ajudou a tirá-la pela cabeça com uma das mãos. Enfiei-a num canto e passei as mãos pelas suas costas nuas, enquanto ele se acomodava sobre mim.

– Oi – voltei a dizer, meu sorriso muito mais largo do que antes.

– Sempre louca para tirar as minhas roupas – sussurrou ele, seus lábios indo para o meu pescoço.

Contive uma risada, fechando os olhos e degustando a sensação do seu corpo em cima e ao redor do meu. Adorava me perder nos seus braços. Seus dedos passeando pelas minhas costelas por baixo da blusa, ele falou com voz sensual no meu ouvido.

— Teve algum problema ao sair do hospital?

Hiperconsciente dos seus quadris em cima dos meus, separados de mim por várias camadas de roupas, aspirei por entre os dentes. Meu Deus, como eu torcia para que ninguém mais estivesse acordado.

— Além de algumas fãs dizendo que gostariam que eu nunca tivesse nascido? Não, absolutamente nenhum problema.

As pontas de seus dedos pararam na base de um dos meus seios.

— O quê?

Ele se afastou para me olhar, com uma expressão preocupada. Balancei a cabeça e tentei me abaixar para que sua mão pudesse subir. Não funcionou.

— Não foi nada de mais. Estou bem.

Kellan rolou para o lado, sua mão se afastando. Entendendo que nosso momento tinha acabado, eu me apoiei sobre o cotovelo.

— Elas ameaçaram você? — perguntou ele, a voz um tanto tensa.

— Não... só expressaram seu repúdio por mim. Ninguém tocou em... — Lembrando que tinha sido empurrada algumas vezes, eu me corrigi: — ... ninguém me machucou.

Kellan sentou, até onde era possível naquele cubículo. Ou seja, muito pouco. Ele se apoiou sobre o cotovelo, deitado sobre o quadril. Embora estivesse escuro, dava para ver que estava profundamente pensativo.

— Kellan, ninguém me machucou.

Ele deu uma olhada em mim, os lábios numa linha reta. Estava furioso.

— Dessa vez. Ninguém te machucou dessa vez. — Abaixando os olhos, murmurou: — Tudo isso é uma tremenda palhaçada. Você é minha mulher. — Voltou a olhar para mim. — Tory nos obrigou a ir a um encontro com fãs seguido por um concerto numa escola secundária que venceu um concurso. O troço durou o dia inteiro. Fiquei tão ocupado, que a única pessoa com quem tive tempo de falar foi você. É o fim da picada que as coisas tenham chegado a esse ponto. E meu silêncio não está ajudando em nada.

Parecia zangado e frustrado por ainda não poder me defender, por ver que as coisas estavam indo num crescendo e ele não tinha tempo de reagir. Dando um beijo nele, voltei a puxá-lo para cima de mim.

— Foram só dois dias, e você não tem culpa.

Kellan não respondeu, apenas retribuindo meu beijo, um tanto hesitante. Podia ver que ainda ruminava sobre o problema, um problema que sabia que ainda estaria lá pela manhã. Mas ficarmos juntos era tudo que importava, e eu queria curtir aquele momento com ele. Enfiando os dedos nos seus cabelos, puxei-o para mim. Ele soltou um gemido baixinho e me beijou, agora com muito mais intensidade.

Quando seus quadris voltaram a se alinhar aos meus, pressionando-os num ritmo delicioso, soltei um suspiro de êxtase. Não estava mais me importando se não éramos mais os únicos no ônibus. Fosse como fosse, todos os D-Bags tinham iPods. Eu precisava de Kellan, e ele de mim. Sua mão deslizou pelo traseiro da minha calça de moletom, entrando na calcinha. Arqueei as costas o máximo possível dentro daquele espaço confinado, pedindo a ele em silêncio para que me tocasse. Kellan gemeu no meu ouvido:

– Eu quero você.

Isso me derrubou. Enquanto a dor que crescia em mim pulsava, minhas mãos foram para o zíper de Kellan. Querendo se aconchegar comigo, ele ainda não estava pronto para transar. Ajudei-o a terminar de se despir com o maior prazer.

Gemendo enquanto eu abria seu jeans, Kellan disse, com voz rouca:

– Quero você... em segurança.

Parei, olhando para o seu rosto. Seus olhos ardiam de desejo, a boca entreaberta, a respiração rápida. Sabia que ele me queria, mas também sabia que ainda se preocupava comigo.

– Kellan, não se preocupe...

Ele me interrompeu:

– Eu te ouvi falando com o Denny sobre fugir para Seattle. Você estava brincando, mas... talvez seja uma boa ideia. Talvez devesse ir para casa até eu ter uma chance de botar tudo isso em pratos limpos.

Não podia acreditar que ele estivesse mesmo sugerindo isso.

– Não, eu quero ficar com você. Minha casa é onde você estiver.

Kellan voltou a se deitar ao meu lado.

– Eu também quero ficar com você, mas não aguento o jeito como as pessoas falam de você. Tenho vontade de dar um pontapé na bunda de cada uma delas. E não quero você perto de mim, se isso for perigoso para você. – Comecei a protestar, mas Kellan tornou a me interromper: – Eu vi aquela garota te dando um tapa, Kiera, portanto não me diga que não é perigoso.

Fiquei calada, e decidi mudar o que estava prestes a dizer. Com a voz calma, falei:

– Você disse que nós precisávamos arranjar tempo um para o outro, porque de outro modo nada disso faria sentido. Lembra?

Kellan suspirou.

– Lembro, mas foi antes de as coisas ficarem tão complicadas. – Passou um dedo pelo meu rosto. – E quem pode saber se alguma coisa vai mudar quando eu der a próxima entrevista? Eles sentem tanta curiosidade pela minha vida, que ainda poderiam continuar te perseguindo. E te odiando, te xingando. Não aguento isso. Não posso trabalhar direito, sendo obrigado a passar o tempo inteiro preocupado com você. Só quero saber que você está segura, mesmo que isso signifique que a gente tenha que se afastar.

Parecia se sentir extremamente culpado por ter tido que usar o trabalho como argumento, mas eu sabia que estava frustrado com a situação e sendo totalmente honesto, por isso respeitei essa honestidade. Minha resposta foi igualmente franca:

– E eu só quero ficar com você. Posso lidar com o assédio. Posso lidar com os paparazzi. Posso lidar com o ridículo. E posso até lidar com tapas... uma vez ou outra. – Segurei suas faces. – O que não aguento é ver as pessoas nos forçando a nos comportarmos desse jeito. Nos forçando a nos separarmos. Não vamos mais fazer o jogo deles, lembra? Nós lutamos demais para ficar juntos. Somos nós contra o mundo, Kellan, e o mundo não dita a nossa relação. Nós ditamos.

Um lento sorriso curvou os seus lábios.

– Essa sua nova atitude é superatraente.

Cruzei os braços pelo seu pescoço, puxando seus lábios para os meus.

– Então para de me mandar embora, e faz amor comigo.

Retribuindo meu beijo com avidez, ele finalmente me ajudou a tirar seu jeans.

Quando acordei algum tempo depois, estava nua. Tateei ao redor, procurando minhas roupas, mas não as encontrei. Isso era alarmante, já que não havia muito lugares onde nossas roupas pudessem se esconder dentro daquele cubículo ínfimo. Abrindo os olhos, dei uma geral ao redor, procurando meu pijama. Tinha clareado um pouco, por isso dava para ver tudo com a maior nitidez, mas nem assim vi o pijama em lugar algum. Quando me apoiei sobre os cotovelos, notei que o ônibus estava em movimento.

Kellan dormia ao meu lado; se eu tinha acordado antes dele, então era porque não dormira bem na noite que eu passara no hospital. Suas roupas também não estavam à vista. Que diabos...?! Eu me lembrava muito bem de ter posto as roupas nos cantos, não querendo que caíssem novamente no corredor.

Dei uma cotovelada nas costelas de Kellan. Ele soltou um gemido que soou como *Hum?*, mas não abriu os olhos.

– Kellan? Nossas roupas estão no chão?

Talvez tivéssemos ficado tão absortos no nosso momento de amor que nem notamos quando caíram, apesar de nossas precauções. Kellan abriu um olho, bocejando.

– Que roupas?

Achei graça da pergunta.

– As roupas que nenhum de nós está usando.

Kellan sorriu e se virou de lado, pousando a cabeça no meu peito.

– É o meu tipo favorito de roupa.

Suas mãos começaram a subir pelo meu corpo, e fechei os olhos. Hummm, as mãos dele eram uma delícia. Brincalhão, Kellan puxou o cobertor com os dentes, expondo meu peito. Antes que eu pudesse impedi-lo, sua boca já chupava um dos meus seios. *Santo Deus, o que eu estou perdendo?* Empurrando sua cabeça para poder pensar com clareza, olhei séria para ele.

– Será que podia dar uma olhada para ver se estão no chão?

Os olhos de Kellan estavam fixos no meu peito.

– Tem certeza de que quer que eu faça isso?

Rindo, empurrei seus ombros.

– Quero, por favor, vê onde elas estão.

Kellan enfiou a cabeça para fora da cortina, e voltou na mesma hora. Com o cenho franzido.

– Não tem nada no corredor.

Sentei, olhando para todos os cantos, e até mesmo debaixo do lençol. As roupas não estavam em lugar algum.

– Ué, cadê nossas roupas?

– Não... – Kellan parou de falar, e suspirou. – Eu vou matar aquele filho da mãe, não quero nem saber se acabou de ser pai.

Meus olhos se arregalaram enquanto eu enfiava o cobertor debaixo dos braços, cobrindo totalmente o peito.

– Griffin escondeu as nossas roupas?

Em resposta, Kellan arqueou uma sobrancelha. Por um momento quase morri de vergonha ao pensar que Griffin tinha me espiado enquanto eu dormia, e torci para que estivesse totalmente coberta na hora, mas Griffin bancando o babaca era uma coisa tão maravilhosamente normal, que acabei caindo na risada. A normalidade era uma coisa tão boa. Quase tive vontade de dar um beijo em Griffin. Quase.

O olhar de Kellan para mim deixava claro que achava que eu tinha enlouquecido. Talvez tivesse, mas a travessura de Griffin era muito melhor do que uma estranha me dizendo que eu era um lixo, um traste.

Rindo, empurrei o traseiro de Kellan com os joelhos.

– Vai pegar umas roupas para a gente.

Kellan gemeu, enfiando as pernas para fora da cortina.

– Quer que eu saia pelado desse jeito?

Apertei o cobertor com força ao meu redor. Podia achar a brincadeira de Griffin engraçada, mas não queria ficar ali sem roupas, tendo apenas uma cortininha fina para me esconder.

– E você lá se importa de ficar nu, Kellan?

Ele deu um sorrisinho de canto de boca.

— Eu? Nem um pouco. – Inclinou-se para me beijar, e então saltou do cubículo.
— Já volto.

Cobri o rosto, prendendo o riso. Torci para que ele conseguisse chegar até nossas sacolas sem ser visto por muita gente. Mas ele demorou mais do que achei que demoraria. Se fosse eu, estaria correndo. Curiosa, enfiei a cabeça pela cortina. Não vi ninguém, mas ouvi alguns caras roncando, enquanto outros conversavam na área de estar. Ouvi Gibson chorando também. Nossas coisas estavam num armário perto do banheiro, que ficava na outra direção. Quando já me perguntava onde Kellan tinha se metido, ele reapareceu, passando pela cortina que separava os cubículos da traseira do ônibus. Estava totalmente vestido, aos risos. Não entendi a razão, até ver Anna passando pela cortina segundos depois. Ah, meu Deus, será que ela o vira nu?

Anna sorria, caminhando ao lado de Kellan. Inclinando-se quando passou por mim, brincou com meus cabelos, murmurando:

— Seu marido é um cara muito bem-dotado. – Piscou o olho para Kellan, e então voltou a olhar para mim. – Mulher de sorte.

Fiquei com o rosto vermelho. Pois é, ela tinha finalmente visto Kellan em todo o seu esplendor. Que maravilha.

Quando Anna se afastou, Kellan se agachou à minha frente, segurando as roupas.

— Aqui estão – disse, rindo. Eu teria ficado morta de vergonha de ser flagrada do jeito que vim ao mundo, mas Kellan só achava graça.

Quando fomos para a área de estar, Griffin ficou observando Anna discretamente enquanto ela amamentava. Alguns dias antes, eu teria esperado ver um brilho escandaloso nos seus olhos ao assistir a uma cena dessas, mas ele não olhava para Anna de um jeito safado. Na verdade, nem olhava para ela. Seus olhos estavam fixos em Gibson, com um sorriso tranquilo no rosto ao vê-la mamar.

Kellan interrompeu o momento dando um pescotapa em Griffin.

— Qual é, cara? – Griffin cravou um olhar duro nele.

— Isso é por esconder as nossas roupas. – Kellan apontou para os cubículos.

Griffin riu, voltando a olhar para Anna, que agora estava às gargalhadas.

— Ah, tá, aquilo foi superdivertido. – Estendeu a mão para Anna, trocando um *high five* com ela. Virando-se para Kellan, que tinha o cuidado de não olhar para minha semiexposta irmã, acrescentou: – Gibson não queria voltar a dormir, por isso fiquei andando pelo ônibus com ela. A gente não resistiu quando viu sua calça jeans saindo pela cortina.

Kellan me deu um olhar irônico ao ouvir a explicação de Griffin. *A gente?* Ele e Gibson agora eram cúmplices? Ainda rindo, Anna murmurou:

— Você é o melhor DILF do mundo, Griffin.

Recostando-se na poltrona, Griffin parecia um rei refestelado no seu trono.

— Obrigado, MILF.* Até que você também leva jeito.

Os apelidos dos dois me mataram de vergonha.

— Argh, será que vocês não podiam arranjar uns termos carinhosos que sejam realmente carinhosos?

Griffin bufou, olhando para mim.

— Tipo "gata"? — Animado, virou-se para Anna. — Ei, mama-gata, depois é a minha vez, tá?

Anna abriu o seu melhor sorriso sedutor.

— Ah, não se preocupe, papa-gato, eu vou te satisfazer depois.

Meio nauseada, dei as costas aos dois. Eu, hein... mas, enfim, eles que ficassem com seus apelidos, desde que eu não os ouvisse dizendo nada parecido de novo.

Kellan sentou ao lado de Evan enquanto eu ia pegar um café para nós. Ia precisar de um pequeno estímulo para aguentar aquele dia. Quando voltei, Kellan estava segurando Gibson. Ver como parecia à vontade com ela no colo me fez parar. Ele também estava cantando baixinho para ela, e não pude entender a letra direito por causa do videogame que o Holeshot jogava, mas pelo que pude distinguir, não era uma canção de ninar. Ele cantava uma música dos D-Bags. A minha música favorita dos D-Bags.

Kellan levantou o rosto quando me viu. Nunca vira um sorriso tão exultante no seu rosto. Minha irmã tinha razão; aquele cara precisava de um filho para amar. Estava meio trêmula quando sentei ao lado de Anna e coloquei nossas canecas de café na mesa. Será que estava pronta para lhe dar um filho? Todos os instintos maternais no meu corpo gritaram: *Estamos, sim!* Mas eu precisava usar a cabeça. Se tivéssemos um filho, teríamos que nos separar. Um bebê na estrada era uma coisa, mas uma criança de um ou dois anos? Uma criança em idade escolar? Isso era totalmente diferente. Não que eu quisesse passar a vida inteira na estrada, mas ainda não me sentia pronta para abrir mão dessa vida. Tirando o drama com Sienna e a precariedade das nossas acomodações, eu gostava da minha vida com os D-Bags. E talvez fosse egoísta da minha parte, mas queria ser o único amor de Kellan durante mais alguns anos. Depois, talvez pudéssemos encher um ônibus inteiro de filhos.

Anna passou o braço pelos meus ombros enquanto olhávamos para Kellan e Gibson. Ele começava a cantar outra música para ela quando, de repente, ficou paralisado. Seu rosto se contraiu, e ele afastou Gibson um palmo do peito.

— Hum, ela não está mais cheirando muito bem.

Anna soltou um misto de bocejo com riso, e começou a se levantar, mas, para meu total espanto, Griffin saltou da poltrona e chegou antes dela. Tirando Gibson do colo de Kellan, deu um risinho desdenhoso:

---

* MILF (Mom (DILF/Dad) I'd like to fuck). (N. da T.)

– Cagão. – Segurando Gibson como uma bola de futebol, foi com ela para a traseira do ônibus.

Virando-me para Anna, perguntei com toda a seriedade:
– O que foi que você fez com o Griffin?

Enrolando uma mecha de cabelo castanho-escura no dedo, Anna abriu um sorriso preguiçoso.
– Não fui eu. Aquela menininha domou a fera totalmente. Nunca achei que um dia veria uma coisa dessas.

Concordei com ela; também nunca tinha achado que veria uma coisa dessas. Um Griffin domesticado. Quase não sabia o que fazer com isso.

Olhei pela janela e vi que o ônibus avançava pelas ruas cheias de Nova York. Havia arranha-céus para qualquer lado que olhasse. Enquanto observava o tamanho da cidade, comecei a pensar nas milhões de pessoas que viviam ali. Quantas iriam até o concerto só para me atormentar? Tinha certeza de que os paparazzi compareceriam ao show em peso. Kellan dissera que todo mundo se sentia curioso em relação à sua vida, mas talvez essa curiosidade fosse por minha causa. Eu era o enigma. Era só um casinho sem importância com que ele se divertira nos últimos dias, ou era mais? Era o que todos queriam saber.

Enquanto refletia sobre o que fazer, Matt saiu da área dos cubículos, acenando. Quando retribuí o aceno, Kellan recebeu uma ligação. Hesitou em atender, e entendi a razão segundos depois.

– Sienna – disse, com voz fria. Depois de um momento, franziu o cenho, dizendo:
– Sim, está todo mundo aqui, menos o Griffin, por quê? – Revirando os olhos, murmurou: – Tudo bem. – Afastando o celular, ficou olhando para o aparelho, com ar perplexo, e então me perguntou: – Como é que eu ponho esse troço no viva voz? – Tive que me controlar para não rir da falta de know-how técnico de Kellan. Às vezes ele mais parecia um senhor de noventa anos do que um rock star na faixa dos vinte.

Ajustei o celular para ele, e então Kellan o colocou na mesa. Griffin ainda estava na traseira do ônibus com Gibson, soltando mil palavrões, mas fizemos um gesto para que Evan e Matt se aproximassem.

– Já está no viva voz, pode falar.

A voz animada de Sienna irrompeu do pequeno aparelho:
– Bem, antes de mais nada, queria dizer o quanto sinto saudades de todos! As coisas têm andado tão agitadas, que raramente vejo vocês.

Kellan e eu nos entreolhamos, com ar de dúvida. Embora fosse verdade que Sienna tivesse andado tão ocupada quanto Kellan nos últimos tempos, não era essa a razão do seu desaparecimento, e ambos sabíamos disso. Sienna estava fazendo o papel de "namorada com dor de cotovelo". Sempre que havia alguma câmera apontada em sua direção, fazia um arzinho triste e choroso. Eu já até vira fotos suas secando os olhos vermelhos com um lencinho de papel. Seu dueto com Kellan passara a ser cantado num tom de nostalgia e fossa, e, embora ficasse ao lado dele durante os encontros com os fãs, a banda me dissera que o comportamento dela criava uma atmosfera supertensa no salão. Aquela locutora que dissera tempos atrás que Sienna não poderia estar representando tinha se enganado redondamente. Ela estava desempenhando o papel de namorada traída à perfeição. É claro, pelo que eu pudera perceber durante os raros momentos em que Sienna fora honesta comigo, era um papel que ela já tinha vivido na vida real.

No momento, ela parecia eufórica:

— Não podia esperar que a turnê acabasse para dar a notícia maravilhosa para vocês!

— Que notícia? — perguntou Kellan, com voz cansada. Às vezes, as boas notícias de Sienna não eram tão boas assim.

Sienna riu feito uma menininha:

— Acabei de falar com Nick... e o álbum de vocês disparou para a segunda posição das Top 10, logo abaixo do meu! — Deu um gritinho.

Kellan e eu nos entreolhamos, e então olhamos para o celular.

— Você alcançou a primeira posição? — perguntei, chocada por ver que tudo que ela arquitetara realmente a levara aonde queria chegar.

Kellan se recostou sobre o quadril, refletindo sobre a notícia. Sua expressão parecia tão atônita quanto a minha. Sienna e Nick tinham manipulado o público para que acreditasse num romance sórdido. No seu frenesi para chegar ao topo, tinham ignorado todas as outras pessoas que poderiam ser magoadas pelas suas lucubrações, e, pelo visto, valera a pena para eles. Não parecia justo, e sem dúvida não estava certo. Anna e os caras vibraram de empolgação, obviamente querendo manifestar sua euforia, mas, ao verem a expressão de Kellan e a minha, ficaram quietos.

Fechando os olhos, Kellan esfregou o rosto com as mãos, e então as passou pelos cabelos. Quando reabriu os olhos, suas emoções ainda pareciam ambivalentes — um misto de euforia e frustração. Enquanto Sienna esperava que nosso grupo explodisse de excitação, Kellan disse:

— Morro de saudades do Pete's.

Sienna ouviu o comentário, e pareceu confusa.

— Essa é uma notícia fantástica. Vocês deviam estar dando pulos de alegria, gritando até perder a voz, não com essas expressões de enterro, como se eu tivesse dito que alguém morreu.

Kellan franziu o cenho, olhando para o celular.

— O público pensa que minha mulher é uma piranha. Não aceito isso. E agora que você e Nick conseguiram o que queriam, é a minha vez. E o que eu quero é que você admita a verdade. Toda a verdade. Desde o começo.

Sienna respirou fundo.

— Aqui é que está o problema, meu amor. Se nós confessarmos que fabricamos o nosso relacionamento para aumentar as vendas, a reação do público vai afetar negativamente a nós dois. O escândalo vai marcar você pelo resto da sua carreira. Tem certeza de que quer esse abacaxi nas suas costas?

Kellan fechou os olhos.

— Esse *escândalo* foi coisa sua desde o começo. — Abriu os olhos. — E agora você vem me perguntar se é o que eu quero? Eu nunca quis!

Sua voz se tornando totalmente fria e profissional, Sienna rebateu:

— Mas você foi conivente com ele, Kellan. Ninguém te obrigou.

O queixo dele despencou. O meu também. *Ninguém nos obrigou?* Tínhamos sido intimidados e manipulados a cada passo. Kellan fizera o possível e o impossível para convencer o público, mas seu adversário no jogo era muito mais forte.

— Ninguém me... — Nem conseguiu terminar de formular a frase.

Com um suspiro frustrado, como se estivéssemos estragando sua alegria pela boa notícia, Sienna prosseguiu:

— Olha aqui, eu só disse que a verdade não podia vir à tona. Nunca disse que o fenômeno Kell-Sex não podia acabar. Se isso te deixa tão furioso a ponto de nem conseguir mais curtir o fato de estar no topo do mundo, então nós podemos "romper" quando a turnê acabar. Eu vou ficar na maior dor de cotovelo, mas logo vou entrar noutra, e quando todo mundo vir como estou feliz com o meu novo namorado, você e a sua mulher vão ficar livres para poder viver seu casamento em paz. Problema resolvido!

Meus pensamentos estavam tão tumultuados, que gaguejei algumas vezes antes de poder falar com clareza.

— Como é que isso resolve alguma coisa? Eu ainda vou ser a outra que provocou o rompimento de vocês.

Sienna suspirou.

— Nós nos vemos mais tarde no estádio. Só quis ligar para... parabenizar vocês pelo sucesso. — Com mais um suspiro desolado, desligou.

Todos na mesa ficaram olhando para o celular em silêncio. Foi Anna quem falou primeiro:

— Ela não vai mover uma palha para ajudar vocês, vai?

Kellan balançou a cabeça.

— Não, nem jamais teve essa intenção. Vamos ter que resolver isso por nossa conta.

Anna apertou minha mão. Tinha visto em primeira mão como eu fora destratada.

Griffin e Gibson finalmente voltaram para companhia do grupo, enquanto Evan e Matt trocavam olhares indecisos; nosso drama à parte, o sucesso da banda era fantástico, algo que devíamos comemorar.

— Por que é que está todo mundo com essa cara de prisão de ventre? Café ruim, ou o quê? — Deu uma espiada na minha caneca cheia.

Kellan continuou com ar pensativo, enquanto Evan dava a notícia a Griffin. Que ficou totalmente fora de si quando soube que o álbum dos D-Bags tinha chegado à segunda posição. Com medo que ele deixasse a filha cair em sua euforia, levantei depressa e tirei Gibson do seu colo. Estava cheirando a talquinho de bebê.

Griffin levantou os braços, dando pulos de alegria.

— Uhuuuuuuuuuu! Número dois, baby! — E saiu gritando pelo corredor do ônibus. Se algum dos membros do Holeshot ainda estava dormindo, agora não estava mais. Rindo, o motorista balançou a cabeça.

Foi difícil não nos deixarmos contagiar pelo entusiasmo de Griffin. Evan e Matt se juntaram a ele no meio do ônibus, enquanto Kellan se levantava e vinha até mim. Seu sorriso parecia totalmente despreocupado. Nosso drama podia esperar; os caras precisavam de um minuto para comemorar a sua realização.

Enquanto eles ficaram se empurrando de brincadeira, Matt olhou para Kellan.

— Número dois, Kell! Nós somos o número dois!

Parecendo tranquilo, Kellan riu, tirando Gibson dos meus braços.

— Eu sei, cara. Muito louco. — Sorrindo para os companheiros de banda, Kellan ficou embalando Gibson. Juro que ela sorriu para ele.

Evan estava totalmente perplexo, balançando a cabeça.

— Número dois, logo atrás de Sienna Sexton. Seis meses atrás, eu nunca teria imaginado que isso poderia acontecer.

Griffin começou a resmungar, projetando os quadris de um jeito provocante que me fez ter vontade de tapar os olhos de Gibson.

— Isso é você. Eu sempre soube que um dia a gente pegaria Sienna Sexton por trás.

Os membros do Holeshot entraram em fila na área de estar do ônibus, enquanto Griffin ainda simulava sexo com Sienna. Cada um deu um olhar sumário para Griffin antes de sentar; já estavam acostumados com as suas palhaçadas. Quando Griffin começou a "gozar", fui logo tapando os ouvidos para não tomar conhecimento. Já tinha sido bastante ruim ter que ouvir uma transa real dele: Anna e Griffin não eram nada discretos entre quatro paredes.

Griffin se curvou para nós quando a performance erótica chegou ao fim. Não pude deixar de rir junto com Anna e os rapazes. Anna aplaudiu. Eu estava começando a curtir a vulgaridade de Griffin, embora não pretendesse lhe dizer isso nem em um milhão de anos. Só serviria para encorajá-lo a se esforçar ainda mais para me deixar com nojo.

Balançando a cabeça, Matt deu um tapinha nas costas de Griffin.

— Legal ver que o casamento e a paternidade não mudaram você em nada, primo.

Griffin fungou, prendendo os cabelos claros atrás das orelhas.

— Você achou que mudaria?

Quando paramos de rir, Kellan olhou para cada membro da banda. Ao ver sua expressão, Evan e Matt prestaram toda a atenção. Matt deu um pescotapa em Griffin para que parasse com suas palhaçadas. Quando todos olhavam para ele, Kellan disse:

— Amanhã de manhã, vamos tocar numa estação de rádio. Estamos programados para tocar duas músicas, promover o álbum e o show, e cair fora. Mas não quero fazer isso. Não quero cantar. — Ainda embalando Gibson, olhou para mim. — Quero falar, contar tudo a eles.

Engoli em seco, começando a ficar nervosa.

— Você quer entrar no ar, pelas costas de Sienna e Nick, e contar ao mundo o que eles fizeram? O jeito como te manipularam?

Kellan concordou.

— E contar exatamente o que você é para mim.

Um sorriso se esboçou nos meus lábios ao mesmo tempo em que o estômago me subia até a garganta.

— Então, eu falo com você. Vamos fazer essa entrevista juntos.

— Tem certeza? — Kellan arqueou uma sobrancelha. — É uma das maiores estações de rádio da costa leste.

Meu sorriso deu lugar a uma expressão séria quando me imaginei falando num microfone direto para milhares de pessoas.

— Absoluta. Se você vai fazer uma coisa tão arriscada quanto queimar o filme da sua gravadora e da maior pop star do planeta, quero estar ao seu lado. — Levantei o pulso, exibindo a tatuagem do seu nome gravada na minha pele. — Estou cansada de me esconder. E agora, tenho que ir vomitar.

Kellan achou graça, inclinando-se para me dar um beijo. Quando nos afastamos, ele se dirigiu aos outros D-Bags:

— Isso diz respeito a vocês também. Se eu contar ao mundo o que fizemos para promover as vendas, isso pode nos afetar. Sienna estava certa em relação a uma coisa: o estigma pode nos acompanhar durante anos. Vocês topam?

Observei os outros membros da banda com atenção. Kellan tinha razão, isso dizia respeito à banda inteira, e ele não queria ver os amigos sofrendo. Essa fora uma das razões por que se tornara conivente com o jogo.

Aproximando-se, Evan me deu um abraço tão apertado que eu mal consegui respirar.

— Estava achando aquela babaquice de Kell-Sex o fim do mundo, por isso fico superfeliz que vá acabar.

Kellan assentiu, e então olhou para Matt. O guitarrista nem sempre era tão aberto quanto os outros, e levava a carreira dos D-Bags muito a sério. Por mais que eu detestasse admitir isso, Kellan e eu estávamos prestes a envolver a banda num escândalo que poderia prejudicá-los.

Matt olhou fixamente para Kellan, sem dizer nada. Sentindo a tensão, Kellan deu de ombros, dizendo a ele:

— Desculpe, Matt. Eu não contava com nada disso... mas só vou abrir o jogo se todos vocês estiverem de acordo.

Sorrindo, Matt deu um tapa no ombro de Kellan.

— Você está fazendo a coisa certa, cara. Não se preocupe. — Apontou para cada um dos D-Bags. — Só temos que ralar muito para que o próximo álbum fique tão fodástico, que nada disso vai ter a menor importância.

Kellan deu um tapa no ombro dele.

— Combinado.

Capítulo 26
ABRINDO O JOGO

No percurso de carro até a estação de rádio no dia seguinte, meus nervos estavam à flor da pele, a ansiedade queimando cada célula do meu corpo. Já estava acostumada a ficar em segundo plano, e me sentia à vontade assim. Ser empurrada para o centro das atenções ia arder um pouco. Mas eu tinha que fazer isso. Talvez não fosse mudar o que algumas pessoas pensavam de mim, mas eu tinha que ficar ao lado do meu marido enquanto ele corria esse grande risco. Se tudo desse errado, pelo menos nos daríamos mal juntos.

Os D-Bags apreciavam a paisagem, enquanto o carro seguia pelas ruas cheias de Nova York. Já tínhamos estado lá brevemente durante a turnê promocional, e se havia uma coisa a que eu nunca me habituava em Nova York era o número de carros e táxis que enchiam as ruas movimentadas. A cidade pulsava de vida. Havia movimento em toda parte – nas ruas, nas calçadas, nos edifícios, até nas janelas. O frenesi era tal que chegava a me deixar meio zonza. De repente, eu me sentia como se tivesse desenvolvido a síndrome da perna inquieta; não conseguia ficar parada. Claro, podiam ser apenas meus nervos pondo as unhas de fora.

Kellan ficou me olhando no carro, com ar de riso. Minha vontade foi dizer ao Sr. Sem Nervos para parar com isso, mas estava com um bolo na garganta e não conseguia dizer uma palavra... ainda. Pondo a mão no bolso, Kellan pegou uma coisa e a entregou para mim. Curiosa, olhei e vi uma pétala de rosa fúcsia na minha mão. Em pilô, ele tinha escrito *Você é uma* e desenhado uma estrelinha. Olhei para ele, confusa. Ele apontou para a pétala.

— Terminei de ler o seu livro. É fantástico, Kiera. Você tem que publicá-lo de qualquer maneira.

Sorrindo, voltei a olhar para a pétala sedosa entre os dedos.

— Obrigada. Não sabia como você se sentiria depois de lê-lo inteiro.

Ele passou o braço pelos meus ombros.

— Não achei que isso fosse possível, mas tenho certeza de que te amo ainda mais. O jeito como você me vê... Nunca achei que alguém algum dia... — Calou-se, sua garganta se apertando de emoção.

Compreendendo, olhei para ele.

— Isso é porque você não se vê com a mesma nitidez com que eu te vejo.

Rindo, ele me abraçou com mais força.

— Nós somos mesmo almas gêmeas, não somos?

Sentindo o nervosismo melhorar um pouco, eu me aconcheguei junto a ele. Brincando com minha aliança, mais uma vez me assombrei com sua capacidade de levantar o meu astral. E de estar sempre me surpreendendo. Voltando a olhar para ele, perguntei:

— Onde é que você arranja essas pétalas?

Com um olhar maroto, ele murmurou:

— Sou um homem de muitos mistérios, senhora Kyle. — E caiu na risada.

Quando chegamos à estação de rádio, a multidão era imensa. Como as pessoas nos descobriam aonde quer que fôssemos, jamais vou compreender; era quase como se os D-Bags tivessem um sinal de alerta que tocava em cada cidade que visitávamos.

Algumas garotas na multidão em volta do prédio tinham feito cartazes onde declaravam amor ao seu D-Bag favorito. Havia vários cartazes para Kellan, mas os outros rapazes também estavam recebendo o seu quinhão. Era surrealista ver conhecidos meus sendo idolatrados *nesse* nível. Algumas fãs estavam chorando, à espera de um vislumbre da banda — com o rosto vermelho, o nariz fungando, aos soluços. Tive certeza de que se a garota que segurava o cartaz com os dizeres *Casa comigo, Griffin* conhecesse o dito--cujo, provavelmente não estaria tremendo feito vara verde. Ou pedindo sua mão em casamento. Bem, talvez o Griffin mais recente, mais calmo, mais educado, sim. Ele não era tão mau assim. Mas o Griffin pré Gibson? Esse, nem pensar.

O carro nos deixou bem em frente à multidão que se aglomerava diante da portaria. Tory estava conosco, é claro, e na mesma hora tentou empurrar os D-Bags para a emissora. Mas eles não entraram imediatamente. Evan deu atenção a várias fãs, distribuindo autógrafos e até abraçando algumas. Matt ficou um pouco atrás dele, parecendo meio desconfortável com o tamanho da galera, mas trocando alguns apertos de mão com boa vontade. Griffin saiu correndo pela rua. Quando chegou ao fim da multidão, deu meia--volta e correu de novo para a portaria, com os braços levantados, encorajando a galera a fazer o mesmo. Gritando, a galera o imitou, e foi então que percebi que estava tentando levá-la a fazer uma ola. Bestalhão.

Kellan riu da palhaçada de Griffin, enquanto esperava por mim diante do carro. Quando estávamos lado a lado, segurou minha mão e me conduziu em direção às fãs.

Hesitei por dois motivos. Primeiro: esse era o trabalho dele, não o meu, e eu me sentia uma intrusa por estar ali; e segundo, não queria ser atacada antes de ter tempo de falar.

As fãs não sabiam como reagir à minha presença. Estavam tão excitadas por verem Kellan de perto, que gritavam, choravam e tremiam. Mas ainda assim me lançavam olhares venenosos. Torci para que nenhuma tivesse coragem de me dizer nada com Kellan a um passo de distância; ele certamente perderia a cabeça se isso acontecesse.

Kellan soltou minha mão para distribuir autógrafos. Fiquei firme e forte ao seu lado, observando-o com um sorriso orgulhoso. Ele realmente tinha nascido para ser um rock star. Fazia questão de cumprimentar e olhar para cada fã que lhe entregava alguma coisa. Era carinhoso e acessível. Brincava com elas, e até fazia comentários que quase chegavam a ser insinuantes. Para minha surpresa, isso não me incomodou nem um pouco. Compreendi por que ele deu um sorrisinho de canto de boca e disse a uma lourinha minúscula que "também estou encantado por te conhecer". Não disse isso na esperança de sair com ela mais tarde, disse por ela. Estava lhe dando uma lembrança que ela levaria consigo, que a faria ganhar o dia. Essa leve paquera não deixava de ser fofa.

Só uma fã teve coragem de lhe perguntar a meu respeito. Exibindo com orgulho a sua camiseta Kell-Sex, a mal-humorada apontou o polegar para mim:

– Por que é que *ela* está aqui com você? – Sua entonação fez com que o pronome soasse como um insulto.

Kellan manteve a expressão o mais neutra possível. Não achei que iria responder, mas, com voz calma, ele disse:

– Porque ela é a minha mulher. Vai aonde eu vou.

E com essa, segurou minha mão e se afastou. O som de meia dúzia de fãs soltando exclamações chocadas foi a última coisa que ouvi antes de corrermos para dentro do prédio. Ele nunca tinha se referido a mim nesses termos em público. Kellan sorriu para mim quando chegamos à portaria.

– Foi muito bom dizer isso.

Sentindo o medo crescer à medida que ficávamos cada vez mais perto de revelar nossa vida íntima, murmurei:

– Pensa só como vai ser bom dizer para milhões de pessoas daqui a uns minutos.

Vendo meu nervosismo, Kellan passou o braço pelos meus ombros.

– Não vão ser milhões. – Franziu os lábios. – Tenho certeza de que não vão ser milhões.

Dando um jeito de nos afastar discretamente, Tory fez com que passássemos pelos seguranças, e então nos conduziu até os elevadores. Quando estávamos todos espremidos numa cabine, a intimidante loura se virou para mim e Kellan e, dando uma olhada em nossas mãos dadas, disse a ele:

— Você está aqui para tocar uma ou duas músicas, mas decidi lhes conceder cinco minutos no começo da apresentação para fazerem perguntas. Lembre-se de manter a entrevista voltada para a turnê e o álbum. Já os instruí a não perguntarem nada sobre vida pessoal, nem sobre Sienna e a foto de Kiera, mas é provável que eles tentem fazer um ou outro comentário. — Seu olhar frio passou para mim. — Seria melhor se você ficasse no corredor durante a entrevista, para não dar margem a perguntas indiscretas.

Com o rosto calmo e controlado, Kellan se limitou a sorrir. Interpretando isso como uma resposta afirmativa, Tory se virou de frente para as portas do elevador. Às suas costas, Kellan me deu um sorrisinho endiabrado, que dizia com todas as letras: *Aqui que eu vou fazer o que ela disse.* Meu coração palpitava de ansiedade, a adrenalina correndo pelas veias. Torci para não desmaiar.

Quando chegamos ao estúdio, pude ver que as luzes estavam acesas — estavam ao vivo. Fiquei morta de náusea, mas dei um sorriso confiante para Kellan. Nós podíamos fazer isso. Eu podia fazer isso. Uma estagiária da emissora nos conduziu até o estúdio. Parecendo segura de si e intimidadora, Tory entrou primeiro. Seus olhos de águia observavam tudo, mas tive certeza de que nem desconfiava da tempestade se formando sobre sua cabeça.

Um cara alto, de meia-idade, parado atrás de um painel complicado, cheio de chaves e botões, sorriu no microfone quando viu o grupo entrar.

— Os D-Bags acabam de chegar ao estúdio. É bom ver vocês de novo, rapazes.

Kellan apertou a mão do cara. Já tínhamos estado lá antes, durante a turnê promocional relâmpago, e na mesma hora me lembrei de uma coisa nesse estúdio de que tinha me esquecido. Havia câmeras da web em cada canto do aposento. Não apenas o mundo iria ouvir nossa confissão, como vê-la também.

Indicando um grupo de cadeiras para a banda, o locutor disse:

— Vamos sentar, gente.

Enquanto Matt, Evan e Griffin se acomodavam, Kellan se virou para um locutor grisalho por trás de um notebook.

— Será que dava para arranjar mais uma cadeira? — E me indicou com um gesto.

O cara pareceu confuso, e então surpreso, como se tivesse me reconhecido. Levantando depressa, respondeu:

— Claro, sem problemas.

Quando uma cadeira foi posta ao lado de Kellan, arrisquei dar uma olhada em Tory. Ela estava com uma cara furiosa; não queria que eu ficasse no estúdio. Não tentou dar um basta na situação, mas seria bem capaz de fazer isso quando começássemos a falar.

Uma morena bonita por trás de outro notebook abriu um sorriso para os D-Bags.

— É muito legal receber vocês aqui de novo. Como têm passado? — Seus olhos se fixaram primeiro em Kellan, depois em mim, então nos outros rapazes, e finalmente voltaram a mim. Dava para sentir a curiosidade emanando dela.

Quando os D-Bags já tinham posto os headphones, um microfone foi entregue a Kellan. Ele não perdeu tempo, logo começando a conversa que me enchia de pavor e expectativa ao mesmo tempo.

— Não muito bem, para ser franco.

Na mesma hora os olhos dos locutores se fixaram em Kellan. As pessoas não costumavam responder com honestidade a essa pergunta, que era apenas uma gentileza para preparar o terreno antes de as perguntas mais indiscretas começarem a ser feitas. Os olhos da mulher pulavam entre mim e Kellan, como se ela estivesse a par de tudo que andava acontecendo com ele — no mundo das fofocas, pelo menos. Por sua expressão ansiosa, ficou claro que me ver no estúdio ao lado de Kellan, sem poder dizer uma palavra a respeito, era algo que lhe dava a maior aflição; queria respostas. E não iria se decepcionar.

Ela me indicou, cautelosa:

— Imagino que as coisas tenham andado... meio agitadas... ultimamente?

Dei uma olhada em Tory, que já fazia um gesto de "corta" para os locutores. Kellan olhou para ela, levantando um dedo, e então olhou de novo para a locutora.

— Preciso esclarecer algumas coisas. Sei que devíamos nos apresentar para vocês, mas, em vez disso, gostaria de fazer uma entrevista. Vocês se importam? — Todos os presentes no estúdio balançaram a cabeça. Kellan apontou para mim. — Será que podem arranjar um par de headphones para ela?

Várias pessoas se levantaram correndo para providenciar um, mas, vendo nossa determinação e sabendo o que estávamos fazendo, Evan me entregou o dele. Com os dedos trêmulos, eu os peguei, agradeci e os coloquei. Meu Deus, eu ia vomitar.

Tory se aproximou e se inclinou para Kellan. Afastando seus headphones, disse alguma coisa em tom esquentado. Não deu para ouvir o que dissera, mas tive a impressão de que era um aviso para calar a boca. Kellan fez que não e soltou, ríspido:

— Não! Não vou me calar! Já estou cheio disso tudo! — Achei que seria capaz até de dar um empurrão nela, mas ele apenas se virou para os locutores, ignorando-a. Tory ficou uma fera. Tirando o celular da bolsa, saiu correndo do estúdio. Imaginei que receberíamos uma ligação de Nick em trinta segundos.

Vendo Kellan se conter para não explodir, recebi um microfone. O estúdio se encheu de tensão e expectativa enquanto eu tentava ignorar as várias câmeras ao nosso redor. Com a palma suada, segurei a mão de Kellan. Quando nossos olhos se encontraram, na mesma hora revivi o momento em que olhara nos seus olhos pela primeira vez — aqueles olhos tão intensos, emoldurados pelo rosto perfeito que eu achava tão intimidante na época, mas que agora eram uma fonte de paz. Fiquei bebendo aqueles olhos enquanto o mundo esperava que falássemos.

Ainda olhando para mim, Kellan aproximou o microfone da boca:

— Gostaria de apresentar formalmente a vocês essa linda mulher que está ao meu lado, Kiera Michelle Allen. — Virou-se para os locutores. — Minha mulher.

Não achei que fosse possível assombrar tanta gente ao mesmo tempo, mas todos pareceram atônitos. Levando o microfone timidamente aos lábios, murmurei: "Oi." Todos os olhos se fixaram nas nossas mãos. Eu vinha usando a aliança de casada o tempo todo, mas, para evitar as especulações, pedira a Kellan para não usar a sua. E agora ele a exibia com orgulho, as duas alianças quase idênticas brilhando sob as luzes do estúdio.

A locutora morena foi a primeira a se recuperar do choque.

— Ah... sim... parabéns. É... recente?

Sorrindo de orelha a orelha, como se um grande peso tivesse saído de suas costas, Kellan respondeu:

— Não. Nós nos casamos em junho do ano passado, antes de toda essa loucura começar.

Sabendo que ele estava omitindo um detalhe, esclareci:

— Ainda não estamos oficialmente casados. Tivemos uma pequena cerimônia... tipo assim, uma coisa improvisada... mas ainda não nos casamos de papel passado. — O aperto na minha garganta era tão horrível que tive certeza de que minha voz saíra igual à de um sapo.

— Eu me casei com você naquele bar. — Kellan deu de ombros. — É tudo que importa para mim.

O locutor de aparência mal-ajambrada ficou animadíssimo com a notícia.

— Você se casou num bar? Que maneiro! É o lugar onde gostaria de me casar. Não que pretenda me casar um dia.

Soltei uma risada nervosa, e senti a garganta relaxar. Mais confiante, dei um beijo nas costas da mão de Kellan.

— Nós nos casamos em junho, mas estamos juntos há... vai fazer dois anos agora em março.

Com o cenho franzido, a locutora perguntou a Kellan:

— Se vocês estavam juntos esse tempo todo, por que ninguém ouviu falar na Kiera antes? — Abriu um sorriso maroto para mim. — Onde é que você estava escondida?

Rindo um pouco, respondi:

— Eu estava escondida bem ao lado dele. Fomos quase inseparáveis esse tempo todo. Eu até ficava nos estúdios durante as entrevistas quando Kellan mencionava que "tinha um relacionamento".

— Mas por que – perguntou a locutora a ele – você não apenas apontou a Kiera? Por que não disse "Olha a minha namorada bem ali"?

Levantei a mão, mansamente.

— Isso foi por minha causa. Eu não fico... à vontade sendo o centro das atenções. Kellan estava tentando me manter longe dos refletores. – Indiquei o estúdio com o dedo. – Tudo isso me deixa com vontade de vomitar, me mijar nas calças ou uma combinação horrível das duas coisas. – Todos no estúdio caíram na gargalhada, e resisti ao impulso de tapar os olhos. Será que eu tinha mesmo acabado de dizer aquilo em alto e bom tom para milhares de pessoas? Bem, paciência.

Com um largo sorriso para mim, a morena pegou o microfone e se inclinou na minha direção como se fosse contar um segredo:

— Tudo bem. Também fico com vontade de me mijar.

Kellan riu, prosseguindo:

— Depois que todo esse auê em torno de mim e de Sienna começou, não consegui mais ficar calado. Disse a quem quisesse ouvir que tinha um relacionamento, mas todo mundo distorcia minhas palavras, como se eu me referisse a Sienna. Eu não podia entrar em detalhes em relação a Kiera, não ia jogar minha mulher aos lobos contra a sua vontade. – Deu um beijo nas costas da minha mão, e juro que alguém no estúdio suspirou.

Kellan me deu um olhar arrependido.

— Eu fui o mais vago possível em relação a você. Talvez tenha sido vago demais. Devia ter pelo menos dito que estava noivo.

Balancei a cabeça.

— Você fez o que sabia que me deixaria à vontade, não tem que se sentir culpado por causa disso. – Rindo, acrescentei: – E você sabe que Sienna teria começado a usar um anel de compromisso também.

Kellan deu um risinho, balançando a cabeça.

— É, posso imaginar Sienna fazendo isso.

Os locutores perceberam o que ele tentava insinuar na mesma hora. Inclinando-se para Kellan, a morena perguntou:

— Está dizendo que Sienna Sexton arquitetou o fenômeno Kell-Sex?

Kellan virou a cabeça lentamente para a mulher. Isso era difícil para ele. Apesar do modo como Sienna tinha nos manipulado, fora ela quem dera aos D-Bags o impulso inicial. Fora ela quem os pusera no mapa; eles tinham essa dívida para com ela. E Sienna não era tão má assim. Eu vira seus laivos de generosidade, como mandar o carro levar minha irmã ao hospital e enchê-la de presentes para Gibson. Havia uma alma dentro de Sienna... enterrada sob a obsessão com o sucesso. E me perguntei o quanto desse empenho tinha a ver com as cobranças que sofrera em pequena.

Suspirando, Kellan respondeu:

— A culpa não é totalmente de Sienna, mas sim, ela certamente fez sua parte para garantir que os fãs nos vissem juntos.

Todos os locutores pareceram confusos.

— Por quê? — perguntou o desarrumado.

Kellan olhou para a banda, que sentava um pouco atrás de nós. Era agora ou nunca; não havia mais volta. Mas já tínhamos ido longe demais. Se era para as pessoas entenderem realmente o que acontecera, então a verdade *inteira* precisava ser contada.

Evan pousou a mão no ombro de Kellan e o apertou, assentindo. Kellan voltou a olhar para o locutor que fizera a pergunta.

— Para aumentar as vendas. A gravadora decidiu logo no começo que Sienna e eu como casal criaríamos uma publicidade que impulsionaria nossas carreiras. Então tiveram a ideia de fazer um videoclipe... explosivo. — Franziu o cenho, olhando para mim. — E nunca vou me perdoar por tê-lo feito.

— Fui eu que te convenci — lembrei a ele.

Assentindo, Kellan respirou fundo. Olhando para os DJs que bebiam nossas palavras, continuou:

— Fui encorajado pela gravadora a deixar que os rumores crescessem, e a ficar calado. Não queria falhar com a minha banda. Esses caras são a minha família. Queria que eles fizessem sucesso, por isso... fiz o jogo da Vivasec desde o começo. — Soltou um suspiro cansado, e então deu de ombros. — Quando finalmente mudei de ideia e tentei contar a verdade, já era tarde demais. Ninguém acreditou em mim.

Vendo sua expressão abatida, tomei a palavra, dizendo aos locutores:

— A gravadora tirou os D-Bags da turnê do Avoiding Redemption e os colocou na de Sienna, tentando aumentar a publicidade. Sienna passou o tempo todo fazendo de tudo para que os dois fossem fotografados juntos, e Kellan era evasivo para me proteger. — Balançando a cabeça, disse a ele: — Não admira que as fãs não acreditassem no que você dizia. Ninguém tem culpa nessa história.

A locutora morena deu uma risada irônica.

— Ninguém a não ser a Vivasec e Sienna. Vocês eram novos nesse ramo, provavelmente estavam se sentindo perdidos, e eles tiraram total proveito disso. É nojento, e estou me sentindo indignada por vocês.

Kellan e eu sorrimos para ela. Finalmente, alguém compreendia. Alguém acreditava em nós. E ter alguém do nosso lado era muito melhor do que eu jamais imaginara que seria.

Passamos os minutos seguintes respondendo a cada pergunta que fizeram, inclusive várias sobre o confuso vídeo da transa de Kellan com Joey. Ele explicou:

— Não, aquela não era Sienna. Era uma antiga roommate minha. Fizemos o vídeo muitos anos atrás. Ela divulgou por dinheiro, e como nunca alegou ser a mulher que aparece nele, imagino que tenha recebido uma fortuna. – Achei que o raciocínio era bastante lógico. Os locutores também.

Quando as perguntas dos locutores já tinham sido respondidas, recebemos perguntas adicionais dos ouvintes. E foi tudo bem, embora várias fãs parecessem chocadas, zangadas e tristes por saberem que Sienna e Kellan jamais haviam namorado. Uma delas chegou até a chorar. Não tinha sido minha intenção causar essa enorme decepção às fãs de Kell-Sex, mas Kellan e eu não podíamos mais continuar escondendo a nossa relação. No fim, esperei que entendessem isso.

No minuto em que saímos do estúdio, eu me senti mais aliviada e feliz do que me sentira em algum tempo; ver nossa relação exposta era uma coisa tão aterrorizante quanto libertadora. Embora fosse levar um esporro da gravadora e de Sienna, pelo menos as coisas seriam honestas dali em diante. Pela primeira vez nas últimas semanas, me senti cheia de esperança. E de orgulho. Por mais difícil que fosse, Kellan e eu estávamos fazendo a coisa certa.

Tory estava uma fera quando se encontrou conosco no corredor. E não era a única. Antes mesmo de conseguirmos chegar ao elevador, o celular de Kellan começou a tocar. Ele estremeceu ao dar uma olhada na tela, mas atendeu.

– Oi, Sienna.

Ela gritou tão alto que deu para ouvir tudo que dizia:

– Que diabos você fez?

Com voz tranquila e controlada, Kellan respondeu:

– Uma coisa que já devia ter feito há muito tempo: disse o que pensava.

– Você acabou de admitir que manipulamos o público por dinheiro! Está tentando destruir nossas carreiras?

Tory estava com o rosto vermelho, e não pude deixar de pensar que concordava plenamente com Sienna; estava mesmo um pouco surpresa por ela ainda não ter nos dado um esporro. Provavelmente, estava esperando para fazer isso no carro. O resto da banda ficou em silêncio, enquanto as palavras furiosas de Sienna vibravam ao redor.

Kellan afastou o celular do ouvido.

– Nossos álbuns vão mostrar o nosso valor. E é assim que deve ser. Se a nossa música não é boa o bastante para fazer sucesso por si, então não devíamos estar no topo. E se cairmos... por mim, tudo bem.

– Você é o mais completo imbecil que já conheci na minha vida! Volta pra cá. Agora!

A ligação foi cortada, e Kellan guardou o celular no bolso. Quando o elevador tilintou e as portas se abriram, ele sussurrou no meu ouvido:

– Será que ela ficou zangada?

Seus lábios se curvaram num sorriso tão sexy quanto fofo. Não tive escolha senão passar os braços pelo seu pescoço e lhe dar um beijo apaixonado enquanto entrávamos no elevador. Parando por um microssegundo, murmurei:

— Não me importo se tiver ficado.

O celular de Kellan tocou durante toda a descida, mas tratei de ignorá-lo enquanto nos abraçávamos. Minha alegria diminuiu um pouco quando saímos na calçada fria e escura de Nova York. A multidão de fãs à espera dos D-Bags tinha aumentado durante a entrevista. E as reações também tinham mudado. Agora havia de tudo, desde choque até revolta, passando pela mais extrema tristeza. Mas a curiosidade parecia ser a predominante. Era óbvio que todas haviam ouvido a entrevista. E que ainda tinham perguntas.

Agora também havia um número considerável de repórteres na multidão. Estavam com os microfones a postos, as câmeras ligadas. O fato de as equipes de reportagem já terem aparecido confirmou minha impressão de que as coisas aconteciam muito depressa em Nova York. Não gostei nada de ser filmada por emissoras de tevê, mas, depois da entrevista, isso não me perturbou tanto quanto teria perturbado no passado.

Kellan e eu tínhamos dado à mídia uma história um pouco mais complexa do que uma fofoca quente do tipo "estão ou não estão". Tínhamos admitido abertamente que a gravadora nos usara. Esse tipo de escândalo chama a atenção. Os repórteres nos bombardearam de perguntas, a multidão pressionando nossos corpos: *Kellan, Kiera, algum comentário sobre o que a Vivasec Records fez com vocês? Vão entrar na justiça? Vão sair da turnê? Vocês quebraram o contrato ao dar a entrevista?*

Boas perguntas, mas não eram as únicas para as quais ainda não tínhamos respostas.

As fãs também tinham perguntas, mas as delas eram mais pessoais: *É verdade que você não está com Sienna? Aquilo foi mesmo uma armação? O clipe parecia tão real, tem certeza que não sente nada por ela?*

Tory e a equipe da emissora de rádio tentavam controlar a multidão para que pudéssemos sair. Achei que talvez devêssemos ficar e responder às perguntas de todos, mas o jeito como tentavam nos cercar me deixou com claustrofobia. Era gente demais, perto demais. Não gostei disso. Já tínhamos dito o bastante por hora. Só queria entrar no carro e voltar para a privacidade do nosso ônibus.

Havia um estreito espaço entre os enormes grupos de fãs e repórteres que cercavam a portaria do prédio. Os seguranças, truculentos, forçaram as pessoas a se afastar para que Matt, Evan e Griffin pudessem passar espremidos por ali, e vi quando eles correram aliviados para a caminhonete que nos aguardava. Kellan e eu não conseguimos abrir caminho lado a lado por entre as fãs, mas ele apertava minha mão com força, me arrastando por entre o mar de gente.

Vi vários flashes enquanto avançávamos com esforço, e percebi que não eram só repórteres que estavam na multidão. Os paparazzi também tinham aparecido, e esses eram muito mais agressivos do que as fãs e os repórteres. Enquanto os seguranças só precisavam ficar na frente desses grupos para contê-los, os paparazzi tentavam passar na base do empurrão. Dois fotógrafos mais fominhas conseguiram furar o formigueiro humano, saindo bem diante de mim e de Kellan. Ele me empurrou para trás, e eu protegi os olhos da chuva de flashes cegantes.

As pessoas que nos fotografavam pareciam não dar a mínima para o fato de estarmos tentando chegar à caminhonete, nos bombardeando de perguntas, sem nem mesmo nos dar tempo para responder – não que pretendêssemos fazer isso. Furioso, Kellan tentou passar por um paparazzo corpulento, mas o cara não arredou um milímetro de onde estava.

Fazendo o possível para não me comportar de maneira agressiva, já que por pouco tínhamos escapado de um processo por agressão da última vez que topáramos com um cara desses, Kellan disse, educado:

— Estamos tentando sair; por favor, deixem a gente passar.

Mas foi como se nem nos ouvissem. Só continuaram fotografando. Olhando para a caminhonete, vi que Matt e Evan nos observavam, preocupados. Pareciam prestes a começar a empurrar as pessoas para podermos passar. Eu não queria isso. Nem Kellan. Quando já começava a acreditar que não haveria escolha se quiséssemos sair do meio daquela multidão, um espaço estreito até a rua se abriu. Era muito à esquerda do ponto aonde queríamos chegar, mas não tínhamos opção naquele momento.

Kellan viu o raio de esperança na mesma hora que eu. Então nos puxou para a direita, enganando os paparazzi, girou comigo para a esquerda, e corremos para o buraco que já começava a se fechar. Mil fãs passaram as mãos em nós enquanto avançávamos, mas os paparazzi fominhas não conseguiram nos seguir.

Agora que tínhamos passado pela aglomeração, ficamos meio presos. A caminhonete da gravadora estava muito atrás na rua, bloqueada por uma massa de gente. A multidão barulhenta estava às nossas costas, a rua à nossa frente. Como o resto da banda já se encontrava em segurança na caminhonete, agora Kellan e eu éramos o único foco de interesse. Olhando para trás, vi que já começavam a avançar em nossa direção. Kellan estendeu a mão para um táxi, tentando nos tirar dali, mas senti a trepidação dos passos vibrar na minha coluna quando a multidão começou a correr atrás de nós.

Os repórteres ainda nos bombardeavam de perguntas, estendendo microfones enormes para nós, na esperança de uma resposta. Os paparazzi empurravam as fãs, tentando conseguir um ângulo melhor. E as fãs estavam histéricas por ver seu ídolo tão de perto. Nem pareciam mais se importar com o que ele dissera sobre Sienna, principalmente aquelas em quem Kellan esbarrara ao tentar nos tirar dali. Essas pareciam eufóricas, como se quisessem tirar mais uma casquinha. Eu até entendia como se sentiam, mas o clima de histeria e fanatismo que crescia na multidão estava me deixando uma pilha de nervos.

— Kellan, não estou gostando nada disso, vamos sair daqui.

— A gente arranja um táxi já, já.

No momento em que disse isso, as fãs perceberam que ele estava se afastando e avançaram, nos cercando, mãos em cima de nós, aos risos. Braços rodeavam Kellan, mãos deslizavam pelo seu peito, canetas eram enfiadas no seu rosto, celulares filmavam cada momento. Por fim, elas conseguiram se espremer entre nós, nos separando. Tentei continuar segurando a mão dele, mas, como um elástico esticado, nosso contato terminou por se romper.

Nós te amamos, Kellan! O grito se erguia acima do vozerio dos repórteres e paparazzi que metralhavam perguntas. Para minha surpresa, o número de fãs que gritavam por minha atenção não era menor do que o das que gritavam pela de Kellan. Acho que tinha me tornado uma atração como ele — a mulher que conquistara o coração do queridinho da mídia. Algumas queriam saber como ele era, outras o que eu achava do videoclipe, e algumas até perguntaram se eu estava grávida. Confusa, o instinto me fez recuar.

Agora os repórteres estavam atrás das fãs, avançando, enquanto passantes curiosos engrossavam a multidão. As fãs mais afoitas à nossa frente foram empurradas por trás e, sem terem para onde ir, chocaram-se comigo e com Kellan. Ele conseguiu manter o equilíbrio, mas fui empurrada com tanta força que perdi o equilíbrio, o salto do meu sapato tropeçando no meio-fio. Nem tinha me dado conta de que estava tão perto da rua. E fiquei ainda mais consciente dessa proximidade quando caí no meio do trânsito. Uma fã chegou a estender a mão para mim, mas não conseguiu me alcançar; eu caíra sentada com força. Atordoada, confusa, fiquei olhando para o par de faróis que avançava na minha direção. A única coisa que me passou pela cabeça foi a esperança de que ser atropelada por uma caminhonete não fosse tão doloroso quanto parecia.

Comecei a me levantar, mas estava desorientada, e sabia que não daria tempo; o motorista nem parecia ter diminuído a velocidade. Então, como se fosse meu anjo da guarda, ou talvez, para ser mais exata, um louco varrido, Kellan avançou sem pensar para a rua. Tive a mais absoluta certeza de que estava prestes a testemunhar a morte do meu marido — prestes a me tornar uma viúva antes mesmo de ter chance de me casar oficialmente. Parei de respirar.

Os dedos de Kellan se fecharam em torno do seu nome tatuado no meu pulso, e ele me puxou de pé; senti o ombro sair do encaixe, a dor dilacerante no braço. Ouvi os freios da caminhonete cantando quando o motorista finalmente nos viu, mas já era tarde demais. Quando trombei com o peito de Kellan, ele me jogou para trás e levantou a mão para a caminhonete, preparando-se para o impacto. Foi tudo que teve tempo de fazer.

Estranhamente, embora soubesse que estávamos a um microssegundo de uma tragédia, não pude deixar de notar que a caminhonete prestes a nos atingir era de uma floricultura. No ato lembrei as mensagens em pétalas de Kellan. Eu ia sentir tantas saudades delas.

 A caminhonete se desviou para a direita, tentando nos evitar, mas não conseguiu. Atingiu Kellan em cheio, na altura do estômago. Na velocidade a que ia, o veículo também me atingiu. Bati nas costas de Kellan, e caí no chão. Doeu tanto quanto eu tinha temido. A pancada me deixou sem fôlego, e eu me senti mole como se fosse de borracha. Minha cabeça bateu no asfalto antes que as mãos pudessem amortecer a queda. Senti o couro cabeludo ardendo, vi estrelas, e então se fez a mais completa escuridão.

Capítulo 27
ISSO NÃO ACONTECEU

Quando voltei a mim, alguém apontava uma luzinha para os meus olhos. Doeu. Tudo em mim doía. Não podia lembrar onde estava. Minha cabeça doía, e eu me sentia nauseada. Por que estava nauseada? Detestando aquela luminosidade que perfurava meu cérebro, tentei desviar os olhos, mas alguma coisa em volta do pescoço dificultava o movimento. O que era? Com o canto dos olhos, vi que estava deitada no meio de uma rua; havia estilhaços de faróis e outras peças quebradas ao redor da minha cabeça. E um pedaço de metal assimétrico coberto de sangue. Sangue recente. Por que eu estava deitada na rua? Será que estava atrapalhando o trânsito? As pessoas deviam estar furiosas comigo. Precisava me levantar. Mas não queria me mover. Tinha a sensação de que ia doer.

Com a mente confusa, senti que mãos me levantavam e deitavam numa mesa plana e branca. Doeu muito, e estremeci, aspirando por entre os dentes. Por que alguém estava me pondo numa mesa? Por que havia uma mesa no meio da rua? Um homem usando um colete fosforescente começou a me fazer perguntas.

– Senhora, sabe onde está? Sabe o que aconteceu?

Meu corpo parecia muito pesado. Minha cabeça parecia muito lenta. Sangue escorria pelo meu rosto, podia senti-lo nos olhos.

– Eu... eu... não...

Lembranças se acendendo no meu cérebro. Faróis se aproximando. Freios guinchando. A queda.

– Eu fui atropelada por uma caminhonete – murmurei.

– Sim, exatamente. – Uma bandagem foi enrolada na minha cabeça. *Cabeça*. Lembrei que tinha batido com ela no chão. Era por isso que estava doendo e sangrando. Mas o corpo também doía. O ombro doía. Eu me sentia ferida. Kellan tinha me posto de pé. Eu dera um encontrão nele antes de cair.

Na mesma hora tentei me sentar.

— Kellan!

O paramédico me fez deitar novamente, tentando me estabilizar. Meus olhos voaram para o ponto onde Kellan estava. Só havia cacos de vidro e sangue; nem sinal dele.

— A senhora está com um corte profundo. Preciso fazer um curativo e verificar se não há outros ferimentos. A senhora pode piorar as coisas se se mover. Sabe me dizer seu nome? — perguntou, com voz suave.

— Kiera Allen... Kyle. Onde está o meu marido? — perguntei, a voz rouca.

As mãos do paramédico trabalhavam na minha cabeça. Tentei ficar imóvel para ajudá-lo, mas só queria sair correndo pela rua, gritando o nome de Kellan.

— Os outros paramédicos estão cuidando dele, senhora Kyle. Ele está em boas mãos.

Embora minha visão estivesse um pouco embaçada, notei quando o paramédico olhou para a esquerda. Minha alma se enchendo de apreensão, meu olhar seguiu o dele. Kellan estava deitado numa maca semelhante à minha. Como eu, estava coberto de sangue, e não soube se era dele ou meu. E não saber me deixou totalmente apavorada.

— Kellan! — gritei, mas ele não respondeu. Estava tremendo. Parecia muito mal. Então, para meu absoluto horror, ele se inclinou e vomitou sangue.

Agora em pânico, tentei me levantar para ir até ele, mas o paramédico me manteve deitada e a maca foi empurrada para a traseira de uma ambulância.

— Ele está bem? Ele está bem? — perguntei uma vez atrás da outra. Não conseguia me conter.

Antes que recebesse uma resposta, as portas se fecharam e a ambulância se afastou. A sirene feriu meus ouvidos, mas não era nada comparado à dor no meu peito. Por que ele estava vomitando sangue? Ele estava bem? Ele tinha que estar bem.

Segurando minha mão, o paramédico disse:

— Eles vão fazer tudo que puderem por ele, prometo.

Suas palavras não me confortaram. Comecei a soluçar.

Estava fora do ar quando chegamos ao hospital. Palavras entravam pelos meus ouvidos, mas eu não as assimilava. Alguém disse que eu estava em estado de choque. Alguém falou em concussão. Lesão cerebral. Lesões internas. Nenhuma das palavras se fixava, porque a imagem de Kellan vomitando sangue era tudo em que eu conseguia pensar. Fui cutucada, apalpada, minha barriga pressionada e massageada. Sentia dor, meu ombro latejava, mas não estava ferida. Só não conhecer o destino de Kellan doía.

Ele chegou à Emergência no momento em que uma enfermeira injetava um anestésico na minha cabeça; o corte no couro cabeludo tinha que ser suturado. Vi quando a maca de Kellan passou pela sala de exames, e me levantei. Ele não estava mais vomitando, mas também não estava consciente. Parecia totalmente sem vida. O que me deixou apavorada.

A enfermeira correu atrás de mim, dizendo que eu precisava dos seus cuidados. As enfermeiras que se aglomeravam ao redor de Kellan explicavam ao médico o que acontecera com ele. Fiquei alguns passos atrás, para poder ouvi-las sem que me vissem; não queria que me arrastassem de volta até saber qual era o problema.

— Homem, vinte a vinte e cinco anos, vítima de um acidente de trânsito. Estava confuso e aéreo na cena do acidente, vomitando sangue. Apresenta um quadro de distensão abdominal, taquicardia e hipotensão.

O médico assentiu, checando os sinais vitais de Kellan. Levantou a camisa dele, e até eu pude ver o quanto seu abdômen estava dilatado. O médico o apalpou com delicadeza e Kellan abriu os olhos, soltando um gemido de dor.

— Ele está com uma hemorragia interna. Preparem-no para a cirurgia.

Isso chamou minha atenção. Avançando, perguntei ao médico:

— Cirurgia? É tão grave assim? Meu marido vai ficar bem?

O médico me deu um sorriso educado.

— Vou fazer tudo que puder. — Bloqueando meu caminho, ele examinou minha cabeça, enquanto a maca de Kellan era empurrada para longe. — Esse corte precisa ser suturado.

Fez um sinal com a cabeça para a enfermeira atrás de mim. Ela segurou meus braços com delicadeza e me levou de volta à sala de exames. Kellan já não estava mais lá, e entendi que não adiantaria segui-lo, não havia nada que pudesse fazer por ele. Com lágrimas nos olhos, perguntei à enfermeira:

— Você sabe o que aconteceu com ele?

A enfermeira me fez sentar numa mesa e pressionou uma gaze na minha cabeça.

— Provavelmente, algum órgão se rompeu. Ele está com uma hemorragia. Os médicos precisam remover o órgão ou suturar a lesão o mais depressa possível.

Em seguida, pegou uma agulha e um rolo de sutura, e tive que fazer um esforço para conter o jorro de bile ácida que me subiu até a garganta.

— Ele vai morrer? — As lágrimas nos meus olhos escorreram pelo rosto. Não podia terminar assim.

A enfermeira não respondeu imediatamente, e, quando fez isso, sua voz foi profissional e amável:

— Nosso hospital tem os melhores médicos do país. Ele está em boas mãos. — Sabia que estava me dando uma resposta padrão. E eu queria uma resposta sincera.

Levantando a cabeça, cravei um olhar duro nela:

— Isso não é uma resposta.

Fazendo com que eu voltasse à posição anterior, ela disse:

— Eu sei, mas é a única que tenho para você. — Suas palavras eram delicadas, mas firmes, e entendi que minha pergunta era irrespondível.

Fui submetida a alguns exames depois que o corte foi suturado – radiografias, uma ressonância magnética. Recebi uma bolsa de gelo para a dor no ombro e fui instruída a usá-la por vinte minutos de hora em hora. Tirando as dores e a enxaqueca, eu me sentia bem, e disse isso aos médicos várias vezes. Quando todos os exames confirmaram minhas palavras, o hospital finalmente me deu alta.

Depois de preencher formulários, voltei em passos exaustos para a Emergência, a fim de esperar por notícias de Kellan. Ninguém me dissera nada ainda. Era um dia movimentado na Emergência, e dei uma olhada nas pessoas ali presentes. Fiquei imaginando quantas daquelas pobres almas teriam tido suas vidas alteradas aquele dia. Como eu. Fiquei com os olhos cheios de lágrimas, mas procurei contê-las. Não tinha tempo para explosões emocionais, e nem era preciso. Kellan ia ficar bem.

Eu estava com a bolsa cruzada no peito; por milagre, continuara presa a mim durante o acidente. Colocando o saco de gelo numa mesa, procurei o celular na bolsa, torcendo para que ainda funcionasse. Precisava fazer alguma coisa. Precisava me manter ativa. Se parasse, ainda que por um segundo, começaria a pensar, e eu não queria pensar. Não queria me preocupar.

Felizmente, o telefone ainda estava intacto. Dando uma olhada na lista de pessoas que eram importantes para mim, fiquei pensando para quem ligar primeiro, quando ouvi alguém gritar a plenos pulmões: *Kiera!*

Levantei o rosto e dei uma olhada nos pacientes até encontrar a pessoa que gritara meu nome. Com os olhos arregalados e vermelhos, minha irmã corria pela Emergência até mim, com Griffin e Evan atrás dela. Anna me deu um abraço tão forte que chegou a me empurrar para trás. Doeu, mas não me importei, abraçando-a com todas as minhas forças.

– Anna – gemi, tentando não chorar.

Alisando meus cabelos, ela sussurrou:

– Você está bem, você está bem, graças a Deus você está bem. – Afastando-se, segurou meu rosto. – *Nunca mais* me dê um susto desses, está ouvindo?

Assenti, contendo as lágrimas. Griffin e Evan se aproximaram. Olhei ao redor, procurando Matt, mas não o vi em lugar algum. Os dois D-Bags pareciam pálidos, sombrios. Griffin estava meio esverdeado, apertando Gibson contra o peito.

– Eles não querem dizer nada para a gente. Você sabe qual é o estado de Kellan? Ele vai ficar bem? – perguntou, a voz embargada.

Afastando-me de Anna, tive que engolir em seco três vezes antes de poder responder:

– Ele ainda está sendo operado. – Abrindo um sorriso falso, acrescentei: – Mas ele vai ficar bem.

– Kiera – disse Anna, esfregando minhas costas –, eu vi o acidente na Internet. Os repórteres filmaram cada segundo.

Piscando para conter as lágrimas, olhei para minha irmã.

— Ele vai ficar bem — insisti.

Com os olhos úmidos, Griffin observou a filha. Evan me deu um abraço carinhoso. Quando se afastou, franzi o cenho; a sensação tinha sido estranha, com a cabeça ainda meio anestesiada.

— Cadê o Matt? Ele não veio?

Griffin fungou, e então olhou para as portas automáticas.

— Ele ainda está lá fora. Disse que precisava dar uns telefonemas antes de entrar...

Dando um último abraço em Evan, olhei para a saída. Confirmando o que Griffin dissera, vi Matt andando na calçada de um lado para o outro. Parecia perturbado, mas isso já era de se esperar.

— Vou lá dar a ele notícias do Kellan.

Eles assentiram. Anna se aconchegou a Griffin. Pela primeira vez, o jeito como os dois se abraçavam me pareceu comovente, pois revelava o quanto realmente se amavam. O jeito como olhavam um para o outro era ainda mais revelador. Dando as costas a eles, caminhei em direção a Matt. Ele só podia estar tão preocupado quanto os companheiros de banda.

Quando me aproximava da saída, o celular que eu ainda segurava tocou. Senti um misto de alívio e tristeza ao ver quem era.

— Denny, que bom que você ligou. Eu...

Ele me interrompeu:

— Eu vi o acidente no noticiário. Você está bem?

— Estou.

Denny soltou um longo suspiro de alívio.

— Estava morto de preocupação. A cena do acidente é tão chocante que nem passaram inteira na tevê. Como estou feliz de ouvir sua voz.

Fechei os olhos, passando pelas portas em direção à calçada, onde Matt ainda andava de um lado para o outro.

— Estou bem, mas Kellan...

A voz de Denny saiu tão baixa que, com o zumbido das portas, mal pude ouvir o que disse:

— Por favor, me diga que ele está bem.

Pressionei os lábios. Meu Deus, como detestava dizer isso. Como detestava até pensar nisso. Detestava tudo naquele momento.

— Ele está sendo operado. Os médicos não têm certeza...

— Meu Deus, Kiera. Eu... lamento muito.

Embora estivéssemos em Nova York, não havia muito movimento na frente do hospital. Estava bastante silencioso. Dava para ouvir tudo que acontecia ao redor — carros passando, um casal conversando enquanto caminhava pela calçada, uma sirene a distância, e Denny fungando no meu ouvido.

— Tenho certeza de que ele vai ficar bem, Kiera. — Pela dor na sua voz, percebi que, apesar do que acontecera entre eles, Denny estava sinceramente preocupado com o amigo de longa data.

Eu me encostei a uma das colunas que sustentavam a marquise acima da entrada da Emergência. Matt parou de andar, olhando para mim. O terror nos seus olhos espelhou o terror no meu coração.

— Ele tem que ficar — sussurrei. Não podia imaginar minha vida sem Kellan.

Depois de dizer a Denny que ligaria no instante em que tivesse notícias, desliguei. Quando guardava o celular na bolsa, Matt se aproximou.

— Fico tão feliz que você esteja bem, Kiera. Aquilo foi a coisa mais horrível que já vi na minha vida.

Indo até ele, concordei. Matt estava com o celular na mão, apertando-o com tanta força que os dedos chegavam a estar brancos. Pousando a mão sobre a dele, tentei relaxar a tensão extrema dos seus dedos em volta do aparelho.

— Para quem você ligou?

Ele ficou olhando para as portas da Emergência atrás de mim.

— Meus pais, Rachel... — Quando seus olhos claros voltaram aos meus, estavam cheios de lágrimas. — Estou com medo de entrar — sussurrou.

— Eu também — respondi. Conseguindo tirar seu celular, segurei sua mão. Ele apertou meus dedos com toda força, como se eu fosse a única coisa que ainda o mantivesse de pé. — Vamos entrar juntos, está bem?

Parecendo um menino perdido que tivesse finalmente encontrado alguém para levá-lo para casa, Matt assentiu. Entramos no hospital juntos, para aguardar o destino de Kellan.

Deacon e os outros rapazes do Holeshot esperavam na Emergência, assim como Tory, a Tirana, e alguns membros da equipe técnica. Todos pareciam tão preocupados quanto nós. Enquanto se acomodavam para esperar, liguei para todas as pessoas de que pude me lembrar — Jenny, Cheyenne, Kate, meus pais, o pai de Kellan. Quase todos já haviam recebido a notícia a essa altura, mas falar com eles me proporcionou algo para fazer além de me preocupar com Kellan.

Quando já tinha esgotado a lista de contatos no celular, Anna me levou ao banheiro para me lavar; eu ainda estava toda suja de sangue. Depois de lavar meu rosto e minhas mãos, tirou uma das camisetas de manga comprida que estava usando. Era largona, uma camiseta de grávida, e ficou enorme em mim, mas pelo menos escondeu as manchas de sangue que cobriam minha blusa. Anna deu um beijo na bandagem que enrolava minha cabeça.

— Nunca mais quero ver essa cabeça enrolada em gaze – disse.

Olhando para meu reflexo no espelho, concordei.

— Nem eu.

— Estou tão feliz por ver você bem. — Começando a soluçar, ela levou as mãos ao rosto.

Sabendo que precisava chorar, apenas a abracei. Mas não me permiti chorar junto com ela. Não havia necessidade. Kellan ia ficar bem.

Quando voltamos à sala de espera, notei algumas pessoas olhando pela janela, apontando e cochichando. Não me importei com o que pareciam achar tão interessante; só queria notícias de Kellan. Mas Deacon estava no grupo, e fez um gesto para que eu me aproximasse.

— Você tem que ver isso, Kiera.

Com o corpo rígido e dolorido, exausta e sem forças, eu me arrastei até as janelas onde as pessoas se aglomeravam. Sem saber o que esperar, dei uma olhada. Era quase hora do almoço, e havia um grupo de jovens do outro lado da rua encostados a um muro baixo, perto de um estacionamento. Pareciam fazer um piquenique. Fascinante. Eu já ia perguntar o que havia de extraordinário nisso, quando notei as camisas por baixo de suas jaquetas. Todas eram dos D-Bags, e os copinhos opacos que seguravam em fila na calçada não continham bebidas, e sim pequenas velas fincadas no interior que davam aos copos um brilho alegre em meio a esse dia sombrio. Senti uma emoção enorme ao ver ainda mais gente demonstrando seu amor por Kellan. Ele nem acreditaria.

Embora já soubesse a resposta, não podia deixar de fazer a pergunta:

— Eles estão aqui por causa de Kellan?

— Estão. — Deacon sorriu, observando o grupo que não parava de crescer.

A vista dessa vigília silenciosa por Kellan me alegrou. Quase podia sentir a energia positiva de cura que fluía dessas pessoas. Kellan precisava ver isso. Precisava ver o quanto era querido, o quanto era amado.

— Senhora Kyle?

Quando me virei, deparei com uma mulher com um estetoscópio pendurado no pescoço à minha frente. Ela olhava para cada pessoa na sala de espera, com uma expressão neutra. Não sabia o que essa expressão significava. Não fora ela quem atendera Kellan na Emergência. Não sabia quem era, ou o que queria. Já tinha preenchido os formulários tanto para mim quanto para Kellan, por isso ela só podia estar ali para me dar notícias dele, para me dizer se estava vivo... ou não. Por que não podia sorrir, me dar uma centelha de esperança? Senti um aperto no peito. Respirar era impossível. Avançando até ela, assenti, levantando a mão; foi tudo que pude fazer.

Aproximando-se de mim, ela disse calmamente:

— Seu marido saiu da cirurgia. Correu tudo bem, e ele está se recuperando no quarto, se quiser vê-lo.

Meus joelhos se dobraram, mas Deacon me amparou.

— Ele está bem? Tem certeza absoluta? — perguntei, apavorada.

A médica finalmente sorriu.

— Ele sofreu uma ruptura de baço, o que pode ser muito perigoso, mas meu colega e eu conseguimos salvar o órgão. Ele também luxou a bacia e fraturou algumas costelas, portanto vai sentir bastante desconforto durante algum tempo, mas teve muita sorte. Já vi casos muito piores. Ele vai precisar ficar hospitalizado durante alguns dias para que possamos monitorar a evolução do quadro clínico, e depois vai precisar fazer repouso...

Ela continuou falando, mas não ouvi uma palavra. *Ele estava vivo.*

O grupo que esperava para ver Kellan se dirigiu ao elevador. Quando chegamos ao posto de enfermagem, uma mulher alta com os cabelos presos num coque apertado deteve o nosso grupo:

— O que estão procurando? — perguntou, desconfiada, observando todos aqueles tipos um tanto exóticos.

Olhei para os vários membros da banda e técnicos da equipe. Só pude imaginar o que a enfermeira achou que fossem. Olhando para ela, respondi, com voz excitada, trêmula:

— Estou aqui para ver o meu marido, Kellan Kyle.

Ela esboçou um sorriso, e vi que reconhecera o nome.

— Ah, sim, ele ainda está se recuperando, portanto só um de vocês...

Fui logo me adiantando, sem deixar que concluísse a frase:

— Preciso ver o meu marido, por favor.

Ela meneou a cabeça, indicando que eu a seguisse.

— Já recebemos algumas celebridades no passado, mas ninguém tão famoso quanto Kellan Kyle. Metade das enfermeiras do andar está em polvorosa por saber que ele está aqui. Quer dizer então que você é a mulher dele?

Meus olhos percorriam freneticamente os nomes nas portas por onde passávamos. *Onde ele estava?*

— Sou — respondi, sem prestar muita atenção ao que ela dizia.

— Ah — exclamou, parecendo surpresa. — Todo aquele buchicho em torno de Sienna Sexton deve ter sido muito difícil para vocês dois.

Olhei para ela. Tinha um rosto bastante jovem, mas as rugas em volta dos olhos e da boca sugeriam que era mais velha do que aparentava. Seu sorriso esbanjava simpatia.

— Você não faz ideia. — Dei um sorriso irônico para ela.

Ela estendeu a mão.

— Meu nome é Carly. Se precisar de qualquer coisa, é só dizer.

Troquei um rápido aperto de mão com ela.

– Obrigada, agradeço muito. – Tive a sensação de que precisaria mesmo da sua ajuda enquanto Kellan estivesse hospitalizado.

Soube que era o quarto dele no momento em que chegamos. E isso porque havia uma aglomeração de jovens enfermeiras espiando pela porta aberta. O sorriso no rosto de Carly desapareceu, e ela fuzilou as garotas com os olhos.

– Se não têm nada para fazer, tenho certeza de que posso arranjar alguma coisa para vocês.

Aos risinhos, as enfermeiras saíram correndo. Carly suspirou, indicando a porta do quarto de Kellan.

– Como disse, nunca recebemos alguém tão famoso quanto Kellan.

Deixei escapar um riso nervoso ao entrar no quarto. Deixando-nos a sós, Carly fechou a porta. A iluminação era suave, e as persianas estavam abaixadas. Um lugar austero e silencioso. Os olhos de Kellan estavam fechados, sua cabeça virada na direção oposta. A cabeceira da cama estava um pouco elevada, de modo que ele estava inclinado, os braços por cima das cobertas. Suas mãos se estendiam ao longo do corpo de um jeito artificial. Um acesso de soro na mão esquerda levava analgésicos e outros medicamentos à sua corrente sanguínea. Estava sem a aliança; deviam tê-la retirado antes da cirurgia.

Kellan era alto e forte, mas parecia tão pequeno ali deitado na cama. Sua fragilidade fez meus olhos se encherem de lágrimas.

A expressão no seu rosto era tão tranquila enquanto dormia que quase preferi continuar onde estava para não perturbá-lo. Mas não aguentei ficar tão longe assim. Pé ante pé, sem fazer qualquer barulho, fui até o seu lado. Ele tinha pequenos cortes no rosto, mas, tirando isso, estava perfeito. Usava um robe hospitalar, daquele tipo constrangedor que se amarra nas costas, e haviam posto uma sacola com seus pertences na mesa de cabeceira ao lado da cama.

Tomando o máximo de cuidado para não machucá-lo, sentei na beirinha do colchão. Estava com um pouco de medo de tocar nele, mas precisava fazer isso, então pousei os dedos no seu braço com a maior delicadeza possível.

– Kellan – sussurrei –, está acordado? – Ele mexeu a cabeça, sem responder. Passei os dedos pelo seu braço, pousando a mão sobre a sua. – Estou bem aqui, esperando por você. – Com as lágrimas embaçando a visão, passei o nó do indicador pelo seu rosto. – E não vou embora, amor.

Os minutos escorriam, enquanto eu esperava que o efeito dos sedativos começasse a passar e ele acordasse. Estava demorando uma eternidade, e senti uma pontada de culpa pelo fato de os outros ainda não poderem vê-lo. Mas eu precisava estar lá quando ele acordasse. Simplesmente... precisava.

Percebi quando ele começou a voltar a si. Seus olhos se moveram sob as pálpebras. Então ele respirou fundo, estremecendo ao soltar o ar. Torci para que não estivesse sentindo muita dor. Quando finalmente abriu os olhos, meu sorriso foi tão enorme que achei que a pele do meu rosto seria capaz de se romper.

– Kellan, amor?

Ele não olhou para mim, apenas piscando devagar e encarando um ponto no espaço. Só podia estar confuso. Cheguei a me perguntar se lembrava do acidente. Com ternura, fiz um carinho no seu rosto.

– Kellan?

Ele finalmente se virou para mim, o olhar vazio. Enquanto seus olhos azul-escuros estudavam meu rosto, comecei a ter o horrível pressentimento de que não se lembraria de mim. A médica não tinha mencionado nenhuma lesão cerebral, mas e se ele também tivesse batido com a cabeça no chão? E se estivesse sofrendo de amnésia? Ah, meu Deus, será que ainda me amaria se tivéssemos que começar do zero?

Kellan mexeu os lábios, e então engoliu em seco algumas vezes. Franzindo a testa, perguntou:

– Kiera? O que aconteceu?

Senti um alívio e uma alegria enormes. É claro que ele ainda se lembrava de mim.

– Levei um empurrão e caí na rua. Você veio me socorrer, e foi atingido por uma caminhonete. Você está no hospital.

Os olhos de Kellan se fixaram na bandagem que rodeava a raiz dos meus cabelos.

– Você está bem? – perguntou.

Balançando a cabeça ao ver que ele se preocupava mais comigo, dei um beijo nele.

– Você está vivo. Eu não podia estar melhor.

Fechando os olhos, Kellan pareceu sentir dor, respirando depressa pela boca.

– Não estou me sentindo nada bem.

– Eu sei. – Passei a mãos nos seus cabelos. – Tiveram que te operar porque o seu baço se rompeu. Eles conseguiram salvá-lo, mas você vai ficar dolorido por um tempo.

Kellan abriu um olho, um vago sorriso se esboçando nos lábios.

– Para que é mesmo que serve o baço...?

– Pelo que me lembro do que aprendi na escola, é uma espécie de filtro do sistema imunológico... e no passado se acreditava que fosse a fonte da raiva.

– Ah, então que bom que não o tiraram. Não suportaria me tornar um pacato cidadão. – Voltou a fechar os olhos.

Deixei escapar um risinho. Seu senso de humor certamente estava intacto. Kellan começou a rir também, mas parou.

– Ai, não me faça rir.

– Não faço. – Dei um beijo no seu rosto. – Nunca mais vamos rir, prometo.

Abrindo os olhos, ele tornou a rir, e então sussurrou:

— Eu disse para não me fazer rir!

Encostando a testa na sua, sussurrei:

— Eu te amo tanto. Estou tão feliz por te ver bem.

Kellan tentou me puxar para um abraço, mas estava fraco e dolorido. Não queria que ele tentasse nada que pudesse lhe fazer mal, por isso aquietei suas mãos e deitei na cama ao seu lado. Pousando o braço com cuidado no seu peito, apertei seus ombros de leve. Ele suspirou, aliviado.

— Também te amo.

Lágrimas me escorreram pelo rosto quando pensei no que quase acontecera aquele dia. Dei um beijo na sua testa, abraçando-o com força.

— Você salvou minha vida — sussurrei, a voz trêmula.

Com a voz arrastada de sono, ele respondeu:

— Estava retribuindo o favor.

E começou a cochilar. Pensei em ir embora, para que os outros pudessem vê-lo, mas sua mão nas minhas costas se contraiu quando ele sentiu que eu me movia.

— Calma, eu só ia chamar o pessoal para te ver. Está todo mundo preocupado.

— Fica aqui... só mais... um minuto — murmurou ele.

Dei um beijo no seu ombro.

— Eu fico o tempo que você quiser, Kellan. O tempo que quiser.

Minutos depois, ele voltou a pegar no sono. Sabendo que os outros precisavam vê-lo, desci da cama com cuidado. Ele se remexeu, mas não abriu os olhos. Quando voltei para a sala de espera, uma surpresa esperava por mim: Justin estava lá, conversando com Evan. As enfermeiras que tinham espiado o quarto de Kellan encaravam boquiabertas o novo rock star que tinha chovido na horta. Imaginei que era um dia histórico para elas. Para mim era, com certeza.

Comovida ao ver Justin, na mesma hora o abracei.

— Obrigada por vir. Vai significar muito para Kellan.

Justin deu um tapinha nas minhas costas, simpático.

— Nossa turnê estava aqui por perto. Quando soube o que tinha acontecido, não pude deixar de vir. Ele está bem?

— Está. Meio dopado, mas está bem. — Olhei para os outros membros da banda. — Vocês podem vê-lo agora.

Matt, Evan e Griffin se entreolharam. A enfermeira tinha dito que só podia entrar uma pessoa de cada vez, por isso tentavam decidir qual deveria ir primeiro. Dando de ombros, Matt estendeu os braços, um punho na palma da outra mão:

— Pedra, papel e tesoura?

Griffin revirou os olhos.

— Somos rock stars. Desde quando nos importamos com regras?

Ainda com Gibson no colo, Griffin avançou a passos largos para o quarto de onde eu acabara de sair. Matt e Evan se entreolharam, e então o seguiram. Aos risinhos, Anna acompanhou o marido. Fiquei olhando para o grupo, e então acenei para que Justin e o Holeshot viessem comigo, e seguimos os D-Bags. Um por todos e todos por um!

Kellan foi melhorando cada vez mais ao longo da tarde. Ainda se sentia cansado e dolorido, mas, no geral, seu humor estava ótimo. Tory foi embora logo depois de dar uma olhada nele; disse que iria divulgar imediatamente uma nota para o público explicando que "sua vida ficou por um fio, mas Kellan conseguiu escapar das garras da morte e está pouco a pouco se recuperando do quase trágico acidente". Achei o texto meio pomposo, mas, pelo brilho nos olhos dela, percebi que esse enfoque era excelente do ponto de vista publicitário. Foi interessante ver que, embora não conseguíssemos convencê-la a mover uma palha por nós quando precisávamos, ela não media esforços quando isso favorecia a gravadora.

Ídolos do rock e técnicos se reuniam diante do quarto de Kellan enquanto ele se recuperava, para alegria das enfermeiras, que apareciam por ali de cinco em cinco minutos. Já os médicos e a enfermeira-chefe, Carly, não gostaram tanto assim das inúmeras visitas de Kellan, e por fim pediram a todos que saíssem do quarto, menos eu. Como o Holeshot e os técnicos da turnê tinham mesmo que se preparar para o show daquela noite, eles se despediram, lamentando não poder ficar. Justin continuou por lá, pois sua banda não ia tocar, mas respeitou nossa privacidade e ficou no saguão com Anna e os outros D-Bags.

Quando o céu começou a escurecer, fui até a janela dar uma olhada. Tinha ouvido as enfermeiras comentarem que o grupo de fãs tinha aumentado muito desde que chegara. Quando espiei por entre as persianas, Kellan perguntou:

— Sienna telefonou? Ela não veio me ver. Isso me espanta um pouco.

Olhei para ele. Estava recostado em travesseiros fofos que uma enfermeira colocara às suas costas, mas ainda num ângulo confortável para o abdômen. Estava com uma bandeja no colo, seu jantar pela metade, cutucando de cara feia um pote de gelatina com a colher de plástico.

— A mim também — respondi. Sienna não era do tipo que deixa passar uma oportunidade de ser fotografada, e correr para o lado do colega acidentado certamente era uma oportunidade e tanto. Mesmo que Kellan e eu tivéssemos posto as cartas na mesa e ninguém mais acreditasse no namoro dele com Sienna — pelo menos, era o que eu esperava —, visitá-lo no hospital faria bem à sua imagem. E depois do que tínhamos dito a seu respeito, ela devia estar mesmo precisando de um pouco de publicidade positiva.

— Ela mandou umas flores. — Apontei para um modesto arranjo floral entre o buquê de lírios enviado por Lana e um jarro monstruoso transbordando de rosas vermelhas espalhafatosas, de Nick. O cartão preso ao arranjo de Sienna dizia somente: *Lamento de coração*. S.

Kellan deu uma olhada nas flores, e franziu o cenho.

– Um buquê discreto não faz muito o gênero dela. Estava esperando que ela mesma viesse entregá-lo com um longo bordado de lantejoulas.

Sorri para ele. É, alguma coisa bem escandalosa, que chamasse a atenção das pessoas, fazia muito mais o gênero de Sienna do que ficar praticamente em silêncio e mandar entregar um buquê anonimamente. Balançando a cabeça, pois não conseguia matar a charada, voltei a espiar por entre as lâminas da persiana. O sol se pusera havia pouco e ainda não estava totalmente escuro, por isso dava para ver nitidamente os pontinhos de luz dos copos com velas acesas que as fãs seguravam diante do hospital. Senti um aperto na garganta diante daquela demonstração de amor.

– Kellan – sussurrei –, você tem que ver isso.

Sabia que ele ainda não podia se levantar, por isso suspendi a persiana, na esperança de que pudesse ver as luzes da cama. Como estava a poucos passos da janela, teria uma ótima vista. Observei seu rosto, quando ele soltou a colher na bandeja.

– O que é isso?

– São suas fãs. Estão aqui por sua causa. – Acenei para elas. Como a luz no quarto estava acesa e estava escuro lá fora, soube que podiam me ver perfeitamente. Não sabia como reagiriam, mas, para minha surpresa, as velas começaram a se mover simultaneamente, como se acenassem para mim. Interpretei isso como um bom sinal.

Kellan me olhou, atônito.

– Isso é para mim?

Indo até sua cama, sentei na beira, passando a mão pelos seus cabelos.

– Você é muito amado. E não só por causa da sua beleza. Suas fãs veem você. Através da sua música, elas veem você. E te amam. – Pousei a mão no seu queixo anguloso, passando o polegar pelo seu rosto. – Não é só *isso* que elas amam, entende? É você. – Dei um beijo na sua testa.

Levantei o rosto quando bateram de leve à porta. Ao ver o grupo que nos observava, achei que ia começar a chorar. Emoldurados pela soleira da porta, estavam minha mãe, meu pai e Gavin, o pai de Kellan. Hailey e Riley deram uma espiada no quarto, por trás do pai. Fiquei tão surpresa, que nem soube o que dizer. Tinha falado com cada um deles horas antes, e nenhum dissera que viria.

Kellan estava tão perplexo quanto eu.

– Gavin, Caroline... Martin? O que estão fazendo em Nova York?

Gavin se aproximou do filho; a preocupação em seu rosto não podia ser mais evidente. Fiquei comovida. Embora ele tivesse se mantido a distância durante quase toda a vida de Kellan, era óbvio que o amava.

— Desculpe por chegarmos tão tarde. Pegamos o primeiro voo disponível. — Indo até Kellan, pousou a mão no seu ombro. — Estávamos extremamente preocupados com você.

Hailey e Riley ficaram aos pés da cama, enquanto os olhos de Kellan se enchiam de lágrimas.

— Vocês estavam preocupados... comigo? — Ainda parecia atônito com o fato de se importarem com ele.

Hailey fez uma festinha no seu pé por baixo do cobertor.

— Nós te amamos, irmão — disse, e Riley concordou.

Enquanto Kellan tentava conter tanto a emoção quanto a dor física, meus pais se aproximaram da cama. Minha mãe embalava Gibson no colo, mas pousou uma das mãos na perna de Kellan.

— Viemos assim que foi possível. — Seus olhos verdes se fixaram nos meus. — Você faz parte da nossa família, Kellan.

Ele se virou para mim, e pude ver a dor e a alegria em seus olhos. Era o que ele sempre quisera. Uma família. Uma família de verdade. Não me contive mais, grossas lágrimas me escorrendo pelo rosto. Papai pareceu alarmado, como se achasse que eu estava passando mal. Mamãe apenas veio me abraçar, compreensiva. O fato de minha família aceitar meu marido plenamente era o maior presente que ele e eu poderíamos receber.

Quando me acalmei, Kellan voltou a se recostar nos travesseiros. Embora estremecesse, dolorido, sorriu para mim.

— Tão fofa — murmurou.

Ignorando-o, olhei para minha mãe, que dava um beijo no nariz de Gibson.

— Como é que vocês chegaram todos juntos?

Papai ficou sério, dando um olhar severo para mamãe.

— Sua mãe viu Gavin no setor de bagagens... *do outro lado do aeroporto*.

Mamãe ignorou o comentário, continuando a papariquar a neta. Tive que me conter para não rir. Como Kellan, Gavin se destacava numa multidão.

À medida que a noite avançava, pensei no concerto que devia estar rolando, e em todos os fãs que ficariam decepcionados com a ausência de Kellan e dos D-Bags. Mas a banda não podia subir ao palco sem o vocalista, e ele não estava em condições de se apresentar. Fiquei meio surpresa por Sienna não ter fingido que estava inconsolável e remarcado o show. Tudo que fizera até agora me surpreendera.

Senti que minha mãe queria passar a noite inteira ao lado de Kellan, com a pequena Gibson no colo, mas percebi como estava cansada, por isso pedi aos D-Bags que levassem a ela e a papai para o hotel. Ela prometeu voltar bem cedo no dia seguinte, e não duvidei que cumpriria com sua palavra.

Tirando a filha do colo de mamãe, Anna me perguntou:

— Vai vir com a gente para o hotel? — Notei por seu tom que já sabia a resposta. Balancei a cabeça. Não, não ia sair do lado de Kellan. Dali eu só sairia arrastada.

Justin e os D-Bags saíram com Anna e nossos pais, acompanhados por Gavin e os filhos. O quarto ficou parecendo um pouco grande quando todos foram embora, mas o clima de carinho ali dentro não diminuiu nem um pouco. Fiquei olhando para Kellan por longos minutos, querendo apenas passar algum tempo em silêncio. Com as pálpebras pesadas de sedativos, dor e sono, Kellan ficou me olhando. De repente, seu rosto se contraiu numa expressão estranha.

— Merda — murmurou. — Tenho que urinar. — Olhou para o banheiro, suspirando, como se ficasse em outro país.

Rindo baixinho, dei um beijo no seu rosto.

— Quer que eu te ajude?

Ele franziu os lábios.

— Hum, não, eu me viro, pode deixar. — Soltou um longo suspiro. — A enfermeira disse que eu precisava me levantar e andar um pouco.

Inclinou-se para se levantar, e eu pus as mãos nas suas costas, para ajudá-lo.

— Ela disse que você devia fazer isso *amanhã*.

Kellan mordeu o lábio, tentando conter um gemido. Não adiantou, e ele gemeu baixinho de dor.

— Só faltam algumas horas para amanhã — respondeu, por entre os dentes.

Enquanto se desembaraçava dos lençóis, corri para o outro lado da cama, levando o soro comigo. Quando ele ficou de pé, soltou um gemido, apoiando-se ao suporte. Firmei bem o objeto, para que ele não caísse. Pálido e parecendo um pouco nauseado, ele deu uma olhada na janela. Seu queixo caiu quando teve uma vista perfeita do mar de velas na escuridão.

— Minha nossa, Kiera. Elas ainda estão aqui.

Fazendo um carinho na sua mão, conduzi-o para a frente.

— É claro que estão.

Kellan pareceu se esquecer da dor até dar um passo. Gemeu, segurando a barriga com cuidado. Aflita por não poder fazer nada por ele, apenas abri a porta do banheiro. Com o rosto contraído, ele passou por mim, agradecendo. Antes que eu fechasse a porta, não resisti a dar uma olhadinha nos trechos de pele bronzeada que apareciam por entre os cordões atrás do robe. Só mesmo Kellan Kyle para tornar um robe hospitalar sexy. Ele começou a rir baixinho ao notar que eu o observava, e na mesma hora fez uma careta.

— Para de me fazer rir, e fecha a porta.

Agora rindo com vontade, já que ele não podia, fiz o que pedira. Enquanto esperava, torcendo para que ele não passasse mal e desmaiasse, fui até a janela dar uma olhada na multidão de fãs que rezavam pelo seu restabelecimento. Eles se estendiam por toda a calçada diante do hospital, quase até onde a vista alcançava; era mesmo uma visão impressionante.

Uma batida leve, seguida por uma voz amável, me arrancou dos meus pensamentos:

— Senhora Kyle, desculpe por incomodar. Sei que já é tarde, mas seu irmão está aqui.

Dei meia-volta e vi que a enfermeira do turno da noite tinha enfiado a cabeça pela porta entreaberta. Procurei manter a expressão neutra. Irmão? Eu não tinha nenhum irmão. A enfermeira olhou para trás, e então novamente para mim:

— Normalmente, eu pediria a ele para esperar até o dia seguinte, mas ele disse que veio do outro lado do país só para vê-la.

Olhou para mim, incrédula, como se tivesse certeza de que a pessoa às suas costas não fosse quem afirmava ser. E tinha razão; não era mesmo. Deixei que a surpresa transparecesse no meu rosto.

— Denny? Denny está aqui?

A enfermeira pareceu aliviada, abrindo um pouco mais a porta.

— Vou deixá-lo entrar, mas só por alguns minutos, está bem?

Assenti, ainda totalmente atônita com o fato de ele ter tido o trabalho de vir para Nova York. A enfermeira se afastou e fez um gesto, abrindo mais a porta. Denny entrou no quarto, parecendo exausto. Atrás dele, vinha Abby. Fiquei ainda mais surpresa ao ver sua noiva.

Denny se virou para a enfermeira e disse, respeitoso:

— Obrigado pela ajuda, Renae. — Pela milionésima vez aquele dia, tive um choque; ele falara sem qualquer sotaque. Nem uma gota.

Quando a enfermeira foi embora, Denny se virou para mim. Eu devia ainda estar com uma expressão chocada, porque ele começou a rir. Seu sotaque voltando, explicou:

— Eu não podia ser seu irmão se não falasse como você, e queria ter certeza de que iam me deixar entrar. — Meu sorriso favorito apareceu nos seus lábios. — E fingir um sotaque americano não é nada fácil. Estava crente que ela ia perceber a imitação.

Rindo, corri até ele e passei os braços pelo seu pescoço.

— Não acredito que você está aqui.

Suspirando, Denny me abraçou com força.

— Desculpe por ter chegado tão tarde.

A porta do banheiro se abriu, e Denny e eu nos afastamos. Kellan estava com um sorrisinho que se desfez quando viu Denny. O mesmo choque que eu tivera se estampou no seu rosto, e ele cambaleou um pouco. Não parecia zangado, apenas extremamente surpreso. Inclinando a cabeça, perguntou:

— Você é uma alucinação causada pelos analgésicos que me deram? Ou está mesmo aí parado na minha frente?

— Estou mesmo aqui. É bom ver que você está inteiro, companheiro. — Sorrindo, Denny se aproximou de Kellan e lhe deu um rápido abraço. Era óbvio que Kellan estava perdendo as forças.

Denny o ajudou a voltar para a cama, e Kellan olhou para ele e para Abby, gaguejando:
— Vocês estão aí? Vieram de Seattle até aqui? Por minha causa?

Quando Kellan já estava deitado, Denny suspirou, passando a mão pelos cabelos.

— Sim, viemos por sua causa. — Deu uma olhada em Abby, e tornou a se virar para Kellan. — Levei um baita susto quando soube que você tinha se ferido. Só conseguia pensar que... — Engolindo em seco, desviou os olhos.

Compreendendo que esse momento nada tinha a ver comigo, fiquei encostada à parede, quieta. Abby veio até mim com um sorriso, dando um tapinha na minha mão. Vi por sua expressão que ela reconhecia em silêncio todo o sofrimento por que eu tinha passado aquele dia, e me oferecia seu apoio e amizade. Apertei sua mão, agradecida, e então nos viramos para nossos namorados.

Quando Denny conseguiu novamente falar, disse a Kellan:
— Nós éramos muito amigos. Como irmãos. E se você morresse... seria como se uma parte da minha família tivesse morrido. E não acho que você se dê conta disso. — Seus olhos voltaram aos de Kellan. — Fiquei apavorado com a ideia de que você pudesse morrer sem saber o quanto eu... — Calando-se, fungou, e então disse: — Não sei, tenho a sensação de que não fui o melhor amigo do mundo para você.

— Denny...

Kellan tentou interrompê-lo, mas Denny não deixou:
— Eu sabia o que estava acontecendo entre você e seu pai, Kellan, e não disse nada para ninguém. Não te ajudei como devia ter feito.

— Você era um menino — murmurou Kellan.

— E você também — respondeu Denny. — E quando fui embora, não me mantive em contato como tinha prometido. — Irritado consigo mesmo, balançou a cabeça. — Você precisou de mim, e eu te deixei na mão. E lamento muito por isso. Foi muito sacana da minha parte.

— Você está brincando? — Incrédulo, Kellan apontou para mim. — Eu dormi com a sua namorada... um monte de vezes. — Estremeci, e Abby apertou minha mão com um pouco mais de força.

Denny franziu o cenho.
— Bem, isso foi muito sacana da sua parte. — Um sorriso triste marcou seu rosto. — Mas eu te deixei sozinho no inferno... e quase acho que isso foi pior. — Estendeu a mão para Kellan. — Sei que já deixamos esse passado para trás e somos amigos, mas quero que você saiba, sem ter qualquer dúvida a respeito, que ainda somos irmãos. Entendeu?

Kellan ainda parecia profundamente chocado, mas assentiu, apertando a mão de Denny.
— Sim, sim, entendi.

Capítulo 28
ACEITO

Minha mãe foi a primeira a voltar ao hospital no dia seguinte, bem cedo. Eu ainda dormia numa poltrona no canto do quarto quando ela pôs a mão no meu ombro.

— Toma aqui, querida — sussurrou.

Abrindo os olhos, sonolenta, vi o copo fumegante que ela me estendia, e sorri. Café. E de qualidade — num copo direitinho, de um quiosque de *espresso*, não um daqueles copos plásticos de máquinas de café. Como eu amava a minha mãe.

— Obrigada.

Mamãe se recostou no parapeito da janela, bebericando seu café, enquanto observava Kellan adormecido. Então seus olhos pousaram em Denny, que dormia numa poltrona do outro lado da cama de Kellan. Eu telefonara para Evan à noite pedindo que voltasse para levar Denny e Abby de volta ao hotel em que a banda se hospedara na véspera, mas depois de ver que Abby estava bem acomodada, Denny decidira ficar com Kellan. Talvez percebendo que aquele era um momento crucial para eles, a enfermeira de plantão o deixou ficar.

Os longos cabelos castanhos de mamãe estavam presos num rabo de cavalo, o que me permitia ver bem seu rosto. Mas não fui capaz de adivinhar no que estava pensando. Dando um gole no meu café com creme, refleti sobre como devia parecer estranho a ela que meu ex-namorado estivesse ali. E um ex-namorado que eu traíra com Kellan, ainda por cima.

Após mais um momento de silenciosa reflexão, mamãe se virou para mim. Apontando para Denny com o dedo mindinho, perguntou:

— Ele te ama muito, não ama?

Parecia preocupada, como se de algum modo Denny representasse uma ameaça para Kellan. Adorei que ela se sentisse tão protetora em relação ao meu marido. Um sorriso se esboçando nos meus lábios, balancei a cabeça.

— Não, ele ama Kellan. Veio até aqui por causa dele. — Olhando para os dois amigos adormecidos, meu sorriso aumentou. — Ele disse a Kellan que eles ainda são irmãos... mesmo depois de tudo que aconteceu.

Os olhos de mamãe se arregalaram, e ela deu outro gole no café.

— Vocês têm um amigo muito generoso. Espero que você e Kellan entendam o quanto isso é raro.

Concordei, meus olhos ficando úmidos. Eu entendia. Nós entendíamos. E nunca mais faríamos nada para magoar Denny.

Os dois ainda dormiram por mais uma hora; tínhamos ficado batendo papo até tarde, e eles ainda estavam conversando aos sussurros quando peguei no sono. Acho que Kellan teria dormido por mais tempo, mas uma enfermeira apareceu para dar uma olhada nele, e o acordou. Ela perguntou como ele se sentia, se a dor melhorara, se estava com fome, se tinha se levantado, se fora ao banheiro, todas essas coisas pessoais que as enfermeiras não têm o menor pudor de perguntar na frente dos outros. Mas Kellan não se sentiu nada constrangido, e respondeu a todas as perguntas, sonolento. Até parecia satisfeito.

Gavin, os filhos e meu pai chegaram ao hospital enquanto Kellan comia uma omelete aguada no café da manhã; era a primeira coisa que eu o via comer desde o acidente. Quando papai e Gavin entraram no quarto, estavam tendo uma discussão animada sobre o Pittsburgh Pirates e o Cincinnati Reds. Não pude deixar de sorrir ao ver os dois discutindo sobre qual dos dois times de beisebol era melhor. Nenhum assunto fazia com que meu pai se entrosasse mais depressa com alguém do que esportes. E era maravilhoso ver meus pais se tornando amigos do pai de Kellan.

Abby, Anna e os D-Bags apareceram com Justin no meio da manhã. Ainda era meio cedo para os membros da banda, e quase todos estavam bocejando quando acenaram. Dois segundos depois de Gibson entrar no quarto, mamãe roubou o pacotinho cor-de-rosa dos braços de Griffin. Ele deu um olhar chateado para mamãe, mas deixou que ela pegasse a neta. Passando o braço pelos meus ombros, Anna riu, dizendo:

— Ninguém mais vai conseguir pegá-la no colo enquanto mamãe estiver aqui.

Olhei para mamãe embalando Gibson, quando me lembrei de uma coisa.

— Quanto tempo vocês vão ficar aqui, mãe? Quer dizer, o Dia de Ação de Graças vem aí. Vocês não vão receber visitas?

Sem em nenhum momento tirar os olhos da neta, ela fez que não.

— Nós desmarcamos. Vamos passar o Dia de Ação de Graças aqui. — Finalmente olhou para mim. — Só vamos voltar quando Kellan estiver bem o bastante para ir para casa com você. — Sorriu para ele. — A família tem que se manter unida em momentos como esse.

Não fiquei muito surpresa com a notícia de mamãe, mas foi maravilhosa mesmo assim. Olhei para Gavin. Ele apontou para Riley, que jogava um videogame, e Hailey, que folheava uma revista de fofocas. A foto de Kellan e eu nos beijando no cemitério estava na capa.

— As crianças estão de férias, e eu já avisei no meu emprego que houve uma emergência familiar e que não ia voltar até segunda. — Abriu um sorriso simpático, ainda maior que o do filho. — Vocês vão ter que me aturar até lá.

Kellan sorriu, abaixando os olhos.

— Isso significa muito para mim. Obrigado.

Pela expressão dos D-Bags, soube que todos iriam ficar perto de Kellan durante o feriado, por isso nem perguntei. Mas não sabia quais eram os compromissos de Justin; não lembrava onde sua banda estava. Quando lhe perguntei, ele respondeu:

— Temos mais um show hoje à noite, e então vamos ficar livres até a semana que vem. — Inclinando-se, perguntou a Hailey e Riley: — E aí, querem ver o Avoiding Redemption hoje à noite? De repente, conhecer alguns ídolos do rock nos bastidores? — Gavin pigarreou, e Justin na mesma hora olhou para ele. — Com a sua permissão, é claro.

Como Haile e Riley já estavam aos pulos nas poltronas, implorando para ir, Gavin não teve escolha senão concordar. Apontando para Hailey, acrescentou:

— Fique de olho no seu irmão. E nada de beber.

Hailey revirou os olhos, e então perguntou a Kellan:

— Tá vendo só o que eu tenho que aturar?

Kellan deu um sorrisinho irônico para ela.

— Ah, sim, ele é um brutamontes. — Arqueei a sobrancelha ante o comentário de Kellan, mas sua expressão era brincalhona, não magoada, então vi que podia rir.

Enquanto todos riam no quarto, meu olhar se fixou em Denny e Abby.

— E vocês dois? Quando vão voltar para Seattle?

Denny passou o braço pelos ombros de Abby, puxando-a para si.

— Bem, esse vai ser o primeiro Dia de Ação de Graças de Abby nos States, e ela quer curti-lo na íntegra, com tudo a que tem direito. Até me fez prometer que assistiria com ela à parada da Macy's pela tevê. — Revirou os olhos, e Abby fingiu se zangar. Ri do ar chateado de Denny, mas sabia que no fundo ele devia estar ansioso para proporcionar um dia maravilhoso para Abby, com direito a parada e tudo mais; não havia muito que Denny não fizesse por alguém que amasse.

Denny riu da expressão de Abby, e então me disse:

— Nós conversamos sobre isso no voo para cá, e decidimos passar o feriado aqui.

Abby deu um tapa no peito dele. Seu anel de compromisso brilhou à luz do sol que entrava pela janela aberta, combinando com sua personalidade.

— Denny vai me levar para assistir à parada! — Deu uma risadinha, e vi que estava eufórica diante da perspectiva de ver aqueles balões enormes flutuando pela cidade acima de luxuosos carros alegóricos.

Do outro lado do quarto, Griffin deu uma tossidinha discreta.

— Banana. — Anna riu, mas, em respeito a Denny, deu uma cotovelada no marido. Pensei comigo mesma que Anna defendendo Denny era incrível, já que ela não morria de amores por ele. Mas acho que a iniciativa dele de visitar Kellan a impressionara muito.

Sorrindo por ver que todos iriam ficar alguns dias, eu me levantei.

— Bem, nesse caso, tenho uma proposta a fazer.

Fui até a mesa de cabeceira e remexi a sacola com os pertences de Kellan até encontrar o nécessaire com a aliança de compromisso. Kellan ficou me observando, curioso, quando peguei o nécessaire. Abrindo-o, tirei a aliança e a mostrei para ele.

Sentando com cuidado na cama, me inclinei para alcançar sua mão esquerda; o ombro doeu um pouco com o movimento, mas eu já me sentia bem melhor. Com o coração palpitando de nervosismo e entusiasmo, disse a ele em voz baixa, para ninguém mais ouvir:

— Kellan Kyle, você é o amor da minha vida. Meu coração é seu desde agora até sempre. Quer por favor me fazer a mulher mais feliz do mundo e se casar comigo... na terça-feira?

Quando pus a aliança no seu dedo, Kellan apertou minha mão. Com os olhos brilhando, perguntou:

— Você quer se casar comigo no Dia de Ação de Graças... *aqui?* — Olhou para o quarto hospitalar e a cama Fowler onde só estivera duas vezes na vida. Não era exatamente o cenário mais romântico do mundo.

Contente com minha decisão, concordei.

— O que importa não é onde... e sim com quem. Não vou aguentar esperar mais um mês para me casar oficialmente com você, e de que jeito melhor poderíamos comemorar o gesto de dar graças do que nos tornando marido e mulher? — Indiquei todos os presentes, que olhavam para nós. — As pessoas mais importantes nas nossas vidas já estão aqui. — Fiquei séria. — Menos Jenny e as meninas. Vamos ter que pedir a elas que venham para cá. Elas não podem perder nosso casamento.

Evan estava recostado numa parede, sua expressão transbordando de felicidade.

— Não tem problema. Eu peço a Jujuba para reunir as meninas e vir para cá. Ela não iria querer perder isso. — Torceu os lábios. — E eu ia levar o maior esporro se perdesse.

E assim, com a maior facilidade, o momento se tornou perfeito. Olhei para Kellan.

— Viu só? Era assim que estava escrito que nos casaríamos.

A expressão surpresa de Kellan se tornou de assombro.

— Você vai ser mesmo minha mulher...

Rindo, os olhos úmidos, dei um beijo nele.

— E você vai ser mesmo meu marido.

Às minhas costas, ouvi o suspiro sonoro de minha mãe.

— Mas logo aqui, Kiera? Está falando sério?

Dei uma olhada nela. Estava com um vinco profundo na testa, observando o quarto.

— Nós já mandamos os convites - prosseguiu. — Vários parentes vão vir de outros estados, primos que você não vê há mais de uma década. E está tudo pronto na nossa igreja. Vai haver uma recepção depois, e cada convidado vai levar um prato. Polly vai preparar a sua famosa feijoada, e Gertrude está eufórica por tocar órgão para você. Ela está com noventa e oito anos, Kiera. Só deve ter mais um ou dois pela frente...

Feijoada? Continuei impassível, arriscando um olhar para Anna, que, calada, parecia louca de vontade de rir.

Levantando, fui até mamãe e pousei a mão nos seus ombros.

— Mãe, eu quase perdi meu marido ontem. Não quero esperar mais um minuto para me tornar sua mulher. Quer, por favor, me ajudar a me casar na terça?

Uma grossa lágrima escorreu pelo rosto de mamãe.

— É claro que sim.

Sequei seu rosto.

— Ótimo, então arruma alguém que possa casar a gente de uma hora para outra.

Ela foi logo começando a fazer mil planos.

— Tudo bem, tenho certeza de que alguém por aqui deve estar capacitado para celebrar casamentos. — Começou a andar de um lado para o outro. — Vamos precisar dar uma melhorada no quarto, colocar umas flores. — Olhou para os vários buquês recebidos por Kellan, cujo número não parava de crescer desde que os fãs tinham ficado sabendo que ele estava ali. — Ah, essas dão para o gasto. — Embalando Gibson, mostrou uma expressão desanimada ao se virar para mim. — Ah, seu vestido...! Devia tê-lo trazido comigo. Era perfeito.

Tentei fazer um ar decepcionado, mas já soubera por minha irmã que era um monstro de mangas bufantes. Sorrindo para consolar mamãe, dei de ombros.

— Sim, realmente é uma pena. Mas tenho certeza de que Anna e eu vamos encontrar alguma coisa.

Na mesma hora Anna se levantou.

— E temos que providenciar a sua licença de casamento. — Piscou para mim. Eu desconfiava que os noivos tinham que fazer o requerimento juntos, mas Kellan estava acamado no momento. Mas não duvidava da capacidade de Anna de convencer as pessoas, principalmente os homens. Só me restava torcer para que o encarregado no cartório fosse do sexo masculino.

Mamãe fez o impensável e entregou Gibson para outra pessoa. Griffin pegou a filha, e mamãe disse a todos que precisava de um celular, um catálogo, um bloco e mais um *espresso* – depressa! Gavin saiu para comprar um café para ela, enquanto papai revirava o quarto atrás dos outros itens de que ela precisava para realizar o meu casamento improvisado. Fiquei eufórica ao vê-la pôr mãos à obra.

Anna puxou o meu braço. Havia um brilho nos seus olhos verdes igual ao dos olhos de mamãe.

— Vamos logo comprar o seu vestido!

Rindo, fui até Kellan e lhe dei um beijo.

— Voltamos logo. Você vai ficar bem aqui? — Parecendo tão eufórico quanto eu estava, Kellan assentiu. Mesmo sentindo dor, sabia que nunca estivera tão feliz na vida. Porque era exatamente como eu me sentia. *Eu ia me casar!*

Griffin assentiu quando Anna perguntou se ele podia ficar com Gibson enquanto íamos fazer compras. Pelo jeito como segurava a filha, era óbvio que não pretendia mesmo deixar que Anna a levasse. Anna amamentara Gibson pouco antes, mas nossa saída teria que ser curta. Pelo menos, para minha irmã; ela era capaz de passar um dia inteiro só numa seção de sapatos.

Depois que Kellan me pediu um último beijo, Griffin murmurou:

— É bem prático esse lance de vocês se casarem no Dia de Ação de Graças. — Apontou para Kellan. — Assim, nunca vão esquecer a data do aniversário de casamento. — Olhou para Anna. — A gente devia ter feito isso. Já esqueci a data do nosso.

Anna sorriu para Griffin, e Kellan torceu os lábios.

— Hum, nem sempre vai cair no Dia de Ação de Graças, Griff.

Griffin pareceu extremamente confuso.

— Como assim? É claro que vai.

Kellan mordeu o lábio. Pude ver que estava tendo que fazer um esforço enorme para não rir, porque doía.

— O Dia de Ação de Graças não é o mesmo todos os anos. Varia.

Griffin olhou para Kellan, irritado:

— Para de gozar com a minha cara, Kell. — Bateu com o dedo na cabeça. — Estou manjando o seu jogo.

Ouvi Matt e Evan rindo baixinho, com Justin e Denny. Meu pai só ficou olhando para o teto, balançando a cabeça. Não pude mais controlar o riso; o pobre Kellan teve que respirar fundo várias vezes para não cair na gargalhada com os outros.

— Griff, eu não estou...

Ainda rindo, dei um tapinha na perna de Kellan:

— Acho que dessa vez é melhor deixar pra lá.

Kellan deixou escapar uma risada, segurando a barriga.

— Idiota burro — murmurou, o rosto se contraindo de dor.

Sabendo que Kellan estava em boas mãos, dei uma apertadinha na sua perna e saí do quarto com Anna. Já no corredor, ela cochichou:

— É verdade que o Dia de Ação de Graças não é o mesmo todos os anos? — Quase consegui conter a gargalhada que soltei na cara dela. Quase.

Expliquei para Carly quais eram os nossos planos, enquanto Anna chamava um táxi. A prestativa enfermeira pareceu um pouco surpresa, pois eu lhe dissera que Kellan e eu já éramos casados, mas, abrindo um sorriso romântico, concordou em nos ajudar. Anna e eu saímos do hospital e nos dirigimos ao táxi que já esperava diante da portaria. Fiquei surpresa ao ver o número de fãs que estavam por ali. Da janela do quarto de Kellan não tínhamos uma vista perfeita delas. Não apenas estavam do outro lado da rua, como também nas transversais, aglomeradas em esquinas e formando grandes grupos ao redor de todas as entradas. Os grupos começaram a apontar e cochichar quando me notaram.

Provavelmente relembrando o vídeo do momento em que eu fora empurrada para a rua por uma multidão, Anna ficou nervosa.

— Vamos entrar logo no táxi, Kiera.

Mas não pude deixar de olhar para a massa de gente que esperava. As fãs pareciam sinceramente abatidas; algumas até secavam lágrimas. *Lágrimas.* Por Kellan. Fiquei profundamente comovida. Tinha certeza de que ninguém do hospital lhes dera qualquer informação sobre o estado de Kellan. Provavelmente só lhes pediram para ir embora, ou no mínimo para não bloquearem a entrada do prédio. Tory tinha divulgado uma nota dramática para a imprensa, mas um blurb de uma gravadora não era um grande consolo. Talvez *eu* devesse consolá-las.

Sentindo cada músculo do estômago se contrair, olhei para Anna.

— Já volto.

— O que vai fazer? — Ela franziu os olhos.

Engolindo em seco, voltei a olhar para a multidão. Que diabos eu ia fazer?

— Só quero dizer a elas que Kellan está bem.

Quando Anna e eu começamos a atravessar a rua, a multidão que lotava a calçada na mesma hora se virou na nossa direção. Meu corpo inteiro começou a tremer. Lutei contra o medo e a ansiedade e me aproximei com a cabeça erguida. *Como será que Kellan dominou o nervosismo na época em que começou a se apresentar? Devo imaginar que está todo mundo nu?* Infelizmente, *eu* era a única pessoa que conseguia imaginar nua, e isso não ia ajudar em nada a minha ansiedade. Então, em vez de imaginar a elas ou a mim, imaginei Kellan ao meu lado, caminhando para as fãs ansiosas com um meio sorriso simpático no rosto. Pensei na relação simbiótica que tinha com essas pessoas, em como era importante para ambos os lados, e como eu poderia ajudar a estender uma ponte entre eles naquele momento. E o meu nervosismo simplesmente se evaporou.

Assim que me aproximei o bastante, as fãs começaram a falar. Todas faziam variações da mesma pergunta: *Kellan está bem?* Levantei as mãos, e na mesma hora elas se aquietaram.

Com uma voz mais confiante do que jamais acreditara que seria capaz de usar ao me dirigir a uma multidão, falei:

— Kellan me pediu para dizer a todos vocês que ele está bem. — Lembrando sua expressão de dor sempre que se levantava ou ria, acrescentei: — Está muito dolorido... mas está bem. — Com lágrimas brotando nos olhos, levei as mãos ao coração. — Ele ficou numa emoção indescritível quando viu que vocês estavam aqui, para trazer seu carinho e votos de recuperação, e tenho certeza de que desceria e agradeceria a cada um pessoalmente se pudesse. Seu apoio significa muito para ele. Para nós dois. E agradecemos a todos de coração.

A emoção das últimas vinte e quatro horas finalmente me derrubou. Minha garganta se fechou e as lágrimas jorraram dos olhos, escorrendo pelo rosto. Sequei-as depressa, enquanto a multidão murmurava agradecimentos. Quando me virei para ir embora, alguém às minhas costas gritou: *Você é mesmo mulher dele?*

Um lento sorriso se desenhou nos meus lábios. *Sim, vou ser.* Sentindo-me próxima dessa multidão de estranhos que amavam profundamente a mesma pessoa que eu, disse a verdade:

— Estamos casados nos nossos corações há muito tempo, mas... vamos oficializar a relação esta semana. — Sem poder me conter, dei um risinho, dizendo: — Vou me tornar a Sra. Kyle na noite de terça.

Para minha surpresa, a multidão irrompeu em gritos e assobios. O que me fez rir ainda mais. E chorar. Perplexa por ver que me aceitavam, minhas palavras jorraram num caos emocional:

— Agora, tenho que ir comprar o vestido.

Nomes e endereços de lojas próximas foram gritados. Fiquei só olhando, totalmente pasma, mas vi minha irmã balançar a cabeça, memorizando tudo. Podia não saber quando é o Dia de Ação de Graças, mas era um gênio quando se tratava de decorar nomes de lojas.

Ainda estava rindo da minha vida surrealista ao entrar no táxi com Anna. Ela tirou o celular da bolsa, dando ao motorista o nome da loja que tinha ficado no topo da sua lista mental. Relaxei no banco, satisfeita. Finalmente iria me casar com Kellan. Mal podia esperar. Depois de um minuto de silêncio, minha irmã cutucou meu braço.

— Já viu isso? — perguntou.

E me mostrou o celular. Era um site de fofocas onde aparecia a história do acidente de Kellan, o que não tinha nada de surpreendente. As fotos eram horríveis. Havia uma sequência mostrando Kellan me puxando de pé, me jogando para trás dele, estendendo a mão, e por fim sendo atingido pela caminhonete. O que me fez reviver todo o pavor da véspera. O couro cabeludo voltou a doer, como se eu tivesse acabado de levar o corte. Se a caminhonete estivesse indo um pouco mais depressa, se Kellan tivesse caído de costas e batido com a cabeça no meio-fio, se outros órgãos tivessem sido lesionados, eu o teria perdido.

Secando as lágrimas, notei o que minha irmã queria que eu visse. Abaixo das fotos, havia comentários de fãs. Centenas de comentários. E todos eles elogiavam os atos de Kellan e o proclamavam um herói. Ler todos aqueles pensamentos tão sinceros e orações por sua recuperação me comoveu. E ver que os comentários me incluíam também me surpreendeu. *Ele se jogou na frente da caminhonete por ela! Salvou a vida dela! Isso é que é amor de verdade. Eles têm que ficar juntos. Nunca acreditei que ele estivesse com Sienna.*

As manifestações de apoio ao nosso relacionamento me assombraram. Era como se o nosso acidente tivesse acionado o interruptor das massas, que agora nos anunciavam como o novo casal da moda. Como num passe de mágica, eu passara da posição de amante maldita tentando roubar o namorado de Sienna para a posição de alma gêmea de Kellan. A mudança fora tão rápida e drástica que minha cabeça quase não conseguia assimilá-la. E o fato de que minha cabeça doía e os pontos coçavam não estava ajudando em nada.

Voltei a olhar para Anna, pasma.

– Agora eles amam a gente.

Anna sorriu para me animar.

– Mais cedo ou mais tarde, *todo mundo* acaba amando ver vocês dois juntos. Vocês são predestinados.

Tínhamos tanto a fazer em tão pouco tempo, que tirei da cabeça o mistério que é a volubilidade da opinião pública. Quando finalmente compramos o vestido, eu me sentia como se tivesse corrido uma maratona, de tão cansada que estava. Mas tinha tudo de que precisava. Anna e eu descolamos até a licença de casamento. Eu estava com medo de não conseguir, mas Anna esbanjou seu charme e a funcionária do cartório concordou em ir ao hospital para que Kellan e eu pudéssemos preencher o requerimento juntos. Honestamente, acho que a garota só queria ver Kellan em pessoa. Seus olhos brilharam como estrelas quando soube com quem eu estava requerendo permissão para me casar.

Isso ia mesmo acontecer.

Os preparativos para valer só começaram no dia seguinte, quando minhas várias madrinhas chegaram. Dei um gritinho de alegria quando Jenny, Rachel, Kate e Cheyenne entraram no quarto de Kellan. Minhas quatro amigas me abraçaram, chorando, enquanto os rapazes só balançavam a cabeça, achando graça. Os homens não entendem o poder da amizade feminina.

Extremamente emocionada, funguei, dizendo a Jenny:

– Não acredito que você está aqui. Obrigada por vir tão depressa.

Os olhos de Jenny se fixaram no corte que cicatrizava perto da minha testa.

— Eu não perderia o seu casamento por nada no mundo. — Seu olhar pousou em Kellan, que estava deitado na cama, sorrindo para nós. — E tinha que vir ver se vocês estavam bem. Vocês me deram um baita susto, Kellan.

Os lábios de Kellan se curvaram num sorriso irônico.

— Peço desculpas.

Jenny riu, e então foi até ele e lhe deu um abraço rápido, enquanto eu agradecia a cada uma de minhas amigas. Kellan e eu pagáramos suas passagens e a hospedagem, mas elas tiveram que reorganizar suas agendas para realizar nosso sonho. Eu estava extremamente grata a elas, a todos que estavam ali.

Quando terminamos de nos cumprimentar, Rachel ficou abraçada com Matt, Kate muito nervosa perto de Justin, e Cheyenne tentando roubar Gibson de minha mãe – em vão. Jenny abraçou Evan, rindo.

— Embora esteja feliz por estar aqui, não consigo acreditar que vocês vão se casar num quarto de hospital, Kiera.

Minha mãe suspirou, concordando. Revirei os olhos para ela, e observei minhas tropas.

— Temos muito a fazer hoje. — Indiquei o quarto sem graça ao meu redor. — Precisamos deixar este quarto adequado para um casamento amanhã.

Aproximando-se de mim e de Abby, Denny balançou a cabeça devagar, observando os equipamentos médicos e a mobília utilitária.

— Não vai ser nada fácil – murmurou.

— Não, mas obrigada por me ajudar – respondi.

Seu largo sorriso voltando, ele disse:

— É o que sempre faço.

Olhando para mamãe, perguntei:

— Encontrou alguém para nos casar?

Parecendo eufórica, ela deu um beijo na cabecinha da neta e abriu um sorriso radiante:

— Encontrei! – Apontou para Kellan. – Uma das enfermeiras que participaram da cirurgia é pastora, e disse que adoraria celebrar o casamento de um rock star.

Kellan riu, e então pôs a mão no estômago. Ainda estava um tanto pálido e com os olhos meio fundos, mas pouco a pouco se recuperava.

Batendo palmas por ver que tudo começava a se ajeitar, indiquei todas as mulheres presentes:

— Anna e eu compramos meu vestido ontem, mas precisamos comprar seus vestidos de madrinhas também.

Abby piscou, surpresa.

— Até eu?

Olhei para trás de Denny, sorrindo para ela.

— Com certeza.

Abby ficou vermelha e pareceu profundamente comovida por eu ter estendido a ela a cortesia. Mas ela era uma parte de Denny, e ele era meu melhor amigo. Eles eram um só, como Kellan e eu, portanto era no mínimo justo que ambos fossem incluídos. Mas, ao dar uma olhada em todos os padrinhos de Kellan, franzi o cenho.

— Hum, rapazes, será que dá para vocês arranjarem os ternos hoje? — Estavam todos usando jeans esburacados e camisetas velhas. Eu não era uma noiva do tipo que fosse exigir que usassem smokings, mas um upgrade no guarda-roupa típico dos D-Bags seria bem-vindo.

Sorrindo de orelha a orelha, Griffin enfiou os cabelos atrás das orelhas.

— Não se preocupe, já escolhi o terno que vou usar.

Franzindo ainda mais o cenho, disse a Matt:

— Não deixa ele sair da loja usando nada em tons pastéis. — Fiz uma pausa, e então acrescentei: - Nem uma calça sem o traseiro.

Depois que Matt concordou totalmente, dei de ombros.

— Só fica faltando o jantar.

Gavin levantou a mão.

— Martin e eu demos uma pesquisada aqui pelos arredores ontem, e encontramos o lugar perfeito. Eles servem jantares tradicionais de Ação de Graças, e vão abrir no feriado. — Um sorriso igual ao de Kellan se abriu nos seus lábios. — Até concordaram em entregar nossa comida aqui no hospital.

Dei um sorriso radiante ao saber que os dois pais da minha vida tinham trabalhado juntos. Sorrindo para todos, balancei a cabeça.

— Vamos trabalhar, então.

As meninas e eu saímos para comprar os vestidos, enquanto os rapazes foram comprar os ternos. Eu me sentia meio culpada por deixar Kellan sozinho, mas Carly me garantiu que cuidariam bem dele, e que ele precisava mesmo descansar. Mas fiz questão de dar pelo menos uma dúzia de beijos nele antes de sair.

Em vez de comprar vestidos combinando para as meninas, deixei que cada uma escolhesse algo no seu próprio estilo. Não queria obrigar nenhuma delas a usar algo que achasse atroz, tipo mangas bufantes. Minha única sugestão foi de que todas escolhessem a mesma cor – um vermelho-escuro que eu associava ao Natal, e Kellan, ao amor.

Hailey escolheu um vestidinho alegre e provocante, Anna um modelito tão justo que duvidei que conseguisse respirar. Os estilos das outras meninas combinavam com suas personalidades: recatado e exótico para Rachel, animado para Jenny, sofisticado para Abby, e romântico para Cheyenne e Kate. Anna escolheu um lindo vestido vermelho de babados para Gibson; ela ia desbancar todas nós. Até minha mãe aderiu ao vermelho e encontrou um tubinho elegante que tive certeza de que usaria muitas vezes nas festas de fim de ano.

Depois de comprarmos os vestidos, debatemos ideias para deixar mais romântico o quarto de Kellan. Abby e Jenny eram feras em decoração, e bolaram um plano que achei o máximo. Também iria testar a paciência das enfermeiras, mas, se Deus quisesse, elas aceitariam essa pequena sacudida na sua rotina. Afinal, quantas vezes você vê um rock star se casando no seu emprego?

Fui saudada por vivas pelas fãs sempre vigilantes quando voltamos ao hospital. Nem com a proximidade do feriado o número delas diminuía; pelo contrário, agora que eu anunciara nosso casamento, estava aumentando. Havia até alguns fotógrafos no meio delas. Mas não me importei. Mantive a cabeça erguida e acenei para o grupo.

— Nós te amamos, Kiera! — foi a resposta.

Isso ainda me fazia balançar a cabeça, incrédula. *Elas me amavam?* Embora discordasse dessa declaração — elas nem me conheciam, como podiam me amar? —, fiquei grata pelo sentimento. Encheu meu peito de esperança, amor e uma sensação de que tudo estava certo no mundo. E imaginei que fosse exatamente como uma pessoa devia se sentir quando estava prestes a se casar.

Os D-Bags já estavam novamente no quarto de Kellan quando voltamos. Abby e Jenny expuseram seu plano de decoração. Os rapazes pareceram confusos com as explicações, mas Denny assentiu e na mesma hora saiu em campo. Tinha um olho clínico para designs, e um senso estético incrível. Era uma das muitas qualidades que contribuíam para que fosse um bom publicitário.

Denny e Abby trabalharam juntos sem descanso, redecorando o quarto. Tinham um jeito de se comunicar sem palavras que era adorável de assistir. Bastava Denny olhar para alguma coisa com uma sobrancelha arqueada, e Abby na mesma hora balançava a cabeça e dizia: *É, também acho.* Os dois formavam um casal fantástico.

Enquanto mamãe segurava Gibson e Anna supervisionava os trabalhos sentada na única poltrona confortável do quarto, algumas de nós tentávamos esconder os aparelhos feios. Riley e eu estávamos em cima de escadinhas baixas, tentando, meio sem jeito, pendurar no teto um lençol de linho superlongo; não querendo forçar demais o ombro, eu evitava levantar o braço alto demais, o que tornava a manobra um tanto complicada. Kellan franziu o cenho, me observando.

— Estou me sentindo um zero à esquerda.

Soltando o lençol, soprei uma mecha de cabelo dos olhos e sorri para ele.

— Bem, é isso que acontece quando você rompe um órgão. É melhor tomar mais cuidado da próxima vez.

Os lábios de Kellan se curvaram num meio sorriso sexy.

— Da próxima vez que formos atropelados pela caminhonete de uma floricultura, vou fazer isso sem falta.

Minha mãe ficou pálida.

— Não têm a menor graça, vocês dois.

A funcionária do cartório chegou quando já estávamos na metade do trabalho de redecoração. Parecia nervosa por estar perto de Kellan, e embora ele não se sentisse cem por cento, fez o possível para deixá-la à vontade. Talvez animado porque finalmente havia algo que pudesse fazer para ajudar, Kellan até paquerou a garota um pouco. Ela ficou vermelha feito um pimentão, e Kellan olhou para mim, achando graça. Como a funcionária, eu também tinha corado até a raiz dos cabelos quando Kellan começara a me paquerar. Mas não havia nada que pudesse ser feito. Kellan era simplesmente sensual demais.

No fim do dia, todos se sentiam exaustos, mas o trabalho estava concluído, e eu pronta para me casar com o homem dos meus sonhos.

Não consegui dormir a noite inteira, ainda mais porque Anna me fizera voltar para o hotel com ela e as meninas. Disse que eu não podia passar a noite da véspera do casamento com meu noivo. Quando lembrei a ela que tinha passado a noite da véspera do seu casamento com Griffin, ela riu na minha cara:

— Griffin e eu somos diferentes de você e de Kellan. — Apontando o dedo para mamãe, que carregava Gibson, acrescentou: — Com a gente, foi tudo ao contrário.

Na manhã seguinte, Abby desapareceu durante algumas horas para ir assistir à parada com Denny, enquanto as outras meninas me preparavam para o grande acontecimento. Embora fosse feriado, arranjamos quem fizesse nossas manicures e pedicures e aplicasse máscaras faciais relaxantes. Nova York realmente nunca dorme. Abby voltou enquanto mamãe aprontava o meu vestido, e Jenny e Kate faziam longos cachos soltos no meu cabelo. Afirmando que um look natural combinava mais comigo do que um penteado sofisticado, deixaram meu cabelo solto, caindo sobre os ombros e as costas. Quando se deram por satisfeitas com o resultado final, Anna começou a pintar o sete com a minha cara. Lembrei a ela que eu era uma pessoa muito simples, por isso minha maquiagem tinha que ser discreta.

Sem titubear, ela respondeu:

— Não se preocupe, vou deixar a maquiagem de puta para a *noite de núpcias*. — Inclinando-se, acrescentou: — A propósito, perguntei a uma enfermeira, e ela disse que vocês dois vão poder voltar a fazer o canguru perneta no máximo em um mês e meio.

Embora tivesse acabado de aplicar o rímel, fechei os olhos de constrangimento, enquanto as outras mulheres davam risinhos, inclusive nossa mãe. *Cala essa boca, Anna. Cala essa boca!*

Percebendo minha vergonha, Anna riu, dizendo, animada:
— Não há de quê. — Deixei escapar uma risada e, abrindo os olhos, sorri carinhosa para minha irmã. Acho que essa era *mesmo* uma informação de que eu precisava saber.

Quando todas as meninas tinham terminado de me embelezar, mamãe me ajudou a pôr o vestido. Anna e eu tínhamos encontrado um modelo muito simples, tipo regata, em cetim. Era de um branco forte, meio cintilante – elegante e modesto, mas deslumbrante também; Anna tinha dito que era a minha cara, mas pessoalmente achei que era a cara de Kellan. Não tinha um babado – nem renda, nem pérolas, nem fitas, nem mangas elaboradas. Era lindo simplesmente porque… era lindo. Como Kellan, o vestido não precisava de enfeites.

Calcei um par de sapatos brancos simples, e então me virei para o espelho. Quase não pude acreditar que era para mim mesma que olhava. Com os cachos fofos, os olhos esfumados e um vestido branco brilhante, eu parecia saída de um conto de fadas – uma princesa prestes a se casar com o seu príncipe. Só que, em vez de uma coroa, a princesa usava um colar com uma guitarra cintilante no pescoço. Até eu tive que admitir… eu estava linda.

Com lágrimas escorrendo pelo rosto, mamãe tirou fotos minhas com o celular, enquanto embalava Gibson com a outra mão. Se já estava chorando, ia abrir um berreiro na hora do casamento. Talvez até precisasse de um Valium. Que bom que íamos para um hospital. Sentindo os olhos começarem a ficar úmidos, avisei a ela:
— Para com isso, ou você vai me fazer borrar a maquiagem.

Mamãe fungou, fazendo um grande esforço para se controlar.
— Desculpe, querida, mas é que você está tão linda.

Segurando seu braço, respirei fundo para me acalmar.
— Estou pronta. Me leva até o meu marido, para eu poder finalmente me casar com ele.

Papai alugou uma limusine para vir nos buscar. Era um modelo simples, obviamente um dos mais baratos da agência. Não tinha nenhum luxo no interior, a não ser uma prateleira na parede com uma garrafa de água mineral. Era perfeita, e eu preferia mil vezes essa simplicidade à elegância pomposa da limusine de Sienna.

A limusine nos deixou bem na frente do hospital. As fãs do lado de fora foram à loucura quando me viram. Recebi elogios tão rasgados que cheguei a ficar vermelha, mas sorri e fiz uma pequena reverência, educada. Até acenei para os paparazzi. Eles que estampassem meu rosto em todas revistas. Assim, teria mais fotos para pôr no álbum de casamento.

Nosso *entourage* atravessando os corredores do hospital só podia ser uma imagem estranha, mas, para onde quer que eu olhasse, só via sorrisos. As enfermeiras, os médicos, os outros pacientes – todo mundo parecia tão empolgado em relação a esse momento quanto eu. Bem, talvez não tanto quanto eu. Estava quase estourando de felicidade, enquanto segurava o braço de minha mãe. Quando chegamos ao andar de Kellan, havia pétalas de rosas espalhadas pelo chão. Meus olhos ficaram úmidos só de ver o veludo vermelho. Com a vista embaçada, segui o caminho delineado pelas flores.

Quando cheguei ao corredor que levava ao quarto de Kellan, meus olhos se encheram tanto que quase transbordaram. De calça cinza e camisa social azul-marinho, meu pai esperava por mim no fim do corredor. Parecia dez anos mais moço, o orgulho estampado no rosto. Com mais lágrimas escorrendo, mamãe me passou para ele. Sussurrando "Nunca me senti tão orgulhoso de você" no meu ouvido, ele me deu um abraço carinhoso. Tive que fazer um esforço sobre-humano para não começar a chorar.

Apertando seu braço com força, olhei para o chão do corredor que me levaria ao quarto onde o ferido amor da minha vida me esperava. Havia pelo menos uma dúzia de enfermeiras, médicos, técnicos e outros membros da equipe dos lados do corredor, todos segurando as velas de vigília com brilho suave que as fãs usavam diante do hospital. As portas de alguns pacientes estavam entreabertas, seus rostos curiosos espiando pelas frestas, mas não me importei nem um pouco que estranhos assistissem a esse bizarro espetáculo. *Eu ia me casar.*

O chão do corredor também estava coberto de pétalas de rosas vermelhas e, no fim, parado diante da porta de Kellan, estava Deacon, com a guitarra acústica de Kellan pendurada no pescoço. No minuto em que me viu, abriu um largo sorriso. "Você está linda", disse por mímica labial, e então começou a tocar a minha música favorita dos D-Bags. Quase comecei a chorar. Minha mãe não ficou no quase.

Carly entregou a Anna e a Jenny pequenos buquês dados pelos fãs de Kellan, e deu a Kate, Cheyenne, Rachel, Abby e Hailey velas cintilantes. A mim ela entregou um buquê de copos de leite brancos e amarelos. Eu não vira essas flores no quarto de Kellan. Notando minha confusão, ela deu de ombros, explicando que encomendara pela manhã.

Impressionada, dei um breve abraço nela, enquanto cada uma de minhas madrinhas avançava pelo piso coberto de pétalas, seus vestidos combinando à perfeição com as rosas. Quando já tinham entrado no quarto, Deacon começou a tocar a marcha nupcial tradicional. Nesse momento, não pude mais segurar as lágrimas, e mamãe secou meus olhos depressa, antes de ir para o fim do corredor, a fim de filmar papai me levando até o meu marido.

Não sei como consegui, mas cheguei ao fim do corredor com a coluna reta. Estava tremendo tanto, que tive certeza de que papai sentiu. Ele deu um tapinha no meu braço para me tranquilizar, avançando comigo. Dei um breve sorriso para Deacon, e então me virei para o quarto de Kellan. Embora tivesse ajudado a decorá-lo, o resultado final me assombrou. Longas toalhas de mesa em seda se estendiam do teto aos rodapés, escondendo todos os sinais de que estávamos num hospital. Fios fluorescentes estavam pendurados no alto de cada lençol-cortina e entre as junções, banhando a penumbra do quarto de um tom quente.

O hospital tinha mandado instalar carpetes industriais desde a porta até o outro lado do quarto, onde a pastora, usando um macacão preto elegante, esperava diante da ampla janela. Toalhas enroladas por fios fluorescentes e flores haviam sido penduradas de modo a emoldurar a janela como um altar; pela janela, vi a multidão de fãs ao fundo. O chão estava coberto com o resto do ostentoso arranjo floral de Nick. Os demais buquês estavam dispostos no parapeito.

Com exceção da cama de Kellan, toda a mobília tinha sido tirada do quarto, para dar espaço aos convidados. Enquanto meus olhos percorriam o aposento cheio de testemunhas que amavam Kellan e a mim, cada um segurando uma vela, senti o impacto vertiginoso de todo esse amor.

Os outros membros do Holeshot e do Avoiding Redemption estavam lá, juntos, perto da porta. Ainda tocando a guitarra, Deacon entrou no quarto atrás de mim. Jenny e Anna estavam à esquerda da ministra, ambas com os rostos úmidos. Evan estava à direita, e Denny num lugar de honra ao seu lado. Sorrindo de orelha a orelha, ele fez um sinal com a cabeça para mim, levantando um pouco a vela.

Os outros convidados de nossa megafesta de casamento estavam perto da cama de Kellan, homens de um lado, mulheres do outro. Com expressões orgulhosas, Matt e Griffin estavam ao lado de Justin, Gavin e Riley. Diante deles estavam minhas outras amigas, Rachel, Kate, Cheyenne, Abby e Hailey. Griffin embalava Gibson no colo, a filhotinha dormindo profundamente nos braços do pai. E, para meu enorme alívio, Griffin estava tão bem-vestido quanto os outros D-Bags, usando uma camisa preta estruturada combinando com uma calça preta que, imagino, tinha um traseiro.

Minha visão embaçada se fixou no meu marido quando papai e eu passamos pelos convidados e chegamos ao pé da cama hospitalar. Com os olhos úmidos, Kellan olhou para mim.

— Você está uma deusa — murmurou. Na minha ausência, alguém o ajudara a se vestir. Ele estava deitado por cima das cobertas, usando uma camisa branca larga por cima de uma calça preta. E estava descalço. Mesmo ferido, também achei que estava parecendo um deus.

Parando ao pé da cama, eu já me preparava para subir nela e me casar deitada, quando Kellan levantou a mão para me impedir:

— Espera aí.

Preparando-se para sentir dor, ele começou a sentar. Na mesma hora me afastei de meu pai.

— Não, Kellan, não faz isso. Você ainda está fraco, pode ficar deitado. Não precisa se levantar.

Contraindo-se de dor, ele apertou o suporte do soro, os nós dos dedos brancos.

— Esperei a vida inteira para me casar com você, Kiera. Vou me levantar.

Na mesma hora Gavin deu sua vela a Riley e correu para amparar Kellan. Quase ri ao pensar que nossos pais estavam nos ajudando a chegar ao altar, mas fiquei comovida demais com o gesto de Kellan para fazer qualquer coisa além de chorar — de felicidade e orgulho.

Depois de Kellan chegar, um tanto claudicante, à frente da enfermeira que ia nos casar, seu pai se afastou. Meu pai deu um beijo no meu rosto antes de me soltar. Com medo de que Kellan caísse, corri para ocupar o lugar de Gavin. Kellan sorriu para mim, e então soltou um longo suspiro.

— Estou bem.

Querendo imitá-lo, descalcei os sapatos e os empurrei da frente; pétalas de rosas se colaram nas solas dos pés. Se não fosse o suporte de soro a que Kellan se amparava, parecíamos estar casando na praia, e eu podia até imaginar o som das ondas ao fundo — embora talvez fosse o barulho das pessoas se espremendo na porta para assistir.

Quando eu curvei os dedos dos pés no carpete, Kellan riu, sem estremecer tanto quanto no dia anterior. Enquanto a pastora agradecia a todos por sua presença, ele retirou alguma coisa do bolso e a pôs na minha mão. Dando uma olhada discreta, vi uma pétala de rosa com as palavras *Seu Marido Para Sempre* escritas em letras pretas.

Apertei a pétala, as lágrimas escorrendo furiosamente pelo meu rosto. Queria dar um beijo nele, mas ainda não tínhamos chegado a essa parte, por isso me contive. *Não beijar Kellan era uma coisa muito difícil*, principalmente quando ele olhava para mim como se eu fosse a coisa mais milagrosa que já tivesse visto.

Segurei a mão livre de Kellan entre as minhas, enquanto a pastora se dirigia a nós dois:

— Kellan Kyle, Kiera Allen, seus amigos e parentes estão reunidos aqui hoje para verem suas vidas se unirem numa só. A partir de agora, vocês enfrentarão os testes, as tribulações e os triunfos da vida como um único ser. Estarão unidos de corpo e alma, e os desejos de um serão sacrificados pelas necessidades de ambos. Mas esse vínculo trará uma grande força para os dois. Um pode fraquejar, mas dois se sustentam. Um pode vergar, mas dois se mantêm em pé. Daqui até o fim de seus dias neste mundo, vocês terão alguém para apoiá-los nos momentos de fraqueza, para confortá-los nos momentos de dor, encorajá-los nos momentos de medo e comemorar com vocês nos momentos de alegria. Essa é uma dádiva que jamais deve ser abusada ou desprezada. Valorizem um ao outro como Deus valoriza vocês, e viverão em paz.

Apertei a mão de Kellan, olhando para ele. Já tínhamos passado por poucas e boas, e ela estava certa — éramos mais fortes quando estávamos juntos. Nós levantávamos o astral um do outro, trazíamos o melhor do outro à tona. Éramos seres humanos melhores juntos. Em algum lugar às minhas costas, ouvi minha mãe chorando.

Olhando para Evan e Anna, a pastora perguntou:

— Estão com as alianças?

Anna assentiu, secando os olhos. Kellan e eu tínhamos dado as alianças a eles enquanto decorávamos o quarto. Eu estava um pouco aliviada por Anna não ter perdido a de Kellan. A maternidade fizera maravilhas por seu senso de responsabilidade. Seus olhos voltando a ficar cheios, Anna me entregou a aliança de Kellan. Evan estava com uma expressão igualmente comovida ao entregar a minha a ele.

Com Kellan e eu virados um para o outro, a pastora se inclinou para nós, perguntando:

— Querem que eu pronuncie os votos convencionais, ou gostariam de dizer alguma coisa pessoal?

Olhando no fundo dos meus olhos, Kellan na mesma hora respondeu:

— Gostaria de dizer uma coisa.

Perdida naquelas profundezas azul-escuras, ignorei o nó de tensão no estômago e assenti:

— Eu também.

Parecendo satisfeita, ela fez um gesto para que Kellan começasse. Soltando o suporte do soro, ele cambaleou por um segundo. Evan pareceu pronto para ampará-lo, mas, com o rosto pálido, Kellan conseguiu se manter de pé. Segurando minha mão esquerda, afastou meus dedos com delicadeza; o calor do seu toque percorreu meu braço.

Colocando o aro de metal na ponta do meu dedo anular, sua voz baixa encheu o espaço entre nós:

— Kiera Michelle Allen, minha vida era vazia até você entrar nela. Eu achava que tinha tudo de que precisava, mas só porque não me permitia querer nada. E então eu te vi, e você penetrou o meu coração. Nunca quis nada tanto assim na vida. E nunca me senti tão apavorado na vida. Em *toda* a minha vida — frisou.

Engoli em seco, entendendo o quanto essa declaração era terrível. E me senti como se ele me dilacerasse e acariciasse ao mesmo tempo. Queria dizer alguma coisa, mas uma expressão do mais absoluto êxtase tomou conta do rosto de Kellan.

— E então, num milagre que jamais vou compreender, eu consegui ficar com você, e agora... começo a entender o que significa *realmente* querer uma coisa. Porque agora, eu quero muitas coisas. Quero te fazer feliz. Quero te dar o mundo. Quero que você se orgulhe de mim. Quero te confortar. Quero que você me conforte. Quero te abraçar quando você sentir medo. Quero que você me abrace quando eu sentir medo. Quero te fazer rir. Quero te fazer corar. — Inclinando-se, sussurrou: — Quero te fazer gritar.

Fiquei vermelha, e Kellan riu baixinho. Deslizando a aliança pelo meu dedo, prosseguiu:

— Quero te dar um lar. Quero enchê-lo de filhos. Quero cuidar de você. Quero envelhecer com você. Quero você ao meu lado todos os dias. — Apertando minha mão ao terminar de pôr a aliança, deu de ombros, balançando a cabeça. — Enfim, eu quero você. Você também me quer?

Eu mal podia falar, de tão emocionada que estava. Ele tinha mesmo o dom da palavra. Consegui soltar um *Quero!* estridente.

O sorriso que Kellan abriu iluminou seu rosto pálido. Imaginando como poderia dizer alguma coisa que chegasse aos pés daquele discurso, respirei fundo para me acalmar e engoli em seco várias vezes.

Segurando a mão de Kellan, pus a aliança no seu dedo.

— Nunca pensei em mim mesma como sendo outra coisa que não uma mulher sem graça e comum, até você chegar. O jeito como você me olha, o jeito como me vê... você faz aflorar alguma coisa em mim. Quando tenho vontade de me esconder, você me incentiva a ir em frente. Quando penso que não tenho valor, você me faz acreditar no contrário. Quando me sinto feia, você me convence de que sou linda. Só ver você perto de mim já faz com que eu me sinta especial. Você acha que não sabe amar as pessoas, mas sabe, sim. Seus amigos, sua família... a intensidade do amor que você sente pelas pessoas me assombra. Você pensa que as pessoas não te amam, mas elas amam, sim. Elas te amam profundamente. *Eu* te amo profundamente. Jamais conheci alguém tão afetuoso e humano... tão incrível. Você ama com cada fibra da sua alma. Você me inspira todos os dias. E se concordar em ser meu marido, vou fazer de tudo para que sinta orgulho de mim, para te inspirar.

Kellan olhava para mim, uma lágrima escorrendo pelo rosto. Percebendo que não tinha chegado a lhe fazer uma pergunta, disparei:

— Então... você... me quer? — Arregalando bem os olhos, acrescentei depressa: — Como sua esposa, é claro.

Todos riram baixinho, Kellan entre eles. Fiquei um pouco constrangida, mas essas pessoas me amavam, por isso ignorei a gafe e ri com elas. Parando de rir, Kellan estremeceu, segurando o suporte do soro.

— Quero — respondeu, o rosto contraído de dor. Suspirando pausadamente, acrescentou: — Fofa demais. Eu não tinha como resistir.

Abri um sorriso para ele, e então a pastora disse:

— Com os poderes que me foram conferidos, eu os declaro marido e mulher. — Inclinando-se para frente, disse a Kellan: — Pode beijar a noiva.

Mais uma lágrima escorrendo pelo rosto, ele murmurou:

— Graças a Deus, porque eu não ia aguentar esperar mais nem um segundo.

Soltando o suporte do soro, Kellan segurou meu rosto no mesmo instante em que segurei o dele. Tomando cuidado para não derrubá-lo, passei os braços pelo seu pescoço e soltei o coração e a alma naquele beijo. Quente e macio, doce e suculento, foi um beijo cheio de esperança, amor, paixão e fidelidade. Uma promessa sagrada de tudo que desejávamos um para o outro.

Perdida naquele momento, poderia ter passado a noite inteira com os lábios colados aos de Kellan. Tendo ao fundo o som de aplausos, ouvi a pastora anunciar:

– Senhoras e senhores, Sr. e Sra. Kellan Kyle. – Os assovios e gritos que se seguiram foram tão ensurdecedores quanto os que os D-Bags recebiam durante seus concertos.

Nós tínhamos conseguido. Éramos oficialmente marido e mulher. E posso dizer, com toda a honestidade, que eu nunca me sentira mais feliz.

Capítulo 29
AJUDA

Assim que o pessoal parou de gritar e assobiar, Kellan e eu nos afastamos. Parecendo eufórico, mas cansado, ele murmurou:

— Podemos nos deitar agora?

Vendo o desconforto no seu rosto, a rigidez do seu queixo, assenti e puxei-o de volta para a cama. Ele já ia me seguir, mas então parou quando algo na janela chamou sua atenção. Esperando que não estivesse se sentindo fraco demais, já que uma queda não faria nenhum bem aos seus pontos, dei uma olhada na janela. Os fãs comemoravam nossa união acenando com as velas de um lado para o outro. Deu até para ouvir os gritos distantes quando o quarto ficou em silêncio.

Sorrindo, Kellan mudou de direção e se dirigiu à janela. Querendo apoiá-lo, fui com ele. Os gritos abafados se tornaram estridentes quando finalmente viram Kellan de frente. Com lágrimas nos olhos, ele acenou para a multidão.

— Está vendo como você é amado? – sussurrei.

Ele fixou a atenção apenas em mim, seus olhos brilhando de adoração ao passear pelos meus traços.

— Estou. – Diante de seus leais seguidores, Kellan se inclinou e me deu um beijo terno, mas apaixonado. Um beijo que fez meu coração bater mais depressa e que me lembrou dos nossos braços e pernas entrelaçados, dos nossos momentos maravilhosos de prazer. Um beijo que fez meu fôlego acelerar. Que me fez maldizer o fato de termos que esperar seis semanas para podermos consumar oficialmente o nosso casamento.

Iam ser as seis semanas mais longas da minha vida.

Quando Kellan se afastou dos meus lábios, seus olhos ardiam de desejo, e eu soube, sem a menor dúvida, que ele não ia aguentar as seis semanas. Teríamos que tomar muito, muito cuidado. Ainda bem que Kellan tinha experiência em cozinhar uma relação em fogo brando.

Então ele estremeceu, e eu me lembrei da situação atual. Deixando os pensamentos tórridos de lado, levei-o de volta à cama. Ele suspirou de alívio quando voltou a se deitar. Subi na cama ao seu lado quando as pessoas nos rodearam para nos cumprimentar. Tive certeza de que era o casamento mais estranho a que eles já haviam assistido. E provavelmente o mais romântico. Mas eu era meio suspeita para falar.

Entre soluços, minha mãe nos filmou abraçadas. Então se estendeu por cima de mim, quase me achatando, para dar um abraço em Kellan. Meu pai trocou um aperto de mão firme com ele. Nunca o tinha visto com um ar tão orgulhoso, e soube que finalmente recebera Kellan no seu coração. Agora ele era parte da nossa família, e meu pai o protegeria com a mesma ferocidade com que protegia as filhas. Nunca chorei e sorri tanto na vida.

Em seguida foi a vez de Anna, que me abraçou, balançando o corpo, o que me deixou tonta. Correndo para o outro lado da cama, deu um abraço igualmente carinhoso em Kellan, mas com muito mais cuidado. Griffin estava atrás de Anna, e quando chegou até mim, deu um sopro na palma da mão, checando o hálito, o que me deixou nervosa. Levantei um dedo para ele, em sinal de advertência. Griffin sorriu. "Relaxa, não é pra você." Rindo, debruçou-se por cima de mim e sapecou um beijo na boca de Kellan.

Kellan não podia fazer muito para se afastar, já que cada movimento era doloroso. O quarto inteiro irrompeu em gargalhadas quando Kellan finalmente empurrou o baixista para trás.

– Porra, cara! – Olhou furioso para Griffin, limpando a boca.

Griffin riu baixinho, dando um tapa na coxa de Kellan.

– Parabéns, cara. – Apontando para Kellan, riu, dizendo: – Vi que você seguiu o meu conselho. Já está fazendo aquela firula com a língua bem melhor.

Meus pais pareceram horrorizados e perplexos com o diálogo dos dois. Eu ria tanto que meu estômago começava a doer. Balançando a cabeça para mim, Kellan sorriu e mostrou o dedo médio para Griffin. Então fiz uma coisa que me surpreendeu, e chamei Griffin para me abraçar. Ele também pareceu surpreso. Quando passou os braços por mim, sussurrei no seu ouvido:

– Trate bem a minha irmã. Adoro ver vocês juntos.

Griffin se afastou, abrindo um sorriso malicioso.

– Sou eu que você adora.

Meu sorriso diminuiu um pouco.

– Eu não disse isso.

Assentindo, Griffin me soltou. Com uma vozinha cantada, respondeu:

– Mas foi o que quis dizer. Você me ama de paixão! – E levantou as mãos para que todos o olhassem. – Kiera morre de tesão por mim!

Matt empurrou-o para trás, tomando seu lugar. Enquanto eu olhava boquiaberta para Griffin, Matt disse:

— Ele deve ter caído do colo da mãe e batido com a cabeça muitas vezes quando era pequeno. — Matt me deu um abraço mais tímido, e concordei com sua explicação. Ele me deu um beijo rápido no rosto e se afastou. — Que bom que você e o Kell conseguiram. Nunca vi o cara mais feliz do que quando está com você. — Franziu o cenho. — E fica no maior mau humor quando vocês estão longe um do outro.

Sorri para o meu marido. Três enfermeiras estavam lhe desejando felicidades pelo casamento. Pelos sorrisos sedutores que exibiam para ele, duvidei muito que os votos fossem sinceros.

Quando Matt se afastou, Evan tomou seu lugar. Passando os braços por mim, ele me levantou da cama e me girou. Atrás dele, Jenny riu. Parando de girar quando estávamos de frente para ela, inclinou-se um pouco para que minha amiga também pudesse me abraçar. Seu rosto estava tão úmido quanto o meu.

— Eu te amo, Kiera — disse ela.

Quis responder que também a amava, mas estava imprensada entre o animado casal. Quando Evan me pôs no chão, finalmente me deixando respirar, dei um beijo no rosto de cada um.

— Também amo vocês dois.

Quando eles se afastaram para dar os parabéns a Kellan, Denny se aproximou. Respirei fundo ao olhar para ele. Parecia tão mais velho, tão mais sensato. De algum modo nossa separação fizera com que ele amadurecesse e se tornasse um homem-feito. Só podia imaginar os conflitos interiores que tinha enfrentado enquanto se recuperava do nosso rompimento. Ele tinha passado por uma prova de fogo, mas isso não fizera dele uma pessoa frágil, nem dura. Tornara-se apenas... mais forte. Olhei para o homem que agora se encontrava diante de mim, tão diferente do rapaz que me levara de Athens para Seattle a fim de começarmos uma nova vida juntos. Na época, nunca teria imaginado que nosso relacionamento poderia se deteriorar tão depressa. Achava que ficaríamos juntos para sempre. Mas, num certo sentido, sempre ficaríamos, mesmo.

Com um sorriso tranquilo, ele me observava. Quando abriu os braços, dei um abraço apertado nele. Denny sempre seria meu amigo. Sempre seríamos importantes um para o outro. Com os braços cruzados ao meu redor, ele sussurrou:

— Estou muito feliz por você, Kiera.

Balancei a cabeça no seu ombro, as lágrimas escorrendo pelo rosto.

— Obrigada. E obrigada por ter vindo. Você não sabe o quanto significou para mim, para nós.

— Não podia perder o casamento de alguém por quem tenho tanta amizade — respondeu, esfregando minhas costas.

Fiquei sem saber se ele se referira a mim ou a Kellan, e me senti muito feliz por isso. Quando me afastei, sorri para ele.

— Não pense que eu vou perder o seu. Afinal, quando vai ser?

Seu sorriso ficou radiante quando olhou para a noiva que estava do outro lado da cama, dando um abraço em Kellan.

— Abby escolheu o Dia dos Namorados. — Riu. — Ela se amarra em feriados. Até fez questão que fôssemos a um restaurante francês superchique para comemorar o Dia da Bastilha... e nenhum de nós jamais esteve na França.

Caí na risada ao conhecer a mania fofa de Abby. Soltando Denny, respondi:

— Você sabe que não vou faltar ao seu casamento. Nem Kellan. — Dei um sorrisinho com o canto da boca. — E se precisar de uma banda, conheço uns caras que tocariam para você.

Denny deu uma olhada no quarto, com um olhar bem-humorado.

— Vou cobrar, hein? — Mais sério, virou-se para mim. — Antes de irmos embora, Abby e eu queremos conversar sobre uma coisa com você e Kellan. Pode ser?

Confusa, assenti.

— Sobre o quê?

Denny deu uma olhada na fila de pessoas que esperavam atrás dele para nos cumprimentar.

— Mais tarde. — Já ia dando as costas, mas então se virou para mim. Em voz baixa, disse: — Só para constar, sempre te achei linda. Desculpe se nunca fiz com que você se sentisse assim.

Sua expressão séria me entristeceu um pouco, e dei mais um abraço rápido nele.

— A culpa não foi sua. Era uma neura minha. Que, por sinal, eu sempre tive. Um efeito colateral de ter uma irmã perfeita. — Dei de ombros.

Denny abriu o sorriso que era sua marca registrada.

— Sempre achei que você era mais bonita do que Anna. — Seus olhos pularam para Kellan. — E não sou o único. — Fiquei com o rosto vermelho, enquanto Denny ria e se afastava.

Justin foi o próximo a me cumprimentar, seguido por Kate. Os dois trocavam os olhares mais reveladores, e tive certeza de que já estariam juntos quando Kate voltasse para Seattle. Depois dela, Rachel, Abby, Cheyenne, Hailey e Riley me deram grandes abraços, Hailey fazendo com que Kellan prometesse visitar a Pennsylvania em breve. Deacon, seguido pelos outros membros do Holeshot e do Avoiding Redemption, foram os próximos a nos dar os parabéns, e agradeci a Deacon pelos lindos solos de guitarra.

Quando ele se afastou da cama, Gavin se aproximou de nós. O pai de Kellan parecia profundamente tocado pelo clima de emoção. Seus olhos escuros, tão parecidos com os de Kellan, brilhavam. Enquanto via Gavin fazer um esforço para se controlar, imaginei se a natureza emotiva e passional de Kellan seria hereditária.

— Estou muito feliz por vocês dois. Aproveitem este momento. Lembrem-se desta sensação, porque nem sempre vai ser assim. Vocês vão ter altos e baixos. — Riu. — Vão se irritar um com o outro. Mas vai valer a pena, se continuarem juntos. Passei anos maravilhosos com a minha mulher antes de ela morrer.

Seu sorriso bem-humorado se tornou tranquilo; também era tão parecido com o de Kellan que chegava a ser incrível. Eu não aceitava o que a mãe de Kellan fizera com ele, mas podia entender como a presença de Kellan fora difícil para ela — ele era idêntico ao pai.

Kellan segurou a mão de Gavin entre as suas.

— Obrigado, pai.

Os olhos de Gavin se arregalaram. Kellan jamais o chamara assim antes. Talvez por não querer estragar aquele momento, Gavin apenas assentiu. Ou talvez estivesse comovido demais para falar. Eu, pelo menos, estava.

Durante a recepção, cadeiras foram trazidas para os convidados, e participamos de um jantar tradicional de Ação de Graças. Embora a ideia de nos casarmos no feriado tivesse sido minha, fora meio cômica, e tive um frouxo de riso quando as enfermeiras começaram a trazer bandejas com fatias de peru recheado, purê de batatas e molho ferrugem, salada de mirtilo e ensopado de vagem. E como "bolo de casamento", torta de abóbora. De repente, a ideia de servir uma feijoada numa recepção não teria pegado tão mal assim, afinal. Mas a comida não importava; a companhia, sim.

Gavin e meu pai acertaram em cheio com aquele jantar. O peru estava tenro e molhadinho, o purê macio e cremoso, e a torta de comer rezando. Todos comemoravam enquanto comiam — nosso casamento, e o ato de se dar graças. Meus pais conversavam com Anna e Griffin, mamãe com Gibson no colo. Gavin se alternava entre pôr as notícias em dia com o filho e conversar com Carly, que parecia muito interessada com tudo que ele tinha a dizer. Evan e Jenny jantavam em duas cadeiras próximas. Rachel e Matt também estavam sentados juntos, trocando sorrisos derretidos. Abby e Denny discutiam alguma coisa num canto, enquanto Cheyenne perguntava a Hailey e Riley sobre o concerto do Avoiding Redemption. Kate e Justin estavam sentados no parapeito da janela com as cabeças juntas, conversando e paquerando, seus pratos parecendo intactos. Kellan não estava comendo muito, mas, entre um selinho e outro, comia uma pequena garfada de purê.

O final perfeito para um dia perfeito.

A certa altura, aquele clima gostoso se camaradagem teve que acabar, e as pessoas começaram a ir embora. Gavin deu um abraço carinhoso em Kellan antes de sair com Hailey e Riley.

– Como já disse, filho, minhas portas estão sempre abertas para você. Quem sabe depois que a sua turnê acabar?

Hailey deu uma cutucada na perna de Kellan.

– Você prometeu – relembrou a ele.

Kellan riu da irmã.

– Seria ótimo. Kiera e eu adoraríamos fazer isso. – Concordei, e Kellan olhou para mim. Umas feriazinhas sossegadas pareciam uma ideia excelente depois de toda a loucura que tínhamos vivido. Gavin pareceu feliz e tranquilo ao sair do quarto de Kellan. Não tive certeza, mas me pareceu que Carly anotou seu número de telefone para ele, na frente do quarto de Kellan. Isso me fez rir um pouco. Ele era tão parecido com Kellan.

Minhas madrinhas foram as próximas a ir embora. Rindo, Jenny, Rachel, Kate e Cheyenne se despediram de mim e de Kellan ao mesmo tempo. Fomos cobertos por um mar de braços, cabelos, risos e lágrimas. Jenny deu um beijo na minha testa.

– Nunca mais quero saber de vocês num hospital de novo, estão me ouvindo? – Olhou para Kellan. – Nenhum dos dois.

Os lábios de Kellan se curvaram num sorriso malicioso.

– Amor, acho que você vai ter que dar à luz no ônibus.

Os olhos de Jenny se arregalaram tanto que achei que iam saltar das órbitas. Na mesma hora dei um tapa no braço de Kellan.

– Eu não estou grávida! É brincadeira dele! – Ninguém acreditou, e passei os minutos seguintes convencendo-os de que não ia ter um bebê dentro de nove meses. Mamãe até ameaçou me obrigar a fazer um teste de gravidez no hospital. Kellan ficou morto de dor, de tanto que teve que se controlar para não rir. Bem feito. Babaca.

Por fim, Evan e Matt foram embora com as meninas. Quando já as levavam para a porta, Justin pediu que os esperassem, pois iria com eles. Os olhos cor de topázio de Kate brilharam ao ouvir que passaria mais alguns momentos com o ídolo do rock em quem estava interessada.

Aproximando-se de Kellan e de mim na cama, Justin estendeu a mão para o amigo.

– Fico feliz de ver que você está bem, cara. – Os dois trocaram um aperto de mão, e a expressão de Justin ficou mais séria. – O que a gravadora fez com você em relação a Sienna foi a maior sujeira. Eu não te culparia se desse o fora de lá. – Kellan não respondeu; eu não sabia se já tinha decidido o que queria fazer. Entendendo que o silêncio de Kellan era uma resposta, Justin sorriu, acrescentando: – Na próxima turnê, quando os D-Bags forem a atração principal nos estádios, a gente abre os shows para vocês. – Apontou para Deacon e o Holeshot, que saíam do quarto com os outros membros do Avoiding Redemption. – Nós e eles.

Kellan sorriu para o amigo.

— Acho o máximo participar de uma turnê com vocês, mas não vamos tocar num estádio tão cedo.

Justin riu, passando a mão pelas camadas assimétricas dos cabelos.

— Tem certeza? Os D-Bags estão no topo do mundo. Eu diria que seus dias de tocar em qualquer lugar menor do que um estádio acabaram.

Kellan fez que não, mas respondeu:

— Tá, vamos fazer isso. — Satisfeito, Justin saiu com Evan, Matt e as meninas, seus dedos entrelaçados com os de Kate.

Bocejando de cansaço depois do dia cheio e, provavelmente, de sonolência por causa do triptofano na carne do peru, meus pais foram os próximos a ir embora. Anna e Griffin foram com eles. Nem tinham muita escolha, porque mamãe não queria saber de soltar Gibson. Anna reclamou, tentando fazer com que mamãe pusesse a neta no bebê-conforto antes de descerem.

— Mãe, se você ficar o tempo todo com ela no colo, ela vai se acostumar, e depois eu não vou poder largá-la um minuto!

Mamãe embalava Gibson sem parar, recusando-se a dar um passo em direção ao bebê-conforto.

— Não vai acontecer nada disso, Anna, e eu quero ficar com ela. Quero, e acabou-se. Não tenho tantas chances de vê-la quanto você.

Griffin concordou com mamãe; nunca pensei que veria isso acontecer.

— Bebês têm mais é que ficar no colo mesmo. Aquela merda que os psicólogos falam de formar vínculos.

Tirando o palavrão, achei que era um bom argumento. Mas o de Anna também. Pela primeira vez na vida, não sabia qual dos dois tinha razão. Sorrindo para Kellan, fiquei grata por ainda não ter que lidar com esse tipo de problema.

Depois que os cinco saíram do quarto e fecharam a porta, só restaram Denny e Abby. Vendo que começava a ficar tarde, perguntei ao meu amigo:

— Vocês vão voltar para o hotel agora?

Relaxando numa cadeira, Denny assentiu, segurando a mão de Abby.

— Sim, daqui a um minuto. Agora que todos já foram, tem uma coisa que Abby e eu queremos conversar com vocês.

Lembrando o que ele dissera antes, sentei na cama.

— O que é?

Denny abriu a boca para responder, mas o celular de Kellan começou a tocar. Eu ia ignorá-lo, mas reconheci o toque personalizado de Sienna — a música "You're So Vain", da Carly Simon. Eu programara esse toque depois da última vez que ela ligara para Kellan, na ocasião em que tínhamos ficado irritados por ela se recusar a nos ajudar a abafar os rumores. Kellan achou engraçado, e deixou ficar. E eu também tinha certeza de que ele não saberia mudá-lo.

Nós quatro olhamos para a mesa de cabeceira, onde eu pusera os objetos de Kellan.

– Sienna – murmurou Kellan. – O que será que ela quer?

Levantei e corri para o outro lado da cama. Também gostaria muito de saber. Pegando o celular na sacola de plástico, atendi depressa antes que caísse na caixa postal.

– Sienna? – perguntei.

– Ah, é você, Kiera?

– Sou. Kellan não está em condições de atender no momento, por isso atendi para ele. – Ouvir seu sotaque fez com que minha voz saísse meio irritada. Tirando as flores, ela não tinha dado nenhum sinal de vida até agora.

Sua voz na mesma hora pareceu arrependida:

– Lamento muito. Lamento de coração. Nunca quis que nada de ruim acontecesse com ele ou com você. – Fungou, e minha raiva diminuiu um pouco.

– Você brincou com a cabeça das pessoas, inventou um romance tórrido que não era real. O que achou que iria acontecer?

Ouvi sons baixos de choro, e meu coração se abrandou.

– Eu só queria causar sensação. Só queria um pouco de publicidade. Jamais quis que ele fosse assediado ou perseguido. Você tem que acreditar em mim. Eu jamais quis isso.

Suspirei. Acreditava que ela não quisera fazer mal a ele, mas *não* que nunca tivesse querido "isso". O circo em que nossa vida se transformara tinha sido exatamente o que ela quisera.

– Só um minuto, Sienna. Vou colocar no viva voz.

Fiz os ajustes e coloquei o celular no colo de Kellan.

– Pode falar – disse a ela.

Sua voz imediatamente se derramou:

– Kellan, meu amor, lamento tanto pelo que aconteceu com você. Estou me sentindo péssima, simplesmente péssima. Nem tenho palavras para expressar quão mal estou me sentindo.

Kellan sorriu no celular.

– É, eu recebi suas flores – alfinetou-a.

Sienna suspirou.

– Olha, eu sei que você não entende, mas tudo que estou fazendo é por vocês dois.

Denny pareceu pensativo, e Kellan estreitou os olhos.

– Tem razão, não entendo mesmo.

Com a voz suave, ela disse:

— Nunca mais precisa ter medo de que eu te manipule. Estou te dando minha palavra. E nem tem que ter medo de Nick. Meu contrato venceu depois daquele último álbum. Eu ameacei sair da gravadora se ele te perturbasse de novo.

Chocado, Kellan olhou para mim, Denny e Abby.

— Você... o quê?

Parecendo um pouco mais composta, Sienna acrescentou:

— Também falei com o presidente da Vivasec, o pai de Nick. Ele não está nada satisfeito com o jeito como o filho anda conduzindo as coisas ultimamente, nem quer saber do nome da gravadora associado a escândalos. O fato de você tê-la mencionado na entrevista chamou a atenção dele. E quando admiti para ele que Nick ajudou a arquitetar tudo isso... bem, digamos apenas que de agora em diante Nick vai ter que pedir permissão ao pai até para fazer pipi.

Denny riu do comentário. Kellan ainda estava espantado. Eu me sentia apenas... confusa.

— Por que você fez isso?

Sienna demorou um momento para responder.

— Porque prejudiquei vocês dois. E estou tentando compensá-los por isso. Estou ruminando sobre isso há dias, mas vou me desculpar em público. Vou confessar minha parte no que foi feito com Kellan.

Sentando na beira da cama, fiquei olhando para o celular, chocada.

— Você vai perder seus fãs. Eles vão se voltar contra você. Onde fica a sua carreira?

— Vou dar a volta por cima. Eu sempre dou. — Seu tom era tão convicto que acreditei nela.

— Bem, obrigada por nos ajudar — murmurei.

Em voz baixa, ela confessou:

— Se você soubesse tudo que fiz para prejudicar vocês dois, meu amor, talvez não me agradecesse.

— Nesse caso, é melhor que nunca me conte.

Ela soltou uma risada rouca.

— Combinado. Mas te dou minha palavra de que vou deixar seu relacionamento totalmente em paz de agora em diante.

Kellan franziu o cenho para Denny, e eu soube que os dois se perguntavam o mesmo que eu. Será que ela tinha arquitetado cada fato aparentemente aleatório que levara à situação em que estávamos? Não queria culpá-la por tudo, mas sabia que estava por trás de muito mais do que nos fizera crer. Duvidava muito que qualquer um daqueles paparazzi tivesse nos encontrado por acaso.

Enquanto refletíamos sobre o assunto, Sienna disse:

— Seu livro está pronto, Kiera? Posso dá-lo para o meu agente?

Mordi o lábio. Era uma pergunta importante. Uma pergunta que eu mesma vinha me fazendo nos breves momentos de paz em que podia pensar na minha vida e no que queria fazer com ela. Será que devia aceitar a ajuda de Sienna? Provavelmente ela poderia abrir portas para mim, e para tudo no mundo a gente precisa de um pistolão. Mas, como antes, fiquei imaginando se não acabaria pagando um preço alto por aceitar. Ela tinha dito que o jogo acabara, que não ia mais nos manipular, mas por quanto tempo? Recusar sua ajuda parecia ser a atitude certa a tomar. Como Kellan, eu queria vencer ou fracassar por meus próprios méritos. Sentindo um nó no estômago que devia estar causando alguma lesão interna, respondi:

— Está, sim, mas... hum... prefiro batalhar por conta própria.

Kellan e Denny sorriram radiantes para mim. Sienna pareceu extremamente chocada.

— É mesmo? Acha que vai conseguir chegar a algum lugar desse jeito?

Feliz com minha decisão, ri, respondendo:

— Não sei... vamos ter que esperar para ver. — Talvez estivesse cometendo um erro ao não deixar que ela abrisse portas para mim; talvez não. Mas, de um jeito ou de outro, fizesse sucesso ou não, pelo menos eu me sentiria bem durante a jornada.

Sem poder entender por que eu recusaria sua ajuda, ela murmurou:

— Tudo bem, então. Se mudar de ideia...

— Eu sei onde te encontrar — concluí por ela.

Ainda perplexa, ela disse:

— Boa sorte, Kiera.

— Para você também.

Despediu-se de Kellan, e então desligou. Sorrindo para mim, Kellan murmurou:

— Que chique, recusando uma oferta de uma das maiores pop stars do planeta.

O aperto no meu estômago tão horrível que tive certeza de que jamais conseguiria comer de novo.

— Merda, será que acabei de fazer uma besteira enorme? — Olhei para os dois homens cujas opiniões eu mais respeitava.

Os dois se entreolharam, e então disseram em uníssono:

— Não.

Kellan riu, mas logo aspirou por entre os dentes, sentindo dor, e mordeu o lábio. Denny sorriu para ele, compreensivo, e então se virou para mim:

— Você vai chegar lá por conta própria, Kiera, e vai se sentir ótima pelo jeito como fez isso. Posso ainda não ter lido a sua história, mas já li seus trabalhos, e você é brilhante. Tenho *certeza* de que vai chegar lá.

Sorri para Denny. Precisava deixar que ele lesse o romance antes de tomar qualquer atitude. Expunha demais nossa intimidade para que eu não pedisse sua permissão antes de publicá-lo. Mas só ter o apoio dele já era maravilhoso.

— Obrigada. Significa muito para mim.

Quando o quarto ficou em silêncio, fez-se um clima de expectativa. Kellan e eu nos entreolhamos, e então olhamos para Denny. Ele avisara que queria dizer uma coisa antes de Sienna interromper, e, por sua expressão, tinha certeza de que ainda queria dizê-la.

Soltando a mão de Abby, ele inclinou o corpo para frente, cotovelos nos joelhos, e uniu as mãos. Por um segundo, me lembrou de Nick quando nos fizera a "oferta única na vida". Mas, ao contrário daquele momento, eu não tinha qualquer dúvida ou medo quando algo partia de Denny. Além de Kellan, ele era a única pessoa em quem eu confiava plenamente.

Os olhos castanho-escuros de Denny observaram a mim e a Kellan sentados juntos na cama.

— Abby e eu andamos discutindo um assunto recentemente. Na verdade, andamos discutindo muito esse assunto.

Franzindo o cenho, tentei ver se a expressão de Denny dava alguma pista sobre o que estava pensando. Não fazia a menor ideia. Não sabia mais interpretar suas expressões.

— Que assunto? — perguntou Kellan.

Denny sorriu, olhando para Abby. Na mesma hora ela apontou para Kellan:

— Você, companheiro.

Kellan pareceu confuso ao ouvir isso, e Denny riu.

— Você e a sua banda — esclareceu. Voltou a ficar sério. — Abby e eu achamos que você está sendo mal representado. A banda não está sendo bem administrada. As pessoas que deviam estar protegendo vocês não estão fazendo isso. — Olhou bem para a cama hospitalar de Kellan. — Isso é o óbvio ululante.

Apontando a si mesmo e à noiva, continuou:

— Nós dois temos muita experiência em marketing, pessoas, marcas, criar uma imagem positiva. — Fez uma pausa, recostando-se na cadeira. — Se estiver interessado, gostaríamos de agenciá-lo. Nós falaríamos por você, seríamos seus porta-vozes. Protegeríamos você. — Apontou o polegar para a ampla janela que emoldurava a escuridão do mundo exterior. — Incidentes como o que aconteceu com Sienna nunca mais se repetiriam. Pelo menos, não nesse nível.

Kellan parecia tão espantado como se Denny tivesse acabado de confessar que *ele* é que era seu pai biológico. Compreendi sua reação; até eu tinha ficado chocada.

— Vocês querem ser os... agentes da banda? Fariam isso por nós?

Os lábios de Denny se curvaram num sorriso carinhoso.

— É claro que faríamos.

Balancei a cabeça para eles, assombrada.

— Mas e os seus empregos?

– Os D-Bags seriam meus únicos clientes, e não acho que vocês vão precisar de minha assessoria em tempo integral. – Meneou a cabeça em direção a Abby. – Até onde fosse possível, continuaríamos com nossos empregos. – Voltando a se inclinar para frente, pousou a mão no braço de Kellan. – Mas você seria minha prioridade máxima e, sempre que precisasse de mim, eu estaria ao seu lado. Seria uma honra para mim representá-lo.

Kellan deu um leve aceno de cabeça.

– Tá, tudo bem. Quer dizer, vou precisar falar com os caras, mas... tá, vamos fazer. Vai ser uma honra para mim também. – Estendeu a mão e Denny a apertou, e depois Abby. Nós quatro sorríamos. Fiquei muito feliz. – E nós pagaríamos a vocês, é claro.

Denny riu.

– Mais adiante a gente fala nisso. – Indicou o soro preso ao corpo de Kellan. – Talvez quando você não estiver sob o efeito de drogas.

Todos rimos, e fiquei encantada de ver quão longe tínhamos chegado. Éramos tão diferentes das pessoas que tínhamos sido na ocasião em que vivêramos juntos – mais fortes, mais confiantes, mais seguros de nós. E ainda assim, éramos exatamente os mesmos. Todos demonstrando o mesmo carinho. O mesmo apoio. O mesmo cuidado. E agora que o trauma da traição e da culpa era apenas uma dor difusa no passado, nós três éramos o que sempre tínhamos esperado ser – os melhores amigos do mundo.

SUCESSO

Quando Kellan recebeu alta do hospital, foi posto numa cadeira de rodas e instruído a não se cansar durante as próximas seis semanas. Ele pareceu irritado por não poder sair andando do hospital. Já estava caminhando muito melhor, e provavelmente tiraria de letra a descida até o térreo, mas disse a ele que calasse a boca e continuasse na cadeira. Seu baço fora suturado, e ele precisava de descanso, não de uma exibição machista de invulnerabilidade.

Para diversão de Griffin e dos outros D-Bags, Kellan ficou emburrado durante todo o tempo em que o empurrei pelo corredor. Sem poder me conter, dei um tapinha na sua cabeça como se fosse um cachorrinho obediente. Ele franziu os lábios para mim, sem achar a menor graça. Achei que iria tentar dar uma carreira até a porta quando visse a liberdade ao seu alcance, mas, para minha surpresa, continuou na cadeira, deixando que eu o empurrasse. Algumas enfermeiras nos seguiam com carrinhos cheios de flores e presentes. Eu não sabia o que fazer com todas essas coisas que as fãs tinham nos mandado.

Enquanto empurrava Kellan para a rua, onde uma elegante limusine preta esperava por nós – cortesia de Nick, que não queria perder o emprego –, pensei em sugerir a Kellan que autografasse os presentes e os desse para as fãs. Elas estavam em toda parte. Segurando cartazes, velas... Abraçadas... Elas começaram a gritar quando finalmente viram o rock star convalescente.

Vários funcionários do hospital correram para contê-las e nos escoltar depressa à limusine. Kellan levantou a mão quando um cara corpulento passou a empurrar sua cadeira.

– Espera, eu quero falar com eles.

Os funcionários pareceram surpresos por Kellan querer se dirigir à "ralé", mas eu não. Kellan tinha visto essas fãs fazerem uma vigília para ele noite após noite, no maior frio. Agradecer a elas por sua extrema dedicação era o mínimo que podia fazer. Conhecendo Kellan, provavelmente queria dar um abraço carinhoso em cada uma e expressar sua gratidão de uma maneira pessoal. Mas era muita gente, e Kellan e eu tínhamos que tomar um avião. Como ele não estava em condições de continuar na turnê, iríamos aceitar a oferta de Gavin e passar alguns dias nos recuperando na Pennsylvania antes de visitar meus pais em Ohio. Estava louca para dar um tempo, e Kellan também.

Voltando a empurrar a cadeira de rodas, levei Kellan em direção a uma pequena multidão perto da esquina; os outros D-Bags continuaram ao lado da limusine, respeitando o momento de Kellan com os fãs. Quer dizer, quase todos. Matt teve que empurrar Griffin para dentro da limusine para que ele não tentasse roubar a cena.

Os gritos da multidão eram de rachar os tímpanos, e esperei que ninguém desse lado do hospital estivesse tentando dormir. Quando Kellan estava bem perto, ele segurou minha mão, num agradecimento silencioso. Levantando a mão livre, silenciou a multidão.

— Não tenho como agradecer a vocês por sua devoção e orações. — Balançou a cabeça, e algumas das garotas à sua frente suspiraram. — Eu vi vocês. Todas as noites, eu vi vocês na calçada, no maior frio... por minha causa. Vocês não sabem o quanto isso significa para mim, o quanto cada uma de vocês significa para mim. — Seus olhos percorreram os rostos das mulheres, que se esforçavam para agir com maturidade, em vez de gritar feito garotinhas. — Nunca vou me esquecer disso. — Apertou minha mão, e soube que não se referira só às fãs. Aquele lugar, aquele momento no tempo viveriam em nós para sempre. Tínhamos nos casado ali.

Kellan agradeceu às fãs, e comecei a virar a cadeira. Uma garota corajosa que estava perto de nós gritou:

— Parabéns pelo casamento!

Kellan olhou para ela com um meio sorriso sexy de dar aflição.

— Obrigado. — A pobre garota ficou de um jeito que parecia que ia desmaiar, por isso fui logo tratando de afastar sua cadeira dali.

Em meio aos gritos por sua partida, eu me abaixei e sussurrei:

— Você não resiste, não é?

Com uma expressão inocente, ele perguntou:

— Não resisto a quê?

Sorrindo, dei um beijo no seu rosto.

— A ser ridiculamente atraente.

Ele estava balançando a cabeça quando o ajudei a entrar na limusine.

— A única ridícula aqui é você — murmurou, gemendo de dor quando passou o peso do corpo para o banco da limusine.

Revirei os olhos, entrando na limusine. Estava sendo modesto, mas sabia que era atraente. No passado podia ter duvidado de que alguém gostasse dele, mas nunca deixara de ter consciência de sua beleza. Nem poderia deixar de ter, com todo mundo encarando-o sem a menor cerimônia em todos os lugares aonde ia.

Todas as nossas malas já estavam na limusine quando nos dirigimos ao aeroporto; até a guitarra de Kellan já estava lá. Os D-Bags iriam se separar, o que me entristecia. Ia sentir saudades da minha segunda família. Mas a turnê tinha acabado para eles. Quando Kellan estivesse em condições de voltar, só faltariam algumas semanas para a turnê de Sienna chegar ao fim. Em vez de voltar para participar da última fase da turnê, os rapazes tinham decidido tirar umas férias e trabalhar nas músicas do segundo álbum. Quer dizer, não era bem isso que tinha acontecido. A decisão não fora inteiramente deles.

Sienna tinha se retratado em público no dia seguinte ao nosso casamento. Durante uma entrevista num programa de rádio popular, confessou aos fãs, entre lágrimas, que ajudara a fabricar e manter o boato de seu namoro com Kellan. Contou que "se deixara levar pelo jogo, permitindo que o lucro e o sucesso falassem mais alto do que a decência". Pediu desculpas a todos os fãs por enganá-los, e implorou seu perdão. Concluiu o discurso dizendo ao mundo que terminaria a turnê sem os D-Bags, para que Kellan tivesse tempo de sobra para descansar e relaxar com a esposa.

Naturalmente, os fãs ficaram furiosos com ela e, pelo que ouvi dizer, as vendas de ingressos para os próximos shows tinham despencado.

Embora o gesto parecesse pequeno demais, mandei um cartão de agradecimento a Sienna.

Nick imediatamente começou a planejar uma nova turnê para os rapazes – uma turnê em que, como Justin previra, eles seriam a principal atração. Ele ligou para Kellan enquanto curtíamos uma noite tranquila com Gavin, Riley e Hailey. Com toda educação, Kellan participou a Nick que de agora em diante quaisquer projetos para a banda deveriam ser combinados com seu novo agente, Denny Harris. Quando desligou, estava com um sorriso de orelha a orelha: "Foi divertido."

Na qualidade de porta-voz oficial dos D-Bags, Denny negociou todos os detalhes da turnê. Quando ligou para Kellan algumas semanas depois com a informação, tive certeza de que Denny era mesmo a pessoa perfeita para o cargo. Ele batalhou para que os locais das apresentações fossem mais intimistas – maiores que os da última turnê de Justin, mas menores que os da turnê de Sienna –, para que a experiência pudesse ser mais pessoal para os fãs e as bandas. Isso significava menores lucros para a banda e a gravadora – mas Kellan não se importava com dinheiro, e Denny sabia disso. E, de todo modo, dinheiro não era mais um problema. Depois do acidente, o álbum dos D-Bags tinha disparado para o primeiro lugar, desbancando Sienna. E lá ficou. Financeiramente, os D-Bags não iriam ter problemas por um bom tempo.

Denny também me ajudou com a minha carreira. Um mês depois do acidente, quando Kellan e eu fomos passar o Natal em Ohio com meus pais, finalmente deixei

Denny ler meu livro. Estava uma pilha de nervos quando o mandei por e-mail para ele. Foi muito pior do que quando deixei que Kellan o lesse. O que eu fizera com Denny no livro, na vida real, era imperdoável. Não via como ele poderia ler aquilo sem se abalar. Depois de três dias sem notícias suas, achei que meu peito ia explodir de tensão. Kellan não parava de me dizer que ia dar tudo certo. Minha mãe disse que eu ia ficar com rugas de expressão à toa. Mas não conseguia me controlar. O livro era muito íntimo, um pedaço da minha alma. Não receber uma reação imediata estava me matando. Mas talvez, eu merecesse.

No dia que tinha sido originalmente marcado para nosso casamento, eu estava andando de um lado para o outro na sala, imaginando se Denny me ligaria, quando ele finalmente fez isso. Estava com tanto medo de falar com ele, que saí de casa. O quintal de meus pais estava coberto de neve, o que funcionava como um isolamento acústico. Ainda era bem cedo, por volta das dez da manhã, e não havia muito movimento na vizinhança. O que fez com que a voz de Denny soasse muito clara.

— Oi, sou eu. Terminei de ler seu livro.

Sentei num banco na varanda e me lembrei dos momentos passados ali com Denny, séculos antes.

— E aí...? — Estremeci, sem saber se queria ouvir a resposta.

Ele fez uma pausa, e então disse:

— E aí que achei ótimo. E que você devia publicá-lo.

Senti um alívio enorme.

— Tem certeza? É tão... pessoal. Não quero magoar você mais do que já magoei.

Denny suspirou, e pela primeira vez não havia nenhuma dor na sua voz.

— Eu entendo, Kiera. Agora que li o livro... entendo muito melhor o que aconteceu. Gostaria que as coisas tivessem sido diferentes, e sei que você se sente do mesmo jeito, mas agora estou bem, e isso não me incomoda. Vai em frente. Publica o livro. Deixa o mundo literário de queixo caído. Você merece.

Eu me recostei no banco, dizendo a ele:

— Obrigada. Seu apoio significa muito para mim. — Sorrindo, acrescentei: — Então, é melhor começar a tomar as primeiras providências. E então, Sr. Brilhante, tem algum contato no mundo editorial?

Pude ouvir o sorriso de Denny quando respondeu:

— Eu sei que você está pensando em alguma editora tradicional, mas o que me diz de começar com uma publicação independente? Chamar atenção antes de seguir o caminho tradicional? No instante em que terminei de ler, comecei a pesquisar sobre o assunto, e encontrei um mundo de artigos e websites de autopublicação. Se quiser, posso te ajudar com a parte técnica, e depois te ajudar a divulgar o livro. Como você sabe, essa é a minha especialidade.

— Não, não tinha pensado nisso, mas gostei da ideia. — Refleti sobre o assunto, e achei que ele tinha razão. Podia ser difícil vender uma história de traição para uma editora. Publicá-la por conta própria parecia uma ótima maneira de provar os méritos da história primeiro. Ainda assombrada com Denny, balancei a cabeça.

— Você faria mesmo isso por mim?

— Assim como você disse que faria tudo por mim, Kiera, eu também faria tudo por você. E por Kellan também.

Eu nem sabia o que responder, por isso apenas agradeci. Então voltei para casa, abracei Kellan e beijei cada centímetro do seu rosto.

— Vou ser publicada! — gritei.

Passando os braços pela minha cintura e me puxando para seu lado no sofá, ele murmurou:

— Eu sei. E vai arrasar. — Seus lábios se curvaram num beicinho fofo. — E quando for famosa e eu um roqueiro ultrapassado, você vai me deixar, não vai?

Rindo, enfiei os dedos nos seus cabelos.

— Em primeiro lugar, graças a você, eu *já* sou famosa. Em segundo... — rocei os lábios carinhosamente nos dele — ... nunca vou te deixar. — Afastei a cabeça, me perdendo naqueles olhos incríveis. — E por último, você nunca vai ficar ultrapassado. Não para mim. — Nunca, nunca.

Duas semanas depois, Kellan e eu nos despedimos de nossas famílias e voltamos para Seattle. Kellan estava quase subindo pelas paredes quando nosso avião finalmente aterrissou. Na mesma hora ficou de pé e me puxou. Não sei por que estava tão excitado enquanto saíamos da primeira classe, uma mordomia proporcionada por Nick. Achei que talvez apenas estivesse feliz por voltar para a cidade onde vivia, mas depois de vermos algumas fãs no aeroporto, pegarmos nossas malas e tomarmos um táxi, o verdadeiro motivo de sua excitação ficou claro como água.

Em vez de dar nosso endereço ao motorista, Kellan lhe deu o de *Evan*. Confusa, olhei para ele.

— Por que estamos indo para a casa de Evan?

Não que eu não quisesse ver os D-Bags. Queria, sim. Mas Kellan e eu tínhamos passado as últimas seis semanas com nossas famílias, e eu queria ficar a sós com meu marido. Claro que tínhamos desfrutado de certa privacidade na casa de Gavin e de meus pais. Papai até deixara que Kellan e eu dormíssemos no mesmo quarto, já que estávamos legalmente casados. E, apesar das advertências, infringimos as ordens médicas logo na terceira semana. Era difícil resistir a Kellan, e quando ele disse que estava se sentindo bem e passou a língua pelo meu colo... Bem, acho que a força de vontade não é o meu ponto forte. Mas aqueles breves momentos não foram o bastante, e eu não via a hora de voltar para casa.

Eufórico, Kellan respondeu:

– Não estamos indo para a casa de Evan, e sim para a oficina.

Fiquei confusa por um momento até entender a que se referia – a oficina de autopeças embaixo do loft de Evan, onde seu Chevelle estava estacionado. Revirei os olhos, rindo. *Homens e seus brinquedos*. Quando descemos do táxi, Rox, a mecânica que "conhecia Kellan muito bem", já estava lá, com as chaves na mão. Kellan estava tão eufórico que levantou a garota do chão. Estremeci, mas não de ciúme. Só não queria que ele se machucasse. Ele fora liberado para levar uma vida normal, mas ainda precisava tomar cuidado.

Rox estava rindo quando Kellan a pôs no chão. Com os dedos sujos de graxa, indicou o interior da oficina, onde vi um lençol gigantesco revelando o formato do Chevelle do outro lado do aposento. Fiquei feliz por terem protegido o carro tão bem durante a "hospedagem". Os olhos de Kellan brilharam, e ele hesitou um pouco ao pegar as chaves.

Andando até o carro, puxou o lençol com todo o carinho. Por sua expressão, achei que talvez devesse deixá-lo a sós por um momento com seu "bebê". Com um largo sorriso, ele passou a mão devagar pela lateral do reluzente veículo preto, e então acariciou o teto. A cena foi extremamente erótica; fiquei toda arrepiada, torcendo para que ele acabasse de acariciar o carro logo para poder fazer o mesmo comigo.

Ao meu lado, Rox murmurou:

– Ele adora aquele carro.

Só pude rir, vendo Kellan encostar o rosto no teto do Chevelle. Meu Deus. Chegava a tanto?

– É, adora mesmo.

Quando já ia me afastando, Rox disse sem mais nem menos:

– Nunca acreditei naqueles boatos... só para você saber.

Por sua expressão estranha, não acreditei totalmente nela. Mas sabia que estava tentando ser simpática, por isso fiz seu jogo.

– Obrigada. É bom saber.

Indo até Kellan, estendi a mão, com a palma virada para cima. Levantando a cabeça do teto do carro, ele franziu o cenho ao ver meu gesto.

– Que é?

Com o rosto impassível, respondi:

– Considerando que você ainda está se recuperando de uma cirurgia séria, acho que não devia dirigir.

O queixo de Kellan despencou, seus dedos apertando as chaves, ciumentos.

– Eu estou bem, e você sabe disso. Sexo cansa muito mais do que dirigir, e a gente está transando há semanas. – Com um brilho maroto nos olhos, acrescentou: – E não me fez mal algum quando você me cavalgou hoje de manhã. Na verdade, foi fantástico.

Arregalando os olhos, tapei sua boca. Rox estava rindo, por isso soube que tinha ouvido o comentário, apesar do barulho da oficina. Pude sentir Kellan rindo debaixo dos meus dedos. Tive vontade de dar um soco no seu estômago, só para ver se *isso* doía, mas tinha jurado nunca mais bater em ninguém, por isso me segurei. Mas fiz com que ele abrisse logo a porta e entrasse o mais depressa possível. Ele estava rindo quando sentei ao seu lado.

– Que foi? – perguntou, dando a partida no carro. – Estou errado?

Dando um sorriso malicioso para ele, balancei a cabeça. Não, não estava errado. Aquela manhã fora mesmo fantástica. A energia de Kellan tinha voltado cem por cento. Na verdade, ninguém adivinharia que ele sofrera um acidente tão grave, a julgar por sua aparência. A única marca visível era uma cicatriz rosada no meio do abdômen, onde a médica fizera a incisão para salvar seu baço. Mas fora muito bem suturada e, com o tempo, a cicatriz ficaria praticamente invisível. Mas não me importaria se ficasse visível pelo resto da vida. Graças a ela, sua vida fora salva. E, de um jeito que não podia ser totalmente explicado, era até meio sexy.

Agora loucos para ficar a sós, Kellan e eu fomos para casa. Quando viramos na nossa rua, um triste fato logo ficou claro para nós: às vezes, não se pode voltar para casa. A rua estreita e lotada de carros estava tão cheia de veículos e fãs, que não pudemos entrar com o Chevelle em casa. Parando no meio-fio, ficamos olhando para a multidão que se movimentava por ali. Mal dava para ver nossa casa de dois andares, e fiquei horrorizada ao ver que algumas pessoas estavam tirando fotos.

– Por favor, me diga que seus vizinhos estão dando uma festa ao ar livre – sussurrei.

Kellan olhou para mim, com uma expressão resignada.

– Não acho que isso tenha nada a ver com meus vizinhos.

Continuamos observando a cena, quando dois vizinhos apareceram nos jardins e começaram a gritar com os desocupados. Eu já sabia que Kellan tinha razão, mas isso confirmou o que dissera. Sua casa tinha se tornado um ponto turístico famoso. E mesmo que chamássemos a polícia para tirar aquelas pessoas dali, não faria diferença; elas voltariam. Torci para que nossas coisas ainda estivessem intactas. De repente, me ocorreu que alguém poderia arrombar a casa e roubar minhas calcinhas, ou as cuecas de Kellan. Esperei que não tivesse acontecido.

Suspirando, Kellan voltou a dirigir pela rua, e eu compreendi. Não podíamos voltar para casa. Fiquei meio decepcionada. Tinha tantas lembranças daquela casa. Algumas boas, outras nem tanto assim. Mas um lugar era apenas um lugar. O coração dele era meu lar, e desse eu jamais sairia.

Kellan foi para a casa de Matt e Griffin. Ficava num bairro residencial relativamente tranquilo, e não havia ninguém ao redor quando estacionamos. Duvidei que as fãs conhecessem o lugar, por isso não seríamos perturbados ali. E como Griffin tinha se mudado para o apartamento de minha irmã, Matt teria espaço para nós. Não tanto quanto tínhamos imaginado; Rachel se mudara para lá no fim de ano. Mas os dois eram quietos e reservados, por isso eu sabia que viver com eles seria confortável – por ora, pelo menos.

Matt nos contou o que acontecera com a casa de Kellan. Pelo que soubera, Joey tinha contado para todo mundo onde ele vivia numa entrevista a um tabloide sensacionalista da Internet. Sem demonstrar uma gota de ética, a revista publicara o endereço de Kellan, que viralizou na Internet em poucas horas. Depois de Sienna confessar que manipulara o público, Joey finalmente admitiu para o mundo que era a verdadeira estrela do vídeo e que Sienna lhe pagara para ficar em silêncio.

A entrevista me chocou, mas não muito. Já tínhamos suspeitado que Joey pudesse ter sido paga. Fiquei pensando se Sienna também abafara o lançamento de outros vídeos do mesmo teor, já que mais nenhum aparecera. Ou talvez as outras mulheres tivessem mais amor-próprio do que Joey. De um jeito ou de outro, agora já não fazia mais diferença para mim que os vídeos fossem postados. Conhecia meu marido de um jeito que nenhuma mulher assistindo a um vídeo erótico caseiro jamais conheceria.

Enquanto Kellan e eu procurávamos um novo lugar para morar, publiquei meu livro como e-book. Denny me ajudou a diagramar o texto e arranjou uma capa romântica que logo chamaria a atenção das pessoas. Publicar o livro me deixou morta de medo. Não sabia como as pessoas reagiriam, ou o que diriam. Mas tinha que fazer isso. Era meu sonho, minha carreira, minha paixão. Portanto, num misto de apreensão e entusiasmo, lancei meu bebê no ciberespaço, torcendo para que recebesse mais avaliações positivas do que negativas.

Quando terminei de postar o livro, senti um alívio enorme. Tinha conseguido, criado uma história, um pedaço da minha alma, e tivera a coragem de compartilhá-la. Mesmo que não fosse unanimemente aceita, estava orgulhosa de mim mesma por ter ido em frente. Quando fiz minha primeira venda, experimentei outra sensação – alegria! Foi como se a partir daquele momento eu tivesse me tornado oficialmente uma escritora.

Enquanto o livro começava a conquistar seus fãs, resolvi imprimi-lo. Foi um tormento ter que esperar para ter o livro físico em mãos, e fiquei na maior ansiedade, esperando para ver a tiragem chegar à minha porta todos os dias. Quando isso finalmente aconteceu, Kellan interceptou o pacote. Eu tinha almoçado com Jenny, Kate e Cheyenne, e quando voltei para a casa de Matt, encontrei um bilhete colado na porta, com os dizeres *Me procura*.

Sorrindo ao ver a letra de Kellan, abri a porta. O chão estava coberto de pétalas de rosa. Cada pétala tinha uma letra escrita. Rindo, segui a trilha que formava as palavras *Mal posso esperar para que você me encontre, portanto anda logo*. A trilha quilométrica de pétalas dava uma volta pela cozinha e ia dar na sala. Para meu espanto, vi que terminava no banheiro. Hesitei ao abrir a porta, mas estava curiosa demais para não fazer isso.

— Kellan, o que exatamente estamos fazendo aqui? — murmurei, entreabrindo a porta. Mas ele não estava lá. Encontrei um bilhete enorme encostado no vaso, com letras garrafais que gritavam: *Não temos tempo para transas alucinantes. Concentre-se, e me encontre!*

Dando meia-volta, comecei a rir.

— Kellan, onde você está? — Um cartaz ao lado do interruptor apontava para o corredor, por isso imaginei que ele devesse estar no quarto.

Atravessando o corredor, notei vários Post-its colados nos quadros. *Está entusiasmada? Está pronta? Quer andar logo e me encontrar de uma vez?* Havia várias pétalas coladas na porta do antigo quarto de Griffin, que agora era ocupado por nós. Formavam um coração. No centro do coração, um bilhete dizia: *Acho que estou aqui.*

Rindo, abri a porta.

— Kellan? O que está acontecendo? — Mas ele também não estava lá. O estojo da guitarra se encontrava aberto em cima da cama, e as anotações para meu próximo romance espalhadas por cima. Um bilhete rosa-choque exclamava: *Futuro best-seller!* Ri ainda mais, olhando ao redor, à procura de Kellan. Como não o encontrei, espiei dentro do armário. Sabia que ele tinha que estar em algum lugar da casa. Mas Kellan não estava no armário. Só encontrei um pedaço de jornal com uma letra de música anotada. Era linda, e nova. Imaginei a voz perfeita de Kellan cantando-a enquanto lia. *Você nunca vai saber como te acho incrível, como te amo loucamente. Faria tudo de novo se fosse preciso. Voltaria à estaca zero por você.*

Com os olhos úmidos, voltei a chamar seu nome. Nem então ele respondeu. Imaginando se a letra da música seria uma pista, voltei à porta da sala, onde a trilha começava. Nada. Quando já estava convicta de que nunca o encontraria, abri a porta. Parado no capacho, lindo de morrer no seu jeans desbotado e jaqueta de couro preta, Kellan segurava uma dúzia de rosas em uma das mãos e um exemplar do meu livro na outra. Não sei o que me deixou mais eufórica — finalmente encontrá-lo, o brilho intenso nos seus olhos, o perfume das flores na sua mão, ou meu nome impresso na capa do romance.

Arqueando uma sobrancelha, Kellan falou antes que eu pudesse responder:

— Por que demorou tanto?

Rindo e chorando, abracei-o e o puxei para dentro de casa. Aproximando sua cabeça da minha, me deliciei no frescor dos seus lábios. Fechando a porta com o pé, Kellan conseguiu dizer algumas palavras em meio ao ataque de minha boca voraz:

— Tenho... uma coisa... para você.

Eu estava louca para finalmente segurar meu livro. Soltando Kellan, estendi as mãos como uma criança pequena pedindo um presente. Na mesma hora ele pôs as rosas nos meus braços. Fechei a cara, e ele riu; as rosas eram lindas, mas ele sabia que não eram o que eu queria. Com um sorriso implicante, ele apontou para o livro que eu estava doida para folhear:

– Não deixo você ver até me prometer que vai me dar um com uma dedicatória.

Franzi os lábios, mas Kellan balançou a cabeça:

– Na-na-ni-na-não. Quero um exemplar com dedicatória. O *primeiro* exemplar com dedicatória.

Gemendo, concordei, num gesto de rendição.

– Tá, eu faço uma dedicatória onde você quiser, mas me deixa dar uma olhada nele.

Intrigado, Kellan murmurou:

– Sério? Onde eu quiser? – Pegou as rosas e me entregou o livro.

Ignorei seu tom malicioso, observando a foto em preto e branco sexy de uma mulher entre dois homens. O título, *Irresistível*, estava no alto, e embaixo, em grandes letras de imprensa, meu pseudônimo. Não estava mais escondendo minha identidade, mas agora as pessoas conheciam meu nome verdadeiro, e eu não queria que a história fizesse sucesso só por eu ser a mulher de um rock star. Como Kellan, queria vencer por meu próprio mérito, não por causa da publicidade que cercava minha vida.

A sensação de segurar o livro foi... irreal. Eu tinha conseguido. Tinha escrito e publicado um romance. Que loucura.

– Estou extremamente orgulhoso de você, Kiera.

Quando olhei para Kellan, vi esse orgulho estampado no seu rosto. O que incendiou partes do meu corpo que eu nem sabia que podiam ser incendiadas.

A nova turnê de Kellan, cujos shows seriam abertos pelo Holeshot e pelo Avoiding Redemption, iria começar em abril. Não sabia se isso era coisa da gravadora ou de Denny, mas dessa vez os D-Bags iriam viajar para o exterior. Ao final da turnê pelos States, tinham concertos marcados no Reino Unido e na Austrália. Achei hilário que os D-Bags fossem para o país de Denny. A vida tem um jeito tão estranho de formar um círculo completo.

Antes que Kellan pudesse começar a turnê com a banda, o que queria muito fazer, foi obrigado a enfrentar uma coisa que não queria fazer tanto assim. Mas, para meu pavor, *eu* queria.

Fechando minha sacola, atravessei meu novo quarto até Kellan. Tínhamos nos mudado para uma casa espaçosa duas semanas antes. Era muito melhor do que todos os lugares onde já tínhamos vivido. Era quase grande demais só para nós dois, mas Kellan argumentara que, quando nossa família crescesse, precisaríamos de espaço. E a localização era imbatível. Griffin queria que alugássemos uma casa em Medina, de preferência ao lado da de Bill Gates, mas Kellan e eu preferimos sair da cidade. Indo para o norte, encontramos uma casa com um bom terreno num lugarzinho discreto, isolado. Nossos vizinhos mais próximos eram um simpático casal de idosos que vieram nos trazer uma torta quando viram o caminhão da empresa de mudanças. Vivendo no campo, nossa vida ia ser muito mais reclusa do que em Seattle, mas, considerando a roda-viva que enfrentávamos sempre que aparecíamos em público, uma pacata vida doméstica com algumas distrações era exatamente do que precisávamos.

Foi uma mão de obra tirar nossas coisas da casa de Kellan. Minhas amigas ajudaram, enfrentando a multidão quase onipresente de fãs para poderem entrar e embalar os objetos. Foi meio constrangedor ter que pedir a outras pessoas que fizessem isso para nós, mas Kellan e eu vivíamos com muita simplicidade, por isso não tínhamos tantas coisas assim. E continuávamos vivendo com a mesma simplicidade. Nosso novo lar parecia meio vazio com a meia dúzia de móveis que possuíamos. Eu precisaria de uma ajudinha para mobiliá-lo. Ainda bem que Jenny e Denny eram feras em decoração.

Mesmo assim, fiz o possível para dar à nossa casa um jeitinho de "lar". Dei vários toques pessoais em cada ambiente que me fizeram sentir como se estivéssemos no nosso canto. Percorrendo o amplo cômodo, não pude deixar de sorrir ante a visão familiar – a poltrona de Kellan num cantinho perto de uma luminária de pé, criando um perfeito espaço de leitura. O pôster dos Ramones que eu lhe dera fora emoldurado e ocupava um lugar de destaque na parede ao lado do pôster dos D-Bags no Bumbershoot. O chapéu de caubói de Kellan da boate de *strip tease* estava pendurado numa das pontas da nossa nova cama de dossel. E vários CDs dos D-Bags se espalhavam ao lado de exemplares do meu romance. Parecia que estávamos vivendo ali havia anos.

Entrando no banheiro, dei uma olhada na jacuzzi, tão grande que dava para dormir no seu interior, o chuveiro gigantesco para duas pessoas, e a cara bancada de granito da pia. Eu poderia viver muito bem só nesse banheiro. Vestindo uma camisa branca com as mangas arregaçadas até os cotovelos, Kellan estava inclinado na bancada, se olhando no espelho e respirando pausadamente. Se eu não o conhecesse tão bem, juraria que estava nervoso.

– Está na hora. Você está bem?

Kellan olhou para mim, abrindo um sorriso totalmente despreocupado.

– Claro, já estou pronto.

Com as mãos nos quadris, esclareci:

– Eu perguntei se você está bem.

Seu sorriso se tornando sedutor, Kellan se virou e passou os braços pela minha cintura.

– Acabei de fazer amor com uma linda e famosa escritora. Estou ótimo.

Um sorriso radiante se abriu no meu rosto. Então, voltei a pensar na grande novidade na carreira de Kellan.

— E a sua banda vai concorrer ao Grammy de Artista Revelação amanhã, portanto é melhor irmos logo para o aeroporto.

A indicação fora anunciada no fim de novembro, uma semana depois do nosso casamento, mas Kellan ainda se recusava a acreditar que isso fosse possível. Não conseguia entender como tudo podia estar acontecendo tão depressa. Às vezes nem eu mesma entendia, mas não ficava tão surpresa quanto ele. Kellan tinha tudo – beleza, talento, carisma. Tinha aquele "tchan" que chamava a atenção das pessoas. O Grammy era só o começo.

Kellan suspirou, seu sorriso relaxando.

— Tenho mesmo que ir a esse troço?

Rindo de sua relutância em aceitar homenagens, até da própria classe artística, assenti.

— Você tem uma apresentação marcada, portanto, sim, tem que ir para lá.

Kellan fechou os olhos.

— Por que diabos eu concordei em fazer isso?

Dei um beijo nele, abraçando-o com força.

— Porque você não resiste a um palco, e o mundo é um lugar melhor graças a esse fato.

Kellan abriu um olho, com uma expressão incrédula. Rindo, dei outro beijo nele.

— Vai lá conquistar o mundo, rock star.

Kellan me soltou e se dirigiu à porta do banheiro. Sem se virar, disse:

— Bem, talvez nós não ganhemos o Grammy. Nosso álbum foi lançado há muito pouco tempo.

Fiquei na minha, mas sabia que não fazia diferença nesse caso. Não tinha a menor dúvida de que seu Grammy era favas contadas.

Quando estávamos na limusine que nos levava ao Staples Center para a cerimônia, reconsiderei minha excitação por estar lá. Tirando o carpete hospitalar do quarto onde eu me casara, nunca tinha pisado num tapete vermelho na minha vida, e a ideia de pisar em um diante de todos aqueles fotógrafos fez que eu me sentisse como se tivesse um gnomo no estômago batendo claras em neve para uma torta de suspiro. Eu ia acabar vomitando. Olhando para Kellan ao meu lado, para minha surpresa vi que parecia tão nervoso quanto eu. Mas tinha certeza de que não era por causa da entrada – era mais a vitória iminente que o incomodava. Kellan não desgostava de ser o centro das atenções, mas não ficava à vontade recebendo homenagens. Até tinha se recusado a escrever um discurso, argumentando que, como não tinha a menor chance de vencer, para que se dar a esse trabalho?

Para acalmar meus nervos, tirei o celular da bolsa e mandei uma mensagem rápida. Kellan deu uma olhada na tela. Como se também quisesse se distrair, perguntou:

— O que está fazendo?

Sorrindo, respondi:

— Mandando um tweet para os fãs. — Exibindo o celular, li a mensagem: — "Estou quase chegando à cerimônia. Me desejem sorte."

Kellan revirou os olhos para mim. Uma das primeiras coisas que Denny fizera, como agente de Kellan, fora criar perfis para ele em várias redes sociais, afirmando que a melhor maneira de acabar com os boatos era interagindo diretamente com os fãs. Concordei, me perguntando por que não tínhamos feito isso antes. Mas o ar de confusão, relutância e irritação no rosto de Kellan explicou tudo. "Você quer eu faça um *Faceburro*? E que tuíte? Feito um passarinho? Fala sério", dissera a Denny, irritado.

Kellan tomara o máximo de distância possível da tecnologia pelo máximo possível de tempo. Não curtia essas coisas. Nem mesmo tinha um computador. Usava o meu notebook, ou o de Griffin. Preferia usar o meu. Dissera que o teclado de Griffin vivia melado. Eu *não* queria nem pensar na razão. Mas Kellan estava sendo forçado a entrar na era moderna, aos gritos e esperneios. Sua expressão de nojo resignado quando concordou foi tão fofa que cheguei a tirar uma foto. Talvez algum dia a postasse no seu mural.

Depois do Tweet enviado em nome de Kellan, choveram votos de boa sorte. Por fim, ele acabou rindo e adorando ler todos eles. Ficamos lendo os comentários no celular por tanto tempo que nem notei quando chegamos ao Staples Center. Kellan e os D-Bags já tinham estado lá, para ensaiar, mas não fora nada comparado com isso. Havia gente em toda parte. Câmeras em toda parte. Celebridades em toda parte. Era um daqueles momentos irreais, únicos na vida.

Olhando pela janela, Kellan murmurou *Caramba*, enquanto a limusine se aproximava da porta. As outras pessoas no carro começaram a ficar em polvorosa quando paramos. Não querendo ir separados, a limusine estava lotada – Griffin, Anna, Evan, Jenny, Matt e Rachel estavam conosco. Todos estavam lindos. Anna e Jenny tinham se superado nos penteados e na maquiagem, e todos os D-Bags haviam recebido ofertas de grifes, querendo fornecer as roupas para a cerimônia. Meu vestido era um tubinho deslumbrante de um ombro só que devia custar mais do que eu ganharia em um ano como garçonete. Estava tomando o máximo cuidado para não manchá-lo, desfiá-lo ou rasgá-lo.

Os D-Bags usavam roupas um pouco mais informais, mas mesmo assim estavam o máximo. Evan com um terno cinza e uma camisa preta por baixo. Matt exibia um jeans detonado fashion e um paletó azul-marinho por cima de uma camisa branca. Griffin... exibia uma calça de couro muito justa. Todo mundo tentou dissuadi-lo, mas ele se recusou a vestir outra. Anna conseguiu pelo menos que ele desistisse de usar uma camiseta com a frase *Meio Gênio, Meio Babaca*. Não por causa da frase, mas porque achou que uma camiseta não condizia com uma cerimônia de premiação. Kellan usava um terno preto e uma camisa branca. A camisa estava com três ou quatro botões abertos, e o paletó só tinha um botão no meio do peito. Fashion e sexy demais. Foi difícil tirar os olhos dele.

Antes de entrarmos na muvuca, trocamos palavras de encorajamento, apoio e gratidão. Em seguida, foi a hora de brilhar.

Meu nervosismo desapareceu na metade do tapete vermelho. É incrível como você se acostuma depressa com as pessoas gritando perguntas e tirando fotos suas. Não queria fazer isso o tempo todo, mas até que de vez em quando não seria tão mau assim. O sorriso de Kellan não saía do seu rosto, o andar era totalmente sedutor. Ninguém além de mim sabia o quanto ele estava nervoso. E eu só tinha ideia por causa da força com que apertava minha mão. Não sabia o que o deixaria mais aliviado – vencer ou não vencer. Tocar provavelmente amenizaria seu nervosismo, mas infelizmente a banda só subiria ao palco depois que sua categoria fosse anunciada. Ele não teria trégua da ansiedade até o momento decisivo. Mas, como fazia tantas vezes por mim, eu o ajudaria a segurar a onda.

Enquanto assistíamos à cerimônia, tentei fazer com que relaxasse. Fizemos piadas sobre Denny e Abby tomando conta de Gibson no fim de semana, dizendo que quando chegasse a segunda-feira Abby ia estar louca para ter seu próprio bebê. Isso levou a uma discussão sobre que músicas a banda devia tocar no casamento deles dentro de dois dias. Abby adorava "Islands in the Stream", mas Kellan se recusou a fazer um cover dessa música ou de "Endless Love", que era a segunda favorita de Abby.

Quando estava chegando a vez da categoria de Kellan, ele começou a falar menos e a se remexer mais. Também ficou beijando de maneira compulsiva a tatuagem do seu nome no meu pulso. A certa altura ficou tão frenético que cheguei a achar que ia desbotar a tinta. Quando os dois apresentadores apareceram no palco para anunciar a categoria Artista Revelação, o joelho de Kellan começou a balançar. Nunca o tinha visto tão ansioso.

Pousei a mão na sua perna, aquietando-a. Com os olhos arregalados, ele se virou para mim, sussurrando:

– Estou nervoso. Extremamente nervoso. Nunca fico nervoso. Que é que há comigo?

Sorrindo, respondi:

– Você é humano. E acho que se pode dizer com segurança que todo mundo aqui, em maior ou menor grau, também está nervoso.

Enquanto os dois apresentadores tentavam aliviar a tensão com piadas sem graça, Kellan observou:

– Você não está nervosa.

Fiquei olhando para ele por alguns segundos, imaginando se devia ou não contar uma coisa. Estava planejando esperar até que a cerimônia terminasse, mas sabia que faria com que seu nervosismo passasse totalmente. E também o deixaria fora do ar. Como me deixara fora do ar. Começaram a exibir videoclipes das bandas indicadas ao prêmio num telão. Quando ouvi a voz afinada de Kellan enchendo o auditório, sussurrei o segredo no seu ouvido. Seu queixo despencou, e ele ficou olhando para mim, chocado. Com lágrimas nos olhos, assenti à pergunta que não fez.

Um sorriso se abriu no rosto de Kellan no momento em que os apresentadores diziam juntos:

– E os vencedores na categoria Artista Revelação... – Quando se interromperam para prolongar o efeito dramático, Kellan se inclinou para me beijar. – ... são os D-Bags!

O auditório explodiu em gritos e aplausos, mas tive certeza de que Kellan não ouvira uma palavra. Segurando meu rosto, ele terminou de me beijar. Os outros membros da banda começaram a se levantar, mas Kellan continuou sentado na poltrona, enchendo meu rosto de beijos. Consciente de que milhões de espectadores assistiam pela tevê, eu o afastei e fiz com que se levantasse. Seu rosto estava eufórico quando finalmente fez isso. Evan e Matt deram tapas nas suas costas, empurrando-o para frente. Fiquei de pé com as outras meninas e aplaudi, enquanto eles subiam ao palco. Kellan olhava para mim de cinco em cinco segundos, seu rosto eufórico e ainda incrédulo. Se era por vencer ou por minha causa, eu não sabia.

Os D-Bags subiram os degraus até o palco e deram breves abraços nas celebridades que os haviam anunciado. Como se tivessem combinado, Evan e Matt se afastaram um pouco para que Kellan pudesse ficar no microfone; Griffin foi sutilmente contido pelos dois amigos, cada um com uma "simpática" mão pousada num dos seus ombros. Balançando a cabeça, Kellan caminhou até o microfone, segurando a estatueta dourada.

– Puxa... minha nossa... nem sei o que dizer. Quero agradecer... – Não conseguiu continuar, e as lágrimas escorreram pelo meu rosto. Levando as costas da mão à boca, Kellan fez uma longa pausa. Novamente balançando a cabeça, abaixou a mão devagar. – Desculpe. – Sua voz tremia de emoção mal contida. – Minha mulher acabou de me dizer que está grávida. – Teve que dar um passo para trás, a emoção tomando conta dele.

O público começou a gritar. Os D-Bags correram para Kellan, dando-lhe os parabéns. Todas as cabeças ao redor se viraram na minha direção, inclusive a de minha irmã e as de minhas amigas. Eu ainda não tinha contado a ninguém. Fazia muito pouco tempo que ficara sabendo – uma semana, para ser mais exata. E dizer que fiquei surpresa não chega aos pés de descrever minha reação inicial. Eu usava anticoncepcionais, por isso não tinha o menor medo de engravidar. Quando minhas regras atrasaram, achei que devia ser por causa do estresse, ou da excitação. Muitas coisas importantes tinham acontecido nos últimos tempos. Mas eu me sentia... estranha. Não era nenhum mal-estar, apenas a sensação de que aquele não era o meu estado normal. Estava mais cansada do que de costume, uma hora não sentia a menor fome, de repente sentia uma fome tão horrível que podia comer dois pães seguidos. Eu marcara uma consulta com a ginecologista só para ter certeza de que não estava doente. E ela me garantiu que eu não estava com o vírus da gripe espanhola – apenas grávida.

Quando expliquei tranquilamente a ela que isso era impossível, porque eu tinha o hábito de planejar tudo nos menores detalhes e nunca pulara um anticoncepcional na minha vida, ela informou que tinha havido um lote de anticoncepcionais que chegara ao mercado nas cartelas erradas, portanto, com as doses incorretas. Ah, bom saber. Todos os lotes com as embalagens erradas haviam sido recolhidos, mas pelo visto minha gravidez fora a grande zebra do episódio. Nosso bebê nasceria em setembro.

Enquanto minha irmã e Jenny me faziam mil perguntas sobre os detalhes, Kellan finalmente se recompôs. Novamente se aproximando do microfone, soltou um longo suspiro.

– Bem, posso dizer com toda a honestidade que hoje é o dia mais feliz da minha vida. – Quando o público fez silêncio, prosseguiu: - Quero agradecer a todos que nos apoiaram. Sua dedicação foi fundamental, e não estaríamos aqui hoje se não fosse por vocês. Desculpem se isso parecer emotivo demais – afinal, vou ser pai –, mas amo muito todos vocês. Do fundo do coração, obrigado.

De onde eu estava não podia ver, mas tive certeza de que seus olhos estavam cheios de lágrimas quando acenou e se afastou do microfone. Sabia que esse momento de emoção seria mostrado em cada programa que passasse trechos do Grammy no dia seguinte. Seria comentado em cada estação de rádio. Mencionado em cada escritório, em cada faculdade. E, pela primeira vez, isso me deixou feliz. Queria que o momento durasse. Queria recordá-lo o tempo todo. Queria repassar o vídeo dentro de vinte anos para poder me lembrar da expressão de Kellan ao saber que ia ser pai. E mostrá-lo ao nosso filho ou filha, para que tivesse certeza absoluta do quanto fora amado desde o primeiro dia.

Capítulo 31
EPÍLOGO

Denny não poupou despesas para dar a Abby o casamento dos seus sonhos. Tudo estava perfeito, parecendo saído de uma revista de noivas. A recepção foi deslumbrante. O cenário escolhido fora o imponente Hotel Fairmont Olympic, no centro de Seattle. Com um pé-direito de seis metros de altura, lustres de cristal, janelas em ogiva se estendendo do chão ao teto, toalhas de mesa em brocado branco e jogos de jantar em porcelana, o lugar era sofisticadíssimo.

Kellan e eu fomos os padrinhos. Ficar no altar decorado com flores cor-de-rosa e pisca-piscas me trouxe lágrimas aos olhos. Claro, podem ter sido os hormônios da gravidez. Mas achei que não. Foi ver Denny se casar com sua amada. Foi sua expressão ao dizer *Aceito*. Foi ver Kellan atrás de Denny, sorrindo radiante para o amigo. Foram as lágrimas nos olhos de meu marido. Foi me lembrar dos votos que eu fizera em minha cerimônia simples.

Depois da demorada cerimônia, longas filas se formaram para cumprimentar o feliz casal. Usando um vestido branco cintilante, com mangas compridas e bordados luxuosos, eu jamais vira Abby tão radiante. E jamais Denny parecera tão eufórico, esbanjando orgulho ao lado da noiva. Quando finalmente foi minha vez de abraçá-lo, mal pude falar, tamanha era minha emoção. Acho que disse que estava feliz por vê-lo, quando lhe dei um abraço apertado. Secando uma lágrima no meu rosto, ele respondeu:

— Estou muito feliz por você estar aqui. Te amo, companheira.

Foi a gota d'água. Ao me ver começando a chorar, Kellan riu baixinho, me levando até uma cadeira e indo pegar um copo d'água para mim. Se eu estava tão emotiva assim agora, não sei como iria aguentar os sete meses seguintes.

— Segura a onda — murmurou Kellan, esfregando minhas costas. Como era um casamento muito mais sofisticado do que o nosso, todos os padrinhos vestiam smokings.

Kellan estava de deixar qualquer mulher de queixo caído. Vi várias convidadas ignorarem os noivos e passarem a cerimônia inteira olhando para *ele*.

Puxando uma cadeira para mim, Kellan me ajudou a sentar. Vinha fazendo isso desde a cerimônia do Grammy, como se achasse que eu tinha virado um bibelô. E eu deixei. Ele ainda estava sob o impacto da revelação inesperada. E eu também, mas tivera um pouco mais de tempo para me acostumar com a ideia.

Cada mesa tinha suportes de prata com os nomes dos convidados escritos em cartões com caligrafia elegante. Ver meu novo nome impresso, *Sra. Kiera Kyle*, fez com que meus olhos voltassem a ficar úmidos. Anna e Griffin sentaram à nossa esquerda, Evan e Jenny à direita, e Matt e Rachel completaram o círculo sentando à frente. As outras mesas foram ocupadas por amigos e colegas de Denny e Abby.

Depois do jantar suntuoso, dos brindes e do bolo cortado pelos noivos, os D-Bags se apresentaram. Fazia muito tempo que eu não os via se apresentarem num ambiente menor. Era como voltar ao Pete's. Foi um show mais intimista do que um concerto, o som muito limpo e claro; foi o máximo. Kellan brincou com os convidados, incitando-os a dançar. Até o fim da noite, não tinha ficado ninguém sentado.

Como presente para Denny e surpresa para Abby, e também porque Kellan não gostava das músicas que ela tinha escolhido, ele escreveu uma música para os dois dançarem. Era linda, sobre o encontro com alguém que abre o seu coração, fazendo você se apaixonar mais e mais a cada dia, sem poder respirar na ausência do amado e ficando sem fôlego quando ele chega. Como Kellan, a música era deslumbrante, sexy e também extremamente emotiva e romântica. Embora ele a tivesse escrito para Denny e Abby, sabia que a inspiração para ela fora nosso amor. O que fez com que eu chorasse de novo.

Os recém-casados foram para a sua suíte no fim da noite. Iam viajar para a Austrália logo de manhã cedo, a fim de passar a lua de mel lá e participar de uma segunda cerimônia para os amigos e parentes. Achei que Denny só podia estar doido para fazer uma extravagância dessas duas vezes, mas era o que Abby queria, por isso ele concordou com a maior boa vontade.

Kellan e eu também íamos para a Austrália, mas só depois de alguns meses. A turnê ia começar por Las Vegas, mais um lugar que eu sempre quisera conhecer. Denny conseguira descolar um ônibus só para mim e Kellan nessa turnê. Nosso próprio ônibus privado! Eu podia gritar o quanto quisesse, e ninguém além de Kellan me ouviria. Quer dizer, Kellan e o motorista, de quem eu sempre me esquecia – e nosso segurança. Depois do que acontecera em Nova York, Kellan e eu tínhamos concordado em contratar um segurança para nos proteger durante nossas aparições em público. Embora eu ainda achasse a ideia meio estranha, a verdade era que Kellan e eu chamávamos atenção quando saíamos, e às vezes essa atenção era um pouco excessiva. Não queríamos nos arriscar, agora que eu estava grávida.

Por isso, embora nossa privacidade não fosse ser tão completa quanto eu tinha imaginado, seria suficiente, o que me deixou eufórica e contando os minutos para o início da turnê.

Os ingressos para o primeiro show dos D-Bags se esgotaram. E o mesmo aconteceu com o segundo. E com o terceiro. Em qualquer cidade aonde fôssemos, eles causavam sensação, um verdadeiro frenesi *D-Bágico*. Mas era uma coisa superpositiva, e cem por cento honesta dessa vez – nada de fofocas e mentiras. A turnê ia passar três meses nos States e no Canadá, e um mês no exterior. Fora uma condição imposta por Kellan. Não queria passar mais do que alguns meses por ano viajando, principalmente depois que o bebê nascesse. A partir daí, se eu não pudesse ir com ele por algum motivo, a temporada de viagens poderia ser reduzida ainda mais. Kellan não queria perder nada, e eu lhe dava toda razão.

À medida que a turnê avançava, o mesmo acontecia com minha barriga. Era incrível como eu parecia dobrar de tamanho da noite para o dia. Meu abdômen passou de "tábua" para "barriguinha" para "barriga média" para "melão" até finalmente parecer que eu tinha engolido uma melancia – sem mais nem menos! Kellan adorou assistir à progressão. Às vezes ficava olhando para minha barriga quando estávamos na cama, só observando minha pele, como se esperasse que se expandisse bem na sua frente.

Uma noite, depois de ele passar meses encarando minha barriga sem a menor cerimônia, finalmente comentei:

– Comida vigiada nunca fica pronta.

Olhando para o meu rosto, ele murmurou:

– Eu sei. Só estou imaginando de que tamanho o bebê está. Estou tentando visualizá-lo.

A resposta me fez sorrir. Acariciei seu rosto.

– Eu também faço isso.

Sorrindo, Kellan pousou a cabeça com cuidado sobre o volume do nosso filho. Estando no quinto mês, já havia bastante espaço. Ele ficou olhando para mim, e voltei a acariciar sua pele macia.

– O que está fazendo? – finalmente perguntei a ele.

Sua expressão satisfeita se tornou sonhadora.

– Ouvindo os barulhinhos dela. Ou dele. – Tínhamos decidido não descobrir o sexo. Queríamos uma surpresa. Além disso, como tinha acontecido com Anna, às vezes os técnicos de ultrassom se enganam.

Rindo, respondi:

– Não, você está ouvindo o frango à parmegiana que eu comi no jantar. – Olhando para a porta de nosso quarto privativo no ônibus, murmurei: – Será que sobrou um pouco?

Sussurrando *Shhh... estou ouvindo*, Kellan voltou a prestar a máxima atenção ao meu sistema digestivo.

Então, começou a cantarolar baixinho, como se acompanhasse o som dos meus gases. Senti o bebê se revirar na barriga. Os olhos de Kellan se arregalaram, e ele olhou para mim. Ri da sua expressão.

— Continua cantando — pedi.

Ele fez isso, e o bebê voltou a se remexer, e então chutou. Kellan sorriu. Suspirando, comentei:

— O neném gosta da voz do papai.

Levantando a cabeça, Kellan sorriu com o canto da boca:

— Como a mãe dele. Ou dela.

Por um momento, me perguntei o que queria mais, se Kellan ou aquele frango na geladeira. Acabei escolhendo o que sempre escolhia. Puxando Kellan para os lábios, aproveitei a única vantagem da gravidez que ambos estávamos curtindo — um tesão descomunal.

Quando cheguei ao sétimo mês, os D-Bags viajaram para a Austrália. No começo, Kellan não sabia se eu devia continuar na turnê. Não queria correr o risco de que eu desse à luz num camarim, preferindo me cercar de toda segurança. Respondi que não havia problema, pois já estaríamos de volta muito antes da data prevista. Kellan não queria passar tanto tempo longe de mim, por isso minhas palavras o convenceram. Além disso, salientei que poderíamos finalmente transar num avião pela primeira vez durante o voo superlongo para a Austrália. Como Kellan nunca tinha feito isso antes, ficou intrigado, para dizer o mínimo. Considerando como minha gravidez estava adiantada, foi um desafio e tanto. Foi preciso uma combinação de suborno, habilidade e Kellan tapando a minha boca para não gritar. Até um cubículo de ônibus é mais espaçoso para transar do que um banheiro de avião, mas conseguimos. Rindo, uma aeromoça até nos deu um broche de asas depois. Kellan usou a dele na camisa durante todo o tempo que passamos na Austrália.

Gordinha e cheia de vida, eu passeava pelos bastidores de um concerto com o meu rock star. Perth era a primeira cidade onde a banda ia tocar, seguida por Sidney e Brisbane. Os bastidores estavam cheios de vencedores de concursos, tietes, locutores de rádio, técnicos e membros de outras bandas. Embora houvesse seguranças atentos no local, Kellan não quis que os fãs ficassem confinados numa sala, e sim que tivessem toda a liberdade para passear e conversar com os roqueiros. Vários grupos de fãs até puderam ficar durante o concerto, algo que Sienna jamais permitira. Mas Kellan ainda queria ter um mínimo de intimidade com os fãs. Isso fez com que escrever se tornasse um desafio maior para mim, já que os fãs também queriam falar com a Sra. Kyle. Mas, com o notebook nas mãos, encontrei um cantinho para ouvi-lo se apresentar enquanto trabalhava no meu novo livro.

Depois que publicara o primeiro romance, tinha começado a me concentrar no segundo. Talvez fosse por causa das horas a fio que Kellan passara lendo *Orgulho e Preconceito* para mim, mas o tipo de romance que estava na minha cabeça era uma ficção histórica no estilo de Jane Austen. Achava aquele período fascinante, irresistível, e agora que tirara meu romance autobiográfico da cabeça, adorava a ideia de fazer alguma coisa diferente dos romances contemporâneos.

De vez em quando, enquanto escrevia, olhava para meu marido no palco. Ele estava curtindo muito aquela turnê, e adorando a companhia do Holeshot e do Avoiding Redemption. As três bandas se davam superbem, tanto em termos de personalidade quanto de música. Aliás, quando a turnê acabou, Justin e Kellan combinaram de gravar juntos uma música que haviam composto nas horas vagas. Eu ouvira os dois ensaiarem, e ficara toda arrepiada. Mal podia esperar para que os fãs ouvissem.

Kellan e os amigos estavam planejando gravar o álbum em Seattle dessa vez, para ficarmos perto de casa, já que a essa altura eu estaria mais perto de dar à luz. E Nick concordou. Aliás, Nick vinha concordando com tudo nos últimos tempos. Depois do escândalo com Sienna, o pai tinha lhe dado um senhor susto. O cara *não* queria perder seus dois artistas mais badalados por causa das safadezas do filho.

Conforme havia prometido, Sienna não se aproximou mais de nós. Parabenizou os D-Bags pelo Grammy na recepção que se seguiu à cerimônia, mas, depois disso, não deu mais o ar da graça. Seu álbum despencara depois do pedido de desculpas em público, mas estava começando a dar a volta por cima. E eu não tinha qualquer dúvida de que daria. Justiça fosse feita a Sienna: garra não lhe faltava.

Quando a turnê acabou, eu só queria saber de voltar. Estava cansada e *muito, muito grávida*. Tinha passado a respeitar Anna por aguentar o ritmo de uma turnê até o fim da gravidez. Viajar é bom, mas é um estilo de vida exaustivo. Aliás, estava louca para rever minha irmã. Griffin também. Anna tinha decidido não nos acompanhar nessa turnê. Gibson estava entrando numa fase em que precisava de mais atenção e cuidado – minha sobrinha punha *tudo* na boca –, por isso Anna passava mais tempo com ela em casa. Eu estava muito orgulhosa da minha irmã por pensar primeiro nas necessidades da filha. Nem parecia a mesma Anna que eu conhecera a vida inteira. No começo tinha ficado insegura, mas era uma ótima mãe. Eu torcia para ser tão boa quanto ela.

Quando cheguei ao nono mês, já não aguentava mais. Estava imensa. Exausta. Meus pés inchavam. Minhas costas doíam. Por mais que me virasse, não encontrava uma posição confortável para dormir. E o "tesão descomunal" tinha simplesmente evaporado. Eu mal podia esperar para que essa criança saísse logo do meu corpo.

Kellan fez tudo que podia para amenizar meu desconforto. Um dia chegou a dirigir por meia hora para comprar um tipo específico de sorvete para mim. Fazia massagens nas minhas costas todas as noites. Até tentou pintar as unhas dos meus pés, o que me fez rir tanto que acabei mexendo os pés e derrubando o vidro de esmalte vermelho-sangue em cima das suas mãos. Mas foi muito fofo da parte dele.

Quando já tinha aceitado o fato de que iria ficar grávida para sempre, comecei a ter contrações. Na mesma hora anotei quando ocorreram e quanto tempo duraram. Kellan notou que eu anotava algo em um dos seus cadernos de letras e pousou a cabeça no meu ombro.

– O que está fazendo?

De olho num cronômetro, contei os segundos, respirando pausadamente para suportar a dor.

– Anotando minhas contrações.

– Como é?! – Kellan me virou para ele, os olhos arregalados de pânico. – Chegou a hora? Tenho que levar você para o hospital? Vou deixar o motor do carro ligado. E pegar sua sacola. Droga, preciso pegar o bebê-conforto.

E desapareceu antes que eu pudesse responder a qualquer uma das perguntas.

– Kellan! Ainda é cedo. – As contrações ainda estavam suportáveis, e muito espaçadas. Até eu sabia que havia tempo de sobra.

Mas ele já estava de um lado para o outro, por isso não me dei ao trabalho de explicar. Apenas sentei no sofá e esperei, para poder anotar a próxima. Kellan corria pela casa pegando coisas que achava que precisaríamos, e resmungando por causa de outras que tinha certeza de estar esquecendo.

– Kiera, vamos precisar de fraldas? Vou pegar. É sempre bom levar uns pacotes.

Sem me virar, gritei:

– Kellan! O hospital com certeza tem fraldas. – Ele não respondeu, e imaginei que o porta-malas do Chevelle já devia estar carregado de fraldas bastantes para cobrir os bumbuns de metade dos bebês de Seattle.

Dei uma olhada em minha mãe, que sentava calmamente ao meu lado. Como não queria perder o nascimento de outro neto, tinha vindo para Seattle com antecedência. Papai viria ao seu encontro assim que o bebê nascesse.

– Kellan está uma pilha de nervos – comentei.

Rindo, ela deu um tapinha no meu joelho.

– Todos eles ficam assim da primeira vez.

Embora ainda faltasse muito para eu dar à luz, vinte minutos depois eu estava no Chevelle, e Kellan me levando às pressas para o hospital mais próximo. Dando uma olhada no velocímetro, disse a ele com firmeza:

– Devagar. Temos tempo de sobra.

Kellan me lançava olhares nervosos.

– Tem certeza? Como você sabe? Talvez você tenha entrado num trabalho de parto suave, e essas contrações já sejam as últimas.

Minha mãe começou a rir baixinho no banco traseiro. *Não* me tranquilizou nem um pouco.

Horas depois, eu queria matar meu marido, queria matar minha mãe e queria matar todo mundo no laboratório responsável pelo erro na embalagem do anticoncepcional. Eu ia morrer, tinha certeza disso. Nunca sentira tanta dor na minha vida. Mas então, uma enfermeira angelical vestindo um uniforme estampado de nuvens me deu um anestésico... e as coisas melhoraram.

Mas o desconforto ainda era terrível. Eu nunca tinha imaginado como o ato de dar à luz é difícil. Para uma coisa que acontece o tempo todo, seria de se esperar que o processo fosse muito mais simples. Quer dizer, a gente não vê as gatas e as cadelas gritando, gemendo, se contorcendo de dor. Eu já tinha assistido a vídeos mostrando partos de baleias, e juro, essas criaturas nem notam que estão parindo. Mas posso garantir que, até meio anestesiada da cintura para baixo, eu notei.

Segurando minha mão, Kellan fez o possível para me ajudar. Dava para ver que estava se sentindo totalmente inútil, querendo fazer mais. Provavelmente teria até se oferecido para dar à luz no meu lugar, se pudesse.

— Você está indo muito bem, amor, está quase lá.

O médico disse que bastava fazer força mais uma vez, e eu quase chorei. Só queria que isso acabasse logo de uma vez. Estava odiando. Preferia ser atropelada por outra caminhonete a passar por isso de novo. Mamãe apertou minha outra mão.

— Você vai conseguir — afirmou.

Eu também sabia que conseguiria, e dei tudo de mim. O alívio foi quase instantâneo, e soube que tinha acabado antes mesmo de ouvir o bebê chorar. Com lágrimas escorrendo pelo rosto, Kellan beijou minha testa suada.

— Você é incrível — sussurrou.

Fechando os olhos, consegui dar um pequeno sorriso agradecido.

A voz animada da enfermeira me arrancou do meu estupor:

— Parabéns! É um menino!

Ouvi minha mãe começar a chorar e olhei para Kellan. Um menino? Tínhamos ganhado um menino. Os olhos de Kellan se fixavam na coisinha que se agitava nos braços da enfermeira. Sua expressão era um misto de assombro e euforia.

— Eu tenho um filho? — Uma lágrima cintilante escorreu pelo seu rosto, indo pingar no meu ombro.

Não, eu estava errada. Eu passaria por aquilo mais um milhão de vezes para poder ver aquela expressão no rosto dele. Quer dizer, mais umas duas ou três vezes.

A enfermeira assentiu, aproximando-se de mim com meu filho. Estava louca para vê-lo, mas balancei a cabeça de leve, dando uma olhada em Kellan. A enfermeira compreendeu e entregou o bebê a ele. Kellan já tinha passado por tantas coisas na vida, que merecia ser o primeiro a segurar nosso filho.

Soltando um misto de riso e soluço, Kellan olhou para os olhos do filho.

– Oi, homenzinho – sussurrou. – Sou seu pai, e te amo... muito. – Com a voz trêmula, acrescentou: – Estou tão feliz por você estar aqui.

Eu já estava soluçando muito antes de Kellan passá-lo para mim.

Meses depois, eu avançava por entre um mar de balões brancos e cor-de-rosa. Estavam por toda a minha casa. Havia cachos de balões presos a cada lustre, jarro, corrimão, maçaneta, puxador de armário e encosto de poltrona. O teto estava lotado deles. O chão também. Os convidados se divertiam na sala, chutando-os de um lado para o outro. Felizmente, ninguém estourou nenhum enquanto Gibson estava por perto. Minha sobrinha de um ano e três meses estava nas nuvens, tentando abraçar tantos balões ao mesmo tempo quantos podia. Anna a observava com olhos de águia, para que nenhum deles furasse e a assustasse, ou os pedaços de borracha fossem parar na sua boca. Minha sobrinha ainda tinha problemas de fixação oral, e botava qualquer coisa na boca. *Qualquer coisa.* Anna já tinha me contado que Gibson encontrara sua coleção de sex toys. Por uma questão de segundos, ela poupara a filha de passar a vida inteira em consultórios de analistas. Os dois agora guardavam seus acessórios eróticos na prateleira mais alta do armário. E eu teria preferido mil vezes não tomar conhecimento do fato.

Na cozinha, havia um bolo de três andares no meio da ampla mesa de carvalho. Era em formato de coração, cada camada num tom diferente de cor-de-rosa. Até a toalha de plástico era cor-de-rosa. Os pratos também. E os talheres. Ao redor do bolo havia biscoitos e outros doces em várias cores e estilos, todos em feitio de coração. E havia coraçõezinhos comestíveis de Dia dos Namorados espalhados por toda a mesa como enfeites. Era como se comemorássemos o aniversário do Cupido.

Mas não era o caso. A festa era uma multicelebração. Uma faixa presa acima da porta de correr, que dava para a varanda, anunciava todas as festividades: *Feliz aniversário de um ano, Denny e Abby! Parabéns pela publicação do segundo romance, Kiera! Parabéns por seu segundo álbum ter chegado ao primeiro lugar, D-Bags! Feliz Dia dos Namorados!*

Abby organizara a festa. Não apenas adorava datas comemorativas, como também tinha uma capacidade de organização fantástica. Quando viu uma oportunidade de combinar os eventos, agarrou-a com unhas e dentes! A única coisa que faltava na faixa era uma menção ao fato de meu homenzinho estar completando cinco meses. Mas esse só tinha significado para Kellan e para mim. A maioria das pessoas não dá uma festa de aniversário para comemorar cada mês da vida de alguém. Mas nós comemorávamos todas as datas do nosso filho.

Nevava um pouco, mas isso não impediu nosso grupo de fazer um churrasco. Evan estava na frente da churrasqueira em inox, vestindo um casaco todo acolchoado e um gorro de tricô, fritando hambúrgueres e salsichas para cachorros-quentes. Matt estava com ele, seu braço em volta de Rachel, que parecia estar morta de frio. Enquanto eu via outras pessoas entrarem em casa para espantar o frio, tendo que se abaixar por baixo da enorme faixa, como eu, senti que havia alguém atrás de mim.

Virando a cabeça, sorri para Denny. Ele tinha raspado totalmente a barba; era a primeira vez que eu o via assim desde a faculdade. Na época, ele parecera muito jovem com seu rosto liso e sorriso de menino. Mas o tempo passara, e agora ele parecia alguém que sabia exatamente quem era e aonde ia. Seu sorriso tranquilo dizia ao mundo: *Minha vida é ótima, e eu estou feliz*. Vê-lo assim foi uma grande alegria.

Apontando para a mesa com os doces inspirados no feriado, disse a ele:

— Você não estava brincando quando disse que Abby tem um fetiche com datas comemorativas, estava?

Denny riu, olhando para mim.

— Não, não estava. Você e Kellan precisam vir passar o Dia de São Patrício com a gente mês que vem. Abby prepara um jantar simplesmente fantástico. — Torceu os lábios. — Já comeu batata verde?

Ri do comentário, logo imaginando minha mesa cor-de-rosa transformada num paraíso verde, cheio de comidas que jamais deveriam ser verdes. Dando uma olhada na aliança dele enquanto bebericava seu ponche de frutas cor-de-rosa, disse a ele:

— Parabéns pelo aniversário de casamento.

Ele parou a mão que levava a xícara à boca.

— Obrigado. — Depois de dar mais um gole, disse: — Tenho uma boa notícia para você. Como já tinha dito, mandei *Irresistível* para todas as editoras possíveis e imagináveis. Uma delas me ligou ontem. Estão impressionados com a boa saída do livro, e simplesmente adoraram a história. Querem conversar com você sobre a possibilidade de publicar o livro.

Meus olhos se arregalaram. Um contrato com uma editora? No momento, meu livro só estava à venda na Internet. Ver meu título nas prateleiras de todas as livrarias seria o apogeu de todos os meus sonhos. Maravilhada, respondi:

— Obrigada pela ajuda. Adoraria conversar com eles.

Ainda estava sob o impacto da notícia quando Abby se aproximou de Denny. Vendo minha expressão, perguntou a ele:

— Contou a ela? — Quando ele assentiu, ela se virou para mim. — Parabéns, Kiera, estamos muito felizes por você. Eu queria trocar a faixa, mas Denny disse que ainda era cedo para te dar a notícia.

Sorri ao ouvir seu sotaque encantador. Era um dos prazeres que eu desfrutava na companhia de Denny e sua mulher – dois sotaques pelo preço de um.

— Obrigada. Ainda estou... assimilando tudo.

Abby assentiu, passando o braço pelo de Denny.

— Bem, você merece o seu sucesso. Você e Kellan. — Com um sorriso bem-humorado, acrescentou: — E seu bolo de parabéns não ficou lindo?

— Demais. Quase mais bonito do que o seu bolo de casamento. — Abby arqueou uma sobrancelha para mim, e não pude deixar de rir. O bolo de casamento dela parecia saído do livro de algum chef francês. Tinha sete andares. E um chafariz. Sem brincadeira.

Denny riu comigo, mas parou quando Abby fechou a cara para ele. Dando um sorriso fofo para ela, murmurou:

— Feliz aniversário, amor.

Na mesma hora ela sorriu e deu um beijo nele. Balançando a cabeça para os pombinhos, eu me virei para lhes dar privacidade. Na sala às minhas costas, ouvi alguém falando num microfone, e estremeci. Droga, alguém tinha ligado o karaokê. Nem sei por que tinha deixado Kellan me convencer a comprar aquele troço. Eu o usara apenas uma vez, quando estávamos só nós dois em casa, e dera o maior vexame. Mas foi o máximo quando Kellan começou a cantar, por isso não fiquei decepcionada demais com a compra.

Pedindo licença a Denny e Abby, eu me dirigi para a sala. Afastando os balões com os pés, vi uma cena que tanto me fez rir quanto me comoveu. Griffin, fazendo o possível para chamar a atenção, como sempre, estava diante da lareira com Kellan, que segurava nosso filhinho em um canguru pendurado no peito. A palavra "fofura" não chega aos pés de descrevê-lo. Tem alguma coisa de tão atraente na imagem de um homem segurando um bebê...

Nossa sala tinha uma planta aberta, espaçosa, com vários móveis espalhados, dividindo-a em ambientes. Dava para ver cada pessoa que observava com curiosidade os dois D-Bags prestes a se apresentarem. Anna, Gibson e a irmã de Kellan, Hailey, estavam entre eles. Para tristeza de Gavin, Hailey tinha decidido sair de casa depois que se formara. Mas talvez Gavin não tivesse ficado tão triste assim; só lhe dera mais um motivo para nos visitar. Na verdade, da última vez que eu os vira, Gavin e Riley estavam na "casa de ensaios", um anexo à prova de som em que os D-Bags ensaiavam as novas músicas. Riley começava a ficar tão fera na guitarra quanto o irmão mais velho. E também estava ficando um gato, um futuro conquistador.

Pigarreando, Griffin levou o microfone aos lábios:

— Senhoras e senhores, quero agradecer a todos por comparecerem ao *Show de G e K*. — Lambeu os lábios, e estalou um beijo para a "plateia". — Será um prazer entretê-los. — Começou a fazer movimentos indecentes com os quadris, e eu tapei os olhos.

Anna, sentada no divã à frente deles, caiu na gargalhada. Gibson, que estava no seu colo, começou a rir. Usando um vestido vermelho de babados, meia-calça branca e um par de sapatos-boneca, era a menina mais fofa do mundo com os cabelos louros presos em duas marias-chiquinhas perfeitas. Anna me dissera que Griffin tinha passado meia hora fazendo e refazendo as marias-chiquinhas, até ficarem idênticas. Quando Gibson começou a bater palmas, achando graça da palhaçada do pai, todo mundo chorou de rir.

Também rindo de Griffin, Kellan levou o microfone aos lábios:

— Quer por favor botar a música de uma vez, para a gente acabar logo com isso?

Griffin fechou a cara para Kellan, mas apertou o "play". Quando "Lost In Your Eyes", da Debbie Gibson, começou a tocar, Kellan abaixou o microfone, olhando para Griffin, incrédulo.

— Você só pode estar brincando. Era isso que queria cantar?

Minha irmã chegou a virar para trás de tanto que ria. Griffin apontou para Gibson:

— É da Debbie *Gibson*, animal. Gibson. É para minha filha.

Kellan suspirou, fechando os olhos.

— Se a gente vai fazer um dueto, não dá para ser com "Electric Youth"?

Griffin fez um gesto obsceno e se dirigiu ao karaokê para trocar a música. Às suas costas, Kellan começou a se contorcer de rir. Quando Kellan voltou a levantar o microfone, uma mãozinha agarrou o fio. Sorri para nosso filho, Ryder. Fora Kellan quem escolhera o nome, por ser parecido com o do meio-irmão. Eu adorava por ter um jeito meio rock 'n' roll. O filho do vocalista de uma das bandas mais famosas do mundo tinha que ter um nome interessante.

O rosto de Ryder estava logo acima do canguru, e ele mordia o tecido como um cachorro roendo um brinquedo. Com o punhozinho vitorioso em volta do fio, deu dois puxões. Kellan sorriu para ele, balançando um pouco o corpo. Os dois já eram unha e carne. Ryder me amava, é claro, mas era muito mais agarrado com o pai. E era a cara de Kellan — cabelos castanho-claros cheios, que teimavam em ficar arrepiados por mais que eu os penteasse, e olhos azul-escuros, profundos como o céu da noite. Talvez eu fosse meio suspeita, mas tudo nele era perfeito — as maçãs do rosto, o nariz, o sorriso desdentado, até uma pintinha fofa na nuca. Tudo.

Os D-Bags iam começar a turnê do segundo álbum quando o verão chegasse. Ryder e eu iríamos acompanhá-los, só para ver como se sairiam. Se o ritmo da turnê fosse muito puxado, voltaríamos para casa e pensaríamos em alguma outra solução para as futuras turnês. Visitas curtas, talvez. Mas Kellan e eu éramos pessoas bastante tranquilas, e Ryder era o melhor bebê do mundo, por isso eu esperava que tudo desse certo. Mantê-lo longe do público era minha maior preocupação. E de Kellan também. Era por isso que uma equipe viajaria conosco — tínhamos contratado mais um segurança, além de uma babá. Não achava que precisaríamos dela, eu estava com tudo planejado, mas Kellan achou que a ajuda extra valeria a pena. "E além disso", argumentou, "com uma babá, podemos ter uma ou duas noites só para... namorar". Foi esse argumento que me convenceu.

Quando "Electric Youth" começou a tocar nos alto-falantes, Jenny passou o braço pelo meu ombro. Sua aliança de compromisso brilhava sob as luzes da sala. Ela e Evan tinham resolvido não apressar as coisas, mas ele finalmente a pedira em casamento na semana anterior. Agora, só faltavam Matt e Rachel. Andavam comentando que Matt ia pedi-la no dia que os D-Bags iriam viajar. E que estava uma pilha de nervos. Eu tinha certeza de que ele não precisava se preocupar; Rachel ia aceitar.

— E aí, Kiera? Sua festa está maravilhosa.

Rindo, me inclinei para Jenny:

— Obrigada, mas foi a Abby quem fez quase tudo. — Suspirando, olhei para Kellan. Ele tinha começado a cantar com Griffin, mas ria tanto que a apresentação deixava a desejar. A beleza, no entanto, estava nota dez.

Jenny deu um risinho.

— Isso é porque Kellan perdeu a aposta?

Olhei para ela, franzindo o cenho.

— Que aposta?

Ela sorriu, afastando as longas mechas dos ombros.

— Griffin apostou com ele que engravidaria Anna de novo antes de Kellan te engravidar. — Jenny revirou os olhos. — Não sei se Kellan aceitou a aposta, mas enfim, você sabe como o Griffin adora vencer... em tudo.

Meus olhos se arregalaram ao máximo. Anna estava grávida de novo? No momento em que se endireitava, por acaso Anna olhou para mim. Quando viu minha expressão, e Jenny ao meu lado, na mesma hora compreendeu que eu sabia. Seus lábios se curvaram num sorrisinho, e ela apenas deu de ombros. Fiquei tão espantada, que não consegui dizer uma palavra. Quando finalmente falei, foi em tom de incredulidade:

— Aqueles dois vão superpopular a Terra, não vão?

Jenny franziu os lábios.

— Provavelmente.

Kellan já tinha conseguido controlar os risos por volta do segundo verso. Então, começou a entrar no espírito da música. Sempre um artista, defendeu o melhor que podia o clássico adolescente brega dos anos oitenta. Ninguém na sala ficou com os olhos secos. Nem Cheyenne, nem Meadow, nem as outras meninas do Poetic Bliss. Nem Justin, nem Kate, que estavam juntinhos num sofá de dois lugares. Nem Troy, nem Rita, nem Sam.

Quando a apresentação de Kellan e Griffin acabou, Kellan e Ryder fizeram uma pequena reverência. Então, Kellan estendeu o microfone para Rain. Tão afoita para se apresentar quanto Griffin, ela saltou do sofá e correu para o "palco". Foi preciso tirar o fio da mão de Ryder, o que o fez chorar. Embalando-o enquanto caminhava, Kellan pegou um chocalhinho em formato de guitarra no bolso traseiro e deu a ele. Na mesma hora ele começou a agitá-lo, sorrindo.

Kellan veio até mim, tirando Ryder do canguru. Fiz uma expressão pidona, estendendo os braços para meu bebê. Na mesma hora Kellan o passou para mim, dando um beijo na sua cabecinha. Uma onda de calor e fofura me envolveu quando senti Ryder perto de mim. Aspirei fundo quando ele agarrou uma mecha do meu cabelo. Ele tinha o mesmo cheiro de Kellan. Fosse hereditário ou fruto da proximidade constante com o pai, o fato era que Ryder sempre tinha o seu cheiro. Era incrível.

Horas depois, quando a festa acabou, eu caminhava pela casa atulhada de copos descartáveis e pratos com restos de bolo. Estava me sentindo totalmente em paz. Mesmo bagunçado, esse lugar era o meu santuário. Minha jornada fora tumultuada, na melhor das hipóteses, mas valera cada arranhão, mágoa e lágrima. Kellan e eu éramos quem éramos por causa deles. Tínhamos aprendido a nos abrir um para o outro, a confiar um no outro, a enfrentar o mundo juntos. Eu acreditava plenamente que não havia nada que não pudéssemos enfrentar lado a lado. Nenhum problema, nenhum obstáculo, nenhuma dificuldade teria o poder de nos separar, e saber disso era uma grande fonte de conforto e confiança.

Cansada, avancei por entre os balões soltos que tinham ido parar misteriosamente no andar de cima – eu pensaria em limpar meu porto seguro outra hora –, indo até o banheiro de Ryder. Dava para ouvir os espirros de água e a voz de Kellan. Para meu espanto, ele cantava "Electric Youth" de novo; a música devia ter ficado na sua cabeça. Parando diante da porta aberta, eu me encostei ao batente e fiquei vendo meu marido dar banho no nosso filho.

Ryder estava deitado numa banheirinha de plástico azul dentro da banheira maior, para sua segurança. Enquanto Kellan despejava com cuidado um potinho de água na sua cabeça, Ryder abriu bem a boca e estendeu a língua, como se quisesse beber, mas acabou preferindo morder a mão. Quando Kellan notou que eu os observava, virou a cabeça para mim.

– Pode ir deitar, se quiser. Eu cuido dele.

Sorrindo, balancei a cabeça.

– Eu gosto de ver vocês dois juntos.

Ensaboando as mãos, Kellan disse a Ryder:

– Ouviu isso? Mamãe gosta de ficar olhando. Isso se chama voyeurismo. – Pronunciou a palavra bem devagar, como se esperasse que Ryder fosse capaz de repeti-la. Mas Ryder apenas apertou os lábios e soprou, espalhando cuspe no seu rosto inteiro.

Indo até Kellan, dei um chute de leve no seu traseiro. Babaca. Rindo, Kellan começou a ensaboar os cabelos de Ryder; estava sujo de glacê de bolo. Graças às travessuras de Ryder na água, Kellan estava meio molhado quando o banho acabou. Tirando-o da banheira, Kellan o envolveu numa toalha em feitio de pato amarelo. Como se um homem com um bebê no colo já não fosse uma cena bastante fofa, um homem com um bebê no colo usando um capuz em formato de bico de pato chegava a dar aflição.

Não sei se isso é normal ou não, mas bastava ver Kellan cuidando do filho para ficar cheia de desejo. Talvez eu devesse *mesmo* ir para a cama e esperar por ele usando só a calcinha KK. Mas não conseguia parar de olhá-lo com Ryder, e segui os dois quando Kellan o levou para o quarto.

Tínhamos transformado o quarto de Ryder num palco. Jenny me ajudara a pintá-lo, já que tinha um grande talento artístico. Uma parede era preta, com grossas cortinas vermelhas de cada lado. O berço de Ryder estava em frente dessa parede, na posição de um vocalista. Minha mãe ficara horrorizada ao ver que eu tinha pintado aquela parede de preto. Mas era uma homenagem ao Pete's, o lugar que fora o berço da carreira de Kellan e do nosso relacionamento; íamos até pendurar algumas guitarras ali quando Ryder estivesse maior. Além disso, todas as revistas sobre pais e filhos que tínhamos lido diziam que os bebês adoravam o contraste entre o preto e o branco. E as outras paredes do quarto eram brancas. Quer dizer, tirando as cinco linhas das pautas musicais pretas que se estendiam horizontalmente na metade de cada parede. Jenny tinha feito um trabalho fantástico. E as notas que ocupavam as pautas eram de uma música dos D-Bags, a música triste que Kellan estava cantando quando nos reencontramos. Sua ode a mim. O significado da música fazia com que eu sentisse um aperto no coração toda vez que entrava no quarto de Ryder.

Passando por entre um mar de livros e brinquedos, Kellan colocou Ryder em cima da mesa acolchoada e pôs depressa uma fralda nele. Foi uma coisa que logo aprendemos: se você esperar demais para pôr uma fralda num menino, ele faz pipi em cima de você. Uma vez, Kellan levou um jorro no rosto, e eu quase desmaiei de tanto rir. Quando Ryder já estava coberto, Kellan se abaixou e soprou na barriga dele. O som que eu mais adorava ouvir no mundo encheu o quarto – o riso espontâneo de uma criaturinha doce que ainda não sabia nada sobre a vergonha. Era contagiante, e Kellan e eu rimos junto com ele.

Depois de mais uma dúzia de beijos, um em cada pé, um em cada mão e mais alguns no rosto, Kellan finalmente vestiu seu pijama. Ryder já estava alimentado, e esfregava os olhos sem parar, por isso vi logo que estava a segundos de adormecer. Mas Kellan ainda ficou embalando-o até seus olhos fecharem. E cantando. Cantava para Ryder quase todas as noites. E sempre lhe dizia o quanto o amava, como se quisesse ter certeza de que Ryder jamais duvidaria disso nem por um momento.

Meus olhos ficaram úmidos quando Kellan pôs nosso filho adormecido no berço. Olhando para mim, sorriu com o canto da boca.

– É sempre assim – sussurrou.

– Sempre assim o quê? – perguntei, fungando.

Segurando minha mão, ele me levou em silêncio para o corredor, fechando a porta.

– Toda vez que o ponho para dormir, você chora. Por quê?

Porque te amo mais do que qualquer pessoa deveria ter o direito de amar alguém.
— Porque adoro ver o quanto você o ama. — Em minha completa felicidade, senti uma lágrima escorrer pelo rosto.

Aproximando-se, Kellan segurou minhas mãos, encostando a testa na minha. Seu polegar percorreu as letras do seu nome no meu pulso.

— Você sabe que eu também te amo.

— Sei. Você demonstra todos os dias. — Indiquei nosso quarto com a cabeça. — Mas por que não demonstra agora?

O sorriso que se abriu no rosto de Kellan foi de uma beleza tão diabólica que eu me senti inundar de desejo. Adorava ver que ele ainda surtia esse efeito sobre o meu corpo.

— Eu adoraria demonstrar agora, e muitas outras vezes depois. — Mordeu o lábio, e então o arrastou lentamente pelos dentes, seus olhos percorrendo meu corpo. Uma coisa superquente. Já estava me sentindo nua. E sexy, amada, desejada.

Precisando dele como sempre, apertei o corpo contra o seu, passando os braços pelo seu pescoço. Com o peito colado no dele, fiquei na ponta dos pés até meus lábios roçarem os seus.

— Me leva para o nosso quarto e faz amor comigo bem gostoso e devagar... por favor. — Disse isso sem uma gota de vergonha. Podia pedir qualquer coisa a ele. Podia dizer qualquer coisa a ele. Podia ser qualquer coisa com ele. Podia ser *tudo* com ele.

Kellan me imprensou contra a parede do corredor, e soltei uma exclamação. Quando seus lábios tocaram os meus, suas mãos envolveram minhas pernas, fazendo com que rodeassem sua cintura. Com fome de paixão, sua boca devorava a minha. Quando ele parou, estávamos ofegantes, prontos e desesperados um pelo outro.

— Adoro quando você me pede — disse ele com voz rouca, antes de me levar para o nosso quarto luxuoso.

Ele não me tirou do colo até chegarmos à cama. Eu me sentia em chamas enquanto ele tirava minhas roupas. Ele aspirou pela boca quando tirei sua camisa e beijei sua tatuagem. Quem visse o desejo que nos incendiava, pensaria que não transávamos há semanas, não há vinte e quatro horas, mas era assim que as coisas eram entre nós — elétricas. Sempre.

Seus dedos abriram minha calça e meus dedos se enfiaram no cós do seu jeans. Eu o queria tanto. Ele gemeu, e senti seu desejo por mim. Quando já estávamos nus, soube que eu iria explodir em segundos, mas foi então que a experiência de Kellan entrou em ação. Em vez de fazer o que ambos queríamos o mais depressa possível, ele demorou. Prolongou o momento ao máximo. E me deixou à beira do abismo, querendo cada vez mais. Era um espelho do nosso relacionamento — eu queria cada vez mais dele, nunca me dava por satisfeita. Claro, tínhamos maus momentos, como qualquer casal, mas estar com ele sempre me satisfazia, em todos os sentidos. E eu soube por sua reação, quando alcançamos o clímax, que ele se sentia do mesmo modo. Precisava cada vez mais de mim. Sempre iria me querer ao seu lado. Eu sempre seria a primeira aos seus olhos. Formávamos um casal feliz. Um casal perfeito. De almas gêmeas.

Paixão, amizade, amor, lealdade, confiança... quando você encontra a pessoa certa... pode ter tudo.

Agradecimentos

Em primeiro lugar, gostaria de agradecer a todos os meus fãs. Levar esta trilogia até vocês foi uma alegria enorme! Fico assombrada todos os dias com o carinho que vocês demonstram por estes personagens. Eles são como filhos para mim, e saber que outras pessoas gostam deles tanto quanto eu é algo que me deixa muito feliz. Obrigada por sua fidelidade!

Aos meus quatro pilares, Rena, Lesa, Toni e Amy, vocês são uma bênção na minha vida de que eu não abriria mão por nada no mundo. À minha família, caso eu não diga isso o bastante, amo muito todos vocês! A Wayne, Robin, Tyson e Dean, obrigada pelo apoio e incentivo infindável, e por serem tão pacientes comigo e com meus horários doidos.

Ao meu mentor, Nicky Charles, obrigada por me guiar pela dura estrada da autopublicação! Você sempre esteve ao meu lado, disposto a me ajudar e me ouvir, e sempre me sentirei grata por isso.

A K.A. Linde, que tem uma capacidade incrível de fazer mil coisas ao mesmo tempo, você foi uma amiga incrível, e eu me sinto extremamente honrada por ter embarcado nessa jornada muito doida com você. Estou muito entusiasmada por ver sua estrela começar a brilhar! Você merece! Estou muito orgulhosa de você!

A Jenny... nem sei por onde começar. Obrigada por ser minha força! Obrigada por ser minha torcedora! E obrigada por ser minha amiga! Acho que eu ainda estaria enfiada num canto, chorando até me desidratar, se não fosse por você. Te amo de paixão!

A Becky, Monica, Lori, Gitte e Sam, obrigada por seus conselhos e experiência. Minhas histórias melhoraram por causa da sua ajuda! Obrigada por generosamente me darem tanto do seu tempo. Um agradecimento especial a Lisa, da Pegasus Designs, pelo meu lindo website, e a Sarah, da Okay Creations, pela loja dos D-Bags. E a Francine, seus logotipos são incríveis! Muito obrigada por me deixar usá-los!

Obrigada a Jamie McGuire, Colleen Hoover, Tammara Webber, Tina Reber, Tracey Garvis-Graves, Jessica Park, Abbi Glines, Jenn Sterling, Rebecca Donovan, Tarryn Fisher e todas as outras autoras que me apoiaram, me encorajaram e responderam a infindáveis perguntas. Sinto-me honrada e privilegiada por me encontrar entre tamanhos talentos.

Obrigada de coração a Kristyn Keene, da ICM, por ser tanto minha fã quanto uma superagente, e a Louise Burke, Jennifer Bergstrom e Kate Dresser, da Gallery Books, por acreditarem nestes livros e me darem uma chance.

E um agradecimento especial a todos os resenhistas e blogueiros que gritaram sua paixão por estas histórias! Suas vozes se fizeram ouvir, e eu não teria chegado aonde estou sem vocês – Totally Booked, Maryse's Book Blog, The Indie Bookshelf, Lisa's Reads, Tough Critic Book Reviews, Book Snobs, My Secret Romance, Lori's Book Blog, Novel Magic, Flirty and Dirty Book Blog, Literati Literature Lovers, The Subclub Book Club, The Autumn Review, e tantos outros!

"O palco é a minha casa. Sempre foi assim. Com uma guitarra nos braços, num bar qualquer, o rock'n'roll me faz esquecer a dor do passado, todo meu sofrimento. Atualmente minha vida se resume a três coisas: música, os D-Bags e sexo selvagem.

Até ela mudar tudo.

Kiera é o tipo de garota que nunca fez parte do meu mundo: educada, doce e... comprometida com o meu melhor amigo. Desde a primeira vez que vi aquela gata, eu sempre soube que ela nunca se sentiria atraída pelo meu estilo roqueiro, galinha e irresponsável. Certo de que nunca seria merecedor do seu amor, reprimi meus sentimentos..."

Kellan Kyle

Até que...

Agora, sem medir consequências, Kellan só tem uma certeza: não desistirá de Kiera por *nada* nesse mundo.

Custe o que custar!

INGRESSO EXCLUSIVO SÓ PARA O FÃ-CLUBE DOS D-BAGS!

Uma nova e inédita trilogia.

Um ROCK STAR ainda mais *irresistível*.

INTENSO DEMAIS
sob o ponto de vista de Kellan Kyle.

Papel: Offset 75g
Tipo: Bembo
www.editoravalentina.com.br